KB110011

내면기행

내면기행

옛사람이 스스로 쓴
58편의 묘비명 읽기

심경호

민음사

1.

겨울을 재촉하는 11월의 비가 밤새 내린 새벽, 지붕에서 떨어지는 빗물 소리에 잠이 깨었다. 자리에서 일어나기에는 이르다. 파초 잎에 지는 빗물 소리를 들었던 고인들도 이러한 기분이었을까. 바닥의 무언가 단단한 것 위로 떨어지는 빗물 소리는 결코 지속적이지 않다. 때로는 음률을 모르는 사람이 소고를 마구 쳐 대는 것도 같고, 때로는 집안의 기색을 살피는 사람이 숨을 죽이고 있는 것도 같다.

존재는 지속한다. 존재의 고동 소리는 그렇지 않다. 단속적으로 들리는 소리에 놀라 깨면서 존재는 존재이기를 계속한다.

그렇지만 존재의 생명은 돌연한 죽음으로 끝나기 마련이다. 죽음 앞에서 존재는 자신의 자유를 부정하지 않을 수 없다. 내 생명과는 가장 먼 거리에 있을 것만 같았던 죽음이 지금 내 가장 가까이에 있다. 죽음은 나에게 가장 낯선 것이었다. 하지만 어떤 죽음은 존재의 실존을 완성시켜, 그 자유가 세계와 조화하고 그 실존이 필연성과 조화할 수 있다.

나는 낙수 소리를 들으면서 문득 깨달았다. 자신의 묘비와 묘지를 적으면서 옛사람들은 자신의 죽음이 자신의 자유를 부정하지 않기를 바랐던 것이 아닐까. 자신의 실존을 완성하고자 하기에 나의 삶에 가장 본래적인 죽음과 대면하고자 한 것이 아닐까.

2.

우리는 매일 잠자리에서 일어나 세수를 하고는 곧바로 세간과 수작한다. 일상의 삶을 달가워하면서 이 세계가 결함계라는 사실을 의식조차 하지 못한다. 하지만 생사의 문제가 중대하다는 점을 환기하고 섣달그믐이 가깝다는 사실을 깨닫는 순간, 나는 어디에서 왔고 또 어느 곳으로 가는 것일까

하는 물음에 맞닥뜨리게 된다. 그렇기에 송나라 때 대혜종고(大慧宗杲) 선사는 사대부들이 '발밑의 대사인연(大事因緣)'을 소홀히 하는 점을 가련하게 여겼다. 인생을 낭비하지 않으려면 회광반조(回光返照)를 하라고 촉구했다.

죽음은 나의 가장 외부에 있다. 하지만 죽음은 다른 어디에서가 아니라 바로 나의 내부에서 여러 모습으로 나타난다. 때로는 감기나 복통이나 눈 따가움과 같은 작은 신호로, 때로는 물기를 묻혀도 뽀송뽀송해지지 않는 주름진 얼굴로 나타난다. 때로는 게으름이라는 형태로 나를 안에서부터 갉아 먹는다. 그런데도 인간은 타인의 죽음을 물끄러미 바라보면서, 죽음의 순간이 가져올 섭섭함과 서글픔을 애써 외면한다. 그러다가, 대혜종고 선사가 말했듯이, 지금의 시각이 세밑이라는 것을 자각하는 순간 스스로 묻지 않을 수 없다. "나는 무엇인가, 나는 필경 어디로 가는 걸까." 그러나 "오는 곳 징험하고 가는 곳 따져도 갑작스레 답을 얻지 못한다." 『장자』에 보면 "골짜기 속에 배를 숨겨 두고는 안전하다고 여기지만, 한밤중에 힘센 자가 등에 지고 달아나는데도 어리석은 사람은 알아채지 못한다."라고 했다. 삶의 의미를 고민하지 않는 사람은 죽음이 나와 아무 관계없다고 여기지만, 죽음은 어느새 코앞에 다가와 있는 것이다.

근대 이전의 의식 있는 지식인들은 죽음의 불가피성이나

필연성을 뚜렷하게 인식했다. 다만 동양의 현자들은 사후 세계를 믿지 않았고, 죽음 뒤의 구원을 생각하지 않았다. 노자는 삶과 죽음을 하나로 보고 그 둘을 전관(全觀)함으로써 두려움을 이겨 내라고 말했다. 장자는 죽음이란 영원한 고향으로 회귀하는 것이기에 그것이야말로 참 진(眞)이라고 했다. 眞이라는 글자가 부릅뜬 눈과 발에 머리에는 화할 화(化)가 놓여 있는 것은 우연이 아니다. 『주역』에서는 "만물의 시초를 고찰하여 삶의 원리를 알고, 만물의 마지막을 궁구하여 죽음의 원리를 안다.(原始反終, 故知死生之說.)"라 했고, 이렇게 하면 사생(死生)의 설에 대해서도 알 수 있다고 설득했다. 유학자들은 죽음을 완전한 소멸로 보지 않기도 하고 또 완전한 소멸로 보기도 하는 이중성을 지녔다. 죽음 뒤에 혼과 백이 나뉘어 혼은 하늘로 올라가 천지 운행의 기와 합하고 백은 지하로 내려간다고 여겼다. 기와 백은 살아 있는 인간의 삶에 간섭하는 일이 거의 없으며, 결코 다른 존재 형태로 변하여 하계로 내려가서 영원히 살지는 않는다고 믿었다. 유학자들은 경험적 관찰과 우주 원리론을 토대로 혼백의 실재적 불멸성을 부정했다. 하지만 그렇기에 오히려 죽음을 인간의 운명으로 받아들였으며, 죽음에 대한 담론을 통해 삶의 가치를 다시 확인하고는 했다. 유학자들만이 아니라, 동양의 현자들은 대개 죽음의 문제를 깊이 성찰했기 때문에 달관할 수가 있었다.

도연명은 스스로의 죽음을 애도하는 자만시(自挽詩)를 지어 "세상에 살아 있을 때 무엇이 한스러운가, 술 마신 것이 흡족하지 못했음이라네.(但恨在世時, 飮酒不得足.)"라고 했다. 이 말을 보고 그가 죽음의 문제에 초연했다고 간단히 말할 수 있겠는가. 명나라 말의 원굉도(袁宏道)가 지적했듯이, 달관한 듯 보이는 옛사람들도 생사의 문제에서 느끼는 바가 있었기에, 혹은 높은 곳에 오르거나 물가에 임하여 산과 골짜기도 오래가지 못하리라 슬퍼하고, 혹은 꽃이 핀 아침과 달이 뜬 저녁에 이슬과 번개가 쉬 사라지는 것을 서글퍼했던 것이 아니랴. 죽음이 나의 삶에 아무런 파장을 일으키지 않는다면, 신라 출신의 밀교 승려 혜초가 나가라다나 절에서 입적한 어느 이름 모를 승려를 애도하여 "신령스러운 그대 영혼은 어디로 갔는가, 옥 같은 용모가 재가 되다니. 생각하면 슬픈 마음 간절하거니, 그대 소원 못 이룸이 못내 섧구나."라고 했겠는가. 그리고 그 끝에 "누가 고향 가는 길을 알리오. 돌아가는 흰 구름만 부질없이 바라본다."라고 존재의 불안을 토로하는 말을 했겠는가.

동양의 현자들은 죽음에 대처하면서 삶의 의미를 생각하고 자신의 본래성을 추구했다. 죽음이 가져다줄 통절한 아픔을 가상으로 체험함으로써 죽음의 보편성을 배우고, 홀로 겪어야만 하는 죽음의 순간의 슬픔을 이겨 낼 수 있었다. 또 죽음의 절박함을 알았기에 삶 속에서 진정한 희열을 맛보고자 했다. 죽음에 대한 사색은 곧 삶에 대한 사색이자, 내 안의 숭고함을 되찾는 일이었다. 사마천은 『사기』에서 "죽음에 대처하기 어렵다(處死者難)"라고 말한 바 있다. 의미 있는 삶을 살아 나가야 한다는 점을 거꾸로 말한 것이다.

나의 가장 외부에 있으면서 내 존재의 의미를 완결시키는 것이 나의 죽음이다. 죽음 뒤에 나는 모욕도 칭송도 들을 길 없이 그저 흙으로 돌아가 서서히 잊히고 말 것이다. 죽음 자체는 외부의 것이기에 두려워할 필요가 없을 듯하다. 죽음에 의해 일단 완결된 내 존재의 의미를 내가 알 수 없을 것이기에 그 점이 두렵다. 현자들은 내 존재의 무화(無化)를 극복하려면 영원히 썩지 않을 세 가지를 이루라고 했다. 덕(德)과 공(功)과 언(言), 그 셋 가운데 어느 하나라도 이루어야 이름이 영원히 잊히지 않으리라고 했다. 이것이 어찌 쉬운 일이겠는가. 태어날 때는 황금처럼 몸이 빛났건만, 인간은 갖은 실패와 좌절을 겪으면서 몸의 정기를 잃고, 살아 있으면서 죽어 가기 마련이다. 세상의 부조리를 참지 못하는 사람들에게 삶은 더욱 고통스럽다. 그러나 어쩔 것인가. 죽은 뒤에야 그만둘 수밖에 없는 것이 우리의 숙명이 아닌가.

근대 이전 동아시아의 지식인들은 자신의 학문과 활동이 이 세상에서 유효하다고 평가받기를 염원했기에, 인생의 대한

(大限)을 의식하고 삶을 되돌아보면서 스스로를 혁신할 기획을 세웠다. 『맹자』의 주석가로 저명한 조기(趙岐)가 쉰여섯이 되었을 때 자명(自銘)을 쓴 것은 그 한 예이다.

옛사람들은 죽음이 가져올 내 존재의 무화를 극복하는 한 가지 방식으로 살아 있으면서 자기의 묘비(墓碑)·묘표(墓表)·묘갈(墓碣)과 묘지(墓誌)·광지(壙誌)를 적고, 자기의 죽음을 예상하며 자신을 애도하는 만시(輓詩, 挽詩)를 지었다. 혼령이 다닌다고 여기는 무덤 동남쪽의 묘도(墓道)에 세우는 것이 묘비·묘표·묘갈, 무덤구덩이인 광중(壙中)에 묻는 것이 묘지이다. 묘비·묘표에 운문이 첨가되면 묘비명(墓碑銘), 묘지에 운문이 첨가되면 묘지명(墓誌銘)이라 했다. 그러한 기록들을 통틀어 편의상 자찬묘비(自撰墓碑)라고 부를 수 있다.

본래 후한 때부터 생전에 자신이 들어갈 무덤을 만드는 풍습이 있었다. 그러한 무덤을 수장(壽藏)이라 하고, 그 무덤에 묻을 묘지명을 살아 있을 때 작성한 것을 생지(生誌)라 한다. 송나라 때 정향(程珦)은 스스로 묘지명을 지었고, 대학자로 칭송받는 주희(朱熹)도 수장을 만들었으며, 명나라 유대하(劉大夏)는 스스로 수장기(壽藏記)를 지었다.

한국의 근대 이전 지식인들도 영원한 것에 도달하지 못한다는 사실을 깨닫고 번민했으며, 바로 그 어둠 속에서 자기 자신을 되돌아보는 빛을 찾아내어 죽음으로부터 살아 돌아왔다. 슬픔이 저며 오기도 했지만, 음울함 속에서 죽어 가지는 않았다. 그렇기에 선인들이 자기의 죽음을 예상하면서 쓴 묘비와 묘지에는 우리의 마음을 흔들어 놓을 것들이 담겨 있다.

3.

이 책은 근대 이전 한국의 지식인들이 남긴 자찬묘지와 자찬묘비를 통해, 죽음에 관한 성찰의 역사를 탐구한다. 본래 2009년에 출간한 것으로 '기행' 4부작의 하나이다. 이번에 개정하면서 자만은 자찬과 함께 별도로 다루기로 하고, 유정주, 전우 등의 자찬묘비를 새로 넣었다. 자만은 기본적으로 서정과 찬영이 주를 이룬다. 이에 비해 자찬묘지와 자찬묘비는 일생을 개괄하는 방식이며, 자신이 자신을 위하여 입언을 한다는 의도를 지닌다. 자명은 찬영이 주를 이루기도 하고 일생사적을 운문으로 노래하기도 하되, 입언의 의도를 지닌다는 점에서는 자찬묘지나 자찬묘비와 같다.

이 책이 주목하고자 하는 것은 중세적 주체 확립에 죽음이 어떠한 관계를 갖는가 하는 문제이다. 죽음을 상상하고 묘비와 묘지를 스스로 작성하는 것은 개인이 자신의 주체가 되는 데 유력한 한 가지 방법이었다. 한국의 중세에서 개인은 가문이나 이념 속에 매몰되어 있는 경우가 많았지만, 삶의 전환의 시기에는 실존적 존재로서 스스로를 자각했다. 자찬묘비와 자찬묘지는 그 자각의 사실을 언명하는 방식이었다.

물론 자찬의 묘비와 묘지로 자기 삶을 고백하는 방식은 매우 제한적이었다. 일반적으로 근대 이전의 개인은 욕망하는 개인의 진리를 탐색하지는 않았다. 그렇다고 도덕적으로 살아가기 위한 기법을 추구하는 데 그치지도 않았다. 자기 자신을 음미한다는 것은, 비록 외적인 규범에 비추어 보는 방식을 취하기는 했지만, 실존의 미학이었다고 할 수 있다. 자찬의 묘비와 묘지에 자신의 사실을 언명하는 방식은 '지금' '여기'에서의 고백이 아니라, 한없이 뒤로 차연되어 있는 미래에 대한 언명이었다. 그런데 자찬묘비가 이렇듯 미래에 대한 언명이었다는 점은 매우 중요하다. 그것은 자찬묘비와 묘지의 저자에게 스스로의 존재가 지금 이 순간에 종속되는 것이 아니라는 점을 일깨워 주고, 자기의 내면을 자유롭게 말할 수 있도록 언설의 장을 열어 주었다. 그것은 한 개인이 자유로운 인간으로서 자신이 믿는 진리를 말할 권리를 어느 정도 자각하게 했다.

한국의 전근대는 지배 관념으로서의 유학, 가문의 영속을 위한 봉사 의식 등 개인의 자유로운 언행을 제한하는 기제가 강고했다. 발언의 권리란 참월한 군주의 협박에도 불구하고,

노예로 팔려 가거나 사형을 당할 위험에 처하면서도 진리를 말하는 것이지 않으면 안 된다. 『논어』에서도 군주의 안색을 범하면서까지 진실을 말하라고 했다. 근대 이전의 관료-지식인들 가운데 이 물기범안(勿欺犯顔)의 용기를 지닌 사람은 저 『박태보전』에 형상화되어 있는 박태보(朴泰輔) 외에 그리 많지 않았다. 하지만 근대 이전 지식인들은 죽음을 앞둔 새가 슬픈 소리를 내듯이 죽음 앞에서 선한 언설을 남기고자 했다. 그렇기에 자찬묘비와 묘지를 통해서 자신이 믿고 있는 것을 비교적 자유롭게 진술했다. 근대 이전의 자찬묘비와 묘지가 진리의 진술 방식이 불완전했다고 해서 그 입언의 가치를 폄하할 수는 없다.

근대 이전에 자찬묘비와 묘지를 통해 자신이 진리라고 믿는 것을 진술하는 방식은 고백의 기술을 훈련한 후에 이루어진 서양 근세 문학의 진술 방식과는 달랐다. 본래 실존의 미학이라는 관점에서 보면 고백의 기술은 두 가지로 달리 발달할 수 있었다. 공식적으로 죄를 인정하고 개전하는 기술과 자기의 사고를 음미하여 거기에 숨은 욕망이 섞여 있지 않은지 조사하는 고해의 기술이 그것이다. 그런데 서양 중세에는 완전히 자기를 포기하여 사목자의 권력에 종속시키는 방식이 발달했다. 고백을 하기 위해 자신의 내부를 상세하게 해독하고 죄과의 목록과 일치하는 자신의 불미스러운 행동과 심리를 말하는 방식이다. 중국과 한국의 근대 이전 자찬묘비에서도 고백의 방식이 발달한 것은 사실이지만 공식적으로 죄를 인정하는 일은 발달하지 않았다. 불교의 예참문(禮懺文)이나 도교의 공과격(功過格)에 비추어 자신의 죄를 공식적으로 인정하는 일이 없었던 것은 아니다. 하지만 문자를 이용해서 문화 권력의 중심에 있었던 지식인층은 그러한 관습을 외면했다. 이에 따라 문자 생활에서는 숨은 욕망을 조사하여 고해하는 일, 내면의 움직임을 상세하게 해독하는 일, 마음속 비밀을 말하는 일은 그리 일반적이지 않았다. 죄를 인정하기보다는 자기변호를 존중했으며 숨은 욕망, 내면의 움직임, 마음속 비밀을 조사하고 해독하고 명언하는 일보다는 자기의 행사에 대한 평가를 더 중시했다. 다만 이것은 문면의 표면에 나타나 있는 사실이다. 문면의 깊은 하부에는 숨은 욕망, 내면의 움직임, 마음속 비밀을 응시한 이후의 허전함, 이해받지 못하리라는 불안감을 감추어 두었다.

4.

당초 나는 불퇴전(不退轉)의 심경으로 이 책을 엮었다. 선인들이 죽음을 의식하면서 그로부터 소생해 왔던 삶의 태도야말로 이 시대의 우리가 배워야 할 자세라고 굳게 믿는다.

죽음의 문제에 대한 연구로는 필립 아리에스의 『죽음 앞의 인간』이 저명하다. 필립 아리에스는 익명의 사람들의 집합적 역사를 다루는 방법론에 따라, 저술가나 성직자 들의 비균질적 자료를 분석해서 죽음에 관한 집합적 감성이 표출된 방식에 주목했다. 김열규는 『메멘토 모리, 죽음을 기억하라』에서 한국의 민속 자료와 고전 문학 작품들을 인용하여 한국인의 죽음론을 개괄하고, 죽음의 문화적·신화적 형상에 주목했다.

나는 이러한 선행 업적들에 주목하되, 익명의 사람이 아니라 역사적 인물들이 일회적 삶을 살면서 그 삶에서 보편의 문제를 제기했던 개인사에 주목하고, 묘비를 세우고 지석을 묻을 수 있었던 지식인 계층의 죽음 의식을 전문적으로 다루었다. 개인의 특수성과 계층의 한계성에도 불구하고, 58명의 선인들이 스스로 남긴 묘표와 묘지에는 한국인이 죽음에 대해 지녀 온 보편 관념의 한 국면이 잘 드러나 있다.

이 책은 선인들이 남긴 자찬의 묘비와 묘지를 되읽으면서 그들의 내면세계를 탐방했으므로 문헌 고증과 개괄이 불가피했다. 하지만 삶과 죽음의 문제를 성찰하려는 본래의 목표를 잃지 않고자 노력했다. 타인의 삶과 타인의 죽음이 아니라 나 자신의 삶과 나 자신의 죽음을 성찰하는 일을, 이제 더 이상 미루어 둘 수 없었기 때문이다. 이번에 전면 개정판을 내면서

번역을 고치고 해설을 다듬었다. 그러면서 나 자신의 죽음을, 그리고 나 자신의 삶을 다시 깊이 성찰했다.

2018년 3월

회기동 작은 마당의 집에서

심경호

목차

책을 엮으며   5

1 현달하지 않은 것도 아니고 오래 살았다고도 할   27
   만하다
   — 김훤(金晅, 1258~1305년), 「자찬묘지(自撰墓誌)」

2 청풍명월을 술잔으로 삼아 장사 지냈다   38
   — 조운흘(趙云仡, 1332~1404년), 「자명(自銘)」

3 나는 망명하여 도피한 사람이다   45
   — 조상치(曹尙治, ?~?), 「자표(自表)」

4 시끌시끌한 일일랑 도무지 긴치 않다   53
   — 박영(朴英, 1471~1540년), 「묘표(墓表)」

5 「감군은」 곡을 늘 타다가 천수를 마쳤노라   64
   — 상진(尙震, 1493~1564년), 「자명(自銘)」

6 모욕과 칭송도 없어지고 남은 것은 흙뿐   72
— 이홍준(李弘準, ?~?), 「자명(自銘)」

7 시름 가운데 즐거움 있고 즐거움 속에 시름 있도다   76
— 이황(李滉, 1501~1570년), 「자명(自銘)」

8 대의가 분명하기에 스스로 믿어 부끄러움이 없다   84
— 노수신(盧守愼, 1515~1590년), 「암실선생자명(暗室先生自銘)」

9 시신을 소달구지에 실어 고향에 묻어 다오   95
— 성혼(成渾, 1535~1598년), 「묘지(墓誌)」

10 벼슬에는 뜻을 끊고 농사에 마음을 기울였다   105
— 송남수(宋柟壽, 1537~1626년), 「자지문(自誌文)」

11 느긋하고 편안하게 내 명대로 살았다   113
— 홍가신(洪可臣, 1541~1615년), 「자명(自銘)」

12 나 홀로 나를 알 뿐   120
— 권기(權紀, 1546~1624년), 「자지(自誌)」

13 죽은 뒤에나 그만두리라   133
— 이준(李埈, 1560~1635년), 「자명(自銘)」

14 담백하고 고요하게 지조를 지켰노라   141
— 김상용(金尙容, 1561~1637년), 「자술묘명(自述墓銘)」

15 그 비루함이 나를 더럽히지나 않을까 염려했다   151
— 윤민헌(尹民獻, 1562~1628년), 「태비자지(苔扉自誌)」

16 슬픔과 탄식 없이 편안한 삶을 누렸도다   159
— 한명욱(韓明勗, 1567~1652년), 「묘갈(墓碣)」

17 뜻은 원대하지만 명이 짧으니 운명이로다   168
— 금각(琴恪, 1569~1586년), 「자지(自誌)」

18 대부가 직분을 유기했다면 장사 지낼 때
사(士)의 예로 한다   175
— 이식(李植, 1584~1647년), 「택구거사자서(澤癯居士自敍)」

19 인간의 모든 계책은 그림자 잡으려는 것과 같다   190
— 김응조(金應祖, 1587~1667년), 「학사모옹자명병서(鶴沙耄翁自銘幷序)」

20 서른을 넘긴 뒤로는 다시는 점을 치지 않았다   198
— 박미(朴瀰, 1592~1645년), 「자지(自誌)」

21 허물을 줄이려 했지만 잘 되지 않았다   209
— 허목(許穆, 1595~1682년), 「자명비(自銘碑)」

22 몸이 한가롭기에 일 또한 한가롭다   217
— 이신하(李紳夏, 1623~1690년), 「자지문(自誌文)」

23 마음으로 항복하지 않겠다 228
— 박세당(朴世堂, 1629~1703년), 「서계초수묘표(西溪樵叟墓表)」

24 이것이 거사가 반생 동안 겪은 영욕이다 239
— 이선(李選, 1631~1692년), 「지호거사자지(芝湖居士 自誌)」

25 뒤뚱뒤뚱 넘어지고 큰 재앙이 이어져 놀라웠을 뿐 252
— 유명천(柳命天, 1633~1705년), 「퇴당옹자명(退堂翁自銘)」

26 노새 타고 술병 들고 나가서 돌아오는 것을 잊었다 271
— 남학명(南鶴鳴, 1654~1722년), 「회은옹자서묘지(晦隱翁自序墓誌)」

27 감암에서 야위는 것이 마땅하다 278
— 이재(李栽, 1657~1730년), 「자명(自銘)」

28 선영 아닌 딴 곳에 장사 지낸다면 눈을 감지 못하리라 295
— 김주신(金柱臣, 1661~1721년), 「수장자지(壽葬自誌)」

29 이처럼 살다가 이처럼 죽어, 태허로 돌아가니 303
무어 걸릴 것 있으랴
— 박필주(朴弼周, 1665~1748년), 「자지(自誌)」

30 입조한 30년 동안 좌우에서 돕는 자가 없었다 315
— 이의현(李宜顯, 1669~1745년), 「자지(自誌)」

31 슬픈 일이 반이고 웃을 일이 반이다   329
    — 권섭(權燮, 1671~1759년), 「자술묘명(自述墓銘)」

32 허물과 모욕이 산처럼 쌓여 있다   339
    — 유척기(俞拓基, 1691~1767년), 「미음노인자명(渼陰老人自銘)」

33 **뼈야 썩어도 좋다**   349
    — 김광수(金光遂, 1696년~?), 「상고자김광수생광지(尙古子金光遂生壙誌)」

34 화합을 주장하던 내가 세상의 죄인이 되었다니   357
    — 원경하(元景夏, 1698~1761년), 「자표(自表)」

35 재주 있음과 없음 사이에서 노닐었다   367
    — 남유용(南有容, 1698~1773년), 「자지(自誌)」

36 천명을 즐기거늘 무엇을 의심하랴   376
    — 조림(曹霖, 1711~1790년), 「자명병서(自銘幷序)」

37 어리석다는 평은 정말 말 그대로가 아니랴   383
    — 임희성(任希聖, 1712~1783년), 「재간노인자명병서(在澗老人自銘幷序)」

38 으레 그러려니 하며 웃어넘겼다   395
    — 강세황(姜世晃, 1713~1791년), 「표옹자지(豹翁自誌)」

39 나 죽은 뒤에 큰 비석을 세우지 말라   410
    — 서명응(徐命膺, 1716~1787년), 「자표(自表)」

40 사람됨이 보통 사람보다 못했다   419
— 정일상(鄭一祥, 1721~1792년), 「자표(自表)」

41 나 역시 세속적인 것을 면치 못했다   428
— 조경(趙璥, 1727~1787년), 「자명(自銘)」

42 갈아도 닳지 않는 석우가 있다   437
— 오재순(吳載純, 1727~1792년), 「석우명(石友銘)」

43 행적이 우뚝하고 마음이 허허로워 탕탕한 사람이   443
아닌가
— 김종수(金鍾秀, 1728~1799년), 「자표(自表)」

44 기쁨과 슬픔을 헛되이 쓰려 하지 않았다   456
— 유언호(俞彦鎬, 1730~1796년), 「자지(自誌)」

45 깨닫고 보니 죽음이 가깝다   472
— 유한준(俞漢雋, 1732~1811년), 「저수자명(著叟自銘)」

46 썩은 흙과 함께 스러지리라   486
— 이만수(李晚秀, 1752~1820년), 「자지명(自誌銘)」

47 이름이나 자취나 모두 스러지게 하련다   494
— 신작(申綽, 1760~1828년), 「자서전(自敍傳)」

48　나라의 은혜를 갚으려면 먼저 제 몸을 지켜야 한다　　505
　　— 남공철(南公轍, 1760~1840년), 「사영거사자지(思穎居士自誌)」

49　하늘은 나를 버리지 않고 곱게 다듬으려 했다　　516
　　— 정약용(丁若鏞, 1762~1836년), 「자찬묘지명(自撰墓誌銘)」 광중본(壙中本)

50　산다는 것이 이처럼 낭비일 뿐이란 말인가　　533
　　— 서유구(徐有榘, 1764~1845년), 「오비거사생광자표(五費居士生壙自表)」

51　올해의 운이 가 버렸구나　　544
　　— 서기수(徐淇修, 1771~1834년), 「자표(自表)」

52　전형이 여기서 인몰될까 두렵다　　555
　　— 유정주(兪正柱, 1796~1869년), 「자지(自誌)」

53　남들은 나를 늙은 농사꾼으로 대해 주지 않는다　　566
　　— 이유원(李裕元, 1814~1888년), 「자갈명(自碣銘)」

54　백 세대 뒤에라도 옹의 실질을 알리라　　576
　　— 김평묵(金平默, 1819~1891년), 「중암노옹자지명병서(重庵老翁自誌銘幷序)」

55　문을 닫아걸고 의리를 지켰다　　583
　　— 전우(田愚, 1841~1922년), 「자지(自誌)」

56 나라가 망하자 사흘 동안 흰옷을 입고 슬픔을 603
표했다
— 김택영(金澤榮, 1850~1927년), 「자지(自誌)」

57 행적의 글을 스스로 지어 후손에게 밝힌다 614
— 유원성(柳遠聲, 1851~1945년), 「모옹자명(帽翁自銘)」

58 일본의 신민이 될 수는 없소 626
— 이건승(李建昇, 1858~1924년), 「경재거사자지(耕齋居士自誌)」

보론 자찬묘비·묘지와 자찬만시 637
원문 659
참고 문헌 743

일러두기

1 이 책은 『내면기행: 선인들, 스스로 묘비명을 쓰다』(이가서, 2009)를 수정하고 증보한 것이다.

2 구판에 수록된 글 가운데 이정암, 남효온, 정렴, 임제의 자만 계열 작품을 빼고 권기, 유명천, 유정주, 전우, 유원성의 자찬묘비를 새로 소개했다. 본문은 문장을 다듬거나 삭제하는 등 대폭 수정한 경우가 적지 않다.

3 망자의 일생 사적을 적은 글을 흔히 묘도문자라고 한다. 묘도문자는 땅 위에 세우는 신도비, 묘표, 묘갈 등 묘비에 새기는 것과 땅속에 묻는 묘지, 광지 등 묘지에 새기는 것이 있다. 따라서 묘비와 묘지는 구별되지만 관습적으로 묘비라고 아울러 부르는 경향이 있다. 한 개인이 죽음을 의식하여 작성하는 자찬의 묘도문자도 자찬묘비와 자찬묘지를 구별하고 자찬비지라고 통칭해야 하겠지만, 두 가지를 아울러 자찬묘비라고 부를 수도 있다. 이 책에서는 자찬묘비와 자찬비지라는 말을 혼용하되, 각 글의 문체적 특징을 밝힐 필요가 있을 경우에는 세부적인 문체명을 사용했다.

4 구판은 자찬묘비와 자찬묘지의 형식에 따라 대상 글들을 분류했으나, 이 책은 작가의 생년을 기준 삼아 연대순으로 정리했다. 이로써 고려 시대부터 조선 시대 말까지의 역사적 흐름 속에서 한 개인이 어떠한 정치적 행동을 하고 일상의 삶을 살았는지 알 수 있도록 했다.

5 각 편 머리에 소개하는 자찬묘지의 원문은 표점을 하여 권말에 실었다. ◀는 환운(換韻, 운목을 바꿈) 표시이며, 유실자는 ○으로, 원주는 [ ]로 표시했다.

6 각 편의 참고 문헌은 맨 뒤에 편마다 작성해서 열람에 편하도록 했다.

7 근세 이전 자서전과 자찬비지의 흐름에 대해 서술한 보론은 최근 저자의 연구 성과를 반영해 재수록했다.

현달하지 않은 것도 아니고 오래 살았다고도 할 만하다

김훤(金晅, 1258~1305년), 「자찬묘지(自撰墓誌)」

잔약한 몸뚱이를 돌아보라
하늘 아래 군더더기.
본질은 미약하고
성격은 우직하다.
학업을 이루지 못하고도
억지로 유학자라 해서
조정 반열에 외람되이 끼어
붉은 인끈을 얻었구나.

오랫동안 군주의 조령(詔令)을 맡아 제작하다가

핵심 요직에 올라

가까스로 착창(斲窓)을 면하고

조정에서 염지(染指)했으며

정당문학에 초배되었다가

배척받자 늙음을 이유로 사직했나니

현달하지 않은 것도 아니고

오래 살았다고도 할 만하다.

바탕 삼은 것을 따져 보면

하나의 어리석은 몸뚱이

이것이 무슨 물건인가

필경 어디로 가는 걸까.

오는 곳 징험하고 가는 곳 따져도

갑작스레 답을 못 얻기에

스스로 시말을 적어서

자식에게 유언한다.

천지건곤의 변화를

어느 초목인들 사양하랴만

졸렬함 기르고 완고함 키워 주어

조물주는 내게 각별한 사랑 주었네.

딸 하나 아들 둘로

적지도 않고 많지도 않아라.

복숭아와 배가 문에 가득하니

이 또한 위로가 되어라.

　스스로의 몸뚱이를 돌아보면서 이 사람은 자기가 하늘 아래의 땅에 가까스로 붙어사는 군더더기 같은 존재가 아닐까 생각해 본다. 돌이켜 보면, 자질이 미약하고 성격이 우직한 데다가, 그저 유학을 공부했다는 이름만으로 조정 반열에 들었다는 자괴감이 남기 때문이다.

　이 사람은 자기의 재주가 모자람을 겸손하게 말하려고 착창과 염지라는 말을 사용했다.

　착창(斲窓)은 글재주가 모자라 다른 사람 것을 모방한다는 뜻이다. 당나라 양도(陽滔)가 중서사인으로 있을 때 제사(制詞)를 지어 올리라는 급한 명을 받았는데, 열쇠를 가진 사관(史官)이 다른 곳에 있어서 구본을 참고할 수 없었다. 이에 창문을 뚫어 가져다가 보았으므로 사람들이 그를 착창사인이라 불렀다는 이야기가 『조야첨재(朝野僉載)』에 나온다.

　염지(染指)는 분수 밖의 이익을 꾀하는 것을 뜻한다. 『춘추좌씨전』 선공(宣公) 4년의 기사에 보면 초인(楚人)이 정나라

김훤　　　　　　　　　　　　　　　　　　　　29

영공(靈公)에게 자라 음식을 올리자, 자공(子公)의 집게손가락이 움직였다. 자공은 "내 식지(食指)가 이러는 날에는 꼭 진미를 먹었다오."라고 했다. 영공이 대부들에게 자라 음식을 나누어 먹이면서 일부러 자공에게는 주지 않자, 자공은 노하여 솥에 손가락을 담가 맛보고 나갔다고 한다.

사람의 생명을 쓸모없는 혹으로 여기는 관념은 실은 삶과 죽음을 동일하게 보고자 한 『장자』에서 비롯된 것이다. 『장자』「대종사(大宗師)」 편에 이런 이야기가 있다.

춘추 시대에 자상호(子桑戶), 맹자반(孟子反), 자금장(子琴張)은 막역한 사이였는데, 자상호가 죽자 친구들이 노래를 불렀다. 이때 공자의 제자 자공(子貢)이 조문을 갔다가 그들이 노래를 부르는 것을 보고 실례가 아니냐고 따지자, 그들은 자공에게 "그대가 예의의 본뜻을 어찌 알겠는가?"라고 반문했다. 자공이 돌아와 공자에게 이 사실을 말하자, 공자는 "그들은 삶을 붙어 있는 혹으로 여기고, 죽는 것은 바로 그 혹을 터뜨려 버리는 것으로 여기는 사람들이다."라 했다고 한다.

이 사람은 자기 삶을 쓸모없는 혹으로 여긴 것만은 아니다. 겸손하게 말한 것일 따름이다. 그는 왕의 명령을 글로 다듬는 일을 오랫동안 맡아 하다가 요직에 올랐고 정당문학(政堂文學)이라는 명예직까지 나아갔다. 나이가 들어 사직했지만 따져 보면 현달하지 않은 것도 아니고 수명이 짧았다고 할 수도 없다.

하지만 만년의 이 사람은 문득 인생의 종말이 가까웠음을 환기하고 나의 존재는 어디에서 와서 필경 어디로 가는 것인가 생각해 보았다. 대답을 얻을 수 없었다. 살아 있는 모든 것이 죽기 마련이라는 사실을 확인했을 따름이다.

이 글은 한 인물이 자신의 일생을 개괄하여 자기 무덤 속에 함께 묻어 달라고 남긴 자찬묘지의 명(銘)이다. 저자는 고려 때 보문각 대학사(寶文閣大學士)라는 벼슬을 나이 들어 그만둔 김훤이다.

명은 모두 4장으로, 각 장은 4언의 구이다. 각 장의 끝에는 같은 발음으로 끝나는 글자들을 놓아 음악적 리듬감을 살렸다. 운자(韻字)를 놓은 것이다.

이 묘지에는 '대덕(大德) 9년 을사(乙巳) 2월 30일'의 일자와 '도첨의찬성사 김훤 자찬묘지(都僉議贊成事金晅自撰墓誌)'라는 제액이 있다. 대덕은 원나라 성종(재위 1294~1306년)의 연호이다. 대덕 9년은 고려 충렬왕 31년으로, 서기 1305년에 해당한다. 고려가 원나라의 간섭을 받고 있었던 때이므로 원나라 연호를 쓴 것이다. 묘지의 앞면에는 김훤이 적은 묘지와 앞의 명이 있고, 묘지의 뒷면에는 이진(李瑱)이 김훤의 행적을 추가로 적은 글이 새겨져 있다. 글씨는 김훤이 고시관일 때 급제하여 그와 문생의 관계가 된 고문계(高門啓)가 썼다. 김훤의 글은 한국에서 현재까지 알려진 자찬묘지 가운데 가장 이른 시기의 것이다.

김훤은 자신의 삶을 돌아보면서 자족의 마음을 드러냈다.

현달하지 않은 것도 아니고, 오래 살았다고 할 만하다고 하였고, 자식도 딸 하나 아들 둘이어서 적절하다고 했으며, 복숭아와 배가 문에 가득하다고 해서 문생들이 많은 것을 자부했다. 벼슬살이하면서 남의 배척을 받기도 했지만 그래도 스스로의 졸렬함과 완고함을 그대로 지켜 큰 허물이 없었다고 안도했다.

김훤은 경북 의성(義城) 사람으로, 자는 용회(用晦)이다. 스무 살에 관리의 명부에 이름을 올렸고, 1260년(고려 원종 원년) 9월 실시된 문과에 을과(乙科)로 급제했다. 1269년 임연(林衍)이 왕을 폐위시키고 안경공을 세우자, 원나라는 연경에 있던 세자 심(諶, 충렬왕)을 동안공(東安公)으로 봉하고, 군사를 보내 임연 일당을 토벌하려 했다. 이때 김훤은 성절사 서장관으로 원나라에 가서, 세자를 동안공에 책봉하면 고려의 민심이 임연에게 기울어진다고 경고해서 원나라의 내정 간섭을 중지시켰다. 이듬해 돌아와 금주(金州) 방어사로 있을 때는 방보가 난을 일으켜 진도의 삼별초와 호응하려 하자 경주판관 엄수안, 안렴사 이숙진과 함께 토벌했다. 1275년(충렬왕 원년) 가을 전라주도 부부사(全羅州道部夫使)로 부임하다가 전라도 안찰사 노경륜(盧景綸)의 미움을 받아 양주(襄州) 부사로 좌천되었다. 1년 뒤 국자사업(國子司業)이 되어 서울(개성)로 돌아왔다. 1278년(충렬왕 4년) 전라도 찰방사가 되었으나 충렬왕의 뜻을 거슬러 파직되었다. 또 말에서 떨어져 병을 얻었으므로, 이후 8년간 산직(散職)에 있어야 했다. 1286년 영월 감무로 임명되자 마지못해 종복 한 명만 데리고 부임했다. 조정에서 그곳의 안집 별감으로 삼았으나, 이웃 고을의 관리를 방문하는 척하며 말을 타고 떠나 그대로 서울로 돌아왔다. 1288년 이전 관직으로 복직한 후, 여러 청요직을 거쳤으며, 국왕이 선포하는 글들을 대신 지었다.

1293년(충렬왕 19년) 조의대부 좌간의대부 한림시강학사 지제고(朝議大夫左諫議大夫翰林侍講學士知制誥)로서 하정사(賀正使)가 되어 원나라에 들어갔다. 마침 충렬왕의 맏아들(이후의 충선왕)이 세자로서 궁궐에 들어와 어머니 제국 대장 공주 즉 인명 태후(仁明太后)를 모시고 있었는데, 원나라 조정에서 김훤에게 조칙을 내려 세자를 수종하게 했다. 1295년 성균시(成均試)를 맡게 되어 2월에 귀국해서 9월에 시험을 관장했다. 그달에 봉익대부 밀직학사 국자감 대사성 문한학사(奉翊大夫密直學士國子監大司成文翰學士)로 뛰어올랐다. 그해 12월 다시 세자를 호종하여 원나라 조정에 들어갔다. 1296년 연경(燕京)에 있으면서 광정대부 정당문학 보문각 대학사 동수

국사(匡靖大夫政堂文學寶文閣大學士同修國史)에 임명되었다. 1297년 2월 귀국하고, 1298년 정월 충선왕이 즉위한 이후 은퇴했다.

김훤의 자찬묘지는 여기까지 관직의 제수와 사직, 체직, 좌천의 사실만 밝히고 관직에서의 업적은 전혀 언급하지 않았다. 원나라에서 귀국한 후 병을 구실로 은퇴한 것은 원나라에 있을 때 무고를 당했기 때문인 듯하다. 하지만 자찬묘지는 그런 사실을 밝히지 않았다. 뒤에 찬성사가 되기도 했으나 정치에는 더 이상 간여하지 않았다.

김훤은 자찬묘지에서 묘지를 스스로 짓는 이유를 밝혔다.

훤은 사람됨이 어리석고 못나서 나라에 도움을 준 것이 없으나 벼슬과 수명이 이런 정도에 이르도록 재난이나 앙화가 없었던 것은 반드시 남모르는 가호가 있었기 때문일 것이다. 일찍이 사는 곳의 지명을 따서 호를 둔촌(鈍村)이라 하고, 또 족헌거사(足軒居士)라고 부르기도 했다. 경자년(1300년, 충렬왕 26년) 4월에 아내 이씨가 먼저 세상을 떠났다. 딸 한 명과 아들 두 명을 두었는데 분수에 따르면서 효도로 봉양하고 있다. 평생의 행적을 적지 않을 수가 없으므로, 생애의 대강을 스스로 적어 두 아들에게 남겨 주어 보도록 했다. 세상을 떠난 날짜와 묻힐 곳은 마땅히 뒤따라 적어서 무덤에 지(誌)로 남기도록 하라.

일생 이력을 보면 김훤은 결코 안일하지 않았다. 원나라의 내정 간섭을 저지한 일은 물론, 왕명에 저항한 반군으로 규정된 삼별초를 토벌한 일은 당시로서는 주요한 업적이었다. 충선왕을 원나라에서 시종한 것도 주요한 공적이었다.

김훤이 원나라의 내정 간섭을 저지한 일과 금주에서 방보의 난을 막은 일에 대해서는 그의 문도를 자처한 이진이 지은 묘표 음기(陰記)에 자세하게 나와 있다. 이 음기는 1305년(충렬왕 31년)에 지은 듯하다. 문생 고문계가 그해 2월 29일에 글씨를 썼다.

기사년(1269년, 원종 10년) 권세를 가진 신하가 마음대로 임금을 폐위시키거나 즉위시켰다. 그때 지금의 임금(충렬왕)이 원나라에 들어가 있었는데, 원나라 조정에서 논의하여 충렬왕을 동안공으로 봉하고 대군(大軍)과 함께 보내려고 했다. 이 일이 이루어졌다면 권세 있는 신하는 사람들을 꾀어 "임금의 호칭이 없어졌는데 나라의 이름이 있을 필요가 있겠는가?"라고 하면서 반드시 반역을 했을 것이다. 공이 서장관으로 임금의 명을 받들어, 나라만 생각하고 집은 잊은 채 자신의 목숨을 돌보지 않고 곧 계(啓)를 작성하여 도당(都堂)에 바친 뒤에야 논의가 가라앉아, 원나라 조정의 계획이 행해지지 않게 되었다. 임금이 조칙을 내려 공을 공신으로 칭하고 특별한 상을 더하였다. 그 글이 지금까지 여전히 이곳에 있으니, 실로 삼한이 공의 덕에 영원히 유지할 것이다.

금주에 부임했을 때 이웃 고을 퇴화군(推火郡) 사람들이 나라를 배반하고 난을 일으켜 관리를 함부로 죽이며 사방에서 크게 들고일어나자, 부락에서도 병사를 이끌고 그들에게로 갔다. 공이 적은 수의 정예병과 죽음을 무릅쓴 사람들을 급히 훈련시켜 적을 향해 바로 나가니 흉악한 무리들이 무너졌다. 또 도적이 탄 배 세 척이 고을 남쪽에 크게 이르자 공이 앞장서서 성에 올라 죽음으로 지켜 막았으므로, 도적이 일을 그르친 줄 알고 물러갔다.

유학자이면서도 남방의 지역을 지킨 그 지략과 용기와 공훈에 대해, 김훤은 자신이 작성한 묘지명에서 전혀 언급하지 않았다. 이진은 그를 위한 묘지명에서 "수많은 공로는 적지 않고 벼슬이 바뀐 것만 써 놓았으니, 그 겸양과 그 지혜를 여기에서도 알 수 있다."라고 했다.

한편 김훤의 만년 생활에 대해 이진은 다음과 같이 적었다.

만년에는 가까운 사람들을 불러 모아 항상 좋은 술과 맛있는 음식으로 자주 잔치를 베풀어 때로는 글을 지으면서 즐기고, 때로는 거문고를 타면서 노래하는 소리가 해가 지고 밤이 밝은 뒤에야 끝났으니, 대개 회포를 풀었을 뿐이다. 대덕 7년(1303년, 충렬왕 29년) 문관으로서 재상의 반열에 있는 이들이 글을 올려 공의 이전 녹봉을 회복시켜 줄 것을 청하자, 왕이 12월 29일 비답을 내려 광정대부 도첨의찬성사 연영전 대사학 판판도사사(匡靖大夫都僉議贊成事延英殿大司學判版圖司事)로서 은퇴하도록 했다. 대덕 8년 정월 글을 올려 사직을 청했다. 8월에 갑자기 중풍에 걸리자 음양가의 말을 따라 좌경리(左京里)에 있는 친척 집으로 피했다. 대덕 9년 정월 14일 세상을 떠나니, 빈소를 집으로 옮기고, 2월 30일 구룡산(九龍山) 동쪽 기슭에 장사 지냈다.

중국의 백거이는 서른 살에도 자족하고 마흔에도 자족하고 쉰에도 자족하고 예순에도 자족하고 일흔에도 자족했다. 그는 번번이 자신이 물질 면에서나 관력 면에서나 기타 생활 면에서나 모두 자족할 만하다는 사실을 환기했다. 김훤의 경우는 시기마다 그런 자족의 감정을 느끼지는 못했다. 일흔의 나이가 되면 벼슬에서 물러나야 하는 관례에 따라 벼슬에서 물러난 뒤 비로소 자신의 일생을 되돌아보면서 자족의 감정을 느낀 것이다. 이만하면 괜찮다!

청풍명월을 술잔으로 삼아
장사 지냈다

②

조운흘(趙云仡, 1332~1404년), 「자명(自銘)」

　　조운흘은 본관이 풍양이며, 고려 태조의 신하인 평장사 조맹(趙孟)의 30대손이다. 공민왕 때 홍안군 이인복(李仁復)의 문하에서 과거 급제한 뒤 중외의 관직을 역임했으며, 다섯 고을의 수령으로서 관인(官印)을 허리에 찼고 네 도의 풍속을 관찰했다. 비록 큰 치적은 없었으나 시속의 비루함에 휩쓸리지도 않았다.

　　73세에 병 때문에 광주의 고원성(古垣城)에서 삶을 마쳤다. 후사가 없다.

　　해와 달을 옥구슬로 삼고 청풍명월을 술잔으로 삼아 옛 양주 고을의 아차산 남쪽 마하야(摩訶耶)에 장사 지냈다.

공자는 행단 위에 계셨고
석가는 쌍수 아래 계셨네.
고금의 성인과 현인 가운데
그 어찌 독존한 분 있었나.
쯧쯧
내 인생 끝이로구나.

이 글은 본관이 무엇이고 누구의 후손이며 언제 과거에 급제하고 어떤 벼슬을 거쳤으며 어느 때에 삶을 마쳤는지 간단하게 기록하고, 그 끝에 어디에 장사 지냈다고 적었다. 관직 생활에 대해서는 비록 큰 치적은 없었으나 세속의 비루함에 휩쓸린 적도 없었다고 간단히 평했으며, 죽음에 대해서도 73세에 병으로 삶을 마쳤다고 적었을 따름이다. 큰 명예 없고 큰 잘못도 없이 한세상을 보냈다고 말한 것이다. 그러나 그의 일생이, 그의 마음이 결코 평탄했던 것은 아니다.

조운흘은 이인복의 문인이다. 공민왕 6년인 1357년 급제하고 안동 서기로 뽑혔으며 여러 벼슬을 거쳤다. 형부 원외랑으로 있을 때 홍건적의 난이 일어났는데, 공민왕이 복주, 즉 지금의 안동으로 파천하자 그때 시종했다. 그 후 국자감 직강으로 옮겼고 전라도, 서해도, 양광도 삼도의 안렴사를 역임했다.

공민왕 23년인 1374년, 전법총랑으로 있다가 상주(尙州) 노음산(露陰山) 아래로 물러나 스스로 석간서하옹(石澗棲霞翁)이라 일컫고 바깥을 드나들 때 소를 타고 다녔다. 자은사(慈恩寺) 승려 종림(宗林)과 교유했다.

우왕 3년인 1377년 좌간의대부에 제수되고, 여러 벼슬을 거쳐 판전교시사에 이르렀으나, 우왕 6년인 1380년 사직하고 현재의 경기도 광주에 속했던 고원강촌(古垣江村)에 거처했다. 오늘날의 몽촌(夢村) 부근이라고 한다. 그는 판교원(板橋院)과 사평원(沙平院)을 중창해서 그 주인이라 자칭하되, 떨어진 옷과 짚신을 신고서 부역하는 사람들과 함께 노동했다. 그리고 소를 타고 다니면서 정금(鄭金)과 함께 행려자를 구제했다. 우왕 14년인 1388년에 다시 전리판서가 되고 밀직제학으로 옮겼다. 당시 지방 정치를 다스리기 위해 명망 있는 사람을 도관찰출척사로 선발해야 한다는 의론이 있어, 조운흘이 서해도 관찰사가 되었다. 그는 왕에게 글을 올려, 서해에서 양광도까지, 전라도에서 경상도까지 2000여 리 해로에 점재하는 대청(大靑), 소청(小靑), 교동(喬桐), 강화(江華), 절영(絶影), 남해(南海), 거제(巨濟) 등 20여 섬을 군관들에게 식읍으로 주어서 왜적을 방비하고 옥토와 어염의 이익을 발굴하게 해야 한다고 주장했다.

서해도 관찰사로 있을 때 그는 아미타불을 외웠다. 친구가 수령으로 있었는데, 조운흘의 창밖에 와서 "조운흘! 조운흘!" 하고 불렀다. "어째서 내 이름을 부르느냐?" 하자, 그 수령은 "공은 부처가 되려고 염불을 하니, 내가 공을 부르는 것은 공처럼 되려고 하는 것이오." 했다. 둘은 크게 웃었다. 어지러운 세상에서 자신의 덕을 숨기려 했던 것이다.

이해(1388년) 임견미(林堅味)가 이인임(李仁任), 지윤(池奫) 등과 함께 권력을 휘두르다가 최영, 이성계에게 살해되었다. 임견미는 1361년 홍건적의 난 때 나주 도병마사로 있으면서 공민왕을 호종했고, 1370년에는 부원수로 원나라 동녕부 토벌에 참여했으며, 1374년에는 부원수로서 제주에서 일어난 목호(牧胡)의 난을 평정했다. 우왕 때도 왜구 토벌에 공을 세우고, 1384년 문하시중에 올랐다. 그 결과 권력을 쥐게 되었지만 최영과 이성계와 뜻을 달리하다가 결국 살해된 것이다.

고려 말의 정계는 평온하지 않았다. 구왕파에 속했던 조운흘은 세상이 어지러워지리라 짐작하고 미친 체하고 지냈다. 또 겉보기에 멀쩡하지만 앞을 볼 수 없는 상태인 청맹(靑盲)이 되었다 하고는 벼슬을 살지 않았다. 그러다가 난이 평정된 뒤 눈을 문지르면서, 내 병이 다 나았다고 했다. 창왕이 즉위한 후 첨서밀직사사에 제수되었다가 동지밀직사사에 올랐다. 하지만 공양왕이 즉위한 뒤 2년 되는 1390년에는 바깥으로 나가 계림 부윤이 되었다.

마침내 새 왕조가 섰다.

조의생과 임선미 등 70여 명은 두문동으로 들어가 절의를 지켰다. 차원부는 평산 수운암동에 은거했는데, 하윤이 모함하여 정도전, 함부림, 조영규 등이 때려죽였다. 이양중은 차원부의 죽음을 분하게 여겨, 고기 잡는 광경을 구경하면서 즐기는 타어회(打魚會)에서 막걸리 담은 병을 깨부수었다. 사람들이 그를 파료옹(破醪翁), 즉 막걸리 병을 깬 노인이라 불렀다. 길재는 등잔을 던졌고, 조운흘은 책상을 치며 분개했다.

이씨 왕조는 조운흘에게 강릉 대도호부사의 직을 주었다. 조운흘은 잠시 그 벼슬에 있었으나, 곧바로 병을 이유로 사직하고 광주의 별서로 돌아갔다.

이씨 왕조는 조운흘에게 검교 정당문학의 벼슬을 주었다. 검교의 벼슬은 관례에 따라 녹봉을 받았지만, 그는 사절했다. 광주 고원촌으로 개국 공신 김사형(金士衡)이 찾아와서 벼슬살이를 권했어도, 소매 넓은 베적삼에 삿갓 쓰고 나와 길게 읍했을 뿐, 한마디도 하지 않았다. 조선의 『태종실록』 1404년(태종 4년) 12월 5일(임신)에 졸기(卒記, 사망 기록)가 있다.

조운흘은 아차산 남쪽 마하야에 수장(壽藏)을 두었다. 마하야란 불교의 큰 법을 뜻하는데, 여기에서는 사찰을 가리키는 듯하다. 마하(摩訶, maha)는 대(大)·다(多)·승(勝)의 삼의(三義)이고, 야(耶, ya)는 부처 제자의 일문(一門)을 말한다고 한다.

묘지명의 끝에 운문으로 붙인 명문에서 조운흘은 자신을 공자나 석가의 경우에 견주어 보았다. 공자는 행단 위에서 제자들에게 강론했다고 전한다. 행단은 현재 산둥성에 있는 공자의 사당 앞에 있는 단이다. 한편 석가는 쌍수 아래에서 제자들에게 불법을 전하고 열반에 들었다고 한다. 쌍수는 인도의 발제하(跋提河) 가에 있던 두 그루의 사라(娑羅) 나무이다. 부처가 입적할 때 하나의 뿌리에서 두 줄기가 나와 한 쌍을 이루었다고 한다. 두 분은 유아독존(唯我獨存)과 특립독행(特立獨行, 홀로 서서 우뚝하게 나아감)을 했지만, 별도로 제자들을 두어 법과 도를 전했다. 조운흘은 제자를 둘 수조차 없는 고독한 처지임을 서글퍼했다. 남은 것은 죽음이다. 그 죽음이 화려할 리 없지만 그렇다고 흉 없지도 않을 것이다. 새 조정에서 내리는 제수를 차리고 멋진 석상을 무덤 앞에 세울 것이 아니라, 해와 달을 옥구슬로 삼고 청풍명월을 술잔으로 삼을 것이기에.

『장자』「열어구(列禦寇)」에 보면, 장주(莊周) 즉 장자가 죽게 되었을 때 제자들이 그를 후하게 장사 지내려 하자 장자는 말했다. "나는 천지를 관곽으로 삼고, 일월을 쌍벽으로 삼으며, 별들을 옥구슬로 삼고, 만물을 전송 물품으로 삼았거늘, 나의 예장품이 어찌 부족한가?" "까마귀나 솔개가 시신을 파

먹을까 염려할 것이 무어 있는가? 시신이 땅 위에 있으면 까마귀나 솔개의 밥이 되고, 시신이 땅속에 있으면 땅강아지나 개미의 밥이 될 터. 시신을 잘 매장한다는 것은 그것을 저쪽에서 빼앗아다가 이쪽에다 주자고 하는 것에 불과하다. 그렇게 편벽한 일을 나는 하지 않겠다고 한 것이다." 조운흘도 죽음을 회귀라고 생각하여, 해와 달을 옥구슬로 삼고 청풍명월을 술잔으로 삼겠다고 한 것이다.

시사에 대해 전혀 언급하지 않은 그이지만, 불만의 감정을 삭이면서 일흔셋의 나이를 살아가는 것이 무척이나 고통스러웠으리라 추측된다. 조선 왕조는 『고려사』에 조운흘의 자찬묘지명을 실어 두고, 『태종실록』의 졸기에도 그 자찬묘지명을 실어 두어, 그의 개결한 정신을 높이 평가했다. 이것이 그의 위로가 될 것인가?

나는 망명하여
도피한 사람이다

조상치(曹尙治, ?~?), 「자표(自表)」

노산조 부제학 포인 조상치 묘

노산조(魯山朝)라 쓴 것은 오늘의 신하가 아님을 밝힌 것
벼슬 품계를 쓰지 않은 것은 임금을 구제하지 못한 죄를
드러낸 것
부제학이라 쓴 것은 사실을 지우지 않기 위해서요
포인(逋人)이라 쓴 것은 망명하여 도피한 사람임을 말
한 것

수양 대군의 왕위 찬탈에 울분을 느낀 조상치는 경상도 영천의 창수(滄水) 마을 즉 마단(麻丹)에 은둔했다. 큰 돌 하나를 구해 쪼지도 않고 꾸미지도 않고서 그 표면에 '노산조부제학포인조상치지묘(魯山朝副提學逋人曺尙治之墓)'라고 새겼다. 그리고 작은 글씨로, 벼슬 품계를 쓰지 않은 까닭, 부제학이라 쓴 이유, 포인이라 쓴 이유를 밝혔다.

포인이란 포신(逋臣)이란 말과 같다. 죄짓고 도망간 신하라는 뜻이다. 송나라가 원나라에 의해 멸망할 때 학자 사방득(謝枋得)이 포신을 자처한 일이 있다. 대개는 이민족에 의해 국가가 쇠망할 때 절의를 지키는 지식인들이 포신이나 포인을 자처했다. 조상치는 수양 대군의 등극을 국가 가치의 소멸로 보았기에, 스스로 포인을 자처한 것이다.

조상치는 아들에게 "내가 죽거든 이 돌을 무덤 앞에 세우라."라고 일렀다. 임종 때는 평소의 시문을 모두 태웠다.

조상치는 길재의 문인이다. 조선 초 세종, 문종 두 임금의 지우를 입어 오래도록 관직에 있다가 부모의 공양에 편리하도록 자청하여 합천과 함양의 수령을 지냈다. 단종 3년인 1455년에 집현전 부제학으로 뽑혔다. 그런데 이해 세조가 단종의 선위로 즉위하자, 문을 닫고 병을 일컬어 하례하는 반열에 참여하지 않았다. 예조 참판에 제수되었으나 다리에 병이 났다는 이유를 들어 사은숙배하지 않았다.

은퇴할 나이가 아니었지만, 세 아들이 조정 벼슬에 올라 복이 너무 과하므로 물러가겠다고 했다. 세조가 그의 속뜻을 알고는 사흘 만에 백관을 시켜 동대문에서 전송하게 했다. 논평하는 자들은 "엄자릉(嚴子陵, 엄광)의 절조가 아니면 후한의 광무제에게 용납될 수 없고, 광무제의 성스러운 덕이 아니면 엄자릉의 높은 절조를 온존하게 지켜 줄 수가 없다."라 했다. 엄광은 후한을 일으킨 광무제와 지난날 친구였으므로 광무제가 즉위한 후 불렀으나, 친구로서 하룻밤을 같이 지냈을 뿐 그대로 돌아가 버렸던 인물이다. 논자들은 조상치에게 엄광처럼 벼슬에 뜻을 두지 않는 지절이 있다고 인정하면서도, 세조를 광무제에게 견주어 세조가 조상치의 지절을 지켜 준 것을 더 예찬한 것이다. 그러한 논평이 조상치에게 타당하다고는 할 수 없으리라.

　조상치는 김화(金化)의 초막동에 은퇴하여 있던 박계손(朴季孫)과 자규사(子規詞)를 주고받으면서 울분을 토로했다. 그들의 자규사는 단종이 영월에 있으면서 지은 시에서 촉발되었다고 전한다. 조상치의 자규사는 「단종의 자규사에 삼가 화운함(奉和端宗子規詞)」이란 제목으로 알려져 있다. 하지만 단종이 지었다고 전하는 자규사의 차운시는 아니다.

　　접동 접동 접동새 소리　　　　　　　　　子規啼子規啼

달 뜬 빈산에 무엇을 하소하느냐　　　　夜月空山何所訴

돌아감만 못 하리 돌아감만 못 하리　　　　不如歸不如歸

떠나온 파촉 땅을 날아서 건너리라　　　　望裡巴岑飛欲度

뭇 새는 깃을 찾아 고요히 잠드는데　　　　看他衆鳥摠安巢

너만 홀로 피 토하여 꽃잎을 물들이니　　　　獨向花枝血謾吐

형체도 그림자도 고단하고 그 모습 초췌하다

　　　　　　　　　　　　　　　　形單影孤貌樵悴

존숭도 안 하는데, 뉘라서 널 돌아보리　　　　不肯尊崇誰爾顧

아아, 인간 세상에 원한 맺힌 이가 어찌 너뿐이랴

　　　　　　　　　　　　　　　人間冤恨豈獨爾

충신 의사가 강개를 더하고 불평을 격하게 함은 이루 손
꼽지 못할 만큼 많거늘　　　　義士忠臣增慷慨激不平屈指難盡數

1458년 봄 조상치는 동학사에서 김시습 등 여러 사람들과
함께 영월에서 죽은 단종의 초혼례를 거행했다. 그들은 함께
과실과 어물 등을 갖추어 상왕 단종을 제사 지냈다. 축문은
조상치가 지었다. 제사가 끝난 뒤 조상치는 영천으로 향하면
서 김시습에게 이러한 시를 주었다.

새 울고 꽃 지고 봄이 저물어 가누나　　　　鳥啼花落春將暮

무한한 충정을 풀잎에나 적어 보네　　　　無限衷情草葉題

이별에 임하여 두 손 맞잡아 묵묵할 뿐 握手臨岐還默默

구름 따라 물 따라 동으로 서로 가는 몸 隨雲隨水各東西

정조 15년 2월 21일(병인) 장릉의 배식단에 추향할 사람을 정할 때, 내각(內閣, 규장각)은 임영(林泳)이 새로 지은 조상치의 묘지(墓誌)를 인용하여 "세조가 왕위를 물려받자 경상도 영천에 물러가 살면서 일생 동안 서쪽을 향해 앉지 않았다."라고 했다.

수양 대군의 정난, 사육신의 죽음, 단종의 폐위, 세조의 즉위는 새 권력층에 포섭되지 못한 지식인들을 불안하게 만들었다. 일부 지식인은 절의의 뜻을 굳힘으로써 오히려 마음의 평온을 얻을 수 있었다. 그들은 도망자를 자처했으며 스스로 자기 묘지명이나 비갈을 지어 결연한 의지를 표명했다.

1453년(단종 원년)의 계유정난에 '도망자'를 자처한 사람은 조상치만이 아니었다. 정지산(鄭之産)도 그랬다. 정지산은 본관이 진주로, 홍주 목사 정효안(鄭孝安)의 아들이다. 벼슬이 호조 정랑에 이르렀으나 우의정 정분(鄭苯)이 계유정난 때 사사되자 그의 양자로 들어간 후 벼슬을 버리고 공주로 내려가 포신이라 일컫고 여생을 마쳤다. 후손 정익현(鄭益鉉)이 1912년에 이르러 그의 시문과 관련 글들을 수집해서 『포옹선생실기(逋翁先生實記)』를 간행했다.

스스로의 비갈을 지은 인물로는 김효종(金孝宗)도 있다. 본 관이 광산인 김효종은 학행으로 천거되어 사복시정의 벼슬에 이르렀다. 하지만 수양 대군이 왕위에 오르자 그 정권에서 봉급을 받지 않으려고 사퇴하고는 부여 홍산으로 숨었다. 그후 영월에서 단종이 승하하자 서운산(栖雲山)에 들어가 초가집을 짓고, 해가 뜨면 매일같이 궁검대(弓劍臺)에 올라가 영월을 바라보며 통곡하면서 3년을 지냈다. 매월당 김시습과 도의로 사귀었고 평생 검소한 옷과 음식으로 끝까지 절의를 지켰다. 그는 스스로의 무덤에 쓸 「자갈(自碣)」을 지었다. 부여 구룡면 상곡에는 1621년(광해군 13년)에 김시습과 함께 김효종의 넋을 기리기 위한 창일사가 세워졌다.

한편 단종 때 병조 판서였던 박계손도 수양 대군의 찬탈에 울분을 느껴 강원도 김화의 초막동으로 숨어들었다. 그리고 다시 함경도 문천의 운림산 수한동으로 일가를 이끌고 가서 살며 포신을 자처했다. 61세 때 그곳에서 삶을 마감해서 문천의 초한사(草閒社) 산이동(酸梨洞)에 무덤을 썼는데, 생전에 스스로 묘지명을 지었다. 그는 그 묘지명을 김시습에게 한 통 베껴서 보냈다. 묘지명은 전하지 않지만, 김시습은 그의 자찬묘지명을 읽는 중에 눈물이 절로 흘러내렸다고 「병조 판서 박 공 행장」에서 밝혔다.

공이 조정에 있을 때의 휘(諱)는 계손이고, 입산한 뒤의 휘는 숙손이며, 자는 자현(子賢)이다. 단종 때 벼슬이 병조 판서에 이르렀으며, 경태 6년(세조 원년, 1455년) 김화의 초막동에 은퇴하여 정재(靜齋) 조상치와 자규사를 주고받았는데, 그 내용이 아주 애처로웠다. 당시에 조정에서 자주 불렀지만, 깊이 은퇴하여 자취를 감출 계획으로 부형을 모시고 문천의 운림산 수한동으로 들어가 스스로 포신이라 호하고 스스로 묘지명을 지어 나에게 보여 주었다. 나는 그 묘지명을 다 읽기 전에 눈물이 볼을 적셨다. 아아! 억센 풀이 질풍을 만나고 우뚝한 기둥이 파도에 시달렸구나. 위대하다 공이여! 공은 이 세상에서 부끄러움이 없으리라.

조상치의 자표, 김효종의 자갈, 박계손의 자찬묘지는 부조리한 현실과 단절하려는 의지를 드러낸 '기호'였다.

1960년대 말 혼란의 도가니였던 미국에서 필 옥스(Phil Ochs)가 앨범 「은퇴를 위한 리허설(Rehearsals for Retirement)」 표지에 "필 옥스 미국인, 1940년 텍사스 엘패소에서 태어나 1968년 일리노이주 시카고에서 죽다."라는 비문을 새겨 넣었던 일을 연상시킨다. 시카고 경찰이 반전 시위대들을 탄압하는 사건을 목도한 뒤 옥스는 이렇게 술회했다고 한다. "시카고는 당시 활기를 불어넣는 중이었다. 그 활기는 비애 위에 있었다. 왜냐하면 매우 특별한 무엇인가가 거기서 침몰해 버렸는데, 바로 그것이 미국이기 때문이다."

조상치는 세조의 등극과 더불어 새로운 활기가 일어나는 것을 보았다. 그 활기는 비애 위에서 이루어졌다. 왜냐하면 매우 특별한 무엇인가가 거기서 침몰해 버렸는데, 그것은 바로 그가 믿었던 유학의 정신이었기 때문이다.

시끌시끌한 일일랑 도무지 긴치 않다

박영(朴英, 1471~1540년), 「묘표(墓表)」

공은 밀양 사람이다. 이름은 영, 자는 자실(子實), 성은 박씨이며, 호는 송재(松齋)다. 성화 신묘년(1471년, 성종 2년) 경사(서울)에서 태어났다. 증조 휘 호문(好問)은 숭정대부로, 의정부 좌찬성을 지냈다. 증조비 정경부인은 광릉 이씨로, 일직(一直)의 손녀다. 조부 휘 철손(哲孫)은 통정대부로, 안동 대도호부사를 지냈다. 조비 숙부인은 계림 이씨이다. 부 휘 수종(壽宗)은 가선대부로 이조 참판을 지냈다. 비(妣, 돌아가신 어머니)는 정부인 이씨다. 외조는 양녕 대군 휘 제(禔)이고, 외조비는 김씨다.

을미년(1475년, 성종 6년)에 아버지가 돌아가시고, 정유년

(1477년, 성종 8년)에 어머니가 돌아가셨으며, 경자년(1480년)에 조모가 돌아가시고, 임인년(1482년)에 다시 조부의 상을 당했으므로, 비로소 여막살이를 했다. 정미년(1487년, 성종 18년) 겨울에 상존시사(上尊諡使) 이세필(李世弼)의 막하로 명나라 수도에 갔다가, 무신년(1488년) 봄에 본국으로 돌아왔다. 신해년(1491년) 7월, 도원수 이극균(李克均)의 막하로서 서정(西征, 건주위 토벌)에 종군하고, 임자년(1492년) 봄에 서울로 돌아왔다. 7월에 가겸사복(假兼司僕)에 제수되고, 9월에 무과에 합격하여 정8품의 품자를 제수받아 사복(司僕)에 제수되었다.

갑인년(1494년)에 성묘(성종)가 승하하자, 이때부터 서울에 남아 있으려 하지 않았다. 병진년(1496년, 연산군 2년) 봄에 병으로 사직하고 선산부에 와서 우거하면서 낙동강 북쪽 태조산 기슭에 집을 짓고 살았다. 경신년(1500년), 정운정(鄭雲程, 정붕(鄭鵬)) 씨, 박백우(朴伯牛, 박경(朴耕)) 씨가 서너 달 송재(松齋)에 머물면서 마주하여 옛일을 논했으니 별도의 한 건곤이 흉중에 있었다.

기사년(1509년, 중종 4년) 여름에 선전관에 제수되었다. 8월에 성묘의 말미를 얻어 집에 왔는데, 병으로 시한을 넘겨 파직되었다. 경오년(1510년) 4월 왜적이 난리를 치자 창원부 조병장에 제수되었고 삼포 왜란을 토벌하다, 11월에 조방의 일이 끝나 집으로 돌아왔다. 신미년(1511년)에 선전관에 제수되었으나 병으로 부임하지 않았다. 갑술년(1514년) 여름, 황간 현감에 제수되었다. 병자년(1516년) 여름에 상으로 첫 품계가 더해졌으니, 고을의 정치가 간솔했기 때문이다. 마침내 강계 부사에 제수되었고, 여섯 등급을 뛰어 조산대부가 되었다. 무인년(1518년) 9월, 의주 목사에 제수되고 여섯 등급을 뛰어 통정대부가 되었다. 의주에 이르기 전에 승정원 동부승지에 제수되었다. 11월에 우부승지에 제수되고, 12월에 좌부승지에 제수되었다. 기묘년(1519년)에 가선대부에 제수되고 병조 참판이 되었다. 5월에 성절사(聖節使)에 제수되었다. 7월 초삼일, 병조의 업무가 번극하므로 사행에 임해 면직해 줄 것을 청하자 윤허를 받고 동지중추부사에 제수되었다. 상께서 친히 표(表)에 절하신 후, 명나라 수도로 출발했다. 9월에 명나라 수도로 들어갔다가 11월에 떠나서 12월 17일에 본국으로 돌아와 대궐에 들어가 복명했다.

당시 사헌부가 탄핵해서 한 등급 낮출 것을 주장하여, 통정대부에 제수되고 첨지중추부사가 되었다. 경진년(1520년) 2월 김해 부사에 제수되고, 신사년(1521년) 8월에 직첩을 빼앗기고, 집으로 돌아왔다. 11월 초하루 서울로 체포되어 갔다가(경주 부윤 유인숙(柳仁淑)의 신사무옥에 연좌), 초오일에 취조를 받고 방면되었다. 임오년(1522년) 정월에 서울을 떠나 견여에 실려 고향으로 돌아왔다.

스스로 읊기를 "시끌시끌한 일일랑 도무지 긴치 않아, 호접몽이요 남가몽이라네"라고 했다.

경북 선산군 선산읍 신기리에 묻혀 있는 박영의 묘표다. 기묘사화로 탄핵을 받아 낙향한 뒤 스스로 작성했다.

박영은 양녕 대군의 외손자다. 궁마술을 익혀 무예에 뛰어나 무과에 급제했으나 나중에는 유학을 공부했다. 문인들의 사랑을 받아서 일화가 여러 책에 전한다. 성호 이익도 문관과 무관을 구애하지 말고 재능대로 임용해야 한다고 주장하면서, 무관이면서 유종(儒宗)으로 이름이 높았던 선배로 이 박영을 손꼽았다.

야담집 『동패낙송(東稗洛誦)』에는 박영이 어릴 적에 개구쟁이 짓을 했던 일화가 전한다.

박영은 여덟 살 때 남의 집에 들어가서 남겨 둔 음식을 다 먹고 뜰에 가득 똥을 누었으며 가축들을 놀라게 만들었다. 이조 참판이었던 아버지 박수종은 그 사실을 알고 화가 나서 매를 들려고 했다. 박영은 알몸으로 달아났다. 마침 경상 감사(경상도 관찰사)가 순행 중이었는데 박영은 아버지를 만류해 달라고 청했다. 경상 감사는 박영을 자세히 살피고는, 그 아버지를 불러 "이 아이의 기상을 보니 지금은 함부로 굴지만 반드시 크게 될 것이니, 잘 가르치기 바라오."라고 했다. 그리고 관아의 쌀 십여 석을 보내 아이의 학자금으로 쓰도록 했다.

박영은 다섯 살 때 부친상을 당했으므로 이 일화는 사실이라 하기 어렵다. 다만 박영이 어려서 지나칠 정도로 활달했다가 뒤에 스스로를 다잡아 무신이면서도 유학으로 명성을 날릴 수 있게 되었다는 사실을 잘 말해 준다.

박영은 성종 때 건주위의 야인을 토벌하고 1506년 중종반정 뒤에는 조방장으로서 창원에 가서 삼포의 왜적을 토벌했다. 1487년 겨울에는 상존시사 이세필의 막하로 명나라 수도에 갔다가 이듬해 돌아왔고, 뒷날 1519년 9월부터 12월까지 성절사로 명나라에 다녀오기도 했다. 언젠가 흰 말이 버들가지에 매여 있는 것을 보고 시를 지어 임금에게 바치자, 임금이 특별히 그 백마를 하사했다 한다. 그 시는 이러하다.

백마는 울며 버들가지에 매여 있고
장군은 일이 없어 칼을 칼집에 넣어 두었다.
나라 은혜 갚지 못하고 몸이 먼저 늙다니

꿈길에 밟는 관산에는 눈이 아직 녹지 않았는데.

白馬寒嘶繫柳梢　　將軍無事劍藏鞘

國恩未報身先老　　夢踏關山雪未消

　이후 1494년 성종이 승하하고 연산군이 즉위하자 박영은 가솔들을 거느리고 고향으로 갔다. 박동량의 『기재잡기(寄齋雜記)』는 박영이 낙향하게 된 일화를 전한다. 박영이 선전관으로 있을 때 좋은 말을 타고 화려한 의복을 입고 땅거미 질 무렵에 남소문 어귀를 지나다가 아리따운 여인의 유혹을 받아 그 여인을 따라 으슥한 집으로 갔다. 이때 여인은 갑자기 눈물을 흘리면서, 자신이 도적의 무리에게 미끼가 되고 있다고 하면서, 구해 달라고 했다. 한밤이 되자 방 위 다락에서 여인을 부르더니 큰 밧줄이 내려왔다. 박영은 그 여인을 업고 벽의 구멍으로 나와 소매를 잘라 버리고 몇 겹의 담을 뛰어넘었다. 이튿날 벼슬을 그만두고 선산으로 돌아가 무인 노릇을 버렸다. 그리고 평생 자리 옆에 소매가 잘린 옷을 놓아두고 자제들에게 보이면서 경계로 삼았다고 한다.

　『명신록(名臣錄)』과 『오산설림(五山說林)』에서는 연산군이 왕 성종이 기르던 새끼 사슴을 쏘아 그 사슴이 화살 꽂힌 채 피를 흘리면서 나오자, 박영이 그것을 보고는 그날로 병을 핑계하고 시골로 돌아갔다고 적었다. 일찍이 성종이 사향 사슴 한 마리를 길렀는데 항상 곁을 떠나지 않았다. 어느 날 연산 군이 성종을 모시고 있을 때 그 사슴이 연산군을 핥았다. 연 산군이 발로 차자 성종이 불쾌히 여기면서 "짐승이 사람을 따르는데 어찌 그리 잔인스러우냐." 했다. 뒤에 성종이 세상 을 떠나고 왕위에 오른 연산군은 손수 그 사슴을 쏘아 죽였 다는 것이다.

『병진정사록(丙辰丁巳錄)』은 박영의 일화를 달리 전하고 있다.

처사 조광보(趙廣輔)는 식견이 고명했으나 거짓으로 미친 체하여 스스로를 감추었다. 연산군 때 임사홍이 정권을 농단 하자, 조정이 어지러워져서 구할 수 없게 되었다. 하루는 분 노하여 박영에게 "너는 무부(武夫)로서 이런 놈을 목 베어 죽 이지 못하느냐. 죽이지 않으면 내가 너를 죽이겠다." 했다. 박 영은 "역적을 하나 목 베어서 나라의 근심을 푼다면 달게 여 기겠지만 후세 역사에 임사홍을 도적이 살해했다고 쓰면 어 떻게 하겠는가?" 했다. 처사는 웃고 말았다.

어찌 됐든 박영은 연산군 때의 정치에 불만을 품고 낙향한 것이 분명하다. 그는 낙동강 가에 집을 짓고 송당(松堂)이라 편액을 하고, 정붕(鄭鵬)과 박경(朴耕) 등을 사우(師友)로 삼 아『대학』을 깊이 공부했다.

정붕은 본관이 해주(海州)이다. 연산군 때 홍문관 교리로서 일을 논란하다가 곤장을 맞고 유배되었으며, 중종반정 후에 여러 번 소명이 있었으나 나가지 않았다. 청송 부사에 제수되자, 부임하여 정사를 간편하게 잘 다스렸다. 젊었을 때부터 친했던 성희안(成希顔)이 영의정으로 있으면서 편지를 보내 잣과 꿀을 부탁하자, "잣은 높은 산꼭대기에 있고, 꿀은 민간 벌통 속에 있는데, 고을 원 된 자가 어디에서 구하겠소?"라고 거절하는 답장을 보낸 것으로 유명하다. 그 뒤 고향을 그리워하다가 돌아와서 벼슬하지 않고 죽었다.

박영은 1514년 황간 현감, 1516년 강계 부사, 1518년 의주목사를 거쳐 동부승지, 내의원 제조를 역임했다. 1519년에는 병조 참판에 임명되었다. 하지만 1519년에 발생한 기묘사화는 그를 불안하게 만들었다. 이듬해 김해 부사가 되었지만, 물길을 거쳐 부임하는 중에 고을 백성 김억제(金億齊)가 송사에 졌다고 소리치면서 박영을 원망하여, 그가 경주 부윤 유인숙(柳仁淑)과 함께 집권자를 제거하려고 모의했다고 얽어 무고했다. 유인숙은 1515년에 박상(朴祥) 등이 단경 왕후 신씨의 복위를 주장하다가 유배될 때 사림파를 대표하여 박상 등의 치죄를 극력 반대한 인물이다. 도승지로 있을 때 기묘사화에 연루되어 구속되었다. 뒷날 명종 즉위년에 일어난 을사사화 때 무장으로 귀양 가던 도중 진위 갈원에서 사사된다.

박영은 훈구파로부터 사림파의 일원으로 의심을 받았고, 그 때문에 정치적 입지가 불안했다. 결국 유인숙에게 연좌되어 옥에 잡혀 와 혹독한 형신을 받았다. 김억제는 무고 사실이 드러나 반좌(反坐)되었으나, 박영은 다리뼈가 다 부서진 뒤였다. 견여에 실려 고향 선산으로 돌아와 백방으로 치료했으나 낫지 않았다. 1521년 가을에는 관작을 삭탈당하고 말았다. 박영은 항상 아이종을 시켜 약재를 채취해 두고 인명을 구제했다. 또 16년간 학문에 전념했는데, 후학들은 그를 송당 선생이라 불렀다.

1537년(중종 32년) 직첩을 받아 다시 서용되고, 1538년에 경상좌도 병마절도사에 제수되었다. 1540년 3월 21일에 내상(內廂, 절도사 군영)에서 졸하니, 향년 70세였다. 이해 선산부 북면 관동(官洞) 곤좌(坤坐) 간향(艮向)의 벌에 장사 지냈다.

후대인이 박영의 자찬묘표 뒤에 그 이후의 경력과 사망, 장례의 사실을 기록하고 가족 관계를 더 적었다.

박영은 선조 때 신원되고 복관되었다. 무인 출신으로서 문목(文穆)이라는 시호를 받았다. 조선 후기의 이규경은 무과 출신에게 문 자를 내려 준 것은 폄하의 뜻이라고 했지만, 반드시 그런 것 같지는 않다. 문집으로 『송당집(松堂集)』을 남겼을 뿐 아니라 『경험방(經驗方)』, 『활인신방(活人新方)』, 『백록동규해(白鹿洞規解)』라는 책도 남겼다.

『기묘록보유』에 박영의 전기가 실려 있는데, 기록자는 박영의 인품을 이렇게 서술했다.

박영은 젊었을 때 쾌활해서 구속을 받으려 하지 않았다. 무과에 올라 선전관이 되었으나, 하루아침에 문득 벼슬을 사면하고 고향에 돌아왔다. 평소에 지향하던 것을 바꾸고 글을 읽으니, 정운정(鄭雲程, 정붕) 선생이 성리학 책을 가르쳤고, 늙은 뒤에는 아주 뜻이 맞아서 서로 돕는 즐거움이 있었다. 덕행 높은 모습이 순후하고 원만했으며, 후학을 가르치는 데에는 스스로 깨닫는 것을 우선했다. 저술한 시와 문이 모두 학문을 깨쳐서 나온 것이었다. 또 의약에도 마음을 써서 인명을 구제한 것이 매우 많았다.

정조는 "송당 박영은 무인으로서 발심하여 기미를 보고 일어난 사람이다. 낙동강 가에서 독서했고 마침내 기질을 변화시켜 당대의 큰 유학자가 되었다."라고 평가했다.

사람들은 대개 출생 당시에 이미 결정되어 있는 분한(分限)을 묵묵히 받아들이면서 살아간다. 하지만 박영은 스스로 선을 긋지 않고 자기 자신을 변혁시켜 나갔다.

당나라 두보(杜甫)는 「군불견간소혜(君不見簡蘇傒)」 시에서 "장부는 관을 덮어야 일이 비로소 결정되거늘, 그대는 다행히 아직 늙은이가 아니로다(丈夫蓋棺事始定, 君今幸未成老翁)"라고 했다. 명나라 유대하(劉大夏)는 "사람은 살다가 관을 덮어야 결론이 나는 법이니, 하루라도 아직 죽지 않았다면 그 하루만큼 아직 근심과 책임이 끝나지 않은 것이다.(人生蓋棺論定, 一日未死, 卽一日憂責未已.)"라고 했다. 우리는 지독한 근심과 막중한 책임을 끌어안고 자기 생을 살아가야 하는 것이다.

「감군은」 곡을 늘 타다가
천수를 마쳤노라

상진(尙震, 1493~1564년), 「자명(自銘)」

시골 구석에서 일어나

세 번 재상의 관부에 들었고

늘그막엔 거문고를 배워

「감군은(感君恩)」 곡을 늘 타다가

천수를 마쳤노라

원문을 보면 운자를 사용하지 않았고, 한 구의 글자 수도
들쑥날쑥하다. 마치 게송과 같다.

그러면서 부족함이 없는 삶, 풍파를 겪지 않는 안정된 삶,

그래서 죽음에 임해서도 여한이 없는 삶을, 누구나 바라는 삶을 소묘해 냈다.

16년간 대신으로서 여러 왕들을 보좌하면서 조야(朝野)의 신망이 두터웠던 상진은 이「자명」을 지어, 바로 그렇게 부족할 것 없던 삶을 되돌아보았다. 그는 집안에 미관말직을 지낸 어른조차 없었거늘 문과에 급제하고 청요직을 고루 지냈으며 영의정에 이르렀다. 성호 이익은 정승으로서의 그의 업적이 황희나 허조에게 버금간다고 평가했다.

상진의「자명」은 북송의 진요좌(陳堯佐)가 여든둘의 나이에 자명을 지은 것과 유사하다. 진요좌는 여든이 넘어 같은 연령대의 여러 사람과 어울리면서, 스스로 묘지를 지어 "나이가 여든둘이니 요절이 아니고, 경대부와 정승으로 봉록을 받았으니 욕되지 않다.(年八十二不爲夭, 卿相納祿不爲辱.)"라 했다. 상진의 묘표도 그와 같은 의식을 담고 있다.

상진은 숭례문 밖(지금의 중구 남대문로3가)에 거주하면서 솔고개라는 이름을 호에 사용해서 송현(松峴)이라 했다. 그 근처를 상정승골로 부르다가 뒤에 상동으로 부르게 되었다. 묘가 서울 서초구 상문고등학교 구내에 있는데, 신도비는 1566년(명종 21년)에 세워졌다.

상진은 본관이 목천이다. 고려 태조가 백제 지역 사람들에게 동물 글자로 성을 주어 욕보일 때 그 가계는 코끼리 상(象)

을 성으로 얻었다가 뒤에 상(尙)으로 고쳤다. 아버지 상보(尙甫)는 늙도록 아들이 없자 성주산(聖住山)에서 기도를 드려 이듬해 그를 얻었다. 하지만 상진은 다섯 살에 어머니를 잃고 여덟 살에 또 아버지를 잃어, 매부 성몽정(成夢井) 집에서 자라야 했다. 성몽정은 중종반정 때 공을 세운 정국공신의 한 사람이다.

상진은 말달리고 활쏘기만 하다가 열다섯 살때 동년배에게 업신여김을 당한 후 학업에 분발하니, 열 달 만에 문리가 통했다. 성몽정이 과거를 거치지 말고 음사로 벼슬을 살라고 권하자 "대장부라면 글을 읽어 공업을 세워야 합니다."라고 거부했다. 생원시와 겨울의 문과 별시에서 급제한 후 여러 내직을 거치고 경기도 관찰사로 나갔다.

1539년(중종 34년)에 중종의 특명으로 가선대부에 올라 형조 판서에 봉해졌다. 전례가 없다고 사간원이 탄핵했으므로 6월에 한성부 우윤으로 체직되었다가 다시 한성부 좌윤이 되었다. 이해 대사헌으로 있으면서, 중국의 형옥 비화집인 『당음비사(棠陰比事)』를 간행할 것을 청했다. 1544년에 중종이 별세한 후 인종 때는 판의금부사로서 지경연사를 겸했고, 지중추부사를 지냈다. 이어 1545년에 명종이 즉위한 후 병조판서에 중용되고, 숭정대부에 올라 우찬성이 되었다. 그 후 이조 판서를 거쳐 우의정에 올랐다. 수렴청정을 하던 문정 왕후가 전교하기를 "선왕께서 경을 크게 쓸 만하다 하여 이름을 병풍에 써서 표시해 두고서도 등용하지 못했소. 지금 경을 등용하는 것은 곧 선왕의 뜻을 따르는 것이오."라고 했다. 1551년(명종 6년)에는 좌의정에 올랐다.

1554년에는 사복시 제조를 겸하면서 마장동 목장 근처의 살곶이에 돌을 쌓아 제방을 만들고 냇물이 흐르는 곳에는 쇠줄을 쳐서 어닫게 했다. 그 전에 목장 34리 둘레에는 목책을 쳐 두었으므로 해마다 그 개수 때문에 백성들이 고통을 겪었다. 상진의 건의로 개수한 이후 폐단이 없어졌다.

1558년(명종 13년) 영의정이 되어 5년간 국정을 총괄했다. 1559년 황해도 평산에서 봉기한 임꺽정을 평정했다. 1563년에 벼슬을 그만두게 해 달라고 청했으나 허락받지 못하고, 영중추부사로 전임된 후 기로소(耆老所, 정2품 이상 벼슬을 한 70세 이상 문신을 예우하기 위해 설치된 기구)에 들어갔다. 이해에 윤원형이 영의정이 되어 권력을 행사하는데도 막지 못하자, 깊은 밤 마루에 자리를 펴고 누워 "이 늙은이의 이번 행차는 매우 어중간했구나." 하고 한탄했다. 1564년 윤2월 24일에 돌아갔다.

상진은 생계에 관심을 두지 않았다. 종들이 무너진 창고를 수리하려 하자 "고친들 무엇으로 채우겠느냐?" 했다. 임종 때 자제들에게 "내가 죽은 뒤 시장(諡狀)에 업적이 이렇다 저렇다 적을 것 없이 '공이 만년에 거문고 타기를 좋아하여 얼큰히 취하면 「감군은」 곡을 타면서 스스로 즐겼다.' 하면 될 것이다."라고 했다. 그것이 위의 「자명」이다.

상진은 후덕했다. 이익은 『성호사설』에 많은 일화를 실어 두었다.

하루는 어떤 손님이 와서 "아무는 한쪽 다리가 짧습니다."라고 하자, 상진은 "부득이 말해야 한다면 한쪽 다리가 길다고 하는 것이 좋지 않겠는가?" 했다. 짧다는 사실을 차마 이야기할 수 없다고 여겨 그런 것이다.

당시에는 무과에 응시하는 자들이 허위가 많으므로, 조정 관료로 하여금 보거(保擧, 신원 보증인)가 되게 했다. 상진이 아직 영의정이 아닐 때 무과 응시자들이 다투어 찾아와서 보거가 되어 달라고 청하자 모두 허락해 주었다. 그중에는 상진의 서명과 수결을 가짜로 해 온 자가 많았다. 고시관이 서신을 보내서 묻자, 상진은 "혹은 취중에 써 주고 혹은 졸면서 써 주었으며 혹은 누워서 써 주었으므로 필적이 같지 않다."라고 대답했다. 사람들이 그의 도량에 탄복했다. 그 후 벼슬이 영의정에 이르렀다. 당시의 점술가 홍계관(洪啓寬)은 "음덕을 쌓아서 그 도움을 입었다."라고 했다.

상진은 뜰에서 벌레나 짐승을 보면 볼거리로 삼지 않고 놓아주면서 "마음대로 먹고 마시고 싶은 것은 너나 나나 같은 마음이다." 했고, 요리가 되려는 짐승들은 반드시 살릴 방도를 찾아 "어찌 산 것을 대하여 먹을 걸 생각할 수 있겠는가." 했다. 또 상진은 외아들을 여의자, 울며 말했다. "내 일찍이 남을 해칠 마음은 갖지 않았다만, 평양 감사로 있을 때 백성에게 파리 잡는 것을 일과로 삼게 하여 저자에 파리를 파는 자까지 있었다. 이것이 그 앙갚음이 아니겠는가?" 그만큼 생물을 사랑했다.

점술가 홍계관이 점을 쳐서 상진이 죽을 해를 예견해 주자, 상진은 그해가 되어 죽을 준비를 했다. 이때 홍계관은 마침 호남에 있었는데, 한 해가 지나도록 부음이 들리지 않자 서울로 상진을 찾아갔다. "대감의 운수를 보면 제 예견이 어긋나지 않을 터이지만, 대감께서는 필시 음덕을 끼친 일이 있었을 것입니다." 상진은 젊은 시절 수찬으로 있을 때의 일이 생각나서 말했다. "어느 날 퇴근하는 길에 붉은 보자기가 있기에 주워 보니 순금 잔 한 쌍이더군. 그걸 보관해 두고 대궐 앞에 방을 붙여 '아무 날 물건을 잃은 자는 나를 찾아오라.' 했더니, 이튿날 대전 수라간 별감이 찾아와 '조카의 혼례에 쓰려고 몰래 주방의 금잔을 빌려 내왔다가 잃어버렸습니다. 이미 죽을죄를 범했으니 후일 탄로가 나면 반드시 죽을 것입니다. 대감께서 얻으신 것이 그 물건이 아닌지요?'라 했소. 그래서 내가 그것을 내어 준 적이 있소." 홍계관이 처음 점치고 나서

15년 후에 상진이 죽었다.

상진은 악보를 보고 거문고를 잘 탔다. 그가 남겼다고 전하는 「감군은」은 『세종실록』에 전하므로 상진의 작은 아닐 것이다. 하지만 조선의 관료 지식인들이 삶의 모든 가치를 '역군은(亦君恩)'이라고 감개에 젖어 노래하던 관습이 이 4장의 노래에 잘 나타나 있다. 1장을 보면 '일간명월(一竿明月)' 즉 낚싯대 하나를 드리우고 밝은 달을 즐기는 일도 군주의 은혜라고 했다. 현대어로 옮기면 다음과 같다.

> 사해의 바다 깊이는 닻줄을 가지고 잴 수 있겠지만
> 임금님의 은혜는 어느 줄로 잴 수 있겠습니까?
> 끝없이 복 받으시어 오래오래 사시옵소서.
> 끝없이 복 받으시어 오래오래 사시옵소서.
> 달 밝은 밤 낚싯대 드리우는 것도 임금님 은혜시로다.

상진의 거문고는 그가 죽은 후 부실 김씨가 보관했다. 김씨는 상진의 의복과 거문고를 아침저녁으로 벌여 놓고 30년간 제사를 올렸다. 김씨가 죽은 뒤로 거문고는 행방을 모르게 되었다. 그런데 거문고가 분실된 지 30여 년 되는 1628년에 상진의 외증손 이후기(李厚基)가 어떤 사람의 집에서 거문고를 찾아 내었다. 그는 거문고를 상(象)이라는 명인에게 수

리하게 했더니, 상은 그것이 자기 아버지가 깎아 만든 것임을
알아보았다. 이식(李植)은 그 기이한 인연을 「상성안(尙成安)
의 거문고를 두고 지은 명, 짧은 서문을 함께 붙이다」라는 글
로 적어 남겼다.

모욕과 칭송도 없어지고
남은 것은 흙뿐

이홍준(李弘準, ?~?), 「자명(自銘)」

재주 없는 데다
덕 또한 없으니
사람일 뿐.
살아서는 벼슬 없고
죽어서는 이름 없으니
혼일 뿐.
근심과 즐거움 다하고
모욕과 칭송도 없어지고
남은 것은 흙뿐.

조선 전기의 진사 이홍준이 자기 묘갈명으로 남긴 글이다.

이 짧은 운문이 말하고자 하는 내용은 이렇다.

재주도 없고 덕도 없는 나는 그저 보통 사람일 따름이다. 성인도 현인도 아닌 존재다. 살아서는 이렇다 할 관직에 있지 않았고 죽어서는 불후의 이름을 남기지도 못할 것이므로, 나라는 존재는 육신에 혼이 붙어 있어서 목숨을 유지하다가 육신과 혼이 분리되어 혼만 남게 될 것이다. 그리고 이제 혼이 떨어져 나간 육신은 생전의 근심과 즐거움을 다 잊고 모욕과 칭송도 다 없어져 흙으로 돌아갈 따름이다.

이홍준은 본관이 경주로 이종준(李宗準)의 아우이며, 정유일(鄭惟一)의 외조부다. 진사로 그쳤고 벼슬에 나가지 못했다. 1512년(중종 7년) 4월 17일의 『중종실록』 기사에 진사 이홍준이 생원 조맹겸과 함께 시폐에 관해 진언을 했고, 중종은 그것을 해당 관서에 내려보내 쓸 만한 사항을 채택하도록 명했다는 기록이 있다. 하지만 이것뿐이다. 적어도 『중종실록』의 기사를 기준으로 하는 한, 그는 생전에 이렇다 할 행적을 남기지 못했다.

다만 효종 때 안동에 세워진 백록리사에 이종준·이홍준 형제와 정유일이 홍준형(洪俊亨)과 함께 제향되었다.

이홍준은 그 형에 비하면 정치적 활동이 뚜렷하지 않다.

형 이종준은 김종직의 문인이었다. 1485년(성종 16년) 별시

문과에 갑과로 급제한 후 성종 때 의성 현령으로 있으면서 경상도의 지도를 제작했다. 그 후 서장관으로 명나라에 다녀왔으며, 1492년에는 사가독서를 하고, 사인 벼슬에 이르렀다. 1498년(연산군 4년)의 무오사화 때 부령으로 유배 가다가 단천 마곡역 혹은 고산역에서 "이사중의 외로운 충성을, 스스로는 허여해도 사람들은 인정하지 않네(李師中孤忠, 自許衆不與)"라는 시를 벽에 썼다. 감사가 그 사실을 알리자 연산군은 시에 원망의 뜻이 있다고 보고 그를 체포해 오게 했다. 이종준은 서울로 압송되어 와서 이듬해 사형당했다.

이홍준은 스스로 작성한 짧은 묘지명에서 "재주 없는 데다 덕 또한 없으니 사람일 뿐."이라고 스스로를 규정했다. 나면서부터 진리를 터득한 생지(生知)의 성인도 아니고, 배워서 진리를 터득하는 학지(學知)의 현인이나 철인도 못 되며, 시행착오의 곤란을 겪으면서 삶이 무엇인지를 터득해 가는 곤지(困知)의 보통 사람이라는 뜻이다. 하지만 곤지조차 하지 못하여 중인(中人), 즉 보통 사람만도 못하다는 냉혹한 자기비판이 필요한 것은 아닐까? 그렇기에 "살아서는 벼슬 없고 죽어서는 이름 없으니 혼일 뿐."이라고 자조하여 본다. 지각을 가진 혼령이 아니라 지각도 없는 어둑어둑한 명혼(冥魂)으로 끝난다면 정말 서글플 따름이라고 두려워한다.

가만히 생각해 보자 한번 눈 감으면 "근심과 즐거움 다하고 모욕과 칭송도 없어지고 남은 것은 흙뿐"이다. 인간은 성현이든 평범한 사람이든 한번 죽으면 살아서의 근심과 즐거움은 모두 잊게 되고 살아서의 모욕과 칭송도 모두 알 수 없게 되며, 모두가 흙으로 돌아갈 뿐이다.

그러나 이렇게 말하면서도 다시 두려움을 느끼지 않을 수 없다. 왜냐하면 지금의 나는 죽음을 자각하면서 살아가고 있기 때문이다. 생명체는 모두 죽음을 경험하지만, 생명체 가운데서도 인간만이 죽음을 자각한다. 비록 사후 세계에 대한 의식을 갖지 않더라도 죽음을 담론하는 순간, 인간은 죽음을 살고 있는 것이 된다.

무명의 인물 이홍준이 남긴 「자명」은 그러한 고투의 모습을 어느 정도 보여 주고 있다.

시름 가운데 즐거움 있고
즐거움 속에 시름 있도다

이황(李滉, 1501~1570년), 「자명(自銘)」

태어나 크게 어리석었고 자라서는 병치레 많았다.

중간엔 배운 것이 얼마나 되었나, 늘그막엔 왜 외람되이 작록을 받았나?

배움은 추구할수록 아득해지고 벼슬은 사양할수록 얽어 들었다.

나아가면 가다가 발 접질리고 물러나면 숨어서 올곧았다만,

깊이 나라 은혜에 부끄럽고 진실로 성인 말씀이 두렵도다.

산은 아스라하고 물은 끊임없나니,

너울너울 평복 차림으로 뭇사람 비방을 벗어났도다.

내 생각을 저가 막으니, 내 패옥을 누가 완상하랴.

옛사람을 그리워하나니, 실로 내 마음 미리 알았도다.

어찌 알랴, 오는 세상에 내 마음 알아줄 이 없다고.

시름 가운데 즐거움 있고, 즐거움 속에 시름 있도다.

승화하여 돌아가리니, 다시 무엇을 구하랴.

이황은 1570년(선조 3년) 12월 5일 시신을 염습할 준비를 하도록 명하고, 12월 7일 제자 이덕홍(李德弘)에게 서적을 맡게 했으며, 그 이튿날 12월 8일 분매(盆梅)에 물을 주게 하고 한서암(寒棲菴)에서 고요히 세상을 떠났다.

이황의 묘소는 종택에서 남쪽으로 조금 떨어진 토계동 건지산 남쪽 산봉우리 위에 있다. 그 묘소에 있는 이 묘갈명은 흔히 묘전비나 묘갈이라고 하지, 신도비라고 하지 않는다. 그것은 이황이 죽기 전에 자명을 지어 묘표에 사용하게 하고, 오늘날의 국장에 해당하는 예장(禮葬)을 치르지 않도록 유언을 남겼기 때문이다.

그 비석도 특이하게 동쪽을 등지고 서쪽을 바라보고 서 있다. 다만 현재의 비석은 1906년에 다시 세운 것이라고 한다. 이황은 별세하기 나흘 전인 1570년 음력 12월 4일 조카 영(甯)을 불러, 조정에서 예장을 치르려 하거든 사양하라고 일렀다. 당시 이황은 종1품 정승의 지위에 있었으므로 사후에 예조에서 예장을 치를 것이 분명했다. 이황은 또 비석은 세우지 말고 조그마한 돌에다 앞면에는 '퇴도만은진성이공지묘(退陶晩隱眞城李公之墓)'라고만 새기고 뒷면에는 향리, 세계(世系), 지행(志行), 출처를 간단히 쓴 다음 자신이 작성한 4언 24구의 자명을 쓰도록 하라고 명했다.

그러나 이황의 사후 집안에서는 장례를 성대하게 지내고 신도비를 세우지 않을 수 없었다. 그래서 문인들의 협의를 거쳐 기대승(奇大升)이 신도비를 적기로 했다. 단 기대승은 이황의 「자명」을 전문 그대로 실어서 선생의 뜻을 그대로 알렸다.

생전에 이황은 행장과 비문을 공공의 기록물로서 중시했다. 그렇기에 이황은 남의 행장을 적을 때 '당시의 그 사람'을 있는 그대로 서술해야 한다고 했다. 이황이 스스로 묘표를 지은 것은 바로 자신에 대한 엄정한 평가를 자신이 내린 것이다.

「자명」에서 이황은 "늘그막엔 왜 외람되이 작록을 받았나?"라고 자책하되 "벼슬은 사양할수록 얽어 들었다."라고 술회했다. 자신은 마다했지만 조정에서 벼슬이 자꾸 내려왔기에 어쩔 수 없이 벼슬을 살아야 했다는 사실을 말한 것이다.

이황은 대과 문과에 합격하여 관계에 들어섰지만 관직에 있는 것은 본성과 부합하지 않았다. 더구나 임금을 가까이 모시게 되면서 반대파의 모함을 입어 처신이 어렵게 된 적도 있었기. 그렇기에 "나아가면 가다가 발 접질리고 물러나면 숨어서 올곧았다."라고 했다. 49세 때는 벼슬을 버리고 도산으로 돌아와 글 읽고 후학들을 가르치며 여생을 보내기로 결심했다. 그리고 "너울너울 평복 차림으로 뭇사람 비방을 벗어났도다."라고 안도했다.

왜 49세 때 이런 결단을 했는가? 춘추 시대 노나라 거원(蘧瑗)이 50세 때 지난 49년을 반성했던 일을 본으로 삼았을 것이다.

관직을 벗어던진 자유로움은 「도산기」에 잘 나타나 있다.

나는 항상 오랜 병에 시달려 왔기 때문에, 비록 산에서 살더라도 마음을 다해 책을 읽지 못한다. 깊은 시름에 잠겼다가 추스린 뒤 때로 몸이 가뿐하고 마음이 상쾌하여, 우주를 굽어보고 우러러보아 감개하게 되면 책을 덮고 지팡이를 짚고 뜰 마루에 나가 연못을 구경하기도 하고 단에 올라 절우사(節友社)를 찾기도 하며 밭을 돌면서 약초를 심기도 하고 숲을 헤치며 꽃을 따기도 한다. 또 혹은 바위에 앉아 샘물 구경도 하고 대에 올라 구름을 바라보며, 여울에서 고기를 구경하고 배에서 갈매기와 친하면서 마음대로 시름없이 노닐어, 좋은 경치 만나면 흥취가 절로 일어난다. 이렇게 한껏 즐기다가 집으로 돌아오면 고요한 방 안에 책이 가득 쌓였다. 책상을 마주하여 잠자코 앉아 삼가 마음을 잡고 이치를 궁구할 때, 간혹 마음에 얻는 것이 있으면 흐뭇하여 밥 먹기도 잊어버린다. 생각하다가 통하지 않는 것이 있을 때는 벗을 찾아 물어보며, 그래도 알지 못할 때는 혼자서 분격하고 답답해한다. 그러나 억지로 통하려 하지 않고 우선 한쪽에 밀쳐 두었다가, 가끔 다시 그 문제를 끄집어내어, 마음에 어떤 사념도 없애고 곰곰이 생각하면서 스스로 깨달아지기를 기다린다. 오늘도 그렇게 하고 내일도 그렇게 한다.

이황은 성수침(成守琛)을 위해 쓴 묘갈문에서, 출처에 시중(時中)을 얻었음과 동시에 겸퇴의 뜻이 일반인들이 알 수 없는 다른 데에 있다고 말했다. 그것은 바로 자기 자신의 겸퇴의 변이기도 하다.

이황은 내적 자유를 중요시했으며, 이 자유를 기초로 자아와 세계와의 화해를 성취할 수 있다고 믿었다. 인간에게 타율적으로 작용하는 외적 운명과 화해하지 못하는 일들을 경험하고 고통스러워하면서도, 인간이 자신의 자유와 의지로 제어할 수 있는 내적 운명을 자유로이 선택하여 마음의 평정을 찾았다. 그러나 그의 의지는 외적 운명과 불협화를 겪었던 기억들과 세계 속에 가득한 불협화의 공기 때문에 배반당한다. 내적 자유를 온전히 확보할 수 없을지 모른다는 불안이 매 순간 엄습한다. 만년에 이르도록 '구도의 실질'에 대하여 반성하는 그야말로 진정한 구도자의 전형이었다.

「자명」의 마지막에서 이황은 도연명이 「귀거래혜사(歸去來
兮辭)」의 말미에서 말한 것과 같은 달관의 경지를 드러냈다.
「귀거래혜사」에서 도연명은 "짐짓 우주의 기를 타고 우주의
기로 화하여 돌아가리니(聊乘化以歸盡)"라 하되 "천명을 즐길
것이지 무슨 의심이 있으랴(樂夫天命復奚疑)"라 하여 죽음 이
후의 세계에 대한 두려움, 죽음 이후의 역사에 대한 의심을
애써 눌렀다. 하지만 이황은 "다시 무엇을 구하랴."라고만 했
다. 평소 근원적인 생명이 저절로 나에게 와서 개시되고 자신
과 일체 됨을 진정으로 체험했기에 '섣달그믐'의 절박한 순간
에도 마음의 평정을 유지할 수 있었던 것인지 모른다.

물론 이황이라고 해서 이자도(理自到, 천리가 저절로 이르러
옴)를 현실에서 매 순간 확신한 것은 아니다. 더구나 정치 현
실에 무관심한 채로 스스로의 자율 공간에 머물러 있을 수
만은 결코 없었다. 만년에 이르러서도 66세 때 동지중추부사
의 사면장을 올렸으나 허락되지 않아 서울로 향했고, 67세 때
의 6월에는 접반사로 차출되어 도성에 들어가 명종이 승하하
자 명종의 행장을 짓고 예조 판서에 제수되었다. 68세 때는
숭정대부, 우찬성에 제수되나 「사직소」 4도를 올리고, 7월에
양관 대제학에 지경연, 춘추관, 성균관사를 임명받자 8월에
「육조소(六條疏)」와 「성학십도(聖學十圖)」, 「문소전의(文昭殿議)」

를 올렸다. 제자 우성전(禹性傳)이 지적했듯이 이황이 68세 때 조정에 나간 것을 보면 정치에 뜻이 전혀 없었다고 할 수 없다. 하지만 한계는 분명했다. 참여의 의지에도 불구하고 한 시대를 잡고 있는 무리들이 방해했으므로 한 가지 시책도 이룰 수 없었다.

김성일은 이황의 「실기」에서 「육조소」, 「성학십도」, 「문소전의」 모두 재상의 반대로 뜻을 이루지 못했고, 당시의 의정부나 관각은 걸핏하면 어긋나 조정에 불화가 생길 지경이었다고 했다. 이러한 만년의 경험은 현실을 더욱 어두운 것으로 여기게 했을 것이다. 그렇기에 이황은 이자도를 자연물의 생기 속에서 체험하되, 일상의 하학(일용·응연처(日用應然處)에서의 공부)을 자신에게 아늑하고 제자들과 강학할 수 있는 향촌 사회 속에서만 구현하려 하지 않았을까.

1576년 12월 문순(文純)의 시호가 내렸고, 1596년 윤8월 지석(誌石)이 묻혔다. 기대승이 지은 「퇴계 선생 묘갈명」은 이황의 「자명」을 앞에 실어 '퇴장(退藏)'하신 뜻을 후세에 전했다.

성호 이익은 『해동악부』의 「낙중우(樂中憂)」에서 이황의 「자명」을 소개하고, 이황의 정신세계를 예찬했다. 일부만 보면 이러하다.

인산지수(仁山智水)라 손발이 춤추고

사계절 멋진 흥취는 아양금에 실었다.

군주를 요순 만들고 백성을 요순 만들기는

기약하기 쉽지 않아

세상 연고가 일천 겹 산악처럼 막았도다.

태평 시절 큰 은혜를 다 갚지 못했기에

미간에 깊은 근심 침범하니 견디기 어려워라

깊은 근심 침범함을 어찌할 수 없으나

참즐거움이 마음을 격동시킴도 금할 수 없었다.

이황은 "시름 가운데 즐거움 있고, 즐거움 속에 시름 있도다."라고 했다. 시름은 상시우국(傷時憂國, 시절을 슬퍼하고 나라를 근심함)의 시름이다. 즐거움은 요산요수(樂山樂水)의 즐거움이다. 그 둘은 모순이 아니다. 현실의 장벽을 돌파하지 못한 처지에서 그 둘은 하나가 되었다.

다만 김장생(金長生)은 어록에서 "퇴계는 단지 고요한 곳으로 물러나 살며 뜻대로 글을 보면서 시비가 이르지 않는 것을 낙으로 삼았으니, 이는 참으로 낙이기는 하다. 그러나 공자나 안연의 낙에는 미치지 못할 듯하다."라고 평했다. 이황에 대해서도 이런 유보가 있을 수 있다면, 범인의 경우에야 어떠하겠는가. 그렇더라도 깊은 근심에 허우적거리지 말고 참즐거움을 추구해야 한다는 점을 우리는 익히 알고 있다.

대의가 분명하기에 스스로 믿어 부끄러움이 없다

노수신(盧守愼, 1515~1590년), 「암실선생자명(暗室先生自銘)」

선생은 해양(海陽, 전라도 광주의 옛 이름) 노씨이니

수신(守愼)은 그 이름이고 과회(寡悔)는 자라네.

호를 상촌(桑村), 고려 말 조선 초의 문신 노숭이라 하는
분이 바로 그 선조이니

문형(文衡), 대제학, 정승을 지내고 다섯 아들을 낳았다.

증조부 휘는 경장(敬長), 참봉을 지내고 판서에 증직되고

조부 휘는 후(珝), 풍저창 수(守)를 지내고 찬성에 증직
되었으며,

부친 휘는 홍(鴻), 별제를 지내고 정승에 추증되었고

외조부는 대사헌 이자화(李自華)라네.

정덕 을해년(1515년, 중종 10년 4월)

16일 미시에 태어나서

갑오년(1534년) 백일장에서 진사와 생원이 되고

계묘년(1543년) 10월에는 문과에 장원.

그 겨울에 수찬, 봄에는 사서가 되었으며

가을에는 병조에 들어가서 번갈아 숙직했다.

인종 대왕 재위하신 지 반년 남짓에

오랫동안 정언과 이조의 낭관에 있었으나,

인종 대왕 국장은 참석도 못하고 상주로 쫓겨나

정미년(1547, 명종 2년) 승평(昇平, 순천)을 거쳐 옥주(沃州,
진도)에 유배되었네.

절조를 지키며 돌아보니 귀양살이도 편해졌는데

지금의 임금(선조)께서 즉위하시어 시독관으로 부르셨네.

홍문관 직제학과 참찬관에 특진되고

대사간을 잠시 지내고 다시 부제학이 되었다.

다음 해 양친을 봉양하려 청주 목사가 되었다가

감사로 바꾸는 명령이 있었으나 부친상을 당했다.

신미년(1571년, 선조 4년) 2월 거상을 끝내고

수십 일 사이 번갈아 사간원과 사헌부의 수장이 되고,

두 번 홍문관에 들어가고 두 번 이조 참판이 되었다가

곧이어 명을 받아 이조 판서가 되었다.

여럿이 추대해 중국 사신 한세능(韓世能)과 진삼모(陳三 謨)의 원접사가 되었으나

모친의 병 때문에 관반(館伴, 사신 접대 관리)에 예비되었다.

7월에 대제학이 되어 근심을 했고

계유년(1573년) 정승이 되어 외람되이 국정을 의논했다.

잠깐 중추부에 있다가 우상으로 돌아오고 무인년(1578년) 자리를 옮겼는데

신사년 9월에 어머니 상이 닥쳤다.

보살펴 주시는 특별한 은총에 외람됨이 많아

벼슬 그만둘 때를 알고 고민을 더하여,

병든 몸 고향에 묻히기를 빈 것도 한두 번 아니며

승정원에 아룀도 서너 차례.

근심 걱정, 황송함과 애통함으로 7세(世)를 마치니

살아서 행하고 죽어서 돌아감을 차마 하랴.

붙들고 이끌어도 짐승 같은 천품과 어긋나니

을유년(1585년) 어찌하여 극품에 올라 영의정 되었던고.

작은 일은 모호하여 혹 끝내는 허물이 되었으나

대의가 분명하기에 스스로 믿어 부끄러움이 없었다.

아무 해 아무 달 아무 날에 죽고

아무 해 아무 달 아무 날에 묻혀,

이 몸에 흠 없이 온전하게 돌아가니

편안하구나! 선산의 서쪽 가에 누움이여.

넉 자 높이 비석에 암실(暗室)이라 이름 붙이니

바라건대 더불어 제물의 향기를 흠향하시라.

광릉 선생 이연경(李延慶)의 딸을 아내로 삼았고

동생 양성 현감 노극신의 아들을 후사로 삼아,

순후하고 공손한 후손이 집안을 보전하겠기에

『시』와 『예』의 가학을 그에게 맡겼으니,

백대토록 사당에 노씨 향불 끊어지지 않을 것이기에

지금 이후로는 죄인 됨을 면할 것이로다.

노수신이 스스로 지은 묘표다. 그가 죽은 뒤 서너 해 지나 1596년(선조 29년)에 비가 세워질 때 새겨졌다. 『을사전문록(乙巳傳聞錄)』에도 전재되어 있다. 한문 원문은 무척 어렵다. 시간을 나타내는 말이나 관직명이 모두 대어(代語)인 데다가 작자 자신의 일생을 지나치게 간결하게 적었기 때문이다. 그러나 정변을 거치면서도 자신의 자율성을 지키려고 했던 내면의 고투를 매우 생생하게 그려 보였다.

노수신은 본관이 광주로, 자는 과회(寡悔), 호는 소재(蘇齋)·암실(暗室)이다. 활인서 별제를 지낸 노홍(盧鴻)의 아들로, 17세에 이연경의 딸과 결혼하고 그의 문하생이 되었다.

29세 되던 1543년(중종 38년)에는 문과의 초시, 회시, 전시에 모두 장원했다. 곧이어 홍문관 수찬에 제수되고 사가독서를 했으며, 31세에는 사간원 정언을 거쳐 이조 좌랑에 임명되었다. 청요직을 두루 거치면서 전도가 순탄한 듯했다.

그런데 인종 즉위 초 정언으로 있으면서 대윤 윤임의 편에서 이기(李芑)를 탄핵하여 파직시킨 것이 일생을 뒤틀리게 만들었다. 인종이 갑자기 승하하고 명종이 즉위하면서 소윤 윤원형이 이기와 함께 을사사화를 일으킨 것이다. 노수신은 이조 좌랑의 직에서 쫓겨나 충주로 귀향하게 되고, 2년 뒤인 1547년(정미년)에는 양재역 벽서 사건에 연루되어 그해 3월에 순천으로 귀양을 갔다. 9월에는 다시 진도로 이배되었다. 이후 19년, 그 긴 세월 동안 섬을 떠나지 못했다. 52세 때에야 비로소 육지로 유배지가 옮겨져 괴산으로 이배되었다.

진도에 유배된 지 약 6개월 되는 1548년(무신년) 2월의 어느 날, 죽음은 임박하고 어버이는 늙은 데 생각이 미치자 마음이 안정되지 않아 두보의 「동곡칠가(同谷七歌)」를 모방해 여덟 수를 지었다. 첫째 수는 자기 삶을 돌아보았고, 둘째 수에서 일곱째 수까지는 부모, 외조모, 스승이자 장인이었던 이연경, 아우 노극신(盧克愼), 함열 현감 이요빈(李堯賓)에게 시집간 여동생과 부인을 향한 그리움을 토로했다. 여덟째 수에서는 절개를 지키기로 다짐했다. 첫째 수를 보면 다음과 같다.

나그네, 그 나그네, 호는 암실이니	有客有客號暗室
바다 섬에서 가진 것은 두 무릎뿐.	海上隨身但兩膝
어째서 무용의 칠나무를 스스로 벴던가.	胡爲自割無用漆
관 뚜껑이 덮여야 인생사 끝나는 것	蓋棺悠悠事且了
배 속의 기개는 아직 사라지지 않았네.	腹裏規模未全失
아, 첫째 노래여! 나의 노래 절규하는데	嗚呼一歌兮歌則狂
희미하던 등불 날 위해 불꽃 다시 피우네.	微燈爲我回其光

두보의 「동곡칠가」란 「건원 연간에 동곡현에 부쳐 살면서 지은 노래 일곱 수(乾元中寓居同谷縣作歌七首)」를 말한다. 두보가 전란을 피하여 서남방을 떠돌던 가장 어려운 처지에서 지은 시로, 비애의 감정을 절제 없이 드러냈다.

19년에 걸친 진도에서의 유배 생활은 삶이 아니라 '죽음'이었다. 노수신은 어느 날 자신의 시신을 본 듯한 환각에 사로잡혔다. 그래서 「자만(自挽)」을 지었다.

다섯 해를 섬에 나그네 되고 보니	五年客海上
하룻밤 사이 가지 않는 곳이 없네.	一夕無不之
종복은 내 검은 머리를 덮어 주고	奴敢幠黔首
관리는 돌같이 굳은 시신을 검안하겠지.	官須檢石屍
불혹의 나이이니 요절은 아니요	非殤當不惑

자신을 속인 일 없어 형벌로 죽진 않았도다.	免戮爲毋欺
통곡할 바는 늙으신 양친을	所慟雙親老
살아 이별해야 한다는 사실.	相離在世時

젊은 시절 노수신은 주희의 격물치지론을 지지했다. 25세 때 「시습잠(時習箴)」을 지어 앎을 먼저 하고 행을 뒤에 하는 공부의 순서는 변할 수 없다고 했다. 그런데 그는 인종의 동궁 시절에 시강으로 있었지만, 인종이 갑작스럽게 서거하고 명종이 즉위한 직후 을사사화가 일어나자 크게 실망했다. 그 과정에서 천리에 대한 인식이 인간의 도덕적인 행위를 보장하지 못하며, 선은 인간 내면에서 자발적으로 흘러나와야 한다고 생각하기에 이르렀다. 주자학에서 말하는 유정유일(惟精惟一)의 공부는 이발(已發) 이후의 '택선고집(擇善固執)'만을 중시하는 것이 아닌가? 주체의 공부는 '계신공구(戒愼恐懼)'의 '신독(愼獨)'이어야 하지 않겠는가? 그는 회의했다. 그리고 나흠순(羅欽順)의 『곤지기(困知記)』를 읽고 도심과 인심을 체와 용으로 파악하는 설에 관심을 두었다.

나흠순은 왕수인과 같은 시대를 살면서 양명학을 비판한 학자다. 심과 성을 구분하고 천리의 객관적 실재를 확신해서 주희의 격물치지설을 지지했지만, 기철학의 영향을 받아 이와 기는 하나이고 도심과 인심은 같은 것이되 도심은 체이고 인심은 용이라고 주장했다. 이로써 인심에서 기인하는 인간의 욕망을 긍정하는 결과가 되었다. 이 점은 주자학의 설과 다르다.

유배지에서 노수신은 사색의 결과를 「인심도심변」과 「집중설(執中說)」 두 논문으로 표명했다. 이황은 나흠순이 선학(禪學, 양명학까지 싸잡아 비판하는 말)에 물들었다고 비난하고 노수신에게는 주자학으로 돌아오라고 촉구했다. 노수신이 충고를 따르지 않자 이황은 그를 이단에 물든 자로 규정했다.

1567년 선조가 즉위한 뒤 풀려나와 교리에 기용되었다. 하지만 1581년(선조 14년) 9월, 노수신은 모친의 상을 당했다. 67세의 나이였지만, 중문 밖 한구석에 세운 여막에 거처하면서 거적자리에서 자고 거친 밥을 먹었다. 이때 좌의정 자리가 비었고 붕당은 서로 공격을 일삼았다. 선조는 노수신이 상기를 마치기를 기다려 좌의정에 제수했다. 노수신은 면직을 청했으나 윤허하지 않았다. 1585년에도 늙음을 이유로 면직을 빌었으나 허락받지 못했다. 선조는 안석과 지팡이를 하사하고 영의정에 제수했다. 1586년 4월에 흰 무지개가 해를 꿰자 상소하여 면직을 빌었으나 윤허하지 않았다. 그해 겨울에 집 안에 석가산을 만들고 주위에 송(松), 백(柏), 회(檜), 삼(杉), 진송(眞松), 적목(赤木), 비자(榧子), 두충(杜沖), 해송(海松), 황양(黃楊) 열 가지 나무를 두었다. 그리고 그 방을 십청정(十靑

亭)이라 했다. 이 나무들을 보면서 세한(歲寒)의 지절을 지키겠다는 뜻을 부친 것이다.

이렇게 지절을 지키겠다고 결심한 시기에 노수신은 스스로 암실선생이라는 호를 사용하기 시작했다. 그리고 「암실선생자명」을 지었다. 남이 안 보는 어두운 방에 처하더라도 자신의 격률을 지켜 나가겠다는 신독의 뜻을 말한 것이다.

후주(後周) 때 단희요(段希堯)는 평생의 행동을 바르게 해서 암실이라 하여도 속인 일이 없었다고 전한다. 단희요만이 아니다. 중국과 우리나라의 많은 지식인이 암실에 거처해도 격률을 어기지 않겠다는 신독의 뜻을 굳힌 예가 많다. 노수신은 나아가 자신의 수장(壽藏)을 암실이라고 했다. 죽어서도 신독의 자세를 버리지 않겠다는 지독한 결의를 드러낸 것이다. 그렇기에 그가 스스로 지은 비명에 남기고 싶은 말은 "작은 일은 모호하여 혹 끝내는 허물이 되었으나, 대의가 분명하기에 스스로 믿어 부끄러움이 없다."라는 말이었다.

노수신은 1588년 영중추부사를 지냈으나, 이듬해 정여립의 모반 사건으로 기축옥사가 일어나자 과거에 정여립을 천거했던 이유로 파직되었다.

1596년에 비를 세울 때 노수신이 생전에 스스로 써 둔 명을 새기고 뒤에 유성룡(柳成龍)이 노수신의 간략한 행적과 내력을 적었다. 글씨는 병조 판서 허성(許筬)이 예서로 썼다.

만력 경인년(1590년, 선조 23년) 4월 무인일에 전 의정부 영의
정 암실 노 선생이 한성 동문(東門)의 집에서 별세하시니 자질
들이 상여를 모시고 돌아가 이해 7월 병오일로 날을 정해 상주
사곡(沙谷) 원천(遠川)의 서남 방향 언덕에 있는 선영에 장사 지
냈다. 유언을 따른 것이다. 선생은 29세에 급제하시고 얼마 후
바다 가운데의 섬에 19년간 유배되어 있다가 돌아왔다. 만년에
임금의 지우를 입어 정승의 지위에 전후 14년을 있었고 병으로
중추부에 또 1년을 있다가 작은 견책을 당해 자리를 떠나 마침
내 별세했다.

　　노수신은 정치적으로 큰 고통을 겪었으나 온전한 몸으로
세상 마치길 염원했다.
　　선인들은 온전한 몸으로 생명의 시원으로 되돌아가는 전
귀(全歸)를 바랐다. 전귀는 부모가 끼쳐 준 몸을 보전하고 죽
는다는 뜻이다. 본래 증자(曾子)가 "부모가 온전히 낳아 주셨
으므로, 자식으로서는 그 몸을 온전히 보전하고 돌아가야
한다.(父母全而生之, 子全而歸之.)"라고 한 말에서 나왔다.
　　증자의 제자 악정자춘(樂正子春)이라는 사람은 집에서 마
루를 내려오다가 발을 다쳤는데, 다 낫고도 여러 달 동안 밖
으로 나가지 않고서 근심스러운 낯으로 있었다. 그러자 제자
가 물었다. "선생님께서는 발이 다 나으셨는데도 벌써 서너

달 동안 밖으로 나오지 않으시고 여전히 근심스러운 기색을 띠고 계시니, 무슨 까닭이십니까?" 악정자춘은 이렇게 대답했다. "내 선생님 증자는 '하늘이 낳고 땅이 기른 것 가운데 사람보다 큰 것이 없으니, 자식으로서는 부모가 낳아 주신 몸을 온전히 지켜서 돌아가야 효라 일컬을 만하다. 몸을 욕되게 하지 않아야 온전하다고 할 만하다.'라고 하셨네."

노수신은 유달리 정치적 고통을 많이 겪었기에 전귀를 절박하게 염원했으리라. 인간은 누구든 그 부모가 준 소중한 몸을 지니고 있다. 그 점을 진지하게 생각한다면 전귀를 의식하지 않을 수 있겠는가.

시신을 소달구지에 실어
고향에 묻어 다오

성혼(成渾, 1535~1598년), 「묘지(墓誌)」

　혼은 약관에 병을 앓은 뒤로 몸이 허약하고 정신이 어두워졌으며, 그렇게 일생을 마쳤다. 어려서 가정에서 공부하면서, 옛사람이 수신하고 학문했던 이야기를 들을 때마다 개연히 흠모하는 마음을 일으켜 책을 읽고 이치를 연구하여 은미한 뜻을 깊이 찾으려고 애썼으나 끝내 터득하지는 못했다. 마음을 잡아 지키고 함양하여 허물과 죄악을 면하고자 애썼지만 결국 잡아 지키지 못한 채 병 때문에 중도에 스러져 뜻을 조금도 이루지 못했다. 아아, 슬프다!

　타고난 성품이 가벼워서 착실하지 못했으며, 굳건하고 독실하게 실천하는 것을 미덕으로 여기기는 했으나 그와 같은 경지에 다가가지 못했다. 그러니 기질이 탁하고 외물에 어지럽혀진 점은 새삼 말할 것도 없다. 또 남의 잘못을 자주 지적했으므로 이 때문에 사람들이 대부분 꺼리고 싫어했다.

서른 살에 천거로 참봉에 제수되고, 다음 해 다시 천거로 6품직에 올랐으며, 몇 년 후 다시 천거로 대관(臺官)이 되었으나 모두 질병 때문에 취직하지 않았다. 경진년(1580년, 선조 13년) 겨울 성상께서 특별히 소명을 내리셨는데, 말씀이 융숭하고 간절했으므로 황공하여 사양하다가 더 어찌할 수 없어 수레를 타고 서울로 갔다. 신사년(1581년) 2월 사정전(思政殿)에서 뵙자 성상께서 대도(大道)의 요체를 물으시기에 물러나와 만언(萬言)의 봉사(封事)를 올리니, 경연에 나오라고 명하셨다. 이때 조정의 대우가 아주 융숭했는데, 일 만들기 좋아하는 자들이 모두 현자 우대의 예모를 베풀라고 건의하니 성상의 예우가 너무 특별해서, 더욱 놀라고 두려워했고 사람들도 속으로 비웃었다. 얼마 뒤 사직하고 돌아왔다.

계미년(1583년) 여름 병조 참지로 부름을 받고, 다섯 번 소장을 올려 사양했으나 허락받지 못했으므로 다시 서울에 이르러 군직(軍職)으로 옮겼다. 또 이조 참의에 제수되고 서반의 직책으로 보내진 것이 모두 다섯 차례였는데,

사양했으나 허락을 받지 못했다. 왕명을 받들고 숙배한 며칠 뒤 삼사(三司, 홍문관·사헌부·사간원)에서 병조 판서 이이가 국정을 전횡하고 교만 방자해서 상감께 불경하다고 탄핵했다. 이에 글을 올려 "이이가 충성을 다하거늘 삼사의 관원들이 붕당을 지어 모함합니다." 했더니, 삼사에서 "성 아무개가 선비들을 일망타진하려 한다."고 탄핵하므로, 급히 집으로 돌아왔다.

이해 가을에 다시 이조 참의로 부름을 받고 굳이 사양했지만 허락을 받지 못했다. 그래서 대궐에 나아가 네 번 사양했으나 또 허락을 받지 못하여 부득이 봉직했다. 반달 만에 이조 참판으로 승진되어, 다시 다섯 번 사양했으나 윤허를 받지 못했으므로 병을 무릅쓰고 사은숙배했다. 돌아가신 부모에게도 그에 따라 관직이 추증되었다. 봉직한 지 한 달 만에 사직소를 올려 동지중추부사로 옮겼다. 갑신년(1584년) 7월 집으로 돌아왔다.

그 후 조정 신하들이 성 아무개가 외척의 간당으로 조정을 어지럽혀 국사를 그르친다고 탄핵하자 조야에서 소인이라 지목했다. 다만 소인이 아니라고 말하는 이도 있었다. 이것이 벼슬로 나아가고 벼슬에서 물러난 대략이다.

성 아무개가 젊어서 병 때문에 과거에 응시하지 않자 사람들은 "과거를 일삼지 않는다."라 말했고, 몸이 약해서 벼슬하지 않자 사람들은 "영화로운 벼슬을 사모하지 않는다."라 했으며, 파산(坡山, 파주)에 있는 선조 대대로의 집을 지키자 사람들은 "은둔하며 지조를 지킨다."라 말했다. 그래서 조정 신하들이 교대로 천거하여 전전해서 요행으로 높은 벼슬에 이르렀지만, 실제로는 한 가지 재덕도 지닌 것이 없고 한 가지 직임도 제대로 맡은 적이 없었다. 이는 모두 다른 사람들 때문에 억지로 이름이 붙은 것이어서, 끝내 이 때문에 세상의 화를 부르고 말았다.

언젠가 아들에게 말했다. "나는 평소 명예를 훔쳐 나라의 은혜를 저버리고 말았다. 예로부터 신하로서 국가의 은혜를 저버린 것이 나보다 더한 자가 누가 있겠느냐. 내 죄가 크므로 죽어도 눈을 감지 못할 것이다. 너는 내 유언을 따라 부의와 치제 같은 예우를 사양하고 묘 앞에 '창녕 성모 묘'라는 다섯 글자만 비석에 새겨 자손들로 하여금 내 무덤이 있는 곳을 알게 해라. 옛사람 가운데에도 묘 앞에 자기 관직을 쓰지 말라고 한 자가 있기는 했지만 그 뜻이 다른 데 있었다. 나로 말하면 죄가 있기 때문에 스스로 깎아내려 이름만 쓰게 하는 것이므로, 일은 같으나 실상은 다르기에 옛사람과 같다고 보아서는 안 된다. 시신에 삼베옷을 입히고 종이 이불로 염습하여 소달구지에 싣고 고향에 돌아가 묻어서 나의 뜻을 어기지 마라."

을미년(1535년, 중종 30년) 출생하여 아무 해에 죽었으니, 향년 몇 세다. 청송 선생(성수침)의 묘 아래에 묻었다. 성 아무개는 스스로 이 글을 적어 광중에 넣어 묘지로 삼게 하는 바이다.

53세의 성혼은 사위 윤황(尹煌)과 강진승(姜晉昇), 아들 문준(文濬)에게 묘 앞에 작은 돌을 세워 '창녕 성 모 묘' 다섯 글자를 새기고 뒷면에는 본관과 가계, 죽어 장례한 날짜와 자손의 이름만 간략히 써서 새기라고 당부했다. 그리고 스스로 지은 이 묘지를 문생 오윤겸(吳允謙)과 황신(黃愼)에게 보였다. 1587년(선조 20년)의 일이다.

두 해 전인 1585년 그는 세 번이나 동지중추부사에 제수되었으나 모두 사양했다. 지식인들이 서로 반목하던 터라 위기감을 느꼈기 때문이다.

당시 문관의 인사를 담당하는 이조 좌랑을 누가 맡느냐를 놓고 당파의 대립이 일어났다. 이조 좌랑의 인사권을 이조 전형의 권한이라고 한다. 심의겸과 김효원이 그 권한을 둘러싸고 대립하자 선배와 후배 사이도 틈이 벌어졌다. 율곡 이이는 두 사람을 외지로 내보내도록 했으나, 사태는 진정되지 않았다. 젊은 사람들은 인순 대비의 아우 심의겸을 외척이라고 지목해서 배척했다. 그러나 선배들은 심의겸이 명종 때 사림을 보호한 공이 있고 선조가 즉위한 뒤 원로대신과 어진 사람을 불러오도록 청한 점을 높이 평가해서 "권력을 행사하지 않았으므로 배척해서는 안 된다."라고 했다. 성혼은 선배들의 평가를 공론이라 여겼다. 그러자 후배들은 그도 함께 탄핵했다. 성혼은 연달아 상소하여 자신의 죄를 스스로 탄핵하고, 자찬묘지를 적어 아들에게 남긴 것이다.

성혼의 아버지 성수침은 조광조의 문인으로, 성삼문의 후손이다. 성삼문이 단종의 복위를 도모하다가 고문을 받고 죽은 뒤 성삼문의 재종 성담수(成聃壽)도 김해로 유배되었다가 풀려나와 파주에 은거했다. 생육신의 한 사람이다. 그 아들 성수침도 16세기 초의 기묘사화와 을사사화를 거치면서 파주에 그대로 은둔했다.

1589년 겨울 정여립 역모 사건이 일어나자 선조는 성혼을 불러 이조 참판에 제수했다. 성혼은 자신이 전에 정여립과 교분이 있었다는 이유로 사직하고, 파주로 물러나 처분을 기다렸다. 1592년 왜적이 쳐들어왔을 때 선조는 의주로 피신했는데, 성혼은 뒤늦게 그 사실을 알고 통곡하고는 산중으로 들어갔다. 그해 겨울 의주 행재소로 달려가다가 도중에서 우참찬에 제수되었다. 이듬해 선조를 호종해서 영유에 이르러, 선릉과 정릉을 살피고 오라는 임무를 수행하고 해주에서 복명했다. 며칠 후 어가가 환도했으나, 병이 나 있던 성혼은 해주의 석담에 머물렀다. 1594년 봄 호서에서 역모 사건이 일어나자 궁궐로 위로차 들어갔다가 참찬에 제수되었다.

이때 왜적들이 경상도 연변의 13개 고을에서 노략질을 자행했다. 그렇거늘 명나라 유정(劉綎) 총병은 군대를 거두어 돌아갔다. 명나라 시랑 고양겸(顧養謙)은 중국 병사들이 지쳐 있으므로 왜적의 화의를 들어주어야 하겠다며, 사정을 적어 명나라 조정에 아뢰라고 공문을 보내왔다. 선조가 신하들의 의견을 물었을 때 성혼은 고양겸의 글을 인용하여 명나라에 우리 뜻을 알리면 대의에 어긋나지 않으리라고 대답했다.

왜적이 심유경(沈惟敬)을 통해서도 강화를 청하자, 전라 감사 이정암(李廷馣)은 강화를 주장하는 글을 올렸다. 성혼이 그를 옹호하자 선조는 크게 노했다. 이정귀(李廷龜)와 유성룡은 선조에게 결단하길 청했지만, 유영경(柳永慶)은 반대했다. 마침내 성혼은 스스로를 탄핵하는 글을 올렸다.

신은 소견이 밝지 못하고 이해(利害)를 두려워하여 명나라 정승과 장수들의 마음을 거스르지 않고자 했으며 또 망언으로 이정암을 논변하여 구원했으니, 신이 비록 스스로 주화(主和)에 마음을 두지 않았다 하지만 어찌 죄를 피할 수 있겠습니까.

가을에 이르러 벼슬이 갈리자, 당일로 배를 빌려 서쪽 바닷가에 거처하다가 다음 해 파산 옛집으로 돌아왔다.

1598년(선조 31년) 정월, 병이 심해졌다. 성혼은 글을 적어 자손들에게 집안의 전통을 실추하지 말 것과 장례 의식은 간소하게 할 것을 지시했다. 또 송익필(宋翼弼)에게는 이런 서찰을 보냈다.

나는 운수가 다해 죽게 되었으니, 곤궁하고 낭패함은 이치로 보나 형세로 보나 당연합니다. 정월의 큰 바람이 불 때 옆집에 불이 나서 집에 전하던 책이 모두 화염 속으로 들어갔고 살던 집도 불타 없어졌으며, 허리와 척추의 병이 이미 4개월이 되었습니다. 원기가 꺾이고 쇠잔하여 자리에 누워 일어나지 못하니, 형세상 오래 버티지 못할 것입니다. 율곡 같은 대현(大賢)은 열흘 정도 누웠다가 곧바로 서거했는데, 나처럼 못난 사람은 병으로 오랫동안 고생하니, 이 모두가 천명입니다. 천운에 맡기고 분수를 편안히 여기며 스스로 힘쓰지 않을 수 없습니다.

5월에 이의건(李義健)이 와서 문병하자 성혼은 시를 지어 영결했다.

한 번 그대를 보고픈 생각이 간절했는데

무궁한 곳으로 떠나가면 온갖 일 공허하겠지.

다만 해마다 산엣 달이 아름다워

깨끗한 빛 예전처럼 우계를 비추리라.

思君一見意凄凄　　去入無窮萬象虛

惟想年年山月好　　淸光依舊照牛溪

　　성혼은 6월에 파산의 우계에서 별세하고, 8월에 향양리 산에 묻혔다. 아들 성문준은 아버지의 뜻을 따르려 했지만 황신과 오윤겸이 반대했으므로 바깥 널을 사용했다. 그리고 「선고자지문후서(先考自誌文後敍)」를 지어 1587년 이후 아버지의 12년간 족적을 덧붙였다.

　　생전에 쓴 자서전은 한 인간의 삶을 완결해서 보여 주지는 못한다. 글을 쓰는 어느 누구도 바로 그 시점에서부터 이어질 자기 앞의 삶을 결코 명료하고도 온전하게 파악할 수가 없기 때문이다. 그 글쓰기 이후에 허여된 시간이 아무리 짧다고 해도, 그 허여된 시간의 삶을 자서전적 글쓰기는 결코 미리 정지시켜 두지 못한다. 삶은 이토록 극적이다. 더구나 죽은 이후의 평가는 또 어떻게 미리 예측할 수 있겠는가?

　　생전에도 사후에도 성혼은 반대 당의 극렬한 비판을 받았다. 광해군 원년인 1608년, 앞서 임진왜란 때 몽진하는 선조를 성혼이 즉각 알현하지 않은 사실을 규탄하는 비판이 일어났다. 이때 성균관 유생 이목(李楘) 등 150여 명이 상소해서 가까스로 구제했다.

성혼은 많은 제자를 두었다. 윤황과 황신 외에 조헌, 김상용, 신흠, 이귀, 정엽, 안방준, 김덕령, 강항, 최기남 등이 문하에서 나왔다. 사위이자 문도였던 윤황의 뒤로는 아들 윤선거와 손자 윤증이 가학을 이었다. 그의 정신이 이렇게 계승되었으니, 생전의 불운함이 사후에나마 보상받았다고 해야 할까?

벼슬에는 뜻을 끊고
농사에 마음을 기울였다

송남수(宋柟壽, 1537~1626년), 「자지문(自誌文)」

송은 그 성이고 남수는 그 이름이며 영로(靈老)는 그 자다. 본관은 은진이다.

부친은 안악 군수를 역임하고 호조 참의를 추증받은 세훈(世勛)이고, 모친은 영일 정씨다. 조부는 양근 군수를 지낸 여림(汝霖)이고, 증조는 군자감 정 겸 교서관 판교를 지낸 요년(遙年)이며, 고조는 사헌부 지평을 지낸 계사(繼祀)다. 5대조는 유(愉)이니, 소시부터 벼슬을 사양하고 천석(泉石)에 혹하여 고질로 되었다. 호를 쌍청당(雙淸堂)이라 했다. 7대조 명의(明誼)는 사헌부 집단을 지냈으며, 정포은(정몽주)과 명성을 나란히 했다. 외조부 난년(鸞年)은 진사로, 정당문학 문정공 사도(思道)의 후손이다.

만력 무인(1578년, 선조 11년)에 음직으로 사포서 별제에 임명되고 의영고 직장, 사헌부 감찰로 진급되었다. 병술년(1586년)에 정산 현감을 임명받고, 임진년(1592년)에 다시 감찰을 제수받았다. 계사년(1593년) 종부시 주부에 제수되고, 이어 상의원 판관, 평시서 영, 호조 정랑으로 승진하고, 통천 군수를 제수받았다.

정유년(1597년) 임천 군수에 임명되었다가, 얼마 안 되어 그만두고 회덕 시골집으로 돌아왔다. 벼슬에는 뜻을 끊고 농사에 마음을 기울였다. 쌍청당 옛 별장을 수리하고 매일 서적 읽는 재미를 즐겼다. 또 고을 노인들과 더불어 산수의 즐거움을 탐색하기를 거의 30년 동안 했다.

병진년(1616년, 광해군 8년) 여든 살의 고령이라는 이유로 가선대부를 제수받았다. 병인년(1626년, 인조 4년) 가의대부로 승진했다.

이것이 나의 이력과 행사의 개략이다.

나는 일찍이 고인이 몸을 닦고 학문을 한 이야기를 듣고 개연히 공경하고 사모하는 뜻을 가졌으나, 성질이 지중하지 못한 데다가, 소시에 가정의 교육을 지키지 못하고 자라서는 사우(師友)가 없어서 날로 혼명하게 되어 드디어 스스로 떨치지 못했다. 슬픈 일이다.

초취는 이씨로, 현감 한(澣)의 따님이다. 아들을 두지 못했다. 재취는 유씨로, 형필(亨弼)의 따님이요 고려 대승 차달(車達)의 후손이다. 금슬 좋게 한집에 살기를 50년 동안 하다가, 경술년(1610년)에 먼저 떠났다.

내가 평생 남이 지나치게 찬양하여 적어 주는 것을 싫어해서 스스로 이렇게 기록한다.

90세의 송남수가 스스로 쓴 묘지이다. 죽은 뒤 묘주를 찬양하는 말을 늘어놓지 못하도록 자기 자신이 지은 것이다.

본관이 은진인 송남수는 회덕에서 태어나 1578년(선조 11년)에 음보로 사포서 별제가 되었다. 거자(擧子, 과거 응시)의 공부를 일찍이 포기했으나 서사(書史)를 좋아하여 손에서 놓지 않았고 외모를 꾸미지 않고 능히 독실하게 실천했다. 선조에게 제향을 드릴 때는 정성을 다하고, 자제를 가르칠 때는 의로운 방도로 하고, 동기간을 대할 때는 지극한 정으로써 했으니, 효도와 우애가 가정에 드러난 것이 이와 같았다. 서울에 있을 때는 종남산(終南山) 아래에다 집터를 정하고 정자를 두어 상심헌(賞心軒)이라 편액을 달고서 도서를 좌우에 배치하고 향을 피우며 바르게 앉아 세상사에는 무관심했다.

이후 여러 벼슬을 거쳐 61세 되던 1597년(선조 30년)에 임천 군수가 되었다. 자찬묘지는 이 관력을 아무 채색 없이 소묘했다. 그런데 "정유년에 임천 군수에 임명되었다가, 얼마 안 되어 그만두고 회덕 시골집으로 돌아왔다."라고 적은 기록에는 언급하지 않은 사실이 행간에 숨어 있다. 어째서 그만두었는가? 실은 그는 왜적의 침입 때 도망쳤다는 이유로 파직되었다. 곧 사면되었으나 벼슬에 뜻을 두지 않게 되어 회덕으로 돌아간 것이다.

회덕의 생활은 어떠했나? 벼슬에는 뜻을 끊고 농사에 마음을 기울였으며, 쌍청당 옛 별장을 수리하고 매일 서적 읽는 재미를 즐겼다. 쌍청당은 현재 대전광역시 대덕구 중리동에 있다. 본래 조선 초기에 부사정 벼슬을 지낸 송유(宋愉)가 벼슬을 버리고 내려와 살던 중 1432년(세종 14년)에 지은 별당이다. 쌍청은 맑은 바람과 밝은 달을 의미한다. 송유가 거처할 때 박연(朴堧)이 유성에 온천욕 하러 가다가 이곳에 들러 쌍청이란 이름을 지어 주고 시를 지었다. 안평 대군이 그 시에 화답을 했다. 그리고 김수온(金守溫)이 기문을 지어 주었다.

송남수가 쌍청당을 수리한 것은 조상의 삶을 잇겠다는 의지를 표현한 것이다. 선조의 삶을 다시 산다는 것은 부담스러운 일일 수도 있다. 하지만 그는 자신의 선조가 그렇게 했듯이 고을 노인들과 산수의 즐거움을 탐색하며 지내기로 했다. 30년 동안 쌍청당 옛집에 소나무, 국화, 매화, 대나무를 심어

놓고 그 사이에서 흥얼거렸으며, 어느 강 어느 산에 아름다운 경치가 있다는 말을 들으면 술병을 들고 혼자 가기도 하고 혹은 벗을 불러 함께 노닐었다.

실은 그 30년의 생활이 유유자적하기만 한 것은 아니었다. 선조의 삶을 살아간다는 것은 가문과 지역의 정맥을 현양하는 의무를 떠안는 것을 의미했다. 그는 선조들의 영광을 드러내는 일로 항시 분주했다. 1583년에 숭현 서원을 중건하고, 1599년에 가문의 족보를 만들었다.

지금의 대전 중구 용두동에 정광필, 김정, 송인수 등 세 현인을 배향하는 삼현 서원이 있다. 정광필은 기묘사화 때 영의정으로서 사림을 보호했고, 김정은 기유명현의 한 사람이며, 송인수는 권신들과 싸우다가 희생된 인물이다. 그러나 이 서원이 임진왜란 때 불타자, 송남수는 대전 유성구 원촌동에 숭현 서원을 중건했다. 이 서원은 대전에서 최초로 창립되고 최초로 사액을 받았다.

송남수는 1606년(선조 39년) 일흔의 나이에 통정대부에 오르고 용양위 부호군이 되었다. 1615년(광해군 7년)에는 공주 사한리(沙寒里) 선대의 묘역 아래에 피운암(披雲庵)을 짓고, 작은 못을 파서 송담(松潭)이라 하고 호로 삼았다. 누대 바위에는 칠급대(七級臺)라는 이름을 붙였다. 1616년에는 여든 살 고령이라 우대되어 가선대부가 되었다.

90세 되던 1626년에 송남수는 가의대부의 품계에 올라 부호군이 되었다. 그가 묘지를 자찬한 것은 바로 이해다. 단 자찬묘지에서 스스로 만년의 삶을 개괄해서, 1616년에 여든 살의 고령이라는 이유로 가선대부를 제수받고 1626년에 가의대부로 승진했다고 짧게 밝혔다.

송남수는 일생 평온하게 살았다. 『검신요결(檢身要訣)』을 엮어 스스로의 몸가짐을 조심하고, 후손에게도 그 가르침을 남겼다. 하지만 단순히 은둔해 있었던 것이 아니다. 향촌 공동체를 유가의 이념에 따라 재구축하려고 했다. 그가 살던 곳은 자연과 연속되어 있으면서 공동체의 삶이 영위되는 공간이었다. 그곳을 이상적인 모습으로 구축하려는 계획은 실상 대단히 장대한 것이었다.

뒷날 신흠은 「송통천 묘갈명(宋通川墓碣銘)」을 지어 송남수의 일상에 대해 이렇게 말했다.

시를 지을 때는 온화하고 소박하게 했으며 글씨를 쓸 때는 법도가 있어 팔구십 살이 된 뒤에도 남에게 보내는 간찰은 반드시 줄을 똑바로 잡아 잘게 썼으므로 보는 이들이 감탄했다. 사람을 대하고 외물을 접촉할 때는 자상하여 성심을 다했고 길흉과 경조사에는 각기 그 정례(情禮)에 맞게 했으므로 임종하던 날에 노소가 전부 찾아왔고 평소에 집에 온 적이 없는 자도다 와서 곡하여 애도를 다했다. 임종하기 하루 전에 자제를 불러 영결하는 글을 지어서 멀리 따로 사는 친족에게 나누어 부쳤다. 또한 앞에 앉아 있는 친족에게 이런 간찰을 써 보였다. "불녕(나)이 부모에 대해 효도를 다하려는 정성과 친족에 대해 화목하고 친근한 마음이 없는 것은 아니었으나 어려서는 배운 것이 없고 자란 뒤에는 더욱 방종하게 생활하여 일생을 헛되이 저버렸습니다." 그러고는 곧 숨이 끊겼다.

신흠은 송남수의 삶을 한나라 애제 때의 고결한 선비 병단(邴丹)에 견주었다. 병단은 벼슬살이하다가 차츰 승진하여 600석 봉록이 되기 전에 사직하고 떠났으므로 청렴하다는 명망이 그의 숙부 병한(邴漢)보다 높았다고 한다. 신흠은 송남수가 높은 봉록을 마다하고 산림에서 유유자적했기 때문에 3세의 시간만큼 장수할 수 있었으리라고 추정했다.

옛날 병단은 벼슬살이하다가 1000석에서 그만두매, 담론하는 자들이 그 품격을 높이 평가했는데, 고 송담 송 공 같은 이는 40세가 되어서야 벼슬살이하고 60세에는 그만두고 한 골짜기에서 즐기고 쉬면서 30년이 지나도록 그 뜻이 변치 않았으니, 혹시 병단의 풍모를 듣고 떨쳐 일어난 이가 아닌가! 아, 보통 30년을 1세로 따지는데 공은 곧 3세를 산 사람이다. 장수를 구하는 사람 중에는 단사(丹砂)를 제련하고 돌을 구워서 먹는 자도 있는가 하면 천지자연의 정기를 복용하는 자도 있으나, 공처럼 통상적이며 덤덤하게 사는 것으로 그 하늘이 준 수명을 보전하여 그대로 누린 경우는 드물 것이다. 나는 병단이 그 수명을 공처럼 누렸는지 모르겠다. 그에 관해서는 사가(史家)가 기록해 두지 않았는데 만일 공과 같은 수명을 누리지 못했다면 만용(병단의 자)은 그 수양이 공보다 조금 못하다 할 것이다.

이해 12월 30일, 회덕 집에서 졸했다. 이듬해 2월에 공주 사한리에 장사 지내졌다. 묘는 현재 이사동 하사에 있다.

송남수의 자찬묘지에서 눈에 들어오는 구절은 재취 유씨에 대해 언급한 구절이다. 유씨는 "금슬 좋게 한집에 살기를 50년 동안 하다가, 경술년에 먼저 떠났다."라고 했다. '금슬 좋게 한집에 산다'는 표현은 다른 사람들의 자찬묘지는 물론 남을 위한 묘지에서도 좀처럼 찾아보기 어렵다. 진정으로 50년의 긴 세월 동안 동고동락하지 않았더라면, 글쓰기의 관행을 빗어나 이러한 말을 결코 할 수는 없었을 것이다. 후손들은 그의 자찬묘지에 이어서 '유씨와 합폄'이라는 사실을 더 적어 넣었다.

느긋하고 편안하게
내 명대로 살았다

홍가신(洪可臣, 1541~1615년), 「자명(自銘)」

맑은 시절에 우습구나, 만년에 지절을 온전히 한다는 늙
은이야
관직이 상서에 이르고 작위가 훈신에 이르렀다니.
옹의 이름은 가신(可臣), 자는 홍도(興道)로
나자마자 어머니 여의고 유모에게 양육되고
열서넛에 처음 부친의 훈도를 입었는데
또랑또랑 말소리로 「주남」「소남」을 욀 줄 알았네.
자라서는 다행히 가정의 가르침을 실추하지 않고
다섯 번이나 대성(臺省, 사간원과 사헌부)에 들어가고 여
섯 번이나 고을을 맡았다.

임진년 전란과 계사(1593년), 갑오(1594년)의 기근에
　홍양(洪陽)으로 가서 허기 달랬는데 새 무덤들이 뭉긋뭉
긋했지.
　역신이 고을로 멧돼지처럼 쳐들어왔으나
　종묘사직이 암묵리에 도와 괴수가 목을 바치매
　하늘에서 포상이 내리고 군은이 각별해서
　기린각 훈신으로 뽑히다니 분수에 어이 감당하랴.
　쇠하고 병들었어도 군주에게 보답하려는 마음으로
　영광도 그치고 봉록도 사절하여 지친 새가 숲으로 돌아
가듯 했다네.
　초가 두 칸이 선영 아래 있어
　매화 대나무가 창에 어른거리고 시내는 집을 감싸 안았다.
　산업도 이익도 경영하지 않고 다만 편안하게 거처하니
　화로에선 전서체 향 연기 일어나고 책상에는 『시』와 『서』
놓여 있다.
　지난 잘못을 줄이려고 하지만 줄이지 못하고
　발 하나가 도리어 웅덩이에 빠진 듯헤리.
　외진 곳 전야에서 스스로를 지키면서
　집일은 잊고 나라 근심에 흰머리로 단심을 바치노라.
　일흔 살이면 벼슬을 그만둠이 예법이거늘
　갓끈 묶고 인끈 드리운 채 공무를 맡아보다니!

평이한 흉금과 탄탄한 심회 지녀

분노와 미움은 간사한 무리에 대해서만 지녔노라.

아들 다섯에 딸이 둘로

아들은 혼인하고 딸은 시집가서 자손이 떨친다.

인생 백 년이 당돌한지라 방종하지 않고

오동나무에 명월이요 버드나무에 청풍같이

느긋하고 편안하게 내 명대로 살았으니

맑은 시절에 얼마나 다행이냐 만전 옹아.

　원래의 글은 일곱 자와 여덟 자로 이루어진 구들을 교대로 사용하여 고풍 한시로 엮은 「자명」이다. 당호를 '만전(晩全)'이라 했던 홍가신이 1608년에 지었다. 만전이란 만년에 이르러 더욱 절개를 온전히 한다는 뜻이다. 홍가신은 선조 때 이몽학의 난을 평정한 공으로 청난공신 1등에 오르고 영원군에 봉해졌던 인물이다.

　증조부 홍한(洪瀚)은 이조 참의를 지냈는데, 연산군 때 무오사화에 희생되었다. 홍가신은 문과 출신은 아니지만 학문과 행검으로 추천을 통해 출사했다. 그의 손자가 곧 태백산이 낳은 다섯 어진 사람 가운데 한 사람이라는 홍우정(洪宇定)이다. 홍가신은 허균의 아버지 허엽(許曄)과 민순(閔純)에게 배우고 이황에게도 수학했다. 유성룡의 벗이자 이순신의 사돈이다. 홍가신의 넷째 아들이 한백겸의 딸을 초취로 삼았으나 후사가 없자 이순신의 딸을 계실로 맞았으므로, 홍가신은 이순신과 사돈 관계가 된 것이다.

27살에 진사가 되고 벼슬길에 들어섰다. 45세 되던 1585년(선조 18년) 수원 부사가 되었으나, 1589년 12월에 정여립과 우의가 있다는 이유로 대간의 탄핵을 받아 파직되었다. 52세 때인 1592년에 임진왜란이 일어나자 가을에 남양으로 돌아와 의병을 규합해 왜적을 토벌했다. 그 공으로 이듬해 파주 목사가 되고, 1594년 1월에는 홍주 목사가 되었다.

1596년(선조 29년) 7월 8일 이몽학이 난을 일으켜 7월 9일에 홍주를 침범했을 때 홍가신은 민병을 모아 평정했다. 그 공으로 당상관으로 승진하면서 홍주 목사의 직은 그대로 지녔다. 당시의 일은 『갑진만록』에 상세하다.

이몽학은 왕족 출신의 서얼인데, 7월 9일에 홍주를 공략했다. 관속인 이희수(李希壽)와 신씨(申氏)가 거짓으로 반란군에 항복하여 대흥으로 가서 이몽학을 만나 보고 그들을 머물게 한 후 홍가신에게 저쪽의 형편을 알렸다. 홍가신은 무장 박명현(朴名賢)과 함께 무사를 많이 모았다. 체찰사의 종사관 신경행(辛敬行)은 내포에 왔다가 변을 듣고 달려오고, 수사(水使) 최호(崔湖)도 군사를 거느리고 왔다. 이몽학은 다음 날 늦게 출동해서 고을에서 2~3리 되는 곳에 각기 1000명씩 다섯 진으로 벌여 주둔했다. 이때 박명현이 무사들을 시켜 마을 어귀에서 적의 선봉을 붙잡았다. 저녁에 이몽학의 장수 서너 명이 성 아래로 와서 성안 사람들에게 호응하라고 종용했다. 밤에 성중에서 화포와 불화살을 쏘아 동문 밖 성 근처의 인가를 태워 화염으로 하늘을 밝혔다. 병마절도사 이시언(李時彦)은 예산의 무한성에 이르렀고, 어사 이시발(李時發)은 유구역에 진을 치고 홍주로 향하려 했으며, 중군 이간(李偘)은 청양에서 홍주로 향하려 했다. 7월 11일 새벽에 이몽학의 군사가 무너지자 박명현은 청양까지 추격했고, 곧이어 최호와 여러 장수의 군사들이 당도했다. 마침내 이몽학의 휘하 세 사람이 이몽학의 머리를 베어 바쳤다.

홍가신은 1599년(선조 32년) 홍주 목사의 임기를 마치고 남양에 우거했다. 1600년에는 해주 목사가 되었으나 12월에 사직했다. 63세 때인 1603년에는 특진관으로 경연에 입시했다. 1604년 6월 25일, 임진왜란 이래의 공신들을 세 부류로 나누어 포상할 때 청난공신 일등에 올랐다. 공신호는 분충출기합모적의(奮忠出氣合謀迪毅)이었다. 1607년 여름에 벼슬을 그만두고 고향 아산(牙山)에 거처했다.

1608년에 광해군이 즉위하자 7월에 시무를 논하는 상소를 올렸다. 이 무렵 유영경의 옥사가 일어났다. 유영경은 선조 말에 영창 대군을 세자로 옹립하려 했다는 죄로 이이첨의 탄핵을 받아, 경흥에 유배되었다가 사약을 받았다. 이때 이조 판서 성영(成泳)이 유영경의 당으로 지목되어 파직되자, 광해군은 왕비의 외숙 정창연(鄭昌衍)을 이조 판서에 앉히려고 영의정 이원익에게 망(望)을 올리라고 했다. 정경세가 그 명을 취하하도록 간하니, 임연(任兗)은 정경세가 정창연을 쫓아낼 계책을 꾸몄다고 모함했다. 광해군은 조정에 정경세의 문제를 논하도록 명해서 결국 그를 파직했다. 그러자 홍가신은 상소를 올려 "임연이 임금의 비위를 맞추고 어진 이를 질시했다."라고 따졌다.

이 무렵에 홍가신은 「자명」을 지어, '맑은 시절'에 당호를 '만전'이라고 하는 것은 우습지 않느냐는 말로 시작했다.

지식인은 세상에 나가 이념을 실천하거나 물러나 은둔하면서 자신의 지절을 지키는 것이 중용에 부합해야 한다. 그것을 출처행장(出處行藏)의 도리라고 한다. 세상에서 물러나 은둔하는 것은 '당시의 세상이 올바른 도가 행해지지 않고 있다'는 것을 전제로 해야 한다. 그렇다면 홍가신이 지절을 지키겠다고 하면서 당시를 맑은 시절로 규정한 것은 모순이 아닌가? 홍가신은 그 질문에 답하는 형태로 글을 시작했다. 이러한 글쓰기를 통해서 실은 홍가신은 간사한 무리에 대한 분노와 미움을 간접적으로 드러낸 것이다.

홍가신은 1615년(광해군 7년)에 75세를 일기로 세상을 떠나 이듬해 6월 아산 남면 대동(大洞)에 장사 지내졌다. 동문수학했던 심희수(沈喜壽)는 "근세 사대부 가운데 명절을 보전해서 시종 흠이 없었던 이로는 마땅히 공을 으뜸으로 삼아야 한다."라고 했다. 홍성읍 대교리에 홍가신 청난비와 비각이 있다. 종택 마을에는 홍가신의 묘소와 신도비가 있는데, 그의 자세한 업적을 적은 신도비는 조경(趙絅)이 지었다.

홍가신 자신은 후대인의 야단스러운 추모를 바라지 않았다. 「자명」에서 그는 말했다. "인생 백 년이 당돌한지라 방종하지 않고, 오동나무에 명월이요 버드나무에 청풍 같았다." 자신의 삶에 대한 스스로의 평결은 지극히 간단했다. 이몽학 난의 평정에 공을 세운 일도 서너 줄 서술했다. 공적을 자랑하지 않았다.

나 홀로 나를 알 뿐

12

권기(權紀, 1546~1624년), 「자지(自誌)」

공은 성이 권(權), 휘는 기(紀), 자는 사립(士立), 호는 용만(龍巒)으로 송암(松巖) 선생 권호문(權好文)의 문인이며, 고려 태사 휘 행(幸)의 23대손이다. 선고(先考) 휘 몽두(夢斗)는 효성스럽고 우애로웠으며, 지극히 순수하고 너그러우면서도 근엄해서 어른의 풍모가 있었으므로, 고을에서 누차 조정에 아뢰었다. 선비(先妣) 영양(英陽) 남씨는 영양군 민충(敏忠)의 후예이자 충순위 한립(漢粒)의 여식으로 규중의 행실이 높고 남달랐다. 두 아들을 낳았는데 장남은 뉴(紐), 차남은 공이다.

공은 태어나 일곱 살에 어머니를 여의었다. 열세 살에

부친의 명을 따라 처음으로 『소학』을 읽었는데, 스승이 잘 왼다고 칭찬해 주었다. 성인이 되어 벗과 더불어 논변할 때에는 항상 굳세고 방정하여 굽히지 않았다. 마음속으로 이에 대해 병폐로 여기고는 부드럽고 화평하도록 하는 데 힘을 기울여, 규각(圭角)을 내세우지 않게 되자 숙피대(熟皮帒, 무두질한 가죽으로 만든 가방이나 구럭)라는 호칭을 얻었다. 곧 소매를 뒤집어 눈물을 닦고는 고향으로 돌아왔다. 그리고 화(和)와 직(直)을 겸하여 스스로 억제하자, 사람들이 기질을 잘 변화시켰다고 칭송했다.

열 번이나 과거에서 최종 합격을 하지 못했고, 세 번 천거가 있었지만 영광스레 벼슬길로 나아가지 못했다. 이는 모두 운명이 그렇게 만든 것이었다.

만년에 『권씨보(權氏譜)』 16질을 편찬하고 『영가지(永嘉志)』 8권을 기록했다. 이름을 남기려고 그런 것이 아니라 늘그막에 소회를 부친 것이다. 진산 하씨(晉山河氏)에게 장가들어 가정을 이루었는데, 아내는 관찰사 담(澹)의 6대손, 통정대부 연(漣)의 여식이다. 2남 1녀를 낳았다. 아들은 이름이 사(思)와 괄(适)로 유사(儒士)이다. 딸은 진성(眞城) 이지준(李智遵)에게 시집갔다.

부인 하씨가 공보다 먼저 졸했다. 묘는 대표산(大瓢山) 서쪽 기슭에 있었는데, 만력 정미년(1607년)에 막곡(幕谷)

태산(兌山) 을향(乙向)의 벌로 이장하여, 묏자리를 함께할
계책으로 삼는다.

다음과 같이 명을 적는다.

남들은 날 유학자라 일컫지 않지만 스스로는 유학자로
자처하고

남들은 날 어리석다 일컫지 않지만 스스로 행동함은 어
리석기만 하다.

사람들 중에 나를 아는 이 없고

나 홀로 나를 알 뿐.

용산(龍山)이 수려하게 높게 솟아 천 길 옥이 선 듯하고

낙강(洛江)이 휘돌아 흘러 한 띠의 쪽이 푸른 듯.

그 가운데 외로운 무덤 하나 있으니

만고의 편안한 집이로다.

안동 처사 권기가 쓴 「자지(自誌)」이다. 본관은 안동, 자는
사립(士立), 호는 용만(龍巒)이다. 할아버지는 권미수(權眉壽),
아버지는 통정대부에 추증된 권몽두이며, 어머니는 영양 남
씨로 충순위 한림의 딸이다. 처 진주 하씨는 하연의 딸이다.
경상도 안동시 풍산읍 막곡리에서 태어났다. 권기가 죽은 후

1634년 8월 그믐에 선교랑(宣教郞)으로 전 의금부도사인 정전(鄭佺)이 별도의 묘지명을 지었다. 권기는 부인 하씨를 거처하는 곳 서쪽 산의 왼쪽 기슭에 묻고 자신을 같은 산에 묻어 달라고 유명을 남겼다. 하지만 권기가 죽자 점술가가 그해에는 부장을 할 수 없다고 말한 데다가 곧이어 병란이 있었으므로, 거처의 왼쪽 산기슭 밖 나천곡(蝶遷谷)에 장사 지내야 했다. 그 후 개장의 이야기가 나왔으나 이루지 못했다. 장례 지낸 지 10년이 되어서도 묘표를 세우지 못했는데, 아들 권사막(權思邈)이 정전에게 묘지명을 부탁했다. 정전은 처음에는 거절했으나 다음 해에도 간청이 있자 묘지명을 썼다. 권기의 측실 소생 딸 가운데 한 사람이 정전의 첩이었다.

권기는 열 살 무렵 광흥사(廣興寺)에 가서 강학을 했으나, 일찍 어머니를 여의고는 공부하려 들지 않았다. 그러다가 17세가 되어 현감 고흥운(高興雲)에게 나아가 한 해 동안 공부했다. 이듬해 이황의 제자 권호문의 문하에 들어가서 선비가 가야 할 길에 대해 깨우쳤다.

1568년(선조 원년) 향시 합격을 시작으로 초시에 열여섯 차례나 합격했으나 복시에 합격하지 못했으므로 생원이나 진사가 되지 못했다. 1570년경 영주시 순흥면 내죽리에 있는 백운동 서원에서 공부했다. 그 이름이 『소수서원입원록(紹修書院入院錄)』에 나온다. 권호문에게 시 「백운 서원으로 가는 권

사립을 전송하며 명륜당 시에 차운하다(送權士立之白雲書院次明倫堂韻)」가 있으니, 권사립이 곧 권기이다. 백운 서원은 백운동 서원으로, 소수 서원이 사액받기 전의 이름이다. 명륜당은 백운 서원 즉 소수 서원의 강당으로, 이황이 1549년(명종 4년)에 이곳에서 강학하고 지은 시 「백운동 서원에서 제생들에게 보이다(白雲洞書院示諸生)」가 있다. 권호문은 이황의 그 칠언율시에 차운했다.

황폐한 마을에 유풍이 근래 차츰 일어나니　廢里儒風近漸興
성인을 희구하는 길이 일천 층이라 말라.　　莫言希聖路千層
죽계의 경치 유람은 그대 이제 시작할 터　　竹溪勝覽君今始
백운동 맑은 유람을 나는 전에 한 적 있네.　雲洞淸遊我昔曾
젊어서 어찌 전원에서 자라처럼 움츠리랴　早歲田園寧鼈縮
훗날 높은 하늘로 용처럼 날아오르리라.　　他時霄漢可龍騰
부디 경과 의를 힘써 닦아서　　　　　　　須將敬義勤修省
엄숙히 벗님 대하고 살얼음 밟듯 하라.　　儼對朋儕若履氷

권기는 아버지의 뜻에 응해 과거에 응시하고는 했지만, 아버지가 세상을 떠나자 과거장에 가지 않았다. 제용감 참봉에 천거되었으나 부친상을 당하여 취임하지 못했다. 예학, 법률, 지리의 책도 보아 박학했다. 김성일을 따라 예학을 연구하다가, 김성일이 죽은 후 10년 뒤인 1600년 안동 부사 황극중(黃克中)이 향음주례를 행할 때 집례를 맡았다.

권기는 모난 성격으로 남과 다투는 일이 많았으므로, 부드럽고 화평한 태도를 지으려고 애써서 기질을 바꾸었다고 일컬어질 정도가 되었다고 했다. 그리고 소매를 뒤집어 눈물을 닦고는 돌아왔다고 했다. 소매를 뒤집어 눈물을 닦는다는 말은 반메식면(反袂拭面)으로, 줄여서 반메(反袂, 返袂)라고 한다. 공자가 기린이 잡혔다는 소식을 듣고 "누구를 위해서 왔느냐, 누구를 위해서 왔느냐." 하며 탄식하고는 소매로 얼굴을 가리고 울었다는 이야기가 『춘추공양전』 애공 14년의 기록에 나온다. 말세에 기린이 나타나 사람들에게 잡히자 슬퍼해서 울었다는 것이다. 권기는 그 고사를 끌어와서, 자신이 사는 시대도 말세라 뜻을 이루지 못함을 한탄한 것이다.

권기는 산천재(山天齋)라는 서실을 짓고 공부를 계속했다. 권호문이 「산천재에 써 주다(題山泉齋)」 시를 남겼다.

거울 같은 맑은 샘물이 완연히 월담 같아서
하늘빛과 구름 그림자, 고요하게 물에 잠겼다.
과감하게 행동하고 덕을 기름은 군자가 할 일
서실에 앉아 늘 『주역』을 본다네.

一鑑淸泉宛月潭　　天光雲影靜中涵

果育正宜君子以　　常觀易象坐書龕

　　산천은 『주역』의 대축괘(大畜卦)를 말한다. 대축괘는 외괘
(상괘)가 산에 해당하는 간괘(艮卦), 내괘(하괘)가 하늘에 해당
하는 건괘(乾卦)이며, 그 단사(彖辭)에 "강건하고 독실하고 휘
황하여 날마다 그 덕을 새롭게 한다.(剛健, 篤實, 輝光, 日新其
德.)"라고 했다. 끊임없이 자신을 닦는다는 의미를 지니고 있
다. 권호문은 산천재의 샘물을 월담과 같다고 했다. 월담은
달빛이 비치는 못이라는 뜻인데, 진세의 바깥으로 초연해 있
는 정신 상태를 상징하는 말이다. 또 맑은 샘물에 하늘과 구
름이 고요하게 잠겨 있는 광경을 노래한 것은 권기의 생활을
주희의 학문 수양 자세에 견준 것이다. 주희는 시 「관서유감
(觀書有感)」에서 "반 이랑의 네모 연못에 거울 하나 열려서,
하늘빛 구름 그림자가 함께 배회하누나. 어찌하면 저처럼 맑
을까 묻는다면, 원두에서 활수가 쏟아지기 때문이라고 답하
리라.(半畝方塘一鑑開, 天光雲影共徘徊. 問渠那得淸如許, 爲有源
頭活水來.)"라고 했다. 과감하게 행동하고 덕을 기른다는 말
은 『주역』 몽괘(蒙卦) 상전(象傳)의 "산 아래에서 샘이 나오는
것이 몽이니, 군자가 이것을 보고 행실을 과감하게 행동하며
덕을 기른다.(山下出泉蒙, 君子以, 果行育德.)"에서 나온 말로,

때를 따라 중도를 얻는 것(時中)을 중시한다는 말이다.

권기는 『권씨세보(權氏世譜)』와 『영가지(永嘉誌)』를 15년 동안 편찬하여 이루었다.

『권씨세보』는 권율(權慄)의 요청으로 8년여의 노력을 기울인 끝에 1602년(선조 35년) 16권으로 완성했다. 도원수 권율은 친족을 모아 시조묘에서 제사를 올리고, 족보 일을 권기에게 부탁했다.

1602년에는 다시 유성룡의 명으로 졸루정(拙陋亭)에서 권행가(權行可), 유우잠(柳友潛), 권극명(權克明), 이의준(李義遵) 등과 함께 안동 읍지를 편찬하기 시작했다. 유성룡은 중국에는 곳곳마다 지방지가 있거늘 조선에는 그러한 책이 없다는 것을 흠결로 여겨, 권기에게 안동 읍지의 편찬을 맡겼다. 권기는 『동국여지승람』과 『함주지(咸州志)』(1587)의 체례를 참고해서 방지를 엮고 유성룡에게 품정했으며, 여러 선비들을 선발해 각자 기록하게 했다. 1607년에 유성룡이 세상을 떠나 중단될 뻔했지만, 『함주지』를 엮었던 정구(鄭逑)가 안동 부사로 부임하여 간행을 독려했다. 권기는 김득연(金得硏)·권오(權晤)·이혁(李爀)·배득인(裵得仁)·이적(李適)·유우잠·이의준·권극명·김근(金近)·손완(孫浣) 등 10인과 함께 부청(府廳)에 모여 편찬을 계속해서 1608년 마침내 『영가지』 8권을 이루었다.

영가는 안동의 고려 때 이름이다. 권기는 유성룡의 명을 받았을 때 권행가(權行可)를 한서재에서 만나 안동 방지의 편집에 관해 상의하고, 책 이름을 화산(花山)으로 할 것인지 영가로 할 것인지 의논했다. 권행가는 영(永)이라는 글자는 두 물을 뜻하는데, 안동 부에 포항(浦項)과 와부(瓦釜) 두 물이 있고 또 두 물이 아주 아름다우므로(嘉), 영가라는 명칭이 타당하다고 했다. 권기도 선시(選詩)에 "두 강물이 가운데 흐르는 땅에, 풍류가 영원히 아름답다(二水中流地, 風流是永嘉)라는 구절이 있으니, 이 뜻을 취한 것이라고 여겨 영가라는 말을 택했다고 한다. '선시'는 『문선』풍의 시를 말하는데, 권기가 언급한 시 구절은 출전을 알 수 없다.

권기는 1608년(선조 41년) 정월 16일(기망)에 「영가지서」를 작성해서 제목을 영가로 한 이유를 위와 같이 밝혔다. 또 「영가지」라는 시를 남겨 "8권의 영가지, 장정하니 태깔이 곱다. 고금 사적이 일월처럼 분명하고, 인물의 곱고 추함을 변별했도다. 아들 사와 괄이 쓰고, 하씨 댁 맏아들 진웅이 편집본을 받들었다. 존중하지 않으면 사람들이 믿지 않으리니, 천년토록 누가 전할 수 있으랴(八帙永嘉志, 粧黃顔色鮮. 古今明日月, 人物辨蚩姸. 思适書題目, 晉雄奉簡篇. 不尊人不信, 千載孰能傳)"라고 했다. 「영가지서」 끝에는 "근래에는 눈마저 잘 보이지 않아, 말단의 묘소와 같은 것은 자세히 살펴 고치지 못했으니,

이것이 크나큰 아쉬움이다."라고 언급했다. 정전 또한 권기 묘지명에서『영가지』에 대해 이렇게 적었다. "서애가 서거하고, 공도 안질을 앓아서 사물을 볼 수가 없었으므로 끝내 교정을 볼 수가 없었으므로 늘 한으로 여겼다. 공은 병으로 17년 동안 문밖을 나가지 못하다가, 갑자년 정월 10일에 집에서 세상을 마쳤다." 권기는『영가지』를 일단 완성한 뒤 수정과 보완을 할 생각이었으나 시력을 잃어서 계속하지 못한 듯하다.

『영가지』는 권기의 사후 초고본으로 전하다가 후손 상학(相鶴)·상택(相宅) 등에 의하여 1899년에 간행되었다. 권두에는 권기의 서문을 이어 본부도(本府圖) 1장을 비롯하여 안동의 속현, 부곡이었던 임하현·길안현·감천현·내성현·일직현·풍산현·개단부곡·춘양현·소천부곡·재산현 등 10장의 지도가 실려 있다. 이 가운데 권5의 향사당조에는 안동 향사당 연혁, 향규구조(鄕規舊條), 유성룡이 규정한 향규의 신정십조(新定十條)를 실었다. 권8에는 분묘의 소재지와 그 주인공의 사적·행장·비문을 실었다.

권기는 권호문을 존경했다. 권호문은 30대에 집 남쪽에 송암(松巖)이라는 우뚝 솟은 봉우리가 있어 이를 자호로 삼고는, 그 꼭대기에 한서재(寒棲齋)를 짓고 기문을 써서 뜻을 드러냈다. 33세 때 모친상을 당하여 상기를 마친 이후에는 청성산(靑城山) 아래 낙동강 가에 오두막을 짓고 난간을 만들어서, 강물을 굽어보고 매죽을 심으며 여생을 보낼 뜻을 두었다. 이후 안동 부사에게 서찰을 보내 청성산의 폐찰을 서당으로 만들어 주길 청하고, 금계(金溪)에 경광 서당(鏡光書堂)을 짓고 스스로 기문을 지어 풍속을 권장했다. 이황이 서거한 후 이황의 문도들은 대부분 높은 벼슬에 올랐으므로, 의지를 누그러뜨려 그들을 따랐으면 승진하기도 어렵지 않았을 것이다. 하지만 권호문은 벼슬에 나아가지 않았다. 안동 부사 권문해(權文海)가 유일(遺逸)로 순찰사에게 천거했으나 권호문은 매요신(梅堯臣)의 고사를 인용해 미관이라도 받게 되면 죽고 말 것이라는 뜻을 서찰에 적어 보내 거절했다. 매요신이 만년에 도관 원외랑이 되어 어느 날 구양수의 집에 모였는데, 유창(劉敞)이 "매성유(매요신)의 벼슬이 반드시 여기에 그칠 것이다. 예전에는 정도관(鄭都官, 당나라 말 정곡(鄭谷))이 있었고 지금은 매도관이 있다."라고 농담을 했다. 자리에 있는 손님들이 놀라고 매요신도 기뻐하지 않았는데, 얼마 되지 않아 매요신은 병들어 죽었다고 한다.

　명종, 선조 대 이후로 많은 선비들이 은둔에 뜻을 두었고 세상 사람들도 그러한 풍조를 고상하게 여겨 많이 따랐다. 그러나 고아한 풍격으로 시속을 초탈한 이들은 많지 않았다. 대부분은 환로에 실패하여 은둔하거나, 사이비 은둔자의 행각을 했다. 북송의 충방(种放)은 종남산에서 몸소 농사를 짓고 생활하다가 진종 때 좌사간으로 발탁되었는데, 어머니의 부름으로 산으로 다시 돌아와서 그동안 저술한 것을 다 불태우고 술을 마시다가 죽었다. 이는 환로에 잘못 나갔다가 실패하여 다시 은둔한 대표적인 예이다. 진정한 은둔자의 예를 중국에서 찾는다면 북송 때 양박(楊璞)이나 임포(林逋)가 있다. 양박은 호를 동리유민(東里遺民)이라 했는데, 포의로 태종에게 불려갔으나 벼슬을 버리고 숭산(嵩山)에 들어가 소를 타고 다녔다. 임포는 서호의 고산(孤山)에서 매화를 심고 학을 기르며 살았으므로 사람들이 매처학자(梅妻鶴子)라고 불렀다. 권호문과 그 제자 권기는 그 두 사람에게 견줄 만큼 개결하게 처신한 진정한 은자였다고 평가할 수 있을 것이다.

홍여하(洪汝河)는 권호문 묘지명에서 "만력 임자년(1612년, 광해군 4년)에 고을 사람 권기 등이 청성산 아래에 권호문의 사당을 세웠다."라고 했다. 권호문을 향사하는 사당은 1608년 사림의 발의로 연어헌지(鳶魚軒祉)에 창건되었으며, 1612년 위패를 모시고 향사를 지내다가 1767년 청성 서원으로 승격되었다. 권기가 권호문의 위패를 묘시고 향사를 지낸 것을 특별히 기록해 준 것이다.

권기의 문집으로 남아 있는 목판본『용만선생문집』2권은 1800년 무렵에 간행된 듯하다. 후손 김굉(金宏)은 그 발문에서 시문이 많이 남아 있지 않음을 아쉬워하면서도,『논어』「자한(子罕)」의 "군자가 어찌 재능이 많아야 되겠는가? 군자는 재능 많은 것과는 관계가 없다.(君子多乎哉? 不多也.)"라는 구를 인용하여 망자를 위로했다. 공자는 어머니를 모시고 살면서 생계 때문에 잡다한 일을 하였으므로 여러 가지 일에 능통했다. 제자들에게 그 사실을 밝히면서, 다재다능하다고 해서 성인일 수는 없다고 말한 것이다. 공자는 어려운 생활을 했지만 열다섯 살에는 학문에 뜻을 두었다. 권기도 자강불식의 태도를 일생 견지했다.

또 유규(柳逵)는 1798년(정조 22년) 발문을 적어 이렇게 말했다. "선비는 스스로 학문을 할 따름이다. 온축한 바를 세상에 펼치지 못한다면 진실로 불행한 듯하지만, 역시 지업(志業)이 어떠한지를 볼 따름이다. 그 뜻이 세속을 따르지 않고 우뚝하게 도의의 숲에 스스로 수립되어 있다면 뜻한 바의 업에 대해 부끄러움이 없을 것이다. 하필 세상에 훌훌 날아다녀 백성들에게 은택을 베풀 수 있는 자리에 있는 뒤에야 뜻을 폈다고 말할 수 있겠는가?" 정전도 권기의 묘지명에서 그가 평소 이렇게 말했다고 했다. "살면서 유학하는 선비가 되었다면 하늘을 우러러 부끄러워하지 않고 안으로 마음에 부끄러워하지 않을 따름이다. 남이 알아주고 알아주지 않고는 나에게 무슨 관계가 있는가?" 그러나 권기는 『영가지』를 편찬하지 않았던가?

죽은 뒤에나 그만두리라

13

이준(李埈, 1560~1635년), 「자명(自銘)」

아아, 시독(侍讀) 벼슬 지낸 군은
이름은 아무개, 성은 이씨,
향상의 공부에는 효과가 없고
성격은 편협하기만 하다.
공부하지 않고 벼슬을 살아서
나아가는 데 이롭지 못했기에,
훼손당한 뒤에 와서
유계(西溪)에 이르렀다.
바위에 앉아 책을 보고
샘물 떠서 티끌 씻으니,

도에 대해 말하기는 어려워도

얼추 몸에는 적합하다.

거울을 대하여 서글퍼라

얼음 밟듯 조심함을 시도 때도 없이 하리니,

어찌 감히 게으르랴

죽은 뒤에나 그만두리라.

죽은 뒤에나 그만둘 수 있을 뿐, 어느 한순간도 게으를 수가 없다고 했다. 스스로에게 다짐하는 말이면서 자손에게 당부하는 말이기도 하다. 이 말을 스스로의 비명에 적어 둔 인물은 조선 인조 때의 문신 이준이다.

본관은 흥양이다. 임오년(1582년, 선조 15년)에 사마시에 합격하고 신묘년(1591년)의 대과에 급제했다. 1632년(인조 10년)에 예조 참의로 임명되었다가 이듬해 휴가를 얻어 고향인 상주 청리면으로 내려간 뒤, 1635년에 사은의 예를 올리러 서울로 올라오다가 충주에 이르러 병이 났다. 다시 시골로 돌아갔는데, 그해 6월 세상을 떠났다. 향년 76세였다. 살아 있을 때 적은 두 편의 「자명」이 문집에 남아 있다. 그 가운데 한 편이 위에 소개한 글이다.

이 글에서 이준은 자기의 성격이 좁아서 큰 도로 나아가는 공부에서 효과를 보지 못한 것을 자책하되 "어찌 감히 게으르랴, 죽은 뒤에나 그만두리라."라고 했다. '죽은 뒤에나 그만둔다'는 말은 『논어』 「옹야(雍也)」 편에서 나왔다. 제자 염구(冉求)가 "선생님께서 말씀하시는 도를 좋아하지 않는 것이 아닙니다만, 저는 힘이 부족합니다."라고 말하자, 공자는 "힘이 부족한 사람은 길을 가다가 쓰러지나니, 지금 너는 금을 긋고 있다.(力不足者, 中道而廢, 今女畵.)"라고 엄하게 꾸짖었다. 금여획, 이 세 글자는 배우는 사람을 질책하는 아픈 말이다. 길을 가다가 쓰러진다는 말은 중간에 그만두는 포기가 아니다. 의지는 있지만 힘이 다해 어쩔 수 없이 쓰러지게 된다는 말이다. 『시경』 「소아(小雅) 거할(車舝)」 편에 "높은 산을 우러러보고 큰 길을 걷노라"라는 구절이 있는 것을 두고 공자는 "시를 지은 이가 인(仁)을 좋아함이 이와 같구나! 도를 향하여 걷다가 중도에서 쓰러지는 한이 있더라도, 자신의 늙음도 잊은 채 나이가 부족한 것조차 알지 못한 채 나날이 힘껏 부지런히 행하다가 죽은 후에야 그만두는 것이다."라고 했다.

이준은 자손들에게 들려주는 유언을 자신의 묘표로 삼게 하고, 백세 뒤까지 이 유언의 묘표를 지닌 봉분이 사라지지 않게 하라고 했다. 선대로부터 이어져 오는 가업을 후손들이 지켜 나가길 기대한 것이다. 따라서 이 유언의 묘표는 계왕개래(繼往開來)의 상징이다. 이준이 작성한 두 번째 「자명」의 뒷부분만 보면 다음과 같다.

　　작디작은 내가 어이 가문의 명성을 이어

　　그해 아무 마을에 미약한 자질로 내려오게 되었나.

　　때는 경신년 3월 6일 진시(辰時)

　　천지 운행의 도에 순응해서 아름다운 이름을 처음으로 주

셨다.

　　어려서 가정 교육이 근실하고 하늘(부친)은 다만 선량했거늘

　　어리석고 고집스러워 효과 보지 못하고 세월이 흐르다가

　　과거에서 선발되어 어린 나이에 녹명의 노래에 화답한 후

　　그릇된 계산으로 고래 끌어당기는 힘을 시에 쏟으려 했다.

　　외직에 보임되어 네 번 청동 인장을 받았으며

　　청관 반열에 들어 일곱 번이나 옥당(홍문관)에 끼었으며

　　사악함을 물리치려 분발했으나 버마재비가 팔 휘두르는 격이

었기에

　　군주를 사모해서 홀로 개나 말 같은 충정을 품어

　　근실하게 나를 지켜 애당초 원망하지 않았으니

　　규모를 시험받았지만 본시 넓지 않았다.

　　궁한 길에서 공명 이루려던 상념이 옅어져

　　수석 탐방하자던 시사의 맹약을 지키려 하니

　　마음에 지극한 아픔이 있어 피눈물이 옷깃을 적시고

만년의 병치레로 구레나룻에 흰 실 생겼도다.

정신을 즐겁게 하여 다스리거늘 가난을 무어 서글퍼하랴

세상을 잊고 나자 차츰 가벼이 여기게 되니

관 뚜껑 덮을 시기라고 서글퍼한들 무엇 하랴

마감하는 결국(結局)의 곳에서 넉넉하다 할 만하다.

몸에 지녀 효과를 보았기에 벼루를 무덤에 묻어 다오

뜻을 상하면서까지 돈을 상자 가득 남기지는 않았다.

봉황 조각의 거문고는 소리가 떫어 먼지 속에 버려두고

용 아로새긴 검은 기운이 번득여 북두칠성에 비끼네.

입을 세 번 동여매어 남의 허물을 말하지 말고

한 번 영결의 말을 너희 형제에게 끼쳐 주노라.

문호가 이미 쇠미하니 분발할 생각을 하고

길이 험하고 굽이 많으니 어둠 속을 가듯 두려워해라.

경전의 골수는 그 맛을 탐색하고

의(義)와 이(利)는 미세한 차이를 정밀하게 변별해라.

너희는 가득 찼다 여기지 말고 억제하고 겸손해야 하며

어두워 나를 못 보리라 말고 신명이 있음을 생각해라.

정성스레 집안 대대로 지녀 온 담요(가업)를 삼가 받아서

엄숙하게 고반(考槃)의 물 마시던 일을 잊지 마라.

유계의 한 조각 땅 작은 기슭을 차지하여

천추토록 봉분이 선영 가까이 있게 하고

그 경개를 대략 적어 묘표에 걸어서

백세토록 혹여 농부가 갈아엎지 않게 하여라.

　이 두 번째 「자명」에서 이준은 조상들의 찬란한 공적을 차례로 나열한 뒤, 자신이 그 빛나는 가계를 이어 탄생한 사실을 말했다. 하지만 스스로 삶을 돌아보면 자기 자신은 초라하기 짝이 없다는 생각에 서글퍼지기 시작했다. 지필을 가지고 글을 끼적이는 사업을 했건만 그 성과도 보잘것없다. 그렇기에 자신의 일생 사업을 황황하게 적지 않았다.

　그 대신에 이준은 자손들에게 많은 것을 당부했다. 특히 이준은 "문호가 이미 쇠미하니 분발할 생각을 해라. 길이 험하고 굽이 많으니 어둠 속을 가듯 두려워해라."라고 타일렀다. 학문을 통해서 집안을 일으키라고 한 것이다.

　한나라 양웅(揚雄)의 『법언(法言)』 「수신(修身)」 편에 보면 "지팡이로 땅을 더듬어서 길을 찾아 어둠 속으로 나아갈 따름이다.(擿埴尋途, 冥行而已矣.)"라고 했다. 식(埴)은 땅을 말한 것인데, 맹인이 지팡이로 땅을 더듬어 길을 찾는 일은 보통 사람이 밤길을 걷는 일과 같다고 한 것이다. 밤길은 깜깜하다는 비유로, 학문의 길을 모르는 것을 명행(冥行)이라 한다.

　또 이준은 자손들에게 "어두워 나를 못 보리라 마라." 하여 신독의 공부를 강조했다. 『시경』 「대아(大雅) 억(抑)」 편에 나오는 "어두우니까 아무도 나를 보지 않을 것이라고 생각하지 말라. 신령이 내림하심은 헤아릴 수가 없는 것인데, 더구나 게으리할 수가 있겠는가.(無曰不顯, 莫予云覯, 神之格思, 不可度思, 矧可射思.)"라는 구절을 외워 들려준 것이다.

이준은 형 이전(李㙉)과 우애가 깊어 왜란 때 '형제급난'의 고사를 남겼다. 장유(張維)가 그 시말을 시로 적었다. 현재 상주 청리면 가천리에 이준 형제가 거처했던 체화당(棣華堂)이 있다.

이전과 이준은 유성룡의 문하생으로, 임진왜란과 정유재란 때 의병으로 활동했다. 이준은 1591년(선조 24년) 별시 문과에 병과로 급제, 교서관 정자가 되었다. 이듬해 임진왜란이 일어나자 이준은 상주의 진사 김각(金覺)과 함께 의병을 일으켰다. 하지만 고모담에서 적과 싸워 패하고 말았다. 1594년에 다시 의병을 일으켰다. 그 공으로 형조 좌랑에 임명되었으나 사양했다. 이듬해 경상도 도사로 나갔다. 지평의 벼슬로 있던 1597년에 유성룡과 함께 탄핵을 받아 물러났다. 그해 정유재란이 일어나자 소모관이 되었다.

이준은 1604년 주청사 서장관으로 명나라에 다녀왔다. 광해군 때 교리가 되었으나 대북의 횡포가 심하자, 사직한 뒤 전식(全湜), 정경세(鄭經世)와 어울렸다. 세상에서 그 세 사람을 상사삼로(商社三老)라고 했다.

1623년 인조반정으로 다시 기용되고, 명나라에 인조반정의 정당성을 밝히려고 「정사관문(呈查官文)」을 작성할 때 그 일을 주도했다. 1627년(인조 5년) 정묘호란이 일어나자 이준은 의병을 모집했다. 또 왕명을 받들어 전주에 가서 군량미 수만 섬을 모은 공으로 첨지중추부사가 되었다.

선조 때 학덕 높은 원로 대신인 이원익은 살아 있을 때 이준에게 자신의 묘비를 미리 지어 놓도록 부탁했다. 자기를 너무 미화하지 못하게 하려는 의도에서였다. 이준은 그 뜻을 지키지 못하고 칭찬의 말을 늘어놓았다. 하지만 이준은 본인의 만시를 스스로 지을 때는 미사여구를 일절 쓰지 않았다. 자기 삶을 냉정하게 되돌아본 것이다.

담백하고 고요하게
지조를 지켰노라

14

김상용(金尙容, 1561~1637년), 「자술묘명(自述墓銘)」

공의 성은 김씨이고 이름은 상용이며, 자는 경택(景擇)이고 호는 계옹(溪翁)이다. 본계는 안동에서 나왔고, 시조는 선평(宣平)이다. 고려에서부터 조선에 이르기까지 대대로 고관을 지냈다. 증조의 휘는 번(璠)으로 평양 소윤을 지냈다. 대부는 생해(生海)로 신천 군수를 지냈다. 황고(皇考) 극효(克孝)는 돈령부 도정을 지냈는데, 공 때문에 품질이 올라서 영의정에 추증되었다. 비(妣)는 동래 정씨로, 그 부친은 정승 유길(惟吉)이다.

공은 신유년(1561년, 명종 16년)에 태어나 권씨를 배필로 삼았다. 임오년(1582년, 선조 15년)에 진사가 되고 경인년

(1590년)에 문과에 급제했다.

한림원(교서관)과 이조의 여러 벼슬을 거쳐 옥서(玉署, 홍문관)와 난파(鑾坡, 승정원)에서 직임을 맡았으며, 두 번이나 수부(帥府, 군부)에서 보좌역(종사관)을 지냈다. 한 번 중국 천자의 조정에 축하 사절로 갔고, 국학(성균관)의 좨주로 있었으며, 병조와 형조의 시랑(참의)을 지냈다. 간성(諫省, 사간원)의 장(대사간)으로 있게 되면서 궁궐 안이 엄숙하지 않은 문제를 함부로 논해서, 한마디 말로 역린을 거슬러, 세 번이나 비단옷 만들듯 신중한 직책인 지방관을 지냈다.

지신(知申, 도승지), 도헌(都憲, 사헌부), 경윤(京尹, 한성부 판윤), 사구(司寇, 형조 판서)로서, 괄낭(括囊)하여 구차하게 목숨만 부지했으며, 이정(履貞, 올곧음을 실천함)하여 무구(無咎)했다.

시절이 마침 비운(否運)에 해당하고, 세상이 긴 밤의 시간에 들어갔으나, 뜻을 지켜 궤수(詭隨)하지 않고서 거친 들로 비둔(肥遯)했다.

나라의 천명이 새로워져서(인조반정) 폐지되었던 것을 일으키고 억울한 것을 펴매, 종백(예조 판서)과 참찬(參贊)을 지내고 이조와 병조의 장이 되었다. 다시 금오(의금부)의 직을 겸했으며, 경연의 빈객(지경연사)으로서, 외람되이 삼사(三事, 의정)의 직위에 올랐으나, 부끄럽게도 함유일덕(咸有

一德)이 부족했다.

본성이 졸렬하고 말수가 적으며, 담백하고 고요하게 자신의 지조를 지켰다. 관직은 정내(鼎鼐, 정승)의 지위에 있으나, 산업은 옛날과 마찬가지였다. 늘그막에 청풍계(淸楓溪)에 집터를 골랐는데, 수석이 대단히 맑았다. 언덕과 골짜기에서 배회하면서 본분을 즐겨 주리고 목마름도 잊었다.

향년 약간 년에 일생을 마쳤다. 남자 자식은 넷, 여자 자식은 일곱이다. 광형(光炯), 환(煥), 현(炫)이 그 아들들이고, 소(熽)는 서자이다. 여러 손자와 사위가 너무 많으므로 일일이 기록하지 않는다.

아무 해에 이곳에 묻었다. 공이 스스로 비명을 지었다.

김상용이 스스로 지은 묘지로, 절제된 언어 속에 깊은 뜻을 담았다. 각종 관서 및 관직의 이름을 고어나 대용어로 열거하고, 상황 설명에서 『주역』과 『상서(尙書)』의 어휘를 사용한 점에서 그 간결함이 두드러진다. 관서 및 관직의 이름을 보면 이러하다.

• 한림원(교서관), 옥서(홍문관), 난파(승정원), 수부(군부), 국학(성균관), 시랑(참의), 간성(사간원), 지신(도승지), 도헌(사헌부), 경윤(한성부 판윤), 사구(형조 판서), 종백(예조 판서), 금

오(의금부), 빈객(지경연사), 삼사(의정), 정내(정승).

또 『주역』과 『서경(書經)』의 어휘를 사용한 예는 이러하다.

- "괄낭(括囊)하여 구차하게 목숨만 부지했으며, 이정(履貞)하여 무구(無咎)했다."

곤괘(坤卦) 육사(六四)의 효사에 '괄낭, 무구'라고 했다. 괄낭은 주머니 주둥이를 묶는 것이다. '괄낭무구'란 곧 자기의 지식을 속에 넣어 두고 말하지 않는다면 허물이 없다는 뜻이다.

- "거친 들로 비둔(肥遯)했다."

비둔은 세상을 피해 은둔하여 마음에 아무런 의심과 두려움이 없는 상태를 말한다. 둔괘(遯卦)의 상구효(上九爻)에 "비둔하니 불리함이 없다.(肥遯, 無不利.)"라고 했다. 비(肥)는 여유(餘裕)이다. 상구효는 외괘의 극점에 있고 내괘에 응효가 없다. 따라서 마음에 아무런 의심과 두려움이 없어서 둔 가운데 가장 뛰어나므로 비둔이라고 한다.

- "함유일덕(咸有一德)이 부족하다."

『서경』에 「함유일덕」 편이 있는데, 옛 서문에 의하면 이윤(伊尹)이 이 편을 지었다고 한다. 옛 해설에 따르면 군주와 신하가 덕이 순일해야 한다고 이윤이 태갑에게 경계한 내용이다. 김상용은 자기 자신에게 순일한 덕이 없다고 자책한 것이다.

김상용은 1636년(인조 14년) 병자호란 때 순국한 인물이다. 호란이 일어나자 종묘사직의 신주를 봉안하려고 먼저 강화도로 들어갔다가, 이듬해 1637년 1월 22일 강화성이 함락되자 성 남문루에서 화약에 불을 질러 순절했다. 당시 77세였다. 손자 한 명과 노복 한 명이 따라 죽었다.

본관이 안동인데, 서울 수진방의 외가에서 태어났다. 성혼의 문하에서 수학하다가, 1582년(선조 15년)의 진사시에 합격하고 성균관에서 수학했다. 1589년에 황해도 관찰사 한준 등이 정여립의 모반 사실을 고발하면서, 정여립을 규탄하는 상소를 올릴 때 소두(疏頭, 상소문의 맨 처음에 이름을 올리는 사람)로 추대되었다. 1590년 증광 문과에 급제하여 검열이 되었으나, 상피로 곧 체직되었다. 임진왜란 때는 강화 선원촌에 거처하면서 선원이라는 호를 사용했다. 1592년 10월의 환도 뒤 지제교가 되었다. 1596년 2월에는 도원수 권율의 종사관을 지냈고, 1598년 4월에 성절사로 중국에 갔다가 12월에 복명했다. 42세 되던 1601년(선조 34년) 2월에 대사간으로서 궁궐 안의 기강을 엄숙하게 해야 한다고 건의했다.

자찬묘지명에서 김상용은 수학의 연원과 성균관에서의 규탄 활동은 언급하지 않고, 벼슬길에 들어서서 요직을 역임한 사실에 대해서만 간결하게 적었다. 이에 비해 1601년 2월에 대사간으로서 궁궐 안의 기강을 엄숙하게 해야 한다고 건의한 사실은 특별히 적어 두었다. 그 일에 대해 뒷날 장유는 다음과 같이 부연했다.

상이 목소리를 돋우어 "지금 지적한 것은 어떤 일을 말하는 가?"라 힐문하자, 공이 답변했다. "외간에서 모두 말하기를 '누구는 앞으로 어떤 관직을 차지할 것이다.'라고 하기도 하고 또 '누구는 죄를 졌지만 석방될 것이다.'라고도 하는데, 시간이 지나고 보면 모두 그 말대로 되고 있습니다. 신이 말씀드린 것은 바로 이런 일입니다." 이때 재상 심희수가 앞으로 나아가 "김 아무개가 이런 말까지 할 수 있으니, 정말 봉명조양(鳳鳴朝陽)이라고 말해도 좋겠습니다."라 아뢰자, 상이 노여움을 풀면서 부드러운 내용으로 답해 주었다.

봉명조양이란 태평 시대의 상서로운 조짐을 의미한다. 『시경』「대아 권아(卷阿)」에 "저 높은 산봉우리 봉황이 울고, 동쪽 산등성이 오동나무 서 있구나."라고 했다. 봉황이나 봉황이 깃드는 오동나무는 모두 태평 시대에만 출현한다고 한다. 심희수는 상감이 훌륭해서 태평 시대를 이루었기 때문에 극언하는 신하가 나올 수 있었다고 변론한 것이다.

다음 해 1602년 봄에 정주 목사로 나갔다가 임기를 채우고 돌아왔다. 하지만 내직에 있지 못하고 상주와 안변의 수령으로 나가야 했다. 김상용은 자찬묘지명에서 "한마디 말로 역린을 거슬러, 세 번이나 비단옷 만들듯 신중한 직책인 지방관을 지냈다."라 표현했다. 비단옷을 만든다는 말은 고을을 다스린다는 의미이다. 『춘추좌씨전』에서 "그대에게 아름다운 비단이 있으면 초보자에게 옷을 만들도록 하지는 않을 것이다. 큰 관직이나 큰 고을은 백성의 몸을 감싸 주는 것인데 초보자에게 다스리게 한단 말인가. 그 비중으로 말하면 아름다운 비단보다도 더하지 않겠는가."라고 한 데서 유래했다.

1608년(선조 41년) 도승지가 되고, 서울 경복궁 서쪽 청풍계에 별장을 지었다. 1609년(광해군 원년) 한성부 판윤이 된 이후 여러 벼슬을 지냈다. 1613년 계축옥사가 일어났을 때 신흠, 황신, 이정귀 등과 함께 체포되었다가 곧바로 석방되었다. 1616년 대북파가 백관들로 하여금 인목 대비의 폐위를 정청(廷請)하게 했다. 김상용은 끝까지 참여하지 않았다. 양사가 유배를 청했으나 광해군은 덮어 두도록 했다. 1618년 부친상을 당해 원주에 우거했고, 1621년 탈상 후에는 서울 서강에 우거하다가 모친상을 당했다. 김상용은 자찬묘지명에서 이 시기를 회고해서 "세상이 긴 밤의 시간에 들어갔으나, 뜻을 지켜 궤수하지 않고서 거친 들로 비둔했다."라고 했다.

궤수(詭隨)란 자신의 이념이나 절개를 버리고 남에게 영합하는 것을 말한다. 『맹자』에 나오는 궤우(詭遇)라는 말과 같다. 맹자의 제자는 맹자가 제후들을 만나 설득하지 않는다고 불만이었으므로, 한 자를 굽혀 여덟 자를 곧게 펴는(枉尺直尋) 것도 필요하다고 했다. 맹자는 그것은 이익의 관점에서 말하는 것이므로 용납할 수 없다고 비판하고, 옛날 진(晉)나라 대부 조간자(趙簡子)의 수레꾼 왕량(王良)의 일을 예화로 들었다. 왕량이 조간자의 명으로 폐해(嬖奚, '해'라는 이름의 총애자)를 위해 수레를 몰았을 때, 평소대로 수레를 몰았더니 날이 저물도록 새 한 마리도 잡지 못했고, 그를 위해 바르지 않은 방법으로 새를 만나게 했더니(詭遇) 아침나절에 열 마리를 잡았다. '나의 수레 모는 법도대로 수레를 몬다'는 것을 범아치구(範我馳驅)라고 한다. 맹자는 범아치구라는 말을 통해서, 설령 이상을 실현하지 못한다고 해도 거취를 경솔히 해서는 안 된다고 했다. 김상용도 자신이 궤우의 처신을 하지 않았다고 회고했다.

인조반정 후 김상용은 크게 등용되었다. 1627년(인조 5년)에 호란이 일어나서 인조가 강화도로 피난하자 유도대장이 되었다. 이해 2월 11일(무신)의 『인조실록』에는 "유도대장 김상용이 적병이 임진강을 건넜다는 소식을 듣고 성을 버리고 달아났으므로, 도성이 크게 혼란하여 선혜청과 호조가 도적이 지른 불에 타 버렸다."라는 언급이 있기는 하다.

그 뒤 이조와 병조의 장관을 차례로 맡고, 1630년(인조 8년) 기로소에 들어가 판돈령부사가 되었다가 영돈령부사에 이르렀다. 1632년 봄에는 정승이 되었으나 한 해 만에 병으로 사직했다. 1634년에 다시 의정부에 들어갔다가 이듬해 사직하어 체차되었다.

이 무렵에 김상용은 자제들에게 "내가 죽으면 다른 사람에게 글을 지어 달라고 구걸하지 마라."라 하고, 스스로 묘지명을 지었다. 그가 병자호란 때 순절한 뒤 1637년 4월에 자제들이 그 유의(遺衣)를 받들어 양주 도혈리 선영 아래에 장사 지낼 때 자찬묘지명을 상자 속에서 찾아냈다.

강화도에서 순절한 날인 인조 15년(1637년) 1월 22일 임술의 실록에 김상용의 졸기가 실려 있다. "정승으로서 칭송할 만한 업적은 없다 하더라도 한 시대의 모범이 되기에는 충분했다. 그러다가 국가가 위망에 처하자 먼저 의리를 위하여 목숨을 바쳤다."라고 칭송했다. 장유는 김상용의 삶과 성품을 다음과 같이 논평했다.

공은 선천적으로 강건하고 방정하며 단아하고 확고한 자질을 타고났다. 그래서 일단 뜻을 정하고 나면, 진(秦)나라 무왕 때 역사인 맹분(孟賁)과 하육(夏育)이라 해도 그의 의지를 바꾸게 할 수 없었다. 그리고 공의 청렴결백한 몸가짐은 보통 사람의 정도를 완전히 벗어나서, 평소 한 번도 생업에 대해서 물어본 적이 없었다. 50년 동안 조정에 있으면서 지위가 삼공에까지 이르렀음에도 불구하고 쌀독이 비기 일쑤여서 그때마다 집사람이 꾸어다가 굶주림을 면할 수 있었다. 의복도 문채가 없었음은 물론, 식사할 때에도 고기반찬을 한 가지 이상 놓지 않았다. 제사에 진설하는 제수의 경우에는 경제 사정을 참작하도록 했고, 이를 자손들에게 따르도록 시켰다.

자찬묘지명에서 김상용은 "늘그막에 청풍계에 집터를 골랐는데, 수석이 대단히 맑았다. 언덕과 골짜기에서 배회하면서 본분을 즐겨 주리고 목마름도 잊었다."라고 적었다. 묘지명을 자찬할 때는 자신의 순절을 결코 예견할 수 없었다. 사후에 자신이 미화되는 것을 꺼려서 매우 건조한 문체의 글을 남겼을 따름이다.

그 비루함이 나를
더럽히지나 않을까 염려했다

(15)

윤민헌(尹民獻, 1562~1628년), 「태비자지(苔扉自誌)」

나는 본디 성품이 간솔하고 오만해서 세상과 원만한 관계를 이루지 못하다가 늦게야 벼슬길에 나아갔다. 그러나 한사코 권세 있는 자들을 뒤쫓지 않았다. 또한 온 세상 사람들이 탐욕스럽고 더러웠으므로 같은 대열에 서는 것을 부끄러이 여겼다. 그때 대북의 당파가 아주 기세를 펴고 있었는데, 전조(銓曹, 이조)에 천거된 것이 세 번이었으나, 임시직인 가랑(假郎)을 제수받았다. 그래서 머리를 굽히고 봉직했으나 마음속으로 울울하여 즐겁지가 않아 외직에 보해지기를 구하여 괴산(槐山)으로 나갔다. 그러나 늦추고 조이는 나의 다스림을 토호들이 싫어했고, 마침 언관(言官)

들이 저들과 같은 당이라서 그들의 위세를 빌려 나를 모함했다. 그 후에 성균관 사성이 되었으나, 간악한 당의 괴수의 자식이 대사간이라, 내가 자신들과 다른 의견을 가진 점을 문제 삼아 알력을 일으켜 결국 배척을 당했다. 얼마 되지 않아 대동(大同) 찰방으로 나갔다. 그곳은 탐악한 관리가 연이어 거쳐 간 터라서 몹시 시들고 병들어 있었으므로, 조목조목 진술하여 위로 조정에 보고하여 병폐를 제거하고 피폐한 백성을 구제하려고 했다. 하지만 원수(元帥)가 대군을 이끌고 오랑캐의 굴혈로 향하면서 갑작스레 힐책하여 나를 욕보였으므로, 그길로 관직을 그만두고 돌아왔다.

돌아와서 나는 가만히 생각했다. '제주는 옛사람에 미치지 못하면서도 뜻만은 옛 현인들을 흠모하고, 선비들 사이에 천리가 끊어지다시피 한 것을 분개하여, 그 비루함이 마치 나를 더럽히지나 않을까 염려했다. 이와 같은 지조를 더욱 굳게 하여 변치 않는다면 가는 곳마다 패하기는 불 보듯 뻔하다. 벼슬 생각을 완전히 끊고 죽는 날까지 밭두둑에 숨어 지내야 하겠다.'

이렇게 해서 벼슬길에 나선 것이 겨우 10여 년이었고, 녹봉을 받은 날은 거의 없었다. 무오년(1618년) 봄에도 폐기되어 벼슬에 있지 않았으므로 다행히 화를 면했다. 출처(벼슬살이)는 대략 이와 같았다. 이것이 어찌 내 스스로 득력(得力)한 곳이 있어서 그런 것이겠는가? 일찍이 우계 선생 (성혼)의 문하에 나아가 공부할 때 선생께서는 명리를 위해서는 안 된다고 늘 경계하셨다. 나는 그 말씀을 평생 가슴속에 품고 잊지 않았던 것이다.

가문의 내력은 선조들의 비지(碑誌)에 모두 기록되어 있다.

아! 덕행과 재능으로 말하면 선친만 한 분이 없었지만, 선친께서는 천수도 관직도 남들보다 낫지 못하셨다. 불초한 나는 한 치도 나은 점이 없으면서도 지위는 3품에 이르고 나이도 꽤 높은 연수에 이르렀다. 천도의 베풂이 어찌 이렇게 어그러진단 말인가!

지금 스스로 명을 쓰는 것은 자식과 손자로 하여금 빈말을 지어내어 후세에 허풍을 떨지 못하게 하려는 것이다.

이이와 성혼의 문인이었던 윤민헌이 스스로 쓴 묘지이다. 광해군 때인 1618년에 안산(현재의 시흥)으로 물러난 후 경신년 즉 1620년에 작성했다. 이선(李選)의 『지호집』에 실려 전한다. 윤민헌은 이선의 처조부이다.

윤민헌의 묘는 경기도 시흥시 산현동 산 53번지 파평 윤씨 묘역 내에 있다. 1628년(인조 6년) 조성되었고, 묘갈은 1709년 (숙종 35년) 세워졌다.

윤민헌의 자찬묘비에는 손자 윤지완(尹趾完)이 부기하고, 손자 윤지인(尹趾仁)이 글씨를 쓴 추록이 있다. 그 가운데 조부 윤민헌의 관력에 대해 언급한 부분은 다음같이 간결하다.

부군은 광해조를 당하여 벼슬이 현달하지 못하고 시골에 묻혀 지내면서 당세에 뜻을 끊고 살았다. (묘지를 자찬한) 경신년의 4년 뒤가 인조 원년인 계해년(1623년)이다. 인조가 반정하여 왕위에 오르자마자 맨 먼저 군자감 정에 제수되었고, 곧이어 사헌부 장령에 이직되었다. 갑자년(1624년)에 역신 이괄(李适)이 병력을 이끌고 반란하니 임금이 공주로 피난할 적에 부군은 어가를 호종한 공로로써 통정대부의 품계에 오르고 첨지중추부사에 제수되었다. 이어 공조 참의에 이직되어 있던 중 병 때문에 사직하고서 선영 아래에 있던 옛집에 돌아왔다. 숭정(崇禎) 무진년(1628년) 7월 22일에 세상을 하직하니 향년은 67세였다. …… 나중에 누차 추증되어 부군은 의정부 좌찬성에 오르고 부인은 정경부인에 봉해졌는데 돌아가신 아버지의 신분이 귀해진 때문이었다. 부군은 1남 1녀를 두었다. 아들은 바로 나의 선고로서 휘는 강(絳)이고 벼슬은 총재를 지냈으며, 딸은 대제학을 지낸 채유후(蔡裕後)에게 출가했다.

윤민헌은 아버지와 자신을 비교해서, 아버지의 덕을 잇지 못하지나 않을까 염려했다. 비문의 전반부는 광해군 때 대북파가 득세하자 윤민헌 스스로 괴산 군수로 나갔으나 토호들의 미움을 사서 곧 파직되고, 성균관 사성으로 재직했지만 곧 파직되어 낙향한 사실을 적었다.

윤민헌의 아버지 윤엄(尹儼)은 영평위 섭(燮)과 정숙 옹주의 손자로, 호조 좌랑을 지냈다. 어머니는 예조 판서 김주(金澍)의 따님이다. 윤엄은 1572년(선조 5년) 진사가 되고 이후 문과에 급제하여 승문원에 발탁된 뒤 호조 좌랑을 거쳐 장수 현감을 지냈다. 이때 선정을 베풀어 백성이 유임을 원했으나, 질병을 얻어 사직했다.

윤민헌은 이이와 성혼의 문하생으로, 1588년(선조 21년)에 사마시의 진사과와 생원과에 모두 합격하고 1609년(광해군 원년)의 증광 별시 문과에 병과로 급제하여 승정원에 들어가 권지부정자가 되었다. 1612년에 전라도사가 되고, 1613년에 형조 정랑 겸 춘추관 기주관을 지냈다. 1613년에는 괴산 군수로 나갔으나, 이듬해 탄핵을 받고 돌아왔다. 1615년에 서반의 직함을 지녔고, 1616년에 장악원 첨정에 제수되었다. 이어서 성균관 사성이 되었으나 사간원의 탄핵을 받고 체직되었다. 1617년에는 대동 찰방에 제수되었으나, 얼마 안 있어 파직되었다.

윤민헌은 사마시 양과와 문과에 급제하고도 청요직에 오

르지 못했다. 그가 말한 대로 권력자들의 뒤를 좇지 않았기 때문이다. 윤민헌은 선비들이 염치를 돌아보지 않게 된 상황을 개탄하고, 그들의 비루함이 나를 더럽히지나 않을까 염려했다고 했다. 마치 춘추 시대 노나라의 대부 유하혜(柳下惠)가 그랬듯이, 남의 비루함이 자기를 더럽히지나 않을까 걱정한 것이다. 『맹자』에 보면, 유하혜는 관모를 쓰지 않은 사람과 함께 있으면 자기 몸을 더럽히는 것과 같이 여겨 피했다고 한다. 윤민헌도 현실과 타협하지 못하고 지나치게 개결했다.

윤민헌은 안산에 돌아와 있으면서 호를 태비(苔扉)라고 했다. 이끼 낀 사립문이라는 뜻이니, 남과의 왕래를 끊고 은둔하는 집을 상징한다.

1623년에 인조반정이 일어나자 윤민헌은 군자감 정에 임명되고, 평안도 절도사로 나갔다. 1624년 이괄의 난에 왕을 호종한 공으로 통정대부(정3품)에 오르고, 첨지중추부사를 거쳐 공조 참의에 이르렀다. 병으로 사직한 뒤 안산으로 돌아와 타계했다.

윤민헌은 자찬묘비로 일생을 개괄했으나, 그가 죽은 뒤 후손이 가계, 이력, 자손, 묘소 등의 사실을 기록한 보편을 만들었다. 아들 윤강이 작성한 듯하다. 별도로 사위 채유후도 묘지명을 작성했다.

윤민헌은 권력자들을 추종하지 않은 것을 가장 자부했다.

광해군 시절 대북파에게 부화하지 않았고, 인조반정 이후에는 공신들에게 뇌동하지 않았다. 동문으로서 인조반정 후 노서(老西)의 영수였던 오윤겸을 추종하지도 않았다. 묘지명의 보편은 그 사실을 이렇게 적었다.

공은 품성이 인후하고 변폭(邊幅)을 수식하지 않았으며, 순연히 옛사람의 풍모가 있었다. 형제간에는 우애가 있었으며 벗들과 사귐에는 신의가 있었다. 집안은 부유했으나 항상 소박하여 오로지 시 읊기를 좋아했고 필법에 능했으며, 권세 있고 부귀한 자들에게 가서 청하는 것은 평생 좋아하지 않았다. 또한 세상이 혼란해졌다가 다시 성세를 만났을 때는 공이 이미 늙은 뒤라, 공의 지위가 그 덕에 차지 않아 군자들이 애석하게 여겼다.

윤민헌은 대북파의 집권자들과 거리를 두었지만, 허균의 재종형인 허적(許䙗)과 가까이 지냈다. 허적과 윤민헌은 정흠재(鄭欽哉), 정양일(鄭養一), 윤현세(尹顯世) 등과 떡을 차려 놓고 담화를 즐기는 병회(餅會)를 자주 가졌다. 1618년(광해군 10년, 무오년)의 변을 만났을 때는 헌의(獻議)를 초했으나, 관직에서 물러나 있는 처지라 끝내 올리지는 않았다.

윤민헌은 선비의 염치를 중시했다. 『관자』에서는 예(禮), 의(義), 염(廉), 치(恥)가 국가를 지탱하게 하는 사유(四維)라고 했다. 염은 굽음 없이 정직한 염직(廉直)과 사욕 없이 맑은 청렴(淸廉)을 뜻한다. 한편 치는 마음에 부끄러워하는 바가 있으면 귀가 빨갛게 되는 데서 부끄러워한다는 뜻을 나타내게 되었다. 『논어』와 『맹자』는 사람이 수치를 알지 못하면 결백하지 않게 되고 사회에 수치의 마음이 없어지면 관습을 위반하거나 도덕률을 뒤흔드는 일이 일어난다고 했다. 『논어』 「공야장(公冶長)」에서는 "교묘한 말, 남 보기 좋은 안색, 지나치게 공손함을 좌구명이 부끄러워했다니 나도 또한 부끄러워하고, 원망을 숨기고서 그 사람을 벗하는 것을 좌구명이 부끄러워했는데, 나도 또한 부끄러워한다."라 했다.

『맹자』 「진심 상(盡心上)」에서는 "사람이 수치가 없으면 안 된다. 수치스러운 마음이 없음을 수치스럽게 여기면 수치스러운 행위가 없어진다."라고 하고, 또 "수치는 사람에게 아주 중요하다. 교묘하게 임기응변하는 자는 수치스럽게 여길 줄을 모른다."라고 했다.

윤민헌이 부끄러움을 강조한 것은 선비들이 지켜야 할 정신 태도를 선명하게 드러내어 시대를 비판하는 뜻을 지녔다.

슬픔과 탄식 없이
편안한 삶을 누렸도다

한명욱(韓明勗, 1567~1652년), 「묘갈(墓碣)」

청주 한씨의 후예로 이름을 명욱이라고 하고 자를 욱재(勖哉)라고 하는 사람이 있어, 광릉(廣陵) 선영 아래에 있는 율리(栗里)라는 마을로 가서 살면서 스스로 율헌(栗軒)이라 호칭했다. 늘그막에 이르러서 묘도의 글을 서술하기를 다음과 같이 했다.

아버지는 참판을 지냈고 좌찬성에 추증된 술(述)인데, 서평군(西平君)에 봉해지고 시호는 문정공(文靖公)인 계희(繼禧)의 5대손이다. 어머니는 정경부인 이씨로 태종 대왕의 8대손이다.

명욱은 본디 재주와 지식이 부족하지만 얼추 가업을 익

혀 늦게나마 소과와 대과에 합격했다. 처음에는 문음으로 벼슬하다가 중간에 대성(臺省)을 거쳐 지방의 고을을 맡았고 재상의 품계에 올랐다. 모두 분수의 극한에 이른 것이되, 돌아보면 칭찬할 만한 자취가 아무것도 없다. 또 여러 번 나라를 걱정하는 상소를 올렸으나 조정에서 채택한 적이 없고, 더러 사람들이 비방을 하기도 했다. 이것이 바로 내 일생의 대략이다.

평소 음률을 좋아하고 복서(卜書)를 보았으나 모두 그 묘리를 깊이 궁구하지는 못했고, 단지 옛 법식에 의거해서 몇 편의 책만 저술했을 뿐이다. 일찍이 활쏘기를 좋아해서 게을리하지 않았고, 기어코 술을 마련해서 마시되, 한두 잔에 불과해도 마음에 드는 만큼만 마셨다. 취하면 피리 불 줄 아는 노복과 거문고 탈 줄 아는 아이를 불러다가 날마다 번갈아 연주를 시키고, 때로는 스스로 노래하고 읊조려서 그에 화답했다.

나이가 90세를 바라보니 장수를 한 것이요, 지위가 지중추부사에 올랐으니 높은 벼슬을 한 것이다. 벼슬에서 물러나 선영이 있는 곳에 거처하여 젊은이와 노인네를 맞아 바둑을 두기도 하고 장기를 두기도 하며 혹은 시를 읊조리면서 매화나무 정원과 대나무 숲을 배회하며 생을 마칠 생각이다.

전후로 고령 박씨와 동래 정씨에게 장가들었는데, 이들 두 성씨는 다 이름난 문벌이다. 후처에게서 둔 딸은 사인 이운배(李雲培)에게 출가했고, 아들 항은 좌랑을 지낸 이유(李柚)의 딸에게 장가들었다. 소실에게서 아들 셋 딸 하나를 낳아 모두 출가시켰다. 이들의 자녀가 10여 명에 이른다.

옛날 당나라의 두목(杜牧)과 송나라의 요부(堯夫, 소옹)는 스스로 자신들의 묘지문을 지었다. 나 또한 대략 서술하여 후손에게 보이고, 장원에 급제한 과거 때의 시험관인 참판 이관해(李觀海, 이민구(李敏求)) 공에게 명을 지어 달라고 청했다. 명은 다음과 같다.

오복 중에 첫째가는 것은 수(壽)보다 앞선 것이 없으며
자리는 팔좌에 연했으니 조정의 우열(右列)에 처했도다.
달존(達尊) 세 가지를 갖추고, 자녀가 모두 있으며
몸 건강하고 마음 편안하니, 영원히 허물이 없으리라.
고령이 되도록 노래 부르고 일생을 즐겁게 보냈으며
높은 식견으로 슬픔과 탄식 없이 편안한 삶을 누렸도다.
그 누가 스스로 묘지문을 지었던고, 서원의 한 대부였네.
그 누가 명을 새겼던고, 동주 이민구에게 물어서 했도다.

한명욱은 80의 나이가 되는 1646년(인조 24년)에 기로소에 들어가면서 스스로 비문을 지었다. 명은 이민구에게 부탁했다. 7년 뒤 1652년(효종 3년) 10월 초사일에 광릉 율리의 정사에서 작고하고, 그해 11월 24일 영장산 서쪽 기슭 자좌 오향의 자리에 묻혔다. 현재 그의 무덤은 경기도 성남시 분당구 율동 산6-2번지에 있다. 전부인은 합장하고, 후부인은 위쪽에 부장했다.

비는 1743년(영조 19년) 8월에 세웠다. 경기도박물관에 소장되어 있는 탁본에 따르면, 전면에 "사헌대부지돈령부사한공명욱지묘(司憲大夫知敦寧府事韓公明勖之墓) 정부인고령박씨지묘(貞夫人高靈朴氏之墓) 정부인동래정씨지묘(貞夫人東萊鄭氏之墓)"라 새겨져 있다. 그리고 후면에 자찬묘비가 "자헌대부지돈령부사한공묘갈명(資憲大夫知敦寧府事韓公墓碣銘)"이라는 제목으로 새겨져 있다.

비를 세울 때 이유(李秞)는 한명욱의 글과 이민구의 명에 이어 한명욱의 사망과 장례 일자 그리고 가족 관계를 더 기록했다. "당대의 이름난 군자에게 행장을 청하지 않은 것은 공의 유언을 따른 것이다."라고 이유는 밝혔다.

한명욱은 본관이 청주, 자는 욱재, 호는 율촌(栗村) 혹은 율헌이다. 음보로 관직에 나가 현감 벼슬을 하다가 그만두고 정철과 성혼의 문하에서 수학했다. 뒤늦게 1606년(선조 39년)

사마시에 합격, 진사가 되어 성균관에 들어갔다. 성균관 장의 (掌議)일 때는 장유와 더불어 성혼과 이이의 무함을 풀어 주기 위해 상소를 올렸다. 1612년(광해군 4년) 증광시 문과에 병과로 급제하고 사과(司果)에 제수되어 『선조실록』 편찬에 참여했다.

1615년(광해군 7년)에 세자시강원 사서에 제수되고 이어 사간원과 사헌부의 여러 직을 거쳤다. 인조반정 이후로도 여러 관직을 지냈다. 1630년(인조 8년) 동지 겸 성절사로 중국에 다녀오고, 1634년에 재차 문안사로 명나라에 다녀왔다. 1642년 행호군을 겸하고, 1646년 자헌대부에 올라 지돈령부사가 되어 기로소에 들어갔다.

이해에 한명욱은 율리에 정착하여 스스로 묘지를 지었다. 일생 관력을 보면 한명욱은 크게 현달했다고 하기 어렵다. 정치 사업에서도 뚜렷한 족적을 남기지 못했다. 스스로의 묘표에서 "돌아보면 칭찬할 만한 자취가 아무것도 없다."라고 한 말이 겸사만은 아닐 성싶다.

한명욱은 젊어서 지평으로 있을 때 허균 일당의 흉역을 적발하여 결과적으로 허균을 참형에 처하게 만든 장본인이다. 김시양(金時讓)의 「하담파적록(荷潭破寂錄)」에 그와 관련된 일화가 실려 있다.

무오년(1618년, 광해군 10년) 무렵 건주(建州)의 후금이 중국에 침입한다는 경보(警報)가 일어나자, 허균이 고급서(告急書)를 조작하고, 또 익명서(匿名書)를 지어서 "어느 곳에 역적이 있으니 어느 날이면 일어날 것이다." 하여 성중 사람들의 마음을 동요시켰다. 한편으로는 밤마다 사람을 시켜 산에 올라가 "성안 사람이 나가서 피난하면 못 속의 물고기와 같은 재앙을 면할 수 있을 것이다."라고 부르짖게 했다. 그러자 서울 안의 민가가 열에 여덟아홉 채는 비게 되었다. 허균은 하인준(河仁俊)을 시켜서 새벽에 지평 한명욱을 찾아보고는 "익명서가 숭례문에 붙어 있으니 필시 흉적이 틈을 엿보고 있을 것입니다."라고 말하게 했다. 그때는 하늘이 아직 밝지 않아 글자를 알아보기 어려운 때였다. 한명욱은 매우 의심하여 날이 밝은 뒤 숭례문에 가서 벽서를 보니, 과연 하인준이 말한 것과 같았다. 한명욱은 하인준을 국문해야 한다고 주청했다. 하인준과 그의 일당 현응민(玄應旻)이 낱낱이 죄를 자복하여 허균과 그의 일당이 모두 옥에 갇혔다. 이이첨은 허균을 국문하면 진술이 자기에게 관련될 것을 두려워하여 "하인준 등이 이미 죄를 전부 자복했으므로, 허균은 다시 문초할 것이 없습니다." 하고는, 당장 저자에서 참형해야 한다고 청했다. 김개(金闓)는 장형을 맞다 죽고, 원종(元悰), 이강(李茳) 등은 멀리 귀양 갔는데, 계해년 인조의 반정 후에 원종과 이강 등은 모두 저자에서 참형되었다.

한명욱은 자표에서 이러한 사실에 대해서는 일절 언급하지 않았다.

한명욱은 묘표를 자찬했던 1646년에 이민구 외에 이경석에게도 생지(生誌)를 부탁했다.

이경석이 보기에, 스스로 묘지를 짓거나 만사를 짓는 전례는 있지만 객습(客習, 문객)의 열에 있는 사람이 미리 명을 지어 주는 것은 예에 맞지도 않고 의리상 그럴 수도 없었다. 그래서 그는 다만 장단구 형태의 사(詞)를 지어, 거문고로 연주하고 가객이 노래로 불러 즐길 수 있도록 한다고 했다.

나서 자라기를 문학 있는 가정에서 했고
가르침 받기를 선배의 문하에서 했으며,
고관의 길에 오르기까지 내직 외직을 두루 거쳤고
거듭 비판하는 상소를 올려 강직한 언론을 많이 했다.
고령을 넘은 나이거늘 정신은 왕성하여
관작도 높아지고 덕도 또한 높았다.
광주 고향 산마을에
봉록과 지위를 사양하고 고향으로 돌아가,
선영에 의지해 작은 집을 열었으니
도연명의 율리를 흠모해서 율헌이라 이름했다.
뜰에는 매화와 대나무를 심고 방에는 도서를 배열해서

왼쪽에는 거문고, 오른쪽에는 술동이를 두었지.

나이 적든 많든 관계없이 함께 즐겨

담소가 깊어져도 얼굴색은 온화했다.

때로는 강물에서 고기 낚고 때로는 산에서 나물 캐어

봄에도 가을에도 그러하고 아침에도 저녁에도 그러해서,

흥이 나면 시 짓고 때로는 홀로 노래 불러

적성대로 살아가니 가슴속에 번잡함이 없어라.

한가로운 흥취를 실컷 즐기고 천명에 맡겨서

이 즐거움 누리며 영구히 잊지 않누나.

한명욱의 전처 고령 박씨는 병자호란 때 볼모가 되어 심양으로 갔다. 그 사실은 『속잡록(續雜錄)』에 나와 있다. 그렇거늘 한명욱은 그 사실에 대해 침묵했다. 비록 합장하기는 했지만 말하기 어려운 사정이 있었던 것일까?

앞서 보았듯이 한명욱은 광해군 시절의 혼란기에 허균 일당을 극형에 처하게 만든 장본인이다. 하지만 그는 그 사실에 대해 「자표」에서 언급하지 않았다.

누구든 자기 일생을 돌아보며 일생을 개괄해서 남의 눈에 띄는 글로 남기려 할 때, 자기가 행한 언동의 구석구석까지 모두 드러낼 수는 없을 것이다. 더구나 시비가 분명하지 않거나, 당시에는 시비가 분명해도 뒷날 물의를 일으킬 사안 등에 대해서까지 밝히지는 않는다. 삶에 대한 자기 고백은 얼마만큼 충실할 수 있을까? 아니, 얼마만큼 충실해야 할까?

뜻은 원대하지만 명이 짧으니 운명이로다

금각(琴恪, 1569~1586년), 「자지(自誌)」

봉성(鳳城) 사람 금각은
자가 언공(彦恭)이다.
일곱 살에 공부를 시작해서
열여덟에 죽었다.
뜻은 원대하지만 명이 짧으니
운명이로다!

무척 짧은 글이다. 열여덟에 죽다니, 작가의 삶도 너무 짧
다. 사람들에게 운명의 야박함을 하소하려 했나 보다. 경상도

168

예안 사람 금각이 폐결핵으로 죽어 가면서 남긴 글이다. 금난수(琴蘭秀)의 막내아들로, 고려 때 학사 금의(琴儀)의 후손이다.

금각은 아버지 금난수가 35세 때인 1564년(명종 19년) 일동(日洞) 가송협(佳松峽) 벼랑 아래에 지은 고산정 곧 일동 정사에서 폐결핵을 치료했다. 그러다가 8월 25일에 죽어, 9월 예안 백운동에 묻혔다.

금각은 또 이런 만사(挽詞, 만장에 적는 글)를 지어, 부모와 영결했다.

아버님 어머님   父兮母兮

저 때문에 울지 마세요   莫我哭兮

부모님보다 먼저 세상을 하직하게 된 불효를 씻을 길 없어 이런 만사를 남겼을 것이다. 애절하다.

하지만 금각이 자찬묘지를 남긴 것은 부모에 대한 미안한 감정을 토로한 것에 그치지 않는다. 그런 해석은 그의 내면을 협소하게 그려 내는 것이 아니랴!

금각은 허균과 함께 허균의 형 허봉에게서 글을 배웠다. 허균은 그 자신의 기록에 따르면 18세 되던 1586년(선조 19년) 처남 김확(金確)과 함께 백운산으로 가서 형 허봉으로부터 고문을 배웠다. 이때 금각도 함께했다. 허균은 그해 여름에 봉

은사 아래에서 사명당을 만났고, 유성룡에게서 문장을, 이달에게서 시를 배웠다.

금각도 허균만큼 열심히 공부했고, 또 저술도 많이 했다. 시문집으로 『조대집(釣臺集)』 2권이 전한다.

젊은 나이의 금각은 늘 국촉한 공간을 벗어나 동서남북인이 되고 싶어 했다. 17세 때는 배삼익(裵三益)을 위해 시 「배상공의 사신 행차를 송별하며(送裵相公朝天)」를 지어 병으로 동행하지 못하는 아쉬움을 토로했다. 그 뒤 「주류천하기(周流天下記)」를 지어 환상 속의 여행을 즐겼다.

「주류천하기」는 대관자(大觀子)가 천하를 유람한 기록이다. 대관자는 『주역』 관괘(觀卦)에 나오는 대관의 개념을 차용하여, 사물과 세계를 총체적으로 인식하려 했던 『장자』의 인식론을 반영한 이름이다. 금각은 일상의 삶과 협애한 지식에 불만을 품어, 환상 속에서 사마천과 두보의 길을 따라 천하의 명산대천을 유람하고 천상 세계까지 편력한 것이다.

금각이 죽은 지 14년 되는 1610년(광해군 2년) 봄에 금각의 형 금개(琴愷)가 묘지명을 부탁하자, 허균은 눈물을 쏟으며 말했다. "백운사에 있을 때 우리 세 사람은 금 군을 우러러 보기를 쑥대가 높은 소나무 쳐다보듯 했소. 그가 살아 있었다면 반드시 문장의 맹주가 되어 나라의 보배가 되었을 것이오. 그렇다면 내가 어찌 감히 문장으로 세상에 이름을 날렸겠소. 불행히 먼저 갔으니 뒷사람에게 알리는 책임은 실로 내게 있소이다. 글재주가 모자란다는 핑계를 대어 금 군과의 두터운 우의를 나 몰라라 할 수 있겠소."

허균은 「금 군 언공 묘지명(琴君彦恭墓誌名)」에서 금각의 포부가 남달랐다는 점, 자신의 형 허봉이 특별한 기대를 두었던 점을 부각했다.

사람됨이 재기가 뛰어나고 호탕하며 생김새는 옥을 세운 듯하여 바라보면 신선 같았다. 그의 아버지 봉화(奉化) 공은 그를 각별히 사랑했다. 다섯 살에 조부의 상을 치르고 여막살이를 하면서 글을 배울 때 벽에 붙여 놓은 『주역』의 괘상을 보고는 금세 외워 차례를 하나도 틀리지 않았다. 또 산소에 재실 창고를 짓느라 일꾼이 많았는데 그 이름을 모두 기억했다. 글 읽기에 열중한 나머지, 어머니를 뵈러 갔다가도 꼭 기한에 돌아왔다. 아홉 살 때 아버지를 따라 제릉(齊陵, 신의 왕후 릉)에 가서 옛 서울의 산수를 보았으며, 아버지가 집경전으로 전보되자 동경(경주)의 옛 자취를 둘러보았다. 어려서부터 이렇게 유별난 뜻이 있었다.

계미년(1583년, 선조 16년)에 아버지가 서울에서 벼슬하게 되자 금 군은 아버지를 모시고 올라와, 송미로(宋眉老, 계림군(桂林君) 이유(李瑠)의 사위)에게 소동파 시를 배웠다. 열다섯이 되어 처음으로 나의 중형에게 고문과 시를 배웠다. 문장이 날로 진보해서 읽으면 바로 그 법을 터득했고, 논평하는 바가 쇄락해서 보통의 생각을 벗어났다. 그래서 중형은 애중하고 탄복하여, 그의 아버지에게 이런 서찰을 보냈다. "댁의 아드님이 멀리서 왔기에 그 말을 듣고 그 조촐한 마음을 살펴보니 총명하고 영특해서 같은 또래보다 이만저만 뛰어난 게 아닙니다. 저의 스승이라 해야 하지, 제가 그의 스승은 될 수 없습니다."

금각의 짧은 생애는 학문을 따라 나아가는 노정이었다. 허균은 이렇게 회고했다.

금 군은 마음이 편안하고 욕심이 없으며 행동에 법도가 있었다. 글짓기를 좋아했지만, 유학자의 할 일이 말 잘하는 데 있지 않음을 알아, 항상 정성으로 사리를 철저히 밝히는 것을 목표로 삼았다. 육경, 사서와 주돈이, 정호, 정이, 장재, 주희의 책들을 두루 연구하고 성현과 같아지기를 스스로 기대했다. 고금의 서적을 두루 읽어 치란 흥망의 원인과 현사(賢邪, 어진 사람과 간사한 이)의 구분을 논함에 있어 득실과 가부가 명백하고 통쾌하여 듣는 사람이 지루해하지 않았다. 또한 국가의 고사에도 밝아 마치 직접 경험한 사람 같았다. 이렇게 문학이 높고 깊었으며 뜻이 원대했다.

금각은 날로 쇠약해졌지만, 중도에 스러져 그만둘지언정 자기완성을 위한 공부를 포기하지 않았다. 허균은 생전의 금각이 죽음과 싸우던 고투의 모습을 되새겨 보면서 그의 불우함을 애도했다.

　병술년(1586년, 선조 19년) 가을 폐결핵에 걸려 날로 쇠약해졌으나 손에 책을 들고 부지런히 읽었다. 부형들은 병이 더할까 걱정하여 말렸으나 고분고분 따르지 않았다. 그는 "아침에 도를 들으면 저녁에 죽어도 좋다고 했습니다. 내가 기호하는 바이기에 힘들다고 느끼지 않는데, 왜 몸이 상합니까?"라 말했다. 그러고는 사마온공(사마광)의 『자치통감』과 주희의 『통감강목』 및 여러 의학서를 읽고 나서 "하늘이 내게 몇 년을 빌려주어 아직 보지 못한 책들을 모조리 읽는다면 내 소원은 다 이룬 것입니다." 했다.

　병이 아주 심해졌는데도 정신은 말짱하여 쓸데없는 기도를 금했다. "죽는 것은 운명인데 기도한다고 무슨 보탬이 되겠습니까. 저는 장상(長殤, 16세에서 19세 사이의 죽음)에 해당하므로 신주를 세우지 않아도 됩니다. 하물며 몸과 혼백이 땅으로 돌아가면 혼기(魂氣)는 어디에나 있을 것이므로, 저를 이곳에 장사 지내도 좋습니다. 반드시 선영으로 반장할 필요가 있겠습니까? 고향 길이 험하고 멀므로 부모님께 걱정을 더 끼칠까 두려울 따름입니다." 그리고 병중에 스스로 묘지문을 지었다.

허균은 금각의 묘지명을 적게 된 경위를 밝히고, 이런 명을 붙였다. "공의 글은 옛글보다 뛰어나고, 공의 학문은 미세한 데까지 이르렀으니, 예림(문단)에 붉은 깃발 꽂을 이는 바로 공이 아니고 누구였겠소!" 아쉬움의 말이다.

병석에 누워 있을 때 금각은 "죽는 것은 운명인데 기도한다고 무슨 보탬이 되겠는가?"라 말했다고 한다. 이 말은 『논어』「술이(述而)」 편에서 공자가 위중해지자 제자 자로(子路)가 기도를 드리겠다고 했을 때 "나는 기도한 지 오래되었다.(丘之禱久矣.)"라고 하며 거부했던 일을 연상시킨다. 신을 말하지 않은 공자이지만 초월적 존재를 상상하지 않은 것이 아니다. 평소의 삶이 신명의 뜻과 부합하므로 기도를 일삼을 필요가 없다고 거부한 것이다.

도는 내가 기호하는 바이기에 공부가 힘들다고 느끼지 않는데, 왜 몸이 상합니까? 금각의 말이 귓가에 맴돌지 않는가!

대부가 직분을 유기했다면
장사 지낼 때 사(士)의 예로 한다

이식(李植, 1584~1647년), 「택구거사자서(澤癯居士自敍)」

...... 얼마 지나지 않아서 문형의 수천(首薦, 삼망(三望) 중 첫째로 의망됨)을 받고 특별히 가선대부의 품계에 올라, 용양위 부호군으로서 수(守) 홍문관 대제학·예문관 대제학·지성균관사를 겸하게 되었다. 이에 잇따라 상소하여 간절히 사양하면서 더해 주신 품계를 개정해 달라고 청했다. 그러나 윤허하지 않으시고 전시(殿試)의 대독관(對讀官)으로 임명해서 부르셨으므로, 명을 받들어 급제자 명단을 발표하기에 이르렀다.

얼마 안 되어서 오랑캐의 기병이 졸지에 침입했으므로, 어가를 따라 남한산성으로 들어갔다. 자주 대신과 논쟁을 벌였으나 의견이 합치하지 않았고, 당시에 지은 격서들도 모두 서식이 맞지 않는다는 이유로 채택되지 않았다.

상이 산성을 나가신 뒤에도 계속 남은 백관 가운데 속해 있다가, 관동 지방이 크게 도륙을 당하고 노략질되었다는 소식을 듣고는 대부인(모친)이 목숨을 보전하지 못하실까 염려되어, 즉시 방백에게 서신으로 알리고 그대로 돌아가 대부인을 뵙고 안후를 여쭈었다. 이윽고 영춘(永春)의 산속에 이르러 노모와 자식들이 모두 무사할 수 있었다. 그런데 내가 도망쳤다고 대신이 위에 아룀에 따라, 양사(兩司)가 논핵하여 찬출(竄黜)하려 했다. 마침내 경성에 돌아와서 대죄(待罪)했는데, 마침 변호하며 구해 준 이가 있어서 탄핵의 논의가 중지되었다.

한참 지난 뒤에 동지춘추관사와 동지경연사의 명을 받았고, 또 호종한 사람에게 의례적으로 주는 상을 받고 가의대부에 가자(加資)되었으므로 잇따라 상소하여 스스로 탄핵하면서 개정해 줄 것을 청했으나, 윤허하지 않으셨다. 또 으뜸가는 사람을 다시 써서 정형(政刑)을 새롭게 할 것을 청했으나, 윤허하지 않으셨다. 곧이어 대사헌에 임명되었으나 피혐하여 결국 체직되었다.

6월에 대부인께서 병환이 나셨다는 소식을 듣고는 제천(堤川)의 임시 거처로 달려갔다. 7월에 대부인이 끝내 별세

176

했으므로 선영으로 모셔 장례를 치르고, 그대로 묘소 아래에서 여막살이를 했다. 포위된 성안에 있을 때부터 우수와 불만으로 병이 들었는데, 이때에 이르러 더욱 심해졌다. 이에 살날이 얼마 남지 않았다는 것을 스스로 알아, 선영의 좌측 산기슭에서 20보쯤 떨어진 가까운 곳에 자신이 묻힐 터를 잡았다.

그리고 자제들에게 유계(遺戒)를 내려, 상제를 행할 때 검약을 위주로 하고 석회를 채우거나 석물을 세우지 못하게 했다. 이것은 가난한 살림 형편을 고려한 것일 뿐만이 아니다. 『예기』에서 "대부가 자기의 직분을 유기했다면 죽어서 장사를 지낼 때에 사(士)의 예로 한다."라고 했으니, 역시 스스로 폄하하는 뜻에서 그런 것이다.

거사는 기질이 우둔하고 나약해서, 장성한 뒤에도 여전히 인사(人事)조차 제대로 살피지 못했다. 중년에는 몹쓸 병까지 걸려 하릴없게 되어, 여러 책과 역사서를 열람해서 이취(理趣)를 조금 알기는 했다. 그러나 번번이 시비와 득실을 함부로 이야기하곤 했으므로, 더더욱 세속을 놀라게 만들었다. 광해조 때에는 하마터면 함정에 빠질 뻔한 적도 있었으므로, 자신을 깊이 감추어 몸을 보존하려고 했다.

그러다가 새로운 정치를 맞아, 과거에 절개를 지킨 것이 상 받을 만하다고 인정되어, 등급을 뛰어넘어 청반(淸班)에 오르게 되었다. 하지만 거사는 자신의 분수에 부합하지 않는다고 크게 두려워했다. 또 인접한 오랑캐가 바야흐로 세력을 떨치고 있는 때에 나라의 정사가 제대로 행해지지 않는 것을 보고는, 변통하여 바꾸어야 할 현안이 있으면 모두 건의를 했는데, 그러면 번번이 조정 신하들의 뜻과 괴리되고 상감의 뜻까지 거스르게 되었다.

그래서 항상 높은 지위는 사양하고 낮은 자리에 처하고 자주 외직에 보임되기를 구했으며, 교유를 끊고 당목(黨目)을 피하면서 홀로 서서 자신의 신념만 지켰다. 이 때문에 사론의 의심을 크게 사서, 오활하고 어리석으며 부박하고 허탄하다는 비난을 사게 되었다. 심지어는 언론이 얄궂고 괴이하며 지조 없이 이랬다저랬다 한다고 배척을 당하기까지 했다. 이런 상황은 분조(分朝, 세자의 대리청정)의 때에 이르러서 극에 달했다.

다행히 성상께서 넓은 도량으로 포용해 주시고, 완전히 버리려 하지 않는 의론이 조정에 혹 있기도 했다. 그래서 탄핵을 당할 때도 반드시 문예가 뛰어나다고 먼저 추어주고 나서 폄하하고는 했다. 그렇기 때문에 비록 허물이 갈수록 드러나게 되었지만, 문장도 갈수록 유명해져서 심지어는 문형의 빈자리를 참월하게 이어받고 육경의 반열에 외람되게 끼이게 되었다. 이것은 모두가 형세의 추이가 그렇게 만든 것이지, 사실 문장을 장처로 하는 것도 아니었고, 또 스스로 문장을 잘한다고 여긴 것도 아니었다. 아, 이것이 어찌 명이 아니겠는가.

종묘사직이 전복되고 군부가 치욕을 당했는데도, 일을 당하지 않도록 미리 극력 말씀을 올리지 못한 데다가, 기미를 살펴 결단을 하여 일찌감치 물러나지도 못한 채, 간언을 해야 할지 침묵해야 할지, 벼슬길에 나아가야 할지 초야에 버려진 채 있어야 할지, 결정해야 할 기로에서 우물쭈물하기만 했을 뿐, 끝내 어지러운 세상에서 자신의 뜻을 드러내지 못하고 말았다. 이것이 바로 거사가 스스로 죄인으로 자처하는 까닭이다.

거사는 서울이든 근교든 거처할 집이 없었으므로 일찍이 터를 잡으려고 점을 친 결과 택풍 대과(澤風大過)의 상(象)을 얻었다. 그래서 선영 근처에 서재를 짓고 택풍이라는 편액을 내걸었다. 이때부터 사람들이 택당이라고 불렀다. 스스로 당초 그런 이름으로 일컬은 것은 아니다. 만년에는 다시 택구거사(澤癯居士)라고 스스로 호를 했다. 이에 대해서는 스스로 지은 「택풍지(澤風志)」에 상세하다.

벼슬길의 험난한 바다를 헤쳐 나온 기록이다.

벼슬길은 하도 험난해서 바다에 풍파가 이는 것과 같다고 하지 않는가. 그렇기에 환해(宦海)란 말이 있다. 당나라 안진경이 18~19세쯤 되었을 적에 한 도사가 그의 집에 들러 북산군(北山君)이라 자칭하면서 이렇게 말했다고 한다. "자네의 청간(淸簡)하다는 명성이 이미 금대(金臺)에 기록되어 있어, 장차 속세를 초탈하여 선관(仙官)이 되어 올라가게 될 것이니, 명환(名宦)의 바다에 빠져서는 안 된다."

그러나 글 읽어 이념을 실천해야 한다는 책무를 통감하는 사람으로서 어느 누구인들 명환의 바다에 빠지지 않을 수 있겠는가? 나는 그 바다에서 비껴 있었다고 내 삶을 규정할 수가 없다. 그렇게 규정하는 것은 허위의식이 아니랴?

이토록 환해에서의 고통을 상세하게 기록한 인물은 이식이다. 본편만으로 삶을 다 개괄할 수 없자 속편까지 썼다.

본관은 덕수(德水)이고, 당호는 택당(澤堂)이며, 호가 택구거사다. 조선 전기의 명신이었던 이행(李荇)의 4대손이고, 광해군 때 명신 이안눌(李安訥)의 재종이다. 1610년(광해군 2년) 별시 문과에 급제하고, 1616년 북도 병마평사가 되었으며, 이듬해 선전관을 지냈다. 하지만 1618년에 폐모론이 일어나자 여주 북쪽 강구촌(康丘村)에 머물렀다.

이식은 당인(黨人)의 화가 자신에게도 미칠세라 멀리 떠나려고 점을 쳤는데 불길했다. 선영이 있는 경기도 지평(砥平,

지금의 양평군 양동면)으로 가서 머물면 어떨까 하고 점을 쳐 보니 대과괘(大過卦)가 나왔다. 구이(九二)효가 노양의 효로서 변효였으므로 지괘(之卦)는 택산(澤山) 함괘(咸卦)였다. 변효가 하나일 때에는 본괘의 그 효사를 가지고 점을 치게 되어 있으므로, 택풍 대과괘의 구이 효사가 점사가 되었다. 그 효사는 "말라죽은 버드나무에 새잎이 돋아나듯, 늙은이가 나이 어린 아내를 얻으니, 이롭지 않음이 없다."이다. 쓰러진 나무에서 다시 움이 나온다는 말이므로, 선단(善端)이 싹틀 조짐이라고 판단할 수 있다. 그 대상전(大象傳)을 보면 "홀로 서 있으면서도 두려워하지 않으며, 세상을 피해 살면서도 고민하는 일이 없다.(獨立不懼, 遯世無悶.)"라고 했다. 이식은 '두려워하지 않고 고민하지 않는다(不懼無悶)'는 뜻이 『논어』에서 "천명을 두려워하고 대인을 두려워하고 성인의 말씀을 두려워해야 한다."라고 했던 공자의 말과 연결된다고 풀이했다.

더구나 그 뜻은 자기 이름의 식 자나 여고(汝固)라는 자와도 통했다. 이식의 아버지는 아들의 이름을 지을 때 나무목변의 여러 글자를 사당의 향탁에 놓고 아들로 하여금 뽑으라 했다. 이식은 심을 식(植) 자를 뽑았는데, 심을 식 자는 꿋꿋하게 심겨져 있다는 뜻이다. 또 자를 지을 때 아버지는 '너는 굳세어야 한다'는 뜻에서 여고라고 지어 주었다. 이 이름과 자는 모두 택풍괘(澤風卦)의 상과 같다.

이식은 이 우연한 일치에 감격했다. 무너진 도리를 만회시키는 것을 일생의 과업으로 삼기로 결심했다. 우선 선영이 있는 지평에 작은 집을 짓고 그 당호를 '택풍'으로 삼았다. 줄여서 택당이라고 했다.

1623년 인조반정이 일어난 뒤 이식은 정계에 복귀했다. 왕가와 인척이라는 이유로 중앙의 직을 피하려고 지방 수령의 직을 청했으나 받아들여지지 않았다. 1636년에는 대사성, 이조 참의, 양관 대제학, 성균관 지사가 되었으며, 겨울의 병자호란 때는 산성으로 인조를 호종했다.

1637년(인조 15년) 산성에서 나온 직후, 관동의 영춘으로 피난한 노모의 안위가 염려되어 강원 관찰사에게 서장을 올린 뒤 성문(省問)하러 갔으나, 도망했다고 탄핵한 사람이 있었으므로 서울로 돌아와 대죄했다. 마침 억울함을 풀어 준 사람이 있어서 동지춘추경연의 명을 받고, 호란 때 산성으로 호종했던 상으로 가의대부에 올랐다. 1637년 윤4월에 대사헌이 되었으나, 피혐하여 체직되었다. 6월에 노모가 병이 나서 제천으로 돌아갔는데, 7월에 상을 당했다.

이식은 노모의 시신을 지평으로 반장하고 토실을 짓고 살았다. 이때 스스로 택구거사라 호를 했다. 산택구유(山澤癯儒), 즉 산택 사이에 은거하는 수척한 학사나 산택구선(山澤癯仙), 즉 산택 사이에 은거하는 수척한 신선을 자처한 것이다.

원나라 도사 장우(張雨)가 '산택구자(山澤臞者)'라고 스스로 호를 한 일도 참고가 되었다. 산택구자란 번잡한 세간을 떠나 산과 못에서 은거하는 수척한 자라는 뜻이다.

1637년 겨울 자분필사(自分必死, 죽어 마땅하다)의 생각에서 「택구거사자서」를 엮었다.

자서에서 이식은 병자호란 뒤 영춘으로 노모를 살피러 갔다가 도망의 죄로 탄핵당했으나 신원된 사실을 가장 마음 아프게 여겼다. 그래서 "대부가 자기의 직분을 유기했다면 죽어서 장사를 지낼 때에 사의 예로 한다."라는『예기』의 말을 인용해서 검소한 장례를 유언했다.

1640년(인조 18년) 9월에 상복을 벗고, 이조 참판이 되었으나 사직하고 하향했다. 대제학, 예조 판서, 대사헌에 제수되었으나 모두 부임하지 않았다. 1641년에 다시 대사헌에 제수되었는데, 동료들이 이조 판서 남이웅(南以雄)을 탄핵했다. 이식은 그 의론을 따르지도 않았고 또 남이웅의 단점을 변호해주려고도 하지 않았다. 이 때문에 양쪽 당파로부터 번갈아 질책을 당했으므로 즉시 사직했다. 1641년에는 계해년(1623년, 인조 원년)의 교명(敎命)에 의거해『선조실록』을 수보(修補)할 것에 대하여 차자를 올려 윤허를 입었다.

이식의 업적 가운데 가장 주목받는 것이『선조실록』을 개수한 일이다. 반정을 통해 왕위에 오른 인조는『광해군일기』

를 편찬하여 광해군 대의 역사를 포폄했다. 그러나 이괄의 난과 정묘·병자의 호란을 겪으면서 선조 때의 역사를 새 관점에서 바로잡을 기회를 미처 갖지 못했다. 1641년에 이식은 상소를 올려 무필(誣筆)을 바로잡아야 한다고 주장했다. 그리고 사대부 집안에 소장된 기록과 민간에서 보관하고 있는 사료들도 광범위하게 수집하고 대신들이 모여 시비와 명실이 타당한 것을 골라 편집하자고 건의했다. 조정에서는 춘추관에서 절목을 만들어 개수하자고 했으나, 최명길의 건의로 이식이 전담하게 되었다.

그런데 역관 정명수(鄭命壽)가 심양의 질관(質館, 볼모의 거처로 여기에서는 세자 관소)에 와서, 이식이 김상헌과 뜻을 합쳐 화의(和議)를 결렬시켰다는 이유로 이식을 잡아다가 처치하려 한다고 전했다. 그 소식은 즉시 조선 조정에 전해졌다. 이식은 비밀 차자를 올려 사직했다. 처음에는 문형만 체차되었으나, 병을 핑계로 계속 사직을 청하여 결국 국정에서 물러났다.

1642년(인조 20년) 7월에 예조 참판이 되고 비국(備局, 비변사) 당상을 겸했으나, 숙환이 악화되어 병상에서 여름을 보냈다. 당시 심양에서 또 말썽이 일어나서, 10월에 요동의 봉황성으로 갔다가 다시 용만(의주)으로 돌아와 구금되었다. 연말에 빠져나와 돌아왔다.

61세가 되던 1644년 가을에 예조 판서, 겨울에 이조 판서가 되었다. 이때 고관 대신은 모두 자식을 심양에 인질로 보낸 까닭에 오래도록 자리를 지켜야 했다. 인질로 붙잡혀 갔던 사람들이 겨울에 풀려나 돌아왔다. 이식은 이조 판서직을 사양하려고 아홉 차례나 상소를 하여 체직 허락을 받았다.

1645년 여름 다시 예조 판서에 임명되었다. 소현 세자의 상을 당하여 능묘에 배행하고 세자의 책봉 및 입학 의식을 거행한 다음에 병으로 면직되었다. 겨울에 다시 이조 판서에 임명되었는데, 간원(諫院)에서 이조 참판 한흥일(韓興一)을 탄핵하면서 이식을 연좌시켰다. 한흥일은 궁가(宮家)의 청탁을 받고 수령을 제수했다는 의심을 받고 있었다. 이식은 죄상이 드러나지 않아 고신(告身, 직첩)만 거두어졌으므로, 1646년 지평으로 돌아왔다. 여름에 사면령이 내려 서용되어 동지춘추관사에 복귀했다. 가을에 또 예조 판서와 문형에 임명되었으나 병을 이유로 사직했는데, 예조 판서만 갈렸다. 다시 사국(史局)에 들어가게 되었으나, 며칠 후 시원(試院)에서 출제를 잘못한 죄를 따지라는 특지(特旨)가 내려왔다. 결국 역적을 비호했다고 논죄되고, 감형을 받아 삭출의 처벌을 받고 시골로 돌아갔다.

64세 되던 1647년 3월 이질이 재발하자 지난날 지었던 자서의 속편을 자제들에게 주며 묘비를 대신하라고 했다.

이 속편에서 이식은 『선조실록』을 개수하려 했으나 "공의
(公議)가 어긋났을 뿐만 아니라 전갈의 독침 꼬리가 쏘아 대
듯이 저지하고 무너뜨리려는 자들이 태반"인 상황을 아쉬워
하고, 결국 과거 시험의 부정에 연루되어 관직을 그만두게 됨
으로써 중도에 그치게 된 사실을 가장 크게 부각했다. 그래서
정편을 쓴 이후의 생활과 경력에 대해 다음처럼 개괄했다.

대개 계해년(1623년)부터 정묘년(1627년)까지로 말하면, 위로
성상의 은총이 일방적으로 쏟아져서 아래에서 의심과 비방이
쌓였다. 정묘년 이후로는 성상께서 실제로 신이 쓸모가 없다는
것을 아셨으므로, 질책하는 성지를 빈번히 받아 항상 한질(閑
秩)에 머물렀다. 그러나 모친의 연세가 이미 팔순에 이르러 다
른 데로 이사하기도 어려웠으므로 봉양할 목적으로 녹봉을 받
아 서너 해 동안 그대로 눌러 있었고, 또 물러나더라도 나라에
사변이 많았기에 감히 완전히 떠나지도 못했다. 따라서 식자들
이 나의 거취에 대해 의심했던 것도 당연하다.

병자년(1636년)과 정축년(1637년)의 난리를 겪은 뒤로는 조정
에 인물이 부족했기에 주의(注擬)가 빈번하게 이어졌는데, 문형
의 경우에는 대체할 사람을 찾기가 더욱 어려웠다. 그래서 상
하에 벗이 없거늘 직명이나 지위가 바뀌지 않았으므로, 마음속
으로 걱정하고 부끄러워했다. 물러나기에는 적절한 시기가 아

니었으므로, 그저 분수 넘치는 자리만은 피하고 실록을 편찬하는 일에 자신을 의탁하여, 한 시대의 왜곡된 역사서를 깎아 없애 불후의 대업을 이루어 보려고 했다.

불행히도 공의가 어긋났을 뿐만 아니라 전갈의 독침 꼬리가 쏘아 대듯이 저지하고 무너뜨리려는 자들이 태반이었다. 친척들이 모두 그만두라 충고했으나 내가 귀 기울이지 않은 것은 대개 위에서 밝힌 뜻이 있어서였다. 그런데 매년 봄과 가을이면 성상의 건강이 좋지 못해서 재신(宰臣)들이 항상 합문(閤門)에서 기거했고, 나의 경우는 겨울과 여름이면 한열증(寒熱症)이 문득 악화되곤 했으므로, 그사이에 나 혼자서 실록을 편찬했을 뿐 동료의 도움은 거의 없었다. 거의 완성할 무렵에 이런 화를 당하고 말았으니, 평소 어리석고 망령되었던 나의 행적이 이런 극한에 이르고 말았다.

전번에 스스로 묘지를 지어 유계하기를, 자신을 폄억하는 뜻에서 검소하게 장사 지내도록 한 바 있다. 지금 처음 뜻한 대로 벼슬을 그만두고 전원에 돌아오매, 흡사 본분을 이룬 듯해서 마음이 편안하다. 이전에 유계를 내린 대로 장사 지낼 때 사서(士庶)의 예법으로 하여 나의 평소 뜻에 부응해야 하지, 죽은 자가 전혀 알지 못한다고 생각해서는 안 된다.

이식은 병자호란 이후 청론에 가담했으나, 그것은 부형의 눈치를 본 결과라는 비판이 있었다. 훗날 김만중은 『서포만필』에서 부분적으로 옹호해 주었다. 이식은 속으로는 척화가 옳지 않음을 알았지만 부형이 견제하여 다른 의견을 낼 수 없었다. 남한산성의 치욕을 보고는 종신토록 마음이 괴로워 돗자리를 깔고 집에서 지내다가 죽으면 장례를 간단히 지내라고 하며 죄인을 자처했다. 그러므로 자책할 줄 안 사람이라고 인정한 것이다. 다만 이식 본인은 자서 정편과 속편에서 이 사실을 드러내 놓고 말하지는 않았다.

재주와 품질이 천박한 데다가 병 때문에 공부할 시기를 잃었다고 자책한 이식은 절대로 저술을 판목(板木)에 새겨 출판하지 말라고 했다. 정자(程子)가 "있어도 아무 보탬이 없고 없어도 아무 아쉬움이 없다."라고 말했듯이 자신의 글은 세상에 전한들 취할 바가 없으므로 이름을 남기려 하지 않겠다고 밝혔다. 병세가 악화되어 기동하지 못하다가 단오일에 창포를 물에 끓이게 해서 머리를 감고 부축을 받아 일어나서 선영을 향해 절을 했다. 5월 19일에 다음 칠언율시를 입으로 불러 주었다.

지금 나이 예순넷	行年六十四春秋
사내로서의 생애는 괴로움이 끝없었다.	弧矢生涯苦未休
글 잘한다는 헛이름이 끝내 화를 불렀고	文字虛名終速禍

청직에서 무위도식하여 부끄러웠다.	清班素廩每包羞
천지의 무궁한 일들을 보니	眼看天地無窮事
군주와 백성에 대한 근심이 그치지 않는구나.	心抱君民不盡愁
죽어 가면 아무 생각도 없으려니	便入九原無一念
산은 영원하고 물은 동으로 흐르리.	碧山長在水東流

　병세가 더 위독해져서 하루에 한두 잔의 물만 마셨다. 그렇게 20여 일이 지나도록 정신은 흐트러지지 않았다. 6월 9일에 스스로 맥을 짚어 "맥이 이미 끊어졌다."라 말하고, 머리를 동쪽으로 두어 달라고 명했다. 6월 11일 택풍당에서 별세하고, 8월 15일 지평 선영 옆에 안장되었다.

　생전의 이식은 키가 장대하고 귀가 크며 얼굴이 우람한 데다가 수염이 많았다고 한다. 농담을 잘했지만 농담 속에 풍자의 뜻을 붙이고는 했다고 한다.

인간의 모든 계책은
그림자 잡으려는 것과 같다

김응조(金應祖, 1587~1667년),
「학사모옹자명병서(鶴沙耄翁自銘幷序)」

모옹(耄翁, 늙어 빠진 자)의 성은 김으로, 풍산 사람이다. 만력 정해년(1587년)에 태어났다. 고조이신 공조 참판 휘 양진(楊震) 허백당(虛白堂) 부군께서 성화 정해년(1467년, 세조 13년)에 태어나셨으므로, (선조와 같은 정해년에 응해 태어났다고 해서) 이름을 응조라 하고, 자를 효징(孝徵)이라 했다.

증조 휘는 의정(義貞)으로, 홍문관 수찬을 지내고 직제학에 추증되었다. 조부의 휘는 농(農)으로, 장예원 사의를 지내고 승정원 좌승지에 추증되었다. 고의 휘는 대현(大賢)으로, 산음 현감을 지내고 이조 참판에 추증되었으며 호는 유연당(悠然堂)이다. 어머니는 정부인 전주 이씨로, 효령 대군의 7대손이다. 외조의 휘는 찬금(纘金)이고 외조모는 영인(令人) 해주 정씨이다.

　모옹은 일찍부터 학문을 업으로 삼았으나 늦게야 과거에 합격했다. 여러 벼슬을 거쳐 공조 참의에 이르렀다. 그런데 갑진년(현종 5년, 1664년)의 일 때문에 삭탈관직되고 말았다. 봉록을 훔치기만 했고 어버이를 봉양하지 못했으며, 지위를 헛되이 차고 앉아 있었지 국은을 갚지 못했다고 자책하여, 박장을 하라고 유언을 했다.

　언젠가 스스로 탄식하여 이렇게 말한 일이 있다.

　"나는 본래 책 보기를 좋아하여 무한한 취미를 갖고 있거늘, 눈이 어두워서 마음껏 찾아 나가 옛사람이 끼친 끄트머리나마 엿볼 수가 없었다. 이것이 첫 번째 한스러움이다. 또 평소 산수 유람에 취미가 있어서 만년에 학사(鶴沙)에 신선이라도 살 듯한 집터를 가려 두고 그곳에 이를 때마다 번번이 흥이 일어나 즐거워서 주림도 잊어버리거늘, 속인들에게는 그 즐거움을 말하기 어렵고 또 그 속에서 늙어 죽을 때까지 항시 거처하여 세월을 보내지도 못했다. 이것이 두 번째 한스러움이다. 손님 좋아하기를 주리고 목마른 사람이 물과 먹을 것을 구하듯 하는 정도에 그치지 않았거늘, 집이 가난해서 기장 넣은 닭 요리를 대접하지 못하고 흰 망아지를 문간에 묶어 둘 수도 없었다. 이것이

세 번째 한스러움이다."

이 말을 들은 사람이 측은하게 여겼다고 한다.

문소(聞韶) 김씨를 아내로 맞았으니, 학봉 선생 휘 성일(誠一)이 그 조부이고 종사랑 휘 굉(浤)이 그 아버지이다. 두 아들을 낳았다. 시행(時行)과 시지(時止)이다. 네 딸을 두었다. 김찬(金鑽), 권식(權軾), 김익중(金益重), 권수하(權壽夏)에게 시집을 갔다. 각각 자녀를 두었다. 둘째 딸은 일찍 과부가 되었다가 후사를 남기지 못하고 죽었고, 둘째 아들도 일찍 죽었다. 한스러운 일이다.

모옹은 정미년 12월 1일에 졸했고, 이듬해 2월 3일에 학가산 북쪽 기슭 암랑동(巖廊洞) 해향(亥向) 언덕에 장사 지내졌다.

명은 이러하다.

학문을 업으로 했으나 천기를 알지 못했고

관직에 있었으나 시무에 통달하지 못했으되,

유모(孺慕, 돌아가신 부모를 애틋하게 그리워함)는 사람의 인륜에 뿌리를 두었고

해바라기가 해를 향해 기우는 것은 본성 그대로였네.

삶이란 남가일몽(南柯一夢)에서 깨어남과 같고

인간의 일만 계책은 그림자 잡으려는 것과 같아라.

저 학사산을 바라보니 산은 푸르고 물은 맑아서

천추만세토록 혼백과 어우러지리라.

김응조는 1664년(현종 5년), 78세 때 고신(告身)을 빼앗기고 난 뒤 이 「자명」을 지었다.

당시 사간원이 담양에서 사들인 쌀의 품질이 좋지 않다고 탄핵했으므로 관아에 10여 명이 체포되었는데, 김응조도 그 속에 들어 있었다. 예조 판서 홍중보(洪重普)가 세 왕의 조정에서 근시한 신하에 대해서는 우대해야 한다고 논해서 방환되었으나 고신은 돌려받지 못했다.

김응조는 「자명」의 운문 부분에서 일생의 사적은 모두가 한바탕 꿈이고 그림자를 잡으려는 것과 같아 덧없다고 하면서도, 어버이에 대한 효성과 군주에 대한 충성만큼은 자부했다. 순(舜)은 효성이 지극하여 50세가 되도록 어린아이가 어머니를 생각하듯이 부모를 사모했다. 그것을 유모(孺慕)라고 한다. 김응조는 자신의 효성도 인륜에 뿌리를 둔 것이라고 했다. 한편 해바라기 꽃은 해를 보고 기울므로 신하가 임금을 따르는 것을 해바라기 꽃에 비유한다. 그래서 군주에 대한 충성을 규곽경양(葵藿傾陽)이라 한다. 김응조는 자신의 충성이 바로 그러한 물성과 같다고 했다.

김응조는 본관이 풍산으로, 유성룡의 문인이다. 17세 되던 1613년(광해군 5년) 생원시에 합격했으나 광해군의 난정을 혐오해서 대과를 포기하고 장현광의 문하에서 학문을 했다. 인조가 즉위한 1623년의 알성 문과에 급제한 후 벼슬길에 올랐다. 1626년(인조 4년) 모친상을 당하고, 상기를 마친 뒤 병조정랑에 복직했다. 1635년 사헌부 지평이 되었고 이듬해 병자호란이 일어났을 때 둘째 형 김영조(金榮祖)와 함께 인조를 남한산성에서 호종했다. 난리 후 사직하고 돌아와 지금의 영주시 장수면 갈산(葛山)의 정사에 은둔했다. 1640년 사간원 헌납에 임명되자 사은하고 인동 도호부사로 부임했다. 이듬해 어떤 사건으로 벼슬에서 물러나와 학가산(鶴駕山) 북쪽 기슭 사천(沙川)의 학사 정사(鶴沙精舍)로 돌아왔다. 1643년 다시 장령에 취임하고 1646년 수찬에 오른 뒤 부교리로 옮겼으며 다음 해 세자시강원 보덕, 그해 4월 다시 부교리가 되었다.

1649년 5월 인조가 승하하고 효종이 즉위한 후 사간원과 승정원의 여러 직을 거쳤다. 1652년 10월 밀양 도호부사에 부임, 공진관(拱辰館)과 예림 서원(禮林書院)의 강당을 새로 지었다. 이듬해 1653년 담양 도호부사가 되었고, 11개월의 재임 기간에 금성산성을 수축했다. 다만 전후 다섯 고을을 거치는 동안 상사의 비위에 거슬려 어느 곳도 임기를 채우지 못했다.

1659년(효종 10년) 공조 참의로 불려져 상경하다가 효종이 승하하자 인산(因山) 뒤에 병을 이유로 고향에 돌아왔다. 1666년(현종 7년) 12월 특명으로 품계가 가선대부에 올랐다. 이듬해 1667년 12월에 작고하니, 향년 81세였다. 묘소는 경북 안동시 북후면 석탑리 암영골에 있다.

김응조는 예천 군수로 있을 때 선조 때의 권문해(權文海)가 편찬한 운목별 어휘 자료집 『대동운부군옥(大東韻府群玉)』을 간행하려 했다. 권문해는 대구 부사로 있던 1589년(선조 22년)에 『대동운부군옥』 20권 20책을 편찬했다. 원고는 세 벌이 있었는데, 그 가운데 한 벌을 권문해의 아들 권별(權鼈)이 원장으로 있는 정산 서원(鼎山書院)에 보관했다. 1655년(효종 6년) 김응조가 예천 군수에게 청하여 간행을 도모했으나 출판하지는 못했다. 1836년(헌종 2년)에야 완간되었는데, 권두에 김응조의 발문이 실려 있다. 「대동운옥발」이라는 이 글에서 김응조는 『대동운부군옥』이 단순히 어휘를 모은 도구서가 아니라 감계(鑑戒)의 서적이라고 평가했다.

김응조는 청빈해서 아침에 진한 죽을 먹고 저녁에 묽은 죽을 먹되, 그것도 거르기 일쑤였다. 또한 겸손한 태도를 지녀 너무 드러나지 않도록 힘썼다. 자신이 죽은 후에 혹 묘지명에서 과도하게 칭송할까 봐 스스로 자명을 짓고 유서까지 남겼다. 유서에서는 이렇게 말했다.

상을 치를 때 절대로 무당을 불러서는 안 된다.

눈을 감고 좌우 손을 끼고 관에 눕게 되더라도 절대로 비단을 써서는 안 된다.

곽(槨)은 야산의 얇은 널을 쓰고 송지(松脂)는 사용하지 마라.

칠을 바르지도 말고 석회를 넣지도 마라.

높이와 너비는 세 치를 넘지 말고 흙 계단을 쌓아라.

석인과 상석을 사용하지 마라.

짧은 비갈을 사용해라. 비갈의 앞면에는 '학사모옹풍산김공지묘(鶴沙耄翁豊山金公之墓)'라고만 적고, 갈음(碣陰)에는 자명을 적어라.

자손과 서족이 새길 것이지 석공에게 새기도록 하지 마라.

시제는 봄과 가을의 두 제사 가운데 한 번만 지내라.

묘제는 한식과 추석 때 성분(省墳)해라.

정월 초하루와 단오 때는 신의(新儀)를 바치듯이 다례를 간단히 행해라.

남에게 돈을 꾸거나 가재를 팔아서 제수를 마련하지 마라.

유언을 어겨서 혼령을 불안하게 한다면 신이 흠향하지 않을 것이다.

우리는 누구나 빛나는 몸으로 태어났다. 정선 아리랑에서 피나게 노래하듯 "강원도 금강산 일만이천 봉 팔만구 암자

유점사 법당 뒤 칠성단을 모으고 팔자에 없는 아들딸 낳아
달라고" 빌었던 그 간절한 기도 속에 태어났다. 그 빛나는 몸
은 죽음을 잉태하고 있다. 그 결과 물리적으로 죽음을 맞게
된다고 해도, 모든 것이 먼지처럼 흩어진다고 해도, 빛나는
몸의 흔적만은 잊히고 싶지 않다.

자명을 지은 것은 바로 그러한 심리의 반영이다.

서른을 넘긴 뒤로는
다시는 점을 치지 않았다

박미(朴瀰, 1592~1645년), 「자지(自誌)」

분서 옹이란 누구를 말하는가? 박미가 그 이름이고, 중연(仲淵)이 그 자다.

열두 살에 의빈(儀賓, 부마)으로 선발되었으니, 그 배위는 정안 옹주(貞安翁主)로 옹보다 두 살 많다. 이보다 앞서 옹의 작은할머니는 선조 대왕의 원비 의인 왕후(懿仁王后)였는데, 왕후는 자식을 낳지 못했다. 선조 대왕이 왕후에게 조용히 말씀하길 "왕후의 집안과 혼인 관계를 맺어서 왕후와의 옛 즐거움을 계속 이어 나가고 싶소."라고 했다. 의인 왕후는 "조카 아무개가 있는데 병란 중에 호종한 공이 가장 뛰어나며, 고달픈 저의 늙은 몸을 오로지 이 아우에게 맡기려고 합니다. 지금 그 딸이 이미 성장하여 시집갈 만합니다."라고 대답했다. 선조께서는 끄덕이셨으니, 이미 말로 약조가 이루어졌던 것이다. 그런데 의인 왕후가 승하했고, 나의 누나도 불행히 타계하고 말았다. 선조 대왕은 늘 "돌아간 사람에게 한 약속을 어기고 싶지 않다."라고 하셨다. 옹이 배필로 간택된 것은 실은 대왕의 결정에 따른 것이다.

옹은 어려서 그리 우둔하지가 않아, 일곱 살에 벌써 스스로 서찰을 적어 백사 선생(이항복)에게 올렸으니, 선생은 옹의 외할머니의 아우이시다. 열한 살 때 대략 경전과 제자와 문집을 읽고서 서울로 들어가 백사와 신현헌(申玄軒, 신흠) 두 선생의 문하에서 수업을 했다. 옹은 성격이 솔직하고 간솔해서 위의가 없었고, 옹주 또한 개결하여 구차하게 남의 뜻에 맞추려 하지 않았다. 그래서 엄격하면서도 아주 화락했다.

옹은 본시 글로써 쓰일 만하다고 자부해 왔으나, 지금 반백을 넘기고 보니 근력이 거의 다하여 지난날을 돌이켜 생각하면 꿈속에 있는 듯이 여겨진다. 옹은 책을 읽어 의리를 얼추 알아, 일에 임해서 반드시 옳고 그름을 살폈다. 스스로 헤아려 보아 세상에 아무 쓸모가 없었고 세상도 나를 버렸다고 여겨, 오로지 문묵(文墨)을 스스로 즐겼다.

언젠가 한창려(韓昌黎, 한유)의 말을 따서 '문자 사이에서 죽고 살겠다'고 다짐했으니, 사실을 있는 그대로 말한 것이다.

옹은 젊어서 점술가의 말을 전해 들었는데, 옹이 스물을 넘길 수 없다고 했고, 스물을 넘긴 뒤에는 또 서른을 넘길 수 없다고 했다. 서른을 넘긴 뒤로는 다시는 운명에 대해 점을 치지 않았다. 지금 쉰을 넘기고, 동료들을 돌아보니 반나마 귀신의 명부에 들어 있다. 그러니 옹이 수명으로 얻은 것이 아주 넉넉하지 않은가!

옹은 남들과 어울리거나 유력자를 찾아가 청탁하려 하지 않았다. 그저 자기 뜻대로 평소 생각을 따라 살아 나갔지, 신분이 고귀한 자의 태도를 짓지 않았다. 이 때문에 동료들에게 조금 칭찬을 받았으나, 지금은 도무지 옛날의 내가 아니다.

옹은 처음에 순의대부를 제수받았는데, 공신의 맏아들이라는 이유로 자의대부로 승품되었으며, 선조 대왕께서 즉위하신 40년에 추은(推恩)으로 통헌대부의 품계로 승급되었다. 그리고 광해군 때 인목 대비를 폐위시켜야 한다는 정청(廷請)에 참여하지 않았으므로, 인조반정 뒤에 봉헌대부로 승품되고, 공신 회맹의 제례 때 숭덕대부로 승자(陞資, 정3품에 올림)되어 다시 오위도 총관을 겸했다.

만년에는 혜민서 제조를 겸대하고, 한 번 심양으로 사신

갔다가 왔다. 이것이 일생의 대략이다.

　옹은 임진년(1592, 선조 25년)에 태어나고 옹주는 경인년 (1590년, 선조 23년)에 태어났다. 아이들에게 엄명을 내려 합장하도록 하고, 미리 이 글을 지어 묘문의 돌에 새기도록 한다.

　옹주는 2남 1녀를 낳았는데, 아들 하나와 딸은 진작에 요절했다. 유일하게 성장한 아이가 세교(世橋)다. 그의 자녀들은 기록할 필요가 없을 것이다.

　부마라는 귀한 신분이지만 시문 짓는 일로 죽고 살겠노라고 스스로 맹세한 사람이 반평생을 돌아보면서 쓴 글이다. 누가 썼는가? 선조의 부마 박미다.

　박미는 자신과 정안 옹주가 집안을 다스리는 방식에 대해 '학학이이이(嗃嗃而怡怡)'라 했다. 집안을 엄하게 다스리면서도 화기애애한 분위기를 유지했다는 뜻이다. 학학은『주역』가인괘(家人卦) 구삼 효사의 "가족을 호되게 다루었으나 엄격함을 뉘우치면 길하니라."에서 나왔고, 이이는『논어』「자로」의 "붕우 사이에는 간절하고 자상히 권면하고 형제간에는 화락해야(怡怡) 한다."에서 나왔다.

　박미는 본관이 반남으로, 호가 분서(汾西)다. 참찬의 벼슬을 지낸 박동량(朴東亮)의 아들이자 이항복의 문인이다. 선조의 원비 의인 왕후의 외손이기도 하다. 의인 왕후는 반성(潘城) 부원군 박응순(朴應順)의 딸로, 1569년(선조 2년)에 왕비로 책봉되어 가례를 행했고, 1590년에는 장성 왕후(章聖王后)라는 존호를 받았다. 죽은 뒤인 1604년에는 휘열(徽烈)이라는 존호를, 1610년(광해군 2년)에는 정헌(貞憲)이라는 존호를 추가로 받았다. 능의 이름은 목릉이다.

박미는 1603년(선조 36년)에 인빈의 다섯째 따님 정안 옹주와 결혼하여 금양위가 되었다. 인빈은 수원 김씨 한우(漢佑)의 따님이자, 능창군과 인조의 조모로, 능의 이름은 순강원이다. 1633년(인조 11년)에 작고하자 장유가 왕명에 따라 신도비명을 지었다.

인빈은 4남과 5녀를 두었다. 의안군은 일찍 죽었으나, 신성군 후(珝)는 신립(申砬)의 딸, 인조의 생부 정원군은 구사맹(具思孟)의 딸, 의창군 광(珖)은 허성의 딸에게 장가들었다. 또 장녀 정신 옹주는 달성위 서경주(徐景霌), 정혜 옹주는 해숭위 윤신지(尹新之), 정숙 옹주는 동양위 신익성(申翊聖)에게 출가했다. 그다음 정안 옹주가 박미에게 출가했고, 아래로 정휘 옹주가 전창군 유정량(柳廷亮)에게 출가했다. 그런데 인조의 둘째 아들 봉림 대군 호(淏)가 장유의 딸에게 장가들었으므로, 박미는 장유와 연척의 관계가 된다.

박미가 신접살림을 차린 도성 서쪽의 집은 본래 장유가 살던 옛집으로, 장유 어머니의 거처와 담장 하나 사이였다. 또 뒤에 장유 어머니가 이사 간 도성 남쪽의 집도 박미의 친가와 가까웠다. 그래서 박미는 어려서 장유에게서 시문을 배울 수 있었다. 박미는 이렇게 회고했다.

상군(相君, 문단의 맹주로 일컬어지는 대제학이 된 것을 말함)이 규구(葵丘, 춘추 시대 제나라 환공이 제후들을 모아 회맹을 주관한 곳으로 여기에서는 공신의 모임)에서 맹약을 주관하며 손으로 소의 귀를 잡았을 적에, 문필에 종사하는 인사들 거의 모두가 공의 휘하에 들었다. 그런데 나는 때때로 공과 토론을 벌이는 일을 면하지 못했다. 여기에는 나름대로 이유가 있다. 나는 일찍 부마가 되어 벼슬길이 막혀 임금의 윤음을 받고 정치에 참여할 길이 없었으므로, 후세에 전할 문장에 대해서 스스로 생각해 보게 되었다. 그래서 그러한 문장을 짓기 위해서는 독특하게 구상을 하며 옛것에 뜻을 두고서 거기에서 소재를 찾고 법도를 취해야 한다는 주장 쪽에 기울어져 있었다. 그러나 공은 그렇지 않다고 지적했다. "글은 곧 말이니, 말이 마음에서 우러나와 글이 되는 것이다. 따라서 글을 지어도 마음에서 우러나온 것이 아니면 그것은 제대로 된 글이 아니다." 나는 공의 이 말에 대해서 고맙게 생각하면서도 내 생각을 버리지 못했다.

수릉(壽陵) 사람이 조나라 수도 한단에서 걸음을 배우다가 자기 고향의 걸음걸이마저 잊어버리는 격이 되지 않을까 두려웠기 때문이다.

양웅의 『법언』에 "어려서부터 익혔어도 백발이 되도록 엉터리이다.(童而習之, 白紛如也.)"라는 말이 있다. 박미는 그 말을 끌어와, 자신이 장유에게서 시문을 배웠지만 늙도록 성취가 없다고 자조했다. 위나라 문제 조비(曹丕)는 "문장이야말로 나라를 경륜하는 큰 사업(經國之大業)이요 영원히 썩어 없어지지 않을 성대한 일(不朽之盛事)이다."라고 했다. 수명도 때가 되면 다하고 영화도 자기 몸에 그치지만 문장은 무궁히 전할 수 있다. 다만 문장은 나라를 경륜하는 큰 사업일 때 비로소 불후의 성사로서 인정받을 수 있다고 한 것이다. 박미는 자신의 문장이 큰 사업이 되지 못하고, 벌레 모양을 만들고 전서(篆書)를 새기듯 작은 기예로 그칠까 봐 염려했다.

부마로서 동서 간이던 신익성과 박미는 여러모로 비교되었다. 장유는 박미와 친했기 때문에 그를 더욱 호평했다. 박미의 조카 박세채(朴世采)는 박미의 문집에 발문을 적을 때 지난날 홍무적(洪茂績)의 청으로 장유가 박미와 신익성의 문장을 비교했던 일화를 옮겨 두었다. 장유는 두 사람을 이렇게 평했다고 한다. "신익성은 어려서부터 제술(글쓰기)에 마음을 다하고 부지런해 법도를 따르며 나름대로 응용하는 면에서 이미 일가의 말을 이루었기에, 사람들이 그 때문에 높이 평가하는 것이 당연하다. 하지만 여전히 분서만 못 한 점이 있다. 분서가 술작(글짓기)에 온 마음을 쏟아 잘된 것을 가지고 비교해 본다면 분서가 결코 뒤진다고는 못 하겠다."

박미는 1605년(선조 38년)에 친공신 적장자라는 이유로 두 품계를 건너뛰어 숭덕대부에 올랐으나 사간원의 탄핵을 받았다. 1613년(광해군 5년) 인목 대비를 폐위시키려는 논의가 있을 때는 관작을 삭탈당했다. 그의 아버지는 김제남과 친하다는 이유로 화를 입었다. 인조반정 뒤 1625년(인조 3년)에 옛 공신 적장자의 자격으로 가자(加資)되었고, 혜민서 제조에 서용되었다. 1638년(인조 16년)에는 동지사 겸 성절사로 청나라에 다녀오고, 금양군으로 개봉되었다. 1645년 정월 15일에 졸하여 안산군 서쪽의 선영에 묻혔다. 옹주는 1660년에 합장되었다.

박미가 죽은 지 29년이 지나 박미의 장손 박태두(朴泰斗)는 송시열에게 비명을 청하고, 박세채에게는 박미의 자찬묘지를 보완해 달라고 했다. 박세채는 어려서 박미에게서 가르침을 받은 일이 있어, 박미의 자찬묘지를 완전히 고치려고 마음먹었으나 병에 걸려 내용을 보완하는 데 그쳤다. 박세채는 박미가 선조의 부마가 된 것은 선조와 의빈 왕후와의 약속 때

문만이 아니라, 박미 자신이 어려서부터 영특했기 때문이라고 강조했다. 부마 간택의 날에 함께 선발에 들어간 사람이 박미와 나란히 계단에 오르기를 꺼렸다. 그러자 박미는 그를 놀리면서 "너는 부마가 되지 않을까 봐 걱정하느냐?"라고 했다. 이에 선조가 박미에게 구차한 마음이 없는 것을 보고 사윗감으로 정했다고 한다. 박세채의 글에 따르면 박미는 이항복을 섬기고, 같은 문하의 장유나 이시백(李時白)과 긴밀하게 교유했다. 인목 대비가 폐위될 때 아버지 박동량이 선조의 유교(遺敎)를 받들었다는 이유로 유배를 가게 되었는데, 박미는 질병을 핑계 대어 폐위의 의론에 참여하지 않았다. 인조가 반정한 이후 생부(정원군)에게 존호를 올릴 것을 의론하게 했으나 박미는 그 의론에 따르지 않아 고초를 겪었다. 사명을 받들어 후금으로 사신 갔을 때는 체신을 잃지 않았다. 문장에서는 이항복이나 신흠과 동조하여 명나라 전후칠자(前後七子)를 모범으로 삼아 고문사(古文辭)를 지었다. 고시와 근체시도 풍격이 우아하면서 씩씩했다. 서법에도 뛰어났다.

박미는 자찬묘지에서 인목 대비 폐위의 정청에 참여하지 않은 사실을 매우 간단하게 언급했지만, 박세채는 추기에서 그 전말을 상세하게 설명했다.

재주가 많았으나 부마였기 때문에 뜻을 펼 수가 없었다. 그렇기에 자찬묘지에서 한유의 말을 인용해서 자신은 글이나 지으면서 한평생 살려고 했다고 말했다. 한유는 「잡시(雜詩)」에서 "예전의 과탈자들은, 만 개의 무덤이 되어 산봉우리를 누른다(向者夸奪子, 萬墳厭其巔)"라 했다. 과탈자는 명리만 좇는 사람을 말한다. 지난날 명리를 추구하던 사람들은 지금 다 어디 있는가? 무덤이 되어 있을 뿐이 아닌가? 박미는 한유의 기상을 닮고자 했다. "훨훨 드넓은 대지를 아래로 깔아 보면서, 머리를 풀어 헤치고 기린마를 타고 날아가런다.(翩然下大荒, 被髮騎騏驎)"

박세채에 따르면 박미는 거처가 쓸쓸하고 의복과 기물은 낡고 수수했으며, 권세가나 부호가와는 가까이하지 않았다. 포부를 지니고도 '연도(鉛刀)'를 한번 시험할 수가 없었다. 후한의 반초(班超)는 "옛날 위강(魏絳)은 열국의 대부였는데도 여러 융족을 안정시킬 수 있었다. 나는 위대한 한나라의 위엄을 받들고 가거늘, 무딘 칼이나마 한번 베어 볼 수 없겠는가?"라고 말한 일이 있다. 연도, 즉 무딘 칼은 자기의 재주를 겸손하게 가리키는 말이다. 이전에 선조 때 부마로서 문형을 잡은 예로 노수신이 재상으로 있으면서 송인(宋寅)을 거용한 일이 있었다. 인조 때 장유는 그 예를 따라, 박미와 신익성 두 부마에게 문형을 맡길 것을 청했으나 반대 의견이 많았다.

박미는 부마라는 화려한 이름만 지녔지, 생활은 무척 검소했다. 송시열이 지은 그의 비문에 따르면 박미의 자손들은 추위와 굶주림을 면치 못했다고 한다. 그가 죽고 난 뒤 효종은 옹주의 가난을 걱정하여 박미의 아들 세교를 특별히 군수로 임명했을 정도였다.

사람은 때때로 자신의 옷이 무겁게 느껴질 때가 있다. 내 자신의 몸과 밀착되어야 할 직분과 명예가 바로 그렇다. 벼슬살이를 하는 사람들보다도 부마들은 더욱 그런 위화감을 느꼈던 것 같다. 그렇기에 그들은 귀인의 태도를 짓지 않고 뜻 맞는 선비들과 어울리려고 했다. 선비들 사이에서 자신의 이름이 기억되고자 바란 것이니, 그 고뇌가 가련하다.

허물을 줄이려 했지만
잘 되지 않았다

허목(許穆, 1595~1682년), 「자명비(自銘碑)」

늙은이는 허목으로, 자가 문보(文甫)라는 사람이다. 본래는 공암 사람인데 한양의 동쪽 성곽 아래 살았다. 늙은이는 눈썹이 길어 눈을 덮었으므로 스스로 호를 미수(眉叟)라 했다. 또 나면서부터 손에 문(文) 자 무늬가 있었으므로 스스로 자를 문보라고 한 것이다.

늙은이는 고문을 독실하게 좋아하여 일찍이 자봉(紫峯) 산중에 들어가 고문으로 된 공자의 글을 읽었다. 늦게야 문장가로 성공했는데, 글이 제멋대로이기는 하되 방탕하지는 않았다.

혼자 지내며 내키는 대로 즐기되 옛사람들이 남긴 교훈

을 좋아해서 마음으로 따랐다. 그러나 평소 자기 자신을 다잡아 일신의 허물을 줄이려 했지만 잘 되지 않았다.

스스로 명을 지어 이렇게 말했다.

말은 행동을 덮지 못하고
행동은 말을 실천하지 못하며
요란히 성현의 글 읽기만 좋아했지
허물을 하나도 보완하지 못했기에
돌에 새겨 뒷사람들을 경계하노라.

허목이 86세 때 지은 130자의 「자명비」다. "말은 행동을 덮지 못하고, 행동은 말을 실천하지 못했다."라고 자책하는 말이 준엄하다.

허목은 산림으로서 정계에 진출한 인물이다. 을사사화 때 홍원으로 귀양 간 좌찬성 자(磁)의 증손으로, 조부와 아버지는 현달하시 못했다. 어머니는 임제(林悌)의 외손이다.

젊어서 아버지의 임지를 따라 영남의 고을을 왕래하다가 23세 때인 1617년(광해군 9년) 거창에 머물 때 성주로 가서 정구(鄭逑)의 문하에 들었다. 그리고 덕유산을 유람하고 「덕유산기(德裕山記)」를 지어 자연을 사랑하고 사물에 대한 탐구를 즐기는 성품을 드러냈다.

허목은 30대에 동학 재임(東學齋任)으로 있었다. 이때 서인의 박지계(朴知誡)가 국왕의 생부 계운궁을 추숭하려는 의론을 일으키자 허목은 그를 "임금에게 아첨하여 예를 문란하게 만든 자"라고 비판하고 그의 이름을 유생 명부에서 삭제했다. 이것이 문제가 되어 과거 볼 자격을 박탈당했다.

허목은 여러 지방으로 여행을 다녔다. 「감유부서(感游賦序)」에서 스스로 "나는 심산 대택에서 노니는 것을 좋아해서, 아무리 큰 들과 깊은 바다라 해도 멀다 하여 그 끝까지 가지 않은 곳이 없다."라고 술회할 정도였다. 여행 뒤에는 반드시 여행기를 남겼다.

56세 되던 효종 원년에 비로소 정릉 참봉에 제수되었다. 64세에는 지평으로, 65세에는 장령으로 임명되었다. 현종 원년부터는 경연에 참가하게 되어 그 기회를 빌려 정치적 견해를 피력했다. 81세 되던 숙종 원년에 남인이 집권하자, 이조 판서를 거쳐 우의정에 제수되었다. 84세 때인 1678년(숙종 4년)에 이르러 경기도 연천 군영촌(軍營村)으로 내려가 은거당(恩居堂)에 은거했다. 허목은 군영촌의 이름을 녹봉촌(鹿峰村)이라고 고쳤다.

허목은 「자명비」의 뒤에 음기를 남겨, 출처(出處, 세상에 나오는 것과 집에 있는 것)와 사수(辭受, 벼슬을 사양하거나 받음)

에서 옛 성현을 닮으려 했다고 밝혔다. 실제로 그는 강태공(姜太公), 관중(管仲), 오(吳)나라의 연릉(延陵)·주래(州來)에 봉해졌던 계찰(季札), 위(衛)나라의 대부 거원(蘧瑗), 진(秦)나라의 정백(井伯), 공자, 안회(顔回), 증삼(曾參), 공자의 손자 공급(孔伋) 등 옛 성현들을 대상으로 출처와 사수에 관한 글을 지어 그들을 본받으려고 했다.

「자명비」의 음기에서 그는 공암 허씨가 가락국 수로왕의 자손이며, 신라 말 90여 세의 허선문(許宣文)이 고려 태조를 섬겨 군량을 조달한 공이 있어서 공암의 촌주가 되었다고 밝히고, 자신은 그 23대라고 했다. 그리고 다음과 같이 적었다.

효종 8년에 63세로 소명(召命)을 받아 지평에 제수되고 이듬해에 장령으로 전임했으며, 현종께서 즉위한 뒤 예송 논쟁 때문에 실직(悉直, 강릉)의 부사로 좌천되었는데, 실직은 동해 가의 궁벽한 곳으로 옛날 예맥의 땅이었다. 2년 뒤 또 안렴사에 의해 쫓겨났다. 12년 뒤 금상 원년에 이르러 다시 부름을 받아 대사헌이 되었다가, 한 해 동안에 다섯 번이나 전임하여 삼공의 벼슬이 되었다. 나이 81세였다. 4년째 되던 해에 사직하고 떠났다가, 3년째 되던 해에 죄를 얻었다. 이로써 방출되어 다시는 부름을 받지 못했다. 나이 86세였다. 지난날 권세 부리던 사람들이 다시 조정을 채웠다.

이제 나는 늙어서 자서를 짓는다. 또한 태공망(太公望), 관이오(管夷吾), 연주래계자(延州來季子), 거백옥(蘧伯玉), 백리해(百里亥)와 중니(仲尼) 및 그 제자 안자(晏子), 증자 및 자사(子思) 같은 성현들의 출처와 사수에 관한 일을 고찰하여 서술했으니 모두 13편이다.

허목은 국가 전례에 관한 주장에서 서인계 관료 및 학자들과 대립했다. 효종의 초상에 대한 모후의 복상 기간을 정하는 문제로 서인계가 기년설을 주장하여 관철하자, 허목은 남인들의 선두에 서서 3년설을 주장하고 서인들이 왕위 계승의 정통성을 훼손했다고 공격했다. 이 때문에 삼척 부사로 좌천되었다. 그러다가 숙종 초에 남인들이 집권하면서 우의정에 취임했다. 하지만 노병을 이유로 사직을 청해서 연천으로 돌아가고는 했다. 1676년(숙종 2년) 7월에는 은퇴하면서 일생 사적을 75글자로 표현했다. 「늙어서 은퇴하면서 자술한 칠십오언」이다.

노인은 평소 책을 좋아하여, 요·순·주공·공자의 도와 육예 육경의 글을 돈독하게 믿었으며, 곁으로 창힐·사주·이사의 문자학도 모두 공부했다. 그런데 주나라 도가 쇠하자 제자백가가 서로 다른 설을 제창해서 겸애, 위아(爲我), 비겸(飛箝), 비합(裨

閻), 형명(刑名), 술수(術數), 기궤(奇詭), 휼사(譎詐)의 설을 일으
켜 천하가 마침내 크게 어지러워진 사실을 한탄했다.

나가 노닐기 좋아해서 동쪽으로 일출의 자리에 이르고, 단군
의 유허, 기자가 팔정(八政)을 폈던 유적, 숙신, 말갈, 예맥, 석삭
(石索), 변락노(弁樂奴), 진번(眞番)의 풍속 산물과 명산대천을
50년간 편력하여 모두 돌아보았다.

늙어서 무능하건만 탁용되어 천승지국(왕국)의 재상이 되었
으니, 이것은 포의(布衣) 출신으로서는 극히 영광이었다.

그런데 노인은 지금 나이가 80여 세다. 예법에 따르면 70이
면 벼슬을 그만두고, 80이면 궤장을 주고 달마다 근황을 묻게
되어 있다. 지금 노인은 벼슬 그만두는 해를 10년이나 넘겼고
궤장을 받는 해도 두 해나 넘겼다. 게다가 혼몽할 정도로 늙었
으므로, 자취를 맡아 운둔하는 것이 옳다. 부디 향리로 돌아가
나의 연수를 마치게 된다면 그것으로 족하다.

남인이 실각한 경신대출척(庚申大黜陟)으로 허목은 관직을
삭탈당하고, 한 해 뒤 세상을 떴다.

이익은 허목의 일생 업적을 논평하여, 그가 정인홍을 성균
관의 유적(儒籍)에서 제명시킨 일, 조 대비의 복제(服制)에서
기년설을 배척한 일, 말년에 같은 남인의 허적(許積)과 절교
한 일을 세 가지 큰 절개라고 했다.

1682년(숙종 8년) 4월, 허목은 병이 나자 조카를 시켜 남에게 빌린 책과 남이 행장, 묘지문, 전액을 써 달라며 보내왔던 종이들을 돌려주도록 했다. 또 다른 책들은 치우고『주역』만 책상 곁에 두도록 하고는 자리에 누워 가끔씩 펴 보았다. 며칠 뒤 절명시 한 수를 손수 썼다.

옛사람 글 즐거이 읽으면서	說讀古人書
어느덧 80여 세.	行年八十餘
해 온 일 하나도 그럴듯하지 않으니	所爲百無如
옹졸하고 어리석음 나 같은 이 없으리.	拙戇無如余

유학을 공부한 지식인으로서 무언가 의미 있는 일을 하려고 나름대로 애썼지만, 돌아보면 어느 하나도 그럴듯한 것이 없었다. 그렇기에 지극히 옹졸하고 어리석었다고 자평할 수밖에 없었다. 그렇다고 스스로의 구도 생활에 대해 자부심이 없던 것은 아니다. 며칠 뒤 허목은 절구 한 수를 다시 썼다.

느끼면 반드시 부응한다더니	有感必有應
이 이치 본디 거짓이 아니로다.	此理本不虛
은나라 사람은 귀신을 엄하게 여겼으니	殷人嚴鬼神
귀신이 날 어찌 속이랴.	鬼神豈欺余

수양의 결과 정신이 신명과 통하게 되었다는 확신을 표명한 것이다. 허목은 서동생을 시켜 손톱을 깎게 하고 또 머리도 빗기도록 했다.

육칠일 전부터 허목은 약을 그만두도록 하며 "사람의 생명은 한이 있는 법인데 약을 먹은들 무엇 하겠느냐?" 했다. 문하의 제자들이 문안을 드리자 "제군들 왔나. 부디 잘 있게나." 하고서 운명했다. 88세였다. 자제들은 유언에 따라 염습에 심의와 폭건을 입혔고, 명정에는 '미수허공지구(眉叟許公之柩)'라고 썼다. 묘는 은거당에서 백여 걸음 떨어진 곳에 썼다.

1704년 용인 현감 한숙이 허목의 묘에 자명비를 세우자, 허목의 문인 이서우(李瑞雨)가 음기를 적었다. 1739년 신유한(申維翰)은 은거당에 들러 허목의 47세 때 초상을 알현했다. 무덤 앞에는 허목의 「자명문」을 새긴 묘갈이 있을 뿐 석물은 없었다고 했다. 뒷날 성호 이익이 신도비를 지었다.

몸이 한가롭기에
일 또한 한가롭다

이신하(李紳夏, 1623~1690년), 「자지문(自誌文)」

공의 이름은 신하, 자는 중주(仲周), 성은 이씨, 본관은 덕수다. 우의정 용재(容齋) 선생 휘 행(荇)의 5대손이고 이조 판서 겸 양관 대제학 증 영의정 택당(澤堂) 선생 휘 식(植)의 차남이다. 선비(先妣)는 청송 심씨인데 영의정으로 추증되신 청천부원군 행 옥과 현감 휘 엄(㤿)의 따님이다.

명나라 천계 2년에 해당하는 계해년(1623년, 인조 원년) 9월 1일에 공을 낳았다. 공은 태어난 지 몇 달 안 되어 혀의 병을 자주 앓아 여러 번 침을 맞았다. 성장하여 책을 읽을 때는 평측을 구분하지 못했고 기질이 어두우며 나약했다. 형제들은 모두 총명하고 조숙하여 일찍 과거장에서 이름을 날렸는데 공만 유독 문예에 소질이 없었다. 세상 사람들과 경쟁할 수 없음을 알고 또 집안이 대대로 지나치게 융성한 것을 두려워해서, 영춘산(永春山) 속 도담(島潭) 상류에 집터를 잡고 영원히 떠나려고 작정했는데, 불행히 거듭 가화(家禍)를 만났다. 큰형님이 뜻밖에 돌아가신 뒤로는 모친께서 기댈 곳이 없어져서, 주저하고 불안해하며 서울과 고향을 왕래해야 했으므로, 공의 마음과 크게 어긋나서 끝내 과거에 응시하지 않았다.

나이 서른에 영릉 참봉에 제수되고 돈령부 봉사로 이직했다가 모친상을 당해 관직을 떠났다. 마흔에 다시 서빙고 별검에 제수되고 장흥고 주부로 승진했으며, 지방으로 나가 제천 현감에 보임되었다가 용인 현감으로 이직했다. 5년 후에 병 때문에 파직되어 돌아왔다가, 이듬해에 서용되어 은진 현감으로 복귀했다. 3년 후에 또 병 때문에 관직을 버리고 돌아왔다가 세자익위사 익위에 제수되었고 한성부 서윤으로 승진했다. 다시 지방으로 나가 배천(白川) 군수에 제수되었지만, 술로 인한 실수로 어사가 파직하라고 청하는 장계를 올렸으니, 바로 금상께서 즉위한 이듬해 을묘년(1675년, 숙종 원년)이었다.

이때 시의(時議)가 크게 변하여 우재(尤齋) 상공 송시열도 위리안치당했다. 공은 즉시 식솔을 이끌고 고향으로 내려가 서울 집을 팔고 여주에 집을 마련하여 강가에서 농사를 지어 자급자족하며 노년을 마칠 계획을 세웠다. 그래서 사족육호(四足六好, 사계절 만족스럽고 여섯 번째 것이 좋음)의 뜻으로 당의 이름을 사륙(四六)이라고 편액을 하고 절구 열 수를 지어 심회를 부쳤다. 이윽고 군자감 판관, 한산 군수에 제수되었으나 모두 왕명에 숙배(肅拜)만 하고 즉시 돌아왔다. 경신년(1680년)의 경화(更化, 경신대출척) 뒤에 다시 장악원 첨정에 제수되었다.

공이 스스로 생각하기를, 나이가 예순이 다 되어서는 비록 녹사(祿仕)라고 할지라도 구차하다고 여겨 사은숙배하고 즉시 돌아가려 했는데 마침 인경 왕후의 상을 만나 감히 병을 평계 대지 못했다. 이어서 한성 서윤으로 교체되었다가 졸곡을 마치고서야 돌아왔다. 그 뒤 청송 부사에 제수되었으나 나아가지 않았다.

일찍이 인질이 되어 연경으로 갈 때 요동과 심양을 경유하여 산해관에 이르렀는데, 청나라 사람이 인질을 풀어 준다는 말을 듣고 장성의 옛터와 망해루(望海樓) 등을 구경하고 돌아와서 아무 해 아무 월일에 죽었다. 향년 몇 세였다. 아무 월일에 아무 땅 아무 좌의 들에 장사했다. ……

공은 천성이 교유를 좋아하지 않고 명예를 구하지 않아, 큰 한계(大閑)는 지극히 엄하게 지켜 넘지 않았으나 작은

덕(小德)은 대개 흘려 넘겼다. 관직에 있으면서 일을 처리할 때 오로지 마음을 속이지 않는 것으로 주장했고 세속의 명사들의 외양을 매우 미워했으며 겉으로만 검속하는 척하는 것을 부끄러워했다. 말이 때로는 비속하고 잡스러운 것을 가리지 않아 집안사람이 만류하기도 했으나 듣지 않을 뿐만 아니라 또한 일부러 그렇게 말했다. 술을 아주 좋아했는데 집이 가난하여 계속 술을 마실 수 없자 시를 지어 답답한 회포를 펼쳐 내기도 했으나 초고는 남겨 두지 않았다.

일찍이 시를 지어 "지경이 고요하기에 마음도 따라서 고요하고, 몸이 한가롭기에 일 또한 한가롭다"라고 했다. 여기에서 공이 어떤 마음이었는지 알 수 있다.

이신하가 스스로 지은 묘지문의 일부다. 그는 장자의 육호(六好)를 흠모해서 당호에 끌어다 썼다. 육호란 무엇인가? 장자는 여섯 부류의 각 선비마다 좋아하는 것이 다르다고 했다. 그 여섯 가지는 자기에게 걸려 있는 것이되 시절에도 걸려 있다.

『장자』 외편의 하나인 「각의(刻意)」 편에 보면 다음과 같은 말이 있다.

마음을 다잡아서 행동을 고상하게 하며, 세간과 떨어져 세속과 다르게 살아가면서, 고답적인 이론으로 세상을 원망하고 자신의 불우를 원망하는 것은 높은 자세로 처신하려고 그러는 것이다. 이것은 산골에 숨어 사는 선비나 세상을 비난하는 사람이 하는 짓이니, 바싹 마른 몸으로 연못에 투신하는 사람들이 좋아하는 일이다.

인과 의와 충과 신을 말하며, 공손하고 검약하며 남을 앞세우고 겸양하는 것은 자기 몸을 닦으려고 그러는 것이다. 이것은 세상에 평화를 가져오려는 선비와 사람들을 가르치려는 사람들의 짓이니, 재야에 있으면서 이리저리 돌아다니는 학자들이 좋아하는 일이다.

큰 공로를 말하고 위대한 명성을 세우며, 임금과 신하의 예를 밝히고 위아래의 질서를 바로잡는 것은 세상을 다스리려고 그러는 것이다. 이것은 조정에 나가 벼슬하는 선비와 임금을 높이고 나라를 강하게 하려는 사람들이 하는 짓이니, 공적을 세우고 다른 나라를 병합하려는 사람들이 좋아하는 일이다.

풀과 나무가 우거진 택지로 가서 드넓은 곳에 살면서 조용한 곳에서 고기를 낚으며 지내는 것은 무위(無爲)로 지내려고 그러는 것이다. 이것은 강이나 바다에 노니는 선비와 세상을 피하려는 사람들이 하는 짓이니, 한가하게 사는 사람들이 좋아하는 것이다.

냉기를 들이마시고 낡은 기를 내뿜고 따뜻한 기를 토하고 신선한 기운을 빨아들이며, 곰이 나무에 매달리고 새가 날면서 발을 뻗치는 듯한 체조를 하는 것은 수명을 연장하려고 그러는 것이다. 이것은 심호흡으로 기운을 끌어들이는 선비와 몸을 보양하는 사람이 하는 짓이니, 팽조(彭祖)같이 오래 사는 사람들이 좋아하는 것이다.

뜻을 높이지 않아도 고상해지고, 어짊과 의로움이 없어도 몸이 닦여지고, 공로와 명성이 없어도 다스려지고, 강과 바다에 노닐지 않아도 한가로워지고, 기운을 끌어들이지 않아도 오래 사는 사람은, 잊지 않은 것도 없고 갖추고 있지 않은 것도 없는 사람이다. 담담히 마음은 끝이 없지만 모든 미덕은 그에게로 모이게 되니, 이것이 하늘과 땅의 도이며 성인의 덕이다. 그러므로 담담하고 고요하며 허무하고 무위한 것은 하늘과 땅의 올바른 도리이며 도덕의 본질이라고 말한 것이다.

이신하는 장자가 앞에서 말한 다섯 가지 유형의 선비들을 부정하고 성인의 경지를 따르겠다고 한 것이다. 곧 육호는 여섯 가지 좋아함이 아니라, 실은 여섯 번째를 좋아함이다. 장자는 성인은 쉬면서 편히 지내어 간이하다고 말하고, 간이하면 담담하게 되고, 간이하여 담담하면 근심 걱정이 끼어들 수가 없고 사악한 기운이 침입할 수가 없으므로, 그의 덕은 완전하고 그의 정신에는 결함이 없다고 말했다. 이신하는 세간 일에 분잡하지 않고 편안히 쉼으로써 간이하여 담담해서, 근심 걱정과 사악한 기운이 침입하지 않는 정신경계를 유지하려고 했다.

이신하는 스스로의 성품과 덕행을 논평해서 큰 한계는 엄하게 지켰으니 작은 덕은 대수롭지 않게 여겼다고 했다. 이는 『논어』「자장(子張)」에서 자하(子夏)가 "큰 덕이 한계를 넘지 않으면 작은 덕은 드나듦이 있어도 괜찮다.(大德不踰閑, 小德出入, 可也.)"라고 한 말을 끌어온 것이다. 인의(仁義)의 큰 덕에 관계된 것은 엄하게 지키되 세간의 세세한 예절은 조금 소홀히 했다는 뜻이다.

자찬묘지에서 이신하는 "인질이 되어 연경으로 갈 때 요동과 심양을 경유하여 산해관에 이르렀는데, 청나라 사람이 인질을 풀어 준다는 말을 듣고 장성의 옛터와 망해루 등을 구경하고 돌아왔다."라고 했다. 이것은 사실이 아니다. 궁벽한 곳에서 일생을 답답하게 살아왔던 것을 아쉬워해서 먼 곳으로의 여행을 하고 싶다는 뜻을 그렇게 표현한 것이다.

덕수 이씨의 16대손, 이기진(李箕鎭)의 손자, 이식의 아들, 그가 이신하다. 5대조인 이행(李荇)은 문장과 글씨에 뛰어나 대제학을 거쳐 좌의정을 지냈다. 이행의 종숙 이안눌은 홍문관과 예문관의 제학을 지낸 문장가다. 덕수 이씨의 12세손이

충무공 이순신이요, 13대손이 율곡 이이이다. 이렇게 보면 이식과 이신하의 집안은 명문인 듯하지만, 그 선조들을 보면 이식의 중조부 이원상이 도총부 도사를 지낸 것을 빼고는 조부 이섭(李涉)과 아버지 이안성(李安性) 모두 과거에 합격하지 못했다. 이식 때에 이르러서야 과거를 통해 벼슬길에 들어섰다. 이식의 슬하에 삼 형제가 있었는데, 장남은 이면하(李冕夏), 차남이 이신하, 삼남은 이단하(李端夏)이다. 이단하는 송시열의 문하에서 학문을 익혔으며, 아버지를 이어 홍문관 제학과 예문관 대제학을 역임했다. 이면하와 이신하는 현달하지 못했다.

아버지가 각고해서 영광을 얻은 것에 비해 나 자신은 아무것도 이룬 것이 없다고 생각될 때 우리는 어떻게 하늘과 땅을 바라볼 수 있을까? 이신하의 자찬묘지에는 그런 자괴감이 담겨 있다. 그러면서도, 아니 그럴수록 자신의 삶을 무(無)라고 말할 수가 없다. 그것이야말로 돌아가신 아버지를 욕되게 하는 것일지 모른다. 그런 처절한 자부심이 그의 자찬묘지에는 담겨 있다. 아아, 치리리 무로 태어났으면 좋았을 것을! 이 모순된 감정을 그의 자찬묘지는 숨기고 있다.

이신하는 영월 신씨(寧越辛氏)와의 사이에 3남 2녀를 낳았다. 세 아들은 이번(李蕃), 이여(李畬), 이당(李簹)이다. 이 가운데 이여는 1680년(숙종 6년) 춘당대 문과에 병과로 급제, 검열로 벼슬길에 들어 인현 왕후 복위 때 형조 참판으로 발탁되어 「중궁복위교명문(中宮復位敎命文)」을 지었다. 1703년 좌의정, 1710년 영의정에 올랐다. 이여는 아버지 이신하의 허무를 채워 줄 수 있었다.

이신하 자신은 과거를 보지 않았다. 나이 24세에 영춘에 은둔하려고 결심했을 때 마침 부친상을 당했으므로 과거에 응시하지 않았다. 그 후 음보로 벼슬을 살기는 했지만, 봉록과 명예에는 큰 뜻을 두지 않았다. 스스로의 경력을 두고 이신하는 "몸이 한가롭다."라고 했고, 몸이 한가로웠기에 마음도 한가로웠다고 스스로 위안을 했다.

1675년(숙종 원년)에 고향으로 돌아온 후 이신하는 다시는 벼슬길에 나아가지 않았다. 제수의 명령이 있으면 의리상 사은숙배할 따름이었다. 1683년(숙종 9년)에 청송 부사에 제수되었으나 사은숙배하고는 병을 이기지 못해 "나는 이제 그만두어야겠다." 하고, 마침내 이 묘지를 작성해서 상자에 보관했다.

이신하의 세 아들은 그 자찬묘지 뒤에, 아버지가 자제들에게 당부한 내용을 자세히 적어 두었다.

부군께서는 이렇게 당부하셨다. "말세의 비지(碑誌)는 대체로 모두 과장의 말이다. 글이 아름답다 해도 죽은 사람에게 무슨 도움이 있겠는가. 내가 나의 묘에 쓸 비지를 짓고자 해서 이미 초고를 만들었으나 미처 윤문하지 못했고 또 아직 명도 짓지 못했다. 그래서 이것을 당장은 너희에게 주지 못한다."

얼마 안 되어 부군이 병환이 드셔서 괴로운 기색이 심해지시자 식구들에게 말씀하셨다. "마음이 태연하여 조금도 슬퍼하지 않았거늘 병이 갑자기 이와 같으니, 운명이 아니겠느냐!" 조정에서 마침 예빈시 정을 제수했으므로 자제들의 강권으로 정묘년(1687년, 숙종 13년) 3월에 억지로 왕명에 응하고 아울러 의약을 썼지만 그것은 부군의 뜻이 아니었다.

가을에 병환이 아직 낫지 않았는데 다시 말씀하시기를 "삶과 죽음은 하늘에 달려 있으므로, 집으로 돌아가 목숨이 다하길 기다려야 할 것이다. 어찌 분주하고 불안하게 지내겠는가?" 하시고 바로 강가의 집으로 돌아오셨다. 이로부터 약으로 병을 치료하려 하지 않으셨다. 병환이 오래되자 더욱 완강히 물리치시고 치료를 받지 않으시다가 마침내 경오년(1690년) 6월 11일 침실에서 자식들을 버리고 별세하셨다. 향년 68세셨다.

1691년(숙종 17년) 4월에 세 아들은 이신하의 자찬묘비가 명이 빠져 있지만 대체로 완성되어 있다고 보고, 자손의 혼인, 경력, 출산의 사실 등을 덧붙여서 무덤 앞에 묻었다.

무덤은 처음 유언에 따라 여주 정토리에 묏자리를 마련해관(棺)을 두고 때를 기다렸으나, 점술가가 길지가 아니라고 하므로 이해 11월 4일 지평현 동목곡(東木谷) 좌갑(坐甲)의 언덕에 이장했다. 남쪽의 백아곡(白鵝谷) 선산과는 5리쯤 떨어진 거리다.

집이 가난하면 부모를 봉양한다든가 가족의 생계를 돌보기 위해 낮은 벼슬을 사는 것은 선비의 도리다. 그것을 녹사(祿仕)라고 한다. 이신하는 바로 녹사의 선비였다. 그런데 그는 비록 직책이 낮더라도 읍을 다스리는 일에 충실했다. 산림에서 나가지도 않고 남달리 고고한 자취를 드러내려고도 하지 않았다. 정국이 바뀌자 같은 당파의 많은 지식인들이 다투어 벼슬에 나아갔지만, 처음 뜻을 그대로 지켰다. 사람들이 어째서 벼슬에 나가지 않느냐 물으면 "나이가 늙었다."라고만 대답했다.

세 자제는 이신하의 귀향 뒤 삶에 대해 "고향에 돌아온 지 16년 동안 항상 유쾌하게 스스로 즐거워하셨고 담박한 것을 편안히 여기셔서 전혀 자잘한 영위가 없었다."라고 추억했다.

마음으로 항복하지 않겠다 ㉓

박세당(朴世堂, 1629~1703년), 「서계초수묘표(西溪樵叟墓表)」

초수(樵叟)의 성은 박이고, 세당은 그의 이름이다. 선조 중 정헌공(貞憲公, 박동선(朴東善))과 충숙공(忠肅公, 박정(朴炡)) 두 분께서 나란히 인조 임금 때에 명성이 드러났다. 초수는 네 살 때 아버지 충숙공을 여의었고, 여덟 살 때 병난(병자호란)을 만났다. 어려서 가난하여 배울 기회를 잃었다. 10여 세에 이르러 비로소 둘째 형님 아래에서 수업을 했지만 힘껏 노력하지는 않았다.

서른둘의 나이인 현종 원년(1660년) 과거에 응시하여 벼슬길에 나아가 8~9년간 봉직했다. 하지만 스스로 재주가 짧고 능력이 부족하여 세상에서 무슨 일을 하기에는 모자란다고 생각했다. 세상은 자꾸 무너져서 바로잡을 수 없는 상태였으므로, 관직을 내놓고 물러났다. 동문 밖 도성에서 30리 떨어진 수락산 서쪽 골짝에 터 잡고 살며 그 골짝을 석천(石泉)이라 하고, 서계초수(西溪樵叟)라 자호했다. 물가에 작은 집을 지었는데 울타리는 만들지 않고 복숭아, 살구, 배, 밤나무 등을 집 둘레에 심었다. 오이 심고 논 갈았으며 땔나무를 팔아 생계를 꾸렸다. 농사철이 되면 밭에 나가 가래 멘 사람들과 앞서거니 뒤서거니 함께 행동했다.

초기에 간혹 조정의 부름에 응한 일이 있었지만 후반에는 자주 불러도 일어나지 않았다. 30여 년을 살다가 죽었으니, 일흔의 나이를 넘겼다. 집 뒤 백수십 발자국 떨어진 곳에 장사 지냈다.

일찍이 『통설(通設)』을 지어 『시』, 『서』와 사서의 뜻을 밝혔고, 『노자』와 『장자』 두 책을 주석하여 자기의 뜻을 보였다. 『맹자』 「진심 하」의 말에 깊이 감복하여, 차라리 외로이 살면서 세상에 구차하게 부합하지 않을지언정 '이 세상에 태어났으므로 이 세상 사람답게 살면서 남들로부터 좋은 사람이라고 여겨지면 그걸로 옳다'고 하는 자에게는 끝내 머리 숙이지 않겠으며 마음으로 항복하지 않겠다고 여겼다. 이것은 그 지향이 그랬기 때문이다.

은둔을 결행한 학자의 자기 변론이다. 어조가 단호하다.

스스로 지은 이 묘표에서 박세당은 '이 세상에 태어났으므로 이 세상 사람답게 살면서 남들로부터 좋은 사람이라고 여겨지면 그걸로 옳다'고 하는 향원(鄕原)에게는 머리를 숙이지 않겠으며 마음으로 항복하지 않겠다고 했다.

박세당은 서울 동북쪽 수락산 골짜기에 작은 집을 두고 울타리는 만들지 않았다. 삶이 자연과 연속되어 있는 열린 공간을 설정한 것이다. 또한 오이를 심고 논을 갈았으며 땔나무를 팔아 생계를 꾸림으로써 근로하는 삶을 살았다. 이것은 김시습이 수락산에 살 때 밭을 빌려 콩과 조를 수확하고 후원에서 토란을 거두면서 직접 노동을 한 삶과 매우 흡사하다. 김시습은 도연명의 「권농」 시에 화운해서 지은 시에서 한산우족(閑散右足)이나 무료좌도(無聊左道)를 질타했다. 그러한 심경을 박세당도 지니고 있었다.

"농사철이 되면 밭에 나가 가래 멘 사람들과 앞서거니 뒤서거니 함께 행동했다."라고 했다. 노동하는 사람들과 경계를 허물어 쟁석(爭席)을 실천한 것이다. 쟁석이라는 말은 『장자』「우언(寓言)」에 나온다. 춘추 시대 양자거(陽子居)라는 사람이 여관에 묵을 적에 처음에는 법을 엄하게 차려 다른 사람들이 모두 그를 조심스럽게 대했는데, 그가 노자의 가르침을 받고서 소탈한 태도를 보인 이후로는 다른 사람들이 신분 차이를 잊고 그와 윗자리를 다툴 정도로 친숙해졌다고 한다. 쟁석은 서민들과 꾸밈없이 순박한 태도로 어울리는 것을 의미한다.

1660년(현종 원년) 박세당은 증광 문과에 장원하고 여러 벼슬을 역임했다. 관료로 재직하던 시절 박세당은 「논궁가절수계(論宮家折受啓)」에서 왕실의 토지 점유를 비판하고 절손(折損)을 건의했다. 「예송변(禮訟辨)」에서는 효종의 생모 인열 왕후의 복제에 관하여 3년설이든 1년설이든 문헌적 근거가 불충분하므로 그 두 설의 차이로 당파들이 서로 대립하는 것은 옳지 않다고 지적했다. 이후 당쟁에 혐오를 느껴 관료 생활을 그만두고 경기도 양주 석천동으로 물러난 것이다. 1697년(숙종 23년)에 한성부 판윤 등 서너 차례 관직이 주어졌지만 부임하지 않았다.

박세당은 김시습을 추모하여 매월당 영당을 짓는 권연문(勸緣文)을 만들고, 김시습의 초상에 「청한자진찬(清寒子眞贊)」을 적었다. 박세당은 권연문에서 김시습을 '부자(夫子)'라 일컫고, 여말 선초의 길재보다 지조가 뛰어나다고도 칭송했다. 말세의 풍속을 진작하려 고심했던 박세당 자신이 바로 김시습과 닮은 면이 있다.

「덕장 상인을 이별하면서(別德藏上人)」라는 시에서 박세당은 "급류를 만나거든 물러설지니, 바윗돌로 하여금 머리 끄덕이게 만든 사람을 저버리지 말라.(唯應急流退, 不負點頭人.)"

라고 했다. 머리를 끄덕이게 한다는 뜻의 점두(點頭)는 남북조 때 생공(生公)의 고사에서 나온 말이다. 생공은 호구산(虎丘山)에서 불경을 강론했으나 믿는 자가 없자 돌을 모아 놓고 강론했는데, 돌들이 머리를 끄덕였다고 한다. 세속을 교화하고 세인을 감화하는 일이 불가능한 시대에는 차라리 세속의 분잡함, 무의미함과 결연히 단절해야 한다는 충고이다. 그만큼 당시에 바로 그 자신이 세속과 인연을 끊으려 했다는 것이다.

묘표에서 박세당은 자신이 『시』, 『서』와 사서의 뜻을 밝히는 한편 『노자』와 『장자』 두 책을 주석했다고 했다. 유학 사상과 노장사상의 소통 내지 절충을 시도한 사실을 밝힌 것이다. 이것은 또한 김시습이 유학자로서의 정체성을 지키면서도 유가와 불가 사상을 넘나들었던 것과 유사하다. "『통설』을 지어 『시』, 『서』와 사서의 뜻을 밝혔다."라 한 것은 52세 때인 1680년(숙종 6년)에 편찬한 『대학사변록(大學思辨錄)』 등의 『사변록』을 엮은 일을 가리킨다. 그리고 "『노자』와 『장자』 두 책을 주석하여 자기의 뜻을 보였다."라는 것은 53세 때인 1681년에 엮은 『신주도덕경(新註道德經)』 1책과 『남화경주해산보(南華經註解刪補)』 6책을 저술한 일을 가리킨다.

1702년에는 이경석(李景奭)의 신도비명에서 송시열을 비판했다고 해서 반대파의 공박으로 고통을 받았다. 1703년에는

『사변록』에서 주자학을 비판했다고 해서 사문난적의 죄로 관작을 삭탈당하고 유배 도중 옥과에서 죽었다. 임종 때 그는 아들 박태유(朴泰維)와 박태보(朴泰輔)에게 장례를 마친 뒤 조석의 상식을 올리지 말라고 했다.

박세당은 진리가 특정인의 전유물일 수 없다고 보아, 진리의 공공성에 주목했다.『맹자사변록』에서 그는 "천하의 선(善)은 홀로 독점할 것이 아니라 반드시 남과 더불어 함께해야 하니, 이것이 이른바 공정하되 사사롭지 아니하다고 하는 것이다."라고 말했다. 또 "천하의 모든 일이란 방향이 하나요 결과도 마찬가지지만, 방법이 다르며 생각하는 방식도 다양하다."라고 진리의 현실적 차별상에 주목했다. 그리고 차별적 진리는 차별상 때문에 오히려 각자의 완성에 도움을 주는 매개항으로 사용할 수가 있다고 보았다. "천하의 모든 사람이 장차 각기 그의 선한 것을 가지고 와서, 이것을 나에게 제공하면 내가 선을 행함에 많은 도움이 될 것이다. 그 천하의 미를 모두 취합하여 부지런하여 그칠 줄을 몰랐으니, 순이 선을 행함이 얼마나 광대했겠는가?"라고 했다. 그가 말한 '천하의 미'는 도덕적 판단 명제를 뜻하지만, 객관 진리의 공공성이라는 의미도 함축되어 있다.

박세당은 유가와 묵가가 각기 자신의 무오류를 주장하지만, 그 주장들은 온전한 전체인 대전(大全)에 근원하되 개별적 입론인 소성(小成)에서 분열된 결과라고 보았다. 그리고 종파성의 관점을 극복하기 위해 동심원의 중앙인 환중(環中)을 지향하는 방식을 중시했다. 즉『장자』를 주석한『남화경주해산보』에서 환중 지향의 상대주의를 다음과 같이 주창했다.

피차 시비를 하여 왕복하고 서로 오고 가면, 저쪽과 이것의 유무를 끝내 정할 수가 없다. 끝내 정할 수가 없게 되면, 끝내 짝을 얻을 수가 없다. 짝이란 대대(待對)를 가리킨다. 저것이 만일 그 짝을 얻지 못하게 되면, 내가 시비의 사이에서 응대하는 일이 있을 수 없다. 도의 돌쩌귀는 바로 여기에 있다. 돌쩌귀란 환 가운데의 것(환중지물(環中之物))으로, 도의 돌쩌귀를 얻어 환중으로 삼아 무궁한 시비에 응한다면, 비록 시비가 무궁하더라도 그에 대응하는 데 넉넉하게 여유가 있을 것이다.

환중 지향의 상대주의는 복수의 인식 체계나 가치 체계를 존중하면서, 그 둘 어디에도 멈추지 않고 동심원의 중심을 향해 판단을 미루어 나가는 방식이다. 그렇더라도 판단이 무한히 연기되지 않고, 천리의 밝음에 의해 돌연히 시비가 판정된다. 따라서 환중 지향의 상대주의는 판단 중지가 아니다.

박세당은 지식 체계의 대체(大體)를 수립해야 한다고 보았다. 여러 이단 사상의 소절(小節)들을 대체 속에 포섭하려는 기획을 위해 그는 『중용(中庸)』의 박학(博學), 심문(審問), 명변(明辨), 신사(愼思), 독행(篤行) 다섯 과정 가운데 신사와 명변을 특히 중시했다. '사변록'이라는 명칭은 여기에서 기원한다. 그리고 지식 체계를 구축하려면 방법상 상설(詳說)과 요약(要約)이 필요하다고 보아, 『맹자사변록』에서 이렇게 말했다.

상설하게 되면, 세밀하게 묻고(審問) 신중히 생각하고(愼思) 분명하게 변별하는 것(明辨)이 모두 그 과정 속에 있게 된다. 박학하지 않으면 좁고 고루하여 사물의 실정을 알아서 그 변동하는 것을 관찰하지 못하게 되고, 상설하지 못하면 너무 소루하여 의리의 분변을 살펴 그것을 명확하게 할 수 없다. 이미 박학 상설하면 도(道)로 돌려서 그 요령을 집약(要約)해야 한다. 설명한다(說)는 것은 강명(講明)하는 것이다. 대개 박학했으되 집약할 줄을 모르면, 함부로 치달려 귀착점을 잃게 되고, 상세히 할 줄만 알고 요약할 줄을 모르면 번세하게 되어 통합에 어두울 것이니, 실수하기는 매한가지다.

상설은 추솔하고 소략한 것도 유실하지 않고, 얕고 가까운 것도 누락하지 않음으로써 깊고 심원하고 정세하고 구비한 체제를 비로소 완전하게 할 수 있다. 곧 소절을 폐기하지 않으면서도 체제를 지향하는 지적 활동을 의미한다. 그가 말하는 상설은 문맥을 주체적으로 전유하는 해석학과 통한다. 초록과 주석 집성에 의존하는 학문 방법을 한 단계 발전시킨 것이기도 하다.

이를테면 박세당은 『장자』 「제물론(齊物論)」 원문에 나오는 '성심(成心)'에 대해 "성심은 하늘이 선험적으로 정한 이치가 있어서 나에게 부여된 것을 뜻한다. …… 심자취(心自取)는 마음이 능히 지극한 이치에 부합될 수 있음을 의미하니, 현명한 사람이든 어리석은 사람이든 이 마음을 보편적으로 본유하고 있음을 뜻한다."라고 상설했다. 이로써 박세당은 유학의 성선론을 지지할 이론을 『장자』에서 추출해 낸 것이다.

상설의 방법은 '통'을 지향하는 거대한 기획이다. 박세당이 스스로 지은 묘표에서 『사변록』을 '통설(通說)'이라 이름 지은 것은 그 기획의 일단을 언표한 것이다. 그는 옅은 지식에 자족하는 '곡사구유(曲士拘儒)'가 아니라 '통유'를 지향했다.

박세당은 고려 이달충(李達衷)의 「애오잠(愛惡箴)」을 본받아 지은 「효애오잠(效愛惡箴)」에서 부구공(浮丘公)이라는 인물을 설정하여 이렇게 말한다. "나를 군자라고 하는 이가 정말 군자라면 기뻐하고, 나를 군자라고 하는 이가 정말 소인이라면 근심하지 않을 수 없지만, 소인이 나를 군자라고 하거나 소인이 나를 소인이라고 한다면 나는 근심할 것이 없다." 군자는 호오가 공정하고 시비가 분명한 데 비해 소인은 호오가 사사롭고 시비가 모호하기 때문이다. 여기까지는 이달충의 「애오잠」과 같다. 그런데 박세당은 "내가 군자인지 소인인지를 남의 판단에 맡겨야 할 것인가?"라고 반문하고 그렇지 않다고 스스로 답했다.

그대는 자기 자신이 군자인지 소인인지를 일체 남의 말에서 결정하는가? 아니면 그렇게 하지 않고 자신이 결정하는가? 내 자신이 군자인데 남들이 나를 소인이라고 하는 것은 내가 근심할 바가 아니요, 내 자신이 소인인데 남들이 나를 군자라고 하는 것은 내가 기뻐할 바가 아니다. 기뻐할 만하고 근심할 만한 것은 나 자신에게 있을 뿐이니, 남들이 어떻게 간여할 수 있겠는가? 그렇긴 하지만 선한 사람이 자신을 좋아하고 불선한 사람이 자신을 미워한다면 기뻐할 만한 실상이 있다는 것을 밖에서 알 수 있고, 불선한 사람이 자신을 좋아하고 선한 사람이 자신을 미워한다면 근심할 만한 실상이 있다는 것을 밖에서 알 수 있을 것이다. 근본은 나에게 있지만 실상을 아는 것은 남에게 있으니, 역시 가릴 바와 힘쓸 바를 알지 못해서야 되겠는가?

내가 군자인지 소인인지는 내 내면의 판단에 의거할 따름이라고 선언했다. 나의 내면을 오로지하고 나 자신을 충실히 하는 전내실기(專內實己)의 공부를 하는 사람이기에 할 수 있는 말이다.

숙종은 「별유(別諭)」에서 박세당의 '염퇴청고(恬退淸苦)의 절조'를 높이 평가했다. 최석정(崔錫鼎)은 「시장(諡狀)」에서 박세당의 학문과 행실을 더욱 적극적으로 평가했다.

나라에서 이분을 표창하는 바는 '한 시대의 존숭할 만한 인물'이라는 말과 '담백하게 물러남(恬退)'이라는 구절에서 벗어나지 않는다. 그리하여 이분이 학문에서 이룬 깊은 조예와 독창적으로 체득한 견해, 참되고 올곧으며 독실한 공부, 경전의 해석에 대한 침잠, 심오한 이치에 대한 연찬 등에 대해서는 잘 알지 못한다. 평소의 몸가짐은 결코 법도에서 어긋난 적이 없어서 언행의 겉과 속이 참되었고, 일의 시작과 마침이 한결같았다. 진실로 위기지학(爲己之學)을 깊이 이해하고, 대도(大道)의 원천을 통찰하지 않고서야 어떻게 이와 같을 수 있겠는가?

박세당은 경전 해석과 노자와 장자의 재해석을 시도하여 진정한 학문을 수립하고자 했다. 그 고투의 외관과 내면 풍경이 그가 스스로 남긴 「묘표」에 고스란히 녹아 있다.

이것이 거사가 반생 동안 겪은 영욕이다

이선(李選, 1631~1692년), 「지호거사자지(芝湖居士自誌)」

　　을묘년(1675년, 숙종 원년) 정월, 산릉 일의 공로에 대해한 자품(資品, 품계)을 더하는 일이 아직 인준되지도 않은 상태였는데, 특명으로 승자되어 부호군이 되었다. 당시 간악하고 흉포한 이들이 뜻을 얻어 조정이 매우 혼란해서 우암(송시열)은 이미 북관으로 유배되었다. 거사는 소장을 올려 새로운 자품을 힘써 사양하고, 이어 "예전에 송 아무개를 스승으로 섬겼으니 의당 함께 죄와 벌을 받아야만 합니다."라고 아뢰었다. 상께서 비준하지 않으셨다.

　　2월, 다시 어사가 되고, 순무사로서 제주로 부임할 것을 재촉받았다. 이어서 형조 참의에 제수되었으므로, 궐하에 하직하는 날 처음 나아가 숙배하고 도중에 해직을 청했으나 상께서 종전의 직명을 그대로 띨 것을 명하셨다. 3월, 제주도로 들어갔는데, 비로소 비국의 계(啓)가 있어 형조 참의로 체직되었다.

7월, 일을 마치고 복명하고, 곧 외직으로 나가 영흥 부사가 되었다. 당시 윤휴(尹鑴)가 이조를 도맡아, 종성으로 출보시키려 하고 또 제주로 보임시키려 했으나 동료들에 의해 저지되었다. 이윽고 마침내 이렇게 제수되었다. 현고(顯考)의 국상(國祥, 여기에서는 효종의 소상(小祥) 즉 1년상)이 가까워졌거늘 묘당(의정부)은 또 독려하여 보내면서 잠시라도 머무는 것을 허락하지 않았다. 조정에 사직하고 길을 떠났다가, 도중에 국상에 곡했다. 모친을 모시고 부임했다.

겨울, 당시 정승이 다음과 같이 계를 올렸다. "영흥에는 풍토병이 있고 아무개의 어버이가 당에 계시니 의당 청량한 땅으로 조금 옮겨야만 할 것입니다." 이에 옮겨져 삼척 부사에 제수되었다.

병진년(1676년, 숙종 2년) 2월, 북관(北關)으로부터 부친을 판여(板輿)로 받들어서 부임했다. 다음 해 가을 백씨가 앞서 강서(江西)를 담당했을 때의 일 때문에 적의 함정에 빠지게 되었으므로, 마침내 상경하여 병을 핑계 대고 파직당했다.

무오년(1678년, 숙종 4년) 봄에 서용되어 서반의 직이 주어졌다. 가을, 개천 군수에 의망(擬望)되었다. 아직 배수하지 않았는데 겨울에 또 옥천 군수에 제수되었다. 질병을 핑계로 누차 사양하자, 해당 관청에서 파직시킬 것을 아뢰었다. 승지 민취도(閔就道)는 조습(燥濕, 마른 곳과 진 곳)을 가리는 것이라 간주해서 초기(草記, 간략한 상주문)를 환급할 것을 청하고 이어서 해당 관청에 고찰케 하니, 마지못해 억지로 옥천 관아로 부임했다.

기미년(1679년, 숙종 5년) 2월, 경상도 상주로 가서 황익성(黃翼成, 황희)의 초상화를 알현했다.

3월, 우암의 문도인 진사 송상민(宋尙敏)이 대소(大疏)를 올려 우암의 원통함을 따지고 이어 시류배의 간악한 정상을 전부 폭로했다. 상이 크게 노하여 즉시 하옥해서 고문으로 죽이고 난역죄로 다스리니, 문하의 여러 사람 가운데 공초에 연루되어 주살되거나 유배되는 자가 매우 많았다.

때마침 이유정(李有禎)이 강도(江都)에 흉서를 던졌는데, "종통을 제대로 지키지 못했으므로 왕손을 추대해야 한다."라는 말이 있었다. 수장(守將) 이우(李藕)가 그 글을 올렸다. 이유정이 법의 처벌을 받은 후, 종실 이혼(李焜)과 이황(李爌)이 추대한 자(소현 세자의 손자 임창군(臨昌君))를 제주도로 유배 보내라 하고, 이우는 같은 당이므로 장살하라고 했다. (1679년 3월 각도의 승군을 징발하여 강화도에 돈대를 쌓았는데, 이유정이라는 자가 사람을 시켜 감독관 수사(水使) 이우에게 봉서를 전했다. 그 내용은 소현 세자의 손자인 임창군을 추대하여 반정하자는 것이었다. 『연려실기술』 권33, 「숙종조고사 본말」 '이유정 투서지변'에 자세하다.) 시류배가 다시 우암을 두고 "괴수는 외딴 섬으로 옮겨 유배해야 한다."라고 말하고 또 중한 법률에 따라 처벌할 것을 극력 청했다.

또 무인 이환(李煥)이라는 자가 있었는데 윤휴와 절친한 족속이었다. 익명의 방서(榜書)를 걸어 "대적(大賊)이 여전히 도하에 있다." 하고 문인, 무인 8~9명을 낱낱이 거론했는데, 거사의 이름 역시 들어 있었다. 윤휴가 이에 묘당(조정)과 몰래 내통하여 그 일을 드러내고 궁궐에 들어가 상에게 아뢰니, 방서에 이름이 나오는 한 사람을 국문하여 치죄하려 했다. 하지만 방서가 이환에게서 나온 것임을 알게 된 후에는 그 옥사를 끝까지 추궁할 수가 없었다. 이환의 경우는 유배를 보내야 한다고 호언(號言)하는 이도 있었으나, 실제로는 그가 거처하던 곳의 옆 마을에 안치했다.

6월에 대사헌 이원정(李元楨)과 대사간 권대재(權大載) 등이 재상 권대운(權大運), 민희(閔熙), 허적(許積)과 의론하여 민정중(閔鼎重), 민유중(閔維重), 이숙(李䎘), 이익(李翊) 및 거사를 지목하여 오신(五臣)이라 하고, 괴수의 복심(腹

心)이므로 그 죄가 괴수와 조금도 다르지 않다고 했다. 양사에서 함께 의론을 발하여 먼 곳으로 유배하는 벌을 더할 것을 청했다. 대개 그들의 뜻은 여기에서 그치지 않았다. 모두 여섯 번에 걸쳐 계청했으나 상께서 따르지 않았다. 다시 승상 허적이 입대하여 힘써 청하자, 상께서 억지로 윤허했다. 거사는 서관(西關, 평안도)의 구성(龜城)이 유배처로 정해져서 옥천으로부터 압행(押行)되어, 7월 초에 비로소 배소(配所)에 이르렀다.

이것이 바로 거사가 겪었던 반생의 영욕(榮辱)과 유감(流坎, 진퇴)의 대략이다. 이후 유배자의 명부에 있는 것이 얼마만 한 세월이고, 세상의 변화를 겪는 일이 얼마만 한 세월이어야 여생을 마칠 수 있을지 아직 알지 못하겠다.

송시열의 문인이었던 이선이 남긴 자찬묘지의 일부다.

숙종 초 남인과 노론의 대립이 극렬했던 시기에 노론의 정치 이념을 관철하기 위해 분투했던 모습이 이 부분에 잘 드러나 있다. 이선이 1679년(숙종 5년) 7월 송상민의 상소에 연루되어 평안도 구성에 유배된 뒤 10월에 유배처에서 쓴 것이다. 그는 유배지 거처를 성와(醒窩)라고 했다. 세상 사람들이 모두 술에 취해 몽환 속에 빠져 있지만 나만은 홀로 깨어 나 자신을 다잡겠다는 뜻을 방 이름에 부친 것이다.

이선은 세종의 별자 광평 대군 장의공(章懿公) 이여(李璵)의 후손이다. 아버지 이후원(李厚源)은 우의정 완남 부원군으로 시호는 충정공이며, 어머니는 사계 김장생(金長生)의 손녀, 이조 참판 김반(金槃)의 따님이다. 이선은 단양 관사에서 태어났다. 자찬묘지에서 이선은 자신의 유년과 청년 시절을 이렇게 회고했다.

나면서부터 체구가 몹시 작아 보통 아이들보다 10년 늦게야 글을 배우기 시작했다. 14세에 관례를 하고 가정을 이루었다. 그 후 5년이 지나 모친상을 당하고 또 10년이 지나 부친상을 당했다. 전후의 상사에 폐병에 걸려 거의 죽을 뻔했으나 다행히 소생하여 결국에는 병자가 되었다.

1657년(효종 8년) 진사시에 합격하여 성균관에 유학하다가, 1660년(현종 원년) 2월 부친상을 당하여 4월에 금천 일직리 삼식산에 장사 지냈다. 1663년에는 성균관에 있으면서 이이와 성혼을 위해 변무하는 상소를 올리고 또 송시열을 비난한 서필원(徐必遠)의 죄를 따졌다. 1664년 정시에 을과로 합격하고, 1667년 가을에 홍문록에 피선되어 병조 좌랑이 되었다. 1669년 수찬이 되었다가, 가을에 북도 병마사가 되어 나갔다.

1670년 12월에 부수찬으로 조정에 돌아왔다. 1673년 9월 응교로 있으면서 당론을 세운다는 이유로 이숙과 함께 삭탈관직되고 중도 부처되었다. 1674년 7월 제주 순무사에 차임되었으나 현종의 승하로 빈전도감 낭청이 되어 산릉의 일을 맡아보았다. 1675년(숙종 원년) 1월 산릉의 일로 가자(加資)받았으나 스승 송시열이 예송 때문에 삭탈관직되어 위리안치되자, 문인으로서 같은 죄를 받겠다고 청하며 사양했다. 2월에 형조 참의에 제수되었다. 3월에 제주 순무사로 나갔다가 7월에 돌아왔다. 10월, 영흥 부사가 되었다가 삼척 부사로 옮겨 제수되었다. 49세 때인 1679년(숙종 5년) 7월, 송상민의 상소에 연루되어 구성에 유배되자 스스로 묘지를 적었다.

이 자찬묘지에서 이선은 자신의 마음가짐에 대해 다음과 같이 말했다.

거사는 품성이 가볍고 게을러 본시 침중한 바탕이 없고 또 견고한 지조가 없었다. 일찍부터 충신 열사의 행적을 좋아하지 않은 것이 아니지만 끝내 미치기를 바라지 못했고, 성현의 도를 깊게 흠모하지 않은 것이 아니지만 끝내 실천하지 못했다. 존경하여 스승으로 삼은 이들은 모두 세상의 현인이요 군자로되 여태껏 한 가지 일도 배워 터득한 것이 없고, 따라 노닌 사람들은 모두 당시의 명류요 길사로되 여태껏 한 사람도 지기가 되어 준 이가 없었다. 요행으로 과거에 급제하여 분수에 맞지 않은 직위에 올라 오래도록 조정 신하의 반열에 끼어 있으면서 부질없이 시위소찬(尸位素餐)한다는 비난을 불러왔다. 다른 사람을 아끼고 포용했으나 더욱 꺼림과 증오를 받았고, 스스로 지키고 홀로 우뚝하게 섰으나 끝내 붕당에 엮이어 구렁에 빠졌다. 매양 강호에 고요히 거처하며 경전의 이치를 연구해서 일반(一斑)의 도리라도 보아 만년의 광경(光景)을 보유하려고 했으나, 사방을 돌아보니 몇 칸의 집, 몇 이랑의 밭조차도 없어서 몸을 비호할 수가 없다. 시세(時世) 때문에 동요되어 두려운 일을 겪은 뒤에도 여전히 서울에 머물러서 국가의 봉급을 허비하고 말았다. 행기(行己)와 처사(處事)로 말하면 대부분 방탕하고 전도되며 폐기되고 해이했다. 스스로 자신을 돌아보니 초심을 저버렸으며 아들로서 아버지의 가업을 잘 이어받지 못하고 앞으로 손쓸도리도 없다. 거사가 부끄러움과 한스러움이 안에 쌓여 감개가 밖에 나타날 수밖에 없는 이유가 이것이다.

이선은 안장될 곳으로 안산의 초지호(草芝湖)를 정했으나 끝내 경영하지 못한 것을 아쉬워했다. 아버지가 호서의 단양 군수로 있을 때 태어난 것을 잊지 않으려고 그곳 소백산의 이름을 따서 소백산인(小白山人)이라는 호를 사용한다고도 했다. 그러면서 다음 명을 적었다.

하늘에서 받은 것은 아주 열등함에 이르지는 않았고

속에 보존한 것은 시원찮음에 이르지는 않았네.

다만 의지가 병에 빼앗기고 배움을 폐기하여

끝내 소인으로 돌아가고 군자의 도리를 버리게 되었도다.

아아! 거사여.

受於天者不至於劣劣　　存諸中者不至於碌碌

惟其志奪於病而廢於學　　終爲小人之歸而君子之棄

吁嗟乎居士

　구성에 유배된 1679년의 10월에 이선은 특별히 석방되었다. 10월 동짓날은 양의 기운이 돌아오는 때로, 『주역』의 복괘(復卦)에 해당한다. 만일 이날 우레가 있다면 천리 운행에 변고가 생긴 것으로 보고, 그 변고는 군주의 잘못을 하늘이 질책하는 것이라고 보아 군주가 자책하고 사면하는 것이 관례였다.

　1680년(숙종 6년)의 환국으로 허적과 윤휴가 죽임을 당하자 서용의 명이 내렸다. 윤8월 회맹제에 참석하여 가선대부에 올랐고, 판결사·대사성이 되었다. 보사원종공신 1등에 녹훈되었다. 1683년 1월 도승지가 되었다가 예조 참판이 되었다. 1684년 4월 산릉의 공로로 가의대부에 오르고, 곧 도승지가 되었다. 5월에 이조 참판이 되었으며 다시 광주 유수가 되었다. 1685년 4월 휴가를 얻어 금천에 가서 부모의 묘소를 광주로 옮겼다. 11월에 예조 참판이 되어, 동지사 겸 사은부사로 연경에 갔다. 1686년 4월에 복명했으나, 치욕스러운 문서를 가져왔다 하여 대간이 삭탈관직을 청했다. 5월 공조 참판에 제수되었다가 곧 대사헌으로 옮겼다.

그런데 1689년(숙종 15년) 기사환국으로 소론과 남인이 등용되자 송시열의 복심이라고 지목되어 경상도 기장에 유배되었다. 6월 송시열의 부고를 듣고 성복했다. 그해 윤달에 「자지보(自誌補)」를 썼다. 62세 되던 1692년 2월 1일 유배지에서 병으로 죽었다. 1694년 갑술환국으로 노론이 집권하자 이선은 신원되어 복관되었다. 1853년(철종 4년) 12월에 조두순(趙斗淳)이 이선의 증시와 증직, 후손의 녹용을 청해, 다음 해 정간(正簡)의 시호가 내렸다.

자찬묘지 이후 10년 만에 적은 「자지보」에서도 이선은 관력과 정쟁, 유배 사실들을 자세하게 적되, 자신에 대한 총평을 덧붙였다.

거사는 평소 교유를 일삼지 않아서 당우(黨友)가 전혀 없었으며, 지론은 정(正)과 사(邪)의 변별에 엄하기는 했지만 일찍이 용서에 힘쓰고 보존해 주려고 했으므로 그리 심하지가 않았다.

혐의받고 원망 입는 처지를 당하더라도 한결같이 덕으로 보답했지, 부러 틈을 만들지 않았다. 오로지 자기의 견해를 스스로 지켰지, 시류배와 더불어 한데 어울려 오르락내리락하는 것을 부끄러이 여겼다. 하지만 좋지 못한 사람을 만나면 조금도 언사와 안색을 낮추지 않았으므로 끝내 이 때문에 함정에 빠져 오늘에 이르렀으니, 그 앙화는 하늘을 모독한 것보다 심하다. 아아, 정론(正論)은 종전에 부지하던 것이거늘 지금은 도리어 이를 두고 강샘해서 그런다고 말한다. 사류(士類)는 종전에 어질다 여겨 존중하던 사람이거늘, 지금은 도리어 원수처럼 본다고 말한다. 거사의 정신과 지식이 노년에 이르러 혼동해져서 정론과 사론도 구별하지 못한단 말인가? 아니면 오늘날의 정론과 사류라는 것은 내가 말하는 정론과 사류가 아니란 말인가? 사류인지 정론인지의 여부는 지금 차치하고, 그것을 두고 강샘하고 원수처럼 본다고 여기는 것은 어찌 무함이 아니겠는가? 청백의 절개는 거사의 집안에 전해 오는 옛 물건이거늘, 지금 도리어 탐욕스럽고 더럽다는 비난을 얻었으니, 만약 사람들의 말과 같다면 가정의 가르침을 욕보이는 것이 크거늘, 장차 어찌 지하에서 선인을 뵐 수 있단 말인가?

『실록』에 의하면 이선은 국조의 고사에 익숙하고 견문이 넓었다. 정호(鄭澔)가 지은 신도비명에 의하면 "저술로는 「자가제의(自家祭儀)」, 「상장의(喪葬儀)」, 「대신연표(大臣年表)」, 「승국신서(勝國新書)」 등 문집 17권이 집에 보관되어 있다."라고 했는데, 대부분이 아직 확인되지 않았다. 다만 『시법총기(諡法摠記)』1책의 필사본이 규장각에 소장되어 있다.

이선은 유가 덕목을 구현한 인물 전형을 전(傳)을 지어 제시했다. 1628년(인조 6년) 9월에 「임장군전(林將軍傳)」을 지은 것은 그 일례이다. 또 1659년(효종 10년)에는 부여의 효자에 대한 이야기를 「와걸전(臥傑傳)」으로 엮었다.

1644년(인조 22년)에 남쪽에 큰 기근이 들어 많은 사람이 유랑했다. 이때 나이 마흔 남짓의 와걸이라는 자가 여든의 노부를 등에 업고 부여 몽도촌(蒙道村)에 이르렀다. 그는 몸이 크고 장대한 데다가 다리가 길어 방언으로 와걸(왜가리)이라 불렸다. 와걸은 쟁기질, 호미질, 밭갈이, 김매기 등 품을 팔아서 아버지를 봉양했다. 아버지가 침상에서 볼일을 보도록 부축했고, 아버지가 볼일을 마치면 스스로 더러운 옷을 빨았다. 아버지가 죽자 몸소 시신을 업고서 묘혈로 나아가 직접 봉분을 이루고 3년간 복상했다. 탈상한 후 아내를 맞이했다. 이윽고 함열(咸悅)로 옮겨 가 살았는데 매번 세시에 아비의 봉분을 살피러 와서 제수를 진설하고서 떠나갔다.

이러한 사실을 적은 후 이선은 "아비와 자식의 관계는 천성(天性)이므로 어느 누구인들 이 사랑이 없으랴마는 그 성을 능히 다 발휘할 수 있는 자는 드물다."라고 논하고, 와걸이야 말로 '그 사랑을 다하여 그 천성의 본연을 잃지 않은 자'라고 평했다.

이선이 일생 바란 것은 와걸처럼 본연의 마음을 잃지 않고 유가의 덕목을 실천하는 일이었을 것이다. 하지만 당쟁의 현실은 그를 황폐하게 만들었다.

인간은 자기 의지로 상황을 바꿔 나갈 수 있다고 말하지만, 사실상 대개는 상황에 휘둘리고 만다. 상황을 주도하는 인물이 있기는 하다. 하지만 어떤 인물이 그 상황을 주도했다고 말하는 것은 해석적 추고(推考)일 경우가 많다. 더구나 인간 본성을 지키고 인류의 덕목을 실천하고자 노력했던 인물들은 감히 상황을 주도하려고 하지 않았고, 또 설령 그러한 정치적 임무가 주어진다고 해도 선뜻 그 임무를 자기 것으로 삼지 않았다. 그러다 보니 내 의지대로 살아간다고 하지만, 실제로는 조류에 휩쓸려 가고는 했다. 속인이 아니라 평범한 인간이 된다는 것이 어디 쉬운 일이겠는가. 스스로 지은 묘지에서 이선은 자신이 어쩔 수 없이 겪어야 했던 영욕의 자취를 늘어놓고, 세상의 변화를 얼마나 겪어야 여생을 마칠 수 있을지 모르겠다고 탄식했다. 공감하지 않을 수 없다.

뒤뚱뒤뚱 넘어지고 큰 재앙이 이어져 놀라웠을 뿐

25

유명천(柳命天, 1633~1705년), 「퇴당옹자명(退堂翁自銘)」

퇴당 옹은 진주 유씨로

이름은 명천, 자는 사원(士元)이다.

낳아 주신 부친의 휘는 영(潁)으로 관직은 응교,

양부의 휘는 석(碩)으로 관동 관찰사이셨다.

양부 쪽 조부는 시회(時會), 증조는 격(格)으로

한 분은 사옹원 정, 한 분은 정언이셨다.

고조는 가문을 영화롭게 했으나 상사생에 그쳤고,

비조의 휘는 정(挺)으로 고려 왕조에서 호군을 지냈다.

외조 이윤신(李潤身) 공은 음보로 관직에 올랐고,

양아들 이정겸(李廷馦)은 문과를 거쳐 승지에 이르렀다.

나는 열아홉에 소과에 합격, 마흔에 문과 장원을 하고
곧바로 전적에 배수되어 명성이 높았다.

얼마 있다가 전중시어사(사헌부 감찰)를 거쳐 예조와 병
조의 좌랑으로 옮겼으나

두 해나 낭관이라는 낮은 직책이라 오랫동안 부조했다.

모친의 병이 깊어 끝내 만경 현령으로 부임하지 않았고

관례에 따라 서용되어 다시 외람되이 직강 벼슬을 맡았다.

을묘(1674년, 현종 15년) 기조(騎曹, 병조)의 정랑 직을 맡
았다고 홍문록에 들어

관직에 쓸모없는 자가 법연(경연)에 오르기까지 했다.

시독과 시강으로 왔다 갔다 하는 사이,

정언과 헌납으로 비이슬 같은 군은에 촉촉이 젖었다.

선조(選曹, 이조) 좌랑으로 의망되었으나 실현되지는 못
했다가

병진(1676년, 숙종 2년) 특별히 승선(승지)의 직에 껑충 제
수되어

동부승지에서 우부승지로 올랐으나 모친의 병환으로 체
직하고

장례원의 반열로 옮기매 사직소를 연달아 내었다.

용사(龍蛇)의 해라 현종께서 승하하시는 때 화려한 관로
를 두루 밟아

이조, 호조, 예조, 병조, 형조의 참의를 지냈고,

괴원(槐院, 승문원)과 주사(籌司, 비변사)의 임무는 가장 막중했으며

부제학과 대사성의 관직도 일찍이 거쳤도다.

무오(1678년) 전조(銓曹, 이조) 관료로서 의논이 준엄하여

사람을 외방 군현으로 보임시키자 그 사람이 도리어 죽일 듯이 독을 뿜었다.

집안의 아우는 무슨 죄 있다고 같이 오랏줄 묶였던가

이치에 안 맞는 말이 왔으나 종당에는 흔쾌히 설욕했다.

은대(銀臺, 승정원)과 미성(薇省, 사간원)에서는 심하게 웅크린 그림자를 드리웠고,

중원(충주)의 지방관 임명장 받들고 기뻐했으니 어머니 봉양을 위해서 구한 것이었다.

공무를 보며 전서 관인을 찍으며 서너 달 자리도 아직 따스해지기 전에

천조(天曹, 이조)의 우랑(右郎, 참의)으로 징소하여 속히 오라 재촉하셨다.

다음 해(1679년) 봄 탕춘대에서 외람되이 급제자를 품평했으니

조칙을 반포하자 참 용들이 하늘의 마구에서 나온 격이었다.

흰원숭이해(경신, 1680년) 아전(亞銓, 참판)에 외람되이 충당되었으나

얼마 안 있어 앙화의 파랑이 하늘까지 넘실거려,

5월 5일 경조윤에 기백(圻伯, 경기도 관찰사)이 되어 영광이 있었으나

창황하게 멀리 교남(영남 구성)으로 유배 가고 말았다.

신유(1681년)에 여러 분들이 모두 쫓겨나니

뒤뚱뒤뚱 넘어지고 큰 재앙이 이어져 놀라웠을 뿐.

임술(1682년)에 체포됨은 더욱 예기치 않은 일이었으나

계해(1683년)에 군은 입어 돌아가 농사지을 수 있었으며,

기사(1689년)에 황도가 돌아 해가 다시 밝아져

어찰이 멀리 와서 초가집이 휘황하게 빛났다.

예조 참판으로 징소되고 공조 판서에 중용되었으며

도헌(대사선)을 사양하자마자 동벽 자리 벼슬로 되었다.

원접사로 용만(의주)에서 군주를 욕보이지 않아 다행이고

종백(예조 판서)과 천관(이조)은 분수가 아니기에 부끄러웠다.

경연의 지사와 서연의 빈객은 외람되이 맡았고,

태복(사복시), 평시서, 내의원의 직을 겸임했다.

약원의 제조로 있으면서 상감의 뜸을 받들어 놓아 드리고,

여지도(輿地圖) 편찬을 지시하는 어찰을 내려받았다.

초에 금 긋고 속히 시 이루는 재주 아니어서 부끄러운데

초미관(貂尾冠) 씌우시며 끌어내시니 조정에 향기가 가득.

판의금부사로 발탁하시기에 어엿한 종1품 숭정대부인데

춘궁(동궁)에서 시탕하여 자급이 하나 더 올랐다.

계유(1693년) 탁지부(호조)에서 토목의 일을 감독하여

경덕궁을 수리해서 보국숭록대부에 올랐으며,

판중추부사로서 동지정사 직을 겸하여 가서

만 리 먼 연경의 산하로 한 줄기 태양빛을 좇아 나갔다.

갑술(1694년) 봄에 돌아와 멍에를 벗듯 쉬자마자

탐진(강진)으로 보내며 행장을 재촉하셨다.

유월 염천 길에 터진 옥(玦)을 내려 다른 곳으로 내치시니

열 걸음에 아홉 번 자빠지며 오천(영일)에 이르렀다.

여섯 해 남방 풍토에서 험한 일을 질리도록 겪고

황토(黃兔, 기묘, 1699년)에 괴안국의 꿈을 깨고 비로소
전원으로 돌아왔다.

백 년 인생을 느긋하게 쉴 곳으로 퇴당을 완성하여

삼대의 옛 가업이 외로운 정자에 있었건만,

신사(1701년)에 맹렬한 화염이 잔불에서 일어나

골육 세 사람이 모두 절해로 귀양 가고 말았다.

지도(智島)는 아득히 금성(나주)에 이어졌으니

300년 이래 가시밭길을 연 것이로다.

갑신(1704년)에 뇌우가 콸콸 내리듯 은택이 내리매

괴산 몽촌의 송추(선산)에서 옛 우거를 찾았도다.

초취는 신기한의 따님

사위는 용주(조경)의 손자 조구원(趙九晼)

젊은 나이에 급제하여 대성(臺省)에 올랐고

옥나무에서 네 가지가 방금 부들부들하여라.

계실은 정암(조광조)의 5대손

두 사위는 강학(姜欂)과 목대임(睦天任).

모두 유학을 가업으로 하여 명예가 울연하며

각각 두 아이를 두어 재주와 품질이 뛰어나다.

셋째 처 이씨 정경부인은 아계(이산해)의 손자

슬하에 와장(瓦璋, 딸 아들)을 낳았으나 모두 기르지 못하여

유자(猶子, 조카) 매(楳)를 취하여 아들로 삼았는데

『시』와 『서』를 근실하게 익히므로 가통을 이을 만해라.

집안에선 곤궁하고 고독하여 아무 즐거움이 없고

관리로서의 사업도 이름날 만한 것이 없도다.

사화(詞華, 문학)의 작은 기예는 끝내 성취하지 못했으나

검약과 염정(恬靜)은 혹 그렇다고 말할 수 있으리라.

계유(1633년) 3월 23일에 탄강해서

어느덧 70세를 넘긴 나이.

서너 줄을 스스로 제작하여 후손들에게 밝히 보이나니

방법은 암실선생명을 사용하노라.

　　유명천이 일흔두 살 귀양에서 풀려나 선산이 있는 충청도 괴산으로 돌아와서, 이듬해인 1705년(숙종 31년) 봄 스스로 지은 묘지명이다. 장편 칠언고시 형식이며, 중간중간에 운목을 바꾸어 환운을 했다. 운문을 이용하여 가계와 관력을 차례로 진술하는 방식은 암실선생명을 따른다고 했다. 암실선생명이란 조선 중기 노수신이 72세 되던 해인 1586년(선조 19년) 11월 15일에 스스로 지은 묘지명인 「암실선생자명」을 말한다. 그 글은 앞서 살펴보았다.

　　유명천의 자는 사원(士元), 호는 퇴당(退堂), 은퇴당(恩退堂), 청헌(靑軒)이다. 본관은 진주로 증조는 유격(柳格), 할아버지는 유시행(柳時行)이다. 아버지는 유영(柳潁), 어머니는 전의 이씨 이윤신(李潤身)의 딸이며, 처는 고령 신씨 신기한(申起漢)의 딸과 한양 조씨 조송년(趙松年)의 딸이다. 양부는 유석(柳碩), 양모는 광주 이씨(廣州李氏)로 이정겸(李廷謙)의 딸이다. 후사가 없어 동생 유명현(柳命賢)의 장남을 입양했다.

　　유명천의 양부 유석의 아버지인 유시회(柳時會)는 본래 충청도 괴산에 살았다. 그런데 조카 유적(柳頔)이 선조의 아홉 번째 부마로 정해지자 선조는 부마가 한양에서 괴산까지 300리 길을 왕복할 것을 걱정하여 100리 안쪽에 묘터를 잡으라고 명을 내렸다. 이에 유시회는 어명에 따라 안산 부곡동 새터에 묘를 정했다. 진주 유씨는 이곳에 세거하며 많은 인물들을 배출해 사천 목씨, 여흥 민씨와 더불어 기호 남인의 3대 가문을 이루었다.

유명천의 친형 유명전(柳命全)과 그 쌍둥이 아우 유명견(柳命堅), 막내 유명현은 경성당(竟成堂)에서 강학을 했다. 유명전은 갓난아이 때 진안위 유적의 후사로 들어갔다. 유적은 선조의 여덟 번째 딸 정정 옹주(貞正翁主)의 남편인데 일찌감치 세상을 떠난 뒤였으므로 옹주가 그를 데려다 양자로 삼았다. 유명전의 자형이 명현으로 이름난 우담(愚潭) 정시한(丁時翰)이다. 정시한은 유명전이 미래를 예견하여 잘 맞추는 것을 두고 "욕심이 적기 때문에 밝게 보는 것이 아니겠는가."라고 했는데, 안타깝게도 유명전은 일찍 죽었다.

유명전은 어려서부터 몸이 허약했으나 책 읽기를 좋아하여 과거에 급제했다. 일찍이 아버지 없이 지내느라 세상에 이름을 세우지 못할까 두려워하여 집을 지어서 경성(竟成)이라는 편액을 달아 놓고 본가의 아우들과 열심히 공부했다. 당대의 명사들 가운데 이들을 따르는 이들이 많아 세상에 경성회라는 이름까지 생겨났다. 진주 유씨 21세손이자 차종손인 유신(柳蕡)의 아들 유중서(柳重序)가 둘째 아들 유방(柳霶)이 살림을 날 때 집을 지어 주었는데, 후손은 그 집에 경성당이라는 이름을 차용했다. 현재 경성당의 누마루에 걸린 세 개의 주련이 있다. 한 주련에는 "산 높아 화모봉 아래는 고관의 종족이 거처하고, 마을 깊어 부부곡 속에는 명신들의 집이 있다(山高華帽峰下, 居簪纓之族, 村深覆釜谷中, 有鐘鼎之家)"라고 했다. 원문의 잠영과 종정은 고관과 명신이라는 뜻이다. 다른 두 주련에는 "선조께서 내려 주신 땅, 한 줌이라도 남에게 넘기지 말라(宣廟賜牌之局 寸土勿與於他人)", "성조(14조 성산공(星山公))께서 터 잡으신 곳으로 10세 이후 후예까지 전했다.(星祖定礎之基, 十世相傳于後裔)"라고 했다.

유명천은 경신대출척, 기사환국, 갑술옥사 중에 부침을 거듭했다. 남인이 정권을 잡았을 때는 육조의 참관과 판서 등 요직을 거쳤고, 실각했을 때는 구성(龜城, 지례(知禮)), 오천(烏川, 영일(迎日)) 그리고 지도(智島) 등지에서 유배 생활을 했다.

1651년(효종 2년) 사마시에 합격하여 진사가 되었으나 남인에 속하여 출사하지 못하다가, 1672년(현종 13년) 이조 판서 이경억(李慶億)의 천거로 효릉 참봉을 지냈다. 이해 10월 40세로 별시 문과에 갑과 1등으로 합격했다. 성균관 전적에 제수된 후 12월 사헌부 감찰이 되었다. 1673년 2월 예조 좌랑, 병조 좌랑이 되고, 7월에 만경(萬頃) 현령이 되었으나 노모의 병환으로 나아가지 않아 파직되었다. 1674년 3월에 병조 정랑으로 승진했으며, 홍문관 교리와 헌납을 지냈다. 8월에 현종이 승하하자 국장 의궤도감 낭청이 되었다.

1675년(숙종 원년) 5월 병조 정랑이 되고, 윤5월 홍문록에 들어 부수찬이 되었다. 7월 부교리, 11월 정언, 12월 헌납이 되었다. 1676년(숙종 2년) 11월에 부제학이 되었으나 형 유명견이 수찬에, 동생 유명현이 부교리에 재임 중이라 삼 형제가 홍문관에 있을 수 없다고 상소하여 사임했다. 12월에 헌납이 되었다. 1677년(숙종 3년) 6월에 우부승지를 거쳐 대사간이 되었다. 이때 허적의 주장을 지지하여 송시열의 처단에 반대하다가 사임했다. 8월에 이조 참의가 되었다.

유명천은 남인 가운데서도 탁남(濁南)의 정치가였다. 남인은 현종 말년 서인계 김육이나 김우명 등이 중심이 된 한당(漢黨) 세력과 제휴하고, 갑인예송 과정을 거치며 한당과 연결하여 승리했다. 숙종 즉위 초 김석주(金錫胄)의 주도로 갑인환국이 일어나자, 남인들은 기해예송의 책임을 물어 송시열의 처벌을 주장했으며, 허목이 대사헌에, 윤휴가 장령에 제수되었다. 하지만 남인은 서인의 처리 방식이나 국정 운영 방향 등에서 청론의 청남과 탁론의 탁남으로 분열했다. 청남은 사림에서 진출한 허목과 윤휴를 추종하는 세력으로 성호 이익의 아버지 이하진(李夏鎭)을 비롯하여 오정창(吳挺昌), 오정위(吳挺緯), 오시수(吳始壽), 조사기(趙嗣基), 이수경(李壽慶), 이옥(李沃), 이담명(李聃命), 장응일(張應一) 등이다. 탁남은 행정력을 갖추고 처신이 원만한 허적, 권대운을 추종하는 세력으로 민희, 민암(閔黯), 목내선(睦來善), 이관징(李觀徵)과 유명천, 유명현 형제이다. 단 이하진을 비롯해 이담명·이옥·조위명 등은 조선왕조실록 기사에 따르면 "두 쪽 사이에 양다리를 걸쳤다."라고 했다. 1680년(숙종 6년) 경신환국으로 청남이나 탁남이나 모두 타격을 입었다. 1689년 기사환국으로 남인이 재집권했으나 1694년 갑술환국으로 다시 정권에서 축출되었다. 남인은 인현 왕후를 폐비시킨 명의죄인이 되어 정치적 입지가 약화되었고, 이현일(李玄逸) 등 영남 남인들은 이후 정계 진출이 제한되었다. 18세기 전반 남인들은 문내파·문외파·과성파(跨城派)로 나뉘었다. 문내파는 숙종 초 탁남 계열인 허적과 사천 목씨·여흥 민씨·진주 유씨 등으로 권중경(權重經)·김화윤(金華潤)·권진경(權鎭經) 등이 주도하고, 문외파는 허목과 관련된 인물들로 심단(沈檀)·이인복(李仁復)·이중환(李重煥) 등이 주도했다. 문내파의 일부는 이인좌의 난에 가담하면서 타격을 입었다. 문외파는 심단이나 오광운(吳光運) 등의 집권 세력과 밀착하고, 18세기 후반에는 채제공(蔡濟恭)을 영수로 남인계의 입지를 다져 나갔다.

유명천과 이옥의 대립은 매우 유명한 사건이다. 이옥은 본관이 연안, 자는 문, 호는 박천(博川)으로 청남의 인물이다. 1660년(현종 원년) 등과하여 1677년(숙종 3년)에 부제학이 되었다. 이옥은 이보다 앞서 송시열에게 아부했다는 이유로 회양 부사로 나갔다가, 이제는 송시열의 처분을 종묘에 고하고 극형에 처하자고 주장했다. 홍우원(洪宇遠)이 그를 청직인 부제학에 의망했는데, 이조 참의로 있던 유명천은 이옥의 반복 무상함을 비난하며 사직 상소까지 올리며 극력 반대했다. 양측을 지지하는 자들이 서로 대립하여 옥사가 일어났다. 당시 판의금부사 김석주가 옥사를 처리해서 유명천은 무죄로 방면하고 이옥은 장 100대에 고신을 추탈하기로 조율했다. 숙종은 고신 추탈에 그치지 말고 변지에 정배하라고 하여 결국 선천(宣川)에 정배되었다.

유명천은 1680년(숙종 6년) 2월에 이조 참판, 3월에 와서 제조, 4월에 경기도 관찰사가 되었다. 이때 이른바 경신대출척이 일어나 삭탈관직당하고 10월에 구성(지례)으로 유배되었다. 1681년 6월에 음성으로 양이되었다. 1683년 정월에 방귀전리가 되어 연성(蓮城) 곧 안산으로 돌아와 천연재(天淵齋)에 거처했다.

1688년 지난날의 옥사가 무고라 하여 강계 부사로 기용되었으나, 자형 윤이제(尹以濟)가 평안도 관찰사로 재직 중이라

피하고 싶다는 뜻을 올려 사임했다.

　1689년 2월의 기사환국으로 정권이 바뀌자, 동지경연사, 예조 참판을 거쳐 공조 판서에 중용되었다. 3월에 대사헌, 윤3월에 지의금부사, 5월에 평시서 제조가 되었다. 대사헌으로 있을 때 사간원과 합계하여, 김석주(金錫胄)의 관작 추탈을 청했다. 지의금부사로 있을 때는「금오청신계사(金吾請訊啓辭)」를 올려, 1680년 오시수의 사사에 관련되었던 역관 박정신(朴廷藎), 변이보(卞爾輔), 김기문(金起門)을 형신해야 한다고 청했다. 오시수는 경신환국에 연루되어 남인들과 함께 유배되었다가, 앞서 청나라 조제사가 왕약신강(王弱臣强)의 설을 말했다고 왕에게 허위 보고를 했다는 이유로 서인의 탄핵을 받고 사사되었다. 10월에 예조 판서로 옮겨, 홍문관 제학을 겸했다. 12월에는 이조 판서가 되었다.

　61세 되던 1693년 7월에 보국숭록대부에 올라 판중추부사가 되었다. 10월에 판윤이 되고, 11월, 동지정사로 북경에 갔다가, 이듬해 1694년 3월에 복명했다. 4월에 갑술옥사가 일어났다. 유명천은 지난날 오시수의 사사에 관련되었던 역관 김기문 등에게 형신을 청하여 임금을 오도했다고 죄목이 씌워져, 파직하고 서용하지 말라는 명이 내렸다. 4월 10일(정축) 장령 유집일(兪集一), 지평 김시걸(金時傑)은 유명천이 민암(閔黯)과 더불어 권력을 천단하며 악행과 음모로 백성을 병들게 했다고 극변에 안치할 것을 청했다. 이로써 유명천은 강진으로 유배되었다가, 6월에 오천(영일)로 이배되었다.

1699년 2월 동궁의 병환이 나은 것을 기념한 사면 때 방귀전리로 괴산으로 돌아와 은퇴당에서 지냈다. 하지만 69세 되던 1701년 지평 이동언(李東彦)이 그가 장희재와 공모하여 인현 왕후를 모해하려 했다고 탄핵했으므로, 유명천은 나주 지도에 안치되었다. 72세 되던 1704년 괴산으로 돌아왔다. 73세 되던 1705년 봄 「자명」을 지었고, 8월 30일에 세상을 떠났다. 10월에 충청도 괴산군 소수면 몽촌리에 장사 지내졌다. 1711년(숙종 37년) 12월에 이르러 복관되었다.

『숙종실록』의 숙종 31년 8월 30일(신유) 기록에 실린 유명천 졸기는 다음과 같다.

고향으로 돌아가게 한 죄인 유명천이 죽었는데, 나이는 일흔 셋이었다. 유명천은 음흉하고 사나우며 남을 경계하는 마음이 깊고 세밀했으므로, 그 무리에게서 가장 추대받았다. 기사년(1689년, 숙종 15년) 이후 이조 판서로 오래 있으면서 앞잡이를 배치해 놓았고, 사람을 해치고 나라를 병들게 하는 논의는 다 그가 시킨 것이다. 아우 유명현 및 목내선, 민암, 민종도와 함께 명성과 위세를 서로 의지했으므로, 세상에서 목민유(睦閔柳)라 불렀다. 경화(更化)한 초기에 특교(特敎)로 멀리 귀양 갔다가 뒤에 돌아왔고, 신사년(1701년, 숙종 27년)에 역적의 진술에 긴요하게 나왔으므로 절도에 안치되었다가 뒤에 또 용서받아 방귀되었는데, 이때에 이르러 죽었다. 두어 달 사이에 이봉징(李鳳徵)과 유명천이 잇따라 죽으니, 그 무리가 다 상심했다.

유명천은 1693년 동지사 정사로 북경에 나가던 시기부터 지도로 유배 갔다가 돌아와 졸하기 직전까지의 시문들을 『연행록(燕行錄)』과 『남천만록(南遷漫錄)』 등으로 정리해 두었다. 탁남에 속한 유명천과 그 형제 유명현과 유명견은 경신대출척과 갑술옥사를 거치면서 실권했고, 조카들인 유래(柳倈)와 유뢰(柳耒)도 1728년 이인좌의 난에 연루되어 죽거나 유배되었다. 유명천의 시문은 유뢰의 아들이자 그의 종손인 유경종(柳慶種)이 정리했다. 유경종은 매부 강세황(姜世晃), 조중보(趙重普), 이용휴(李用休)와 함께 1756년 안산 수리산(修理山) 원당사(元堂寺)에서 유명천의 시문을 산정하고 전 규장각 사자관으로서 수원에 거처하던 백인문(白仁文)을 고용하여 잘 베끼게 했다. 유명천의 6대손 유원성(柳遠聲)이 1924년 문집의 정사본을 다시 베껴 두었다. 이것이 오늘날 전하는 『퇴당집』이다.

유명천 자신은 문사에 뛰어나지 못했으나, 그의 『퇴당집』을 보면 내면의 세계를 드러낸 시문이 적지 않다. 69세 되던

266

1701년(숙종 27년) 지도에 유배된 이후 지은 「지도둔촌기(智島屯村記)」에서는 오유자(烏有子)와의 문답 형식으로 지도의 자연환경과 인문 환경을 명료하게 서술하고, 자신의 고초를 이야기하며 마음가짐을 토로했다.

오유자는 지도의 바다와 산들이 이루는 지세를 말하고 관아와 민간의 상황을 서술한 뒤 섬의 풍기에 대해 밝힌다. 그러면서 이제까지 이곳에 죄인이 유배된 적이 없으므로 옹의 예는 파천황이라고 말하고, 나이 일흔에 이런 곳에서 두려움과 괴로움을 느끼지 않느냐고 묻는다. 옹은 작은 집에서 서지(棲遲, 느긋하게 지냄)하며 죽, 나물, 생선 등을 먹고 마시는 것이 적절하며 하루 시 세 수씩을 지어 마음속의 것을 쏟아내고 이웃 농부와 농사일을 이야기하고 객이 오면 합좌하여 늙은 승려처럼 묵묵히 있어 기거가 적절하다고 말한다. 그리고 남북으로 유배 다니다가 이렇게 사람 축에 끼일 수 있게 된 것만도 바다 같은 성은의 덕택이나, 다만 형제들이 함께 유배 길에 올라 헤어질 때의 고통을 참을 수 없었다고 말한다. 그러면서 이연평(李延平) 즉 이동(李侗)이 주희를 가르칠 때 "만일 털어 버릴 수 없는 고통이 있다면, 다만 옛사람이 처했던 경우 가운데 감당할 수 없는 예를 떠올려 자신의 경우와 비교한다면 조금은 위안할 수가 있다."라고 한 말을 생각하면서 자신을 위로한다고 말했다.

오유자는 또 지도와 둔촌이라는 이름에 대해 논하면서 삶에서 지식이 지닌 의미를 되물었다.

"그대의 말은 모두 옳습니다. 그런데 여기 한 가지 설이 더 있습니다. 지도와 둔촌이라는 명호는 우연한 것이 아닌 듯, 마치 거기에는 기함(機緘, 오묘한 작용)이 있는 것 같습니다. 옹은 아시는지 모르시는지?"

옹은 말했다. "나는 내 한 몸을 지킬 지혜가 없어서 결국 여기에 왔습니다. 지도라는 칭호는 나를 깨우쳐 주는구려! 나는 시운의 둔(屯, 어려움)을 만나 마침내 이런 화에 걸렸으니, 둔촌이라는 칭호는 나에게 적합하구려!"

오유자는 말했다. "아! 영무자(甯武子)의 지혜로움은 지혜를 바탕으로 어리석은 듯했으므로, 위태롭고 어지러운 세상을 만나 자취를 가라앉히고 스스로를 숨겼소. 옹의 지혜롭지 못함은 '어리석은 듯함'의 뜻이 아닌 줄 어찌 알겠소? 복희씨의 『역』해설에 '둔(屯)'이 있으면 반드시 형(亨, 형통함)이 있다고 했소. 구름이 깔리고 우레가 치는 시기에서 경륜(經綸)이 있는 법. 옹이둔에 처함이, 어찌 형통하여 길할 징조가 아닌 줄 알겠소? 옹은 묵묵히 기억하시오!"

오유자는 옹에게 그의 어리석음은 영무자의 어리석음과

같다고 변호해 주었다. 영무자는 『논어』「공야장」에서 공자가 평하여 "영무자는 나라에 도가 있을 때는 지혜롭고, 나라에 도가 없을 때는 어리석었으니, 그 지혜는 따를 수 있으나 그 어리석음은 미칠 수 없다."라고 했던 그 영무자다. 도가 없을 때 어리석었다는 것은 스스로의 몸을 돌아보지 않고 무모하다시피 도의 실천을 감행했다는 말로 풀이할 수 있다. 하지만 오유자는 옹을 위로하기 위해 곡해하여, 위태롭고 어지러운 세상을 만나 자취를 가라앉히고 스스로를 숨기는 도회(韜晦)로 풀이한다. 그렇지만 옹은 자책한다. 위태로운 세상에서 자취를 숨기지 않은 사실을 두고.

어떻든 지혜롭지 못한 결과는 고통스러울 따름이다. 이러한 형국에서 어떻게 벗어날 수 있는가?

소극적으로는 나보다 고통스러운 사례를 생각하여 조금 위로를 받는 방법이 있다. 적극적으로는 고난의 시기를 타개하기 위해 경륜을 펼치는 방법이 있다.

유명천은 후자의 방법을 생각해 본다. 일흔이 넘은 나이이건만, 그것을 지나친 욕심이라고 말할 수 있을까? 그의 경력에 비추어 본다면 소신의 토로인 듯이 여겨진다.

『주역』 둔괘(屯卦) 상전에 "구름과 우레로 이루어진 괘가 둔이니, 군자가 이를 본받아 경륜해야 한다.(雲雷, 屯, 君子以, 經綸.)"라고 했다. 구름은 은택을 비유하고 우레는 형벌을 비유하니 이 둘을 잘 활용하여 국가를 경영하는 뜻이라는 설이 있다. 하지만 여기에서는 구름과 우레를 험난한 역경으로 보아 이를 해결하기 위해 경륜을 펼친다는 설로 풀이하고 싶다.

노새 타고 술병 들고 나가서
돌아오는 것을 잊었다

남학명(南鶴鳴, 1654~1722년), 「회은옹자서묘지(晦隱翁自序墓誌)」

옹이 태어난 것은 효종 5년 갑오 2월 7일이다. 처음에 선고 영의정 부군과 선비 정경부인 정씨는 자식들을 대부분 잃고, 다만 옹 한 사람만 거두었다. 옹도 또한 열 명의 자녀를 두었으나, 그 가운데 여섯을 잃었다.

열다섯 살에 동춘당 송문정공(송준길)이 관례를 올려 주고, 자를 자문(子聞)이라고 붙여 주셨다. 선조고께서 어릴 적 이름을 학명으로 지어 주셨는데, 고치지 않고 그대로 쓴 것이다.

문강공 이민서(李敏敍)의 따님을 아내로 맞았다. 여섯 해가 되도록 후사가 없었고, 요절했다. 뒤이어 목사 이시현(李

時顯)의 따님을 재취로 맞았다. 아들 극관(克寬)이 먼저 요절했다. 둘째는 처관(處寬)이고, 막내는 오관(五寬)이다. 두 딸은 각각 이창원(李昌元)과 이광의(李匡誼)에게 시집갔다.

죽게 되면 용인 화곡(花谷) 선영의 아래, 죽은 아내의 묘 왼쪽에 묻히고자 한다. 뒤이어 재취 이씨의 상이 있게 되면, 분묘 셋을 나란히 두어야 할 것이다.

옹은 어려서 병이 들어 거자업(과거 공부)을 하지 않았다. 그리고 자식들이 번창하지 않는 것은 실로 복이 적기 때문이고, 또 부모에게 양육된 것이 지나치게 많은 까닭이라고 생각해서 준절(撙節, 스스로를 꺾어 절도를 지킴)하고 겸억(謙抑, 스스로를 눌러 겸손한 자세를 지님) 하고자 했다. 추천되어 주부의 벼슬을 받았으나 취직하지 않았다. 감히 고위의 지위에 처할 수 없기 때문이었다.

중년에 수락산 서쪽 회운동(晦雲洞)에 꽃과 과실 나무 천 그루를 심어 두고, 서너 칸 집을 쌓으니, 계수와 골짝의 아름다움을 차지하게 되었다. 상국 최석정이 억지로 이름을 회은재(晦隱齋)라고 붙여 주었으나, 감히 그것으로 호를 삼으려 하지는 않았다. 일반 서적과 역사서와 금석문과 저서를 쌓아 두는데 탐닉하여, 도서가 근 1만 축에 이르렀다. 세간에서 말하는 성색(聲色)과 취미(臭味)에 대해서는 담백하여 관심이 없고, 아름다운 산수를 좋아해서, 혹은 노새를 타고 술병을 들고 나가서 노닐어 돌아오는 것을 잊었다. 조상을 받들고 종족들과 돈독하게 지내는 일에 대해서는 소홀히 하지 않았다. 이것으로 일생을 마치려고 한다. 지금 일흔 살에 가까운데, 겨울잠 자는 벌레처럼 문을 닫아 걸고 있다.

유언으로, 관은 연폭(連幅)을 쓰고, 심의(深衣)로 염습하며, 석회는 곽에 바로 뿌리며, 외관은 사용하지 말라고 명한다. 감여가(풍수가)에게 현혹되어 이장하지 말 것이며, 흉례(장례)와 길례(제사)는 국가에서 정한 예식을 준용해야 한다.

의령 남씨는 승국(고려) 때부터 대성이다. 학자들은 선부군을 약천 선생(남구만(南九萬))이라고 일컫는다.

숙종 때 문인 남학명이 남긴 「회은옹자서묘지(晦隱翁自序墓誌)」다.

본관이 의령으로, 남구만의 아들이다. 음보로 주부에 천거되었으나, 임명되자마자 사퇴하고 오직 학문에 전념했다. 인조, 효종, 현종 삼대에 벼슬한 원두표의 사위인 이민서의 사위였다. 장남 남극관은 학문이 뛰어났으나 요절했으므로 「서망아유시사(書亡兒幼時事)」를 적어 남겼다. 이민서의 아들은 이관명(李觀命)과 이건명(李健命)으로, 둘 다 좌의정에 올랐다. 이건명은 노론 네 대신(당시 노론의 영수였던 김창집(金昌集), 이이명(李頤命), 조태채(趙泰采), 이건명)의 한 사람이다. 이 이민서의 사위가 남학명이지만, 남학명의 후손들은 소론에 속했다.

남학명은 높은 관직에 오르지 않았기 때문에 국가의 정치 제도에 관한 웅장한 글은 남기지 않았다. 그는 일찍 죽은 아들 남극관의 묘표나 막내 자부의 광지(壙誌), 일족의 서얼들에 관한 기사 등 가까운 인물들을 위한 글에서 따스한 인간미를 드러냈다. 또 예제, 고사, 풍토, 언행, 사한(詞翰), 쇄문(鎖聞) 등으로 분류한 『잡설(雜說)』을 편집해서 우리나라의 문화와 일화 등을 알렸다.

남학명은 또한 단종을 추모해서 『장릉지(莊陵誌)』에 발문을 적었다. 『장릉지』는 1663년 윤선거가 편찬한 것을 1711년 목판본으로 간행했는데, 간행 직전인 1709년(숙종 35년)에 남학명이 발문을 적은 것이다.

1709년에 남학명은 「석왕사비(釋王寺碑)」라는 견문기를 적었다. 석왕사는 안변 설봉산(雪峯山)에 있다. 전설에 따르면 조선 초에 창건한 절로, 태조가 왕이 될 꿈을 꾸고 무학 스님을 토굴 속에서 만나 꿈풀이를 했기 때문에 등극하고 나서 토굴 터에 사찰을 세우고 석왕이라 이름했다고 한다. 이 절은 왕운의 발상지라 하여 조선 왕조에서 대단히 중시했다. 숙종이 지은 기를 새긴 비가 있고, 영조와 정조도 비문을 썼다. 정조의 비문에 따르면 "비구니들이 군지(軍持, 물병)와 녹낭(漉囊)을 들고 북적거렸으며, 건물로는 향실(香室)과 감원(紺園) 등이 빙 둘러 사방으로 뻗어 있었으며, 전후 몇백 년간 독경 소리와 범패 소리가 구름 끝 나무 꼭대기까지 메아리치고 있다. 인목 왕후와 인원 왕후는 법상(法相)에 도금을 했다." 하지만 남학명은 무학의 설을 전혀 언급하지 않았다. 허탄함에 가깝다고 여겼기 때문이다.

남학명은 이 절의 연기(緣起)와 자신이 석비에 지(識)를 쓰게 된 이유에 대해 이렇게 말했다.

듣자니 지난 고려 말에, 우리 태조 대왕이 정포은 공 등 여러 사람과 함께 일을 도모해서, 사람을 시켜서 해양(海陽)에 있는 불경을 실어 와 안변부 설봉산 석왕사에 옮겨 보관하게 했다고 한다. 해양은 곧 지금의 길주이다. 태조가 그 일을 기록하게 해서 판에 새겨 절에 남겨 두었다. 그 후 300년이 지나 절의 승려가 그 판을 우리 전하(숙종)에게 진헌하자, 전하께서는 아득한 옛일을 추억하고 감흥을 일으켜 탄식하고는 판각의 이지러져 빠진 부분을 친필로 보완하고 또 그 아래에 발문을 적어서, 다시 절에 걸라고 하셨다. 절의 승려는 그 글자가 가늘어서 오래가기 어려움을 염려해 베껴서 바위에 새겼다. 그리고 내게 그

뒷면에 글을 써 달라고 부탁했다.

남학명은 과거의 기문과 비에 근거해서 석왕사의 연기 설화를 정정했다. 합리적인 사유 태도를 엿볼 수 있다.

자찬묘지에서는 자신의 이름이 아명을 그대로 쓰는 것이고, 송준길이 그 이름과 의미상 연관이 있는 자문(子聞)이라는 자를 붙여 주었다고 했다. 그의 이름과 자는『시경』「소아 학명」에서 "학이 구고(九皐)에서 우는 소리가 하늘에 들리다 (鶴鳴于九皐, 聲聞于天)"라고 한 구절에서 따온 것이다. 언젠가 조정의 청환직에 올라 학문과 문장으로 일세를 울리기를 기대한 것이다.

그렇게 이름과 자의 유래를 적고 난 뒤 남학명은 일흔이 가까운 나이에 동면하는 벌레처럼 문을 닫아걸고 있는 현재의 자신을 돌아보면서 자괴감을 느꼈다. 할아버지와 아버지의 기대에 미치지 못하게 된 것은 자신의 무능 때문인가, 아니면 시대의 탓인가? 이에 대해서는 명료하게 밝히지 않았다.

남학명은 별도로 「유훈」을 남겨 사후의 일을 당부했다. 심지어 "관 안쪽과 천판(天板)은 모두 장지(壯紙)로 바르고, 옻칠은 세 차례 이상 해서는 안 된다."라는 내용까지 있다. 장례와 제례에 호사스러운 물품을 쓰지 말고 분수에 넘치는 예를 행하지 못하도록 한 것이다.

일혼의 나이에 이르러, 할아버지와 아버지의 사업을 잇지 못한 자신을 되돌아보면서 참 고통스러웠을 것이다. 선인들은 계지술사(繼志述事)를 일생의 사업으로 간주해 왔기에 더욱 그랬을 것이다. 계지는 어버이의 뜻을 잘 계승하는 것을 말하고, 술사는 어버이의 일을 잘 따라서 하는 것을 말한다. 『중용』에 보면 공자는 이렇게 말했다. "문왕과 주공은 세상 사람들이 모두 칭찬하는 효자일 것이다. 효라는 것은 어버이의 뜻을 잘 계승하고 어버이의 일을 잘 따라 행하는 것일 뿐이다." 계지술사, 인생의 사업 가운데 가장 중요한 일이면서 가장 행하기 어려운 일이 아닌가.

감암에서 야위는 것이 마땅하다

이재(李栽, 1657~1730년), 「자명(自銘)」

세상에 드문 기인이 바다 한 모퉁이에서 났으니
성은 이, 이름은 재, 자는 유재.
뜻은 있었으되 재주도 없고 시운도 없으니
감암(嵌巖)에서 말라 야위어 감이 참으로 마땅하다.
빛나도다 내 마음가짐이여, 전철(前哲)을 뒤따르고
나의 즐거움을 즐기도다, 다시 무엇을 구하리오.

17세기 후반과 18세기 초 영남 유학을 대표했던 남인 학자 이재가 56세 되는 1712년(숙종 38년)에 지은 자명이다. 후한 때 조기의 자명을 보고 나이가 서로 비슷한 데에 마음이 움직여 그가 했던 것처럼 명을 지은 것이다.

본관은 재령(載寧)이다. 이조 판서 이현일의 아들로, 1657년(효종 8년)에 지금의 경상북도 영양군 수비면 반곡리에서 태어났다. 아버지와 숙부 이휘일(李徽逸), 이숭일(李嵩逸) 밑에서 수학했다. 1694년(숙종 20년) 일어난 정변으로 이현일이 유배처를 전전하자 배종했다. 이현일은 이황의 제자 김성일로부터 학통을 전수받은 장흥효(張興孝)의 외손자이기도 하다. 이재는 아버지를 통해 이황의 학통을 이었다. 그 학문은 외조카 이상정(李象靖) 그리고 남한조(南漢朝), 유치명(柳致明)에게 이어졌다.

이재는 1723년(경종 3년)에 「밀암자서(密菴自序)」를 지었다. 1694년의 갑술환국 때는 이미 『일록(日錄)』을 지은 바 있다. 「밀암자서」에서 이재는 사헌부와 사간원의 대장(臺章)과 사림의 신변소(伸辨疏)를 부기하고 신임옥사의 전말을 갖추어 기록해서 백 년 후 의론이 정해질 날을 기다리고자 했다.

「밀암자서」에서는 가문의 내원을 먼저 이야기했다. "신라가 천명을 받은 처음에 하늘에서 월성(月城)의 표암(瓢巖)으로 내려와 나라를 여는 원신(元臣)이 되신 분은 이알평(李謁平)이셨으니, 이씨로서 본관이 월성인 분들은 모두 그를 시조로 삼는다." 그리고 아버지 이현일이 유학으로 현달하여 여러 관직을 두루 거쳐 이조 판서까지 이르렀던 사적을 서술한 후 자신의 탄생에 대해 이야기하기 시작했다.

태어나려고 할 때 큰 호랑이가 마당가에 엎드려 있다가 내가 태어나자 그제야 갔다고 하는데 닭은 오히려 울지 않았다고 한다. 조모 태정부인(太貞夫人) 장씨가 해산을 보러 왔다가 이를 이상하게 여기고는 선친에게 다음과 같이 당부하셨다고 한다. "이는 길상(吉祥)이네. 후일 찬란하게 빛날 징험이 있을지 모르네. 꼭 기억해 두게." 아기 때에 미간은 넓고 눈은 밝고 이마는 넓었으므로 판서 공이 이를 헤아려 아명을 성급(聖及)이라 지어 주셨다.

돌이 지나지 않아 돌림병을 얻어 죽을 고비를 넘겼다. 네 살 때 걷기 시작했고 다섯 살 때 말을 제대로 하기 시작했다. 어려서는 많이 미련하여 사정(事情)에 밝지 못했으나 유독 서책에서만은 그리 막힘이 없었다. 고문사를 매우 좋아했는데, 비록 구두를 떼어 가며 읽지는 못했으나 서적에 대한 탐음(貪淫)은 기욕(嗜欲)과도 같았다. 당시에 지은 글 중에 사람들을 놀라게 한 것은 없었지만 종종 한껏 내달리고 난만하게 무르익은 기세가 있기도 했다. 존재(存齋) 선생(숙부 이휘일)께서 당시에 나를 데려다가 가르치시면서 이 아이는 훗날 우리 집안의 문종(文種, 학문 종자)을 끊어지지 않게 할 것이라 하셨다. 선친께서는 가

시는 곳마다 반드시 나를 함께 데리고 다니셨으며, 천인 성명(天人性命)의 설, 치란 흥망의 종적에서부터 고금 문장에서 체격의 고하 같은 것에 이르기까지 자상하게 가르쳐 주시지 않은 적이 없었다. 내가 어리석어 그 말이 무슨 말인지는 알지 못했으나 어른의 말 듣기를 즐겁게 여겼기에 한 번 들은 것은 어지간히 잊는 법이 없었다.

특이하게도 이재는 어머니의 훈도를 입은 사실을 밝혀 두었다. 이재가 열세 살일 때 어머니 장씨는 절구 한 수를 지어 "아이가 이미 학문에 뜻을 두었으니, 참된 유자가 될 수 있으리."라고 하며 격려했다.

부인 장씨는 규범(閨範)이 매우 발랐으며 여러 손자가 비록 어리더라도 감히 그 앞에서 비속한 말을 내는 법이 없으셨다. 열셋이 되어 『소학』, 『논어』, 『좌씨전』에 통하고 옛사람을 흠모하여 「신세자경문(新歲自警文)」을 지었다. 모친은 다음과 같이 절구 한 수를 지어 아들을 격려했다.

새해에 자경문을 지었으니	新歲作戒文
너의 뜻이 요즘 사람에 있지 않구나	汝志非今人
아들이 학문에 뜻을 두었기에	童子已向學

참된 유자가 될 수 있으리라 　　　　　　可成儒者眞

이재는 우환이 계속 이어지는 가운데서도 학문에 뜻을 두고 서책에 잠심했던 젊은 날을 상세하게 회고했다.

특히 집 안팎에서의 촉망이 얕지 않았으나, 천성이 우둔한 데다가 나이가 들어 가며 차츰 사정을 살피게 되면서부터는 이곳저곳에서 따다 쓰기를 지나치게 좋아하는 병통이 있어 들떠서 전일하지 못했다. 그리고 부모의 상을 당하는 우환이 이어져서 어린 시절 지업(志業)을 열에 여덟아홉은 잃어버리고 말았다. 그러나 서책을 지나치게 탐내고 그에 빠지는 일은 예전 그대로였다. 그때 항재 숙부(이숭일)에게 질의하고 가르침을 청해서 『태극도설해(太極圖說解)』, 『중용장구(中庸章句)』, 『의례(儀禮)』 「사상례(士喪禮)」 등 여러 편을 모두 배웠다. 장성하면서 매우 궁핍하여 마음이 어지럽기도 했으나 더더욱 독서에 힘썼다. 서른이 되었을 즈음에는 옛사람의 필묵(筆墨)과 혜경(蹊徑, 문리)을 조금 알게 되어 선친과 항재 숙부께서 편잔(編剗, 글을 엮고 깎아 내는 문필의 사업)을 이으리라고 인정하셨다. 서울 집에서 부모님을 봉양하면서부터는 어떤 날은 먼지 나고 시끄러운 성시(城市)에 가 보기도 하고 어떤 날은 사방의 인물들을 만나 보기도 했으며 또 아침저녁으로 번쇄한 인사(人事)가 있기도 하

282

여, 생각은 황망해지고 지업은 피폐해져 도심을 손상하는 바가 적지 않았다.

선친께서 함경도로 유배당하시자 모시고 가면서 수륙만리 길을 허둥거리고 갈팡질팡했는데, 선친께서 내가 울부짖으며 어찌할 바를 몰라 하는 것을 보시고 내 손을 잡으시고 이렇게 말씀하셨다.

"본디 환란이란 환란에 어떻게 대처하는가에 달린 것이다. 평소의 공부는 어디에 써야 할 것이더냐. 그러지 말려무나. 너의 아비는 성왕의 지우를 입어 지위가 열경(列卿)에까지 이르렀으나, 뜻한 바는 하나도 행하지 못하고 끝내는 문망(文罔, 법망)에 걸리고 말았다. 그러나 평소 지업의 본말은 너도 잘 알고 있는 것이니, 잊지 말고 내 글들을 수습해 주기 바란다."

지금까지도 유음(遺音)이 전하는 듯하다. 아! 불초한 자식으로서 어찌 차마 말할 수 있으리오. 변방으로 나왔으니, 땅은 지독히 춥고 풍속은 비속했다. 벼슬을 사느라 안색이 쇠하셨지만, 선친께서는 이곳 생활을 천명인 듯 편안히 여기시며 조금도 근심스러움을 말씀이나 얼굴에 드러내지 않으시고 매일 힘써 독서하고 글을 쓰셨다. 나 역시도 선친을 봉양하는 틈틈이 전말을 기록하고 경사(經史)를 읽었다. 선친께서 기뻐하시며, "너는 나의 채중묵(蔡仲默, 채침)이 되어라. 유배지 생활의 고통을 잊기에 족하도다."라고 하셨다.

한번은 나의 서투른 문장을 전하는 자가 있어서 일시에 문망(文望)을 짊어진 명공(名公)들이 칭찬하여 혹 과분하기도 했으나, 당시에는 아직 어려서 기이한 것을 좋아했던 것이었다. 그런데 진이상(陳履常, 진사도)이 "양자운(揚子雲, 양웅)은 기이한 것을 좋아한 까닭에 끝내 기이하게 될 수 없었다."라고 논한 것을 보고서 문장도 역시 따로 정격이 있음을 알게 되어, 비로소 글을 속되지 않고 전칙(典則)을 갖추게 하는 것을 위주로 삼게 되었다.

선친께서 북쪽으로는 함경도로 남쪽으로는 전라도로 옮겨 다니신 7년간의 유배 생활을 끝내고 경진년(1700년) 봄에 비로소 복주(福州, 안동) 금소역(琴韶驛)으로 돌아와 우거하셨다. 그곳 산천이 드넓고도 그윽한 것을 좋아하시어 그 곁에 자리를 정하여 집을 지었다. 그 땅이 금수(錦水)라 칭해지기도 했으므로, 이를 금양(錦陽)이라 이름 짓고 유연(悠然)히 그곳에서 생을 마감하려는 뜻을 가지셨다. 이를 알고 원근에서 많은 학자가 옷자락을 부여잡고 찾아와 배우기를 청했다. 나는 어려서 일찍이 다른 사람들을 좇아 정문(程文, 과거 시험 문체)을 닦았으나 과거에 합격하지는 못했고, 누차 가난(家難)을 만나 이를 다시 마음에 두지 않았다. 그때부터 사우(士友)들 사이를 주선하여 자못 관선(觀善, 친구의 좋은 점을 보고 배움)의 보탬이 있었다.

갑신년(1704년)에 선친께서 돌아가셨다. 불초한 형제들은 금양의 새로 지은 집에서 상기를 보냈다. 그리고 가전(家傳)을 엮어서 입언(立言)의 군자에게 필삭을 청하고 유문(遺文)을 모아 뜻을 같이하는 여러 사람들과 교감하여 한 질의 책을 이루었다. 후세의 지언(知言)을 기다린다. 기사년(1689년) 이후 은지(恩旨, 특지)가 연이었는데 이는 상례에서 매우 벗어난 일이었으나 문집 속에는 기재되지 않았으므로, 명나라 양문정(楊文貞, 양사기)과 우리나라 유문충공(柳文忠公, 유성룡)의 고사를 본떠 『성유록(聖諭錄)』을 편차하여 당시의 융성했던 예권(睿眷)을 보였다.

선친을 여의는 지독히 애통한 일을 당해 궁벽한 산골에서 허둥대며 지내다가, 몇 년 후에 금수(錦水)로 돌아와 우거를 지었으니, 옛 집터와는 불과 수십 걸음 떨어진 곳이었다. 선친께서는 내가 불초함을 알지 못하시고 일찍이 우리 집안이 너에게 달려 있다고 일러 주셨는데, 지금 최잔(摧殘)함이 이와 같으니 그 옛날 선친께서 당부하신 뜻에 부응할 바가 없게 되었다. 매일 한밤중에 이런 생각이 들 때마다 깜짝 놀라 두렵기가 이만저만이 아니어서, 자신에 이르러 가문이 쇠하여져 이를 통탄했던 후한의 두독(杜篤)과 같은 슬픔이 있었다. 그래서 가만히 생각해 보았다. 선비가 세상에 살면서 그 포부란 너무나 큰 것이어서, 크게 뜻을 실천한다고 해서 더할 것도 없고 궁핍하게 거주한다고 해서 덜어지지도 않는 법이다. 하물며 장재(張載)의 말에 그대를 빈궁하게 하고 시름에 잠기게 하는 것은 그대를 옥처럼 갈고닦아 이루게 하기 위함이라 하지 않았던가! 지금 근심스러운 속에 유리하고 있는 일로 저상(沮喪)되고 낙담하여 집안의 옛 가업을 닦고 선친의 덕을 좇을 것은 생각지도 않고 있으니 이 어찌 슬픈 일이 아니랴!

또 내가 듣기로, 장례 때 죽은 분을 섬기기를 살아 있을 때처럼 하고 제사 때 사망한 분을 섬기기를 생존했을 때처럼 하는 것이 효의 지극함이라 했다. 내가 불초하여 어버이가 살아 계실 때는 살아 계신 분을 섬기는 도리를 다하지 못했거늘, 돌아가신 후에 돌아가신 분을 섬기는 도리를 생각하지 않을 수 있겠는가! 사람의 자식으로서 살아 있는 분을 섬기는 날은 짧고 돌아가신 분을 섬기는 날은 길다. 한번 발을 내딛을 때에도 부모를 감히 잊지 않고 한마디 말을 낼 때에도 부모를 감히 잊지 않다가 죽은 이후에나 그치는 것이니, 그런 뒤라야 온전치 못하나마 앞의 허물을 속죄받고 자식 된 직분을 다하게 될 것이다. 이에 선친께서 나를 경계하시며 "다시금 침밀한 쪽으로 공부를 하여라(更慫沈密下工程)"라고 지어 주셨던 시구에서 취하여 나의 거처하는 방을 밀암(密菴)이라 이름하고, 서문표(西門豹)가 성질이 급하여 가죽을 차고 스스로 느긋하기를 경계했듯이 나를 경계하고 선친의 유훈을 따른다는 뜻을 부쳤다.

내가 향리에서 멀리 떨어져 있고부터 어린 손자들이 세덕(世德)과 가풍을 거의 알지 못하게 되었다. 이에 가세(家世)와 구사

(舊事)를 엮어서 근본을 잊어서는 안 된다는 뜻을 보였다.

일찍이 나는 다음과 같이 생각한 적이 있다.

'옛사람들이 책 읽기를 귀하게 여긴 것은 몸으로 체득하기 위함이었다. 요즘 사람들은 책을 읽어도 책은 책이고 사람은 사람이니 그 까닭은 무엇인가? 그저 귀로 들어 입으로 내기만 하고, 마음속에 새기어 이를 몸소 실천하지 않기 때문이 아니겠는가? 연평(延平, 이통(李侗)) 선생께서는 '이 도리는 전적으로 일용(日用)의 곳에서 익숙하게 함에 달려 있다.'라고 하셨고 주자께서는 '강(講)이 끝나거든 몸소 실천하라. 그러면 비로소 귀숙(歸宿)할 곳이 생긴다.'라고 하셨으니, 이것이 책을 읽어 자신을 돌아보는 가장 긴요한 법이다.'

그래서 매사 일용 간에 이를 점검하여 해가 뉘엿뉘엿 지는 늘그막에 결루(缺漏)를 채워 막는 공을 거두려 하되, 가다가 이 결심을 잊어버리거나 그렇지 않으면 성급히 이루려고 조장하게 되므로 이러한 마음이 중간에 끊어질까 봐 늘 염려했다.

또 다음과 같이 생각한다.

'나의 몸은 내가 소유하는 것이요 나의 마음도 내가 소유하는 것이되, 몸은 때때로 없을 수 있어도 마음은 하루라도 없어서는 안 된다. 이것이 옛날 군자들이 자신의 몸은 없어질지언정 자신의 본심은 잃지 않으려 했던 까닭이다. 이 뜻을 분명하게 본다면 '뜻있는 선비는 죽어서 골짝에 버려질 것을 잊지 않는다.'라는 말, '자신을 죽여서 인을 이룬다.'라는 말, '생(生)을 버리고 의(義)를 취한다.'라는 말, '사설(邪說)의 횡류(橫流)가 홍수와 맹수보다 심하다.'라는 말의 참뜻을 진정으로 터득할 수 있을 것이다.'

이에 선친의 유훈 중에 "이치를 주로 하면 마음이 넓어지고 뜻이 공정하게 되며 나를 주로 하면 마음이 협소해지고 뜻이 삿되게 된다." 같은 말을 취하여 자리의 오른쪽에 걸어 두어, 옛 사람들이 반우(盤盂)나 궤장(机杖)에 명을 새겨 두고 이를 힘써 행하려 한 것과 같이했다.

이재는 이 「밀암자서」에서 학문 저술의 가업을 자부하고, 자신이 선친의 뜻을 이어 저술에 힘을 기울인 사실을 상세하게 기록했다.

선친께서는 일찍이 『홍범연의(洪範衍義)』 편찬에 참여하셨다. 그런데 앞부분을 다듬으려 하실 때에 우환이 박두하여 손쓸 틈도 없이 병이 깊어졌다. 선친께서는 불초한 나에게 말씀하셨다.

"이 책은 두서만 대략 이루었을 뿐이다. 주소(註疏)의 번다한 글들을 아직 다 정리해서 바로잡지 못했다. 너는 명심하여라."

나는 고개를 숙이고 눈물을 흘리며 "감히 잊지 않겠습니다."라고 말씀드렸다. 이때에 이르러 조금 산정(刪正)하여 간약(簡

約)하게 했다. 선친의 언행의 대강은 이미 행장 중에 모두 기록했으나 자세한 시일의 기록에는 미비한 곳이 있었으므로 범례를 살펴 연보를 엮어서 뜻을 같이하는 이에게 윤색을 청했다.

집안에 대대로 경학이 전하여 왔거늘 내게서 끊어져서야 되겠는가! 어찌 늙고 쇠약하다고 해서 스스로 이를 폐할 수 있겠는가! 이에 남은 생을 빌려 경적(經籍)에 몰두하여 선철(先哲, 주자)의 은미한 뜻을 궁구하고 백가(百家)의 어러 다른 설들을 정리하려고 마음먹었다. 비록 마음과 눈이 쇠잔하여 연구를 관철하지는 못했더라도, 오래도록 침잠해서 반복하는 중에 때때로 한두 작은 사실만이라도 얻게 되면 그때마다 흔연히 기뻐하며 배고픔도 잊었다. 그러나 성품이 자부심을 드러내기에는 졸렬하고 그렇게 하는 것을 부끄러워해서, 물어보지 않으면 일러 주지 않았고 지리한 말을 늘어놓아 다른 사람들에게 인정받고자 하지도 않았다. 매사에 선대의 법도를 삼가 지켜 실추되는 바가 없고자 했고, 감히 나의 주장을 앞세워 가벼이 고치려 하지도 않았다.

이재는 학술 면에서 새로운 발명도 없고 설혹 한두 가지 터득한 것이 있어도 남에게 자랑하지 않았다고 했다. 하지만 자신의 편저에 대해 자부심을 갖고 다음과 같이 그 업적을 밝혔다.

어려서 시 읊기를 좋아했으나 공교로워지기를 구하지는 않았고, 만년에 그것이 무익함을 알고 나서부터는 다시는 시 짓는 일에 공력을 들이지 않았다. 저술은 더더욱 좋아하지 않았다. 그러나 책을 읽다가 회심처(會心處)가 있으면 그때마다 손 가는 대로 차록(箚錄)을 해 두었는데, 이를 『금수기문(錦水記聞)』이라 이름했다. 그리고 『주서강록(朱書講錄)』이 세간에 두루 읽히지만 문인(門人)들 기록에 잘못이 많으므로 『주서강록간보(朱書講錄刊補)』를 지어 이를 바로잡았다. 또한 『주자대전집람(朱子大全集覽)』을 편수하려 했으나 기억력이 떨어져서 오래도록 일을 완수하지 못했다.

안자와 증자의 말씀이 문헌들에 여기저기 나오지만 책으로 이루어진 것이 없다. 송나라 유청지(劉淸之, 자징(子澄))가 『증자서(曾子書)』 7편을 편수했다는 것은 주부자(주자)가 치켜세우신 바이고, 명나라 반부(潘府, 자는 공수(孔脩))가 『안자서(顔子書)』를 편찬했다는 것은 『공자통기(孔子通紀)』에 보인다. 하지만 지금 둘 다 세상에 전하지 않으므로 개탄할 만한 일이었나. 그래서 경(經)과 진(傳)에서 뽑아내어 『안증전서(顔曾全書)』 내·외·잡편을 편수하여 내가 개인적으로 열람하기에 편리하도록 했다.

이재는 영조 때 장악원 주부를 제수받았으나 취임하지 않왔다. 이기동정(理氣動靜)의 이론에서 스스로 일가를 이룬 그는 이 「밀암자서」에서도 자신의 학설을 당당하게 개진했다.

일생 행적을 연도별로 자세하게 적되, 관력이나 행사만 적는 데 그치지 않고 자신의 감회를 덧붙였다. 당시의 사건이나 사실에 대해 그때그때 반응한 것일 수도 있지만, 1723년에 「밀암자서」를 적을 때 과거의 사건이나 사실을 회상하면서 얻은 감회일 수도 있다. 글의 전체 짜임으로 보면 후자일 가능성이 높다.

예순을 넘어 일흔을 바라보게 되었을 때 예법에 의거하여 정강성(鄭康成, 정현(鄭玄))같이 가장의 지위를 전하려 했으나 손자들이 아직 장성하지 않았고 두 젊은 며느리들이 오로지 나에게 의지하고 있어 끊으려고 해도 차마 그럴 수가 없었다.

옛사람들이 한가로이 거처하며 뜻을 기르고 깊이 사색하며 학업을 닦은 것을 생각할 때마다, 궁핍하여 여기저기 이사하며 떠돌아다닌 처지를 스스로 애도해 왔다. 생계가 더욱 영락하고 집안사람이 끼니 걸러야 함을 알려 올 때면 옛사람들도 삼순구식 했지 않느냐고 스스로 위로하기도 했다. 그러나 대부분 호구에 고통을 느껴 때로는 입을 열어 말을 하여 다른 사람에게 꾸어 옴을 면치 못했으므로, 곤궁하되 도를 잃지 않았던 호강후(胡康侯, 호안국(胡安國))와 같지 못함을 다시금 부끄러이 여겼다.

중년 이전에는 사방으로 분주히 다녀 관방(關防)의 험준함, 변새의 풍요, 고금의 물정과 시변(時變) 등을 많이 경험하여 자세히 알았다. 하지만 나이가 들어 기력이 쇠해지고서는 궁벽진 여염에서 묵묵히 거처하며, 시속의 유행과 더불어 오감에 익숙하지 않게 되었다. 그래서 수석이 맑게 소리 내는 곳을 얻어 띠지붕을 가지런히 자르고 서까래를 새끼로 묶은 집에 거처하면서 휘파람 불며 유유자적하려 했으나, 이번에는 그럴 만한 재력과 형세가 미치지 못했다. 일찍이 옛사람의 전형을 보고서 부귀를 구하여 얻지 못할 바에야 바위 사이에 서식하며 골짜기 물을 길으면서 지내려 했으나, 이 또한 그러지 못했다. "그 사람의 매우 곤궁함을 슬퍼한다."라는 말은 참으로 나를 일러 하는 말이로다.

소싯적에 아무 일이 없어서 세속에서 벗어나 은둔하여 살며 고상한 운치를 지녔던 옛사람의 일화들을 보게 되면 마음속으로 즐거워하며 그들의 일을 채록하여 책으로 만들어 『상우편(尙友編)』이라 이름했다. 선친께서는 한편으로는 웃으시고 한편으로는 경계하시며 말씀하셨다. "나이가 약관이 되지도 않았는데 어찌 갑자기 골짝에 유유자적할 상상을 하느냐. 군자는 세상에 도가 있으면 나아가고 도가 없으면 은둔하는 법이다. 나는 비록 네가 빨리 세속에 물드는 것도 원치 않지만 들짐승 날짐승과 무리를 이루는 것 또한 원치 않는다. 부디 유념하여라." 그러나 재주가 없어 끝내 세상에 드러나지 못했으니, 궁통과 영욕이란 이전에 본디 정해져 있는 것이 아니겠는가. 아, 늘상 궁핍하고 비천한 것이 선비의 본분일진대 다시 무엇을 한스러이 여기리오!

가장 나의 뼈를 깊숙이 찌르는 일이 있다. 선친께서 기사년 (1689년) 여름과 가을에 올린 두 상소는 고심하시어 완곡한 표현을 사용하여 다른 사람들이 감히 말하지 못하던 것을 말씀하신 내용이었다. 그런데 부친과 틈을 만들어 원수처럼 여기던 무리가 도리어 트집을 잡아 잘못을 끄집어내어 변환을 부려 흰 것을 가리켜 검은 것이라 했다. 20~30년 만에 한 번 복관(復官) 처분을 받은 적이 있었지만, 저들이 곧바로 한껏 모욕을 주며 이를 저지했다. 사왕(嗣王, 경종)께서 밝음을 이으시어 누천(漏泉, 지붕에서 물이 새듯 샘물이 아래로 적심)의 은택이 다시 내려졌으나 당시의 정승 때문에 금고형을 받았다. 하늘이 정함은 기약이 없고 세상의 변화는 헤아릴 수가 없다. 불초한 자식은 원한을 품고 고통을 끌어안아 코를 막고 숨을 참으며, 가만히 스스로를 슬퍼하며 하루아침에 시신이 되어 골짝과 도랑에 뒹굴게 되더라도 이 눈만은 만세가 지나도록 감지 못할 것이다.

이재는 1694년 4월의 갑술환국 때 이현일이 실각하여 함경도로 유배되었던 사실을 통탄했다. 이현일은 1689년의 기사환국으로 남인이 집권할 때 유현(儒賢)으로 천거되어 여러 청직을 거치면서 정책 결정과 인사 문제에 깊이 간여했으나, 갑술환국으로 실각했던 것이다.

1723년의 「밀암자서」에서 밝혔듯이 이재는 만년의 거처를 밀암이라 이름 지어, 자신을 경계하고 선친의 유훈을 따른다는 뜻을 부쳤다. 『한비자』 「관행(觀行)」 편에 보면, 전국 시대 때 위(魏)나라 서문표가 성격이 급한 것을 고치려고 무두질한 가죽을 차고 다녔고, 춘추 시대 진(晉)나라 동안우(董安于)가 성격이 느슨한 것을 고치려고 활줄을 차고 다니며 반성의 자료로 삼았던 고사가 있다. 이재는 특히 서문표를 닮으려 했다.

조현명(趙顯命)과 오광운은 이재를 영남의 일인자로 천거하여 크게 등용하고자 했으나 정국이 변하여 뜻을 이루지 못했다.

만일 조정에 높이 등용되었다고 해도 그 일이 이재의 인간적인 매력을 더 중하게 하지는 않았을 것이다. 이재는 몸뚱이는 없어질지언정 본심은 잃지 않으려 고투했던 생활 속의 철학자다. 가학으로 내려온 경학 연구의 전통을 자기 대에서 끊어지게 해서는 안 된다고 생각하여 평생 경전 공부에 몰두해서 몸과 마음이 지쳐 있을 때도 계속했다. 이것으로 됐지 않은가!

선영 아닌 딴 곳에 장사 지낸다면 눈을 감지 못하리라

김주신(金柱臣, 1661~1721년), 「수장자지(壽葬自誌)」

　전하는 말에, 묏자리를 정하여 안치할 때, 만일 장사 지내고도 혼백이 묏자리에서 편치 못하게 한다면 이는 장사 지내지 않은 것과 같다고 했다. 지금 나는 불행히도 어렸을 때 부모님을 여의어, 부르짖으며 그리워한들 어찌할 수 없으므로, 오직 선영에 뼈를 묻어 길이 송백(松柏)의 산림에 의탁하는 것이 실로 내가 아침저녁으로 기도하는 것이다.

　내가 죽은 뒤에 비록 비단옷과 석관으로 싸고 명당자리에 무덤을 세우더라도, 대자산(大慈山)에 장사 지내지 않는다면, 망자의 슬픔은 『맹자』 「등문공 상(滕文公上)」에서 말했듯이 파리 떼가 부모님의 시신에 우글거리는 것을 보는 것과 다름없을 것이다. 이에 비해 명주 주머니와 오동나무 관으로 싸서 개미구멍 같은 곳에 두고 흙을 덮더라도, 대자산에 장사 지낸다면 이곳에 묻힌 것이 즐거울 터이니, 이는 진실로 부모님께서 가까이 계시기 때문이다. 더구나 이곳은 북쪽을 등지고 남쪽을 향하며, 높고 평평하며 단단하고 곧으므로, 움푹 파이고 우둘투둘하며 기울어지고 비루한 땅에 비할 바가 아니다.

다만 이 12년 사이에 영락하고 나이 서른에 자식이 없는 것을 생각하면, 골짝과 도랑에 시신이 되어 뒹굴지 않고 유언에 어김이 없게 되기를 훗날에 바라기 어려우니, 어찌 서글퍼하지 않겠는가. 혹시 방 안에서 죽고 묏자리 잡아 줄 사람이 있다 하더라도, 도리어 풍수설에 미혹하여 유언을 생각지 않아서 나를 선영에 장사하지 않고 다른 산에 장사 지낸다면, 장차 눈을 감지 못할 것이니 혼백이 어찌 편안하겠는가. 조상이 편안하면 자손도 편안하다는 정이천(정이)의 말씀으로 헤아려 보면, 영원히 떠난 혼백이 그 무덤에서 편안하지 못하거늘 그 자손이 어찌 홀로 편안할 수 있겠는가. 그리하여 화대(化臺)의 명을 본떠서 선영 곁에 표를 묻는다. 후손들은 반드시 나를 이곳에 묻고 그 머리맡에 '아무개의 장지'라고 적도록 하라. 그리고 이것으로 지(誌)를 삼으라.

경오년 8월 중순에 쓰노라.

　김주신은 30세 되던 1690년(숙종 16년) 이 글을 지어 부모의 묘역 곁에 묻었다.

　『당서(唐書)』에 의하면 요욱(姚勛)이라는 사람은 손수 수장(壽藏)을 만안산(萬安山)에 만들어 놓고 광중을 적거혈(寂居穴)이라 하고 봉분을 복진당(復眞堂)이라 했다. 또 흙을 깎아 상(牀)을 만들고 '화대(化臺)'라 일컫는가 하면 돌에 글을 새겨서 후세에 알렸다고 한다. 김주신은 그것을 본뜬 것이다.

　그렇기는 해도 서른 살에 자기 묘지를 짓다니!

　이 글은 유언장의 성격이 짙다. 특히 김주신은 죽은 뒤의 장사 문제를 강조했다. 정이는 "할아버지, 아버지와 자식, 손자는 동기(同氣)이므로 조상이 편안하면 자손도 편안하다."라고 했다. 김주신은 그 말을 금과옥조로 여겨, 죽은 뒤 선영의 아래에 제사 지내라고 당부했다.

　김주신은 본관이 경주로, 호는 수곡(壽谷) 혹은 세심재(洗心齋)다. 서울 장통방 집에서 태어났다. 5세 때 부친상을 당했고, 24세 때는 모친상을 당했다. 부모를 일찍 여의었으므로 부모를 그리는 심정이 각별했다. 그래서 부모의 묘역에 묘비를 세우고, 농부나 나무꾼이라도 알아볼 수 있도록 한글로 비명을 써서 선영의 남쪽에 묻었다. 그때 김주신은 「선묘지명 후첨록(先墓誌銘後添錄)」이라는 글을 지었다.

　아! 천하에 어찌 부모가 없는 사람이 있겠으며, 또한 사람으로서 부모를 사랑하는 마음이 어찌 고금에 차이가 있으랴! 만대 이후에 나의 묘지를 보는 자가 과연 어질고 효성스러운 군자라면, 누군들 서글퍼하고 설워해서 자신의 부모를 사랑하는 마음을 미루어 남의 부모를 사랑하지 않을 수 있으랴! 그런데 만일 불행히도 농사꾼이나 목동이 이 돌을 얻어 명이 무엇을 뜻하는지 알지 못한다면, 이 명을 수장한 까닭은 헤아려 보지도 않은 채 이것을 버리고 봉분을 훼손하지 않을 이가 몇이나 되겠는가?

　그리하여 다시 10행의 언문을 덧붙여 기록해서 함께 묻어 어리석은 남자나 여자라도 보고서 이해하여 불쌍하게 여기고 두려워해서 피하게 하려 하니, 이 또한 궁리를 다하여 예비하는 도리가 아닐 수 없다. 아! 내가 듣기로 필부가 비명횡사하면 그 혼은 여전히 다른 사람에 빙의하여 여귀가 된다고 한다. 지금 나는 살아생전에 이미 원한을 품은 죄인이 되었으므로 땅속에 들어가면 응당 한을 품은 여귀가 될 터이기에, 그때의 빙의가 어찌 횡사한 사람에 비할 정도에 그치랴! 임종하는 날 나는 반드시 후손들에게 나를 선친의 묘 옆에 장사 지내라 할 것이다.

나의 정백(精魄)은 그곳에서 이리저리 배회하며, 죽은 뒤라 해도 선친의 묘를 범하는 산 자와 싸움을 벌이리니, 사람이 귀신을 이길지 귀신이 사람을 이길지는 두고 볼 일이다. 후대 사람들은 죽은 자가 지각이 없다고 무심코 말하며 이 봉분을 업신여기지 말라!

고애자 주신은 두 번 절하고 눈물을 훔치며 쓴다.

김주신이 부모의 묘역에 묻은 한글 비명은 아직 발견되지 않았다. 옛날에는 이처럼 한글로 묘비를 적는 일도 있었다. 서울 수유리에 있는 한글 영비(靈碑)가 그 한 예다. 이 모두 부모에게 효를 다하고 조상을 추모하는 정성이 만들어 낸 실용적 묘표라고 하겠다.

김주신은 24세 때 모친상을 당한 이후 박세당의 문하에서 수학했다. 1696년(숙종 22년) 겨울, 36세가 되어서야 생원시에 합격하고, 귀후서 별제, 순안 현령 등을 지냈다. 42세 되던 1702년 9월 둘째 딸이 숙종의 둘째 계비 인원 왕후가 되자, 통정대부의 품계에 올라 돈령부 도정이 되고, 다시 보국숭록대부에 올라 영돈령부사가 되었으며, 경은 부원군에 봉해졌다. 이후 오위도 총관, 상의원 제조를 겸했으며 호위 대장, 장악원 제조 등의 직을 맡았다.

1721년(경종 원년) 7월 24일 수진방 집에서 죽었을 때 향년

61세였다. 1722년에 효간(孝簡)의 시호가 내리고 영의정에 증직되었다. 1734년(영조 10년)에 이르러 최규서(崔奎瑞)가 묘표를 지었다. 시문 12권 5책은 운각인서체 활자로 간행되었다. 그가 왕대비의 아버지였기 때문에 국가에서 문집을 활자로 출판해 준 것이다.

김주신은 23세 때인 1683년(숙종 9년) 겨울 한정리(閒靜里)에 거처하고 있었는데, 그때 월(越), 촉(蜀), 구강(九江)의 이야기를 듣고 이를 소재로 「세 가지 악(三惡)」이라는 글을 지었다. 세 가지 악이란 초학의 선비가 남의 말만을 근거로 조정의 시비를 논하는 일, 자기 몸을 다잡는다는 유학자가 말과 얼굴빛만 꾸며서 세상의 존경을 받는 일, 벼슬살이하는 관리가 부끄러운 줄도 모르고 이익만 추구하는 일을 말한다.

「월맹(越氓)」, 즉 월 땅 백성의 이야기는 자기가 체득하지 않은 지식을 자랑하는 속악을 풍자했다. 귀로 들은 것을 입으로 옮길 뿐이고 참지식을 체득하지 못하는 구이지학(口耳之學)을 배격한 것이다.

월 땅의 어느 백성이 마을 모임에 가서 서울과 도읍의 아름다움과 성문과 궁궐의 웅장함에 대해 성대하게 말했다. 그 마을 사람이 흔연히 한번 보려고 들며 "도읍의 면배(面背), 앉음새와 규모가 어떠한가?" 따져 물었다. 월 땅 백성은 "나는 비록 못

보았지만, 형님이 일찍이 내게 말해 주었소."라고 했다. 마을 사람이 "형님도 보지 못한 것이 아니냐?" 하자, 월 땅 사람은 성을 내면서 "형님은 일찍이 형님의 친구에게서 들었고, 형님의 친구는 일찍이 연 땅에서 태어나 초 땅에서 자랐는데, 지금은 죽었소. 그러니 내가 어떻게 도읍의 면배를 알겠소?"라고 했다. 마을 사람이 귀를 막고 웃으면서 "그만두게, 더 말하지 말게. 그대의 서울 자랑이 성성이가 『시』, 『서』를 외우는 것과 무어 다르겠나?"라고 했다. 마을 장로들치고 껄껄 웃지 않는 사람이 없었다. 월 땅 백성은 부끄러워 얼굴이 달아올라 아무것도 먹지 못했다. 그 뒤로는 마을의 모임에 가지 않았다.

또 「구강도(九江盜)」, 즉 구강의 도적 이야기는 간특한 자들이 누가 자기 적인지도 모르고 음험한 계략에 몸을 내맡기는 어리석음을 풍자했다.

구강에 떼도둑 열 명가량이 한밤에 부잣집으로 가서 집의 벽을 뚫었으나 크게 만들 수가 없자 몸이 마른 사람을 골라서 먼저 들어가 문을 열도록 시켰다. 마른 사람이 몸을 구멍에 반도 들여 넣기 전에 주인이 사실을 알고는 그 발을 붙잡아서 잡아당겼다. 마른 사람은 두 손으로 땅에 버티고 고개를 쳐들어 무리를 불렀다. 무리는 주인 쪽에서 저 몸을 선뜻 놓아주지 않으리라 생각하고 마른 사람의 머리를 베어서 입을 봉하려고 했다. 마른 사람이 그들이 말하는 것을 듣고는 주인에게 빨리 잡아당겨 달라고 했다. 주인은 그가 간계를 쓴다고 여겨 그의 왼쪽 엄지발가락을 자르고는 그를 풀어 주었다. 마른 사람은 30리를 달려가서 무리를 만나 성을 내었다. 이에 무리는 이렇게 말했다.

"만일 우리가 네 머리를 자를 생각을 하지 않았더라면 너는 주인을 부르지 않았을 것이고 주인도 의심하지 않아서 끝내 너를 반드시 끌어당겼을 것이다. 그렇다면 너는 네 머리를 잃어버렸을 것이야!"

마른 사람은 눈물을 쏟으면서 도둑 무리에게 사례했다.

젊은 시절의 김주신은 민간의 이야기에 관심을 둘 만큼 문학 실천이 남달랐다. 또한 교만을 버리고 세간의 음험함으로부터 멀리 벗어나 자기 나름의 정신세계를 구축하고자 했다. 24세의 그가 「수장자지」를 작성한 것은 바로 웅지를 다지고자 했던 한 가지 기획이었다. 비록 이후의 삶이 그 기획과 다른 방향으로 흘러갔다 하더라도 어쩔 것인가. 한나 아렌트가 말했듯이, 인간의 삶이란 거대한 풍랑이 이는 바다에 돛 하나를 내걸고 그 바다를 가로질러 가려고 하는 작은 배와 같은 것을.

이처럼 살다가 이처럼 죽어, 태허로 돌아가니 무어 걸릴 것 있으랴

박필주(朴弼周, 1665~1748년), 「자지(自誌)」

우리 박가가 반남에 적을 둔 것이 나 필주에 이르기까지 17대다. 선인들의 이름난 덕행은 국사와 가승에 갖추어져 있으므로 여기에 다시 적지 않는다.

자는 상보(尙甫)다. 태어난 날 저녁에 바로 어머니를 여의고 나가서 유모의 손에서 자랐는데, 열흘 중 아흐레는 앓아서 실낱같은 목숨을 가까스로 보전했다. 조금 성장하여 시문을 지을 줄 알게 되어 언젠가 그것들을 모아 『죽헌선생집(竹軒先生集)』이라고 이름했는데, 부친께서 보시고 함께 수학하셨던 증서조(曾庶祖) 두봉(斗峯) 공(박동량의 측실 소생 박사(朴澌))께 이 일을 웃으면서 말씀하셨다.

부친께서 작고하신 이후 더욱 쇠약해져서 병이 깊어졌다. 어떤 사람이 병암(病菴)이라 일컬었지만, 감히 존성(存誠, 정성을 보존함)과 거경(居敬, 늘 공경의 태도를 지님)의 뜻을 지닌 글자를 명칭으로 삼아 내걸 수가 없었다.(『장자』「양왕(讓王)」에 원헌(原憲)이 공자의 제자 자공에게 "배워서 그대로 실천하지 못하는 것을 병이라고 한다."라고 한 말이 있다.) 신세가 험난하고 기구한 사실에 스스로 상심하여 요계(蓼溪)라고 자호하려 했으나 역시 전적으로 주장하지는 않았다. 대개 거처하는 바에 따라 그 칭호를 다르게 하여, 혹은 우대(雨臺)라 칭하거나 혹은 신문(晨門)이라 칭하거나 혹은 여호(黎湖)라고 칭했다.

성격이 본디 졸렬하고 특별히 좋아하는 것이 달리 없었다. 오직 상중에 담박하게 지내는 가운데 간혹 옛사람들의 조박(糟粕, 서적) 엿보기를 잘했다. 반생의 자취가 대부분 분암(여막)이나 산사에 있었으며, 매일 날이 저물고 지경이 조용한 때 책 읽기에 힘써, 그 소리가 저녁 종소리와 함께 오르내리면서 조화를 이루었다. 천하의 어떤 지극한 즐거움이라도 이와 바꿀 수 없다고 생각했다. 하지만 역시 자기 몸에서 터득할 수가 없었으니, 실제 얻은 것이 있다고 해도 결국 휩쓸려서 잃어버리고 말았다.

지금 거의 70세에 박두했거늘, 여전히 오도카니 한낱 용렬한 사람일 뿐이다. 지난날을 돌이켜 생각하면서, 하늘을 올려다보고 땅을 굽어보면서 얼굴이 뜨거워진다. 함께 교유한 사람은 자신과 맞먹는 이도 없고 나이가 아래인 이도 없다. 선배와 장로들이 항렬을 무시하시고, 덕으로 감화하고 학문으로 적서 주셨으니 대부분 감당하지 못할 정도였다. 20세 이후로 칭송을 하시면서 이끌어 주시는 분이 많았으되, 온 힘으로 주장해서 인재 추천의 명단에 이름을 올려 주신 것은 상서(尙書) 송상기(宋相琦)셨다.

숙묘(숙종)조에 영평 군수가 되었으나 열흘도 안 되어 사헌부 직에 제수되었다. 당저(금상)에 이르러 은총과 예우가 매우 독실하셨기에, 일찍이 찬선(贊善)의 직으로 여러 날 조정에 나아갔다. 후에 상소를 하여 '존주(尊周)'의 주 자를 고쳐서는 안 된다고 간쟁했다. 그 후에는 이조 판서로서 겨우 사오일 조정에 있다가 그만두었다.

한번은 야대(夜對)를 기회로 차자를 소매 속에 넣고 가서 상감께 올려서, 우리나라가 입은 모함을 해명하지 않아서는 안 됨을 극렬히 논하여, 이것을 군주에게 고하는 제일의로 삼는 말이 아주 간절하고 솔직했지만, 뜻밖에도 도리어 해치려는 자가 있어서 큰 화를 불러일으킬 뻔했다. 마침내 낭패하여 국도(서울)를 떠났다. 비로소 제갈공명의 "다스리기 어려운 것이 일이다."라는 말이 참으로 귀신도

울게 만들 말이라는 사실을 알았다.

평소 독서하면서 의문점을 차기(箚記)로 적었는데, 중년 이후에는 말이 많은 것을 꺼려서 모두 그만두었다. 지위가 높아져서는 선배들이 인사치례의 서찰들을 번거롭게 많이 내는 것에 질려서 친구와 지인에게 답장을 하거나 사례의 서찰을 보내는 일을 일절 하지 않았다. 남이 혹 비난하기도 했지만, 그래도 간단히 하고 줄이고 했다.

일찍이 서너 권의 책을 엮어 후세의 평가를 기다리려고 했으나, 병이 심해져서 차질을 빚었으며, 지금은 아예 그만두었다. 이것이 천고의 유감이겠지만, 그렇다고 다시 어쩌겠는가?

젊어서부터 실상과 벗어나 뜻밖의 횡액을 당하는 일이 종종 있었는데, 만년에 이르러서도 무고와 비방을 면하지 못했으나, 모두 내버려 두고 따지지 않았다. 처음에는 남들을 근심하게 만들었으나, 끝내 역시 저절로 안정되었다.

배필 이숙인(李淑人)은 자식을 낳지 못하고 먼저 죽었다. 후사로 들인 사근(師近)은 현재 전생서 봉사로 있다. 손자 둘이 있다. 첩에게서도 자녀가 있다.

지금 병이 아주 깊어져서 거의 죽게 되어, 스스로 묘지를 조목조목 엮었으니, 다른 사람에게 묘도문자를 구하지 마라. 장례도 또한 검소한 쪽으로 하고, 절대 화려하고 사치스러운 물건을 들이지 말아서, 돌아가신 부모에게 효를 다하지 못해 오래도록 애통해 오는 이 마음을 조금이나마 보상해 주기 바란다. 아아, 사근아, 부디 기억하여라!

명은 이러하다.

험흔과 상난,
질병과 슬픔
누가 알아주랴
오직 귀신이 있을 뿐.
이처럼 살다가
이처럼 죽어
태허로 돌아가니
무어 걸릴 것 있으랴.

노론 낙론계 학자이자 정치가인 박필주가 만년에 병이 깊어지자 스스로 지은 묘지명이다.

박필주는 인조 때 학자 박지계(朴知誡)의 후손이다. 아버지 박태두(朴泰斗)는 고양 군수를 지냈는데, 1696년(숙종 22년) 정월 작고했다. 박필주는 아버지를 안산에 장사 지낸 후 분암에서 독서했다. 이해 한산 이씨와 혼인했으며, 겨울에 서울

장경사(長慶寺)에서 글을 읽었다. 1701년에는 서울 남문 안에 우거하면서 호를 신문(晨門)이라고 했다. 이후 과천의 청계사(靑溪寺), 광주의 백운산 석굴암, 파주의 우랑동(牛浪洞) 민씨 분암, 도봉 서원, 노호(鷺湖)의 육신 서원, 대구의 동화사(桐華寺), 과천의 불성암(佛聖庵) 등에서 글을 읽었다.

38세 되던 1717년(숙종 43년) 대사성 송상기가 그의 학행을 전해 듣고 산림 인사로 추천해서 세자시강원에 의망되었다. 이듬해 2월에는 자의대부의 품계를 받고 종부시 주부가 되었다. 1735년(영조 11년) 12월 원자 보양관에 제수되고 이듬해 진선에 제수되었다. 1736년 7월 「회니문답(懷尼問答)」을 저술하고 1739년 4월 「대윤시어변(大尹詩語辨)」을 지어 윤선거를 비난함으로써 노론의 의리론을 주도했다. 1743년 3월 선정전의 주강(晝講)에 참여해서, 이재(李縡)와 한원진(韓元震)을 기용할 것을 청했다. 4월에는 동궁의 서연에 참여하고 송시열을 묘정에 추향할 것을 청했다.

1746년 2월 이조 판서에 제수되었다. 5월에 숭문당(崇文堂)에 입대해서 소매 속에 넣어 간 차자를 올렸는데, 이 때문에 우의정 조현명과 박문수(朴文秀)의 논척을 받았다. 1748년 4월 우찬성 겸 세자 이사가 되고, 5월에 성균관 좨주가 되었다.

박필주는 산림 학자로서 여러 관직을 제수받았으나, 실제로 벼슬을 살았던 적은 거의 없다. 일생 강학과 저술에 몰두

하면서 노론의 여론을 주도했다. 1748년 윤7월 8일 작고하고 광주 쌍제리에 묻혔다. 9월에 문경(文敬)의 시호가 내렸다. 저서로『독서수차(讀書隨箚)』,『주자왕복휘편(朱子往復彙編)』,『춘추유례(春秋類例)』등이 있다. 간행된 것은 없다. 1831년 증손 박종숙(朴宗塾)이 홍직필(洪直弼)에게 행장을 부탁하면서 문집의 재편집을 의논했지만 문집은 끝내 간행되지 못하고 필사본으로 전한다.

박필주는 언젠가 하루의 일과를「일간자술(日間自述)」이란 제목으로 꼼꼼하게 기록했다.

매일 계명(축시, 밤 1시에서 3시) 무렵에 잠을 깨어 이불을 안고 일어나 앉아 한참 동안 정신을 집중하여 힘을 헤아려 글을 외는데, 적게는 네다섯 번, 많아도 열 번을 넘지 않았다. 대개 이 시각에 야기(夜氣)가 두텁고 동물이나 인간이나 아직 움직이지 않아 사방이 적막하여 사람의 마음도 그와 더불어 고요하기에, 허명한 체단을 함양하여 그 체단을 잃지 않을 수 있으므로 하루 중 응수하는 곳마다 힘이 있게 된다. 하루의 기반이 진실로 여기에 있으므로 소홀히 해서는 안 된다. 조금 있다가 다시 잠자리에 든다. 퇴계 선생도 이와 같이 하셨다.

평명(해가 돌아오는 새벽)에 일어나서 침구를 개고 기물을 정돈하는데, 그것들을 두는 위치가 각각 일정해야 한다. 방 안을 두루 쓸고 세수하고 빗질하며 옷을 입고 관을 쓴 뒤 다시 서너 경 동안 묵묵히 앉아 있는다. 책을 읽되, 횟수에 구애받지 않으며, 홀홀하거나 쉽게 하지도 않고 또 급하거나 절박하게 하지도 않는다. 평소처럼 자유자재인 가운데 정성스러운 마음과 충실한 뜻으로 시종일관한다면 책 속의 의리가 자연히 세세하게 체득되고 똑똑하게 밝혀지게 된다. 할 수 있는 만큼에 맞추어 그만두어야지, 분수를 지나쳐 피곤과 권태가 쉽게 생기는 것은 절대로 기피한다. 책을 보는 일 또한 그러해야 한다.

밥 먹을 때는 조용하고 일정함이 있어야지, 급급하여 체모를 잃어서는 안 된다. 『예기』에 이른 "밥알을 날리지 말고 구운 고기를 욕심내지 말고 큰 입을 벌려 밥을 먹거나 후룩후룩 탕을 마시지 말아야 한다." 등의 항목을 모두 하나하나 마음속에 기억한다.

밥을 먹은 후에는 지팡이를 짚고 뜰이나 문밖을 산보한다. 이와 같이 하면 정신이 편안하고 느긋하게 되며 마음의 눈이 깨끗하게 씻기면서, 먹은 것이 소화되고 다리의 기운이 뭉치지 않아 병이 더하는 것을 면하게 된다.

다시 서책에 나아가 마음 내키는 대로 책을 눈으로 보거나 소리 내어 읽는다. 글을 저술할 때에는 굳이 마음을 쓰고 생각을 괴롭힐 필요가 없고, 역시 평이하고 여유로운 태도로 마치 아무 일 없는 듯이 하여, 자신도 모르고 자신도 깨닫지 못하는 사이에 참생각에 홀연히 부딪혀서 종이 위에 적어 내려가면 왕성하게 생각이 일어나게 된다. 주지(主旨)를 밝히는 데 힘을 들이고 지엽은 간략히 하고 절제하여 사람들의 안목을 어지럽히지 않도록 해야 한다.

손님이 오면, 예법을 강등하는 대상 이외에는 모두 당에서 내려가 맞이하여 세 번 읍하는 예를 갖추고 당에 올라가 절을 한다. 오래된 친분이거나 새로 알게 된 사람이거나 관계없이, 한결같이 공경의 태도로 접대한다. 한훤(안부)을 묻고 옛일을 말하는 외에, 시사를 물어 오면 기휘를 범하지 않는 경우에는 간략하게 응답한다. 도의로 맺은 붕우가 아니면 상대하기를 냉담하게 하여, 할 만한 말이 없기 때문이다. 손님이 물러가면 뜰로 내려가서 전송한다. 외가나 처가의 사람들인 경우에는 마땅히 정성스럽게 마음을 다하여 예우한다. 부친 일가의 경우는 팽택령(도연명)이 친척들과 정겹게 이야기 나누기를 좋아한 정도 이상으로 대한다. 화목하게 인륜을 도탑게 하는 뜻이 있어야 함을 생각하지 않으면 안 되기 때문이다. 그러나 모든 일에는 절도가 있으므로 조금이라도 절도를 넘어서는 안 된다. 혹시라도 온당한 정도를 지나쳤다고 깨달으면 즉시 수습하고 방향을 바꾸어야 유탕(流蕩)에 이르지 않게 될 것이다.

일에 응할 때는 반드시 주재하는 마음이 정밀하고 분명해서 저 대상의 이치에서 극히 미세한 부분까지 인식해 나간다면 만에 하나도 잃지 않게 되며, 아주 대처하기 어려운 곳이라고 해도 별일이 없게 된다. 그러나 나는 콸콸 흘러가는 데에 이를 때마다 그것에 동화하여 심군(心君, 마음)이 요동쳐서 기쁨과 노여움의 감정이 완전히 뒤얽히고 만다. 평소의 병통이 모두 여기에 있다는 점을 스스로 살펴, 지금 이후로 맹렬하게 반성하여 반드시 고치고자 한다. 하지만 그렇다고 역시 기력을 대단히 소비할 필요는 없다. 세밀하고 절실하게 자세히 살펴 『시경』 「대아 황의(皇矣)」에서 "나는 명덕을 좋아해서 소리와 안색을 크게 하지 않는다.(予懷明德, 不大聲以色.)"라고 한 것같이 하여, 일체의 응수와 응접에서 모두 대상에 의거하여 평순하게 대처하고, 나는 사사로운 마음을 거기에 들이밀지 않는 것이 옳다.

하루의 일이라고는 이 몇 가지 사항에 지나지 않으므로, 병이 깊어지고 게을러져서 몸으로 감당할 수 없다고 없더라도, 분수에 따라 힘을 쓰고 대처하는 일마다 뜻을 더하여 헤엄치듯 헤쳐 나가고 끌어올려지듯 기운을 내어 내면을 보존해서 묵묵하다면 나의 몸이 또한 도와 어우러져 주선하고 변통할 수 있을 것이다.

저녁을 먹은 후에 다시 문밖에 나가 소요하다가 해가 져서 어두워지면 들어와 쉬어 '향회(嚮晦)'의 뜻을 몸소 실천하여 인정(人定)이 된 이후에 잠이 든다. 그러나 무왕(武王)이 불이 꺼져도 용모를 추스렸던 일을 생각해야 하지, 방자하고 홀만하여 어두운 방 안이라고 해서 속여서는 안 된다.

마지막의 향회란『주역』수괘(隨卦) 상(象)의 "못 속에 우레가 있는 것이 수이니, 군자가 그것으로 인하여 날이 어두워지면 들어가서 편히 쉬나니라.(澤中有雷隨, 君子以, 嚮晦入宴息.)"라고 한 데서 나온 말이다. 우레가 때에 따라 발동하는 것을 본받아 사람 또한 기거동정(起居動靜)을 시의에 따라서 행하라는 뜻이다.

어두운 방 안이라고 속여서는 안 된다는 말은 신독의 뜻을 말한 것이다.『대학장구(大學章句)』전 6장에 열 개의 눈이 지켜보고 열 개의 손이 가리킨다는 증자의 말이 있고,『시경』「억」에 "혼자 방 안에 있는 그대의 모습을 살펴볼 때에도, 으슥한 방구석에 부끄러움이 없도록 할지어다.(相在爾室, 尙不愧于屋漏.)"라는 말이 나온다.『심경부주(心經附註)』에도 수록된 정이의 말에 "학문은 어두운 방에서 자신을 속이지 않는 일로부터 시작된다."라고 했다.『주자어류(朱子語類)』에 보면 주희는 제자의 질문에 대해 "마음에 하나의 생각이 움직이는 곳이 있으면 아무리 지극히 은미하다 하더라도 남들은 모르지만 나는 홀로 알고 있으니, 더욱 신독의 공부를 해야 마땅하다. 이는 마치 한 조각 고요한 물에 중간에 갑자기 한 점 움직이는 부분이 있는 것과 같으니, 이곳이 가장 긴요하게 공부를 붙여야 할 곳이다."라고 했다.

박필주의 「일간자술」을 통해 도학자가 매일 경(敬) 공부에 힘쓰고 신독의 자세를 지켰던 모습을 잘 알 수가 있다. 분잡한 일에 매달려 정신을 안정시키지 못하는 사람들이라면 도저히 지킬 수 없는 세세한 일들을 그는 제시했다.

박필주는 한밤중 축시에 잠을 깨어 야기가 충만할 때 그것을 받아 맑은 정신을 지니고 글을 외고, 잠시 누웠다가 평명에 다시 일어나서는 이불을 개고 기물을 정돈하면서 하루 일과를 시작했다. 매 순간 자기를 통어한 것이다.

입조한 30년 동안
좌우에서 돕는 자가 없었다

이의현(李宜顯, 1669~1745년), 「자지(自誌)」

　　경종께서 처음 즉위하셨을 때 예조 참판으로서 관상감 제조를 겸했고, 동지정사에 차임되었으며, 자헌대부의 품계로 승급되어 판윤에 제수되고 승문원 제조를 겸했다가, 형조 판서로 전직하고 동지성균관사를 겸했다. 이때 유생 윤지술(尹志述)이 희빈 장씨의 죄상을 직접 가리켜 비판한 일로 귀양을 가자, 일을 같이한 성균관 유생들이 이 때문에 편안히 나다니지 못했다. 성균관 관원의 권유가 있기에 내가 아뢰기를 "만약 윤지술을 용서하지 않는다면 성균관 유생들이 이치로 보아 돌아오지 않을 것입니다." 하자, 주상께서 마침내 윤지술을 용서하도록 명하셨다.

겨울에 의정부 우참찬으로서 연경에 다녀왔고, 체직되어 지중추부사에 제수되었다. 이듬해(1721년) 다시 예조 판서에 제수되고 실록청 당상을 겸했으며, 이조 판서로 옮겨 제수되었다가, 형조와 예조 양조의 판서로 체직되고 예문제학과 동지춘추관사와 장악원, 사복시, 내의원의 제조를 겸했다. 맹동에 흉악한 무리들이 정권을 훔쳐 선비들을 일망타진하자, 노론의 네 대신이 제일 먼저 화액을 당했고, 나도 대신들과 동조했다 하여 관직을 삭탈당했다.

임인년(1722년) 봄에 적신 이진유(李眞儒) 등이 내가 유생 윤지술을 용서하도록 아뢴 일로 죄를 씌워 귀양 보낼 것을 청했으나, 다섯 달이 지나도 끝내 윤허하지 않자 그만두었다. 하지만 적신 이사상(李師尙)이 상소하여 탄핵을 중지한 대관(臺官)을 배척해서 선친까지 연루시키니, 모함과 날조가 매우 참혹했다. 이윽고 그는 역적 박필몽(朴弼夢)과 함께 나를 먼 변방으로 귀양 보낼 것을 아뢰면서 선친의 이름(이세백(李世白))을 들먹이며 배척했다. 그 말과 의도가 흉패하여 그들과 같은 당파의 사람까지도 너무 지나치지 않은가 의심하자, 말을 일부 취소하고 법률을 최소로 적용하여 멀리 귀양 보내도록 아뢰어 윤허를 받았으므로, 나는 운산군에 유배되었다.

경종 4년 을사년(1725년)은 성상이 즉위한 원년이다. 누군가 죄를 받아 귀양 간 여러 신료들과 함께 나를 방면해 주라고 청하는 상소가 있어, 마침내 서반(西班)에 서용되어 지춘추관사, 동지경연사, 선공감, 사역원의 제조를 겸했고, 형조 판서에 제수되어 예문관 제학을 겸했으며, 이조 판서로 옮겨 제수되어 실록청 당상에 차임되고 승문원 제조, 비국 유사당상, 남한수어사, 지경연사를 겸했다. 춘궁(동궁)의 죽책(책봉문)을 지어 올려 정헌대부의 품계가 더해졌다. 사국(史局)의 일 때문에 지경연사의 직에서 체직되었고, 판의금부사로 승진되어 세자우빈객을 겸했으며, 대제학의 삼망 중 첫째로 의망되어 홍문관과 예문관 양관의 대제학에 제수되어 지성균관사, 교서관 제조를 겸했고, 또 전생서 제조를 겸했으며, 판의금부사의 직에서 체직되어 세자좌빈객으로 승진되었다.

병오년(1726년)에 다시 지경연사를 겸했는데, 힘써 전부 이조 판서의 직에서 해임되도록 사양하여, 좌참찬에 제수되고 판의금부사를 겸했다. 죄인의 배소를 정하는 일로 편치 않은 하교가 있어서 여러 번 위패(違牌, 違召)하자 파직하라시는 엄지가 내렸다. 얼마 안 되어 특별히 서용되어 장임(將任, 장수의 직임)을 제수받고 다시 춘추관과 비변사의 직을 겸했으며, 두 번 예조 판서와 삼재(三宰, 좌참찬)가 되어 사역원, 장원서, 사복시, 관상감, 승문원의 제조와 지춘추관사를 겸하고 두 번 홍문관 제학을 겸했으며, 다시 대제학에 제수되었다. 대비를 추존하는 옥책을 지어 올려 숭록대부의 품계에 올랐다.

정미년(1727년)에 좌부빈객을 겸하고 세자 입학의 예식을 거행할 때 박사로서 참예했다. 5월에 우의정에 제수되어 실록 총재관을 겸했으므로 문형에서 체직되었다. 7월 초하루 주상께서 조정의 신료를 다 내쫓고 신축년(1721년)에 노론 네 대신을 배척했던 흉당을 불러들여 토역(討逆)하신다면서 내게 죄주어 파직을 명하셨다. 그래서 도성을 나와 양주 도산의 선묘 아래에 띠집을 짓고 거처했다.

이듬해(1728년) 봄 박필몽과 이진유 등이 반역(이인좌의 난)을 꾀했는데, 서신으로 소식을 듣고 창황 중에 난을 구하러 달려갔다. 국권을 쥔 사람이 파천할 것을 청하고, 병조 판서를 시켜 서울의 친병을 거느려 적에 맞서도록 하며, 또 장수들이 연이어 출병하여 위기가 급박하다는 소식을 듣고는, 마침내 죄를 무릅쓰고 그 계획을 파기하도록 글을 올려 아뢰니 그자들의 실정이 발각되어 마침내 그들의 계획이 중지되었다. 이때 죄적에 올랐던 여러 사람을 거두어 서용함에, 판중추부사에 제수되어, 궁에 들어가 사례한 뒤 국문에 참여하고, 관군이 역도의 머리를 바치자 비로소 돌아왔다. 이후 서너 해 동안 국가에 연달아 변고가 있었는데,

매번 위문하러 달려갔다가 일이 안정되면 즉시 돌아왔다.

경술년(1730년) 연경으로 가는 사신에 차임되었으나, 세 번 상소하여 체직되었다. 임자년(1732년) 조정에서 사은의 뜻을 표하는 사신을 파견하려 했을 때, 당시의 재상이 수 행하려 하지 않자, 주상께서 그 뜻을 따라 주시어 나에게 가도록 명하셨으므로 고사할 수가 없었다. 사신의 일을 마 치고 물러나 도산으로 돌아왔다. 전후로 조정에 머물도록 권면하셔서, 심지어 손을 잡고 선천을 언급하실 정도로 간 절히 설득하시기까지 했으나, 끝내 감히 받들지 않았다.

계축년(1733년) 주상께서 여러 신료가 물러나 있는 것을 비난하시고, 특히 미천한 이 신하를 엄히 꾸짖으시므로, 어쩔 수 없이 잠시 조정에 들어가 사옹원 도제조를 겸했 다. 하지만 휴가를 받아 도산으로 돌아오려 하다가 갑자기 병이 나서 거의 죽게 되었고, 이 때문에 침상에 누워 꼼짝 을 못하게 되었다.

을묘년(1735년) 봄, 원자께서 탄생하셨으므로 억지로 일 어나 입궐하여 하례를 드리고, 그 참에 등대(登對)해서 노 론 네 대신의 억울함을 풀어 주시기를 청했다. 또 상소하 는 말이 아주 간절했으나, 주상께서 용납하지 않으셨다. 하 지만 영의정에 제수되었으므로 놀라고 두려워 병을 무릅 쓰고 도산으로 돌아왔다.

얼마 있어 주상의 말씀이 궁내의 일에 미쳐 말씀하시는 뜻이 예사롭지 않고 대각이 종용했으므로, 일의 기틀이 어찌 될지 헤아릴 수가 없었다. 몸이 대신의 반열에 있는지라 의리상 침묵하는 것이 용납되지 않았으므로 마침내 상소문 속에서 세세히 경계를 아뢰자, 주상께서 진노하여 특별히 삭탈하도록 명하셨다. 마침 원자의 홍역이 바로 나았으므로 주상께서 매우 기뻐하셔서 여러 죄인을 용서해 주시고 이어서 판중추부사에 서용하셨다. 하지만 주상의 뜻이 좋아하지 않아 다시 부르지는 않으셨다. 이력의 본말은 여기에서 그친다.

거사는 사람됨이 하중(下中)의 수준이어서, 스스로 세상에 필요한 인재가 되기에 부족함을 알았으므로, 자취를 거두고 한가로이 지내면서 고금의 문자를 연구하여 막힌 것을 소통하게 하려고 생각했다. 젊었을 때 농암(農巖, 김창협(金昌協)) 선생에게서 강정(講定)한 것이 또한 이와 같았거늘, 세상의 길로 잘못 나가 여러 번 상전벽해를 겪으며 시세가 점점 위태로운 지경에 이르는 것을 보고는 더욱 진취하려는 생각을 갖지 않게 되었다. 관직에 있게 되면 억지로 힘써 종사하고, 쉬게 되면 방 안에 틀어박혀 있으면서, 스스로 본성이 질박하다고 여겨 본연에 맡기고 꾸밈이 없었는데, 세상이 좇고 높이는 것은 이와는 달랐다. 마침내 오로지 내면을 닦는 데에 뜻을 두고 전혀 붕당을 좇지 않았으며, 출입하며 논의하는 것은 명의(名義)를 높이 쳤다. 상거래와 통역이나 잡예와 기술을 가지고 간교한 짓을 하는 시정의 무리는 배척하여 일절 관계하지 않았다. 음관과 무관으로 팔리려 하는 자들도 교제하지 않았다. 또 억지로 속된 무리의 뜻에 순응하거나 권귀의 자들에게 간청하지 않았으며 조정 신료나 외관직의 사람들에게 서찰을 내지도 않았다. 이 때문에 세상도 그리 친하게 여기지 않아 존중해 주지 않아서 매번 공청(公廳)에서 물러나 집에 있으면 집안이 고요했다.

비록 가문의 덕을 입어 현달하고 중요한 지위의 반열에 끼었으나, 여러 번 해를 입고 저지를 당하여 때때로 헐뜯기고 논란되는 것에 지쳤다. 입조한 30년 동안 끝내 좌우에서 돕는 자가 없었으니, 외로운 형적을 여기에서 볼 수 있다. 만년에 참벌(斬伐)을 당한 후로도 조정의 법도가 구차하게 간발(선발)하고 절차 때문에 관직과 품계를 밀어 올려 주어서 분수에 넘치는 직위를 두루 역임하고 재능 없이 문병(대제학) 직책을 맡았으며 의정부에 빈자리나 채웠으니, 너무도 외람되다.

내가 스스로 힘쓰는 것은 일심을 결백하고도 순정하게 지녀 집안 대대의 깨끗하고 소박한 가풍을 실추하지 않는 것이다. 그렇거늘 못나고 어리석어 도모하고 계획하더라도 터럭만큼의 도움도 된 적이 없으니, 근심과 부끄러움만 마음에 쌓이고, 물러나기를 구했으나 뜻대로 되지 않았다. 오직 스스로 한청(역사책 편찬)의 일에 의탁하여 영고(寧考, 선왕)의 두터운 은혜에 보답하려 해서, 어진 인물을 표창하고 사악한 자를 폄하하는 역사 기록의 대법(大法)을 정하는 일로 3년간 매진하여 마음과 힘을 다 쏟아 거의 완성하게 되었거늘, 배척당해 쫓겨났으니 할 말이 없도다.

무신년(1728년) 이후로 시사가 더욱 변하여 조정에서는 탕평을 내걸고, 선비들은 절조를 지키는 태도와 마음을 잃었다. 못난 나 자신은 그들과 함께 헤아려지기에는 부족하지만, 그래도 악을 부끄러워하고 미워하는 일단의 마음을 죄다 상실할 정도에 이르지는 않았으므로, 그저 분수를 지켜 스스로 편안히 하고 만년의 절개를 보전하여, 돌아가 선조를 뵙고자 한다.

끄트머리의 망언으로 말하자면, 전적으로 고심 끝에 낸 것이지만 깊은 속내를 믿어 주지 않아 견책이 뒤따라서 농막에서 대죄하게 되었으니, 역시 우악스러운 은총을 입어 행운이라고 할 수 있다. 관대히 용서해 주신 크나큰 은혜에 밤낮으로 감사할 뿐이다.

여기에는 숙종 말부터 경종, 영조 연간을 거치면서 당쟁의 한가운데서 노론의 당론을 이끌기도 하고 남인과 소론의 당화를 입기도 했던 인물의 사적이 상세하게 기록되어 있다. 수많은 관직의 제수와 체직, 전직 사실과 파직, 삭직의 이력이 매우 자세해서, 마치 승경도놀이를 하면서 판을 짜는 것과 같다. 어지러울 정도로 말판을 빨리 쓰는 승경도놀이! 근대 이전의 지식인들은 정치를 담당해야 했고, 특히 능력 있는 사람일수록 환해(宦海)에서의 부침이 격심했다.

이 글을 쓴 인물은 영조 때 명신이자 문장가였던 이의현이다. 1735년(영조 11년)에 영의정이 되었으나 이재후(李載厚)의 투소로 관작을 삭탈당했을 때 이 묘지를 스스로 작성했다.

『영조실록』을 보면 이해 2월 14일(을묘)에 지평 이재후는 붕당의 폐단을 규탄하면서, 이익명(李益命)과 임상극(林象極)의 조카는 함부로 석방해서는 안 되고 신정모(申正模)의 양이(量移, 귀양 간 사람을 정상 참작해서 조금 나은 곳으로 옮김) 명령을 거두라고 주장했다. 이익명은 노론 네 대신 가운데 한 사람인 이이명의 아우로 조카 이희지(李喜之)의 죄에 연좌되어 8년간 유배지에 있었는데, 노론 정권이 들어서서 그를 구해주려고 한 것이다. 신정모는 거창 현감으로 있다가 1728년(영조 4년, 무신년)에 일어난 이인좌의 난 때 도망했다고 해서 군위(軍威)에 정배되었다가 특명으로 석방되었다. 그 뒤 무고로 호남 흥량(興梁)에 유배되었다. 그곳의 거처를 이치재(二恥齋)라 짓고 스스로의 내면을 닦았다. 금산(錦山)에 이배되었다가 충주로 이배되어 1742년 병으로 죽게 된다.

2월 22일(계해), 이의현은 상소하여 사직하고, 또 이재후의 상소에 대해 변명하면서 "지금 곧바로 악역(惡逆, 요악한 역적)으로 몰아붙이니, 만약 그의 말대로 한다면 신의 몸뚱어리는 온전하기가 어렵겠습니다."라고 위험과 공포의 느낌을 토로했다.

이의현의 본관은 용인으로, 좌의정 이세백(李世白)의 아들이다. 노론 청류인 화당(花黨) 계열로 김창협의 문인이기도 하다. 사상 계보로 보면 노론 낙론계에 속한다. 1694년(숙종 20년) 봄에 이의현은 김창협을 찾아가 『논어』를 강독했다. 과거 공부를 하지 않고 고전을 넓게 공부해서 내면적인 가치를 기르고자 한 것이다. 하지만 가을에 폐비 민씨가 복위하여 국가 경사가 있을 때 보는 임시 과거를 시행하자, 아버지의 권유로 응시해서 합격했다.

숙종 때 이의현의 종적은 매우 불안했다. 아버지 이세백이 대사에 있으면서 의정부 고관들과 기부를 다투는 일이 많았으므로, 제수될 때마다 사직했고 혹시 잠시 출사하더라도 즉시 체직을 청하고는 했다. 경종 때는 왕세제(훗날 영조)의 대리 청정을 요구하는 노론의 주장을 폈다. 1722년(경종 2년) 6월에 노론 네 대신이 경종 시해를 음모했다는 목호룡의 고변이 있자, 정언 정수조(鄭壽朝)의 탄핵을 받고 운산군에 유배되었다.

1724년 8월 30일에 영조가 왕위에 오르고 1725년 5월 6일에 좌의정 민진원(閔鎭遠), 우의정 이관명(李觀命) 등 노론 대신이 정권을 장악했을 때 이조 판서가 되었다. 6월 21일에는 문형에 임명되었다. 영조의 노론 정권 탄생 후 실질적으로 첫 번째 문형이었다.

1727년 5월에 우의정이 되었으나, 7월에 환국으로 인해 파직당하고 도산에 은거했다. 1728년 3월 서용되어 판중추부사가 되었다. 1732년 4월 사은사 정사에 차임되어 7월에 북경으로 갔다가 12월에 복명했다. 1735년에 영의정이 되었으나 이재후의 투소로 관작을 삭탈당했다. 이때 이의현은 다른 사람의 허탄(虛誕)한 찬사를 빌린다면 혼령도 부끄러울 것이라고 하면서 저 자찬묘지를 남겨 자신의 무덤에 쓰라고 아들에게 당부했다. 이의현은 무덤 앞 묘표에 새길 글도 스스로 지었다. 그「자표」는 칠언 장편의 고시 형식이다.

자표와 자찬묘지를 지은 뒤 얼마 안 있어 1735년 4월에 판중추부사가 되었다. 1737년 정월에는 영중추부사가 되고, 9월에 군자감 도제조를 겸했다. 일흔 살이 되던 1738년 정월에 정2품 이상의 노신을 예우하는 기로소에 들어갔다.

1742년(영조 18년)에 벼슬에서 완전히 물러난 이의현은 앞서 스스로 묘지를 지은 이후의 행적을 다시 첨가했다.

내가 이 묘지를 지은 지 3년 되는 정사년(1737년) 봄, 관직에 있은 햇수에 따라 영중추부사로 승진되었다. 가을에 주상께서 갑자기 예기치 않은 명령을 내리시니, 온 조정이 깜짝 놀라 마침내 창황 중에 성으로 들어갔는데, 주상께서 동궁과 함께 대전에 납시어 대소 신료들을 불러서 친히 술잔을 들고 권하시면서 동궁의 일을 부탁하셨다. 묶여 있고 매여 있는 처지와 같아서 감히 물러나오지 못했는데, 이윽고 군자감 도제조를 겸했다. 이듬해 나이가 되었다고 하여 기로소에 들어갔고, 또 이듬해에 봉상시 도제조를 겸했다.

경신년(1740년) 4월에 아들 보문(普文)이 요절하고 후사가 없으므로, 차자를 올려 족손 학조(學祚)를 죽은 아들의 후사로 삼을 것을 청하자, 특별히 윤허해 주셨다. 기로소에 들어간 때부터 연이어 상소를 해서 벼슬을 그만두게 해 달라고 청했으나 끝내 허락하지 않으셨다. 하지만 이때에 이르러 더욱 세상에 뜻이 없어 문을 닫아걸고 자취를 감추어 조정의 일에 참여하지 않았다.

임술년(1742년) 정월에 마침 사단이 있기에 병든 몸을 추스려서 부축을 받아 어전에 나아가 뵈오니, 주상께서 내 몸이 몹시 쇠한 것을 보시고 크게 불쌍히 여기시어 특별히 이전의 청을 들어주셔서 예로써 물러나게 하셨다. 성은이 망극하되, 세 임금을 차례로 섬기면서 총애와 영광을 훔치기만 했을 따름이기에 죄를 지음이 크도다.

이의현은 후손이 자신의 50년간 출처와 언론의 대강을 기억해 주기를 바라서, 스스로 지은 묘지를 부인에게 주어 죽은 아들의 후사에게 물려주도록 당부했다. 그리고 자신이 저술한 시문집의 목록을 상세히 열거한 후 자찬묘지와 명을 묘표에 새기고 죽은 아들의 상석과 망주석을 빨리 마련하라고 명했다.

내가 죽은 후에 남에게 만사(輓詞)를 요구하지 말고 비석을 세우지 말라고 한 일은 이미 죽은 아들에게 언급했다. 또 초제식(草祭式, 초상) 때 제문은 죽은 아들에게 쓰게 했는데, 지금 『잡술록(雜述錄)』하권에 실려 있다. 내가 지은 자지와 자명은 『지과록(志過錄)』속에 있다. 이 두 글과 죽은 아들의 묘표는 마땅히 먼저 새겨서 묻어야 할 것이다. 죽은 아들의 상석과 망주석은 더욱 지체해서는 안 된다. 죽은 아들의 묘표는『금석록』속편의 네 번째 권에 있다. 나의 죽은 두 아내의 지문(誌文)과 죽은 아들의 지문은 내가 생전에 태워 묻었으므로, 지금 논할 것이 없다.

이의현은 유언으로 자신의 문집을 정리하여 보관할 것을

당부했다. 그에게 글이란 정신이 가탁되어 있는 활물이었다. 이에 비해 벼슬길의 이력은 무의미했다. 『춘추좌씨전』에서는 사람이 불후의 이름을 남기기 위해서는 덕을 세우거나 공덕을 세우거나 말을 세우라고 했다. 그러나 나면서부터 도리를 알고 삶이 곧 도리를 따라 나아가는 그런 성인이 아니고서야, 아니 성인에 버금가는 존재가 아니고서야 덕을 어떻게 세울 수 있으랴.

벼슬길에 들어서 국가 정치에 협찬하여 공을 세우거나 대장군이 되어 외적을 물리쳐 공을 세우는 일도 간단한 문제가 아니다. 설령 올바른 이념을 지니고 정치에 협찬하고 큰 뜻을 지니고 군졸을 호령한다고 해도, 돌아오는 것은 비방뿐일 경우가 많다. 그렇기에 이의현은 스스로 적은 묘지에서 "입조한 30년 동안 좌우에서 돕는 자가 없었다."라고 한탄했다.

순수한 열정은 빛바래고 올바른 이념은 능욕당하는 것이 정치판이다. 마지막 남은 것, 그것은 말을 세우는 일이다. 이 사실을 새삼 깨닫고 이의현은 문집을 후세에 전하는 일에 기대를 걸었다. 마치 그 속에 자신의 살아 있는 목소리가 그대로 녹음되어 후대에까지 쩌렁쩌렁 울리기라도 할 것처럼. 그러나 문자 표기 체계가 바뀌면서 그 목소리는 점점 희미해져서 거의 들리지 않게 되었다. 누가 그의 고고한 고문 문체 속에 담긴 목소리를 식별하랴. 애석한 일이다.

슬픈 일이 반이고
웃을 일이 반이다

권섭(權燮, 1671~1759년), 「자술묘명(自述墓銘)」

나는 정재문(鄭載文, 정용하(鄭龍河))과 약속하기를, 번갈아 서로 전을 지어 주고 나중에 죽는 사람이 먼저 죽은 사람의 묘지명을 써 주기로 했다. 내가 이미 정재문의 묘지명을 써 주었으니(1702년, 32세로 요절), 내가 죽은 후에 나를 알아줄 사람이 또 누가 있을까? 그래서 이 두 개의 묘지명을 돌에 새겨 하나는 무덤길에 세우고 하나는 도자기로 구워 산소 구덩이에 묻는 것이 좋겠다. 너희는 기억해라.

거사 그 사람은, 거처가 일정하지 않고
성도 모르고, 또 이름과 자도 없으며

고아한 「백설가」를 노래하고, 청운을 일컬어서

풍진 속이든 수석 사이든, 주리지 않고 배부르지도 않아

슬픔이든 기쁨이든 도외시하여, 둥실둥실 빈 배 같았도다.

거사의 성품은 곧고, 기질은 맑고 마음은 한가로워

배움에 뜻을 두고 문장을 연마하여, 옛 풍모에 긴 옷(학창의)을 입고

늘그막에 초복(初服, 초지)을 닦고, 성글고 허름한 초가에서 지내매

10여 년간 명성이 나지 않다가, 아아 이제 그가 죽었도다.

거사에게는 벗이 있어, 그는 날 알고 나는 그를 알았다만

아, 그 사람이 죽었으니, 누가 거사 네 뜻을 밝혀 주랴.

네 무덤의 네 글을, 어찌 함부로 적으랴

돌에 새기고 광중에 묻어, 문드러지게 하지 말라.

거사가 누워 있는 울창한 이 언덕에

동심(同心)의 사람이 한 구덩이에 묻혔나니, 예로 맞이한 어진 배필이요

혁혁한 선조의 혼령은, 흡사 강림하신 듯히도다.

거사의 즐거움은, 완연히 생전과 같아

일천 봉우리가 늘어서고, 한 줄기 물이 유유히 흘러가네.

아, 만고토록, 거사의 큰소리가 남으리라.

깊이 몸뚱이와 함께 묻어 둘 만하다. 찬도 묻어도 좋다.

또 짓는다.

꿈속에서 점지받아 천지의 비밀을 드러냈으니 얼마나
기이한가,
부친 덕에 선영의 솔, 잣나무 그림자와 이어지니 얼마나
다행한가.
동심의 현숙하고 아름다운 아내와 천년을 함께하니 얼
마나 편안한가,
산이 푸르게 우뚝 솟고 물이 맑게 물살 일으키니 거사
에게 어울리도다.
묘표에 새길 만하다.
숭정 후 모년 모월 모일에 옥소 거사가 스스로 쓰다.

1998년 4월 13일, 1724년(경종 4년)에 도화서 화원 이태가
그린 권섭의 영정이 경상북도문화재자료 제349호로 지정되
었다. 비단에 담채로 그린 팔분면흉상(八分面胸像)이다. 찬은
권섭 자신이 지었고, 글은 동생 권형(權瑩)이 썼다.
앞의 글은 바로 권섭이 54세 되던 1724년(영조 원년) 7월에
쓴 자찬묘지명과 자표이다. 이때 그는 운문체 자서전인 「술회
시서(述懷詩序)」도 지었다.

권섭은 무덤을 단양 구담의 옥소산 선영 아래에 쓰도록 자제들에게 당부하고, 묘표의 음기를 별도로 적었다. 이 음기에서 그는 자신의 호를 백취옹(百趣翁)이라고 했다. 잡박하게 이것저것 취향을 지녔던 자라는 뜻이다.

　백취옹은 두 부인과 함께 단양 구담의 옥소산 위 자좌(子坐) 언덕에 묻혔다. 옹은 앞에 있고 두 부인은 뒤에 있으며, 구덩이는 셋이지만 봉분은 하나이며, 봉분은 마치 도끼날처럼 아래는 넓고 위가 좁다. 좌측에 돌을 하나 세우고, 앞 가운데에 '백취옹지총(百趣翁之塚)'이라 쓰고 우측에 '월성 이씨(月城李氏)'라 적고, 좌측에 '가림 조씨(嘉林趙氏)'라 적었다. 뒷면에는 내가 스스로 서술한 작은 비명을 적었을 뿐이니, 보잘것없는 내 성명 때문에 붓 잡아 글 쓰는 군자들에게 누를 끼치고 싶지 않아서 그런 것이다. 그 아래에 이 글을 실어서 장소를 표지하라.
　중방(仲房, 차남)의 아들 덕성(德性)과 별방(別房, 서자)의 아들 도성(道性) 등 손자들과 여러 형제의 자질들은 한결같이 내 뜻을 따라서 어기지 말라. 이씨의 곁에는 별도로 짧은 묘표를 세웠으니, 농암(김창협)의 글이 있다. 이씨는 글씨를 잘 썼다.
　옹이 스스로 서술하고 아우 형(瑩)이 쓰게 했다. 앞면의 큰 글씨는 안노공(顔魯公, 노국공 안진경)의 글자를 집자했다.

권섭은 안동이 본관으로, 서울에서 출생했다. 할아버지는 집의 권격(權格), 아버지는 증 이조 참판 권상명(權尙明)이다. 어머니는 용인 이씨로, 좌의정 이세백의 딸이다. 큰아버지는 학자 권상하(權尙夏), 작은아버지는 이조 판서 권상유(權尙遊)다. 권상하는 송시열 학파의 적통인데, 그의 문하에서 한원진(韓元震)과 이간(李柬)이 학술 논쟁을 하여 호론과 낙론으로 대립하게 되었다. 권상하의 설은 주로 호론에 의해 계승되었다.

　권섭은 자신의 사주가 신해(辛亥)의 년, 임진(壬辰)의 달, 임자(壬子)의 날, 신해의 때이므로, 대정(大定, 복록과 수명과 운세)은 일삼칠구(一三七九), 운은 이이태(二二泰)에 해당한다고 밝혔다. 진단(陳摶)의『대정삼천수(大定三天數)』로 점을 친 것인데, 그 의미는 분명하지 않다. 어떤 이는 점을 쳐서 "눈 위의 푸른 소나무 마음"이라 하고, 어떤 이는 "뜻을 고상하게 가져 벼슬길에 나가려 하지 않을 것"이라 했으며, 또 어떤 이는 "품성이 소활하여 일 없이 비방을 들을 것"이라 했다. 하지만 어떤 이는 "조상의 업적을 바탕 삼지 않아도 입신하고, 육친에게 의지하지 않아도 밥을 먹을 것이다. 입고 먹는 것이 봄풀과 같아서 뿌리지 않아도 저절로 생길 것이다." 했다. 그의 일생을 평결할 수 있는 현재의 관점에서 본다면, 앞의 세 사람이 친 점이 맞는 듯하다.

　권섭은 16세 때인 1687년(숙종 13년)에 경주 이씨 이세필의 둘째 따님과 혼인했다. 그 집안은 효종의 셋째 공주인 숙명 공주(淑明公主), 넷째인 숙휘 공주(淑徽公主)와 가까웠으므로, 권섭은 어려서 두 공주의 사랑을 받았다. 14세에 아버지를 여의고 큰아버지의 훈도를 받는 한편 외숙 이의현, 처남 이태좌(李台佐)와 함께 면학했다. 처가는 18세기 초 소론의 대표적인 가문이었으나, 권섭은 노론이었다.

1695년(숙종 21년) 25세에 부인 이씨가 병사하자, 1697년 권섭은 현감을 지낸 임천 조씨 조경창(趙景昌)의 여식을 다시 부인으로 맞았다. 조경창은 조식(曺植)의 문인이었던 조원(趙瑗)의 증손자로서 조희일(趙希逸)의 손자, 조석형(趙錫馨)의 아들이다. 조희일은 장유(張維), 이경전(李慶全), 이경석(李景奭)과 함께 왕명으로 삼전도 비문을 작성한 인물이다. 조경창은 학자 조성기(趙聖期)와 재종형제 사이였으며, 외손녀가 숙종의 계비 인원 왕후가 되었다.

1689년 기사환국이 일어났을 때 19세의 권섭은 소두(疏頭)가 되는 등 현실에 적극적으로 참여했다. 하지만 송시열이 사사된 일을 비롯해 주변 인물들이 실각하자 관계 진출의 뜻을 버렸다.

권섭은 백부 권상하를 현창하고, 노론의 도통을 확립했다. 82세 되던 1752년(영조 28년)에 「황강구곡가(黃江九曲歌)」를 지어 퇴계 학맥의 계보를 노론의 계파에 연결시켰다. 황강은 지금의 충청북도 제천시 한수면(寒水面)을 말하는데, 권상하가 한수재(寒水齋)를 짓고 거처하던 곳이다. 이 노래에서 권섭은 이이로부터 송시열, 권상하, 한원진으로 이어지는 도통을 명료하게 정리했다. 그는 퇴계 이황 이후 학맥을 모두 다섯 갈래로 나누어, 이황에서 이이, 김장생, 송시열, 권상하로 이어지는 도통 이외에 김장생에서 송준길로, 송시열에서 김창협으로, 이황에서 박세채로, 이황에서 정구로 이어지는 계보가 전한다고 했다. 또한 근래에는 이재가 이황을 계승했다고 말했다.

권섭은 54세 되던 해(1724년) 10월 선영이 있는 제천 문암동 안쪽 골짜기의 영수암(永遂菴)에 묵으며 편년체 자서전인 「연기(年紀)」를 적었다. 태어나 53세까지의 행적 가운데서는 과거를 포기한 일만을 적었고, 또 글의 끝부분에서는 자신이 일생 접한 죽음, 질병, 재액 그리고 교유 사실들을 총괄했다. 그 서문에서 권섭은 "무명옹의 연기를 이루매, 슬픈 일이 반이고 웃을 일이 반이다."라고 했다. 그리고 뒤에 자신이 스스로 묘지명과 묘표를 짓고 또 「연기」까지 적는 이유와 일생에 대한 자평을 다음과 같이 덧붙였다.

내가 무덤에 올라 내 묘표와 묘갈을 읽어 보니, 공자와 주자의 묘갈도 아니고 백이(伯夷)와 전금(殿禽)의 묘갈도 아니다. 천하가 공평하지 않은 지 오래되었으니, 누가 그것을 믿겠는가? 오직 도연명의 뇌사(誄辭, 자제문)만은 천년이 지나도록 비할 나위 없는 명문으로 그 사람됨을 알 수가 있다. 이는 그 말에 과장이 없기 때문이다. 다른 사람이 쓴 과장된 글보다는 차라리 자신이 하는 미더운 말을 취하는 것이 낫다. 그런 까닭에 두 편의 명을 스스로 지어, 하나는 무덤 앞에 세우고 다른 하나는 무덤에 묻도록 했다. 또 평생의 말과 행동을 열거하여, 처음 태어났을 때부터 지금에 이르기까지 기억나는 것만 남기고 잊어버린 것은 빼고, 큰 일만 쓰고 작은 일은 생략했다. 아이들로 하여금 늙은이의 본말과 장단을 알게 하고자 할 뿐이지, 어찌 감히 도연명의 뇌사를 지은 현명함에 견주고자 하겠는가? 자손에게 보이는 것은 속일 수가 없기에, 어리석고 망령됨을 피하지 않고 실질을 따라서 솔직하게 씀으로써, 당세의 글 짓는 이들에게 누를 끼치지 않고자 할 따름이다. 씨와 본관, 생시, 세덕(世德)의 상세한 사실은 「술회시서」를 보면 된다.

권섭은 그간에 어린아이의 죽음을 열세 번이나 보아 왔고, 자기 자신은 여섯 번 큰 병을 앓았으며, 세 번 이상한 짐승을 만났고, 네 번 험한 물결을 만났다. 이러한 것들은 모두 운수와 천명에 따라 정해져 있는 것인지 모른다고 생각했다. 더구나 집을 먼 곳으로 여덟 번 옮긴 것과 큰 바다에 세 번 배를 띄운 것은 외조부의 청으로 윤계(尹棨)가 점을 쳐서 "여덟 번 귀양 갈 것이고 세 번 큰 바다를 건널 것이다. 세상에 나가지 않으면 그러지 않을 것이다."라고 했던 것과 일치한다. 실은 윤계가 그의 수명이 팽조와 같을 것이라고 점친 것도 들어맞았다. 권섭은 54세에 스스로 묘지명과 묘표를 짓고 이 「연기」까지 지었지만, 그가 세상을 뜬 것은 1759년(영조 35년) 2월 6일이다. 향년 89세였으므로 천수를 누렸다고 할 만하다.

87세 때 권섭은 자신의 묘표에 음기를 다시 적었으나 묘표에 새기게 하지는 않았다. 그 음기도 하나의 자서전이다. 남들은 그를 지상선(地上仙)이라 부르지만 자신은 체읍선(涕泣仙)일 따름이라고 했다. 목숨만 오래 붙어 있어 훌쩍훌쩍 울기만 하는 신선이라는 뜻이다.

손자가 수십 명이나 되었으나, 이미 태반이나 죽어 산에 묻었는데도, 사람들은 나의 눈과 귀 그리고 정신이 멀쩡하다고 하여 지상선이라 일컬으니 우습기만 하다. 인간 세상에 어찌 체읍선이 있을 수 있으랴. 스님도 아니고 속인도 아니며 어중간한 위치에 멈추었다. 이처럼 살다가 이처럼 죽는다면 내 죽은 다음에 누가 다시 나를 알아주랴?

그래서 작은 묘표석에 백취옹이라고만 쓰고 성명은 드러내지 않는다. 이미 동생의 글씨로 짧은 묘지명과 서문을 써 두었거늘, 스스로 그 아래에다 이렇게 쓰는 것은 이후 태어날 많은 자손으로 하여금 옹이 어떤 사람이었는지 알게 하기 위함이다.

87세에 더 쓰다.

홀쩍홀쩍 우는 신선! 온갖 고통을 겪으며 기쁨과 슬픔을 깊이 느낀 사람이라야 할 수 있는 말이기에 묘하게 무게가 느껴진다.

허물과 모욕이
산처럼 쌓여 있다

32

유척기(兪拓基, 1691~1767년), 「미음노인자명(渼陰老人自銘)」

미음 노부(渼陰老夫)는 기계 유씨(杞溪兪氏)

이름은 척기, 자는 전보(展甫).

증조는 관찰사, 돌아가신 조부는 대사헌

돌아가신 부친은 목사, 모두 추증받은 직위.

외할아버지는 정언 벼슬을 지냈고, 용인 이씨.

미음 노부는 신미년(1691년, 숙종 17년)에 태어나, 갑오년

(1714년)에 급제하고

예문관과 세자시강원, 사간원과 홍문관

이조 좌랑과 승지의 직을 두루 역임하고

부친상을 만나 모친을 봉양하러, 잠시 외직으로 나가 회

양(淮陽)을 다스렸다.

연행사의 부사로 연행길에 올라, 일 마친 후 품계가 올랐으나

흉한 무함(誣陷)이 연이어 일어나, (두보처럼 처가가 있는) 내산(萊山)에서 주려 있어야 했다.

을사년(1725년, 영조 원년)에 군은으로 부름받아, 국사 편수에 참여하고

대사간과 승정원의 직, 이조, 병조, 예조의 참의를 지냈으며

부절을 가지고 영남에 관찰하고 나갔다가, 한 해 만에 병으로 체직되고

승문원과 비변사의 직을 맡고, 빈 명함으로 부제학을 겸했으나

얼마 있어 군왕의 서거를 만나, 자취를 감추어 강가에 우거했는데

갑의 역난(이인좌의 난)에 동쪽 지방으로 나아가 진압하고

다시 함경도 관찰사에 발탁되었기에, 사직하자 문득 견책을 입었으니

외적이 짖어 대어 근심스럽고 위태하여, 억지로 심도(강화도)의 수령 직책을 받들었다.

여러 번 제수하시는 왕지를 어겨, 견책을 입어 당성(唐

城)에 외보(外補)되어

얼추 황정(荒政)을 마치자, 그대로 해영(海營, 해주)으로 이직되었다.

외람되이 세자를 보양(輔養)하는 직책을 맡아, 전직하여 궁빈(宮賓, 세자시강원의 직책)에 차정되고

정부의 추천으로 한성 판윤이 되매, 더욱 머뭇거렸거늘

영남을 안찰하라 명령하시니, 견책과 은영이 남달랐으며

돌아와서 사도(司徒)의 직을 배수하고, 마침내 의금부의 수장이 되었다.

그다음 해 정승의 자리에 오르매, 연치가 쉰도 안 되어

분에 넘치는 직위에 이르러 안일함에 빠질까 경계했으며, 질병으로 자빠지고 근심이 너무 컸기에,

미음(渼陰)의 전야로 물러나, 열 번의 여름과 겨울을 거치면서

간간이 군주의 탕약을 미리 맛보는 일로 나아가고, 때때로 국가 경사를 축하하러 부임하다가

돌연 대고(大故, 모친상)를 당했으나, 거듭 임금님의 은혜로운 돌아보심을 입어서

어리석고 굼뜨며 융통성 없고 고루하거늘, 아침에 유배보내셨다가 저녁이면 용서해 주시곤 했다.

심양으로 사행의 임무 받들어 가니, 의리가 지난날의 역

할보다 무거웠고

홀연 외람되이 영의정에 임명되었으나, 마침 극히 어려운 시대를 만나

반년 만에 끝내 솥 안 국이 엎어지듯 실각하고 말았다.

앞뒤로 두 번 쫓겨난 것은, 전적으로 내가 미혹되고 응체했기 때문.

치사(致仕)의 나이에 이르자 쉴 것을 허락하셔서, 특이한 은총이 이 아랫사람에게 미쳤다.

세 분 임금의 조정을 두루 섬겨, 물방울 하나 먼지 하나만큼의 보답도 하지 못했거늘

중후하고 근신했다고 상감께서 포상하심이 실정과 벗어난다.

평소의 일을 찬찬히 생각해 보면, 허물과 모욕이 산처럼 쌓여 있을 따름.

늙음과 질병이 나날이 깊어 가서, 분묘의 문에 이를 날이 임박해 있기에

작은 돌에 스스로 기록하여, 광중에 표시하게 하련다.

신씨를 아내로 맞았으니, 본관은 평산으로

중승(中丞, 사헌부 집의) 벼슬한 분(신사원(申思遠))의 장녀요, 충경공(忠景公, 신입(申砬))의 손녀로서,

나보다 두 살 많으며, 성품은 선량하고 공평했다.

살아서는 해로하고, 죽게 되면 묘혈을 같이하려 하노라.

아들과 딸, 손자와 증손자가 뒤에 남아 가문을 이어 나
가길 바란다.

노론의 학자이자 정치가였던 유척기가 70세로 벼슬에서
물러난 다음 해인 1761년(영조 37년) 스스로 지은 묘지명이
다. 유척기는 49세에 벌써 재상의 반열에 올랐다가 치사의 나
이인 70세에 재상의 직을 그만둔 것으로 유명하다.

유척기의 자찬묘지명은 네 글자씩 하나의 구를 이루고 두
구마다 끝에 압운한 운문 형식이다. 운자는 네 구나 여섯 구
마다 바꾸는 환운의 방식을 사용했다. 한문 원문은 간결한
어구를 사용하고 고풍의 관명이나 용어를 사용해서 장중한
맛을 지닌다.

유척기는 자찬묘지명을 지은 6년 뒤 1767년 10월 29일에
춘추 77세로 작고하여, 1768년 정월에 지금의 강원도 철원 지
혜동 신좌의 언덕에 안장되었다. 비는 1805년(순조 5년) 10월
에 아들 유언흠(兪彦欽)이 추록하여 세웠다. 글씨는 석봉 한
호(韓濩)의 글자를 집자했다.

유척기는 본관이 기계(杞溪)로 목사 유명악(兪命岳)의 아들
이다. 김창집에게 수학하고, 1714년(숙종 40년) 증광 문과에

병과로 급제한 뒤 벼슬길에 올랐다. 1721년(경종 원년)에는 책봉 주청사의 서장관으로 청나라에 다녀왔다.

유척기는 노론의 맹장으로 활약했다. 1722년 신임사화 때는 소론의 언관 이거원(李巨源)의 탄핵을 받고 섬에 유배되었다가 영조 원년인 1725년에 노론이 집권하자 풀려나서 요직에 올랐다. 1753년 우의정에 올라 신임사화 때 세자 책봉 문제로 연좌되어 죽은 김창집과 이이명의 관직을 회복시켜 줄 것을 건의하여 관철했다. 하지만 소론 대신 유봉휘와 조태구 등을 죄로 다스리라고 주청했다가 뜻을 이루지 못하고 사직했다. 그 뒤 여러 차례 징소에 불응하여 삭직당하고 전리로 방축되었다. 1758년에 영의정이 되었으나 곧 사직했다. 이때 묘지명을 스스로 지었다. 1760년에 다시 등용되어 영중추부사가 되고 이어 봉조하가 되어 기로소에 들어갔다.

유척기의 자찬묘지명에는 두 번에 걸쳐 추록이 이루어졌다. 1805년 10월 아들 유언흠이 비를 세우면서 추록한 것과 1821년 2월 증손 유춘주(兪春柱)가 추록한 것이다.

아들 유언흠은 선친의 가계와 후손을 자세하게 밝혔을 뿐 아니라 다음 사항을 덧붙였다.

부군은 집에 계실 때나 조정에 계실 때에 언행과 출처가 모두 본말이 있어서 나라 사람들에게 칭송과 흠모를 받았으니,

소자가 어찌 감히 사사로이 말을 할 수 있겠는가. 다만 찬선 김원행 공께서 부군의 초상에 찬을 쓰셨는데, 그 대략은 다음과 같다. "높은 관에 긴 패옥을 차고 위엄 있게 손을 맞잡아 서 계시자 숭산과 거택 같아서 용인지 범인지 헤아릴 수 없었다. 지혜는 경륜을 맡을 만하고 행실은 사대부의 의표가 될 만했다. 선한 말과 정의로는 착한 무리들로 하여금 기를 펴게 했고, 몸을 굽혀 어전에 이르자 군주가 그를 위해 용모를 바꾸었다. 그러다가 자취를 감추어 강호에 은거하시자 사방에서 훌륭한 일을 하시리라 기대했도다. 슬프다! 하늘이 큰 책임을 내리시고도 그 말씀을 다하지 못하게 하신 것은 시대가 그러하기 때문이었던가!"

이를 두고 세상에서는 지언(知言)이라고 했다.

부군은 항상 "지위는 높은데 국가에 공효를 받친 것은 적다."라고 말씀하셨다. 유언하시기를 "시호를 청하지 말고, 조정에서 의론해서 정해 준 상례를 쓰지 말며, 사대석(병풍석)과 곡장을 설치하지 말고, 신도에 대비(신도비)를 세우지 마라." 하여 스스로 폄하하는 뜻을 드러내셨으므로, 불초 등이 감히 어길 수 없었다. 다만 시호를 청하는 글은 올리지 않았거늘 역명(易名, 죽은 사람에게 시호를 내려 이름을 바꿈)의 명이 임금의 특지에서 나와서 태상시에서 민이호학(敏而好學)과 사려심원(思慮深遠)의 두 법을 취하여 시호를 문익(文翼)이라고 정했다.

유척기는 노론에 속했지만 소론이나 남인의 명사들로부터도 호감을 샀다. 1755년의 을해역옥 때 채제공이 문사랑으로 선임되었는데, 말소리가 우렁차고 글씨는 나는 듯했으며 질문하면서 핵심을 빼놓지 않았고, 아뢰는 계문(啓文)은 항상 정실(情實)에 맞았다. 재상 이종성(李宗城)이 채제공 한 사람이면 국문의 일을 충분히 감당할 만하다고 영조에게 아뢰자, 역시 재상으로 있었던 유척기도 매우 좋다고 말했다.

그보다 앞서 유척기는 경상도 관찰사로 있을 때 공무의 여가에 여러 고을의 곡물 장부를 외워 줄줄 읊을 정도였다. 이에 대해 훗날 정조는 "이는 기억력이 뛰어나서만이 아니라, 관심을 두었기 때문인 듯하다."라고 인정했다.

유척기는 경상도 관찰사의 임기를 마치고 돌아갈 때 장부상의 남은 돈을 가져가지 않고 감영의 속관들에게 나누어 주었다. 이후 이는 관례가 되어 체등례(遞等例)라고 일컬었으며, 차츰 액수가 감소해서 고종 때는 1만여 냥이 되었다. 임기를 채우지 못하고 갈리게 되면 체등례의 절반을 적용했다고 한다.

정조는 치제 때 제문을 친히 작성했다. 1735년(영조 11년)에 세자(뒷날의 사도 세자)를 위한 보양의 관직을 설치할 때 유척기는 천망(天網, 탄핵)을 입은 상태였으나, 1736년(병진년)부터는 빈료가 되었다. 그리고 23년이 흐른 1758년에 이르러 유척기는 영의정이 되었다. 정조는 제문의 첫머리에서 그 사실을 추억했다. 또한 정조는 사도 세자가 대리청정할 때 유척기가 가정을 잊을 정도로 분주했던 일을 떠올리고, 그를 당나라 때 위모(魏謨), 한나라 때 후파(侯芭)와 같은 인물이라고 칭송했다. 위모는 당나라 태종 때 사직지신(社稷之臣)으로 일컬어졌던 위징(魏徵)의 5세손인데, 재상으로서 정사를 논할 때 실정에 부합한 의견을 내어, 황제의 면전이라 해도 두려워하거나 피하는 법이 없었다. 한편 후파는 양웅에게서 『태현경』과 『법언』을 배우고, 양웅이 죽자 그를 위해 심상(心喪) 3년의 예를 치뤘다. 정조의 치제문 가운데 마지막 부분은 이렇다.

도를 보위하고 곧음을 장려하며, 적을 토벌하고 충성을 포상하라고

말로도 아뢰고 글로도 상소했기에, 결코 사공(事功)이 부족하지 않았다만

오직 내가 흠복하는 것은, 따로 있도다.

하물며 저 은택의 이로움은, 강하처럼 윤택하고 산처럼 높았나니

태평성세의 현명한 재상으로서, 청사를 빛내기에 충분하다.

수상에게 말하건대, 장인을 닮기 바라오.

정조는 당시 우의정으로 있던 윤시동(尹蓍東)에게 장인 유척기를 본받으라고 당부했다. 그런데 정조가 "오직 내가 흠복하는 것은, 따로 있도다."라고 말한 것은 무엇인가? 그것은 유척기가 아버지 현륭원을 위해 충성을 다한 사실을 기억하고 경모한 것이다.

뼈야 썩어도 좋다

33

■ 김광수(金光遂, 1696년~?),
「상고자김광수생광지(尙古子金光遂生壙誌)」

동해 동쪽 조선 땅, 상락(上洛) 은사 상고객(尙古客)이여

상산 김씨 시조로 고려 보윤(甫尹) 수(需)가 이름 높았다.

세 원수가 고려 말에 뛰어난 자취 남겼고

내려와 성옹(醒翁, 김덕함(金德諴))은 혼암한 임금(광해군)

에게 항거했으며

수효(粹孝) 선생은 집터를 닦고 충혜공(忠惠公, 김동필(金

東弼))이 집을 지었다.

화려한 가문의 번쩍거림을 싫어해서

규율과 단속에서 벗어나 우활하고 유벽하게 행동하매

이상하고 야릇한 취미가 뼛속까지 버릇이 되었다.

옛 그릇과 글씨와 그림, 붓과 연적과 먹에 대해서는

깨달음의 가르침 없어도 꿰뚫어 알아

진위를 감별해서 작은 착오도 없었다.

더러 밥도 못 짓고 방은 네 벽만 휑했으나

금석이나 서책으로 아침저녁 소일해서

기이한 골동이 손에 닿기만 하면 주머닛돈을 쏟으니

벗들은 손가락질하고 양친과 식구는 꾸짖었다.

서른에 진사하여 하찮은 녹봉에 허릴 굽혀

우연히 관리 되길 동령(東嶺) 곁에서 하게 되자

왼쪽은 금강산, 오른쪽은 설악을 절하는 곳이라

우물 안 개구리마냥 가슴이 답답했다.

태산 꼭대기를 새벽꿈에 올랐더니

구름이 붉은빛을 펴고 새벽빛 어슴푸레하며

구점(九點) 연기(대지)가 아스라이 푸른 하늘에 이어졌기에

움츠렸던 갇힌 새가 날갯짓을 생각했다.

늙은 이 몸은 죽음과는 종이 한 장 사이

뼈야 썩어도 좋다만 마음은 궁극에 이르기 어렵도다.

하찮은 생졸년 따위는 모두 부질없는 것

이름과 자 말 안 해도 난 줄 알리라.

김광수라는 인물이 살아 있을 때 스스로 쓴 묘지, 즉 생지(生誌)다. 자신이 추구하는 최고의 정신경계에 도달하지 못하는 안타까움을 토로했다.

생지의 처음 6구에서는 고려 때 보윤 벼슬을 한 김수(金需)로 시작하는 상산 김씨의 계보를 언급했다. 그 17세손 김덕함은 광해군의 인목 대비 폐모에 반대하는 상소를 올렸다가 남북으로 10년간 귀양살이를 했다. 김광수는 김덕함의 절의를 특별히 강조하고, 이어 조부 김유(金濡) 그리고 아버지 김동필이 집안을 일으킨 사실을 적었다. 그 뒤로 자신이 집안 어른의 뜻에 반발하여 골동품, 서화, 필연에 취미를 두게 된 사연을 적어 나갔다.

김광수는 상고당(尙古堂)이라는 호로 알려져 있다. 그 호는 명나라 화상고(華尙古)의 삶과 예술 비평을 흠모해서 그 이름에서 따온 것이다. 김광수는 주나라 쇠북, 한나라 비갈의 탑본(탁본)을 소장했다. 오경석의 『천죽재차록(天竹齋箚錄)』에 의하면 김광수는 중국의 임본유(林本裕)와 그 아들 임개(林价)와 절친하여 중국의 탑본과 인장을 구할 수 있었다. 1729년에 진사가 되고 이후 잠시 인제 군수를 지냈으나, 골동 서화의 구입에 재산을 털어 말년에는 가난하게 되었다. 박지원은 김광수를 근세의 감상가로서 개창의 공이 있다고 인정했다.

무덤은 경기도 장단 동강(東岡)의 선영에 썼다. 이 「생광명

(生壙銘)」은 친우 이광사(李匡師)가 글씨를 써 주었다. 전액은 「유명조선상고자김광수생광(有明朝鮮尙古子金光遂生壙)」이라고 했다. 그 탑본이 현재 서울대학교 도서관에 있다. 7절 13면으로, 크기는 30×22센티미터다. 이 탑본에는 김광수의 형 김광우(金光遇)의 묘지를 탑본한 것이 합철되어 있다. 이것도 이광사가 글씨를 썼다. 김광수의 「자찬묘지명」은 호접장 한 첩(4절 7면, 24.7×19.5센티미터)이 규장각에 별도로 소장되어 있다.

김광수는 이광사와 마찬가지로 서울 둥그재(圓嶠) 부근에서 살았던 듯하다. 둥그재는 서대문구 금화산을 가리키는 것으로 추정된다.

박지원의 「광문자전」에 보면 "광문이 아침나절 상고당에서 사람을 보내어 나에게 안부를 물어 왔네. 듣자니 집을 둥그재 아래로 옮기고 대청 앞에는 벽오동 나무를 심어 놓고 그 아래에서 손수 차를 달이며 철돌(鐵突)을 시켜 거문고를 탄다고 하데."라고 말하는 대목이 있다. 철돌은 거문고의 명수로 알려진 김철석(金哲石)이다. 가객 이세춘(李世春), 가기 추월, 매월, 계섬과 한 그룹을 이루어 연예 활동을 한 인물이다. 김광수와 이광사는 예인들과 어울렸다.

김광수는 아예 도보, 곧 이광사를 오라고 청하는 서재라는 뜻에서 자신의 서재를 내도재(來道齋)라 이름 지었다. 명나라 왕세정(王世貞)의 내옥루(來玉樓), 동기창(董其昌)의 내중루(來仲樓)가 각각 친구의 이름을 부르며 오게 한다는 뜻을 사용한 것과 같다. 김광수는 이 서재에 기이한 서적과 이상한 글들을 모아 두고 종정(鍾鼎)과 고비(古碑)의 탑본을 쌓아 두었다. 또 이름난 향이며 고저산(顧渚山)에서 비 오기 전에 딴 차를 두었고 단계연(端溪硯), 흡주연(歙州硯)과 호주(湖州) 붓, 휘주(徽州) 먹을 마련해 두고는 이광사를 불렀다.

이광사는 「김광수가 예안에 부임해 가는 것을 전송하며(送金光遂之任禮安)」라는 제목의 장편시에서 "진정으로 벗하여 흰머리까지 가자고, 친밀함이 쌍둥이 형제와 같았고, 또 구리 거울과 구리 비녀를 녹여 팔찌로 만든 것과 같았지. 금강이 굳세고 날카롭다 하여도, 우리 사이는 뚫으려 해도 뚫지 못하지."라고, 두 사람의 우정을 강렬한 언어로 묘사했다.

이광사와 김광수는 골동을 감상하면서 속세간의 탐욕을 잊고 서로의 우정을 확인했다. 이광사는 1743년 6월에 지은 「내도재기(來道齋記)」에서, 자신과 김광수가 성격상 극단적으로 다른데도 마음이 합하는 것은 도에 있어 깊이 계합(契合)하기 때문일 것이라고 했다.

뒷날 신유한은 김광수의 「생광명」 뒤에 발문을 적었다. 곧 「상고당자서후제(尙古堂自敍後題)」라는 글이다. 신유한은 상고당 주인 김광수가 고고하게 살다가 영락하기까지 했지만 호기를 잃지 않은 사실을 그려 보이고, 김광수가 서화 골동에 남다른 신광(神光)을 지니고 있었음을 말했다. 이어서 신유한은 1743년(영조 19년)에 김광수와 대면하여 그의 정신세계를 이해할 수 있게 되었던 일화를 적었다.

계해년 가을에 내가 도성에서 세 들어 살 적에 상고당이 찾아와 함께 이야기했는데, 내 옆에 『금강경』, 『원각경』, 『유마경』 등 여러 책이 있는 것을 보고 호들갑을 떨며 손뼉 치고 말했다. "이 길에는 속박도 없고 방종도 없으므로, 세간법을 가장 잘 증시(證視)하여 쾌활하다."

상고당이 불가를 좋아하는 이유는 세상의 얽매임에서 벗어나 있기 때문이다. 그가 산수를 좋아하고 물건을 아끼는 습성도 모두 이와 비슷한 이유이다. 사모하는 옛 현인이 많은데도 한 가지 비슷한 일을 들어 황조(명나라)의 명사 화상고에 견주어 그 당의 이름을 지은 것은, 자신을 낮춤으로써 내면을 기르려고 해서였을 것이다. 아아, 지금 천하에 화상고가 다시 있다고는 들어 보지 못했는데, 우리 동해의 나라에서 보게 되었으니 얼마나 기이한가. 암혈 속에서 이러한 사람을 찾아도 볼 수 없었는데, 벼슬하는 집안에서 나왔으니 또 얼마나 기이한가. 내 나이 예순여에 처음 상고당을 보았는데, 그는 아직 쉰이 안 되었으나 예전에 서로 알던 사이처럼 화락하니, 내 남은 날이 얼마 안 되는 것이 한스럽다.

　한번은 조용히 그에게 말했다. "그대는 정말 훌훌 노니는 천
하의 기이한 선비군요. 기이함은 함께 말할 수 있어도 도는 함
께 말할 수 없겠소. 옛날 도에서 노니는 자들은 진실한 데로 귀
의하고 질박한 데로 돌아갔기에, 진실하면 망령됨이 없고, 질박
하면 이름이 없었다오. 주하사(노자)와 칠원리(장자)가 모두 이
러한 자들이라오." 상고당이 내 말에 동의했다.

　김광수는 속박도 없고 방종도 없으면서 세간법을 증시하
여 쾌활하고자 했다.

　'훌훌 노니는 천하의 기이한 선비' 김광수는 그러나 말년이
너무 쓸쓸했다. 김광수의 소유였다는 「청명상하도(清明上河
圖)」는 관재(觀齋) 서상수(徐常修)의 것으로 되었다. 박지원은
그 그림에 발문을 적으면서, 김광수의 불우한 삶에 대해 언급
했다.

　이 두루마리 그림은 상고당 김씨의 소장으로 구십주(仇十洲,
구영(仇英))의 진품이라 여겨 죽으면 부당(斧堂, 묘)에 같이 묻기
로 다짐했던 것이다. 그런데 김씨가 병이 들자 관재 서씨의 소
장품이 되었다. 당연히 묘품(妙品)에 속한다. 아무리 세심한 사
람이 열 번 이상 감상했더라도 다시 그림을 펼쳐 보면 문득 빠

뜨렸던 것을 다시 보게 된다. 절대로 오래 감상해서는 안 된다. 눈을 버릴까 두렵다.

김씨는 골동품이나 서화의 감상에 정밀하여, 절묘한 작품을 만나면 보는 대로 집안에 있는 자금을 털고, 집과 밭까지도 팔아서 보태었다. 이 때문에 국내의 진귀한 물건들은 모두 다 김씨에게 돌아갔다. 그렇게 하자니 집안은 날로 가난해졌다.

노경에 이르러서 하는 말이 "이제 눈이 어두워졌으므로 평생 눈에 바쳤던 것을 입에 바칠 수밖에 없다."라면서 물건들을 내놓았으나, 팔리는 값은 산값의 10분의 2에서 3도 되지 않았다. 이도 다 빠져 버린 상태라 이른바 입에 바치는 것이라고는 국물이나 가루 음식뿐이었다. 참으로 안타까운 일이라 하겠다.

골동 서화에 미친 사람의 말로라고 보아 당연하다고 생각할 일이 아니다. 김광수가 순수한 취미의 세계에 탐닉한 것은 세간 명리를 잊는 한 방법이었으므로, 그의 몰락은 순수 세계의 몰락을 상징하는 것이기 때문이다.

화합을 주장하던 내가
세상의 죄인이 되었다니

원경하(元景夏, 1698~1761년), 「자표(自表)」

거사는 원주 사람이다. 젊어서 성대한 명성이 있었으나, 가라앉고 막히고 곤란을 겪고 좌절을 했다가, 29세를 넘겨서야 비로소 과거에 장원으로 급제했다. 벼슬을 해서는 껑충 뛰고 훨훨 날게 된 지 10년 만에 정숭(鄭崇)처럼 신발을 끌면서 대궐을 드나들 수 있는 직위에 오르게 되었다.

그런데 소인배가 참소하여 죽이려고 했기 때문에, 마침내 비방과 무함 받는 것을 원통해했던 『시경』 「소아 청승」 장을 노래했다. 그러나 서울 근교로 가서 농사짓고 누에 치곤 했지, 차마 멀리 가서 은둔하지는 못했다. 군자들이 이 심경을 슬퍼했다.

60세에 구양수의 사례를 따라 벼슬을 내놓았다. 원인 모를 병을 얻었기 때문에, 복건을 쓴 채로 문을 닫고 들어 앉아서 세상과 인연을 끊었다.

성품은 강직하고 기질은 호탕하며, 문장을 즐기고 담론을 좋아했다. 온갖 험난한 일과 위험한 일을 겪은 나머지 고요하고 졸렬함을 기름으로써 몸을 거두고, 충서(忠恕)를 힘써 행했다. 어떤 일에 부딪히게 되면 한 번도 선뜻 결정 짓지 않고서 "나 자신이 현명한지 간사한지 알지 못하거늘, 하물며 남에 대해 현명한지 간사한지를 어떻게 알겠는가? 임종 때 손과 발을 펴 보라 하여 몸이 온전함을 알게 된 뒤에야 생을 마치는 것이 인간의 일이다."라고 했다.

『맹자』「공손추 상」의 시인함인(矢人函人) 장을 읽을 때마다 무릎을 치면서 세 번 반복했다. 자제들이 살(殺) 자에 대해 말하는 소리를 들으면 온종일 눈살을 찌푸리고 마음속으로 불편해했다. 고지식한 데다가 또 편협했기 때문에 세상에 꺼리고 질시하는 자가 많았다.

13세 때 『소학』을 공부했는데, 어른이 "너의 뜻을 말해 보라."라고 하시기에, 송나라 명신 범중엄(范仲淹)이 「악양루기(岳陽樓記)」에서 "걱정할 일에 대해서는 천하 사람들이 걱정하기에 앞서서 걱정을 하고, 즐거운 일에 대해서는 천하 사람들이 즐거움을 누린 뒤에 즐거움을 누린다."라고 읊었던 구절을 외었다. 그렇거늘 재상이 되어서는 일컬을 만한 공적이 없고, 나이도 아직 높지 않거늘 참소에 걸려서는 해골을 고향에 묻게 해 달라고 청하여 사직했으니, 애석하다.

평생 동안 서너 명의 옛사람을 사모했다. 한나라에서는 승상 병길(丙吉), 당나라에서는 서평왕 이성(李晟), 송나라에서는 범순인(范純仁)이다. 마음이나 사업이나, 벼슬에 나아가거나 물러나는 일에서, 이들을 위해 채찍이라도 잡아드릴 정도라도 되면 좋겠다는 바람을 지녔다.

전원으로 돌아와 개연히 말하기를 "'군신 간에 화합하라'는 것은 고요(皐陶)가 우임금에게 고했던 모책이었거늘, 군신 간에 화합해서 세상의 죄인이 되었으니, 고요는 나를 속였던 것인가?"라 했다. 홀로 우뚝 서서 붕당이 없었으며, 시비와 훼예가 결코 마음을 동요시키지 않았다. 스스로 말하기를 "과격하지도 않고 추수하지도 않거늘, 마음이 어찌 동요하겠는가?"라고 했다.

처음 벼슬하러 나가면서 출처행장에 대해 점을 쳤을 때 중부괘(中孚卦)가 돈괘(遯卦)로 변하는 것을 만났다. 그래서 시를 지어서 뜻을 보이고 스스로 호를 비와(肥窩)라 했다. 벼슬을 내놓고는 창하거사(蒼霞居士)라고 일컬었다. 성상께서 나더러 우리 동방의 섭향고(葉向高)라고 했으므로,

창하라고 고친 데에는 그럴 만한 까닭이 있었던 것이다.

아, 백 세대 이후 사람들이 알면 이 거사를 장차 어떠한 사람이라고 할 것인가? 양자운(양웅)과 소요부(소옹)는 때를 만나지 못했던 것이로다! 슬퍼할 만하다.

영조의 탕평책을 주도한 원경하는 이 자찬의 묘표에서 자신이 동인협공(同寅協恭)을 실천했건만 부당하게 박해를 받았다고 원통해했다. 동인협공이란 『서경』「고요모(皋陶謨)」에 나오는 말로, 조정 신하들이 함께 경연을 하고 공손한 자세로 화합하는 것을 말한다. 원경하는 정권에서 소외된 사람으로 분한을 느꼈다. 다만 남을 상하게 하지 않으려고 노력했기에 『맹자』「공손추 상(公孫丑上)」의 시인함인 장을 읽으면서 그 뜻에 크게 공감했다. 맹자는 "화살 만드는 시인(矢人)이 방패 만드는 함인(函人)보다 어찌 어질지 않으랴마는, 시인은 오직 사람을 상하게 하지 못할까 걱정하는 데 비해 함인은 오직 사람을 상하게 할까 걱정한다."리고 했다.

원경하는 또 자제들이 살(殺) 자를 말하면 심기가 불편했다고 술회했다. 『논어』「자로」에 보면 공자가 "선한 사람들이 계속 이어져 나라를 다스리기를 백 년 정도 하게 되면 역시 잔폭(殘暴)한 이를 교화하고 사람 죽이는 사형을 제거한다는 옛말이 있는데, 과연 이 말 그대로다."라고 했다. 잔폭한 이를 교화하고 사형을 제거하는 것을 승잔거살(勝殘去殺)이라 한다. 당쟁으로 사람 죽이는 일을 혐오해서 원경하는 공자가 인용한 옛말에 깊이 공감했던 것이다.

원경하는 본관이 원주로, 조부 원몽린(元夢麟)이 효종의 딸 숙경 공주에게 장가들어 흥평군(興平君)이 되었으므로, 부마의 손자로 자랐다. 아버지 원명구(元命龜)는 목사를 지냈다. 1761년 5월 27일 향년 64세로 작고한 후 경기도 광주 송현리 해좌의 언덕에 장사 지내졌다. 지금의 경기도 성남시 분당구 사송동에 묘가 있다. 비는 1862년(철종 13년) 건립되었다. 원경하의 자찬묘표를 앞에 새기고, 그 뒤에 첫째 아들 원인손이 망자의 졸년과 관력, 가계를 추가로 기록한 글을 새겼다. 묘표라기보다 묘갈이나 신도비에 가깝다. 경기도박물관에 소장되어 있는 탁본을 보면 묘비의 전집(前集)은 소동파의 글자를 집자해서 새기고, 원경하의 자찬묘표를 적은 후집(後集)은 저수량의 글자를 집자해서 새겼다. 측면은 원인손의 추가 기록을 그 아우 원계손(元繼孫)의 글씨로 새겼다.

원경하는 1721년(경종 원년) 진사시에 합격한 후 1736년(영조 12년) 세자익위사 부수로 있으면서 문과에 급제했다. 1739년 사간원 정언으로서 탕평책을 진언했다. 노론과 소론만의 소탕평에 반대하고, 영조의 뜻을 받들어 완소 계열과 함께 대탕평을 주장했다. 아울러 신임사화로 화를 입은 조태억, 조태구 등의 무죄를 주장했다. 영조는 그를 크게 신임했다.

당시 전랑(銓郎)의 통청법과 한림(翰林)의 회천법을 두고 당쟁이 격화되자, 1741년 4월 영조는 통청첩과 회천법을 혁파하도록 명했다. 원경하는 송인명, 조현명과 함께 찬동했다. 영조는 전랑이 통청의 권한을 주관하지 못하도록 하고, 한림에서는 회권(會圈)을 하되 송나라 조정의 규례에 의거하여 소시(召試)를 보인 뒤에 직무를 맡기라고 명했다.

1743년 청나라 건륭제의 북순(北巡)으로 유언비어가 돌았을 때 원경하는 폐사군을 다시 설치할 것을 진언했다. 1745년에는 부제학으로 있으면서, 호남에서는 토호들이 신고하지 않은 은결(隱結)을 겸병해서 세금을 내지 않고 아전들과 백성들이 백지 징세를 감당하지 못해 전정(田政)이 문란하다고 진언했다. 백지 징세란 군포의 세액이 반감되자 그 부족액을 전결에다 결부하려고 공지를 징세안에 올려놓고 강제로 징수하는 것을 말한다. 호남의 사정을 잘 안다고 해서 그는 호남 진전개량사(湖南陳田改量使)가 되었다. 그 후 예문관 제학, 이조 참판, 홍주 목사 등을 역임했고, 판돈령부사로 치사하여 봉조하가 되었다. 그가 죽자 영조가 친히 제문을 지었다. 충문(忠文)의 시호가 내리고 영의정에 추증되었다.

원경하가 영조의 정국에서 대탕평을 주장할 때 임정(任珽),

정우량(鄭羽良), 오광운, 윤유(尹游) 등이 뜻을 같이했으나, 조정 신료들은 탐탁하게 여기지 않았다. 옛 동료 이천보(李天輔)는 원경하에게 절교를 선언했다. 이로 인해 세상에서는 원붕(元朋), 이붕(李朋)이라는 말이 나돌았다. 노론들은 원경하가 탕평을 자임하지만 송인명, 조현명에게 아부하여 경반(卿班)에 올랐고, 남인 및 소북들과 결탁하여 자기 세력을 도왔다고 비난했다. 이런 비난 때문에 원경하는 고립무원이 되었다. 그렇기에 그의 자찬묘표에는 고독감이 짙게 배어 있다.

원경하는 김상로(金相魯)의 탐욕을 미워했다. 김상로는 뒷날 시파, 벽파 분립의 계기가 된 사도 세자의 처벌을 적극 주장한 인물이다. 성대중(成大中)의 『청성잡기(靑城雜記)』에 보면, 원경하가 이조 판서 김상로의 탐욕을 미워하여 천신(天神)과 문답하듯 혼잣말을 한 일이 있다고 한다. 원경하는 "김상로가 저토록 뇌물을 탐하니 재물은 어디로 가는 것입니까?"라고 묻고는 제 스스로 천신인 것처럼 "반드시 돌아갈 곳이 있지."라고 답했다. 또 "어디로 돌아갑니까?" 묻고는 "호조로 돌아갈 것이니라."라 답했으며, "분명 그러합니까?" 하고 "반드시 그러할 것이니라." 했다. 이 이야기는 우스갯거리가 되었는데, 후에 과연 그대로 되었다고 한다.

김상로는 재상으로 있으면서 공공연히 돈과 뇌물을 요구해서 지탄을 받았다. 그의 아내 역시 전실 자식을 혹독하게 대하고, 해산한 며느리를 굶어 죽게 했으므로 그의 아들이 이 일에 데어 다시는 장가들지 않았다고 한다. 결국 김상로는 역모 사건으로 추죄(追罪)되어 처자가 모두 제주로 유배 갔다가 그의 아내만 풀려나 돌아오게 되었는데, 배가 북쪽 해안에 닿을 무렵 회오리바람을 만나 아내는 끝내 바다에 빠져 죽었다고 한다.

원경하는 지위를 이용한 수뢰를 증오했다. 언젠가 영조는 그를 섭향고에 견주었다. 섭향고는 명나라 신종 때의 재상으로, 환관 위충현(魏忠賢)이 정치를 주무르자 그에 대항하여 선한 선비들을 보호했다. 섭향고는 선비들의 지지를 받았다. 하지만 원경하는 노론에 속하면서 노론의 당론이 아닌 대탕평을 주장했기에 같은 당인들로부터도 지지를 얻지 못했다.

재미있는 것은 원경하가 처음 벼슬을 하게 되었을 때 점을 쳐서 중부괘가 돈괘로 변하는 것을 만났다는 사실이다.

중부괘는 하괘가 태(兌, 못), 상괘가 손(巽, 바람)으로, 음유(陰柔)가 안에 있고 양강(陽剛)이 중을 얻은 괘이니 신뢰가 나라 전체를 감화한다는 뜻을 지닌다. 괘사는 "돼지와 물고기도 길하다. 큰 내를 건너는 것이 이롭다. 마음이 곧으면 이로울 것이다.(豚魚吉, 利涉大川, 利貞)"이다. 「단전(彖傳)」에는 "돼지와 물고기도 길함은 부신(孚信, 믿음)이 돼지와 물고기에까지 미친 것이요, 큰 내를 건넘이 이로움은 나무를 타고 배가 비어 있기 때문이다. 중심이 믿을 만하고 곧아서 이로우면 마침내 하늘에 응하리라."라고 했다.

그런데 지괘(변괘) 천산돈괘(天山遯卦)는 괘사가 "돈은 형통하니, 조금 곧음이 이롭다.(遯, 亨, 小利貞.)"이고, 「단전」에는 "돈은 형통하다는 것은 은둔하여 형통함을 말한다. 양강이 존위를 담당하여 응하므로 시기에 따라 행한다. 조금 곧음이 이롭다는 것은 음이 점점 자라기 때문이다. 돈이 말하는 시(時)의 의리가 크다."라고 풀이했다.

원경하는 돈괘 상구(上九)의 효사에서 "여유 있는 은둔이니 이롭지 않음이 없다.(肥遯, 毋不利.)"라고 한 것에 주목해서, 서실을 비와(肥窩)라고 했다. 몸은 조정에 있어도 여유 있게 은둔을 실행하고 있노라고 변명하려 했는지 모른다. 하지만 실은 중부괘의 초구, 구이, 육삼, 육사 등 네 효가 변했으므로 점을 칠 때는 지괘(변괘) 가운데 변하지 않고 본래 있었던 나머지 두 효의 효사를 살펴야 한다. 그렇거늘 그는 지괘 상구에만 주목했다. 돈괘의 상구효는 돈괘의 주효도 아니다.

그가 벼슬 살기 시작하면서 뽑았던 점괘는 그의 일생을 압축적으로 예견했다고 말할 수 있다. 처음에는 신뢰를 받지만 결국 '여유 있는 은둔'을 해야 한다고 나온 것이다. 돈괘는 시기를 잘 살펴야 한다고 조언했지만 그는 듣지 않았다. 그의 불행은 그로부터 시작된 것이 아닐까?

누구나 예지가 있고 직관력이 있어 자신의 미래를 어느 정도는 예측할 수가 있다. 하지만 대부분 우리는 예지와 직관력이 경계해 주는 것을 무시하고 우유부단함 때문에 미래를 변화시키지 못한다. 아아, 두렵다.

재주 있음과 없음 사이에서 노닐었다

남유용(南有容, 1698~1773년), 「자지(自誌)」

군은 집에서 특별한 행실이 없고, 조정에 서서도 기이한 절개라 할 만한 것이 없다. 글 읽기를 좋아하되, 공리(功利)와 기수(機數)에 대한 말은 좋아하지 않았다. 그러므로 그의 학문은 정도(經)는 알았으되 변법(變)은 알지 못했으며, 멀리 보는 것을 귀하게 여기되 가까운 공적은 대수롭지 않게 여겼다.

누군가 그의 어리석음을 비웃었지만 그는 어리석음을 기뻐했다. 사람들이 기리고 헐뜯고 아끼고 욕보이든 거기에 마음을 두지 않았다.

마음은 망령되이 쓰지 않았고 발은 아무 데나 가지 않

았으며 사물은 함부로 취하지 않았다. 자신을 낮추고 그칠 데서 그칠 줄 알았기 때문에, 험한 길을 가더라도 실수하거나 상처 입지 않았다. 70세에 상서(尚書, 판서)와 대학사(大學士, 예문관 제학)로서 벼슬을 그만두고 물러났다.

초상화에 "도는 맛있음과 맛없음 사이에 있고, 몸은 재주 있음과 없음 사이에서 노닐었다."라고 적었다. 그리고 사람들에게 이렇게 말했다. "후세에 나를 찾는 자가 있다면 나는 여기에 있을 것이다."

남유용은 140자밖에 안 되는 이 짧은 자찬묘지에서 자신의 삶이 대단히 흡족했다고 회고했다.

노론 경화거족의 인물로 이재(李縡)의 문인이었으며, 정조가 세손일 때 보양관이었다. 영조는 세손이 세 살 되던 1754년 8월에 보양청을 두고, 영의정 이천보의 청으로 민우수(閔遇洙)와 남유용을 보양관으로 삼았다. 남유용이 이렇게 정조의 원손 시절 사부로 발탁되어 보도하는 공을 세웠기 때문에, 1776년 등극한 정조는 재위 2년(1778년) 9월, 운각(芸閣)에 명하여 영조 말 이미 타계한 그의 문집을 간행하도록 했다.

남유용은 명문장가였다. 이천보, 오원(吳瑗), 황경원(黃景源)과 함께 동촌에 거주했으므로 세간에서는 그들 넷을 한문

사대가로 꼽고, 또 동촌파라고도 불렀다.

남유용의 아들 남공철(南公轍)도 정조 때 관각 문인으로서 명성을 떨쳤다. 남공철은 1760년 남유용이 63세의 늦은 나이에 셋째 부인 안동 김씨와의 사이에서 낳은 아들이다. 정조 때의 재야 문인 유한준은 남유용의 문인으로서 고문가의 명성이 있었다.

묘는 현재 경기도 성남 율동에 있다. 묘 앞에는 아들 남공철이 1805년에 지은 비문을 새긴 신도비가 세워져 있다.

남유용은 1698년(숙종 24년) 11월 23일, 서울 서부 사직동의 외가에서 태어났다. 1721년(경종 원년) 진사시에 합격하고, 1736년(영조 12년) 정월에는 세자익위사 시직이 되었으며 1740년 8월에 문묘 친시에서 병과로 급제했다.

1741년 10월 정언으로 있으면서 상소하여 신유대훈(辛酉大訓)을 논한 일 때문에 해남으로 유배 갔다. 대훈이란 신임옥사 때 축출되고 사사되었던 노론 4대신 가운데 김창집과 이이명을 경신년, 즉 1740년(영조 16년)에 신원하는 처분이 내린 뒤, 한 해 지나 신임옥사를 최종적으로 무옥(誣獄)이라고 규정한 것을 말한다. 이해가 신유년이었으므로 흔히 신유대훈이라고 부른다. 남유용이 유배당하기는 했으나, 신유대훈 이후로 노론 중심의 탕평 정치가 시작되었다. 이듬해 정월에 석방되고, 12월에 직첩이 환급되었다.

1748년 정월에 숙묘어진모사도감(肅廟御眞模寫都監)의 도청(都廳)으로서 일을 마쳐, 그 공으로 통정대부의 품계에 올랐다. 4월에 우부승지로 있으면서 이광좌(李光佐)를 신구(伸救)한 이종성(李宗城)을 배척하는 계를 올렸고, 그 때문에 8월에 곡산 부사로 나갔다. 1752년 3월 「의소세손애책문(懿昭世孫哀冊文)」을 필사하여 올리고, 그 공으로 가선대부의 품계에 올랐다. 1754년 8월 안악 군수가 되었으나 부임에 앞서 민우수와 함께 원손 보양관이 되었다. 11월에는 병조 참판이 되었다.

1755년 5월 『천의소감(闡義昭鑑)』을 찬수하게 되자, 그 당상관으로서 일을 지휘했다. 1757년 정월에는 원손의 사부가 되었다. 1758년 10월에 공조 참판이 되었으나, 11월에 영조가 의중에 두었던 정휘량(鄭翬良) 대신 이존중(李存中)을 문형으로 천거한 일로 울산 부사로 보외(補外, 좌천)되었다. 1765년 7월에 세손을 보도한 공으로 지중추부사, 형조 판서가 되었다. 1766년 8월에는 다시 세손을 보도했던 공으로 정헌대부의 품계에 올랐으며 승문원 제조가 되었다. 1767년(영조 43년) 1월에 기영사(耆英社)에 들었는데, 상소하여 치사를 허락받았다.

치사한 이해에 남유용은 다시 다음과 같은 「자서」를 지었다. 자찬묘지만으로는 자기 자신을 온전히 이해시키기 부족하다고 여긴 듯하다.

자를 덕재(德哉)라고 한 것은 공자가 남용(南容)을 일러 "덕을 숭상하는도다, 이 사람이여!"라고 한 것에 따라, 아버지 남한기(南漢紀)가 명명한 것이라고 했다. 『시경』「대아 억」 중에 "흰 옥돌 속에 있는 오점(汚點)은 그래도 깎아서 없앨 수 있지만, 말을 한번 잘못해서 생긴 오점은 어떻게 해 볼 수가 없다.(白圭之玷, 尙可磨也. 斯言之玷, 不可爲也.)"라는 말이 나온다. 공자의 제자 남용이 매일 이 구절을 세 번씩 반복해서 외우자, 공자가 이를 훌륭하게 여겨 자신의 조카딸로 처를 삼게 했던 고사가 『논어』「선진(先進)」 편에 나온다. 남용에 대해서는 『논어』「헌문(憲問)」 편에 나오는 남궁괄(南宮适)이 그 사람이라고도 한다. 「헌문」 편에 이러하다.

남궁괄이 공자에게 물었다. "예(羿)는 활을 잘 쏘고, 오(奡)는 배를 움직일 수 있는 힘을 가졌으나, 모두 제명에 죽지를 못했습니다. 그러나 우(禹)와 직(稷)은 몸소 농사를 지었으나, 천하의 주인이 되었습니다." 공자께서는 대답이 없으셨다. 남궁괄이 물러가자, 공자께서 말씀하셨다. "군자로구나, 저 사람은. 덕을 숭상하는구나, 저 사람은."

남한기가 아들에게 유용이라 이름을 지어 주고 자를 덕재라고 붙여 준 것은 아들이 덕을 숭상하기를 바랐기 때문이다. 남유용은 그 사실을 명심하여 이 「자서」에서 특별히 명명의 사실을 기록해 두었다.

남유용은 1748년(영조 24년) 선왕 숙종의 어진(御眞)이 완성되자 도청을 맡았던 노고로 통정대부의 품계에 올랐던 일, 1753년 「의소세손애책문」을 필사하여 올려 그 공으로 가선대부의 품계에 올랐던 일, 1765년 문형을 오래 맡은 공으로 자헌대부의 품계에 올랐던 일, 1766년 세손 보도의 공으로 정헌대부의 품계에 올랐던 일, 1767년 치사하자 또 숭정대부의 품계가 더해졌던 일을 차례로 적었다. 그리고 자신의 일생을 다음과 같이 자평했다.

거사는 성정이 우활하고 옛것을 믿어서, 성인의 말씀은 고금을 막론하고 모두 행할 만하므로 이것을 벗어나 다스림을 말하는 자는 거짓되다고 생각했다. 그러므로 임금을 섬김에 스스로 호오(好惡), 시비(是非), 용사(用舍), 사명(詞命)을 모두 한결같이 바르게 하고 사사로움이 없고자 했으며, 조정의 사람들과 사귐에는 윗사람에게는 아첨하지 않고, 아랫사람에게는 우쭐대지 않았으며, 추한 것도 꺼리지 않아, 모두 한결같이 공정하고 청렴한 길을 따르고자 했다. 말과 문장에 드러내는 것은 유술(儒術, 유학)로써 스스로 보완했다. 그러나 윗사람은 나의 마음을 믿되 활용함에는 의심하고, 아랫사람은 나의 다름을 싫어하여 그에 따라 비방했다. 거사는 끝까지 법도를 바꿔 세상이 좋아하는 것으로 달려가지 않고, 유유(由由, 스스로 만족하는 모양)히 지내고, 담담(澹澹, 마음이 흔들리지 않는 모양)히 머물렀다. 중년의 벼슬이 대부분 유학과 사림에 관계되었다. 자주 주부(州府) 맡기를 구하되 오래 있었던 적은 없다. 69세 되던 해 섣달에 상소하여 치사하기를 구하고, 이듬해 봄에 은혜를 입어 휴가를 윤허받았다. 마침내 그 당에 영로(榮老)라 편액을 하고, 문을 닫아걸고는 세상일을 묻지 않고 문장을 지으며 혼자서 즐겼다.

1772년 정월 『명서정강(明書正綱)』에 직서한 일이 문제 되어 남유용은 서용하지 말라는 처분을 받았다. 하지만 1773년 정월에 숭록대부의 품계에 올랐다. 이해 7월 13일 서울 초동 본가에서 운명했다. 앞서 보았듯 1778년 9월에 정조가 운각으로 하여금 그의 문집을 간행하도록 명하고, 승지를 보내어 치제했다. 그리고 이듬해 12월 문청(文淸)의 시호를 내려 주었다.

생전에 남유용은 오백옥(吳伯玉, 오원)에게 보낸 서신에서, 구양수가 여섯 가지를 좋아하여 육일거사(六一居士)라 한 것을 두고 욕심이 너무 많았다고 살짝 비판했다.

구양수는 자기 집에 책이 1만 권, 조부 때부터 금석문을 모은 첩이 1000권, 거문고 하나, 바둑판 하나, 술병 하나에다가 자기를 포함해 여섯 가지의 '하나'가 있다고 스스로 육일거사라 했다. 「육일거사전」을 보면 이러하다.

대개 선비로서 젊어서는 벼슬하고 늙어서는 물러나 쉬는데,
나이 일흔을 기다리지 않고도 그런 사람들이 있다. 나는 평소
그런 사람들을 사모했다. 이것이 내가 벼슬길에서 떠나야 할
첫 번째 이유이다. 또 나는 일찍이 세상에 쓰였지만 여태 아무
런 칭송할 만한 것이 없다. 이것이 내가 벼슬길에서 떠나야 할
두 번째 이유이다. 나는 장성했을 때도 이랬는데 지금 늙고 병
들었음에도 불구하고 강인하게 버틸 수 없는 노쇠한 몸뚱이로
분수에 넘친 부귀영화를 탐낸다면, 이것은 내 본뜻을 저버리고
스스로 자기 말을 실천하지 못하는 것이 된다. 이것이 내가 벼
슬길에서 떠나야 할 세 번째 이유이다. 나는 이 세 가지 떠나야
할 이유들을 짊어졌으므로 비록 저 다섯 물건이 없더라도 떠나
가는 것이 마땅하다. 다시 무슨 말을 하랴!

구양수는 물욕을 버리고 향리로 돌아가 조상 대대로의 거
처를 지키면서 소박한 삶을 살겠다고 밝혔다. 남유용은 그
뜻에 공감하면서도 구양수에 대해 욕심이 많았다고 해학적
으로 말했다. 그러면서 자신은 당호를 삼일(三一)이라 한다고
했다. 그 이유는 이렇게 설명했다. "책 1만 권에 술 한 병을 둔
다면, 진실로 한 번 술 따르고 한 번 읊고 하여 기분 좋게 스

스로 즐길 수가 있어서, 작게는 득과 실을 한가지로 동일하게 보아 영광과 모욕을 가슴속에서 잊어버리고, 크게는 형체와 육신을 바깥으로 돌려 삶과 죽음을 하나로 볼 수 있다."

기욕을 줄이고 간소한 삶을 살아가겠다는 뜻을 삼일이라 는 말 속에 압축해 드러낸 것이다.

천명을 즐기거늘
무엇을 의심하랴

조림(曹霖, 1711~1790년), 「자명병서(自銘幷序)」

조선국 창녕 조림이라는 자는 자가 상보(商輔)인데, 도서(陶西)의 신재(新齋)에 살았다. 바탕이 본시 노둔하고 비루한 데다가, 밝은 스승과 엄한 벗도 없었다. 그러나 나이가 약관이 못 되어서 발분해서 글을 읽었다. 그리고 책을 읽어 고인이 말한 수신과 제가의 학문을 알게 되자마자, 개연히 흠모해서 경서를 궁구하고 완상하고 정주학(程朱學)의 여러 책까지 읽어 나갔다. 허물과 후회가 적도록 하고자 했으나 그러지를 못했지만, 말려야 말 수가 없어서 감히 스스로 그만두지 못했다. 비록 소득이 있다고는 말할 수 없지만, 소득이 없다고도 말할 수가 없었다.

과거 응시를 그만두고 교제를 그치고는, 자취를 강호 사이에 숨겼다. 사람들은 혹 그가 한가하게 거처하면서 뜻을 기르는가 보다 했지만, 사실은 그런 대단한 뜻은 지니지 않았다. 만년에는 『주역』을 공부해서, 공자가 끼친 낙행우위(樂行憂違, 행하면 마음 즐겁고 어기면 걱정함)의 가르침을 음미하면서, 늙음이 장차 이르러 옴과 시절이 불리함을 알지 못한 채 스스로 즐겼다. 그리고 명을 이어 두었다.

　　명은 이러하다.

　　어려서는 공부를 제대로 못하고
　　커서는 더욱 스러져 미약했다가
　　늙어서야 글을 읽어
　　비로소 위기지학을 알게 되자
　　밤낮으로 부여잡고 올라가서
　　미세한 양을 쌓고 쌓았다만
　　바탕이 본시 범용하고
　　공부는 실천을 잘하지 못해서
　　세모의 늘그막에 성취가 없어
　　그쳐야 할 곳에 편안히 그치지 못하니
　　극복하기 어려운 것은 사욕이요
　　갈수록 미미한 것은 이(理)로다.

번번이 생각하면 고인은

서 있는 것이 우뚝하기에

부디 그를 따르려 했지만

말미암을 길이 없었으니

우람하기는 저 높은 산과 같고

흘러가기는 저 강물과 같아라.

느긋하게 스스로 즐기고

여유롭게 스스로 생각하매

내 생각이 여유롭거늘

그 누가 알아주랴.

기쁨과 슬픔이 이르러 오는 것은

분수의 적절함에 따른 것이거늘

노년에 외람되이 작위를 받은 것은

실로 분수를 넘은 일이기에

은혜를 갚고자 하나 방도가 없어

크나큰 군은에 감격할 따름이라

원시반종(原始反終)을 하며

천명을 즐기거늘 무엇을 의심하랴.

후세의 묘도문자는 대부분 글을 지나치게 아로새겨 무
르기만 하다. 그 점을 두려워해서 대강의 내용을 위와 같이 적었으니, 마땅히 이것을 써서 하나는 광(壙)의 남쪽에 두고 하나는 묘도에 표해 두기 바란다. 가계와 자손에 관한 기록 및 생졸의 연월일, 관직명과 이력은 이 아래에 첨부해야 할 것이다.

『주역』에 원시반종(原始反終)이라 했다. "만물의 시초를 고찰하여 삶의 원리를 알고, 만물의 마지막을 궁구하여 죽음의 원리를 안다."라는 말이다. 이 글을 쓴 조림도 삶의 원리를 이해함으로써 죽음의 두려움을 극복할 수 있으리라고 보았다.

이 글은 경기도 부평의 산림 학자 조림이 자찬한 묘지명이다. 조림은 정조의 각별한 지우를 입었다. 정조가 "대궐 안 풀숲에서 우는 귀뚜라미의 맑은 소리를 들으니 더욱더 높은 풍모를 그리게 된다."라고 하면서 출사를 간곡히 청한 일화가 있다. 정조는 특별히 형조 참의에 임명했으나 교령이 내려왔을 때 조림은 이미 죽은 뒤였다고 한다. 무덤은 장단부 서곡(瑞谷)에 썼다. 1938년(무인년) 3월에 이르러 6세손 조의승(曺宜承)이 새로 표석을 세울 때, 일제 조선 총독부 참의를 지낸 서상훈(徐相勛)이 새로 묘갈명을 지었다.

본관은 창녕, 호는 신재(新齋)다. 성종 때 문신 조위(曺偉)의 7세손으로, 아버지는 세맹(世孟)이며 어머니는 반남 박씨다.

큰아버지 세안(世顔)에게 입양되었으나, 생부에게 수학하여 경서와 역사서는 물론 제자백가서를 섭렵했다.

1784년(정조 8년) 경연관, 시강원 자의를 거쳐 특명으로 6품에 올라 통정대부 형조 참의에 제수되었으나 모두 사퇴했다.

조림은 산림에 묻혀 후진을 가르치고 향약을 만들어 풍속을 순화하려 했다.

『정조실록』의 정조 14년(1790년) 1월 27일(무신)의 조항에 조림의 짧은 졸기가 실려 있다. "세상 사람들은 그가 가난한 생활을 참으며 글을 읽어서 늙도록 해이하지 않았다고 칭송했다."라는 언급이다.

조림은 생전에 「슬픔에 대하여(悲說)」라는 글을 남겼다.

아아, 나의 슬픔은 어느 때나 다하려나. 이 나의 슬픔은 어느 때나 다하려나. 마음을 다스려 세상을 피해 숨어 살며 슬픔을 털어 버리려 하지만, 슬픔이 생겨나고 또 생겨나서 그치지 않으며 면면이 이어져 끊어지지 않는구나. 억지로 산에 올라 슬픔을 억누르려 하지만 보이는 것이 드넓어서 슬픔도 더욱 드넓어지기만 한다. 호수와 산악의 경승에 소회를 부치려고 하지만 구름과 안개가 밝았다가 어두워지는 변화가 나의 슬픔을 더하고, 강과 시내의 아득한 출렁거림이 나의 슬픔을 더한다. 잠자리에 들어서 가슴속의 슬픔을 잊으려고 하지만 수마가 감히 가까이 오려 하지 않고, 어쩌다 잠이 들어도 금세 깨어나고는 한다.

어제는 베개에 기대어 잠이 들었으니, 네가 필시 곁에 있어서 내게 밤이 깊었다고 알렸으련만, 지금 잠에서 깨어나니 곁에 한 사람도 없어 방 안의 벽만 몽롱하더니 슬픔이 홀연 일천 장, 일만 장의 높이로 일어나, 부술 수가 없다. 책을 펼쳐서 내 마음을 느긋하게 가지려고 하지만, 지난날에 가축류의 고기보다 기쁘게 해 주던 것이 이제는 맛이 두엄풀 맛과 같고, 슬픔이 가만히 불어나고 몰래 길어져서, 마음과 정신을 흐트러뜨리고 어지럽히기를 마치 불길이 활활 타듯이 하고 물이 깊듯이 한다. 마실 것을 마시고 먹을 것을 먹으려 하지만 속이 틀어막혀 내려가지 않는다.

길을 걷고 거리를 다니려고 하면 동쪽에서 비틀대고 서쪽에서 비실댄다. 산과 강 사이에서 내려놓으려고 하면 모두 지난날 네가 나와 함께 소요하던 바라서, 슬픔이 또한 시선 닿는 그대로 즉시 일어난다. 지난날 보지 못한 곳에서 너울너울 노닐려 하면, 슬픔이 또한 새로운 경물을 만날 때마다 더욱 새로워져서, 마음을 찌르고 가슴을 뒤흔들어 온몸을 칭칭 동여매어, 잠깐 사이의 바쁘고 위급한 상황에도 잠시도 곁을 떠나지 않는다.

하늘은 만물을 뒤덮어 주고 있건만 나의 슬픔은 하늘에 달하고 있기에 하늘이 덮어 주지 못한다. 땅은 화산도 지고 있건만 나의 슬픔은 땅에 서리어 있기에 땅이 실어 주지 못한다. 동쪽으로 쏟으려고 하면 바다를 준칙으로 삼고, 서쪽으로 쏟으려고 하면 바다에 가득하다. 어찌 이 작은 몸뚱이와 이 작은 마음에 슬픔이 그리도 커서, 이렇게 그 바깥이 더 없을 정도란 말인가. 저 큰 하늘도 덮어 주지 못하고 저 땅도 실어 주지 못하는 데다가, 해와 달이 교대로 낮과 밤을 밝히건만 그것들도 역시 빛을 쬐어 주지 못한다. 슬픔이 지극해지면 하늘과 땅이 제 위치를 바꾸고 해와 달이 침식을 당하고 만다. 아아, 하늘과 땅의 높고 두터운 덕으로 어찌 나에게 이다지도 인자하지 못하단 말인가. 귀신과 신령의 환하고 밝은 덕으로 어찌 나를 밝혀 주지 못한단 말인가. 슬픔이여 슬픔이여, 어느 때나 다하려나, 어느 때나 그치려나.

이토록 조림이 비통해한 것은 아내의 죽음과 아들의 죽음을 겪었기 때문일 것이다. 그는 가족의 죽음을 겪으면서 인간의 슬픔이 너무도 광대하고 너무도 장구하다는 사실을 절절히 깨달았다. 그래서 인간의 삶은 슬픔과는 떼려야 뗄 수 없는 관계에 있음을 이렇게 처절하게 말했다.

조림은 비록 스스로 지은 묘지명에서 천명을 즐겨 아무것도 의심할 것이 없다고 했지만, 내면의 광경은 그다시 평온했다고 할 수 없다. 인간은 결국 슬픔의 그릇이 아닌가.

어리석다는 비평은
정말 말 그대로가 아니라

임희성(任希聖, 1712~1783년),
「재간노인자명병서(在澗老人自銘幷序)」

옹의 성은 임씨로 이름은 희성, 자는 자시(子時), 본적은 풍천이다. 8대조 문정공(文靖公) 열(說)은 중종, 명종 때에 현달했고, 대왕부(고조) 상원(相元), 대부(조부) 수간(守幹), 부친 광(珖)이 대대로 청관(淸貫, 임금 모시는 시종)을 역임하여 당대에 이름이 알려졌다.

옹은 사한(詞翰, 문장·문학·학문)의 집안에서 생장하여 어릴 적부터 독서를 좋아해서 경사 백가를 두루 섭렵하고 대략 그 대의를 이해했다. 문사(文辭)를 지을 적에는 당시의 속된 폐단을 바로잡는 데 힘을 다 쏟아 순정을 회복하여 단아하고 충실하였으므로 재주는 부족하지만 일컬을 만했다. 그런데 거자의 학업을 상당히 쌓아서 여러 번 과거 시험에 응했으나 그때마다 실패했다. 노년에 접어들어서야 처음으로 음관(蔭官)에 응시하여, 세 번이나 천전(遷轉)하여 7품의 관직에 등용되었다. 이는 부모의 명으로 억지로 벼슬한 것으로, 제 뜻대로 할 수가 없어 그런 것이었다.

처 남씨는 부인의 도리를 잘 지켜 가난 속에서 50년을 함께 살면서, 대부인 홍씨를 섬겨서 갖추기 어려운 것들까지도 잘 갖추어서 극진히 모셨다. 대부인은 옹이 우매한 바탕임을 알고 몸소 권면하고 양육하기를 부지런히 하셨다. 대부인이 돌아가시고 부인 남씨도 뒤따라 세상을 떠났다.

옹은 전후로 다섯 아들을 낳았다. 장남 이상(履常)과 세 어린 아들은 모두 요절했고 차남 지상(趾常)은 집안 다른 이의 후사로 나갔다. 옹은 집이 가난해서 제대로 기르지 못했고 혈혈단신이라 의지할 데가 없었으므로 종신토록 애통함을 머금어 세상을 살아갈 뜻이 없었다.

금년에 저승의 부절이 이르러 와서 떠나게 되었으나, 전혀 미련이 남은 기색을 띠지 않았다. 오직 머리가 희도록 이름이 알려지지 못하고 조상에게 누를 끼친 것을 혼자 생각해 보면 부끄러울 뿐이다. 옹은 늘 몸가짐을 엄격히 하여 조금의 구차함도 없고자 했으며, 곤액에 처했을 때에는 뜻을 특히 굳건하게 지녀 일정한 바에 뜻을 두고 백 사람이 흔들어도 조집(操執, 지절)을 바꾸지 않았다.

일찍이 심의와 폭건의 제도에 대하여 연구했으나 상세한 내용을 파악하지 못하고는 이렇게 탄식했다. "세상에서 이것을 예복이라 하여 관직에 있는 자도 이것을 사용해 염습을 하지만, 옷을 법식대로 짓지 않으므로, 주자께서 기이한 장식과 의복으로 치장하는 괴상한 풍습에 가깝다고 하신 말씀이 아주 옳다." 스스로 옳다고 여기는 것을 따르고 세속을 따르지 않음이 이와 같았다.

옹은 젊었을 때 스스로 정수거사(靜修居士)라고 일컫다가 만년에 재간옹(在澗翁)으로 바꾸었다. 하지만 남이 그 호로 부르면 도리어 잠잠히 있고 대답하지 않았다. 사람들이 겉으로만 순종하고 허여해 줌을 미워했기 때문이다.

죽음을 앞두고 집사람들에게 유언하기를 "예전에 입던 조복(朝服)을 가지고 간단히 염습하여 광릉(廣陵)의 선영 아래에 부인 남씨와 함께 합장해라."라고 했다.

옹은 평소에 마음을 알아주는 벗이 없어 스스로의 일평생을 이와 같이 기술하여 이것을 무덤에 들여놓게 했다.

마침내 사(辭)를 지었다.

세상은 나를 어리석은 자라 의심하고
또 시대와 어그러졌다 비웃는 이 많다만

어그러졌다는 비난은 감당할 수 없겠으나

어리석다는 비평은 정말 말 그대로가 아니랴.

노자는 "날 알아주는 이가 드물면 내가 이에 귀하게 된
다."라고 했으니,

'이에'란 '마침내' 그렇게 된 것을 두고 하는 말이리라.

아, 금상께서 보위에 오르신 지 50년인 갑오년(1774년) 늦
가을에 62세 재간옹이 쓴다.

소북의 당파에 속했던 임희성이 62세 되는 영조 50년에 스
스로 지은 묘지명이다.

임희성은 도연명이 「만가시(挽歌詩)」 세 수를 지어 자찬비명
으로 삼은 예를 본받아서 이 묘지명을 짓는다고 했다. 평소
그는 도연명의 유유자적한 삶에 공감했기에, 이해에 도연명
의 「음주」 20수에 하나하나 화운해서 「화도옹음주(和陶翁飲
酒)」 20수를 짓기도 했다. 하지만 그에게는 조금은 지루한 시
간이 더 남아 있었다. 1783년 1월 28일에 이르러서야 72세로
운명했고, 최만년의 삶은 여의치 못했기 때문이다.

임희성의 본관은 풍천, 호는 재간이다. 재간이라는 호는
'산골 시냇가에서'라는 말인데 산림에 숨어 살면서 안빈낙도

하는 은사의 생활을 즐긴다는 뜻을 지닌다. 『시경』「위풍(衛風) 고반(考槃)」에 "고반재간(考槃在澗), 석인지관(碩人之寬)"이라는 말이 있다. "산골 시냇가에서 한가히 소요하나니, 현인의 마음이 넉넉하다"라고 풀이한다.

아버지 임광(任珖)은 홍문관 응교를 지냈고, 조부 임수간(任守幹)은 1711년과 1719년에 통신사 부사로 일본에 다녀왔으며 1721년에 우승지가 되었다. 증조는 임상원(任相元)으로 동지 부사로 청나라에 다녀오고, 벼슬이 좌참찬에 이르렀다.

임희성은 1남 4녀의 독자였다. 8대에 걸쳐 영광스러운 벼슬에 오른 집안이었으나, 자신의 대에 이르러 자취가 비천해졌다고 여겼다. 곧 자기는 시문의 능력이 있기는 하지만 명운이 없는 데다가 외부의 핍박이 연이었다고 한탄했다. 또한 후사조차 제대로 두지 못한 것도 서글퍼하지 않을 수 없었다. 살아 있어도 결코 살아 있다고 할 수 없는 존재와 같다고 여긴 그는 스스로의 묘지명을 작성하기로 했다. 그리고 자신이 죽으면 평생 고생만 하다가 먼저 죽은 부인 남씨와 합봉하여 달라고 유언했다.

임희성은 30세 되는 1741년 생원시에 합격했으나, 32세 때인 1743년에 아버지를 여의고 이듬해 청평산의 여막에서 거상했다. 47세 되는 1758년에는 견성(堅城, 포천)에 옮겨 살고, 1760년 서울 먹골(墨溪) 서동에 세 들어 살았다. 58세 되는

1769년에 이르러서야 음보로 효릉 참봉이 되고 사옹원 봉사, 전생서 직장 등을 거쳤다. 1772년 60세 때 어머니 홍씨가 세상을 뜨고 또 부인 숙인 남씨가 세상을 떴다. 부인은 일곱 살에 약혼하고 열여섯 살에 시집왔는데, 가난한 시댁의 살림을 도맡아 무척 고생을 했다. 시모상을 당한 지 한 달도 안 되어 병색이 짙어져서, 갑자기 두통을 앓다가 한마디 말도 못 하고 숨을 거두었다.

임희성의 둘째 아들로, 임정의 후사로 출계했던 임지상은 1784년(정조 8년) 2월 10일(병인)에 「부기」를 적었다. 그리고 유언대로 아버지가 지어 두었던 「자명」을 광중에 넣었다. 임지상은 그의 큰형 이상이 타계하고 아우 기상(紀常)도 일찍 죽자, 아들 임백희(任百禧)로 하여금 생부 임희성의 가계를 잇게 했다. 임지상이 전하는 임희성의 임종 모습은 다음과 같다.

임종에 나에게 사후의 일을 차근하고 세밀하게 일러 주시고, 손으로 시렁의 초고를 가리키시며 이렇게 말씀하셨다.

"나의 평생 공부가 여기에 있지만 진할 민한 것이 적어서 모두 불태우고자 한다. 다만 선대의 아름다운 덕을 전술(傳述)한 것은 소실되게 해서는 안 된다. 게다가 자손이 이것들을 본다면 칠분모(七分貌, 초상화)보다는 나을 것이다. 그러니 잠시 그대로 두어라. 편집한 시문은 십수 권인데, 집안에 보관해라. 기타 「경서차록(經書箚錄)」, 「국조상신열전(國朝相臣列傳)」 및 잡지(雜識) 중에 아직 탈고하지 않은 것은 모두 불태워라."

임종 때 임희성은 "세상 사람 가운데는 자신의 묘에 자명을 짓는 사람이 있으나, 훗날 기(記)를 덧붙이는 자가 사실에서 벗어난 말을 덧붙이는 예가 많다. 이것이 어찌 자명을 짓는 뜻이겠는가."라고 했다. 죽은 뒤에 오로지 자신이 지은 묘지명을 사용하라고 유언한 것이다. 하지만 그의 아들 임지상은 선친의 문장과 행실을 드러내기 위해 조모에게서 들은 사실과 집안에서 목도한 일화들을 모아 명의 아래에 첨가했다. 특히 아버지의 효성을 부각하고 다음과 같이 추모했다.

집이 평소 가난한 데다가 말년에 이르러는 자기 몸을 기르는 바는 아주 비루하게 되었지만, 해진 핫옷과 닳은 솜옷을 단정히 할 뿐이지 조금도 난처하게 여기는 기색이 없으셨고, 오로지 제사를 흡족하게 올리지 못하는 것을 큰 통한으로 여기셨다.

임희성도 일생 몸가짐을 조심했다. 28세의 젊은 나이였던 1739년 동짓날에 이미 청평산(靑坪山) 속 정수주인(靜修主人)을 자처하면서 「지일십계(至日十誡)」를 지어 수양하는 공부의 바탕으로 삼았다. 그 십계는 이러했다.

1. 함부로 말하지 말라.

2. 함부로 장난하지 말라.

3. 함부로 남의 장단점을 논하지 말라.

4. 함부로 조정의 득실을 이야기 말라.

5. 함부로 유력가들과 왕래하고 교유하는 짓을 하지 말라.

6. 함부로 점을 치고 별자리 운수를 따지지 말라.

7. 함부로 남의 시를 논평하고 판단하지 말라.

8. 함부로 남의 서적을 엿보지 말라.

9. 함부로 잡박한 서책을 보지 말라.

10. 함부로 저술의 사업에 뜻을 두지 말라.

임희성은 27세, 35세, 55세의 새해 벽두에 자기 자신을 다지는 잠명(箴銘)을 지었다. 55세 되던 새 아침에 쓴 「병술원조오잠(丙戌元朝五箴)」의 병서를 보면 다음과 같다.

내 나이 스물일곱 되던 무오년(1738년) 아침에 회재 선생(주희)의 「오잠(五箴)」에 깊이 감복해서 입지(立志), 개과(改過), 권학(勸學), 신언(愼言), 접물(接物)의 잠언을 지었다. 그 후 서른다섯 되던 병인년(1746년) 정초에는 봉선이례(奉先以禮, 선조를 예로 받듦), 사친이성(事親以誠, 어버이를 성실로 섬김), 거가이화(居家以和, 가정에서 화목하게 지냄), 처사이근(處事以勤, 일을 근실하게 처리함), 수신이엄(修身以嚴, 몸을 엄하게 닦음)의 잠언을 지었다. 쉰다섯 되는 금년 병술년(1766년) 정초에는 간사려(簡思慮, 사려를 간이하게 함), 절기욕(節嗜慾, 욕망을 조절함), 근동정(謹動靜, 행동을 근실하게 함), 요영욕(了榮辱, 영광과 욕망에의 연연을 그침), 일사생(壹死生, 삶과 죽음을 하나로 여김)이라 했다. 무오년부터 30년간 애환이 엇갈리고 뜻도 이미 변하여 지금 바라는 바가 옛날의 그것과는 거의 다르다. 그간 작성했던 세 잠언을 두고 무엇이라고 할 것인가? 아아! 상전벽해 되는 일이 백번 일어났고 만사가 기왓장 부서지듯 했다. 사람의 수명은 금석같이 단단하지 못하거늘 세상을 살아갈 날이 대체 얼마이랴! 지금부터 죽는 날까지 운명에 맡기리라. 임운등등(任運騰騰, 운수에 맡겨 자유자재함)하면 수처수우(隨處隨遇, 그때그때 맞닥뜨리는 처지)에 편안할 것이기에, 여기에 머무르고 이것으로 만족하리라.

장자처럼 삶과 죽음을 제일(齊一, 한가지로 여김)의 관점에서 파악한 것이다.

임희성은 도연명을 좋아했다. 58세 되던 1769년(영조 45년)의 정월 하순에는 먹골의 서쪽 마을에 세 들어 살면서 「화도연명귀거래사(和陶淵明歸去來辭)」를 지었는데, 그 병서에서 이렇게 말했다.

도연명의 「귀거래사」를 읽어 보니 마음이 혼연해져서 마치 서로 하나로 계합하는 듯하다. 자기를 빗댄 것이자 실제 사실을 기록했다고 알려진 「오류선생전」에서 검루(黔婁)가 말한 "빈천에 서글퍼하지 않고 부귀에 급급하지 않아." 그리고 "마음속에서 시비와 득실을 다 잊어버리고 문장을 지어 스스로 즐겼다." 라고 한 말이 정말 빈말이 아니로다! 집도 없고 밭뙈기도 없는 내 처지를 돌아보면, 지금까지 도성 안에서 비비적거리고 있는 것이 어찌 본마음에서 그러는 것이겠는가! 조만간에 고향의 오두막집으로 귀거래하여 여생을 보내면서 밭갈이 생활에 몸을 맡겨 초야에 묻히고 말 생각이다. 드디어 붓을 들어 운자를 밟아 가면서 다음과 같이 기록한다. 감히 참람하게 고인을 모방하려는 것이 아니다. 답답하고 울적한 마음을 쏟아 내려 했을 따름이다.

임희성은 칠순이 넘어 도연명의 「영빈사(詠貧士)」 7수에 화운하여 「화도영빈사(和陶詠貧士)」 7수를 지었다. 매년 묵은 곡식 떨어지고 햇곡식 나지 않은 보릿고개만 되면 집안 사람들이 부황이 들어 끼니를 잇지 못했는데, 이해에는 더욱 심했다. 우연히 시렁 위에서 도연명 시집을 뽑아서 「영빈사」를 읊다가 느낌이 있어서 그 시에 전부 차운한 것이다. 우리나라의 빈사로는 자기 이외에 백결(白結), 임춘(林椿), 서경덕(徐敬德),

최영경(崔永慶), 임숙영(任叔英), 이식(李拭)을 꼽았다. 열째 수에서는 범아치구(範我馳驅) 못하는 과비(夸毗, 아첨꾼)들을 비판하고, 안빈낙도하는 '동방의 한 선비'를 자처했다.

동방에 한 선비 있어	東方有一士
햇빛 침침한 빈 구석을 지키네.	晻曖守空隅
일평생 서책을 좋아하여	窮年樂書史
더러운 자취를 진흙땅에 두고는	穢跡處泥塗
도리어 비웃는다, 과비 하는 무리들이	顧笑夸毗群
가파른 비탈의 오솔길에서 범아치구 못함을.	仄徑失範驅
쑥대문 집에서 껍질만 벗긴 현미밥을 먹어도	蓬廬脫粟飯
바로 여기에서 소원은 충족되고 남도다.	在此願已餘
어찌 목석과 더불어 동무하고	何須木石伴
그런 후에야 편안하다 하겠는가?	然後爲安居

더러운 자취를 진흙땅에 둔 삶이란 도덕적으로 타락한 삶이 아니라, 세간의 관점에서 볼 때 영광스럽지 못한 삶을 뜻한다. 『장자』「추수(秋水)」에 보면 장자는 벼슬살이를 요청받았을 때 초나라의 3000년 묵은 신령한 거북의 예를 들어 거부했다. 신령한 그 거북은 이미 죽어 종묘에 보관되어 있지만, 그렇게 뼈가 귀하게 되기보다는 진흙 속에서 꼬리를 끌지

라도 목숨을 보전하는 것이 더 낫다고 장자는 말했다. 임희성도 벼슬하여 남의 속박을 받기보다 비천하더라도 향리에서 안전을 꾀하는 것이 낫다고 한 것이다.

하지만 임희성은 목석과 더불어 동무할 수는 없다고 했다. 목석과 동무한다는 말은 인간의 삶으로부터 시선을 돌려 산간에 숨어 은둔하는 것을 말한다. 곧 날짐승, 들짐승과 무리를 이루어 사는 것을 가리킨다. 공자는 현실 공간에 남지 않고 조수동군(鳥獸同群)을 한다면 올바른 도를 실천할 수 없게 된다고 했다. 그 가르침을 환기하여 임희성은 현실 공간을 떠난 다른 곳에서 빛나는 광경을 보려 하지 않았다. 참된 지식인이었다고 할 만하다.

으레 그러려니 하며
웃어넘겼다

강세황(姜世晃, 1713~1791년), 「표옹자지(豹翁自誌)」

옹이 스스로 붙인 호는 표옹이다. 어려서 등에 있는 흰 얼룩무늬가 표범의 털 무늬와 비슷하여 호로 삼았다. 대개 장난삼아 그렇게 호를 붙여 본 것이다.

옹의 성은 강씨, 관향은 진주, 이름은 세황, 자는 광지(光之)다. 아버지는 대제학 문안공 휘 현(睍)이고 조부는 설봉(雪峰) 문성공 휘 백년(栢年)이며 증조부는 죽창공 첨지중추부사 휘 주(籒)이니, 고려조 은열공 휘 민첨(民瞻)의 후손이다. 외조부는 광주 이 공 휘 익만(翊晩)이다.

옹은 숙묘(숙종) 계사년(1713년) 윤5월 21일에 태어났다. 어려서부터 총명하여 열서너 살에 행서를 쓸 수 있어서 옹의 글씨를 구해다 병풍을 만든다는 사람도 있었다. 열다섯에 진주 유씨의 딸에게 장가들었다. 그녀는 현숙하여 부인으로서의 덕이 있었다.

16세 되는 영조 4년(1728년)의 이인좌 난 때 큰형님 부사공(강세윤(姜世胤))이 참소를 입어 유배 가게 되자, 옹은 세상길이 험한 것을 알고 영예는 바랄 만하지 않다고 여겨 과거 시험에 응시하려는 생각을 버리고 오로지 옛글에 전념하여 당송의 작품을 매우 많이 암송했다. 마음을 가라앉혀 익힌 지 수십 년에 식견과 이해가 차츰 투철해져서 깊은 조예와 홀로 얻은 견해가 있었다. 혹 작자의 이름을 가려도 어느 시대의 인물인지 가려낼 수 있을 정도였다. 다만 시 읊조리는 것을 달갑게 여기지 않아서 간혹 지은 것이 있어도 곧바로 버리고 거두지 않았다. 그래서 상자에는 한 권 분량의 원고도 남아 있지 않았다.

아버지 문안공께서 64세에 불초한 나를 낳아 매우 기특하게 여기고 사랑하셔서, 잠시도 곁을 떠나지 못하게 하시고 가르치셨다. 계축년(1733년) 작은형수가 죽었을 때 문안공께서는 팔순이 넘으셨는데도 진천으로 가서 장사 지내는 것을 친히 보려 하셨다. 불초자가 울면서 가시는 것이 마땅치 않다고 간했으나 따르지 않으셨고, 모시고 가려 했으나 또한 허락하지 않으셨다. 그래서 몰래 시종과 말을 빌려 말씀드리지 않고 뒤를 따라갔다. 도중에야 문안공께서 아시고는, 그 정성을 어여삐 여기시고 나무라지 않으셨다. 진천에 이르러 끝내 아버지를 잃는 아픔을 겪게 되었으니 아아! 비통하다. 경신년(1740년)에는 어머니 상을 당했다.

상기가 끝나고 안산군에 터를 잡아 일고여덟 칸의 낡은 집을 수리했는데 무척 조촐했다. 생계에 관한 일은 일절 묻지 않고 오로지 문학과 사서와 붓과 벼루를 가지고 스스로 즐겼다. 또 그림 그리는 일을 좋아하여 때로 붓을 놀리면, 원기가 넘치고 고아하여 세속의 투를 벗어났다. 산수도는 대체로 왕몽(王蒙)과 황공망(黃公望)의 법이 있었고, 묵란이나 묵죽 그림은 아주 맑고도 굳세어 세상의 티끌을 끊었다. 하지만 세상에 깊이 알아주는 자가 없었고, 또 스스로도 잘하는 일이라 여기지 않았다. 다만 흥을 풀고 마음에 흡족해할 따름이었다. 혹 내 그림을 구하려는 사람이 너무 성가시게 굴면, 마음속으로 몹시 싫어하고 괴로워했지만, 그렇다고 결코 매정하게 물리치지는 않고 건성으로 응하여 남의 뜻을 거스르려 하지 않았다. 서법에서는 왕희지와 왕헌지의 필법에 미불(未芾)과 조맹부(趙孟頫)의 서법을 섞어서 상당히 깊고 오묘한 경지에 나아갔다. 곁으로 전서와 예서에서도 옛 서법가의 뜻을 터득했다. 매번 흥이 이르러 오면 옛날 법서 가운데 여러 줄을 임서함으로써 조졸하고 한가하면서도 맑고 원대한 취향을 부쳤다.

성품이 조용하고 담박해서 세속의 바깥으로 초월하여 삼베옷과 거친 밥도 편안히 여기며 싫어하지 않아, 가난함과 군색함을 결코 마음속으로 켕겨 하지 않았다. 마음은 어질고 관대하여 남의 근심을 근심하고 남의 즐거움을 즐거워하는 것에 얼추 뜻을 두었다. 깊이 아는 자들 가운데는 이 때문에 옹을 인정하는 사람도 있었다.

참의 임정(任珽)은 옹의 매형인데, 옹의 글씨가 홀로 왕희지나 왕헌지의 묘한 경지에 나아갔다고 칭찬한 적도 있다. 우연히 잔치 자리에서 함께 두공부(두보)의 「검무가(劍舞歌)」에 화운했는데, 매형은 책상을 치며 옹의 글을 낭송하고는 "우리나라 백 년 이래로 이런 시는 없었다."라고 했다. 승지 최성대(崔成大)가 어느 집에서 옹이 옛 그림에 작은 해서로 쓴 글씨를 보고 놀라 "중국 사람을 따라갈 수 없는 것이 이와 같다." 하더니, 옹이 썼다는 것을 알고 나서는 "중국 사람도 미칠 수 없는 경지다."라고 과찬했다. 또 옹의 「연강첩장도가(煙江疊嶂圖歌)」를 보고는 "시가 또 글씨보다 훨씬 낫다."라고 감탄했다. 두 공은 모두 문단의 원로이거늘 옹을 과도하게 치켜세움이 이와 같았다.

옹은 키가 작고 외모가 보잘것없었다. 그래서 처음 만나보는 자 가운데는, 옹의 마음속에 별스레 탁월한 식견과 오묘한 견해가 있으리라는 것을 모르고 만만히 보고 업신여기는 자가 간혹 있었으나, 그럴 적마다 옹은 으레 그러려니 하며 싱긋이 웃어넘겼다.

계미년(1763년)에 작은 아들 흔(俒)이 급제했다. 이때 성상(영조)께서 옛 신하의 도타운 충정을 생각하시고 선왕의 융성한 대우를 추억하시고는 은혜로운 말씀을 간곡하게 하셨다. 경연의 신하들이 옹이 문장에 능하고 서화를 잘한다고 아뢰자, 성상께서는 특별히 교지를 내리시길 "말세에는 시기하는 마음을 가진 자들이 많으므로, 천한 기술 때문에 얕보는 자가 있을까 걱정된다. 다시는 그림을 잘 그린다 하지 말라." 하셨다. 성상께서 미천한 신하를 사랑하고 아껴 주시며 곡진하게 보살펴 주시는 것이 보통의 정도를 넘어 이러한 데까지 이르렀던 것이다.

옹이 이 말씀을 받들고는 땅에 엎드려 놀라 울기를 사흘 동안 하여, 눈이 그 때문에 퉁퉁 부었다. 이나 서캐같이 천한 이 사람이 어찌 일찍이 한 번이라도 성상의 빛나는 광채에 가까이 가기를 바랐을 것이리오. 그렇거늘 오로지 선신(先臣) 때문에 천고에 드문 은혜를 내리셨다. 옛날 당나라 현종이 정건(鄭虔)의 재능을 사랑해서 광문관 박사로 삼고 시서화 삼절이라고 친히 써 준 일과 비교할지라도 훨씬 더 넘치는 영광이었다. 이로부터 그림 붓을 태워 버리고 다시 그리지 않기로 맹세했고, 사람들도 억지로 내 그림을 구할 수가 없었다. 이때의 의론이 또한 관직을 주려고도 했지만, 옹은 급급하게 나아갈 뜻이 전혀 없었다.

옹은 여러 대에 걸쳐 높은 벼슬을 지낸 가문에서 났지만, 운명과 시기가 어그러져 실의에 빠져, 늘그막에 이르도록 시골에 물러나 살면서 시골 노인들과 자리나 다투었다. 만년에는 한양에의 발길을 완전히 끊고 사람을 만나지 않으면서 때때로 대지팡이와 짚신으로 들판을 소요했다.

옹은 겉으로는 졸렬하고 순박한 듯하지만 속은 상당히 영험하고 지혜로워 남다른 견식과 오묘한 상상이 있었다. 음악과 율려의 은미하고 심오한 부분과 기물과 완상품의 기이하고 교묘한 물건에 대해서도 한번 귀로 듣고 눈으로 접하기만 하면 또렷하게 해득하였지, 깨닫지 못하는 것이 없었다. 손으로는 바둑의 검은 돌과 흰 돌을 잡지 않았고, 방술과 잡술을 결코 좋아하지 않았다. 결코 점술가와 더불어 성명(星命)을 논하거나 관상법을 이야기하지 않았고, 전혀 감여가의 말은 믿지 않았다. 병자년(1756년)에 안사람이 세상을 떴을 때도 술수가를 불러 명당자리를 살피지 않고, 스스로 경기도 과천(果川)의 한적한 땅을 가려서 무덤자리로 썼다.

네 아들을 두어 인(寅), 혼(俒), 관(倌), 빈(儐)인데, 모두 얼추 문자만 읽을 줄 안다. 별다른 일을 하도록 가르치거나 권하지를 않고, 오로지 집안 대대로 내려오는 효(孝)와 우(友)의 전통을 지켜 선대의 가르침을 욕보이지 말라고 타일렀다.

옹이 일찍이 직접 초상화를 그렸는데, 정신의 본질만 파악해서 그린 것이라서 속된 화공들이 그저 외모를 전하는 것과는 현저하게 달랐다. 그래서 혼자 생각하기를 '내가 죽은 뒤의 묘지나 행장을 다른 사람에게 구하느니, 차라리 스스로 평소 경력의 대략을 적는 것이 그나마 방불하지 않겠는가?' 하고는, 마침내 붓 가는 대로 이렇게 써서 아이들에게 남긴다. 훗날 이 글을 보는 사람 가운데는 필시 옹이 살던 시대를 상상하고 그 사람됨을 논하다가 옹의 불우함을 슬퍼해서 옹을 위해 한숨 쉬며 감개에 젖는 사람이 있을 것이다. 하지만 이것으로 어찌 옹을 충분히 알 수가 있겠는가.

옹은 이미 스스로 기쁜 듯이 즐거워하고, 가슴속이 드넓고도 광대해서, 털끝만큼도 서글퍼 탄식하여 자득하지 않는 바가 없다. 지금 성상 42년인 병술년(1766년) 가을에 표옹이 스스로 쓴다. 이때 나이 쉰셋이다.

표암이라는 호로 널리 알려진 문인화가 강세황이 53세 되던 1766년에 스스로 적은 묘지이다. 그의 『정춘루첩(靜春樓帖)』에 자화상과 함께 실려 있다. 벼슬에 대한 꿈을 버리고 안산에서 재야의 여러 인사와 교유하며 문예에 침잠하고 있을 때 작성한 것이다.

강세황은 어려서부터 예술에서 탁월한 재능을 발휘한 반면에 세상길이 험난하여 마음을 열 수가 없었던 사실을 교차시켜 이야기했다. 늘그막에 얻은 아들로서 각별한 사랑을 받은 일과, 작은형수의 상 때 아버지가 음택을 구하러 멀리 진천으로 떠났다가 유명을 달리한 일을 가슴 아프게 추억했다. 예술과 관련해서는 어려서부터 행서와 회화에 뛰어났던 점, 옛글에 전념해서 당송의 작품을 암송한 일, 영조의 명으로 한때 필묵의 기예를 중지하게 된 일 등을 부각했다.

표옹이라는 호는 등에 있는 하얀 반점문이 마치 표범의 무늬와 같아서 장난삼아 지었다고 했다. 하지만 반드시 등의 반점문 때문에 그런 호를 쓴 것이라고는 보기 어렵다. 이렇게 호를 붙일 때 강세황은 『열선전』의 '도답자처(陶答子妻)'에 나오는 남산 표범 이야기를 의식했으리라 생각된다.

옛날에 답자(答子)라는 사람이 도(陶)라는 고을을 다스렸는데, 명예는 없으면서 재산이 불어났다. 그러자 그의 아내가 이렇게 간했다. "남산에 사는 검은 표범이 이레 동안 비가 오는데도 먹을 것을 찾지 않는 것은 털을 윤택하게 하여 문채(文彩)를 이루기 위함입니다. 숨어 있으면서 해악을 멀리하는 것입니다." 즉 남산의 표범은 함부로 세상에 나가지 않고 덕을 숨기면서 자신을 갈고닦는 존재를 상징한다.

본관은 진주, 자는 광지이다. 표옹 혹은 표암이라는 호 이외에 서실명으로 산향재(山響齋)를 사용했다.

강세황은 강현이 64세에 얻은 막내아들로, 남산 기슭 남소동에서 3남 6녀 9남매의 막내로 태어났다. 그는 여덟 살 때 숙종의 국상에 조문의 뜻을 표하는 시를 지어 주위를 놀라게 했다. 열 살 때는 예조 판서인 아버지를 대신해서 도화서 생도들을 취재하는 등급을 매긴 적도 있었다. 열다섯 살 되던 해에 진주 유씨를 부인으로 맞았다. 유씨와의 사이에 네 아들을 두었다. 네 아들 외에도 막내아들 신(信)을 두었는데, 이 아들은 유씨 부인의 소생이 아니다.

1728년(영조 4년) 무신난 즉 이인좌의 난 때 이천 부사로 있던 큰형 세윤(世胤)이 무고를 입고 정배되는 우환이 집안에 일어났다. 세윤은 10년 유배살이 끝에 겨우 풀려났으나, 곧 죽고 말았다. 큰형의 일은 강세황의 현실 인식에 큰 영향을 끼쳤다. 강세황은 벼슬살이의 험난한 길에 나가기를 주저하고 고문 학습과 연마에 전념했다. 「표옹자지」에서는 그 상황을 직접 언급하지는 않지만, 세사의 험난함으로부터 벗어나려는 심사를 드러내고 있다.

또한 둘째형 세원(世元)의 부인이 죽자, 아버지는 84세의 고령으로 몸소 묘지를 택하러 나섰다가 진천 부근에서 세상을 떠났다. 아버지의 죽음은 강세황에게 형언할 수 없는 충격을 주어, 그 경위를 자세히 적어 두었다.

선영이 안산에 있었으므로 아버지 상과 어머니 상 때는 안산에서 여막살이를 했다. 32세 되던 1744년 겨울에는 가난 때문에 안산으로 이주했다. 44세 때인 1756년에 부인 유씨를 잃었다. 유씨가 세상을 떠나자 그 비통한 심정을 강세황은 이렇게 토로했다.

공인이 가난했던 것은 내가 살림을 모른 잘못이고, 공인이 곤란하게 지낸 것은 내가 과거를 하지 못한 잘못이며, 공인이 병을 앓은 것은 내가 치료하는 방법을 모른 잘못이다. 공인이 죽기 전까지 내가 공인에게 잘못한 것이 너무 많았다. 나는 무슨 마음으로 얼굴을 쳐들고 이 세상에서 사람이라는 소리를 할 수 있겠는가.

한편 자찬묘지에서 강세황이 언급한 매형 임정은 20세 연상이었다. 강세황이 38세 때 지은 「임치재를 제사 지내는 글(祭任厄齋文)」을 보면 그가 임정을 친형처럼 따랐음을 알려

주는 표현이 나온다.

강세황이 51세 되던 1763년에 둘째 아들 강혼이 과거에 합격했다. 1773년 강인이 주서의 직에 있게 되고, 다시 강혼이 벼슬을 살게 되면서, 영조의 배려로 61세의 강세황도 벼슬을 얻었다. 이때 사포서 별제, 상의원 주부, 사헌부 감찰, 한성부 판윤 등을 역임했다. 그리고 64세 되는 1776년에 노인들을 대상으로 한 특별 과거인 기구과(耆耈科)에 합격했다.

정조가 등극한 뒤에는 정3품인 병조 참의가 되었다. 66세 되던 1778년에는 문신 정시에서 으뜸을 하여 종2품 당상관 가의대부가 되었다. 1781년에는 호조 참판을 제수받았다. 72세 때인 1784년 10월 연행사 부사로서 연경에 가서, 1785년 1월 6일 건륭제 천수연에 참석했다. 76세 때는 금강산 유람을 하고 기행문과 사생 화첩을 남겼다.

1791년(정조 15년) 정월 병이 들어, 23일 술시에 붓을 달라 하여 여덟 글자를 남기고 생을 마감했다. "푸른 소나무는 늙지 않고, 학과 사슴이 일제히 운다.(蒼松不老, 鶴鹿齊鳴)" 푸른 솔과 학, 사슴은 청고한 그의 80년 삶을 상징한다.

강세황은 시에 대한 자부심이 컸다. 자찬묘지에 나타나 있듯이 강세황의 자형 임정은 강세황의 「차두공부검무가운(次杜工部劍舞歌韻)」에 대해 "우리나라 백 년 이래로 이런 시는 없었다."라고 극찬했다. 강세황은 문단의 노장이 칭찬했다고 자랑스러워했다.

또 강세황은 소동파의 문학적 성취와 정신 지향에 공감했을 뿐 아니라 그와 생년 간지가 같다는 점에서도 각별한 친근감을 느꼈다. 강세황은 소동파의 「연강첩장도시(煙江疊嶂圖詩)」에 차운한 시 「차동파연강첩장도(次東坡煙江疊嶂圖)」를 지었다. 최성대는 강세황이 시와 그림의 두 방면에서 모두 독자적인 경지를 개척했다고 탄복했다.

자찬묘지에서 강세황은 자신의 글씨가 이왕(二王) 곧 왕희지와 왕헌지의 서체를 토대로 하면서 미불과 조맹부를 섞어 깊고 오묘한 경지로 나아갔다고 말했다. 강세황은 이왕을 비롯해서 이사(李斯), 이양빙(李陽氷), 유공권(柳公權), 회소(懷素), 채양(蔡襄), 소식, 황정견, 주희, 미불, 조맹부, 축윤명(祝允明), 동기창(董其昌), 문징명(文徵明) 등 중국의 여러 서법가들은 물론, 안평 대군을 비롯해서 백광훈(白光勳), 한호(韓濩), 이청선(李聽蟬), 윤순(尹淳) 등 조선의 서법가도 참고하여 자신의 서체를 형성했다. 72세 때인 1784년에 연경에 갔을 때 그의 글씨에 대해 긴륭제는 미하동상(米下董上, 미불보다는 아래지만 동기창보다 위)이라 평가하고, 청나라 문인 유석암(劉石菴)과 옹방강(翁方綱)은 천골개장(天骨開場, 천품이 그대로 드러남)이라 평했다고 한다.

자찬묘지에 나와 있듯이 강세황은 영조의 생전에는 왕명

을 어기지 않기 위해 그림을 그리지 않았다. 하지만 1782년에 마침 손자가 그림을 그려 달라고 해서 다시 그리기 시작했다. 작품으로는 『첨재화보(添齋畫譜)』, 『벽오청서도(碧梧清暑圖)』, 『표현연화첩(豹玄聯畫帖)』, 『송도기행첩(松都紀行帖)』, 『삼청도(三清圖)』, 『난죽도(蘭竹圖)』, 『피금정도(披襟亭圖)』 등이 있다. 『송도기행첩』에 들어 있는 「영통동구(靈通洞口)」는 "웅장하고 거대한 돌들이 어지럽게 널렸는데, 크기가 집채만 하고 푸른 이끼가 덮여서 보자마자 눈이 아찔한" 광경을 그린 것이다. 시점을 좁히지 않는 산점(散點) 투시법과 음양을 대조하는 명암법을 통해 실제 경물에 혼을 불어넣었다.

만년에 강세황은 스스로 오지(五之)라고 일컬었다. 필(筆)의 왕희지, 화(畫)의 고개지(顧愷之), 문(文)의 한유(韓愈), 시(詩)의 두목(杜牧) 등 네 사람에 자신을 더하여 다섯 명인이 있다고 자부한 것이다.

강세황은 일생 동안 여러 폭의 자화상을 남겼다. 그 가운데 가장 유명한 것은 70세 때인 1782년에 그린 것이다. 살결과 수염이 정밀하게 묘사되어 있고 눈동자가 살아 있다. 그 자찬에서 강세황은 정신경계를 다음과 같이 드러냈다.

흉중은 이유(二酉)의 서적들을 간직하고	胸藏二酉
필력은 오악(五嶽)을 흔든다.	筆搖五嶽

| 남이 어찌 알랴 | 人那得知 |
| 나 혼자서 낙으로 삼는다. | 我自爲樂 |

한편 강세황의 셋째 아들 강관이 1783년 음력 8월 7일에 적은 『계추기사(癸秋記事)』가 있다. 이것은 강세황이 기로소에 들어가자 정조가 초상화를 그리라고 전교를 내림에 따라, 초상화가 이명기(李命基)가 「강세황칠십일세상(姜世晃七十一歲像)」을 제작한 경위를 적은 글이다.

강세황은 사진(寫眞), 즉 초상화의 전신(傳神, 정신까지 전함)을 매우 강조했다. 「표옹자지」를 작성해서 본인의 생생한 모습을 그려 보인 것도 전신의 방법을 확장한 결과일 것이다.

전신의 방법에는 두 가지가 있다. 하나는 대상물의 형체를 정확하게 나타냄으로써 대상물의 정신을 간접적으로 표현하는 형사(形似)의 방법이고, 다른 하나는 대상물의 형체를 간략화함으로써 창작 주체의 마음을 통해 대상물의 정신을 직접 표현하는 사의(寫意)의 방법이다. 강세황은 전자를 중시했다. 이것은 핍진한 형사를 통해 사물의 정신을 올바로 전할 수 있다고 본 성호 이익의 창작 방법론과 유사하다. 강세황은 김홍도와 김응환의 금강산 그림을 보고 다음과 같이 말했다.

혹자는 일컫기를 "산천의 정령이 있다면 그들이 세밀한 데까지 다 그려 내어 숨김없이 드러내는 것을 싫어할 것이다."라고 하지만, 이것은 절대 그렇지 않다. 사람들이 자신의 모습을 전신(傳神)하고 사조(寫照, 비추어서 베껴 냄)하기 위해 예를 갖추어 좋은 화가를 초빙할 때, 그가 그대로 모사하는 데 뛰어나서 머리털 하나라도 닮지 않는 것이 없어야 만족하고 즐거워할 것이다. 산천의 정령이 있다면 그 역시 반드시 그들이 그 모습대로 그려 낸 것을 싫어하지 않고, 꼭 닮게 되어 전신이 이루어져야 만족할 것이라고 나는 생각한다.

형사를 중시한 강세황의 예술 창작론은 그가 스스로 지은 묘지에도 잘 나타나 있다. 그는 과거의 전형에 자신을 맞추어 그리지 않고 자기의 외모와 지향과 독서 편력, 관직 생활을 있는 그대로 그리려고 했다. 그러면서 대화의 언어, 다른 사람의 평어, 자신의 심경, 과거를 바라보는 현재의 시선, 회상 때의 느낌 등을 점철함으로써 자신의 삶을 주체를 통해 재편성하는 방식을 사용했다.

나 죽은 뒤에 큰 비석을
세우지 말라

서명응(徐命膺, 1716~1787년), 「자표(自表)」

송나라 정백온(程伯溫, 정향(程珦))이 스스로 묘지를 짓
고, 명나라 유시옹(劉時雍, 유대하(劉大夏))도 스스로 수장기
를 지었으니, 모두 후인이 지나치게 찬미하는 것을 매우 부
끄럽게 여겨서 그런 것이다. 그러나 옛날에 조정에 나아가
서 군주의 총애를 받고 물러나서 기물에 새긴 것은 군주의
은혜를 잊지 않으려는 것이었다. 옹이 스스로 묘표를 짓는
것도 이 뜻에서다.

옹은 성이 서씨요, 이름이 명응이요, 자가 군수(君受)이
며 처음 호가 염계(恬溪)이니, 달성 사람이다. 조부 휘 문유
(文裕)는 예조 판서를 지낸 정간공(貞簡公)이고, 돌아가신

부친 종옥(宗玉)은 이조 판서를 지낸 문민공(文敏公)이며, 돌아가신 모친 정부인 덕수 이씨는 좌의정을 지낸 충헌공(忠憲公) 휘 집(㙫)의 따님이시다.

옹은 병신년(1716년, 숙종 42년) 5월 2일에 태어나 영종 을묘년(1735년, 영조 11년) 생원시에 합격하고 갑술년(1754년) 문과에 급제한 뒤 차례로 영종과 정종을 섬긴 것이 27년이었고, 금상 경자년(1780년, 정조 4년)에 치사(致仕)했다.

신축년(1781년)에 옹의 아들 호수(浩修)가 직제학으로서 규장각에서 주상 전하를 모시고 있었는데, 주상께서 조용히 하교하셨다. "경의 부친이 입조한 이래 만년의 절개 중에 특별히 드러나는 것이 셋이다. 정후겸(鄭厚謙)이 문원(文苑, 대제학의 직임)에 추천한 것을 거절하여 위세로도 지조를 빼앗을 수 없었던 것이 첫째요, 홍국영(洪國榮)이 다시 조정에 들어오는 것을 저지하여 몸소 그 칼끝을 저촉한 것이 둘째요, 집안의 훌륭한 아우가 한결같이 사직을 호위하려는 마음으로 나라의 명운에 따라 기쁨과 슬픔을 함께하는 것이 셋째다. 그러니 보만재(保晩齋)로 호를 바꾸게 하는 것이 좋겠다."

옹은 말씀을 전해 듣고 감동하여 눈물을 흘리며 말했다. "옛사람은 보통의 관직이나 작위가 내려오더라도 살아서는 영화로운 이름으로 삼고 죽어서는 묘도의 비에 새겼거늘, 하물며 성군의 한마디 말씀이 해와 별같이 빛나서 백세의 정론(定論)이 될 수 있음에랴. 내가 죽은 뒤에 풍비(豊碑, 공덕을 기리는 큰 비석)를 세우지 말고, 다만 단갈(短碣)에 '보만재 서 아무개의 묘'라고 쓰면 충분하다."

옹은 완산 이씨 저촌선생(樗村先生) 정섭(廷燮)의 따님에게 장가가서 57년을 해로했으며, 부인은 옹의 작위를 따라 정경부인에 봉해졌다. 병오년(1786년, 정조 10년) 11월에 부인이 죽자, 아들 호수(浩修) 등이 장단 금릉리(金陵里)의 정간공 묘 오른쪽 기슭 임좌의 언덕에 묏자리를 정하고, 그 오른쪽을 비워 두어 옹의 수장(壽藏)으로 삼았다. 옹은 "기록할 만하다."라고 하여 마침내 붓을 가져다가 이것을 지어 아들 호수 등에게 준다. 장례 지낸 연월을 송나라 정백온의 예와 달리 비워 두지 않은 것은, 아들 호수 등이 추지(追識)를 더할 것이기 때문이다.

옹은 두 아들을 두었다. 호수는 문과에 급제하여 판서를 지내는데, 나가서 백형의 후사가 되었다. 형수(瀅修)는 문과에 급제하여 승지를 지내는데, 나가서 막내아우의 후사가 되었다. 결국 종증조형(삼종형)의 명을 따라 그 장남 철수(澈修)를 아들로 삼았다. 생원시에 급제하여 직장으로 있다. 네 딸을 두었으니, 참의 정문계(鄭文啓), 박상한(朴相漢), 이재진(李宰鎭), 송위재(宋偉載)가 사위들이다. 호수는 네 아들을 두었으니 유본(有本)과 유구(有榘)는 모두 생원 시에 급제했고 나머지는 아직 어리다. 형수는 세 아들을 두었으니, 큰아들은 유경(有檠)이고 나머지는 아직 어리다. 철수는 아들이 없으므로 유구를 데려와 아들로 삼았다. 박상한은 아들 시수(蓍壽)를 두었으니 문과에 급제하여 정자(正字)로 있다. 송위재는 두 아들을 두었는데, 모두 어리다.

명은 이러하다.

학산(鶴山) 아래 언덕은 땅이 정결하고 샘이 달콤하니
우리 서씨가 대대로 묻힌 곳이로다.
생전에는 성묘하며 이슬 밟고
죽어서는 또 곁에서 모시도다.
생전에는 천명에 순종하고 편안했으며
죽어서는 마침내 영구히 묻히도다.
아름다운 칭호로 묘에 적음에 어찌 과장이 있으리오.
비상한 하사에 비상한 성심으로 보답하노라.

이것은 영조 말년부터 정조 초년에 걸쳐 국가의 편찬 사업을 주도한 관료 학자 서명응이 남긴 「자표」다.

서명응은 자신의 묘표를 짓는 이유에 대해 조심스레 변론했다. 송나라 정향이 스스로 묘지를 짓고 명나라 유대하가 스스로 수장기를 지은 예가 있는데, 모두 후인이 지나치게 찬미하는 것을 부끄럽게 여겨서 그런 것이었다. 하지만 자신이 이 글을 쓰는 것은 의미가 다르다고 했다. 군주의 총애를 받고 그 총애를 입은 사실을 기물에 새겨 은혜를 잊지 않으려 했던 예를 따른다는 것이다.

이 「자표」를 쓴 것은 1781년 아들 서호수가 규장각 직제학으로 있을 때 정조가 자신의 호를 보만재라 지어 준 일을 기념해서였다. 서명응은 정조가 자신의 만년의 덕을 세 가지로 규정해 준 것에 대해 크게 감격했다. 정조는 서명응이 만년에 벼슬에서 물러나 겸허한 태도로 지절을 지키는 것을 아름답게 여겨 보만(保晩)이라는 호를 내렸다.

서명응의 본관은 달성이다. 집안은 소론이지만, 국왕의 측근 신하여서 국변인(國邊人)이라 일컬어졌다. 서명응의 5대조 서성(徐渻)은 선조에서 인조 연간의 명신이었고, 그 넷째 아들 서경주(徐景霌)는 선조의 부마로 인조반정 이후의 징국에서 중요한 위치를 차지했다. 서경주의 첫째 아들 서정리(徐貞履)가 서명응의 증조부이다. 조부 서문유(徐文裕)는 예조 판서, 아버지 서종옥(徐宗玉)은 이조 판서를 역임했다. 서명응은 대제학에 이르고, 아우 서명선은 영의정에 이르렀다.

서명웅의 형제 서명익, 서명선, 서명성과 그들의 후손은 동원(桐原)에 선영이 있었다. 동원은 현재의 파주군 진동면 동파리이다.

서울 중부 경행방에서 태어나, 1730년 공조 좌랑 이정섭(李廷燮)의 따님에게 장가들었다. 1734년 식년시의 생원시 초시에 합격하고 관직에 나아가, 39세 되던 1754년(영조 30년) 증광 문과에 병과로 급제한 후 여러 벼슬을 거쳐 1771년에는 홍문관·예문관 대제학과 지성균관사를 역임했다. 이때 정조가 세손으로 있었는데, 서명웅은 빈객으로서 세손의 학문과 편찬 사업을 도왔다. 이후 정조가 즉위하여 규장각을 세웠을 때 제일 먼저 제학(提學)에 임명되었다. 만년에 만산(晚山)에 거처했다. 경기도 장단군 금릉리에 해당한다.

정조는 서명웅을 총애했다. 정조 원년 8월 28일(신유)의 실록 기사에 보면 당시 판중추부사였던 서명웅이 차남 서형수(徐瀅修)가 역적 홍계능과 이웃한 일로 인피(引避)를 하자 우악(優渥)하게 비답한 일도 있다. 서명웅에 따르면, 1764년(영조 40년) 무렵 교외인 신촌(新村)에 살 곳을 정했을 때 홍계능과 집이 가까워 서형수가 그를 숙사(塾師)로 삼았다. 하지만 5~6년 이래 홍계능을 불편하게 여겨서 서찰을 보내거나 찾아가 만나는 일도 일절 하지 않되, 원망을 사지 않기 위해 차남 서형수가 그에게 구두 묻는 일은 중지시키지 않았다. 그러다가 관서의 관직에 있을 때 대신(臺臣)이 홍계능의 죄상을 논한 계사(啓辭)를 얻어 보고 서형수에게 서찰을 보내 그와의 왕래를 끊고 집을 옮기라고 했다. 다만 서찰이 미처 닿기 전에 서형수는 귀양 가는 홍계능을 잠시 만나 보았다는 것이다. 서명응은 홍계능과의 관계를 청산했음을 이렇게 강조했다. 정조는 "간신을 분별하기 어려움은 옛적부터 이미 그러했다. 마음을 안정해라."라는 비답을 내렸다.

서명응은 경학과 사학은 물론 농학, 천문, 지리, 음악, 도가 등 여러 분야에서 많은 저술을 남겼다. 『보만재집(保晚齋集)』, 『보만재총서(保晚齋叢書)』, 『보만재잉간(保晚齋剩簡)』 등이 있는데, 정조는 내탕금을 내어 문집을 발간케 했다. 그 밖에도 편서가 많다.

1761년에 쓴 「여측편(蠡測篇)」에서 학문과 문장에서는 자득을 중시한다는 관점을 다음과 같이 밝혔다.

안으로 자득한 견해가 있으면 밖으로 자득의 말이 있게 된다. 노자, 장자, 관자, 순자, 신불해(申不害), 한비자 같은 이들이 어찌 일찍이 붓을 잡아 문장을 지은 적이 있었는가마는, 각각 자기의 도에서 홀로 얻은 오묘한 바가 있었으므로 글로 발하여, 정채로운 빛이 찬란해서, 후인들이 얼추 비슷하게 그려 내고 남 흉내나 내지만 도리어 생동하는 뜻이 없는 것과는 달랐다. 아아, 이단도 그러하거늘, 하물며 성인의 도에 깊이 나아가고 자득한 자의 경우에야 더 말해 무엇 하겠는가!

또한 서명응은 중국의 서광계(徐光啓)나 고염무(顧炎武)로부터 영향을 받고, 국왕 측근의 신하로서 실무를 담당하여 학문의 실용성을 강조했다. 특히 수(數)의 문제에 큰 관심을 두었다. 수의 학은 전통적으로는 상수 역학에서 다루는 것이었다. 서명응도 상수학을 중시했지만, 상수학의 범위에 머물지 않고 천문, 역학, 지리와 생활 기물의 실용학에서 수의 문제를 깊이 다루었다. 그렇기에 박제가를 위해 써 준 「북학의 서(北學議序)」에서 성곽, 실려(室廬), 거여(車輿), 기용(器用)이 모두 수의 법을 얻어 견고할 수 있다는 점을 환기했다.

서명응의 아들 서호수와 서형수는 아버지의 학문을 계승했다. 서형수는 유금(柳琴)을 위해 쓴 「기하실기(幾何室記)」에서 수의 학문을 중시하고, 당시 천문학 교수직에 있었던 문광도(文光道)가 서광계의 학문을 배워 자신의 큰형님 서호수에게 전수했다고 했다. 서형수는 서호수의 말을 빌려 "도(道)란 형체가 없어 현혹되기 쉽고 예(藝)는 상(象)이 있어 거짓되기 어렵다."라고 함으로써 예의 가치를 높이 평가했다. 예는 실용적인 기예를 말한다. 서명응의 저술은 그의 아들 서호수와 서형수, 손자 서유본과 서유구 등이 대를 이어 편집하고 교열

했다. 그리고 서호수는 천문과 수리, 서형수와 서유구는 농학에서 각각 성과를 이루었다.

서명응은 스스로 지은 묘표에서 군주의 은혜를 각별히 강조하고, 묘표를 남기는 이유도 군주의 은혜를 잊지 않기 위해서라고 했다. 오늘날 보기에는 낯설고 기이할지 모르지만 군주에 대한 충성을 인간의 본성으로 간주했던 선인들에게는 자연스러운 일이었을 것이다. 또한 서명응이 묘표에서까지 군주의 은혜를 강조한 것은 자신의 집안이 국변인으로서 군주와 매우 밀접한 관계에 있다는 사실을 자부하고, 후손들이 국가 사직과 운명을 같이하는 교목지가(喬木之家)로서 영광을 이어 나가길 기대하는 뜻에서였다.

사람됨이 보통 사람보다 못했다 ㊵

정일상(鄭一祥, 1721~1792년), 「자표(自表)」

노부의 성은 정이고, 이름은 일상이며, 자는 여성(汝成)이다. (글자 일부가 마멸되어 알아볼 수 없다.) 광필(光弼)이며, 임당공(林塘公)의 휘는 유길(惟吉)이고, 수죽공(水竹公)의 휘는 창연(昌衍)이다. 3세에 걸쳐 국상(國相, 재상)이 되었다. 수죽공의 차남 광경(廣敬)은 이조 판서를 지냈는데, 이분이 나의 5대조다. 고조는 지화(至和)인데, 찰방을 지냈고 후에 이조 참판에 증직되었다. 증조는 재후(載厚)로 목사를 지냈고 후에 증직되었다. 아버지는 형복(亨復)으로 판돈령부사를 지냈으며, 어머니는 정경부인인 여흥 민씨로 학생 휘 항(恒)의 따님이다. 숙종 신축년(1721년, 실제로는 경종 원년) 2월 3일에 한경(서울)에서 노부를 낳았다.

나이 30세에 반시(泮試, 성균관시)에 응시하여 사마시에 급제했다. 다음 해에 처음으로 벼슬을 하여 동몽교관에 임명되고 내섬시 봉사, 선공감 봉사, 의금부 도사를 거쳐 제용감 주부, 선공감 주부, 군자감 주부, 사도시 주부, 사옹원 주부, 통례원 인의, 사복시 판관, 공조 좌랑, 공조 정랑, 호조 정랑, 장악원 첨정을 거쳤다. 외직으로 나가서는 포천 현감과 함흥 판관을 지냈다.

갑오년(1774년, 영조 50년) 겨울에 문과 증광시에 응시하여 석책((射策), 경서의 의의(疑義)나 시무책에 관한 문제들을 댓조각에 하나씩 써서 늘어놓고 응시자가 쏘아 맞힌 댓조각에 나온 문제에 대하여 답안을 쓰도록 하는 시험으로 과거 시험을 가리킴)에서 일등으로 합격하고, 전시에 응시하여 병과 이등으로 합격했다. 이때 나이가 54세였다. 응방(應榜, 방방(放榜))의 날에 특별히 홍문관 교리를 제수하시고, 대궐에서 사판(祠版)을 받들어 보호하라는 명을 내리셨으니, 이는 특별한 은전이었다.

을미년(1775년, 영조 51년) 8월에는 또 특별히 동부승지로 승진했고, 10월에는 호조 참판 겸 비변사 당상에 뽑혔다. 임인년(1782년, 정조 6년)에는 북도 도과시관(道科試官)으로서 자헌대부에 올랐다. 갑진년(1784년, 정조 8년)에는 도감

(都監)을 관장했는데, 그 공로를 인정받아 정헌대부가 되고, 이어 숭정대부가 되었다. 경술년(1790년)에는 숭록대부로 품계가 올라 비로소 기로소에 들어갔다.

관직에 처음 진출했을 때부터 주로 청현의 직을 담당했다. 옥서(홍문관)에서는 수찬과 교리를 지냈고, 은대(승정원)에서는 여러 직을 거쳐 지신(도승지)에까지 이르렀다. 백부(사헌부)에서는 지평을 거쳐 대사헌에까지 이르렀다. 이 동안에 수차례 사신의 부관으로서 연경에 다녀오기도 했다.

의정부에서는 검상, 사인, 우참찬을 역임했으며, 추부(중추원)에서는 지중추부사를, 돈령부에서는 지돈령부사를, 경조(한성부)에서는 우윤을 지냈다. 이조와 병조에서는 참판을, 공조에서는 판서를, 호조와 형조에서는 참판을, 예조에서는 참의, 참판, 판서를 두루 역임했다. 동시에 금오(의금부)의 동지의금부사, 지의금부사, 판의금부사를 겸대하고, 총부(도총부)의 부총관과 도총관, 국자감(성균관)의 지성균관사, 동경연사와 지경연사, 동춘추관사와 지춘추관사, 비국의 유사당상과 공시당상(貢市堂上), 실록청의 실록 당상을 지냈다. 또 승문원, 내의원, 사복시, 사역원, 전의감, 종부시, 예빈시, 평시서, 전생서, 활인서 등의 제조를 지냈다. 외직으로는 광주 부윤, 경기도 관찰사, 전라도 관찰사, 평안도 관찰사를 지냈다. 이상이 시종 거쳐 온 경력의 대강이다.

노부는 사람됨이 보통 사람 이하였으며, 성격은 담박하고 졸렬했다. 50세가 넘어서도 부모님 슬하를 떠나지 않고 모시기를 좋아했고, 가정의 가르침을 마음에 새겨 그대로 답습했다. 임금을 섬기는 데는 숨기고 은폐하는 일이 없었고, 관직을 맡아서는 공평함을 지켰다. 평소에 무리를 좇아 내달려 가고 의론을 출입하는 일을 기뻐하지 않았다. 관직에 있을 때에는 부지런히 일에 힘썼으며, 휴식할 때는 문을 닫고 조용히 거처했다.

음덕으로 벼슬을 살기 시작해서부터 최고의 품계에 이르기까지 그 어느 하나도 스스로 구하려 하지 않았지만 모두 얻었다. 늦게 급제하여 서서히 벼슬이 높아져 두루 화려한 관직을 거쳐 분수를 벗어나니, 오직 두 성군의 각별하신 은혜에 밤낮으로 감사드릴 뿐이다.

첫째 부인은 연안 이씨로 현감을 지낸 성(渻)의 딸이다. 둘째 부인은 청송 심씨로 현감을 지낸 석주(錫舟)의 딸인데, 고양군 선영에 따로 장사 지냈다. 두 부인 모두 정경부인에 추증되었다. 셋째 부인은 광주 이씨로, 유학(幼學)인 동연(東淵)의 딸로, 뒤이어 정경부인에 봉해졌다. 아들 하나를 낳았다. 이름이 존대(存大)인데, 진사가 되었으나 일찍 죽었다. 존대는 딸 하나가 있는데 아직 어리다. 후사가 없어 재종손인 관수(觀綏)를 후사로 삼았다.

　노부는 집에서도 특이한 행적이 없고 조정에 나가서도 조그마한 착한 일도 없었다. 따라서 남의 과도한 칭송의 말을 빌려 묘석에 새긴다면 혼도 역시 부끄럽게 여길 것이다. 이에 평생의 사실을 서술해서 기로소의 당에 적어 두고, 또 묘석에 새기게 한다.

　이 묘표는 정일상이 71세 때 스스로 지은 것이다. 후손이 1792년(정조 16년) 경기도 고양의 분묘 앞에 비갈을 세울 때 소동파의 글씨를 모아 새겼다. 1980년대의 탁본이 경기도박물관에 소장되어 있다.

　정일상은 1750년(영조 26년)의 반시에 응시하여 사마시에 급제했다. 이듬해 동몽교관에 임명되어 벼슬을 살다가 1774년 증광시와 전시에서 합격하여 홍문관 교리에 제수되었으며 1775년 동부승지가 되었다. 1778년(정조 2년) 연행사 부사로 중국에 갔다. 청나라 황제가 조선의 동지사가 올린 주문(奏文)의 구절을 문제 삼자 이를 해명하기 위해 채제공이 사은겸진주정사(謝恩兼陳奏正使)로 연경에 갈 때 동행한 것이다. 이후 경기도, 전라도, 평안도의 관찰사와 호조 판서 등 외직과 내직을 두루 거쳤다. 1792년(정조 16년) 2월 72세의 나이로 생을 마쳤다. 4월에 고양 정발산(正發山) 선영에 장사 지내고, 원비 연안 이씨의 묘를 옮겨 공의 묘소 왼쪽에 합부했다.

정일상은 별다른 부침 없이 한평생을 보낸 것을 안도했다. 그래서 자표에 관력을 자세히 적고 관직에 있을 때 맡은 일에 힘썼다고 스스로 평했다. 늦게 급제했지만 청요직을 두루 거칠 수 있었던 것은 영조와 정조의 각별한 은총을 입었기 때문이라고도 했다.

정일상은 1783년 정조가 망묘루에서 지은 시와 신하들이 갱재한 시를 현판에 써서 걸 때 의식 절차를 적은 글을 제대로 준비하지 않아 이듬해 정월 파직되기도 했다. 하지만 그는 양심적인 관료로서 직분에 충실했다. 정조는 광주(光州) 진사 이창우(李昌怡)가 올린 농서에 대해 비변사에서 의론해서 결정한 일을 판정하여 보낸 판부(判付)에서, 이미 죽은 정일상이 전라도를 다스릴 때 검약하여 도내 수령들이 칭송하는 상소를 올렸던 일을 기억했다. 그만큼 정일상은 외직을 맡아 청렴했던 것이다.

그러고 보면 정일상 자신이 스스로 적은 묘표는 실기(實記)였다고 할 수 있다.

1792년에 비를 세울 때 종질 봉조하 정존겸(鄭存謙)의 추록을 비음에 새겼다. 글씨는 재종손인 사옹원 첨정 정치수(鄭致綏)가 썼다. 정존겸은 종부 정일상이 50세에도 부모님을 곁에서 모셔 부모의 뜻을 결코 어기지 않은 사실, 외직을 맡아 청렴했고 호조 판서로서 국가의 비용을 절감했으며, 평안도 관찰사로서 애민 정치를 베푼 사실을 특별히 기록했다. 관리로서 달(達)의 경지에 올라 있었음을 부각한 것이다.

정일상은 정조 2년인 1778년에 채제공과 함께 연경에 갔다 왔다. 하지만 채제공의 문집『번암집(樊巖集)』에 의하는 한 채제공이 정일상에 관해 언급한 시문으로는 십삼산(十三山)에서 영조의 담제(禫祭) 중 망곡례(望哭禮)를 행하면서 지은 시뿐이다. 아마도 당색이 달라 깊이 교유하지는 않았던 것 같다. 정일상 자신의 문집이 아직 발견되지 않아 그의 일생을 재구성해 보기도 쉽지 않다. 그나마 묘역에 비석이 남아 그의 삶과 정신을 조금이나마 상상할 수 있다는 것은 여간 다행한 일이 아니다.

중국 진(晉)나라 때 무인이자 정치가였던 두예(杜預)는 그 자신의 이름을 영구히 전하기 위해『춘추』를 해석한『춘추좌씨전』에 주석을 달고, 낙양성 동쪽 수양산 남쪽에다 후일 묻힐 무덤을 만들고 낙수 가의 둥그런 돌을 묘표로 삼아 거기 새길 글을 직접 지었다. 또한 그는 자기 공적을 기록한 비를 두 개 만들어, 하나는 현산(峴山)에 세우고 하나는 한수(漢水)에 빠뜨려 영원히 보존되기를 바랐다.『춘추좌씨전』의 주석은 오늘날까지 남아 춘추학 분야에서 그의 이름이 빛나고 있다, 이에 비해 그가 수양산 남쪽에 세웠다고 하는 묘표는 물론, 자기 공적을 적어 현산에 세우고 한수에 빠뜨렸다는 공적비는 오늘날까지 하나도 발견되지 않았다. 그 비석들이 발견된다면 두예는 자기 공적을 과장하고 왜곡한 사실이 드러나욕을 먹을지도 모른다.

사마천은 『사기』 열전 전체 70편의 맨 처음에 백이와 숙제 형제의 전기를 두었다. 고죽국의 두 아들이었던 그들이 왕위를 마다하고 모국을 떠나 주나라에 몸을 의탁했지만, 은주 혁명기에 무왕의 무력 행사를 말리려다가 뜻대로 되지 않자 수양산에 들어가 고사리를 캐 먹다가 죽었다는 고사는 잘 알려져 있다. 두 사람에 관해서는 공자가 그들의 삶을 비평한 것이 『논어』에 남아 있을 뿐 인물과 사적에 관한 공식적 기록은 전하지 않는다. 사마천은 구비 전설 따위를 근거로 「백이열전」을 작성하고, 대도를 걸어 나간 인물들이 비운의 죽음을 맞은 예들을 떠올리면서 '천도는 올바른가, 그른가'라는 심각한 질문을 던졌다.

사마천은 백이와 숙제가 『논어』에 그 이름이 거론되어 불후의 이름을 남길 수 있었다는 사실을 다행으로 여겼다. 사실 세속에 영합하지 않은 까닭에 한구석 암혈에 숨어 그 이름이 영원히 사라지고 만 현자가 얼마나 많았던가. 사마천은 망각되어 가는 인물들을 『사기』의 열전에서 되살려 냈다.

역사 속의 인물을 망각의 골짜기에서 구해 내는 것이 붓의 힘이다. 정일상은 다른 사람의 붓을 빌리지 않고, 자기의 붓으로 쓴 자신의 묘표 덕에 불후의 생명을 얻었다. 그에 관한 본격적인 조명이 그 묘표로부터 시작되리라.

나 역시 세속적인 것을
면치 못했다

조경(趙璥, 1727~1787년), 「자명(自銘)」

　거사가 아내의 묘갈에 글을 새기고 또 스스로 명을 지어 왼쪽에 다음과 같이 새겨 넣었다.

　거사는 풍양(豊壤) 사람이다. 시조 휘 맹(孟)은 고려에서 시중 벼슬로 있다가 본조에 들어와 여러 왕 때에 홍문관 학사를 지냈다. 고조 휘 흡(潝)은 인조를 보좌하여 사직을 안정시켜 관직은 좌윤에 이르렀고, 시호는 경목(景穆)이었다. 부친 휘 상기(尙紀)는 관직이 원주 목사에 이르렀고, 사후에 이조 판서로 추증되었다. 비(妣) 정부인 장흥 임씨(長興任氏)는 고려 태사 의(懿)의 후예이다.

　거사는 태어나면서부터 영특하고 지혜로워, 문자를 볼

적에 마치 본디 알고 있는 것 같았다. 선군께서는 그 기질이 청명하여 장수하기 어려우리라 걱정해서 학문을 권하지 않았다. 하지만 거사는 다른 사람이 글 읽는 것을 들으면 곁에서 외워 잊지 않았으며, 다섯 살에는 스스로 글을 지을 수 있게 되었다. 유년기에는 시가 더욱 맑고 우아했다. 언젠가 "조각배 광나루에 매어 있는데, 성근 비 가을강에 떨어지누나. 나룻가 텅 비어 사람 보이지 않고, 흰 새는 내려앉길 쌍쌍으로 하네.(扁舟繫廣津, 疎雨落秋江. 汀空不見人, 白鳥下雙雙)"라는 시를 지으니, 백부 상서공(조상경(趙尙絅))이 머리를 어루만지며 "이 아이는 우리 집안의 천리구(千里駒)다."라고 하셨다.

차츰 성장하여 대략 공령(功令, 과거 시험 문체)을 익히고 정곡을 찌르고 주제에 적합한 글에 능통하게 되자, 속마음으로 몹시 쉽게 여겨, 힘들이지 않고도 할 수 있을 것이라 생각했다. 결국에는 이치를 궁구하고 원리를 파악하는 학문에 뜻을 두어, 성(性)과 명(命)의 인식, 은미한 도심을 정일(精一)하게 추구하는 일에서 도교, 불교, 의술, 점복, 음양, 술수, 비술까지 전부 연구하고자 했다. 시는 더욱 혹애했다. 마침내 크기만 하고 텅 비어 요지를 얻지 못했고 갖가지 질병에 걸려 죽을 뻔하여, 심령이 이 때문에 급격히 감소하고 의지는 날로 변질되었다.

이윽고 선군께서 별세하시자 거사는 몹시 애통해하여 살지 못할 것 같았으나 어머니의 보살핌에 힘입어 죽지 않을 수 있었다. 6년이 지나자 마음이 차츰 안정되어 비로소 공거(公車, 대책문(對策文))의 글을 전공하여, 3년 지나 을과에 뽑혀 관직이 이로써 현달하게 되었다.

거사는 비록 영달의 길에 나아갔으나, 평소의 의지와 사업 중에 한 가지라도 이룬 것은 아니었다. 그래서 마음에 즐거워하지 않고 너무나 슬퍼해서 관직 제수의 명이 이르러 올 때마다 번번이 굳이 사양하고 취직하지 않았고, 취직하더라도 오래지 않아 스스로 면직하고 떠났다. 그러나 조정은 그의 재주 없음을 모르고 함부로 추천(推遷)하여 숭반(崇班)에까지 이르게 하니, 그동안 받은 고신(告身, 직첩)이 백의 단위로 헤아릴 정도였다. 내직으로는 대사간, 대사성, 부제학, 양관 대제학, 대사헌, 대사마, 대사구를 지냈고, 외직으로는 유수, 관찰사를 지낸 것이 역임했던 직책 중에 큰 것들이다. 옛말의 '행도(行道)의 직임'이 바로 이것이었다. 그러나 벼슬로 나아감을 벼슬에서 물러남같이 했고, 현달함을 곤궁함같이 여겼으나 벼슬로 나아가 현달하게 되는 조처로 나타난 것은 모두 억지로 세상 인연에 맞춘 것이었지 그가 원한 바는 아니었다.

언젠가 거사는 개연히 탄식하며 말했다. "세상 사람들은 오직 한 해의 회계를 장부에 기입해서 기일 안으로 조정에 보고하는 일만을 일삼아, 여기에 무척 힘을 써서 지칠 정도이지만, 이렇게 해서야 어떻게 도가 절로 행해지겠는가? 나 역시 세속적인 것을 면치 못하고 그저 그리한 대로 다시 그러할 뿐이다." 듣는 사람들이 불쌍하게 여겼다.

병이 심해진 뒤로는 집안사람들에게 다음과 같이 말했다. "나는 학문에 있어서는 아직 도를 듣지 못했고 효에 있어서는 자식 된 책임을 다하지 못했으므로 잘못이 크다. 하물며 임금을 잘 섬김에 있어서는 어떻겠는가? 내가 죽거든 사(士)의 복(服)으로 염습하고 한 달이 지난 뒤 하관할 것이며, 현훈(玄纁) 따위의 패물을 증여하지 말고 정삽(旌翣)을 설치하지 말 것이며, 금(衾)과 곽(槨)도 제거해라. 제사에서는 밥, 국, 떡, 면, 생선, 고기, 채소, 과일 각각 한 접시면 충분하다. 예는 화려하기보다는 차라리 간소하게 해야 하거늘, 하물며 내가 나의 잘못 때문에 스스로를 낮추고자 하는데 화려한 것이 옳겠는가?"

또 다음과 같은 「사운시(四韻詩)」를 구술했다.

내 삶은 보기에 이러하나
옛일 그대로임을 다시 확인하나니,
백옥은 마음속에 계율로 지니고

청산은 꿈에서 인연을 만든 그대로
정정하여 마치 비춰 줌이 있는 듯하지만
막막하여 점점 현묘한 곳으로 돌아간다.
누가 말했던가, 구름(부귀)은 자취 없어
저 하늘(천명)에 달려 있을 뿐이라고.

거사가 젊었을 때 꿈속에서 백옥의 규를 잡고 입산하여 참선한 것이 여러 번이었다. 풍악을 노닐게 되어 꿈속에서 본 바가 아득하게 전생의 일 같음을 처음으로 깨달았다. 시에서 드러낸 것은 그런 까닭에서다.

이는 거사의 자명이다. 명이 완성되자 병에 갑자기 차도가 생겼다. 얼마 지나지 않아 은혜를 입고 한성부 판윤, 예조 판서가 되었으나 모두 출사하지 않았다. 호조 판서로 특지를 입고, 발탁되어 판의금부사 겸 규장각 제학에 제수되었으며, 나아가서는 평양 감사가 되고, 우의정에 진배(進拜)되었다.

은혜는 무거워졌으나 보은은 갈수록 하잘것없게 되었으니, 그 죄가 옛날 스스로 명을 지었던 때와 비교해 볼 때 갑절로 되었다. 아아, 석씨 불가에게 삼생에 관한 설이 있는데 과연 그 말대로라면 내가 속죄할 방법은 아마도 여기에 있을 것이다.

거사의 옛 이름은 준인데, 준을 경(璥)으로 바꾸었다. 회갑부터다.

영·정조 때 정치가 조경은, 1769년(영조 45년) 아내가 타계하자, 1782년 아내의 묘갈을 마련하여 비명을 짓고 그 오른쪽에 자신의 비명을 지었다. 그리고 몰년인 1787년에 자기의 비명에 뒷부분을 추가했다.

고려와 조선 시대에는 여성을 위해 땅 위에 세우는 묘표나 묘갈을 제작하는 일이 매우 드물었다. 그런데 조경은 부인 이씨를 위해 비갈을 제작했다. 조경은 생모가 아닌 전비 성주 이씨를 위해서도 묘표를 제작하여 그 글을 직접 작성했다.

조경은 자명에서 자신이 행도의 직임을 많이 맡았지만 벼슬로 나아감과 벼슬에서 물러남, 현달함과 곤궁함이 조처로 나타난 것은 모두 원한 것이 아니라 억지로 세상 인연에 맞춘 것이었다고 술회했다. 지식인으로서는 행도(行道)와 명도(明道)의 책임이 있다. 이를테면 조선 후기의 최한기는 행도와 명도의 상호 의존성에 대해 이렇게 말했다.

선악을 행하는 자가 있으면 반드시 그 선악을 밝히는 자가 있고 차오를 행하는 자가 있으면 반드시 그 차오를 밝히는 자가 있어, 수천 년에 이르도록 민간의 포폄과 현준(賢俊)의 수명(修明)이 의거하는 준적이 된다. 이것이 점차로 실다운 데로 옮겨져 말하지 않고 알지 못하는 가운데에도, 수천 년의 경험이 치란 혼명(治亂昏明)에 빼앗기지 않고 편견과 천식(淺識)에 구애되지 않아, 저절로 일통의 변하지 않는 운화(運化)의 도리가 있게 되었으니, 이것이 고금의 사람들이 의거하는 준적이다.

조경은 초명이 준이었다. 61세 되던 1787년(정조 11년)에 역적 이준(李濬)의 이름과 같다는 이유로 준에서 경(璥)으로 바꾸었다. 이준은 은언군 이인(李裀)의 아들 이담(李湛)으로, 본명이 준이었다. 위의 글에서 회갑 때부터 이름을 바꾸어 사용했다고 한 것은 개명의 진짜 이유를 드러내 진술하지 않으려는 의도에서 그런 듯하다. 본관은 풍양, 자는 경서(景瑞), 호는 하서(荷棲)이다. 서울 연방동(蓮坊洞)에서 태어나서, 14세 되던 1740년(영조 16년) 이천보의 따님과 결혼했다. 이천보는 연안이 본관으로, 박지원의 스승이다.

조경은 여덟 살에 시를 지을 줄 알 정도로 조숙했다. 그러나 과거에 합격한 것은 늦은 편이다. 아버지의 갑작스러운 죽음 이후 슬픔이 지나쳐 몸을 훼상했기 때문이다. 어머니의 보살핌으로 간신히 건강을 찾을 수 있었다. 그리하여 36세 되는 1763년(영조 39년) 10월 증광 문과에 을과로 급제하고 승정원 가주서가 되었다. 그해 11월 친림시(親臨試)에서 수석을 차지하여 검열이 되었다. 1766년 5월 홍문록에 뽑혔으나 종형 조돈(趙暾)에 연루되어 삭제되었다. 하지만 권신 홍인한(洪麟漢)과의 갈등이 원인이어서 유배에 처해지기도 했다. 그러던 중 1769년 부인 이씨의 상을 당했다. 1771년 12월 통정대부로 올라 광주 부윤이 되었다. 영조 말년에는 대사성, 동지춘추관사가 되고 승문원 제조에 차임되었다.

51세 되는 1777년(정조 원년) 좌승지로서 증광 문과의 시관이 되었다. 이어 대사헌으로 있다가 함경도 관찰사로 나갔다. 1779년 자헌대부의 품계에 올라 지돈령부사가 되어 내직으로 들어왔다. 1781년 7월『영조실록』을 완성한 공으로 정헌대부에 오르고『국조보감』찬수 당상이 되었다. 지중추부사로 있던 1782년 1월 채제공을 비호한다는 이명식(李命植)의 무고를 받자 소를 올리고 도성을 나갔다. 7월에 홍충도(洪忠道) 관찰사에 제수되었으나 어머니의 병으로 곧 체직되었고 10월에 모친상을 당했다. 조경은 영모록(永慕錄)과 지문(誌文)을 지었다. 이때 부인의 묘갈을 제작한 후 부인의 비명 오른쪽에 스스로의 비명을 새겼다. 11월에『국조보감』이 완성되자 숭정대부에 올랐다. 1786년 2월에 규장각 제학이 되고, 3월에 평안도 관찰사가 되었다. 이해 말에 호조 판서 겸 규장각 검교

제학에 제수되었다.

1787년 정월 조정으로 돌아와 역적 은언군 이인과 그 아들 이담을 징토하는 토역소(討逆疏)를 올렸다. 이때 이담의 본명 준(濬)이 자신의 이름과 음이 같다는 이유에서, 정조에게 청하여 이름을 준에서 경으로 바꾸었다. 그 후 숭록대부로 올라 우의정이 되었으나 문효 세자의 역적을 징토하지 못했다는 이유로 사직소를 올리고 양주 천천(泉川)의 재사(齋舍)로 돌아갔다. 3월 판중추부사에 제수되자 숙배했다.

1787년에 「자명」을 추가로 작성하고, 12월 6일 홍인문 밖 교사(僑舍)에서 타계했다. 정조가 효자로 정려하고 충정(忠定)의 시호를 내렸다. 양주 진전향 괘현리에 장사 지냈다.

조경이 졸한 지 얼마 안 되어, 그 아들 조진구(趙鎭球)는 조경이 지은 어머니의 묘명(墓銘)과 자명을 실어 묘갈을 세우고, 정조가 조경에게 내렸던 윤음 다섯 편을 모아 은륜비(恩綸碑)를 세웠다. 조카 조진명(趙鎭明)은 평양 서윤으로 있으면서 장례 당시 조정에서 내려 준 제수 비용으로 문집의 간역을 시작해서 원집 11권을 1789년 5월에 간행한 뒤 책판을 평양부에 보관했다.

한편 장례 때 조진구는 가계와 사적을 다시 적어 광(壙)에 넣고 별도로 연보도 찬술했다. 이 연보는 정유자의 활자로 간행했다.

갈아도 닳지 않는
석우가 있다

오재순(吳載純, 1727~1792년), 「석우명(石友銘)」

나는 성이 오씨로, 해주 사람이며

이름은 재순, 자는 문경(文卿)이다.

정미년(1727년)에 태어나 문단의 맹약을 주도했고,

호 순암(醇庵)은 주상께서 영예롭게 내리신 것.

석우(石友)여, 갈아도 닳지 않는 너

40년간을 너와 친하면서

성현의 뜻을 캐내느라 끙끙거리고, 호경(毫耕, 필경)에
힘써

성인의 말씀을 주석했으니, 심오하고도 분명했다.

종정(鐘鼎)을 대신하여, 네 몸에 새기나니

구경(九京, 저승)으로 돌아갈 때도, 함께 가자꾸나.

　1791년(정조 15년) 오재순이 40년간 쓴 석우, 곧 벼루에 새긴 명이다. 엄밀히 말해 묘지명이 아니다. 그렇지만 한문 원문 60자 속에는 벼루 주인의 성, 이름, 작호, 생년은 물론 학문을 연찬해 온 일생 사실이 모두 나타나 있다. 오재순이 이 글을 쓴 다음 해에 타계하자, 아들 오희상(吳熙常)은 이 글을 벼루에 새긴 뒤 관곽의 오른편에 함께 매장했다. 이 글을 아버지의 자찬묘지로 보았던 것이다.

　오재순은 이듬해 2월 직산현(稷山縣) 대정리 을좌의 벌에 묻혔다. 오희상은 작은아버지의 후사로 나갔지만 본생가(本生家) 아버지의 사적을 묘지에 적어 광중에 묻었다. 그 묘지는 「문정공부군묘지」라는 제목으로 오희상의 문집 『노주집(老洲集)』에 실려 있기도 하다. 오희상은 그 글에서 아버지가 존심(存心), 신언(慎言), 근행(謹行)을 요결로 삼아 스스로를 닦았다고 밝혔다.

　오재순은 석우의 '갈아도 닳지 않는' 미덕을 사랑했다. 이것은 벼루의 미덕을 찬양하면서 견정(堅貞)을 고수하는 자신의 정신경계를 표명한 것이다. "갈아도 닳지 않는다."라는 것은 『논어』 「양화(陽貨)」에 나오는 말이다. 공자는 "단단하다 하지 않겠는가? 갈아도 닳지 않는도다. 희다고 하지 않겠는가?
물들여도 검어지지 않는도다.(不曰堅乎? 磨而不涅. 不曰白乎?
涅而不緇.)"라고 말했다.

아들 오희상이 쓴 「석우명후지(石友銘後識)」가 있다.

> 아! 이는 나의 본생가 선친께서 스스로 서술하신 글이니 모
> 두 60자. 성, 휘, 작호, 생년 및 경전 연찬의 공이 모두 이 글
> 에 잘 나타나 있다. 글이 이루어진 이듬해 임자년(1792년)에 선
> 친께서 갑자기 돌아가셨다. 하늘이여, 하늘이여! 가문에 끼치
> 신 업적이 세월 지나면 인멸될까 걱정하여 지석을 들이고 나서
> 이 글을 벼루에 새겨 곽의 오른편에 놓는다. 아! 마음은 더더욱
> 슬퍼지고 그리움은 한층 깊어만 간다. 불초 종자 희상은 눈물
> 을 훔치며 벼루 끄트머리에 삼가 쓰노라.

오재순은 정조 때 대사헌, 대제학을 거쳐 판중추부사까지
오른 관리이자, 홍문관과 예문관의 대제학을 지내면서 한 시
대의 문형을 손에 쥐었던 문장가였다. 게다가 『주역』과 제자
백가에 두루 달통한 학자이기도 했다.

본관은 해주, 자는 문경. 호는 순암 또는 우불급재이니 모
두 정조가 내린 사호(賜號)이다. 아버지 오원은 대제학을 지
냈다.

본래 오재순은 음보로 벼슬길에 나아갔으나 사퇴하고 1772년(영조 48년) 별시 문과에 급제했다. 1783년(정조 7년) 문안 부사로 청나라에 다녀와, 이듬해 규장각 직제학이 되고 이어서 양관 대제학을 역임했다. 1790년 이조 판서를 거쳐 판중추부사가 되었다.

『정조실록』에 보면 정조 16년인 1792년 12월 30일(갑오)에 원임 이조 판서 오재순의 졸기가 있다. 뒷부분만 보면 이러하다.

상께서 그의 겸손함과 과묵함을 가상히 여겨 우불급재라는 호를 내리시기도 했다. 어려서부터 경전에 마음을 기울였고 행실이 지극히 독실했다. 시문을 빨리 짓지는 못했으나 문장이 간결하고 옛 정취가 있었다. 이때 와서 앓은 일도 없이 죽자 세상에서는 신선이 되어 갔다고들 했다.

졸기에 나와 있듯이 정조는 오재순에게 우불급(愚不及)이라는 호를 내려 주었다. 그보다 앞서 내려 준 호가 순암(醇庵)이다. 재위 9년인 1785년 음력 3월 6일(을묘)에 정조는 규장각의 봉심(奉審)에 앞서 이문원(摛文院)에 재숙(齋宿)하다가 자신을 모시고 있던 오재순에게 순암이라는 호를 내리며 도장에 새기라고 했다. 다른 물질은 전혀 섞지 않은 순수한 술과

도 같은 그의 성품을 사랑했기 때문이다.

다음 해인 1786년에는 오재순을 내각으로 불러 그의 초상을 하사하면서 왼쪽 위에 "미치지 못할 것은 그 어리석음이다."라는 뜻의 '불가급자기우(不可及者其愚)' 여섯 글자를 써 주고, 호를 우불급재로 바꾸도록 명했다. 오재순은 정조 12년인 1788년 봄에 우불급재라는 편액을 서재에 걸면서 「사호기(賜號記)」를 적었다.

우불급이라는 말은 실은 영무자(甯武子)의 고사에서 나왔다. 영무자는 춘추 시대 위(衛)나라 대부 영유(甯兪)로, 무(武)는 그의 죽은 뒤 시호다. 『논어』「공야장」에 보면 "공자가 말하기를 '영무자는 나라에 도가 있으면 지혜롭고 나라에 도가 없으면 어리석은 척했으니, 지혜로운 척함은 미칠 수 있으나 어리석은 척함은 미칠 수 없도다.' 했다."라고 나온다. 정조는 오재순의 과묵함을 영무자의 어리석은 척함과 동일시하면서, 자신이 다스리는 나라가 도가 없기 때문에 그자가 어리석은 듯 과묵한 것 아니겠느냐고 스스로를 자책했다. 참으로 제왕으로서의 넉넉한 품성을 짐작할 수 있게 하는 일화다.

정조는 오재순의 제사 때 손수 지은 글을 영전에서 읽게 했는데, 여기에서 오재순을 후한의 탁무(卓茂)와 전한의 주창(周昌)에 견주었다. 탁무는 법례(法禮)와 역산에 능숙하여 통유(通儒)라고 일컬어졌으며, 성품이 너그럽고 어질며 공손하고 자애로웠다. 주창은 과감하게 직언을 잘했는데, 고조가 태자를 폐하려고 하자 어눌한 말로 불가함을 주장했다.

오재순의 65세 때 초상이 현재 전한다. 운보문단(雲寶紋緞)의 문양과 쌍학흉배(雙鶴胸背)의 관복을 입은 모습이다. 초상화가였던 화원 이명기(李命基)가 그린 것이다.

그림 속의 오재순은 과묵하다. 무덤에 함께 묻힌 석우만큼이나. 그는 어째서 과묵했던가, 정조가 우불급이라는 호를 내려 주면서 자책해야 했듯이 그가 살던 세상은 도무지 그 스스로의 지식과 경륜으로는 헤쳐 나갈 수 없을 만큼 혼란스러워서 그런 것일까? 부산하던 시대에 별다른 제안을 하지 않고 관망했던 그의 과묵함이, 석우의 과묵함을 사랑했던 그의 담백함과 묘하게 통한다.

행적이 우뚝하고 마음이 허허로워
탕탕한 사람이 아닌가

43

김종수(金鍾秀, 1728~1799년), 「자표(自表)」

산인(山人)의 이름은 종수, 자는 정부(定夫), 김씨로 청풍(淸風) 출신이며, 충헌공(忠憲公) 구(構)의 증손이다. 조부 희로(希魯)는 호조 참판이었고 부친 치만(致萬)은 세자시직(世子侍直)이었다. 비 정경부인 풍산 홍씨는 이조 참판 석보(錫輔)의 따님이다. 몽오산인(夢梧山人)이라 한 것은 몽과 오가 모두 선산의 명칭이기 때문이다.

산인은 영종 무신년(1728년)에 태어났다. 이른 나이에 학문하는 것을 배웠으나, 큰 문장을 이루지는 못했다. 진사를 거쳐 세자시강원 선마(洗馬)에 보임되었다. 문과 급제에 이르러서는 곧 춘방(春坊, 시강원)에 들어갔다. 당시 금상(정조)께서 동궁에 계셨는데, 강의에 모시며 뜻을 부연하고 아뢰는 말들이 군주의 덕을 바로잡고 의리를 밝히는 데에 뜻을 두었으므로 상께서도 여기에 마음을 기울이셨다. 하지만 초야에 있다가 조정에 출사한 지 수십 일도 되지 않아서 곧바로 당수(黨首)에 연좌되고 말았다. 그래서 바닷가로 유배되어 금고당하고 폐치되어 서민으로 강등된 지 6년이나 되었다.

금상(정조)께서 즉위하시자 제일 먼저 기용해 주셨다. 교지를 받든 이후 한 해 만에 병조 판서까지 올라갔으나, 수년이 지나 늙으신 어버이를 봉양하겠다고 사직을 구해서, 전원으로 돌아가 그로부터 8년이 지났다. 그런데 상께서 대장(大將)의 부신(符信)으로 한 계급을 뛰어넘어 부르시고 전병(銓柄)과 문병(文柄)을 주셨다. 각신(閣臣, 규장각 신하)으로서 때때로 전석(前席, 신하의 견해를 물으려고 자리 앞으로 다가가는 일)의 경연에 출입하다가 결국 재상으로 발탁되었다. 상감의 어전에서 번번이 춘방 시절에 했던 옛말들을 거듭 말씀 올려서 제법 정성스럽고 간절했으나, 견해를 세워 밝힌 바는 없었다. 왕왕 여러 사람을 추수하여 잠길락 뜰락 하자 사우들이 대부분 좋지 않게 여겼으므로, 재상이 된 지 몇 개월 만에 폄출당했다. 폄출된 지 몇 개월 만에 재상으로 복직되었으나 또 몇 개월이 지나 어버이 상을 당하여 벼슬을 그만두고 떠나가, 아무 해 아무 달 아무 날에 죽었다.

산인은 도성 안이든 근교이든 어느 곳에도 자신의 집이 없어, 태어나 자라고 늙어 죽음을 모두 종가 맏아들(큰형 김종후(金宗厚)의 아들 김직연(金稷淵))의 집에서 했다. 아무 달에 광주성(廣州城) 서쪽 정림(靜林) 오좌(午坐) 벌 선친의 묘 오른쪽에 안장했다.

정경부인 해평 윤씨는 홍문관 교리 득경(得敬)의 여식이다. 아들 약연(若淵)은 요절했고, 딸은 서유수(徐有守)에게 시집갔으며, 서녀는 나이가 어리다. 약연의 계자(繼子)는 동선(東善)이다.

산인은 사람됨이 견개(狷介)하고 우활하여 말과 행위를 경솔하게 감정에 내맡기는 일이 많아서, 이 때문에 사람들이 그를 많이 원망했다. 조정에 출사해서는 음사(陰邪)를 막고 염치(廉恥)를 연마하여 조정을 맑게 하여 왕실을 높이는 데에 힘썼다. 이 때문에 기뻐하지 않는 사람이 더욱더 많아졌다. 일찍이 기장(機張)으로 유배되고 금갑도(金甲島)에 위리안치되었다. 또 부령(富寧)이나 울진(蔚珍)으로 찬축(竄逐)하라는 어명이 있었는데 끝내 행해지지는 않았다. 이는 상께서도 그가 다른 뜻이 없음을 통찰하시고 또 무리 지어 구원해 주는 지인들이 없음을 가련하게 여기셨기 때문이었다.

상께서 일찍이 산인의 상에 다음과 같이 적으셨다. "조정에 있을 때에는 홀로 대의를 맡았고, 초야에 있을 때에는 검은 먼지에 물들지 않았네. 이른바 행적이 우뚝하고 마음이 허허로워 탕탕(蕩蕩)한 사람이 아니겠는가?"

아아, "신하를 알아주는 것은 군주만 한 사람이 없다."라고 했으니, 어찌 참말이 아니겠는가?

산인이 일찍이 손자 동선에게 이렇게 말했다.

"나는 부모를 섬김에 자식의 도리를 다하지 못했다. 군주를 섬김에 좋은 때를 만나 성은을 입은 것이 저 옛적에도 견줄 만한 사례가 없거늘, 끝내 조금도 보태 드리지 못하여서 군주에 대해 저버린 것이 많다. 어찌 대신(大臣)이라 이르겠는가? 내가 죽을 때 조정에 시호를 요청하지 말고 비석을 세우지 마라. 그저 편석(片石)을 세워 '몽오산인의 묘'라고 적으면 충분하다."

이어서 비석의 배면(背面, 비음(碑陰))에 이상에서 말한 것을 새기도록 시켰다.

몽오산인 김종수가 스스로 작성한 묘표의 글이다. 영조 말 노론의 청명당(淸明黨) 곧 벽파에 속한 그는 정조 때에는 노론 재상으로 활약했다.

묘는 경기도 하남시 광암동에 있는데 정경부인 해평 윤씨가 부좌되어 있다. 비는 1800년(정조 24년)에 세워졌다. 비문은 김종수의 자찬을 석봉 글자로 집자했다. 후면에 손자 김동선(金東善)의 글이 추록되어 있는데, 고려 시대의 명필 유공권(柳公權)의 글자를 모아서 새겼다. 김종수가 1792년 묘표를 스스로 지은 뒤 1799년 죽기까지의 사적은 손자 김동선이 추가로 기록했다. 김종수의 시호는 문충(文忠)인데, 시법에 의하면 '명민하면서도 배우기를 좋아함을 문'이라 하고, '임금을 섬김에 절의를 다함을 충'이라 한다고 밝혔다. 1980년대의 탁본이 경기도박물관에 소장되어 있다.

김종수는 본관이 청풍으로, 자는 정부, 호는 몽오 혹은 진솔(眞率)이다. 고조 김구(金構)가 우의정, 종조부 김재로(金在魯), 종숙 김치인(金致仁)이 영의정에 올랐으며, 김구의 아우 김유(金楺)의 두 아들 김약로(金若魯)와 김상로(金尙魯)가 각기 좌의정과 영의정을 지냈다. 형 김종후(金鍾厚)도 산림으로서 명망이 높았다.

1761년 장헌 세자(사도 세자)가 궁을 빠져나와 평안도 일대를 순행할 때, 당시 강서(江西) 현령이던 김종수는 영유(永柔) 현령 조정(趙韺)과 함께 평양으로 가서 장헌 세자에게 간언을 올렸다. 훗날 정조가 김종수를 문형에 임명하면서 이때의 일을 거론하고 장헌 세자가 환궁 후 평안도에서 직신(直臣) 두 사람을 얻었다 하셨다고 했으나, 김종수는 그런 일이 없었다고 부인했다.

41세 되던 1768년(영조 44년) 3월 식년 전시에 병과로 합격했는데, 영조가 을과로 올려 주었다. 6월 세손시강원 필선, 겸사서가 되었다. 이듬해 정월 시강원 겸문학이 되었다.

1772년 성균관 대사성에 추천되었는데 추천한 사람이 영의정으로 있던 종숙부 김치인이었다. 이 때문에 청명당의 당파를 조장했다고 탄핵받아 김치인은 직산(稷山)으로 유배되고 김종수는 경상도 기장으로 유배되었다가 다시 전라도 금갑도로 이배되었다.

1776년 3월 영조가 승하한 뒤 대행대왕행장 찬집청 당상이 되었다. 이어 등극한 정조는 그해 7월에 김종수를 우부승지로 임명했다. 다음 해 8월 홍상범(洪相範)이 역사(力士)를 모아 정조를 암살하려 한 사건이 일어나자, 정조는 김종수에게 병조 판서를 맡겼다. 12월 3일에는 을미년(1775년) 적신들의 모함으로부터 저위(儲位)를 보호한 궁료들과 재상들을 동덕회라 하고, 음식을 함께 나누고『동덕회축(同德會軸)』을 만들었다. 1778년 김종수가 평안도 관찰사로 나가게 되었을 때 정조는 "경을 보내는 회포를 정히 억제하기 어려워라. 대부인은 응당 평안하게 왕래를 하리라. 여색과 재물 멀리함은 본래 경계해 왔으니, 강산이 좋아도 과음만은 주의하게(送卿懷緒正難裁, 板輿知應穩往廻. 遠色廉財存素戒, 江山雖好惜深盃)"라 시를 지어 그더러 받아쓰게 했다.

1780년 김종수는 황경원, 이복원(李福源), 서명응, 채제공, 홍국영, 이휘지(李徽之) 등에 이어 규장각 제학에 올랐고, 이후 여러 차례 제학의 직을 맡았다. 이해부터 『규장각지(奎章閣志)』를 편찬하는 일을 담당했다. 1781년에는 정조의 명으로 '규장각직서(奎章閣直署)'라는 편액을 썼다.

1781년 10월 정조는 화가 한정철(韓廷喆)을 보내어 규장각 각신의 소상(小像)을 그리게 했다. 김종수의 소상이 완성되자 정조는 그 위에 "조정에서는 홀로 대의를 맡았고, 재야에서는 세상의 더러움에 물들지 않았으니, 이는 이른바 그 자취가 돌올하고 마음이 텅 빈 사람이라는 것이 아니겠는가?"라 적었다. 여기에서 김종수는 '돌올공탕서주인(突兀空蕩墅主人)'이라는 별호를 얻었다. 정조는 그에 대해 "급하게 자취를 보면 돌올한 듯하지만, 자세히 마음을 따져 보면 실로 텅 비었다.(驟看跡似突兀, 細究心實空蕩.)"라고 평한 바 있다. 또 정조는 그를 두고 "솔직하여 망발을 즐긴다.(坦率嗜妄發.)"라는 말을 한 적이 있다. 원래 '망발'은 한 무제(漢武帝)가 직간을 자주하는 급암(汲黯)을 두고 이른 말이지만 정조는 그의 경솔함을 지적한 것이었다.

김종수는 '돌올공탕'과 '탄솔망발'을 벼슬에서 물러나라는 뜻으로 알아들었다. 1780년 2월 김종수는 홍국영을 탄핵하는 상소를 올렸다. 이를 계기로 하여 홍국영은 모든 벼슬에서 물러나 이듬해 4월 죽음에 이르게 된다. 1781년 윤5월 김종수는 집안의 또 다른 별서가 있던 의왕의 백운산 아래로 물러나 자이당(自怡堂)에서 기거했다. '자이'는 중국 도홍경(陶弘景)의 시 "산중에 무엇이 있는가 묻기에, 산 위에는 흰 구름 많지만, 나 혼자 즐길 뿐, 그대에게 줄 수는 없다 한다네(山中何所有, 嶺上多白雲, 只可自怡悅, 不堪持贈君)"에서 나온 말이다. 정조는 대궐로 그를 불러 "경을 본 지 오래되었소. 경은 벌써 야인의 모습이 되었구려."라 했다. 김종수는 백운산으로 돌아가 '야인실(野人室)'이라 써서 자신의 방에 붙였다.

1781년 봄 김종수는 「규장각고사(奎章閣故事)」를 작성하여 올리라는 왕명을 받은 이후 4월 4일 광주(廣州) 전사(田舍)에서 고사 6조를 써 올려, 4월 8일 정조의 비지(批旨) 두 폭 1200여 언을 받았다.

11월에는 아예 솔가하여 종숙부 김재로의 별시가 있던 몽촌(夢村)으로 물러났다. 김종수는 몽오산인이라 자처했다. 몽오는 그의 선산이 있는 몽촌과 오금을 합친 말이다. 묘표에 '몽오산인의 묘'라 적어 달라고 했으니, 선대의 유업을 실추하지 않았다는 안도감을 자기 호에 실은 것이다. 1784년 11월에 세자우빈객이 되고 12월에 공조 판서가 되었으나, 이노춘(李魯春), 윤득부(尹得孚)의 옥사와 관련해서 오대익(吳大益)의 소척(疏斥)을 받아 삭탈관직당하고 문외 출송되었다. 1785년 2월 서용되어 다시 규장각 제학에 오르고, 왕명을 받들어 규장각의 봉모당 운한문(雲漢門)의 편액을 썼다.

1789년 육조의 판서를 두루 역임하고 홍문관 대제학으로 문형을 잡았으며, 우의정이 되었다. 1793년 1월 이가환(李家煥)의 처벌을 소청(疏請)했다. 5월에는 좌의정이 되었다. 정조는 그를 '나의 구신', '오당지사'라고 부르며 이렇게 말했다. "서연에서부터 정승의 자리에 이르기까지 온갖 풍상을 다 겪었지만 마음은 한결같았으니, 이것이 20년 동안 오늘과 같은 관계를 유지해 온 까닭이다. 동짓달 초사흗날에 내가 준 시에서 '동곽대매(東郭對梅)'라고 한 구절은 내 뜻을 먼저 나타낸 것이었다. 정승의 자리에서 우리의 정치를 조화시키는 일을 경 말고 누구에게 맡기겠는가." 이때 김종수는 영의정에 임명된 채제공이 올린 금등(金縢) 사건 관련의 상소를 반시(頒示)하도록 청했다. 하지만 장헌 세자의 죽음에 관련된 자들을 추가적으로 처벌하자는 그의 주장에 대해서는 반대했다. 6월에 채제공과 함께 파직되었다가 곧바로 그와 함께 판중추부사에 서용되었다.

1794년 2월 삼사의 합계(合啓)가 있었고, 삭탈관작당하고 방귀전리(放歸田里)의 처분을 받았다가 곧 평해로 유배되었다. 3월 남해현에 안치되었다가 6월에 석방되어 광주 몽촌의 정림(靜林)으로 돌아왔다. 영남 만인소 사건 이후 사도 세자가 입은 무함을 풀어 주는 일이 정국의 쟁점으로 부각되자, 영조의 임오의리를 강조하는 벽파의 중심인물로서 시파의 박종악(朴宗岳)이나 남인의 채제공과 갈등을 일으켜 정계에서 물러난 것이다. 이후 벼슬길을 멀리하고 멀리 금강산과 속리산, 경기의 수락산과 현등산, 백운산, 보개산 등지를 유람했다. 정조는 1796년 금강산으로 가는 69세의 김종수를 위하여 약제를 보내고 「압구정 등 여러 승경을 두루 유람하고 장차 금강산으로 가려 하는 돌올공탕서주인에게 주다(贈突兀空蕩墅主人歷覽狎鷗諸勝, 將向楓嶽之行)」라는 제목의 시를 지어 전송했다. 같은 해 12월에 판중추부사로 서용되었으나 곧 치사하여 봉조하에 단부(單付)되었다. 1797년 1월 기로사에 들어갔다. 5월에 손자 김동선의 포천 현아로 갔다가, 1799년 1월 7일에 포천 현아에서 운명했다. 광주 정림에 장사 지내졌다.

『정조실록』의 김종수 졸기에는 "행동은 매양 급하게 한 때가 많았고 언론은 혹 한쪽으로 치우치는 점도 있었으나, 대체로 또한 명예를 좋아하고 의리를 사모하는 선비였다."라고 했다.

1807년(순조 7년) 7월에 시파 계열의 옥당 관원들이 연명

차자를 올리고 삼사가 합계하여 김종수에 대한 추율(追律)을 청했다. 8월에 대신이 빈청(賓廳)에서 계사를 올림에 따라 김종수는 정조의 묘정에서 출향되고 관직을 추탈당했다. 이때 형 김종후에게도 추율이 가해졌다. 1866년(고종 3년)에 이르러 다시 정조 묘정에 배향되었다. 1910년에 김종수의 문집이 연활자로 간행되었다.

김종수는 「솔옹문답(率翁問答)」이라는 글을 남겼다. 객에게 자신이 탄솔(坦率)한 삶을 추구하여 진솔 혹은 솔옹이라는 호를 쓰기로 했다는 뜻을 밝히는 형식으로, 자기 자신의 지향의식을 드러냈다. 김종수는 객의 말투를 빌려 이렇게 말했다.

탄솔하여 망발하기를 잘하자 성상께서 제게 그 망발이라는 이름으로 저를 형용하셨습니다. 그런데 망발이라는 두 글자는 한나라 무제가 급암을 지목해서 한 말이므로 나는 정말로 감당할 수가 없습니다. 다만 솔(率)이라는 한 글자는 내가 스스로를 잘 알고 또 성상의 밝은 지감에 알려진 바입니다. 이래서 내가 스스로 솔옹이라고 이름을 붙이고 그것이 내게 해당되지 않는다고 의심하지 않는 것입니다. ······

솔이라는 한 글자는 정녕코 내가 단점으로 하는 바이지만, 장점도 역시 여기에 있습니다. 성상께서는 이미 그 사실을 알고 계셨으므로, 내가 그 점을 숨길 수가 없었습니다. 전부터 성상께서 말씀하시길 '얼핏 자취를 보면 우뚝한데, 가만히 마음을 따져 보면 사실은 텅 비어 있구나.' 하시고, '평소 규모를 보면 입에서 나오는 대로 말하는 것이 병이다.'라고 하셨는데, 그 말씀은 모두 솔이란 글자의 의소(義疏)라고 할 것입니다.

김종수는 정조로부터 지나치게 탄솔하다고 비판을 받자 거꾸로 탄솔을 자신의 본분으로 삼겠다고 했다.

대체 사람들은 자신의 뜻을 있는 그대로 말하면서 살아갈 수 있을까? 『논어』「미자(微子)」에 보면 "우중(虞仲)과 이일(夷逸)은 은거하여 방언(放言)했지만, 몸가짐이 청도(淸道)에 맞고 세상을 버리는 것이 권도에 맞는다."라고 했다. 세간의 명리장을 떠났던 우중과 이일은 방언을 했다.

하지만 현실에서 방언은 용납되기 어렵다. 진(晉)나라 사람 은호(殷浩)는 청담(淸談)의 인사들 사이에서 존경을 받았고 건무장군, 중군장군으로서 다섯 주의 군사를 거느렸다. 하지만 한 지역에서 일어난 반란을 진압하지 못해서 서인으로 강등되자, 종일 허공에 '돌돌괴사(咄咄怪事)' 네 글자만 쓰고 있었다고 한다.

삶이란 이런 것이 아닌가. 그저 '쯧쯧 괴이한 일이로다'라고 허공에 적을 수밖에 없지 않은가. 같은 당에는 동조하고 다른 당은 공격하는 동당벌이(同黨伐異)의 살벌한 정치판에서 김종수는 '망발'을 한다고 지목되었다. 다행하게도 정조는 그를 '행적이 우뚝하고 마음이 허허로워 탕탕한 사람'이라 규정해 주었다. 이해해 주는 사람이 없는데도 망발을 한다면 스스로 불구덩이로 뛰어드는 것과 같을 따름이다.

기쁨과 슬픔을
헛되이 쓰려 하지 않았다

44

유언호(兪彦鎬, 1730~1796년), 「자지(自誌)」

즉지헌(則止軒)의 성은 유고 이름은 아무개이며 자는 아무개다. 한번은 사람을 시켜 일생의 길흉을 점쳐 뇌천(雷天) 대장괘(大壯卦)를 얻었는데 그 단사(彖辭)에 "곧은 것이 이롭다."라고 했다. 그래서 '크게 장대하면 그친다(大壯則止)'라는 뜻을 취하여 집에 편액을 하고 자호로 삼았다.

사람됨은 별다르게 뛰어난 점은 없다. 다만 득실, 영욕, 생사에 대해 정해진 분수가 있음을 얼추 알아서 기쁨과 슬픔을 헛되이 쓰려 하지 않았다. 어려서부터 의복과 완호물(玩好物)에 마음을 빼앗기지 않았고 오직 옛사람들의 문장을 좋아하여 깊은 경지를 대략 엿보았다. 다만 병을 자주 앓았기 때문에 힘쓰지 못하여 이룬 것이 없었다. 요행히 급제하게 되어 적은 양의 봉급을 얻어 부모 봉양이나 하려고 했는데, 뜻밖에도 청화의 요직에 잘못 오르고 재상의 반열에 갑자기 오르고 말았다. 지위는 높으나 덕은 박하고 은혜는 후중하나 보답함은 없었으므로 처음의 마음과 어그러지고 말았다. 지금 늙고 병들어 이제 죽을 날이 멀지 않다. 살아서 기록할 만한 좋은 점이 없는데 죽은 뒤에 다른 사람의 화려한 말을 빌려 사실을 왜곡한다면 그것은 나의 뜻이 아니다. 이에 스스로 나의 평생을 기술하여 후인에게 남긴다. ……

처음 급제해 경연에서 주상의 하문에 답변할 때 당에는 군자의 당과 소인의 당이 있음을 말하여 주상의 뜻을 크게 어겨, 주상께서 내 이름을 한권(翰圈, 홍문관 후보 명단에서 삭출)하라고 명하셨다가 곧 그만두셨다. 이렇듯 처음 군부를 뵈면서 언론 때문에 앙화를 자초했으므로, 내 스스로 우활하고 어리석어 당대의 쓰임에 적합하지 않음을 알아 항상 한 치 앞으로 나아가면 한 자 뒤로 물러날 뜻을 가지고 있었다. 그러다가 처음 춘방에 들어가 동궁의 자질이 신성하신 데다가 뜻을 공손히 하고 묻기를 부지런히 하심을 보고, 미천한 정성이나마 전부 바쳐 보답하고자 생각했다. 오직 이 직분만이 그렇게 할 수 있기에 춘방에 있었던 것이 가장 횟수가 많았고 기간 역시 길었다. 매번 낮부터 밤까지 온화하게 토론하셨는데 동궁께서 『맹자』의 '하기 어려운 것을 요구함(責難)'과 '선을 진술함(陳善)'이라는 말을 써서 내려 주셨다. 마침 주상의 병환이 조금 차도가 있으셨으므로, 고사를 인용하여 동궁을 권면했다가, 이에 연루되어 북쪽 변방으로 귀양을 가게 되었으나 유배지에 도착하기 전에 소환되었다. 이후로 더욱 진취하려는 뜻을 가지지 않게 되었다. 호서의 고을에서 돌아와 안성의 선영 아래에 거처를 잡고 관직을 제수하면 번번이 사양했는데 간혹 그만둘 수 없어서 왕명을 따르기도 했다.

신묘년(영조 47년, 1771년)에 자의(諮議) 권진응(權震應)이 『유곤록(裕昆錄)』(영조가 산림 세력을 배척하는 뜻에서 1765년 편찬한 『엄제방유곤록(儼堤防裕昆錄)』)에 관해 상소하면서 스스로는 의리의 관점을 끌어왔다고 여겼으나, 엄한 하교로 해직시키고 그 소장을 돌려보냈다. 나는 그때 마침 옥당에 숙직하고 있었는데 여러 동료를 거느리고 차자를 올려 간쟁했다. 주상께서는 내가 같은 당의 사람을 비호한다고 생각하셔서 남해로 유배 보내셨으므로, 몇 달을 거기서 지내다가 풀려났다. 당시 주상께서 춘추가 높으시자 귀척과 권행(권세 있고 총애받는 신하)이 제멋대로 전횡하여 인사 고과가 정상으로 이루어지지 않아서 마침내 남당(南黨)과 북당

(北黨)이 갈라섰다. 남당은 왕실의 외척이므로 나는 평소처럼 그들과 왕래하지 않되, 다만 북당을 공격하는 그들의 논의에는 동조했다. 그러자 북당의 사람들에게서 더욱 공격을 받게 되었다.

임진년(1772년)에 이르러 유언비어가 일어나자, 나는 청명당으로 지목되어 천청(天聽)을 두렵게 만들어, 마침내 체포되어 거의 불측지죄(不測之罪)에 빠지게 되었다. 가까스로 주상께서 맑고 어지신 덕택에 죽지 않을 수 있어서 혹산도에 유배 가 서민이 되었다. 조금이라도 정론을 견지하는 조정의 선비들이라면 잇달아 조정에서 쫓겨나거나 유배당했다. 소인배들은 중앙의 후원 세력을 끼고 흉악한 생각을 마음대로 하여 거리낌이 없었으므로, 두려워하지 않는 사람이 없었다. 또한 주상의 뜻이 어디에 있는지 감히 알지 못했다.

을미년(1775년) 가을에 춘방의 궁관(宮官)이 되어 조정에 달려갔다. 10년을 떠나 있다가 비로소 왕세자의 서연에 올라 친히 심복(心腹)의 말씀을 받들게 되었다. 빨리 돌아와 해를 멀리하게 하셨다. 그 일은 『명의록(明義錄)』에 실려 있다. 얼마 안 되어 동궁께서 즉위하시자 북당은 모두 역모로 처벌되고 남당도 역시 쫓겨났다. 그렇게 처분하실 때 승지로서 휴가를 청했으나 며칠 만에 주상께서 돌아오도록 명하셨다. 또 경연의 신하들에게 말씀하시기를 "그를 특별히 부른 것은 그가 여기에도 저기에도 해당하지 않기 때문이다."라고 하셨다. 이로부터 더욱 융성하게 대우해 주셔서 한 해도 되지 않아 추천(推遷)하여 아경(亞卿)에 이르렀고 경연의 자리에서 매번 사류(士流)에 속한다고 일컬어 주셨다. 군주의 우대를 입음이 정말로 성대하다고 할 만하다. 분수와 재주를 헤아려 보면 지나치게 영화로움이 두렵기에 물러날 것을 생각하지 않은 적이 없었다. 하지만 권간(權奸)이 나라의 정권을 마음대로 하여 밖에서는 충역(忠逆)의 대안(大案)을 잡고 안에서는 위복(威福)을 부려 한 시대의 인물들을 유인하고 협박하므로 일에 매우 처리하기 어려운 점이 있었다.

기해년(정조 3년, 1779년)에 서도(西都)에서 돌아오자마자 상소하여 돌아가 노모를 봉양할 것을 청했다. 마침 권간이 물러나기를 고한 뒤여서 당시 사람들이 그 행적을 의심했다. 주상께서도 처음에는 엄한 비답을 내리셨으나 끝내는 사정을 살피시고 정중히 위로해 주셨다. 그다음 해에 권간이 방해하려다가 일이 발각되었다. 삼사에서 번갈아 상소하여 죄를 성토했으나, 향리로 쫓겨나는 데 그쳤다. 이에 그 사람과 일을 같이하여 사람들에게 미움을 받은 자들이 차례대로 중상하니 온전한 사람이 거의 없었다. 그러나 당시 빈객들이 왕래하여 친하고 멀고 뜻이 같고 다르고를 따지고 하는 때에, 그 사실을 모르는 사람들이 많았으되 주상께서만은 낱낱이 비추어 보셨다. 하루는 시강관으로서 경연을 마쳤는데 주상께서 여러 대신을 나오게 하여 그 사람의 공적과 죄의 본말을 분명하게 말씀하시면서 조정의 신료들이 그 공적은 알고 그 죄는 알지 못하여 잘못 함정에 빠진 것을 가지고 자신을 돌이켜 스스로를 탓하도록 하셨다. 또 말씀하시기를 "그 사람이 저 경연관과 사이가 좋은데, 그것은 내가 시킨 것이다."라고 하셨으므로 이에 여러 의문이 밝혀졌다. 이날에 형조의 장으로 뽑혀 밤에 명을 받들고 입대하여 머리를 조아리고 죄를 주십사고 청하였다. 주상께서는 웃으시며, "지나치도다. 내가 궁궐 깊숙이 거처하고 있어도 경이 근심하고 강개한다는 말을 들은 지 오래다."라고 하셨다. 그러나 당시 사람들은 여전히 공격하기를 그만두지 않았다.

한 해가 지나 권간의 치사를 추론(追論)함에 내가 여덟 번이나 정명(政命)을 어겼는데도 즉시 비답이 내리지 않았다. 나라의 기강과 관련 있다면서 삭탈할 것을 청하자 주상께서 처음에는 어려워하시다가 마침내 윤허하셨다. 얼마 있다가 특별히 서용하여 다시 예전의 직임을 제수하셨다. 상소하여 사양하자, "내가 참으로 경을 잘못 대했다는 사실을 누군들 모르겠는가?"라고 비답하셨다. 우악한 뜻이었다. 이 일을 기화로 중상하는 자들이 마침내 그만두었으므로, 다행스럽게도 온전할 수 있었다. 이것이 내가 조정에 들어가 24년 동안 벼슬하고 그만두며 움츠리고 몸을 폈던 대략이다.

스스로 생각해 보면 못난 재주와 기이한 행적으로 과분하게 양조(兩朝, 영조와 정조)의 크나큰 은덕을 입어, 두 분께서 함정과 돌팔매로부터 구원해 주고 위해로부터 막아주어 불식하고 보호하심이 하늘처럼 높고 땅처럼 두터웠으나, 풍파와 위험을 겪은 것도 역시 매우 많았다. 융성한 은혜에 보답할 수 없고 험난한 길은 더욱 가기 어려우므로, 벼슬에 나아가 군주를 저버림이 벼슬에서 물러나 도에 부합함만 못하다. 항상 분수를 지켜 스스로 편안하여 만년의 절개를 보전해서 벼슬에 나가지 않아 은혜를 직접 갚지 않음으로써 도리어 은혜를 갚으리라고 생각했다. 절실한 이 마음을 하늘이 진실로 살피시어 만약 처음에 잘 만들어주셔서 유종의 미를 이루게 하시는 은혜를 입어 끝내 오랜 소원을 갚으면서 남은 생을 마친다면, 집에 이름을 붙인 뜻을 저버리지 않지 않겠는가?

정조 때 문신인 유언호가 스스로 지은 묘지이다. 그는 구양수가 자찬묘지에서 그랬듯이, 생애의 중간에 성군을 만나 충과 의를 다한 스스로의 삶을 부각했다.

그는 생전에 안성군(安城郡) 북쪽 당산동(堂山洞, 지금의 대덕면(大德面) 건지리(乾芝里)) 진좌(辰坐)의 언덕을 수장(壽藏, 생전에 만들어 놓은 무덤)으로 골라 두었다. 죽은 후 시신을 염습하고 수의를 입히는 일, 봉분을 하고 뗏장을 입히는 일에 이르기까지 다스려 빠짐이 없게 했다. 또 평소와 같이 모두 매우 검소하게 하라고 했다. 그리고 부인의 광지도 미리 지어 두었다.

본관은 기계다. 호는 즉지헌이라고 했다. 호는 『주역』의 대장괘 단사에서 뜻을 취했다. 대장(大壯)이란 큰 것이 성하다는 뜻이다. 대장괘는 아래가 건(乾), 위가 진(震)으로, 우레가 위에 있고 하늘이 아래에 있는 상이다. 강(剛)이 움직이므로 성하다고 했고, 또 큰 것은 바르므로 곧으면 이롭다는 의미를 지닌다. 그래서 괘사에 "곧으면 이롭다(利貞)"라고 했다. 「잡괘전」에는 "대장즉지(大壯則止)"라고 했다. 크게 성하기에 그치라고 경고한 것이다.

유언호의 자찬묘지에 대해서는 다른 사람들의 비평이 있다.

• 조물주는 항상 사람들이 좋아하는 것을 미워하고 미워하

는 것을 좋아한다. 공이 만약 한 자 나아가고 한 치 물러
나려는 마음이 있었다면 공과 명예가 반드시 이와 같이
크게 드러나지는 않았을 것이다.

- 이 한 편을 보면 세도(世道)가 완전히 바뀌었음을 알 수
있다.
- 중간에 성군을 만난 것은 송나라 때 신하들이 성군을 만
난 것과 비슷하다. 그러므로 그 문장이 또 육일(구양수)이
스스로 지은 묘지와 비슷하다.

유언호는 1761년(영조 37년)의 정시 문과에 병과로 급제하
고 이후 사간원과 홍문관의 직책을 역임했다. 1765년 가을에
는 박지원과 함께 금강산 일대를 유람하고 총석정에 이르러
동해의 해돋이를 보았다.

1765년에 영조가 산림 세력을 당론의 온상이라 여겨 그들
을 배척하는 『엄제방유곤록』을 편찬하자, 1771년에 이르러 권
진응, 김문순(金文淳) 등과 함께 항의의 뜻을 글로 적어 올렸
다가 경상도 남해로 유배되었다. 다음 해 노론 가운데 일부
가 홍봉한의 척신 정치를 제거하는 것이 청의와 명분을 살리
는 길이라고 생각해서 청명당을 결성했다. 유언호는 이 사건
에 연루되어, 영조의 엄명으로 흑산도에 정배되었다가 돌아
왔다. 1774년에는 홍산 현감, 부안 현감 등의 외직으로 쫓겨

나 있었다.

그런데 유언호는 영조 말년에 세손(정조)을 춘궁관으로서 보호하게 되었다. 이에 따라 정조의 등극 후 홍국영·김종수와 함께 극진한 예우를 받았다. 우선 정조 즉위년에 김구주, 홍봉한 두 척신의 당을 제거하려는 정조의 뜻을 받들었다. 유언호는 정조의 탕평책을 옹호했다. 그리고 『명의록』을 편찬할 때 총재관이 되어 자기 이름을 올렸다.

하지만 1780년(정조 4년)에 홍국영이 실각한 이후 김이소(金履素), 이명식, 서유린(徐有隣), 서유방(徐有防) 등이 진출하자, 유언호는 김종수와 함께 궁벽함을 자처하여 벽패(僻牌)라 일컫고 상대방을 시패(時牌)라 불렀다. 이 때문에 당파의 분열이 극심해졌다. 1795년에 벽파가 득세하여 유언호와 함께 심환지(沈煥之)와 윤시동 등이 등용되었다. 당시 '심벽(心僻), 구벽(口僻), 면벽(面僻), 족벽(足僻), 천지개벽(天地皆僻)'이라는 풍자의 말까지 떠돌았다.

유언호는 이조 참의, 개성 유수, 규장각 직제학, 평안 감사를 거쳐 1787년에 이르러 우의정이 되었다. 이듬해 경종과 희빈 장씨를 옹호했던 남인 조덕린(趙德隣)이 복관되자, 신임의리에 위배된다는 이유로 그를 공격했다. 이 때문에 탕평을 부정했다는 죄목으로 제주도 대정에 유배되었다. 3년 뒤 풀려나 향리에 칩거했다. 1795년에 잠시 좌의정으로 나왔으나, 다음 해 사망했다. 정조는 유언호의 죽음을 애도하는 하교를 내리고 집안에서 시장(諡狀)이 올라오거든 속히 시호를 내리라고 했다.

1802년(순조 2년)에 이르러 유언호는 김종수와 함께 정조의 묘정에 배향되었다. 하지만 안동 김씨의 세도 정치가 시작되자 노론 시파는 유언호가 김구주 당의 견해에 동조했다는 이유로 정조를 배신한 인물이라고 비난했다.

이보다 앞서 1790년에 제주도 유배 때 환갑을 맞은 유언호는 아들에게 이런 편지를 보낸 일이 있다.

올해 내 나이가 예순하나이니 어느새 일흔을 바라보게 되었구나. 생각해 보면 옛날 어릴 적에는 이 정도 나이의 사람을 보면 바싹 마르고 검버섯이 핀 늙은이라 생각했건마는 세월이 흘러 내가 이 지경에 이르렀구나. 다만 속마음을 들여다보면 팔팔한 소년의 마음뿐이다. 돌이켜 보면 세상에 나온 이래로 서른 해 동안 세파에 부침하고 고락을 겪은 일들이 번개같이 순식간에 지나쳐 버려, 몽롱하게 꾸는 봄날의 꿈보다도 못하다.

남들 눈으로 보면 나이가 60을 넘겼고 지위가 정승에 올랐으므로, 나이에도 벼슬에도 아쉬울 것이 없다고 여길 것이다. 그렇지만 내 스스로 겪어 온 일들을 점검해 보면, 엉성하고 거칠기가 이보다 심할 수가 없구나. 평생토록 궁색하고 비천하게 지내다가 생을 마친 자들과 견주어 낫고 못하며 좋고 나쁘고를 구분할 것이 무어 있겠느냐? 지금처럼 섬에 갇힌 몸으로 곤경과 괴로운 처지를 당하지 않고서 일백 세까지 살면서 편안하고 영화로운 복록을 누린다고 쳐 보자. 그렇다고 강물처럼 흘러가고 저녁볕처럼 가라앉는 시간이 또 얼마나 되겠느냐? 신숙주 어른이 임종을 앞두고 "인생이란 모름지기 이처럼 그치고 마는 것을……"이라며 탄식했다고 전한다. 그분의 말에는 어떻게 해 볼 도리가 없는 잘못을 후회하고 죽음을 앞두고서 선량해지려고 했던 마음이 엿보인다.

사람이 세상에 태어나서 한 몸에 아무 일이 없고 마음에 아무 걱정이 없이 하늘로부터 받은 수명을 온전하게 마치는 것은 그 이상 가는 것이 없는 복력(福力)이다. 그렇지만 굶주림과 추위에 떠밀려서 과거를 치르고 벼슬에 오르기 위해 바쁘게 나다니지 않을 수 없다. 형편상 그렇게 사는 것이므로 한 사람 한 사람 그 잘못을 꾸짖기도 어렵다. 지금 나는 선친께서 남겨 주신 논밭과 집이 있어서 죽거리를 장만하고 비바람을 막기에 충분하다. 그렇거늘 본분을 편안히 지키려 들지 않고 다른 것을 찾아서 바삐 돌아다니다가 명예를 실추하고 자신에게 재앙을 끼치는 처지에 이른다면, 이야말로 이로움과 해로움, 취할 것과 버릴 것을 전혀 분간할 줄 모르는 짓이다.

내가 지어야 할 농사를 내가 지어서 내 삶을 보살피고, 내가 가진 책을 내가 읽어서 내가 좋아하는 일을 추구하며, 내가 하고 싶은 일을 내 마음대로 하며 내 인생을 마치려 한다. 이것이 바로 옛 시에서 말한 '만약 70년을 산다면 140세를 산 셈'이라는 격이니 어찌 넉넉하고 편안치 않으랴? 나도 그런 삶을 살지 못하고서 네게 깊이 바라는 연유는 방덕공(龐德公)이 자손에게 편안함을 물려주려 한 고심과 다르지 않다.

유언호는 후한의 은사 방덕공을 닮고 싶다고 했다. 방덕공은 제갈량이 그를 찾아가 뵙고 절을 할 정도로 인품이 있었다. 현산(峴山)의 남쪽, 면수(沔水)의 물가에서 농사를 짓다가, 형주 자사 유표(劉表)의 간곡한 요청을 뿌리치고 가족과 함께 양양의 녹문산에 들어가서 약초를 캐며 살았다.

유언호는 몸을 망칠 수 있는 관직에 자손이 음보로 오를 수 있도록 하기보다는 초야에 묻혀 지내어 자손에게 편안함을 물려주겠다고 했다. "내가 지어야 할 농사를 내가 지어서 내 삶을 보살피고, 내가 가진 책을 내가 읽어서 내가 좋아하는 일을 추구하며, 내가 히고 싶은 일을 내 마음대로 하며 내 인생을 마치려 한다.(吾耕吾稼, 以養吾生, 吾讀吾書, 以從吾好, 吾適吾意, 以終吾世.)"라고 했으며, 그것이 70년 나이를 곱절의 140세로 사는 방법이라고 했다.

북송의 소식(蘇軾)은 아우 소철(蘇轍)에게 "아무 일 없이 조용히 앉아 있으면, 곧 하루가 이틀인 것같이 느껴진다. 만약 이런 식으로 조처할 수 있다면 우리 삶은 늘 매일이 오늘인 듯 느끼게 될 것이니, 일흔 살까지 살 수 있다면 곧 140살을 사는 것이 된다. 인간 세상에서 무슨 약이 이런 효과를 가질 수 있겠는가?"라고 했다. 그런 뜻을 유언호는 말한 것이다.

실상 그는 하루도 일 없이 지내지는 못했다. 영일(寧日)을 꿈꾸었을 따름이다.

규장각 한국학연구원에 유언호의 초상이 있다. 58세로 우의정에 오른 직후, 1787년에 정조의 명으로 이명기(李命基)가 그렸다. 오사모에 흉배가 딸린 단령포 차림이다. 유언호는 자찬묘지의 끝에 이렇게 적었다. "내각에 있을 때 화가가 왕명을 받아 나의 초상을 그려서 바쳤다. 그때 마침 어정(御幀, 군주의 초상화)이 완성되었으므로 그린 명이 그때 있었다. 그때 나의 초상화 초본(草本)에 몇 마디 적어 주신 것이 있었으므로, 명에 그 말을 쓴다." 이명기의 초상화에는 유언호가 초본에 써 두었다는 다음의 명이 보이지 않는다. 정조의 어평(御評)만 상부에 보인다.

그 옷을 보면	觀其服
오사모에 수리 그린 비단옷	烏紗鵰錦
황금 보석의 관자	黃金寶釘

엄연히 존귀한 공경 벼슬의 모습이로되	儼然卿老之尊也
용모를 보면	觀其容
신장은 창문에 미치지 못하고	大不及楔
수척하여 옷을 이기지 못하여	羸不勝衣
쓸쓸하게 포의의 곤궁한 모습	蕭然布韋之窮也
외물이 갑작스레 찾아온 것인가?	物之儵來歟
시운을 어쩌다 잘 만난 것인가?	時之偶逢歟
한 도막 고목 같은 마음은	若其一段槁木之心
오직 아는 자만이 아는 것을	惟知者知之
한 언덕 한 골짜기로 왜 돌아가지 않느냐	
	盍歸來兮一丘一壑之中

　고목사회(枯木死灰)라고 하면 감정이 없는 것을 가리킨다. 유학에서는 마음이 마른 나무가 되지 않도록 해야 한다고 가르친다. 그렇거늘 이 사람은 어째서 스스로의 마음을 마른 나무와 같다고 했을까?

　『장자』「제물론」에 보면 남곽자기(南郭子綦)가 안석(案席)에 기대어 하늘을 우러러 숨을 길게 내쉬는데, 그 모양이 마치 짝을 잃고 허망해하는 듯했다. 그를 모시고 있던 안성자유(顔成子游)가 물었다. "형체를 마른 나무와 같이 할 수 있고, 마음을 식은 재와 같이 할 수 있습니까?" 여기에서 마른 나무와 식은 재는 마음이 외물로 인하여 조금도 흔들리지 않는 상태를 비유한다. 유언호가 스스로의 마음을 마른 나무와 같다고 한 것은 『장자』의 이 뜻을 취한 것이다.

유언호는 한편으로 굳세고 한편으로 부드러운 성품의 소유자였다. 스스로의 마음을 마른 나무와 같이 외물에 흔들리지 않는 상태로 유지한 것은 아니리라. 기쁨과 슬픔을 헛되이 쓰려 하지 않아도 외물에 의해 일어나는 기쁨과 슬픔 때문에 마음이 뒤흔들리는 것이 인간이 아니겠는가! 다만 중용을 지킬 일.

정조는 유인호의 58세 초상화에 이런 어평을 남겼다.

이연(离筵, 서연)에서 경을 만날 것은	相見于离
꿈에서 예견되었던 일.	先卜於夢
한편 굳세고 한편 부드러운 성품이	一玄一韋
이 초상화와 백중하다.	示此伯仲

깨닫고 보니 죽음이 가깝다 45

유한준(兪漢雋, 1732~1811년), 「저수자명(著叟自銘)」

저수(著叟)의 이름은 한준이고, 자는 만천(曼倩)이니

기계(杞溪) 유(兪)는 신라와 고려를 거치면서 현달했다.

본조의 두 세대인 경안공(景安公, 유여림(兪汝霖))과 숙민공(肅敏公, 유강(兪絳))이 뛰어났고

증손과 현손에 이르러, 거듭해 모두 찬성 벼슬을 했으며

아아, 자교당(慈敎堂, 유명뢰(兪命賚))은 우옹(尤翁, 송시열(宋時烈))에게 집지(執質)하고 수학했다.

왕고할아버지(유광기(兪廣基))는 그 후사로서, 기로사에 들었을 때 품계가 숭정대부의 반열에 이르렀으니

서너 대 이래로 계파와 자휘(字諱), 관력과 행실은 비석

에 상세히 기록되어 있도다.

고(考) 휘 언일(彦鎰)은 관직은 낮았지만 풍모는 높았으며

비(妣)는 창녕이 본관으로, 성씨(成氏)의 가문이며

그 고는 필승(必升)인데, 규중 여성의 덕을 지켜 가정을 화목하게 했다.

저수가 태어난 것은 원릉(元陵)의 때로

그해는 두보가 태어난 사주와 부합하며, 그날은 석가여래보다 하루 앞선다.(유한준은 영조 임자년 4월 7일생인데, 두보도 임자년에 태어났다. 석가의 욕불일은 4월 8일이다.)

어려서 조급하고 경망스러워, 문리가 조금 트이자

나이 열예닐곱에 아버지도 돌아가시고 형도 죽어서

어린 고아로서 호서의 향리에 부쳐 살아(큰매형 김여행(金礪行)의 집이 덕산에 있었다.) 모지라짐이 갑작스러웠으나

안취범(安取範) 공이 저수의 곤궁하고 한미함을 불쌍하게 여겨 딸을 아내로 주고, 음식과 의복을 내려 주었다.

장성하게 되어서는 문예가 조금 풍부하게 되고

느지막이 조금 성취하여 영릉 참봉으로 벼슬을 살았다.

시종 이리저리 굴러다녀 천주(天廚, 사용원)와 금오(金吾, 의금부)에서 일을 맡았으며

영고(英考, 영조)께서 승하하시자, 혼전(魂殿)의 일을 맡아보았다.

일을 마친 뒤 승직하여, 마침내 내자시 주부를 맡았으며

좌랑에서 정랑에 이르기까지, 추부(秋部, 형조)에서 낭으로 있었다.

외직으로 나가 나산(羅山, 경상도 군위)의 현감이 되었으나, 3년 만에 인끈을 버렸는데(영남 암행어사 황승원(黃昇源)의 서계에 따라 처벌받았다.)

발탁이 가을 초에 있어서, 수양(首陽, 해주)에서 공무 보고 전자(篆字) 관인을 찍었으며

남쪽 금마(金馬, 익산)로 옮겼다가 돌아오니, 자리도 채 덥혀지지 않았다.

뒤에 사도시 첨정이 되고, 다시 계양(桂陽, 부평) 부사가 되었으며

승진해서 목사가 되어, 상당(上黨, 청주) 고을의 목사로서

향당의 무리가 된 지 한 돌에, 산직에 4년이나 있다가

금릉(金陵, 김포)을 다스리고, 경시(冏寺, 사복시) 첨정으로 있었으며

내직을 떠나 실직(悉直, 강릉)의 수령이 되니, 바다로 둘러싸인 지역이 아름답고도 기이했다.

일곱 번 고을의 부절을 차매, 나이가 고희에 가까워졌으므로

돌아와 묘섬(廟剡, 조정의 선발 공문서)에 이름이 들어, 원

자궁의 요속이 되니 참람함을 망각했다.

중간에 고공(考工, 토목 공사와 궁궐 및 관청의 영선(營繕)을 담당하는 장작감(將作監))에서, 낭(郞, 부정)으로 있은 것도 잠깐이었고

세자 책봉의 경사를 만나, 계사(桂司, 원자궁)로서 또 외람되이 참여했다.

하늘이 무너진(군주가 죽음) 이후에, 병으로 침령(寢令, 참봉)의 벼슬을 사양하고

이후로는 주선(周旋)하여, 균역청(均役廳)의 낭이 되고 선공감(繕工監)의 정(正)이 되었다가

장작감의 부정(副正)이 되었고, 잠깐 심도(沁都, 강화)의 경력(經歷) 벼슬로도 있었다.

이것이 그간의 전말로, 벼슬살이의 대강이다.

저수는 사람됨이 온전한 것은 적고 결함이 많으며

활달하지가 않고 붕 떠 있으며, 견실하지가 않고 소탈하며

남들 아래에 거처하기를 좋아하고, 남들의 앞장서기를 부끄러워한다.

욕망에 대해서는 한 치의 장점이 있어, 욕심 없다 한다면 수긍할 만하다.

남이 짙은 술 마신다면 나는 술지게미 먹고, 세상이 시

장같다면 나는 담박한 물.

본성상 기욕하는 바가 없고, 기욕은 문사(文辭)에 있어

처음 손을 대어 글을 쓸 때는 진(秦), 한(漢)처럼 바깥으로 치달리고

『장자』의 해학과 굴원의 원망을 담고, 사마천의 방자함과 한유의 기이함을 드러내며

한입에 물어 삼키고 뚫고 가르면서, 50년이 되었건만

결국 무엇을 얻었단 말인가, 서글프게 저녁나절 돌아간다.

여우는 죽을 때 언덕으로 머리 향하고, 사람은 궁하면 근본으로 돌아가는 법.

도는 육경에 있음을 알고, 사서에서 온축을 하여

처음엔 헷갈려 깨닫지 못하다가, 깨닫고 보니 죽음이 가깝다.

지혜는 투철하지도 심오하지도 못하고, 행실은 급수 따라 나아가지 못해

후회한들 뒤미칠 수 있겠는가, 정성을 쏟건만 노령에 이르다니.

적막한 밤에 잠을 못 이루고, 이리저리 생각해 보나

문도(文道)는 정수가 아니고, 저술은 껍질일 따름.

이것을 끌어안고 끝마친다면, 뒷날 누가 저수를 알아주랴.

저수는 이름도 지위도 없고, 저수는 자손도 없어

다른 날 청산에 간다면, 누가 무덤에 띠 묶어 표시해

주랴.

명의 글을 스스로 지어 두고, 광중에 넣을 날을 기다려

후인으로 하여금, 저수의 무덤인 줄 알게 하리라.

글이야말로 이름을 영구히 썩지 않게 하는 사업이라고 자
각했던 유한준이 77세 되던 1808년(순조 8년)에 쓴 「저수자명
(著叟自銘)」이다. 산문으로 된 152자의 서문이 앞에 있고 운문
으로 된 이 장편의 명이 이어진다.

18세기 후반에서 19세기 초에 걸쳐 활동했던 문장가인 유
한준은 박지원의 친구이되 박지원을 라이벌로 의식했다. 문
장가로서의 평가는 박지원에 비해 낮았지만, 그의 가계는 개
화기를 거쳐 현대에 이르기까지 저명한 지식인들을 배출한
것으로 유명하다.

유한준은 호를 저수(著叟)라고 했다. 삼불후 가운데 입언
(立言)을 평생 사업으로 정한 그는 평소 자신의 글을 정리하
는 데 많은 노력을 기울였다. 52세에 '자저(自著)'라는 이름으
로 자신의 시문을 엮은 것을 시작으로 여러 차례 시문을 보
충하고 산정하고는 했다. 호에도 아예 '저(著)'라는 글자를 사

용했다.

유한준은 박윤원(朴胤源)과 인척이었다. 곧 박지원의 집안과 혼척이었으며, 젊은 시절부터 박지원과 사귀었다. 그러나 박지원 선친의 묘소 문제로 양가에 갈등이 일어나, 두 사람의 관계가 악화되었다. 정조가 『열하일기』를 패관소설의 문체로 지목하자, 이를 기화로 박지원을 폄하했다.

유한준의 가계는 서울에 대대로 거처했던 노론계다. 고조부 유황(兪榥)은 이정귀의 문인으로 전라 감사와 승지를 역임했으며 병자호란 때 척화파였다. 증조부 유명뢰는 송시열의 문인으로 단양에 은거했다. 아버지 유언일은 선릉 직장을 지냈다. 아들 유만주(兪晩柱)는 조선 후기 문화사에서 매우 중요한 위치를 차지하는 『흠영(欽英)』을 저술했다. 개화기 때 『서유견문(西遊見聞)』을 저술한 유길준(兪吉濬)은 바로 유한준의 현손이다.

유한준은 「저수자명」을 짓게 된 이유를 그 명의 서문에서 다음과 같이 밝혔다.

세상 사람들은 부모가 돌아가시면 행장이라는 것을 갖추는데, 나날의 사실과 행적, 먹고 마시는 일, 들고 나며 기거하는 일을 터럭 하나 지푸라기 하나 적지 않는 것 없이 해서, 그것을 가지고 나가 사대부들을 훑어보아 그 가운데 관직 높고 권세 있는 자를 골라서 명을 부탁한다. 명을 쓴다는 자가 어찌 명 짓는 법에 통달해 있겠는가? 그저 망자 자제들의 뜻을 어기지나 않을까 두려워해서 그 자제들이 적어 주기를 바라는 것을 전부 적고 하나도 빠짐 없게 한다. 그렇기에 그 글은 믿을 수가 없다. 나는 빠짐없이 적는 행장을 근거로 삼고 믿을 수 없는 글을 빌려서 무궁하게 이름을 썩지 않도록 도모하기보다는, 내가 내 일을 적고 내가 내 행실을 명으로 짓는 것이 차라리 진실하면서 정확하고 간결하면서 무람하지 않아 오히려 믿을 만하지 않겠는가 생각했다. 그래서 스스로의 명을 지었다. 명을 지은 해는 나이 일흔일곱 되는 무진년(1808년, 순조 8년)이다. 졸년과 장지는 뒷날 추가로 적어 넣으면 된다.

본래 이름이 한경(漢臩)이었으나 이름을 고쳤다. 나이 열여섯에 아버지를 여의고, 이듬해 형도 잃었다. 고아가 된 유한준은 호서 지역으로 피신했다가 얼마 뒤 서울로 돌아왔으나 생활이 순탄치 못했다. 1788년(영조 44년)에 진사시에 합격하고 음보로 벼슬에 나아갔으나, 벼슬살이에 뜻을 두지 않았다. 만년에는 송시열을 존숭하며 성리학에 몰두했다.

1795년(정조 19년)에 쓴 「석농 김광국(金光國)의 수장품에 부친 글(石農畵苑跋)」에서 유한준은 "알면 참으로 사랑하게 되고 사랑하면 참으로 보게 되며, 보면 쌓아 두게 되니, 그저 쌓아 두는 것이 아니다.(知則爲眞愛, 愛則爲眞看, 看則畜之, 而 非徒畜也.)"라는 말을 남겼다. 문화유산에 대한 안목을 얻는 방법을 말한 것으로 이해되어 널리 유행한 말이다. 대개 "사랑하는 만큼 알게 되고, 아는 만큼 보인다."라는 식으로 의역되어 전한다.

유한준은 문장에 공력을 쏟아서 한때 자부심을 갖기도 했으나, 만년에는 만족할 수가 없었다. 그래서 「저수자명」에서 "본성상 기욕하는 바가 없고, 기욕은 문사에 있었다."라 말하고, "한입에 물어 삼키고 뚫고 가르면서 50년이 되었건만, 결국 무엇을 얻었단 말인가, 서글프게 저녁나절 돌아간다."라고 했다.

자명을 짓기 전에는 이미 자전을 지은 일이 있다. 55세 되던 1786년(정조 10년)에 「가전(家傳)」을 작성해서 선조들과 아버지의 전을 작성한 후 자전을 첨부한 것이다. 이 글에서 유한준은 주로 자신의 문학 수업에 대해 상세하게 서술하고, 본인이 생각하는 고문론을 길게 설명했다.

고인은 덕과 언과 공을 모두 세워야 불후한 이름을 남기게 된다고 하면서 덕이 최고라고 말했다. 하지만 언이란 몸을 꾸미는 문(文)이기에, 공자는 "수사(修辭)하여 정성을 세운다."라고 했다. 언이 정말로 몸을 꾸미지 못한다면 덕은 어디에 기탁해서 그 가치를 드러낼 것이고 공도 어디에 부착해서 드러날 것인가. 이렇게 말이라는 것은 위로 덕을 바탕으로 하면서 공을 수식하는 것이므로, 이로써 보자면 문사를 어찌 소홀히 할 수 있겠는가? 덕이 있는 사람은 말이 있다. 성인은 너무 높아서 두말할 것이 없다. 『주역』의 「계사전 하」에 "천하의 일은 모두 하나로 돌아가는데 생각은 가지각색이고, 귀결점은 같은데 가는 길이 다르다."라고 했다. 진, 한 이래로 도술(道術)이 천하 때문에 분열되고 문장과 학문이 두 길로 갈라졌다. 이에 세상 유학자들이 각각 흠모하는 바를 따르게 되어, 흠모하는 바가 도학에 있으면 도학을 숭상하고 흠모하는 바가 문장에 있으면 문장을 흠모하게 되었다.

유한준은 문장과 도학의 분리를 먼저 말한 뒤에 다시 그 둘을 종합하고자 했다.

『주역』「계사전 하」에 "천하의 일을 보면 귀결점은 같은데 가는 길이 다르고, 모두 하나로 돌아가는데 생각은 가지각색이다.(天下同歸而殊塗, 一致而百慮.)"라고 했다. 유한준은 그것을 "천하의 일은 하나로 돌아가는데 생각은 가지각색이고, 귀결점은 같은데 가는 길이 다르다.(天下一致而百慮, 同歸而殊塗.)"라는 식으로 바꾸어 인용했다. 일치보다는 차별을 강조하려는 의도에서 그런 것이다.

유한준의 친구 박윤원은 문장과 도학의 일치를 주장했다. 유한준은 도학과 문장의 분리를 역사적 사실로 확인했다. 자전에서 그는 삼대 이후로 "스승마다 도가 다르고 사람마다 논(論)이 다르고 세대마다 교(敎)가 달라져서" 도학을 하는 사람과 문장을 하는 사람이 서로 간섭할 수 없게 된 역사적 현상에 주목했다. 사마천과 반고의 문학이 이정과 주자의 도학에 영향을 끼칠 수 없듯이, 이정과 주자의 도학도 사마천과 반고의 문학에 영향을 끼칠 수가 없다. 문장과 도학은 서로 다른 길을 가고 있는 것이다. 유한준이라고 해서 문학이 도학을 바탕으로 삼아야 한다는 유가적 관념을 몰랐던 것이 아니다. 그는 문장 자체의 고유한 미학을 추구하는 속에서 도를 구현할 수 있다는 생각에 이른 것이다.

유한준은 문장으로 스스로 즐겼으며, 시운과 운명이 자기편이 아닌 것을 서글퍼했다. 동곽의 맹인 전(田) 선생을 찾아가 자신의 운명을 점쳐 달라고 했다. 전 선생은 척전법으로 점을 쳤다. 여섯 번 동전을 던져 건지리(蹇之離)를 얻었다. 즉 건괘가 본괘이고 이괘가 지괘였다. 그 효사에 "구멍 난 나무, 천년 된 사슴, 산속의 바위.(竅之木, 千歲之鹿, 山中之石.)"가 나왔다. 전 선생은 다음과 같이 풀었다.

구멍은 비어 있음이다. 사슴은 오래됨이다. 산속의 바위는 고요함이다. 그대가 곤궁해지지 않으려고 해도 그럴 수가 없다. 사물에는 넉넉한 면도 있지만 넉넉하지 못한 면도 있다. 운수에는 미치는 면도 있지만 미치지 못하는 면도 있다. 어떻게 조제할 수 있겠는가? 사물을 어찌 갖출 수 있겠는가? 그대는 사람에게 상서롭지 못한 것이 네 가지가 있다는 말을 들어 보지 못했는가? 첫째는 세(勢), 둘째는 이(利), 셋째는 영(榮), 넷째는 명(名)이다. 세는 나를 욕되게 하고 이는 내게 독이 되며, 영은 나를 가혹하게 하고 명은 내게 질곡이 된다. 그렇기에 지혜로운 자는 흘겨보고 밝은 자는 그것들에 안주하지 않는다. 그대여 그만두게나.

전 선생은 "가난과 동무하라" 하는 노래를 불렀다. 유한준은 망연자실하여, 남산 아래에 거처하며 공명에 대한 뜻을 끊어 버리고 저서를 업으로 삼았다고 한다. 전 선생의 말은 곧 유한준 자신의 말이다.

글쓰기는 나의 운명이라고 자각했지만, 만년에 이르도록 문장가로서 이름을 얻지 못한 삶은 대체 어디에 가치가 있는 것일까? 남에게 박수갈채를 받지 못하는 글쓰기의 가치는 어디에 있단 말인가? 유한준은 규장각 직제학으로 있던 남공철과의 대화에서 자신의 글쓰기를 변호했다. 유한준은 자신의 글쓰기가 발분하여 이루어지는 것도 아니고 시비와 선악을 따지려는 것도 아니라고 했다. 아무 쓸모가 없는 유희일 따름이라고 했다.

그는 아들 유만주에게 큰 기대를 걸고, 둘이서 문장을 짓는 즐거움을 누렸다. 그러던 아들이 먼저 죽자 "하늘이 빼앗아 갔다."라고 통곡했다. 「자전」을 지으면서, 더 이상 문장에 공력을 들이지 않겠다고도 했다. 하지만 그는 글을 짓지 않고는 배기지 못하는 글쟁이였다.

만년인 69세 되던 1800년에 유한준은 「사영자찬(寫影自贊)」을 지었다. 자기 초상화에 자기가 평어를 붙인 것이다.

이 노인이 아니면 뉘런가

고요함에 처하는 기상인 듯하되 성정이 침울하고

멀리 내다보는 사려를 지닌 듯하면서 마음이 성글다.

이것이 그가 평생의 거처로 삼은 바였다.

옛사람도 아니고 지금 사람도 아니며

실상도 아니요 허상도 아니며

도가(道家)도 아니고 선가(禪家)도 아니며

은사(隱士)도 아니요 방사(放士)도 아니로다.

非此翁而誰歟   略似乎處靜之氣像而性則沈

隱若有望遠之思慮而心也疏   斯其所以平生之攸廬

非古非今   非實非虛

非道非禪   非隱非放

　　자기의 정체성을 반어적으로 규정했다. 고요함 속에서 생
각을 맑게 가라앉히며 마음의 참된 바탕을 내관(內觀)하는
기상은 선가 수행자의 침착한 모습을 떠올리게 한다. 사물의
변화를 관찰하여 멀리 내다보는 사려는 도가풍의 초월적인
모습을 연상케 한다. 그렇지만 "도가도 아니고 선가도 아니
다"라고 스스로를 규정한다.

　　유한준은 만년에 남산 아래 태창(太倉) 부근에 살며 시문
을 짓는 것을 낙으로 삼았다. 그러면서 자신은 옛사람도 아
니고 지금 사람도 아니며 실상도 아니고 허상도 아니라고 했
다. 모든 것을 부정함으로써 부정을 행하는 나 자신을 확인
한 것이다.

썩은 흙과 함께 스러지리라

46

이만수(李晩秀, 1752~1820년),「자지명(自誌銘)」

극옹(展翁)이라는 사람은 연안 이씨 만수 성중(成仲)으로, 좌의정 문정공(文靖公) 휘 복원(福源)의 둘째 아들이다. 전비(前妣, 전 어머니)는 정경부인에 추증된 파평 윤씨로 진선(進善) 휘 동원(東源)의 따님이신데, 아이를 갖지 못했다. 후비(後妣, 후 어머니)는 정경부인에 추증된 순흥 안씨로 참봉 휘 수곤(壽坤)의 따님이시다.

옹은 외모나 성품이 일반 사람과 달라서 아주 가소로웠다. 글을 읽었으나 이룬 바가 없고, 선을 행하기 좋아했으나 그 의지를 채우지는 못했다. 젊어서는 세상일을 담당할 생각이 없었으나, 만년에 문학을 조금 한다는 이유로 정묘

(정조)를 만나 관직이 아주 고위에까지 이르렀다. 정묘께서는 그가 소탈하고 우활한 성격임을 아시고 한 번도 백성들을 직접 다스리거나 정사를 담임하지 못하게 하셨다.

성상이 서거함에 이르러, 조정에 들어가 추요(樞要)의 직을 맡았고, 바깥으로 나아가 병한(屛翰, 외방)을 안무(按撫)했다. 그러다 서사(西事, 홍경래의 난)의 처리를 크게 그르쳐 남쪽으로 유배되었다가 되돌아왔다. 마침내 사람들과의 왕래를 끊고 금호(琴湖)에 거처했다. 종신토록 다시 기용되지는 못했다.

정묘께서는 그가 집에 거처할 때 나막신을 신는다는 말을 들으시고 특별히 나무로 만든 나막신 한 켤레를 하사하고 시를 새겨 주어 총애하셨다. 옹은 이 나막신을 이유로 극옹을 자호로 삼았다. 그러자 시골 아이나 농부들까지도 극옹이라 불러 이 호가 마치 이름이나 자같이 되었다.

옹은 시문 지을 적에 옛사람에게 미치지 못함을 부끄러워하여 지은 글들을 던져 버리고 원고를 남겨 두지 않았다.

영종(영조) 임신년(영조 28년, 1752년) 12월 28일에 태어나 성상(순조) 아무 해 아무 달 아무 날에 죽어 남양(南陽) 동면 백학동(白鶴洞) 문정공의 묘 앞 좌향이 오(午)인 벌에 안장되었다. 배필은 달성 서씨로 영의정 충문공 휘 명선(命善)의 여식이다. 갑술년(영조 30년, 1754년)에 태어나 을해년

(순조 15년, 1815년)에 세상을 떠났다. 옹의 오른편에 안장했다. 6남 3녀를 낳았는데 그 일곱 번째는 요절했고 승관(勝冠, 약관(弱冠))을 넘긴 자식은 두 명이었다. 장남 광우(光愚)는 백씨 급건(及健) 공의 후사가 되었다. 차남 원우(元愚)는 문학과 행실을 겸비했으나 이른 나이에 세상을 떠났다. 광우는 공익(公翼)이 그 뒤를 이었고 원우는 세익(世翼)이 그 뒤를 이었다.

옹은 살아서는 일컬을 만한 것이 없었고 죽어서는 전할 만한 것이 없었다. 썩은 흙과 함께 다했으니 무엇이 한스럽겠는가? 외려 그 흙에서 밭 가는 소와 방목되는 가축이 상할까 염려스러워, 글을 지어 묏자리에 표지를 삼았으니, 대방가(大方家)에게서 비웃음을 사지 않을 수 있겠는가?

명은 다음과 같다.

삶이 있으면 죽음이 있는 법, 백이와 도척, 팽조와 상(殤)이여!

모두 하나의 개밋둑에 불과할 뿐.

나는 지금 이후 나의 참됨으로 되돌아가니

천년만년 지나도 공고하고 조용하리라.

정조와 순조 때 활동한 소론계 문신인 이만수가 스스로 지은 묘지명이다. 이만수는 본관이 연안이며, 좌의정을 지낸 이복원의 아들이다.

　　1783년(정조 7년) 사마시에 합격하고 음보로 부사과를 지냈으며, 1789년 식년 문과에 병과로 급제했다. 1795년 대사성으로서 규장각 제학을 겸했으며, 이듬해 정리자 활자 만드는 일을 감독했다. 1800년에는 이조 판서에 이어 공조 판서가 되었다. 순조가 즉위한 뒤 수원부 유수가 되어 화령전을 완성한 공으로 숭정대부에 승진되었다. 1803년에 사은 정사로 청나라에 다녀왔다. 1810년 평안도 관찰사가 되었는데, 1811년 12월에 홍경래의 난이 일어났다. 다음 해 정월 치안을 유지하지 못했다는 죄로 파직되고 경주에 유배되었다.

　　홍경래는 서북민에 대한 차별에 불만을 품고, 상인인 우군칙, 양반 가문 출신의 김사용(金士用), 김창시(金昌始), 역노 출신의 부호로 무과에 급제한 이희저(李禧著), 평민 출신의 장사 홍총각(洪總角), 몰락한 향족 출신의 이제초(李濟初) 등과 함께 봉기를 계획했다. 1811년 12월 15일에 평양 대동관을 불태우려고 했으나, 화약통이 불발하자 12월 18일에 다시 거병했다. 12월 29일 박천 송림(松林)에서 봉기군은 안주의 관군에 패하고 그날 밤 정주성으로 퇴각했다. 관군은 땅굴을 파 들어가 성을 파괴하여 1812년 4월 19일에 봉기군을 진압

했다. 이때 2983명이 체포되어 여자와 소년을 제외한 1917명 전원이 일시에 처형되었고, 지도자들은 전사하거나 서울로 압송되어 참수되었다.

1812년(순조 12년) 1월 16일(경인)의 실록에 평안도 관찰사 이만수를 삭직하고 절도사(평안 병사) 이해우(李海愚)를 잡아다 문초한 사실이 기록되어 있다. 이날 비국에서는 평안 병사 이만수의 삭직을 청했다. 당시 관군은 정주에 진군하여 열흘이 지났고 송림에서 며칠 전에 승리했으나 성을 함락하지 못하고 있었다. 비국은 수신(帥臣, 절도사)의 경우 적이 강 건너 땅에서 일어나는 사실을 정탐하지 못했고, 도신(道臣, 관찰사)은 관할 지역 내에서 변고가 발생하도록 둔 죄를 물어야 한다고 했다. 순조가 이 청을 윤허했으므로 이만수는 경주로 유배된 것이다.

이후 이만수는 유배에서 풀려났으나 종신토록 다시 기용되지는 못하리라고 생각했다. 어두운 전망이 자찬묘지에 적혀 있다. 그런데 이만수는 그해 7월에 공조 판서와 판의금부사가 되고 11월에는 병조 판서가 되었다. 1816년에는 병조 판서가 되었으며, 1818년에는 규장각 제학, 좌빈객, 수원부 유수가 되었다.

1818년의 7월 28일, 이만수는 낙산(駱山) 아래 옛집에서 죽었다. 향년 69세였다. 이해 남양 동면 백학동 선영 앞에 묻혔다. 1822년에 문헌(文獻)의 시호가 내렸다.

1818년의 장사 때 이시수(李時秀)는 이만수의 자찬묘지에 다음 글을 추가로 적었다.

이것은 옹의 자찬묘지다. 옹이 서사를 담당하여 공로는 있고 죄는 없었는데 조정의 의론은 끝내 유언비어에 의해 선동되는 바가 되었으니, 그 사건의 전말이 국사에 실려 있다. 남쪽으로 유배되었다가 돌아왔으나 영원히 조적(朝籍, 관원 명부)을 떠나려고 생각하여 화지(化誌, 묘지)를 지었다. 묘지를 완성한 뒤 5년이 지난 무인년(1818년)에 상께서 세자빈객으로 부르셨는데 사지(辭旨)가 종래에는 없던 것이었다. 옹은 감격해서 나아가 직위를 맡아 3년간 권강(勸講, 임금을 모시고 강의함)하여 지성으로 사람들을 감동시켰다. 경진년 가을에 우연히 병에 걸려 정침(正寢)에서 고종(考終)했으니 향년 69세였다.

옹은 행실이 돈독한 사람이었다. 임금을 섬김에 충성에 돈독했고, 어버이를 받듦에 효에 돈독했으며, 다른 사람과 교제함에 신의에 돈독했다. 옹이 세상을 떠나자 위로는 높은 벼슬의 대부로부터 아래로는 하찮은 일을 하는 종복에 이르기까지 "어진 대부가 사라졌다!"라고 탄식하지 않은 이가 없었다. 직위는 이공(貳公, 의정부의 종1품 찬성과 정2품 참찬)에 이르렀고 수명은 칠순에 이른 후에 영영 관화(觀化, 죽음)했으니, 또다시 무엇을 한스럽게 여기겠는가? 유독 80세의 병든 형님이 흰머리로 살아 계시는데 고단하여 의탁할 데가 없으므로, 옹은 반드시 되돌아보며 잊지 못할 것이다. 애달프다! 예월(禮月, 신분에 따라 장례하는 달)에 맞춰 (석 달 만에) 안장할 때 옹의 형 급건(及健) 노인 시수가 눈물을 닦으며 추기를 지어 묘혈의 곁에 함께 묻었다.

이시수는 1818년에 이르러 순조가 아우 이만수를 세자빈객으로 불렀으며, 그 예우의 말씀은 종래에 없던 것이라고 감격해했다. 이것은 실제와 맞지 않는 것 같다. 아마 1818년에 규장각 제학이 된 사실을 특별히 언급하고자 했던 듯하다.

당시 이만수의 친구 성정주(成鼎柱)도 533자의 「자지추명(自誌追銘)」을 지었다. 『극원유고(屐園遺稿)』 권11에 실린 「성백상정주자지추명(成伯象鼎柱自誌追銘)」에서 그 사실을 알 수 있다. 이만수나 그의 친구 성정주는 각자 비명을 지은 후 서로에게 보여, 자신의 자기 고백 혹은 자기 서술에 추호도 거짓이 없음을 확인받은 듯하다. 그렇게 자기 고백의 글을 상대에게 보여 줄 것을 예상하면서 그 고백이 거짓되지 않도록 스스로를 다잡았는지 모른다.

그렇다고는 해도, 이만수가 자기의 시문이 옛사람에게 못 미친다고 해서 던져 버린 일은 결벽증이 심한 것 같다. 저 김시습도 나뭇잎에 시를 적어 물에 흘려보내고는 했지만『사유록(四遊錄)』같은 시집을 스스로 깨끗이 적어 후대에 남기려 하지 않았던가. 자신의 이야기를 남에게 들려주려 하고 또 자기의 기록들을 후대에 전하려고 한 것은, 잊히는 것을 두려워하는 인간의 본능 때문이었다고 해야 하리라.

47

이름이나 자취나 모두 스러지게 하련다

신작(申綽, 1760~1828년), 「자서전(自敍傳)」

신작의 자는 재중(在中)으로, 해서(황해도) 평산부 사람이다. 아버지 대우(大羽)는 유림의 오랜 명망이 있어, 문학과 견식, 위의와 행실로 세상에서 존중을 받았다. 원자궁의 요속으로 뽑히고 벼슬은 호조 참판에 이르렀다.

신작은 어려서부터 곧고 깨끗한 지조를 지녔고, 자라서는 고요하고도 먼 뜻을 품어 기이한 것을 높이고 옛것을 좋아했으며, 학문의 세계를 사랑하여 경전을 섭렵한 바가 많았다. 일찍이 모시(毛詩)의 학을 전공하고, 아울러 제자백가를 종합해 『시차고(詩次故)』 22권과 『외잡(外雜)』 1권, 『이문(異文)』 1권을 지었다. 그것들은 간행되지 않고 집에 전한다.

처음에 작은 형 진(縉), 아우 현(絢)과 함께 집에서 어른이 기뻐하시도록 뜻을 맞추어 드렸다. 형은 집안 범절을 다잡고, 아우는 몸소 봉록으로 어버이를 봉양했지만, 작은 재주가 영리에 뛰어나지 못한 데다가 본성 또한 담담하여 오직 문묵(文墨)과 장궤(杖几)를 부친의 슬하에서 주선했다. 종복과 자제를 거느리는 일, 신을 가져다 드리고 관띠를 받드는 일, 주무신 베개와 이불을 거두는 일, 방과 대청을 두루 쓰는 일을 하고, 아울러 필찰 쓰는 일로 어버이의 뜻을 보필하며, 경치의 감상이 어버이의 뜻에 맞도록 했다. 그래서 이 갈 나이(7~8세)부터 수염이 흴 나이에 이르기까지 잠시라도 떨어져서는 안 되는 것같이 했다.

금상 9년(1809년, 순조 9년) 아버지를 따라 성천 도호부에 갔는데, 성천 도호부는 아우 현이 어버이를 봉양키 위해 외직에 보임된 곳으로, 서울로부터 700리나 떨어져 있었다. 그 11월에 증광시 경과가 시행되자 부친께서 권하여 보내시며 "내 생각에 이번에 가면 꼭 붙을 것이다. 그러나 너는 인간사에 익숙하지 않으므로 너 하고 싶은 대로 하여라." 하셨다.

작이 서울에 간 지 한 달 남짓하여 유사(有司)에 나아가 대책(對策)을 시험 보아 1등을 했다. 하지만 부친의 병환이 갑자기 위중하시다는 말을 듣고 이틀 길을 하루에 달려 갔건만, 도착하기 전에 부음을 들었다. 이것은 산 사람의 다시없는 슬픔이며, 씀바귀 독 같은 극도의 슬픔이다. 작이 생각하기를 자식으로서 하잘것없어서, 편찮으실 때 약한 번 못 써 보고, 염습할 때 옷 늘어놓은 것을 보지 못했으며, 유언도 듣지 못한 채 관은 이미 굳게 덮이고 말았다. 그 허물을 뒤에 돌이켜 보건대, 실로 과거 시험 탓이었다.

삼년상을 마치고는 슬픔을 머금고 아버지의 무덤에 과거 합격을 아뢰고, 다시 생존 시의 말씀을 되새기며, 또 제문의 글을 진술하여 슬픔을 고한 후, 필부의 뜻을 펴기를 기원하여 마침내 영리의 길에 대한 뜻을 끊고 묘 아래에 머물렀다. 그때 형은 익위사 부수에서 신녕현(경상도)의 원이 되었고, 아우의 벼슬은 재상의 반열에 올라 벼슬하면 승진했고 내쳐지면 물러났다. 나이 또한 모두 예순 줄 안팎으로, 서로 한집에서 살았으며, 상자에 제 것을 감추는 일이 없고, 일은 한 사람이 늘 주관함이 없었으며, 한 몸같이 골고루 사랑하고, 한 몸의 두 손이 서로 돕듯이 했다.

집안에 고전 서적이 수천 권인데 대부분 비밀스러운 서적이요 세상에 없는 문헌이었다. 한가하게 지내면서 여러 경전과 고문서를 뒤적이고 역사서와 문예서를 내키는 대로 보고, 명물학과 수리학을 종합하여 읊고, 앞 시대의 기이한 자취를 담화하고 토론하면서 세상에 영화와 치욕이란 것이 있음을 몰랐다. 전조(이조)에서 내려온 공첩(公牒)에 따라 자리가 옮겨지거나 승진하여 홍문관 응교에 이르렀다. 전후로 군주의 명령이 모두 여남은 차례 내렸으나 모두 나아가지 않았다.

혹자가 "그대는 벼슬살이 명부에 이름이 오른 사람인데 어찌 완전히 떠날 수 있겠는가?" 하기에, 작이 말했다. "예전에 벼슬했다가 그만둔 사람이 어찌 벼슬살이 명부에 이름이 올랐다고 해서 구애받은 적이 있었습니까? 게다가 선인께서 이미 세상에 쓰이기 적당치 않음을 아셨기에, 벼슬을 버리고 하고 싶은 대로 하라고 이르셨습니다. 진실로 사전에 미리 아셔서 벼슬을 버리고 편안히 하라 이르셨으니, 그 말씀을 보증으로 삼아 지하에 돌아가 뵙더라도 좋지 않겠습니까?"

작은 숲 언덕을 사랑하여 몸을 여기에 맡기고는, 혹 한 해 내내 서울에 들어가지 않고, 대지팡이 짚고 삿갓을 가볍게 쓰고 맑은 물에서 물장난하고 우거진 숲에서 나무새를 가리며, 바위에서 낚시를 드리우거나, 작은 배로 고기 잡아 때때로 유탕하게 노닐매 속세의 풍진이 이르러 오지 않았다. 그래서 "나를 지목하여 벼슬과 봉록의 문제를 마음에 두지 않는다고 하면, 이에 고인에게 부끄러울 게 없다."라고 말한다.

작은 평소 말을 잘할 줄 몰랐는데, 말하지 않음을 능사로 삼아, 손님이 오더라도 간단히 인사를 주고받을 뿐이었다. 집에 있으면서 어떤 때는 종일토록 말 한마디 없이 묵묵하여, 맑고 평안하며 간솔하고 태평하여 함부로 남과 사귀지 않았다. 때로 도가의 서적을 즐겨, 신명과 부합함도 없고 진인과 동무함도 없지만, 화락하여 홀로 흔쾌해했다.

사물은 만 가지 품물이나 되지만 몸보다 중한 것이 없고, 몸은 온갖 몸체로 이루어졌으되 마음보다 귀한 것이 없다. 따라서 마음을 수고롭게 하여 외물에 부림을 당하는 일은 어진 이라면 하지 않는 법이다. 이 때문에 구함도 없고 바람도 없이 맑디맑게 스스로 편안하다. 요컨대 오욕도 명예도 미치지 못하게 함으로써, 이름이나 자취나 모두 스러지게 하련다. 내 평소 심회는 이와 같을 따름이다.

금상 19년(1819년) 납월(12월) 갑자(아무 날)에 적다.

신작은 판서를 지낸 신현의 형이다. 마흔다섯 살에야 사마시에 합격했고, 쉰하나에 비로소 문과에 합격했다. 아버지 신대우는 문장으로 세상에 알려졌다. 신대우는 셋째 아들 신현이 성천 도호부로 부임하자 그리로 갔다가 우화문(羽化門)에 들어서면서 크게 놀라 "나는 집에 돌아가지 못하겠구나!"라고 했다. 그의 이름이 대우(大羽)였고, 우화는 신선이 날개가 돋아 하늘나라로 간다는 뜻이기 때문이었다. 얼마 안 되어 작고했다. 신작은 이때 아버지의 명으로 11월 원자 탄신 경과에 응시해서 성균관의 책문 시험에 1등으로 급제했는데, 급제한 날이 실은 11월 22일 부친상 뒤였다. 아버지가 "네 성격은 세속과 맞지 않거늘 급제한들 무슨 소용이 있겠느냐. 다만 급제한 다음 좋아하는 대로 함만 못 하다."라고 했으므로 과거에 응시했던 신작은 과거 시험이 자신을 불효의 죄에 빠뜨렸다고 오열했다. 그래서 「선부군사장」 즉 돌아가신 아버지의 행장에서도 상세하게 전말을 기록했다.

60세 되던 1819년(순조 19년) 12월, 신작은 이 「자서전」을 지었다. 문집에는 '자서전'으로 실려 있지만, 경기도 광주 무갑산의 묘택에는 '자표'로 돌에 새겨져 있다.

1818년에 18년의 유배를 마치고 고향 마현으로 돌아온 정약용은 1819년 8월 초 경기도 광주 사촌(社村)으로 신작을 방문했다. 신작은 정약용의 『상례사전(喪禮四箋)』 7책에 대해서는 "소견이 투명할 뿐만 아니라 문장도 마음대로 섬세하고 통창하여 굽힘이 없으며, 조례가 엄정하고 치밀하다."라고 평했으나, 정약용에게 "가벼이 선배들을 비난하고 자기 견해를 세우는 병이 있다."고 비판했다. 정약용은 신작의 경학 연구

태도를 존경하되, 세세하게 고훈(詁訓)을 캐고 전장(典章)을 고증하는 데 쏠려 충어지학(蟲魚之學)의 굴레를 벗어나지 못했다고 경계했다. 충어지학은 벌레 다리나 헤아리고 물고기 지느러미나 분석하는 자잘한 공부라는 뜻이다. 하지만 정약용과 신작의 교유는 1828년 5월 25일(계해) 신작이 죽기까지 계속되었다.

신작이 1819년에 「자서전」을 지은 후, 정약용은 1822년에 「자찬묘지명」을 지었다. 두 글의 취지는 두 사람의 지향의 차이를 극명하게 보여 준다. 신작이 오욕과 명예가 미치지 않는 무위의 삶을 추구한 데 비하여, 정약용은 만년에 이르도록 학문에서 수기(修己)와 성물(成物)의 완전한 체계를 이루고자 했다.

신작은 지(知)와 행(行)의 문제에서조차 초연하고자 했다. 경전을 파는 생활을 통해 부화함을 버리고 거짓됨을 쓸어 버리려고 했다. 신작은 하곡(霞谷) 정제두(鄭齊斗)에서 비롯된 강화학(江華學)의 맥을 이어 신독(愼獨)과 진실무위(眞實無僞)를 강조하여 내전실기(專內實己), 곧 내면을 오롯이 하고 자기를 실되게 하는 학문을 추구했다. 경학에서는 한나라, 당나라 때의 옛 주석들을 모아 주석들의 배열만으로도 그 속에서 진위가 드러나도록 하는 방법을 통해서 경전의 원뜻을 이해하려고 했다. 그것은 청나라의 고증학과 유사한 방법을 독자적으로 발전시킨 것이라고도 말할 수 있다. 고증학은 원문에 충실하여 원문의 자구와 음, 주요 개념들을 해설하는 소박한 자세를 중시하므로 흔히 박학(樸學)이라고 이름한다. 그렇다면 신작은 조선 박학의 으뜸으로 추대될 만하다. 그는 한·당 때의 옛 주석들을 모아 『시경』, 『서경』, 『주역』에 대한 전문적인 해설서인 『시차고(詩次故)』, 『서차고(書次故)』, 『역차고(易次故)』를 남겼다.

『시차고』는 두 번에 걸쳐 이루어졌다. 초고는 27세 되던 1786년(정조 10년) 무렵에 시작하여 1789년 7월에 31권 12책으로 완성되었으나 1798년 2월의 화재로 소실되었다. 신작은 다시 1809년(순조 9년)에 『일시(逸詩)』와 『시경이문(詩經異文)』을 편찬하고, 1811년 4월부터 7월까지 『시경고훈급이의(詩經故訓及異議)』 5책을 편찬했다. 이것이 현전한다.

그 자신은 벼슬에 나가지 않았으나, 신작은 관리의 자세에 대해 깊이 생각하여 청렴함과 강직함을 강조했다. '어사 박문수'로 유명한 바로 그 박문수의 행장을 지은 사람이 신작이다. 1824년 9월 14일 형님에게 올린 서한에서는 박문수의 사후에 그 집안이 적막하게 된 것을 안타까워했다. 신작이 지은 박문수의 행장은 「영성부원군박공사장(靈城府院君朴公事狀)」이라는 제목으로 남아 있다. 그 가운데 박문수가 암행할 때의 일화를 적은 부분을 보면 이렇다.

그때 양산(梁山) 수령이 거염스럽고 포악하여, 담을 뚫고 닭을 받는데 닭의 크기가 구멍에 차지 않으면 받지를 않고 물리쳤다. 공이 해지고 낡은 옷에 갓을 쓰고 병아리 한 마리를 들고 부들부들 떨며 앞으로 가서 "가난한 집의 닭은 살찔 수가 없사와, 감히 이것을 바치나이다." 하자 원이 성내며 내쳤다. 공이 다시 들이밀며 굳이 청하자, 원은 몹시 화를 내며 곤장을 치려 했다. 공이 병아리를 안고 물러나며 "어사의 닭이라면 받을 테냐?" 하고 바로 그 원을 내쫓았다. 양산 백성이 돌에 새겨 이렇게 칭송하였다. "범이 뿔이 있고 날개까지 있어 우리 피를 빨아먹더니만, 박문수 공이 형구를 가지고서 이를 쫓아내어 주었기에 만세토록 잊을 수 없다."

언젠가 암행을 하면서 나그네를 따라 험한 고개 하나를 넘는데, 오솔길은 아득하고 바윗길은 울퉁불퉁해서 나그네는 수정 같은 땀을 흘렸다. 공이 "저기 큰길이 있는데 무슨 고생으로 이 길을 넘소?" 하자 "큰길은 에도는 데다가 저자에 이르지 않으니, 옛날부터 행인은 이 지름길을 택하여 그 고생스러움을 헤아리지 않는답니다." 했다. 공은 산 안팎 수령에게 전령을 보내어 "아무 날 어사가 이 길을 넘을 것이니, 돌을 뽑아내고 열흘 안에 길을 통하게 하라." 일렀다. 그러자 산고개가 평평하게 닦여 길을 가기 쉬워졌다. 장사치며 나그네들이 크게 기뻐하면서 공을 위해 성황당을 세우고, 그곳을 지나면서 경의를 표했다.

박문수는 탐관오리를 매섭게 징벌하고 민중의 편의를 도모하되, 너글너글한 성품을 지닌 인물로 형상화되었다. 신작은 바로 어사 박문수라는 청렴하고 공정한 인물 전형을 그려 내면서, 그 스스로의 청정한 정신세계를 가탁했다.

「자서전」에서 신작은 "사물은 만 가지 품물이나 되지만 몸보다 중한 것이 없고, 몸은 온갖 몸체로 이루어졌으되 마음보다 귀한 것이 없다."라고 했다. 외물에 부림을 당하지 않겠다고 다짐한 것이다.

『논어』「술이」 편에 "군자탄탕탕(君子坦蕩蕩), 소인장척척(小人長戚戚)"이라는 말이 있다. 군자는 마음이 평탄하여 넓디넓고 소인은 항시 근심만 한다는 뜻이다. 탄탕탕은 『대학』에서 마음이 넓고 몸이 편안함을 가리켜 심광체반(心廣體胖)이라 한 것에 해당한다. 소인은 삶의 자주성이 없기 때문에 불안해하지만 군자는 그렇지 않다. 그런데 군자의 탕탕은 세상을 깔아 보는 오만함이 결코 아니다. 군자의 탕탕함은 깊은 못에 임하고 얇은 얼음을 밟듯이 계신공구하는 자세에서 우러나온다. 신작이 숲 언덕에 뜻을 맡겨 1년 내내 서울에 가지 않은 것은 세간의 유혹을 멀리하려 했기 때문이다.

신작은 과거 합격자 발표를 기다리느라 아버지의 임종을 지키지 못한 것을 평생의 한으로 여겼다. 관직에 임명되는 일이 있더라도 취직하지 않았다. 조정에서는 그의 관직을 올려

주어 부제학에 이르렀다. 하지만 벼슬과 봉록을 얻으려 기웃
거리지 않았기에 고인에게 부끄러울 게 없었다. 신작의 삶은
남이 쉽게 따라 하기 어려운 것이었다.

나라의 은혜를 갚고자 한다면
먼저 제 몸을 지켜야 한다

남공철(南公轍, 1760~1840년), 「사영거사자지(思穎居士自誌)」

거사는 스스로 호를 금릉(金陵)이라 하다가, 늘그막에는 사영거사라 호를 정했다. 거사는 평생 구양수의 사람됨을 사모하고 그 문장과 절개를 흠모했는데, '사영(思穎)'을 사모함이 더욱 심했기 때문에 이렇게 호를 지은 것이다. 거사는 성품이 조용하고 욕심이 적어 사람은 함부로 사귀지 않았고 물건은 적게 취하고자 했다.

일찍이 스스로 다음과 같은 말을 되뇌었다. "선비가 나라에 은혜를 갚고자 한다면 반드시 그 몸을 먼저 바르게 지켜야 한다. 그 몸을 바르게 하지 못하면서 그저 기수(機數)와 공리(功利)를 중히 여겨 구차하게 군다면 그것은 모두 거짓이다." 벼슬살이 40년 동안 이 말은 결코 바뀌지 않았다.

거사는 경을 읽을 때 나름대로 규범이 있었다. 사서는 오로지 정주(이정과 주자)의 훈고를 위주로 했고, 오경은 정주의 의리를 기준으로 하되 한유(漢儒)의 주소(註疏)를 참고하여 전자를 지켜 따랐으나 그에 얽매이지 않고 통변(通變)했다. 그중 잡박한 것에 대해서는 내버려 두고 의심하여 따지지 않았으며, 그중 순수한 것에 대해서는 대부분 따랐다. 일찍이 『시경』, 『서경』, 『춘추』, 『주역』 「계사전」에 관계된 논을 지었는데, 스스로 그 뜻을 드러내어 문장을 썼다. 사마천, 한유, 구양수의 글을 몹시 좋아했고, 패관 소설의 배척을 자신의 임무로 삼았다.

글을 지을 때에는 향을 사르고 벼루를 깨끗이 닦아 깊게 생각하고 심원한 의미까지 깊게 탐색하여 누차 원고를 바꾸고서야 내놓았다. 보는 자들이 그것을 그르다 하고 비웃거나 혹 지목하여 우활하다 여기면 더욱 기뻐하며 자부심을 가졌다. 관각(館閣)의 응제(應製) 및 장차(章箚)의 경우에는 사람들은 자신들이 좋아하는 점을 칭찬하면서도 그 뛰어난 점을 그르다고 했다.

거사는 독서량이 풍부하지 않았고, 재주 또한 낮아 저술한 것이 결국 옛사람의 경지에는 미치지 못했다. 하지만 온 세상이 하지 않을 때에 스스로 창도하고 일으켰으므로, 후대의 사람 중에 반드시 이 점을 취하여 인정해 주는 자가 있을 것이다.

거사는 정종 대왕이 다스리시는 성명(聲明)의 시절을 만나, 처음 벼슬할 때에 바로 내각(규장각)에 들어가 세상에서 보기 드문 지우를 입어 청현의 관직을 역임했다. 그리고 다시 지금의 상감을 섬겨, 은전은 더욱 융숭해지고 관직은 더욱 높아졌다. 대학사로서 외람되이 상부(相府, 재상의 직)를 담당한 이후로 경장(更張)을 좋아하지 않고 규도(規度)를 신중히 준수했다.

군주를 섬겨 정사에 복무한 이후로는 모두 공정한 길로 나아가고자 했다. 그러나 본디 경세제민(經世濟民)할 재주가 없었다. 그 때문에 공적과 능력이 하나도 세상에 드러난 것이 없다. 국조에 보탬이 되지 못하거늘 높은 지위와 많은 봉록을 취하고만 있는 것을 번번이 슬프게 여겨, 왕왕 강호와 산림의 사이에서 먼 데를 바라보며 깊은 생각을 하고는 했다.

어떤 객이 거사에게 다음과 같이 물었다. "그대는 60세에 걸해장(사직소)을 올리겠다고 했으면서, 올해 60세가 되었는데도 어찌하여 떠나가기를 구하지 않는가?" 거사가 다음과 같이 말했다. "그대의 말을 들어 보니 몹시 부끄럽구려. 옛적 구양수는 가우(嘉祐, 1056~1063년) 연간 태평 시절에 국가에 일이 많아 영수(潁水) 가로 돌아가지 못했소. 나의 뜻 역시 이와 같다오."

객이 물었다. "그렇다면 결국에는 떠날 수가 없단 말인가?" 거사가 말했다. "요행히도 나는 조정이 무사한 때를 만났고 이 몸 또한 책임을 질 만한 위치에 해당되지 않소이다. 신하로서 사사로움을 말하더라도 혐의될 것이 없다면, 내 마땅히 벼슬에서 물러나 돌아가겠소. 내가 말을 늦게 실행한다고 나무라지 마시오."

객이 이 말을 듣고 네, 네 응답만 하고 물러났다.

정조와 순조 때 활약한 문신 남공철이 1819년(순조 19년) 예순의 나이에 스스로 쓴 묘지다. 그는 같은 해에 「자갈명(自碣銘)」도 지었다.

남공철은 정조 때 초계문신으로서 정조의 문체 순정 정책에 호응했고, 순조 때는 세도 정국의 중심인물이자 문단의 영수로 활동했다.

본관은 의령, 자는 원평(元平), 호는 사영(思穎)이며, 죽은 후 문헌(文獻)의 시호를 받았다. 조부 남한기는 동지돈령부사를 지내고 의정부 좌찬성에 추증되었다. 아버지 남유용은 형조 판서와 대제학을 지냈다. 호를 사영이라고 한 것은 북송의 문인 구양수를 흠모했기 때문이다. 구양수는 한때 수령으로 있던 영주(潁州)를 매우 사랑해서 「사영시(思潁詩)」를 지었고, 마침내 영주로 돌아가 일생을 마쳤다. 이후 '사영'이라고 하면 벼슬을 그만두고 귀거래하고 싶어 하는 마음을 뜻한다. 허균도 구양수의 「사영시」에 화운을 했다. 남공철은 조정에서 공식 문서를 담당하고 국가의 승평을 장식하는 관각 문인으로 성공했지만 늘 귀거래를 꿈꾸었던 것이다.

남공철은 1784년(정조 8년)에 문음으로 세자 선마에 보임되었다가 6품으로 승진하여 산청 군수와 임실 현감으로 나갔다. 1792년 인일제(人日製)에서 대책을 지어 장원을 하고 전시(殿試)에서 병과로 뽑혀, 병조 정랑에 제수되고 특별히 춘추관 직책을 겸했다. 그리고 규장각 직각과 지제교에 제수되었다. 홍문관을 거치지 않고 곧장 규장각에 들어간 첫 예이다. 1793년 영종(영조)과 정성 왕후의 존호를 정하고 진전(眞殿)에서 고유하는 대축(大祝)을 맡아본 일로 통정대부로 승진하고 우부승지에 제수되었다. 뒤에 성균관 대사성을 겸임했다. 1798년 가선대부에 발탁되었다.

순조 즉위년인 1800년 정순 왕후가 수렴청정하면서 각신 가운데 다섯 사람을 뽑아 궐내로 들여보내 임금을 모시고 권강하도록 명했는데, 남공철도 거기에 끼었다. 이윽고 본직으로 돌아와 도승지와 동지경연사에 제수되었다. 다시 부제학 겸 규장각 직제학에 제수되고『정조실록』편찬에 참여했다. 1807년 자헌대부로 발탁되어 공조 판서와 예조 판서를 역임했으며, 숭정대부가 더해지고 판의금부사와 지경연사에 제수되었다. 이 무렵 정사로 연경에 다녀왔다. 병조 판서 겸 규장각 제학에 제수되었다가 서경 유수로 나갔으며 의정부 좌참찬을 역임, 호조 판서로 전직되고 세자빈객에 제수되었다. 1816년 보국대부로 승품되고, 1817년 특명으로 의정부 우의정에 제수되었다.

남공철의 묘는 경기도 성남에 있다. 그 묘비에는 이「사영거사자지」가 아니라, 남공철이 최만년에 다시 지은「자갈명」이 새겨져 있다. 이 비는 1835년(헌종 원년)에 건립되었는데, 전액은 '승상태학사규장각학사치사금릉 남공자갈명'이라 되어 있고, 이양빙의 전자를 모방했다. 묘갈의 본문은 당나라 안진경의 글씨를 집자했다.

묘소 앞의 묘갈에 새겨져 있는「자갈명」은 그의 문집에 들어 있는「자갈명」보다 훨씬 뒤에 지은 것이다. 1819년 문집에 수록된「자갈명」을 짓고 나서 1821년 좌의정으로 승진한 이후 1833년 74세의 나이에 벼슬을 내놓고 귀은(歸隱)의 편액을 당에 걸기까지의 사실을 추가했다. 그리고 명의 내용도, 은둔을 결행하려고 했지만 시절의 어려움을 만나 차마 결별하지 못했다는 원래 내용을 "처음부터 끝까지 성은 입고는, 늙어서야 전원으로 돌아와 쉬노라."라는 내용으로 바꾸었다.

경기도 성남의 묘역에 세워진 비갈에 새겨진 「자갈명」을 보면 이런 논평이 있다.

공은 매번 늙기 전에 치사하고 싶었으나 주상의 은혜가 더욱 융숭하고 또 중임을 맡고 있는지라, 사직을 청하는 상소를 갑자기 올릴 수 없었다. 그래서 용산과 광릉 사이에 정자를 두고서 매화, 국화, 소나무, 대나무를 많이 심어 놓고 때때로 복건 쓰고 평상복 차림으로 그곳에 가서 소요했으며, 손님이 오면 향을 피우고 조용히 앉아서 경전과 역사를 토론했다. 또 곁에는 고금의 법서와 명화 그리고 청동기와 옥기, 골동의 그릇과 세발솥들을 나열해 두고서 품평하고 구경했다. 이렇게 담박하여 영달이나 이익을 흠모하는 마음이 전혀 없었다. 그러나 임금을 사랑하고 나라를 걱정하는 생각은 자주 시가에 드러냈다. 후세의 군자 중에 그 글을 읽고 그 마음을 알아줄 자가 반드시 있을 것이다. 공은 60세 때부터 여러 번 벼슬을 그만두게 해 달라고 청했으나 임금께서 "내가 경에게 의지하는 것은 마치 일천 휘(곡(斛))의 곡식을 실은 배에서 부관을 맡긴 격이오. 경은 재상의 집무처에 누워 정치의 도를 논해도 좋소."라고 전교하고는 윤허하지 않았다.

한편 묘소 앞의 묘비에 새겨져 있는 「자갈문」에서 1819년의 문집본 「자갈문」 이후의 사적을 요약하면 다음과 같다.

신사년(1821년, 순조 21년)에는 좌상으로 승진하고 세자사부를 겸임했으며, 임오년(1822년)에야 비로소 정승의 직위에서 해면되었다. 계미년(1823년)에는 영의정 겸 세자사에 제수되었다가 이듬해 체직되었다. 정해년(1827년)에 왕세자가 대리청정하면서 다시 정승의 직에 제수되었다. 기축년(1829년)에 기로사에 들어가면서 정승의 직위에서 체직되었다가, 경인년(1830년)에 복직되었다. 세손이 책봉될 적에 정사로 뽑혔다가 이듬해에 갈렸다. 임진년(1832년)에 다시 영상이 되었으며, 호위 대장에 제수되었다. 계사년(1833년) 여러 번 상소를 올려서 치사를 했다. 이때 조정 관료들이 시와 서를 지어서 경하하기를 마치 한나라의 소광(疏廣)과 소수(疏受)의 고사처럼 했다. 드디어 '귀은'이라는 두 글자를 가지고 그 당의 편액을 했다. 이후 스스로 묘지와 묘갈을 짓고, 화려한 비를 세우지 말도록 명했다.

부인과 후사, 저술에 관한 서술은 문집본과 유사하다. 다만 자신의 저술로 문집본에서 언급했던 『독례록(讀禮錄)』과 『서화발미(書畵跋尾)』는 제외하고 최만년의 시문을 모은 『귀은당집(歸隱堂集)』을 새로 추가했다.

한편 「자갈문」을 새긴 비갈의 뒷면에는 양자로서 후사가 된 남지구(南芝耈)가 1841년(헌종 7년) 남공철의 묘를 이장하면서 몇 가지 내용을 추록했다. 「자갈문」을 비석에 새긴 지 2년 후 1837년 남공철이 가례 정사에 차임되었고, 1840년 12월 30일 정침에서 작고하여 부음이 전해지자 헌종이 승지를 보내서 제수를 전하고 문헌이라는 시호를 내렸으며 예장을 명한 사실을 적은 것이다. 그리고 1841년 3월 15일 남공철의 유언에 따라 광주 둔촌 조부모 묘소 아래 장사 지냈다고 했다.

남공철은 1760년 남유용이 장남 공보(公輔)를 잃고 63세의 늦은 나이에 셋째 부인 안동 김씨와의 사이에서 얻은 아들이다. 남유용은 정조의 사부였고, 고조 남용익(南龍翼)도 문장으로 이름이 높았다. 단 아버지는 연로했기 때문에 그의 학문 형성에 영향을 주지는 못했다. 오히려 남공철은 10세 때 어머니에게서 『시경』과 『논어』, 『맹자』 등을 익혔다. 16세 때는 고모부 김순택(金純澤)에게서 문학을 배웠다. 김순택은 김장생의 후손이다. 이 무렵 유한준은 남공철의 습작집에 소한유(小韓愈)라고 써 주었다. 작은 한유라고 추어준 것이다. 또한 그는 오재순과 황경원으로부터도 인정을 받았다. 남공철은 자찬 묘지를 남겨, 가학의 연원이 있고 경학의 정통과 문장의 정맥을 이었음을 자부했다.

정조는 세손으로 있던 시기에 남유용으로부터 군주로서

갖춰야 할 덕목을 배웠다. 그렇기에 사부였던 남유용이 죽은 뒤 그의 문집을 간행해 주고 손수 제문을 지었다. 그리고 정조는 옛 신하의 아들인 남공철에게 각별한 정을 쏟았다. 60세 때 지은 자찬묘지와 자갈문에서 남공철은 나라의 은혜에 문장으로 보답해 온 것에 자부심을 드러냈다. 그 이후로도 여전히 재상으로 있으면서 역시 문장을 통해 나라의 은혜에 보답할 수 있었다. 그는 자기 생의 한가운데서 스스로의 묘지를 작성한 셈인데, 그럼에도 불구하고 일생을 정확하게 개괄할 수 있었다.

남공철이 우의정에 갓 임명되어 정치권력의 핵심에 나선 뒤 스스로의 묘지와 자갈문을 짓고 귀은의 뜻을 그 글에서 밝힌 것은 어떤 심리에서인가?

고전에는 교만하지 말고 항상 중도를 지키도록 자기 자신을 단속하라고 가르치는 말이 많다. 교만의 결과 몰락하는 것을, 물그릇이 가득 차면 엎어지기 쉽다는 뜻에서 만즉복(滿則覆)이라 한다. 춘추 시대 노나라 환공(桓公)은 몸체가 기울어져 있는 그릇을 항상 옆에 두고 있었다. 뒷날 공자는 환공의 사당에서 그 의기를 보고는 이렇게 말했다. "의기는 속이 비어 있으면 한쪽으로 기울어지고, 적당히 채워져 있으면 반듯하게 서 있으며, 가득 차면 엎어진다.(虛則欹, 中則正, 滿則覆.)" 그러고서 제자들을 시켜 물을 부어 보라고 하니, 제자들이 말했다. "물이 중간 정도에 이르자 똑바로 섰던 그릇이, 물이 가득 차니 엎어지고 말았습니다." 공자는 탄식하면서 "이 세상에 가득 차고도 엎어지지 않는 것이 있겠는가!"라 말했다고 『순자』「유좌(宥坐)」에 나온다.

제자 자로가 가득 차고도 엎어지지 않게 하는 방법에 대해 묻자 공자는 이렇게 대답했다. "총명하고 지혜로운 사람이라면 바보의 어리석음으로 자기를 지키고, 천하에 공적이 두드러졌을 때에는 겸양의 자세로 자기를 지켜라. 세상에 용력이 뛰어날 때에는 겁쟁이의 태도로 자기를 지키고, 세계가 자기 것인 듯 재물을 많이 점유하고 있을 때에는 겸손의 행동으로 자기를 지켜라. 이것이 바로, 가득 차서 제멋대로 행동하는 것을 억누르고, 가득 차 있는 상태를 유지하는 방법이다." 바보의 어리석음, 겁쟁이의 태도, 겸손의 행동. 이것들은 모두 가득 차서 자만하는 일을 경계해서 자기를 단속하는 읍손(揖損)의 방법이었다.

남공철이 스스로 묘지와 자갈문을 지은 것은 곧 자신을 단속하는 한 방법이었다.

하늘은 나를 버리지 않고
곱게 다듬으려 했다

정약용(丁若鏞, 1762~1836년),
「자찬묘지명(自撰墓誌銘)」 광중본(壙中本)

이것은 열수(洌水) 정용(丁鏞)의 무덤이다. 본 이름은 약용, 자는 미용(美鏞), 호는 사암(俟菴)이다.

아버지의 휘는 재원(載遠)인데 음사로 진주 목사에 이르렀다. 어머니는 숙인 해남 윤씨인데, 영종 임오년(1762년, 영조 5년) 6월 16일에 열수(한강) 언저리 마현리(馬峴里, 현재의 남양주시 와부면 능내리)에서 약용을 낳았다.

약용은 어려서 머리가 영특했고, 자라면서 학문을 좋아했다. 스물두 살(1783년, 정조 7년)에 경의(經義)로 진사가 된 뒤로, 변려문(대과 시험의 문체)을 오로지 연마해서 스물여덟(1789년, 정조 13년)에 문과의 갑과 2등으로 급제했다.

대신들이 선발해서 초계(招啓)하여 규장각의 월과 문신(달마다 과제를 내려 글을 시험받는 문신)에 속해 있다가, 얼마 안 있어 한림원에 들어가 예문관 검열(정9품)이 되었다. 승진해서 사헌부 지평(정5품), 사간원 정언(정5품) 홍문관 수찬·교리, 성균관 직강(정5품), 비변사 낭관(정5품)이 되었다. 외직으로 나가 경기도 암행어사가 되었다.

을묘년(1795년) 봄에 경모궁(사도 세자와 그의 비 헌경 왕후)의 사당에 시호를 올리는 도감의 낭관으로서 사간원 사간(종3품)을 거쳐, 통정대부로 발탁되어 승정원 동부승지(정3품)를 제수받았다. 우부승지에서부터 좌부승지에 이르고, 병조 참의(정3품)가 되었다. 가경(嘉慶) 정사년(1797년)에 외직으로 나가 곡산 도호부사(종3품)가 되어 은혜로운 정치를 많이 시행했다.

기미년(1799년)에 다시 내직으로 들어와 승지가 되었으며, 형조 참의가 되어서 억울한 옥사를 처리했다. 경신년(1800년) 6월에는 임금으로부터 『한서선(漢書選)』을 하사받는 영광을 입었지만, 이달에 정종 대왕께서 돌아가시자 앙화가 일어났다.

열다섯 살 때 풍산 홍씨를 아내로 맞았는데, 홍씨는 무과를 통해 승지 벼슬을 지낸 홍화보(洪和輔)의 딸이다. 장가든 뒤부터 서울로 가서 지내다가, 성호 이익 선생의 학문이 순정하고 행실이 독실하다는 말을 들었다. 이가환(이승훈의 숙부)과 이승훈(정약용의 매부) 등을 따라 성호 선생의 남기신 저술들을 얻어 보게 되었으며, 이때부터 경학의 서적에 마음을 두게 되었다.

성균관에 들어간 뒤 이벽(李蘗, 정약용의 맏형 정약현의 처남)을 따라 놀며 서교(천주교)에 대하여 듣고 서교의 책을 보았다. 정미년(1787년) 이후로 4~5년 동안은 매우 열심히 서교에 마음을 기울였다. 하지만 신해년(1791년)에 진산 사건(정약용의 외사촌 윤지충과 윤지충의 외사촌인 권상연이 천주교 교리에 따라 신주를 불사르고 제사를 지내지 않다가 반대 당파의 탄핵을 받고 처형당했다.) 이후부터 나라에서 천주교를 엄중히 금지했으므로 마침내 천주교에 대한 마음을 끊었다. 을묘년(1795년) 여름 소주(蘇州) 사람 주문모가 들어와 나라 안의 분위기가 흉흉하자 외직으로 나가 금정 찰방에 보임되어서는 왕명의 뜻을 받아서 천주교도들을 유인해 교화하고 제거했다.

신유년(1801년) 봄에 사헌부 관료인 민명혁(閔命赫) 등이 서교의 일을 처음 문제 삼아 계문(啓聞)하여 이가환, 이승훈 등과 함께 투옥되었다. 얼마 있다가 나의 두 형인 약전(若銓)과 약종(若鍾)도 모두 체포되었는데, 한 사람(정약종)은 죽고 두 사람(정약전과 정약용)은 살아났다. 여러 대신들이 의론해서 석방하도록 건의했지만 유독 서용보(徐龍輔)가 안 된다고 고집하여, 약용은 장기현으로 유배되고 약전은 신지도로 유배되었다. 그해 가을에 역적 황사영(맏형 정약현의 사위)이 체포되자, 흉악한 인물인 홍희운(洪羲運)과 이기경(李基慶) 등이 모의하여 약용을 죽이려고 백 가지 계책을 써서 임금의 허락을 얻어 냈다. 약용과 약전은 또다시 체포되어 조사를 받았다. 그러나 황사영과 서로 알고 지낸 정황이 없었기 때문에 옥사가 이뤄지지 않았다. 태비(太妣, 정순 왕후 김씨, 영조의 계비이자 사도 세자의 계모)께서 감안하여 처분해 주셔서, 약용은 강진현으로 유배되고 약전은 흑산도로 유배되었다.

계해년(1803년) 겨울에 태비께서 약용을 풀어 주라고 명하셨지만, 정승 서용보가 막았다. 경오년(1810년) 가을에 아들 학연이 억울하다고 호소하자, 고향으로 내쫓으라고 명하셨으나 사헌부가 다시 조사하자고 계사(啓辭)를 올렸으므로 의금부가 막았다. 그로부터 9년 뒤 무인년(1818년) 가을에야 비로소 고향에 돌아왔다. 기묘년(1819년) 겨울에 조정의 의론으로 다시 약용을 등용하여 백성을 편안케 하려고 했지만, 서용보가 또 저지했다.

약용은 유배되어 있던 10년하고도 8년이나 되는 기간 동안 경전 연구에 마음을 기울였다. 시, 서, 예, 악, 역, 춘추, 사서에 관한 저술이 모두 230권인데, 정밀하게 연구하고 오묘하게 깨우쳐 옛 성인의 근본 뜻을 제대로 파악했다. 시문집으로 엮어 놓은 것은 모두 70권인데, 대부분 벼슬살이할 때 지은 것들이다. 그 밖에도 나라의 전장(典章) 및 목민(牧民)하는 일, 옥사를 심리하는 일, 무력을 갖춰 방비하는 일, 국토의 강역에 관한 일, 의약에 관한 일, 문자의 분석에 관한 일 등에 관해 편찬한 것이 거의 200권이다. 이것은 모두 성인의 경전에 근본을 두면서 이 시대의 문제에 적용할 수 있도록 힘썼으므로, 없어지지 않는다면 더러 인용해서 쓸 내용이 있을 것이다.

약용은 벼슬하기 전부터 임금께서 알아주시는 인연을 맺었다. 정종 대왕께서 각별히 사랑하시고 예뻐하여 추어 주신 것은 동료들과 비교하여 훨씬 지나쳤다. 그간에 받은 상품이나 하사해 주신 책, 마구간에 기르는 말, 호랑이 가죽 그리고 진귀하고 기이한 물건들이 하도 많아서 이루 다 기록하지 못할 정도다. 국가 기밀에 참여할 때에는 품은 생각이 있으면 필찰로 적어 조목조목 진술하도록 임금님께서 허락하시어, 그때마다 모두 윤허하시고 따르겠다는 비답을 내려 주셨다. 일찍이 규영부(규장각)에서 서적을 교정할 때에는, 직무의 일을 독촉하거나 채근하지 않으시고 밤마다 맛있는 음식을 보내 배불리 먹게 해 주시고, 궁중

내부에 비장되어 있는 모든 책을 규장각의 감독을 통해서 언제든지 열람을 청할 수 있게 해 주셨다. 모두 남다른 대우였다.

약용의 사람됨은 착한 일을 즐겨 하고, 옛것을 좋아했으며, 행동하고 실천하는 데 과감했다. 그러다가 마침내 이 때문에 앙화를 불러들였으니, 이것은 운명이다. 평소 죄악이 아주 많아서, 가슴속에 후회가 가득 쌓였다.

금년(1822년)에 이르러 임오년을 다시 맞게 되었으니, 세상에서 말하는 회갑으로, 마치 다시 태어난 것 같다. 마침내 긴요치 않은 잡무들을 죄다 제거하고 깨끗이 씻어 없애 아침저녁으로 자기 성찰에 힘써서 하늘이 내려 주신 본성을 회복하여, 지금부터 죽을 때까지 어그러짐이 없기를 바란다.

정씨의 본관은 압해(전라도 나주의 섬으로 신안군 압해면)이다. 고려의 말엽에는 배천(白川)에서 살았고, 우리 조선왕조가 설 때부터 서울에 살았다. 처음으로 벼슬한 조상은 교리를 지낸 자급(子伋)이다. 이로부터 쭉 이어져 부제학을 지낸 수강(壽崗), 병조 판서를 지낸 옥형(玉亨), 좌찬성을 지낸 응두(應斗), 대사헌을 지낸 윤복(胤福), 관찰사를 지낸 호선(好善), 교리를 지낸 언벽(彦璧), 병조 참의를 지낸 시윤(時潤)이 모두 옥당에 들어갔다. 이로부터 시절의 운

수가 나빠져서 마현으로 이사해 살았으며, 고조부, 증조
부, 조부의 삼대가 모두 포의로 세상을 마쳤다. 고조의 휘
는 도태(道泰), 증조의 휘는 항신(恒愼), 조부의 휘는 지해
(志諧)인데, 오직 증조부만 진사를 하셨을 뿐이다.

아내 홍씨는 아들 여섯과 딸 셋을 낳았지만, 요절한 아
이들이 3분의 2이고 오직 아들 둘과 딸 하나만 제대로 컸
다. 아들은 학연(學淵)과 학유(學游)이고, 딸은 윤창모(尹昌
謨)에게 시집갔다.

내 무덤은 집안 뒤란에 있는 자좌(子坐)의 언덕에 정했
다. 부디 바라던 바와 같게 되었으면 한다.

명은 이렇다.

임금의 은총을 한 몸에 안고
궁궐 깊은 곳에 들어가 모셨으니
참으로 임금의 심복이 되어
아침저녁으로 가까이 섬겼네.
하늘의 은총을 한 몸에 받아
못난 충심(衷心)을 차근차근 말씀드리면 받아들여 주셨고
육경을 정밀하게 연구하여
오묘하게 해석하고 은미한 데 통했네.
간사하고 아첨하는 무리들이 기세를 폈지만

하늘은 그로써 너를 곱게 다듬었으니,

잘 거두어 속에 갖추어 두면

장차 아득하게 멀리까지 들려 울리리라.

　1822년에 정약용은 스스로 묘지를 지어 부단히 자신의 본래성을 추구하는 정신 태도를 드러냈다. "간사하고 아첨하는 무리들"에 대한 증오심을 드러냈지만, 그들이 기세를 편 것에 대해서는 "하늘이 그로써 너를 곱게 다듬었다(天用玉汝)"라고 간주했다. '옥여(玉汝)'는 '옥성(玉成)'의 뜻을 취한 것이다. 송나라 장재의 『서명(西銘)』에 "그대를 빈궁하게 하고 그대를 시름에 잠기게 하는 것은 장차 그대를 옥으로 만들어 주려 함이다.(貧賤憂戚, 庸玉汝於成也.)"라고 한 데서 나왔다.

　정약용은 무덤에 묻을 묘지와 문집에 실을 묘지를 따로따로 작성했는데, 그 두 글의 끝에 각각 명을 붙였다. 문집에 실은 자찬묘지를 집중본이라 부르고, 무덤에 묻기를 바란 자찬묘지를 광중본이라 부른다. 집중본이 훨씬 길고 자세하며 보유까지 붙어 있다. 정약용이 묘지명을 스스로 지은 것은 후대의 사람들이 자신의 일생을 왜곡하지 않도록 하기 위해서였다. 이 묘지명에서 정약용은 자기를 시기한 사람의 이름을 명확히 밝혀서 단죄했다. 경기도 조안면 능내리 다산 유적지

내 정약용과 부인 홍씨 묘역의 기념비석에는 광중본이 게시되어 있다.

정약용은 광중본 자찬묘지에서 자신의 호를 사암이라고 했다. 집중본 자찬묘지에서는 당호를 여유(與猶)라 한다고 밝혔다. 사암은 『중용』에서, 여유는 『노자』에서 가져왔다. 『중용』에 보면 "군자는 평이한 도리를 행하면서 천명을 기다린다.(君子居易以俟命.)"라고 했다. 정약용은 "백세 뒤의 성인을 기다려 물어보더라도 의혹이 없을 것이다."라는 뜻이라고 부연했다. 박해와 고난을 당하고 있지만 올바를 도리를 행하면서 천명을 기다리겠다는 뜻에서 호를 사암이라 한 것이다. 한편 정약용은 젊은 시절부터 이미 마현(마재)의 고향집 서재를 여유당이라 이름 지었고 중간에 「여유당기」를 지어 명명의 이유를 밝혔다. '여'와 '유'는 상상의 동물인데, 실은 두 글자가 합하여 주저주저하고 멈칫멈칫한다는 뜻을 지닌다. 정약용은 자신의 성격이 지나치게 강직하여 언론을 일삼는 것을 고치기 위해 여유라는 당호를 사용한 것이다. 그런데 정약용은 여러 저술에서 스스로의 호를 열수(洌叟)라고도 했다. 열수(洌水) 가의 늙은이라는 뜻이다. 열수는 본래 고조선의 강역을 가로질러 흘렀다고 하는 강물 이름이다. 하지만 조선의 학자들은 대부분 열수가 한강에 해당한다고 믿었다. 정약용은 특히 그러했다. 그는 한강에 애착을 가졌으며, 한강을 고조선의 열수로 확신했기에 자신의 호로 열수를 끌어온 것이다.

정조의 재위 기간 중에 정약용은 기재(奇才)로 일컬어졌다. 1795년 윤2월 9일에는 병조 참의로 있던 정약용이 군호를 잘 못 정했다는 이유로 아흔아홉 번이나 개정을 명하여 특별한 사랑을 표시했다. 그리고 그 죄를 속량하려면 '폐하수만세(陛下壽萬歲) 신위이천석(臣爲二千石)'이라는 시제로 100운 1400 언의 칠언배율 「왕길사오사(王吉射烏詞)」를 지어 올리라고 명했다. 정약용이 불과 세 시간 만에 장편 시를 지어 올리자, 정조는 "이런 참된 재주는 다시 보기 어렵다."라는 어비(御批)를 내렸다. 규장각 제학 심환지도 정약용을 문원의 기재라고 칭송했다.

하지만 정약용은 정조 말년 천주교 사건에 연루되고 벽파의 탄핵으로 부침을 겪기 시작했다. 마침내 순조 즉위년의 탄핵과 이듬해의 신유사옥으로 오랫동안 유배되어 있어야 했다. 그동안 지은 시는 강개한 뜻과 현실 비판 정신을 담았다. 그 가운데 「탐진악부」 수십 편이 서울에 전해지자 사대부들은 그를 헐뜯어 "이자는 정말로 이재(異才)가 있다. 이재가 있어서 상서롭지 못하니, 침 튀기며 논할 가치도 없다."라고 혹평했다. 촉망받던 기재가 상서롭지 못한 이재로 소외당한 것이다.

18년의 유배 생활 중에도 정약용은 재야의 정치인이었다.

유배에서 돌아와 끝내 정계에 다시 진입하지는 못했지만 그는 여전히 정치인이었다. 광중본 자찬묘지명에서 정약용은 자신의 정치 인생을 막았던 서영보에 대한 원망을 직접 표출하는 한편 자신의 학문적 성과를 자부했다. 하지만 당시 학자들은 그의 학문을 인정하지 않았다.

김정희는 서찰을 보내, 정약용이 경학 연구에서 한나라 경학의 설을 제대로 인정하지 않았다고 비판했다. 김정희는 육경에 관한 전(傳)과 주(注)는 정문(正文)과 함께 계승되어야 하며, 전주 가운데 '경학대사(經學大師)'로 칭송을 받는 정현(鄭玄)의 주는 공안국(孔安國)의 전, 두예(杜預)의 주, 하안(何晏)의 주보다 우위이므로 더욱 중시해야 한다고 보았다. 김정희는 정현의 학설이 사설(師說)과 가법(家法)을 지키고 있으며, 따라서 그것을 골동에 비유하자면 『예기』에 나오는 '희준(犧尊)'과 같다고 했다.

정약용은 『주례』에 나오는 여섯 향(鄕)이 본래 왕성에 있다고 보아 정현의 설을 비판하고, 자신의 주장을 자찬묘지명에 부기했다. 그런데 김정희는 "뒷사람의 관점에서 어떻게 허공에 매달아 두고 부연하여 추측하기를 마치 몸소 그 땅에 다다라 그 일을 눈으로 본 듯이 착착 말하는 것입니까?"라고 반문했다. 그리고 또 김정희는 정약용이 자기 견해를 내세우는 태도를 못마땅하게 여겨 "설사 옛사람과 암암리에 합하는 것이 있을지라도 자기 의견을 스스로 세우고 자기 말을 스스로 만들어 내는 것은, 경을 설명하는 처지로서는 감히 못할 바입니다."라고 지적했다. 그러나 정약용은 학문의 내용이 사회적 실천을 매개할 수 있어야 한다고 보았다. 그러한 의미에서 그의 학문 연구는 진위의 문제로 재단할 성질이 아니다.

정약용은 구도자다. 유배에서 풀려나 고향에 돌아온 뒤 4언시 「가는 세월(徂年)」을 지어 스스로의 허물을 반성했다. 이 시의 소서(小序)에서 그는 "'가는 세월'이란 늙음을 애석히 여긴 것이다. 허물과 후회가 깊이 쌓이기만 하고 선으로 옮아갈 날은 남아 있지 않기에, 근심스레 스스로 애도하고 벗에게 불쌍히 여겨 주길 바라는 바다."라고 했다. 모두 3장이고, 장마다 12구로 되어 있다. 첫 장만 보면 이러하다.

내달려 가는 세월이여	駸駸徂年
훌훌 해가 저물었네.	欻焉旣暮
눈과 얼음 켜로 쌓여	氷雪淩淩
평지를 막았구나.	阻玆平路
총각 때 명성 있더니	總角有聞
흰머리에는 명예 없어라.	白首無譽
저녁에도 잘못 저지르니	夕而造愆
아침에 어찌 깨달았으랴.	朝焉已悟

깨닫고도 고치지 않음은	悟而不改
진흙에다 진흙 더함이라.	如塗塗附
저 어진 선비를 생각노라	念彼良士
가서 진정으로 하소하리라.	怛焉往愬

『시경』「소아 각궁(角弓)」편에 "원숭이에게 나무 올라가는 법을 가르치지 말라, 진흙에다 진흙을 더하는 셈이다(毋教猱升木, 如塗塗附)"라고 했다. 원숭이에게 나무 올라가는 법을 가르칠 필요가 없는 것처럼, 착하지 못한 사람에게는 착하지 못하다고 가르칠 것도 없다. 왜냐하면 가르친다는 것은 더러운 진흙에다 진흙을 바르는 것과 같기 때문이란 것이다.

정약용은 이 시에서 과거를 뉘우치며 마음 아파했다. 늘그막에 찾아드는 막연한 뉘우침은 아닌 듯하다. 나라에 죄를 얻었던 사실을 정치적 관점에서 포장해서 후회한다고 말한 것도 아닌 듯하다. 벗님에게조차 하소할 수 없을 절절한 그 뉘우침은 종교적 색채를 띠고 있다.

정약용은 문집에 남긴 자찬묘지명에서 자신의 삶을 이렇게 자평했다.

너는 너의 착함을 기록하여	爾紀爾善
서너 장에 이르고	至於累牘

숨겨진 악을 기록하여	紀爾隱慝
누락 없이 하려고 한다.	將無罄竹
너는 말하지, 나는 아노라	爾曰予知
사서와 육경을.	書四經六
하지만 행한 바를 살펴보면	考厥攸行
어찌 부끄럽지 않으랴.	能不愧忸
너는 명예를 바라겠지만	爾則延譽
찬양할 것 하나 없다.	而罔贊揚
어찌 몸으로 증명하여	盍以身證
덕을 드러내고 밝히지 않느냐.	以顯以章
네 번다함을 거두고	斂爾紛紜
네 미친 짓을 베어 내어	戬爾猖狂
힘써 하늘을 섬겨야	俛焉昭事
마침내 경사 있으리라.	乃終有慶

이 명에서 정약용은 남은 생애 동안 힘써 하늘을 섬기겠다고 했다. 천명의 존재를 믿고 천명에 순응하겠다는 말이다. 이 말은 본래 『시경』 「대아 대명(大明)」의 "오직 문왕만이, 조심하고 삼가되, 상제를 밝게 섬겨 많은 복을 누리시네.(文王, 小心翼翼, 昭事上帝, 聿懷多福.)"에서 나왔다. 정약용은 젊어서 『중용』을 연구할 때부터 상제의 관념을 중시했다. 그는 '대월

상제(對越上帝, 이곳을 초월하여 상제를 마주함)'의 의미에 깊은 관심을 보여, 원시 유교의 상제 관념과 천주교의 신 개념을 조정하려고 했다. 비록 천주교 신앙을 버렸다고 했지만, 인간 존재가 신적인 것과 마주함으로써 그 본래성을 찾아 나갈 수 있다는 종교적 태도를 결코 버리지 않은 듯하다.

공자는 군자의 덕목으로 "허물이 있으면 고치는 것을 꺼리지 말라."라고 가르쳤고, 제자 가운데 증자는 "매일 거듭거듭 스스로를 반성했다."라고 말했다. '스스로에게서 모든 원인을 찾는다(反求諸己)'는 반성을 대단히 중시한 것이다. 하지만 선인들이 남긴 자전적 시문에서는 스스로 뉘우치거나 삶의 변화를 응시한 글이 의외로 적다. 물론 자기 잘못을 인정하는 듯한 어투가 없는 것은 아니지만 그것은 대개 자신의 불우함을 한탄하는 심사와 연계되어 있다. 그런데 정약용은 종교적이라고까지 말할 수 있는 자기반성과 고백을 시문 속에 담은 것이다.

정약용의 「자찬묘지명」에는 한 가지 의문이 있다. 광중본에서 자신이 "스물두 살에 경의로 진사가 되었다(二十二以經義爲進士)"라고 적은 것이 그것이다. 문집에 실은 글에서는 "계묘 봄에 경의진사가 되어 태학(성균관)에 유학했다(癸卯春, 爲經義進士游太學)"라 밝혔다. 정약용은 스물두 살이 되던 계묘년 즉 1783년(정조 7년) 2월에 열린 세자 책봉 경과의 증광 감시에서 경의로 초시에 입격한 후 4월의 회시에 합격했다. 정약용은 '경의로 진사가 되었다'라든가 '경의진사가 되었다'라고 했다. 하지만 정약용의 현손 정규영(丁奎英)은 1921년에 정약용의 일생을 『사암선생연보(俟菴先生年譜)』(정문사 영인, 1984)로 정리하면서 다음과 같이 밝혔다.

2월에 세자 책봉 경하의 증광 감시에서 경의(經義)로 초시에 입격했다. 4월의 회시 생원시에 입격하니, 3등 제7인이었다.

二月, 世子冊封慶增廣監試經義初試入格. 四月會試生員入格, 三等第七人.

당시의 경과는 세자 책봉을 기념하는 것이 아니라 선대 왕을 종묘의 세실(世室)에 올리고 원자(元子)의 호를 정한 것을 기념한 것이었다. 따라서 약간의 착오가 있다. 그러나 어떻든 이 기록을 보면 정약용은 진사가 아니라 생원이었다.

『정조실록』을 보면 이때의 감시 초시는 2월 21일(임오)에 치러졌다. 또 『일성록(日省錄)』을 보면 초시는 2월 26일(정해)에 방방하여, 일소(一所)에서는 조경진(趙經鎭)이 거수(居首)하고 이소(二所)에서는 정이록(鄭履祿)이 거수했다. 둘 다 진사시 초시의 입격자들이다. 4월 2일(임술)에 증광 감시의 복시를 일소와 이소에서 시행했고, 4월 11일(신미)에 정조는 인정전에 나아가 증광시에 합격한 생원과 진사의 백패를 주었다. 이때 장원은 유산주(兪山柱)이고 정이록이 2등 4위(9/100)를 했다. 당시의 감시 합격자 명부는『숭정삼계묘춘선대왕존위세실원자정호합이경별시증광사마방목(崇禎三癸卯春先大王尊爲世室元子定號合二慶別試增廣司馬榜目)』(국립중앙도서관 소장 정유자본)인데, 그 진사시 합격자 100명의 명단에 정약용의 이름은 없다.

경의는 사서의 내용을 묻는 것으로 오경의 내용으로 묻는 의문(疑問)과 구별된다. 둘 다 사서오경을 가지고 논술하는 시험으로 본래 생원시의 고시 과목이다. 정약용은 경의로 진사가 된 것이 아니라 경의로 생원이 되었다. 당시의『사마방목』을 보면 생원시 합격자 명부에 3등 7위(37/100)를 한 사실이 나온다. 그 합격자 명부의 기재 사항에 "유학(幼學) 정약용(미용(美鏞) 임오(壬午)) 본(本) 나주(羅州) 거(居) 광주(廣州)"라고 적혀 있는 줄 맨 아래에 작은 글씨로 "二義"라고 씌어 있다. 이소(二所)에서 경의(經義)로 합격했다는 말이다.

정약용은 개결한 성품이었지만 자신이 생원이었다는 것을 숨기려고 했던 것일까? 당시의 통념은 진사를 높이 쳤으므로, 그 통념을 정약용도 버리지 못했던 것일까? 후대 사람이 '생원'이라는 글자를 '진사'로 바꾸었을까?

산다는 것이 이처럼 낭비일 뿐이란 말인가

서유구(徐有榘, 1764~1845년),
「오비거사생광자표(五費居士生壙自表)」

풍석자(楓石子)가 부인 송씨의 광중을 단주(湍州, 장단) 백학산 서쪽 선영의 아래에 옮기고 난 뒤, 그 오른쪽을 비워 수장(壽藏) 자리로 삼았다. 어떤 사람이 "옛날 사람 가운데도 그렇게 한 사람이 있었죠. 그대는 스스로 묘지를 짓지 않나요?" 하기에, 풍석자는 "아! 제가 무슨 뜻 둔 바가 있었다고 묘지를 적겠습니까?" 했다.

그런데 전에 내가 친척 아우 붕래(朋來)에게 답한 서찰에서 삼비(三費)의 설을 말한 것이 있다.

처음에 내가 중부 명고 공(明皐公, 서형수)에게서 『예기』 「단궁(檀弓)」과 「고공기(考工記)」, 『당송팔가문』을 배울 때는 우람하게 유종원와 구양수의 문장을 배울 뜻이 있었다. 얼마 있다가 『시』, 『서』와 사서를 읽게 되면서는, 또 정사농(鄭司農, 정중)의 명물설과 주자양(朱紫陽, 주희)의 성리설을 떠들게 되었다. 바야흐로 빠져들기는 괴로울 정도로 깊이 빠져들었으면서 터득한 것은 없었으되, 도끼를 잡고 몽치를 던지는 수고를 이루 다 표현할 수 없을 정도로 했다. 하지만 얼마 있다가 부친의 유업을 잇느라 저지당하여 뜻이 흔들렸고, 벼슬살이하느라 유혹당하여 뜻을 빼앗겨서, 지난날 배운 것을 지금은 모두 잊었다. 이것이 첫 번째 낭비이다.

신하의 명부에 이름을 올린 초기에 정묘(정조)께서 앞서의 악을 전부 씻어 주시는 은혜를 내려, 영화로 통하는 서반(군직이나 중추부 관직)의 청직에 숫자나마 채우도록 반열에 끼워 주셨으므로, 조비(曹丕)의 계고(稽古)와 유향(劉向)의 교서(校書)를 직분으로 삼으려고 망령되이 기약했다. 바야흐로 분발해서 온 힘을 쏟아부어 손에 굳은살이 박이고 눈이 흐릿하게 되는 엄청난 수고를 해 나갔다. 하지만 얼마 있다가 양장구곡(羊腸九曲) 같은 험한 벼슬길이 눈앞에 있고 구당협(瞿塘峽) 같은 험난한 일이 뒤에 있어, 수레의 굴대가 꺾이고 배의 키를 잃어버려, 머뭇거리기만 하고 앞으로 나아가지 못했다. 이것이 두번째 낭비이다.

무릇 그런 뒤에 폐기되어 진(秦)나라 동릉후(東陵侯, 소평(召平))의 오이, 집운경(葺雲卿)의 채소, 한(漢)나라 범승(氾勝)의 호박, 후위(後魏) 가사협(賈思勰)의 나무에 관한 농법을 고개 숙이고 묵묵히 따라 익혔다. 경영하고 계산해서 날과 달을 쌓았으니 다툼 없는 경지라고 할 수 있겠지만, 역시 사물이 인색하게 굴어 착오를 일으키고 칭칭 얽어매어, 꽃부리가 맺기를 바랐건만 마침내 동량재가 꺾이고 집이 엎어져서 일만 가지 인연이 기왓장 깨지듯 부서지고 말았다. 이것이 세 번째 낭비이다.

이것은 병인년(1746년, 영조 22년) 가을과 겨울 사이에 있었던 것을 두고 말한 것이다. 그 이후 다시 두 가지 낭비가 있었다.

계미년(1763년) 명고 공이 섬에서 육지로 이배되셨다가 갑신년(1764년)에 유배 명부에서 이름이 영원히 씻겨 없어지시자, 나는 다시 조정의 반열에 끼게 되어, 봄빛이 아름답게 쪼이자 마른 풀뿌리가 다시 피어나듯 해서, 화려하고 후한 벼슬을 차례로 거치게 되었다. 하지만 재주가 짧고 성격이 성글고 게을러, 조정에 들어와 군주와 정치를 논해 협찬하는 행적도 없었고 벼슬살이를 하면서 군은을 보충하거나 군은에 보답하는 공적도 없었다. 그러다가 심지어 사려로 기력이 소모되어 휴가를 청했다. 지난 자취를 회상하면 마치 물에 뜬 거품처럼 환몽과도 같다. 이것이 추가되는 첫 번째 낭비이다.

남들과의 교유를 끊고 피하던 처음에는 우환 속에 있으면서 우환을 잊기 위해서 자료들을 두루 모으고 널리 채집해서 『임원경제지(林園經濟志)』를 편찬했다. 부(部)는 16개로 나누고 국(局)은 120개로 나누니, 혁혁하게 단연(丹鉛, 교정을 보는 데 쓰는 단사와 연분)으로 교정하고 갑을로 편집하는 수고를 한 것이 앞뒤로 30여 년이나 되었다. 하지만 책이 완성되려는 참에, 한 삼태기가 모자라 구인(九仞)의 봉우리를 이루지 못하듯 공력이 부족해서, 그것을 목판으로 새기자니 재력이 없고, 그것을 간장독이나 덮는 데 쓰도록 폐기하자니 조금 아쉬움이 있다. 이것이 또 한 가지 낭비이다.

낭비한 것이 다섯 가지나 되므로, 남은 것이라고는 거의 없다. 살더라도 남에게 이익 됨이 없고 죽더라도 후세에 이름이 나지 않을 것이다. 살아간다고 하기에는 짐승이 새가 숨을 깔딱거리고 있는 것을 보는 깃과 같을 따름이다. 죽었다고 하기에는 풀이 시들어 가되 아직 끝나지 않은 것과 같을 따름이다. 이와 같고도 이를 두고 이루었다고 말할 수 있다면, 남들은 이미 다 이룬 셈이다. 이와 같기에 이를 두고 이루었다고 말할 수 없다면, 이룬 것 없는 자가 무슨 말을 기록으로 남겨 후세 사람들이 잊지 않도록 하겠는가?

아아, 정말로 산다는 것이 이처럼 낭비일 뿐이란 말인가? 그렇지 않다면, 역시 낭비는 잠깐이고 거둔 것이 있어 오래간단 말인가? 저 입언(立言)과 입공(立功)이 탁월해서 불후의 땅에 발을 똑바로 세운 사람들은 그 정신과 기백이 반드시 백세나 천세 이후까지 몸과 이름을 끌어안고 보호할 텐데, 이것은 하루아침에 엄습해서 가져올 수 있는 것이 아니다.

나는 젊어서는 성실했으나 장성해서는 근심이 많았고 늙어서는 어둑어둑하다. 그러므로 시원을 따져 보고 끝에서 처음으로 되돌려 몸뚱이와 함께 변화해 없어지지 않을 것을 찾아본다고 해도, 끝내 그림자와 음향처럼 방불한 것을 얻을 수가 없다. 게다가 80년 세월을 죄다 낭비해 버린 뒤에, 뻔뻔하게 붓을 잡고 편석(片石, 비석)을 빌려서 문장으로 꾸미면서, 휑하게 아무것도 없다는 사실을 스스로 모르고 있다니, 아무래도 크게 잘못된 것이 아니겠는가?

그렇기에 손자 태순(太淳)에게 이렇게 말한다. "내가 죽은 뒤에는 우람한 비를 세우지 말고, 그저 작은 비석에 '오비거사(五費居士) 달성 서 아무개 묘'라고 써 준다면 족하다."

원회(元會)의 운세(運世)는 12만 9600세인데, 내가 살아 있는 시간은 고작 1620분의 1이니, 홀홀하기 짝이 없도다! 그렇거늘 이미 70 하고도 9년을 허비했으므로, 작은 구멍 앞을 매가 휙 날아 지나가는 것과 다름이 없다. 그렇다면 나머지 한 해의 날을 다 채우지 않는다면 하상(下殤, 8세부터 11세까지 사이에 죽음)과 구별이 되겠는가, 구별이 되지 않겠는가? 어린아이를 묻는 옹기 관을 쓰면 되고 벽돌로 광곽을 만들면 될 것을, 무슨 명을 쓸 필요가 있겠는가? 그렇기에 탄식하노라. 무덤의 유실(幽室)이 깊숙하고 넓으므로, 돌아가신 조부와 돌아가신 부친을 이 언덕에서 따르리라.

우주의 한 주기를 12만 9600세라고 한다면, 80년 수명은 그 1620분의 1에 불과하다. 그러니 그 80년 수명을 다 산다고 해도, 우주의 시간에서 보면 요절한 것이나 다름없다. 참으로 짧은 이 시간 동안에 우리는 무엇을 성취할 수 있을까?

이 자찬묘지의 저자인 서유구는 농법서와 백과사전을 아우른 『임원경제지』의 편찬자로 널리 알려져 있다. 그 해박한 학식은 현대의 관점에서 보아도 놀라울 정도다. 그럼에도 불구하고 그는 자신의 인생에서 아무것도 이룬 것이 없다고 했다. 아니, 오히려 다섯 가지 방면에서 모두 낭비만 했다고 했다. 그렇다면 서유구보다도 현실에 타협하고 무덤덤하게 살아가는 사람들은 무어라 평가할 수 있을까? 인생을 낭비한 죄를 물어야 하지 않겠는가?

학문적으로 큰 성과를 이루었지만, 79세의 서유구는 자기 삶이 낭비일 뿐이었다고 탄식했다. 삶을 돌아보되 연대순으로 행적을 정리하지 않고 낭비의 종류를 다섯 가지로 나열하는 방식을 택했다. 다른 사람들의 묘지명과도 다르고 자서전적 글쓰기와도 매우 다르다.

낭비의 비(費) 자를 핵심어로 사용했다. 그것이 『중용』에서 말하는 넓을 비(費)와 모순된다는 사실을 부각하기 위한 것이었다. 『중용』에 보면 "군자의 도는 넓되 은미하다."라고 했는데, 넓되 은미하다는 말의 원래 한자어가 비이은(費而隱)이다. 주희는 "비(費)란 용(用)의 광범위함이요 은(隱)이란 체(體)의 은미함이다."라고 주석했다. 군자의 도는 그토록 쓰임이 광범위해야 할 것이다. 하지만 서유구는 자신의 쓰임이 낭비였을 뿐이라는 자괴감을 나타내기 위해 스스로의 묘표에서 비(費)라는 글자를 핵심어로 사용했다.

서유구의 가계는 선조 때 명신 서성의 집안으로, 영조 때 세손을 보호한 서명선이 그 선조다. 영조가 즉위 50년에 세손에게 대리청정을 시키려 했을 때, 노론의 홍인한(洪麟漢)이 반대하자, 서명선은 홍인한을 탄핵해서 대리청정을 성사했다. 1776년 정조가 즉위하자 서명선은 우의정에 임명되고, 다음 해에 좌의정, 그다음 해에 영의정에 임명되었으며, 권신 홍국영을 제거하는 데 앞장섰다.

서명선의 형 서명응은 양관 대제학에 임명되었고, 서명응의 맏아들 서호수는 규장각 직제학을 지냈으며, 둘째 아들 서형수는 이조 참판과 경기 관찰사를 지냈다. 서호수가 곧 서유구의 아버지로 천문학과 수학, 기하학에 정통했다. 또 서유구의 형 서유본은 문학에 뛰어났고, 형수인 빙허각 이씨(憑虛閣李氏)는 여성 생활 백과사전인『규합총서』를 엮었다.

서유구는 숙부 서형수에게서 문장을 배우고, 이의준(李義駿)에게서 명물 고증학과 성리학을 배웠다. 1790년(정조 14년)의 문과에 합격했으나, 벼슬살이보다 학문에서 더 재미를 찾았다. 이미 1785년에 조부 서명응이『본사(本史)』라는 농학 서적을 집필하는 것을 돕고, 1781년부터 1788년까지는 서형수를 통해서 청대의 학술과 문헌 고증의 방법을 익혔다. 1792년에 규장각 대교, 예문관 검열이 되었는데, 그때 이후로 주로 관찬 서적을 교열하거나 편찬하는 일을 맡았다.

35세 때인 1798년(정조 22년)에 순창 군수로 있을 때 정조가 널리 농서를 구하자, 도마다 농학자를 선정해서 농업 기술을 보고하게 한 뒤 그것을 토대로 내각에서 전국 규모의 농서를 편찬하는 방안을 제시했다. 그런데 서유구는 농정을 맡은 관리들이 실측과 계산에 서툴러서 농지와 농산물 측정의 권한을 무문농법(舞文弄法, 법을 멋대로 적용함)의 아전에게 맡기는 현실을 개탄했다. 그는 가학을 이어 실측 농법을 주장했다.

그런데 이후 1805년(순조 5년) 12월 김달순의 옥사가 일어나 서유구의 숙부 서형수가 연좌된 까닭에 집안이 몰락하고 말았다. 이때에 우의정 김달순은 지난날 사도 세자를 비판하는 상소를 올렸다가 정조 때 흉도로 규탄되었던 박치원(朴致遠)과 윤재겸(尹在兼) 등을 신원할 것을 주장했다. 그러자 비판 의견이 들끓어, 결국 김달순은 귀양 갔다가 후명을 받았다. 노론 시파는 이를 기회로 삼아 벽파를 몰아내려고 했다. 서형수는 김달순의 배후자로 지목되어, 여러 귀양지를 떠돌다가 1823년에 전라도 임피에서 사망했다. 서명응은 1787년, 서명선은 1791년, 서호수는 1799년에 사망한 뒤였다. 서유구는 홍문관 부제학으로 있었는데, 1806년 1월 18일에 상소를 올려 사직했다. 1824년에 이르러 친구 남공철의 주선으로 회양 부사가 되었다. 전라 감사로 있던 1834년에는 『종저보(種藷譜)』를 편찬했다. 이후 1848년에 사망할 때까지 육조의 판서와 규장각 제학, 예문관 제학, 대사헌 등을 지냈고 이조 판서, 병조 판서를 거쳐 봉조하에 이르렀다.

서유구는 1806년부터 향촌 생활과 농업 기술에 관한 자료들을 정리하기 시작해서 1827년 『임원경제지』 113권 52책을 완성했다. '임원'이란 전원, 곧 농촌을 말하고 '경제'는 삶의 물질적 기반을 말한다. 『임원경제지』는 한거(閑居)의 가치를 발견한 취미 교양서의 특성도 지닌다. 「임원십육지예언(林園十六志例言)」에서 서유구는 이 책의 편술 의도가 "재야에 거처하면 자기 근력으로 먹고살면서 뜻을 양성하는 것", 즉 향거양지(鄕居養志)에 있다고 말했다. 또한 '우리나라를 위하는' 목적에서 『임원경제지』를 편찬한다고 밝혔다.

우리의 삶에서는 지역이 각기 다르고 풍속이 서로 같지 않다. 그러므로 일에 적용하여 시행을 할 때는 과거와 현재의 간격이 있고, 안과 밖의 구별이 있게 마련이다. 따라서 중국에서 쓰는 바를 우리나라에서 그대로 시행하면 어찌 장애가 없겠는가. 이 책은 오로지 우리나라를 위해서 쓴 것이다. 그러므로 현재 적용될 수 있는 방도만을 수록하고, 적당치 않은 것은 취하지 않았다. 또한 좋은 제도가 있어서 지금 실시할 만하되 우리나라 사람이 아직 강구하지 않은 것이 있으면 아울러 자세히 밝혀 놓아 뒤에 사람이 모방하여 시행하도록 했다.

서유구의 저술이나 교유 관계를 보더라도 그의 삶은 결코 낭비였다고 할 수 없으리라. 그렇지만 그는 자기 삶을 낭비라고 자책했다.

문득 영화 「빠삐용」에서 독방에 갇힌 종신수 빠삐용이 가상의 법정에서 살인죄를 부인하지만 인생 낭비의 죄를 인정하고는 스스로 유죄임을 확인하는 장면이 생각난다. 이상하게도 앙리 샤리에르의 원작에는 그 장면이 없다. 프랭클린 샤프너가 감독을 하면서 그 장면을 집어넣은 듯하다. 동양이나 서양이나, 옛날이나 지금이나, 인생을 낭비한 죄가 없다고 자신할 사람은 아무도 없나 보다.

서유구

올해의 운이 가 버렸구나

서기수(徐淇修, 1771~1834년), 「자표(自表)」

　옛사람 중에 자신의 묘에 직접 지(誌)를 지은 사람이 있다. 이는 후대인이 과장하여 찬미하는 것을 부끄럽게 여겼기 때문이다. 옹이 직접 자신의 지를 짓는 것도 같은 뜻이다.

　옹은 성이 서, 이름은 기수이다. 자는 비연(斐然)이고, 아호는 소재(篠齋)로, 달성 사람이다. 증조부 휘 문유(文裕)는 문과에 급제하고 예조 판서이셨으며 시호는 정간(貞簡)이다. 조부의 휘는 종벽(宗璧), 선친의 휘는 명민(命敏)이다. 두 대가 음서를 통해 관로에 나아갔으며, 두 분 모두 황주(黃州) 목사를 지내셨다. 불초한 나의 작위 때문에 국가 전례에 따라 이조 참판과 참의로 추증되셨다. 선비(先妣)는 증 정부인 온양 정씨로, 이조 판서에 추증된 군수 휘 창유 (昌兪)의 따님이시다.

옹은 영종 신묘년(1771년, 영조 47년) 5월 20일 생인데, 정 종 임자년(1792년, 정조 16년)의 진사시에 합격했다. 금상(순 조)께서 즉위하신 원년인 신유년(1801년)의 증광시에서 갑 과 제3인으로 뽑혀, 예문관에 들어가 기거주(起居注)의 직 에 임명되었다. 얼마 지나지 않아 유언비어 때문에 갑산부 로 귀양 갔다. 그곳은 서울로부터 일천여 리나 떨어져 있 다. 봄에는 식물이 나지도 자라지도 못하고 가을에는 수확 할 벼가 없으며, 추운 날씨에도 옷을 지어 입을 솜이 없었 고 병이 들어도 약이 없었다. 그러나 옹은 제집처럼 편안 히 거처하여, 사는 집에 목석거(木石居)라 적어 놓고 책을 읽으며 홀로 즐거워했다.

5년이 지난 뒤에 상께서 사정의 잘못된 점을 통촉하시 고 특지를 내려 용서하셨으므로 서울로 돌아오게 되었다. 돌아올 즈음에 백두산에 올라 천지를 내려다보면서, 드넓 은 우주에 마음껏 노닐려는 마음을 느꼈다.

옹은 천성이 솔직하고 평소 남을 따르지 않았다. 생활할 때에 홀로 쓸쓸히 지내어 세상과 거의 어울리지 않았고 또 한 구차하게 영합하려고도 하지 않았다.

중년 이후로 벼슬살이를 했으나 항상 마음은 구학(邱壑,

언덕과 골짝)에 두었다. 비록 청환(淸宦)과 현직(顯職)을 지
냈지만 이는 옹의 뜻이 아니었다. 사물에 대해 딱히 좋아
하는 것이 없었고, 오로지 시 짓기만은 좋아했다. 고시에
서는 사령운(謝靈運)을 좋아했고, 근체시에서는 맹교(孟郊)
와 두보를 좋아했다. 또 고문사를 좋아하여, 시대를 거슬
러 올라가 진한 시대 박사들의 글을 본받았다. 하지만 만
년에 한숨을 쉬고 탄식하면서 "도연명은 자기에 대한 만사
(輓詞)를 직접 지어 세상에 살아 있을 때 마음껏 술을 마시
지 못한 것을 한스럽게 여겼다만, 나는 고문의 정수를 아
직 다 통달하지 못한 것이 한스럽다."라고 말했다.

아내 해평 윤씨는 이조 참판에 추증된 석동(晳東)의 여
식으로 기축년(1769년, 영조 45년)에 태어나 임신년(1812년,
순조 12년)에 몰했다. 옹의 작위에 맞추어 정부인으로 추봉
되었다. 장단부 송남면 금릉리(金陵里) 신좌(辛坐)의 벌에
안장되었으니 선조(先兆, 선영)를 따른 것이다. 그 왼편을
비워 옹의 수장으로 삼았다. 옹은 네 아들을 두었다.

아아! 올해의 시운이 가 버렸구나. 얼마 못 되어 여기에
묻힐 터인데 스스로 표시해 두지 않는다면 후대 사람들이
어찌 옹의 옹 됨을 알겠는가? 마침내 이를 적어 유교(有喬)
등에게 주며 다음과 같이 말했다.

"내가 죽은 뒤 이것을 묘도에 새겨 걸면 될 것이다. 부디

세상에서 일컫는 태사씨(太史氏, 역사가나 저술가)의 글을 요청하지 말라. 죽은 이의 묘에 아첨하는 글은 옛 사람도 부끄럽게 여겼는데, 나도 이를 부끄럽게 여긴다. 관직과 품계, 경력, 졸하고 장례 치른 해와 달에 대해서는 송나라 정향이 그랬듯이 글자를 쓰지 않고 비워 둔다. 네가 추가로 기록해 줄 것이기 때문이다."

명은 다음과 같다.

네 본성은 존엄했거늘

어찌하여 맑은 조정에서 내침을 당했는가?

네 몸은 현달했거늘

어찌하여 언덕과 골짝을 그리워하는가?

도를 곧게 지켜 용납되지 못함은 옛날에도 그런 사람들이 있었으나

몸이 현달하고도 쓰임에 졸렬한 것은 누구의 허물인가?

아하! 자취가 마음과 어긋나고 운명이 시절과 맞섬은 지사들이 함께 슬퍼하는 바이니

후대의 사람들은 네 마음을 알아주고 너의 시대에 대해 논하리라.

이 사람은 백두산에 올라 천지를 내려다보면서 '드넓은 우주에 마음껏 노닐려는 마음'을 느낀 후 지난 삶이 우스워졌다고 했다. 『열자』와 『장자』에 보면 지극한 도의 경지에 이를 지인(至人)은 휘척팔극(揮斥八極)한다고 했다. 이 글에서는 휘척팔황(揮斥八荒)이라고 했다. 팔극이나 팔황이나 드넓은 우주를 가리킨다. 휘척은 방종(放縱)이니, 내 뜻대로 한껏 노닌다는 뜻이다. 이렇게 팔극, 팔황에서 한껏 멋대로 노닐려는 기분을 느낀다면, 지금부터의 나는 조금 전까지의 내가 아니다. 지금까지는 명예와 부귀를 추구해서 벼슬길을 나아가려고 했다. 그것은 아득히 높고 뾰족한 곳에서 간신히 발을 붙이고 있는 것과 같았다. 앞으로도 나아갈 수 없고 뒤로 물러설 수 없을 그런 곳에서 심연의 아득함 때문에 얼마나 자주 현기증을 느꼈던가! 과연 『장자』가 말한 대로 삶이란 측족(側足)의 상황이다. 발을 내딛기는커녕 잘못 움직여 심연으로 떨어지지 않게 버티는 일이라고 해야 하리라. 그러나 이제 나는 그 두려움에서 벗어나련다. 아아, 올해의 시운이 가 버렸구나. 이제 얼마 못 되어 나는 여기 이 땅에 묻힐 것이다.

서기수는 자찬의 묘표에 이렇게 혼잣말을 옮겨 적었다.

마지막 부분의 명은 달리 적어 보기도 했다.

네 수레는 이미 끌려 나왔는데

어찌하여 문을 나서고도 머뭇거리는가?

네 패옥은 귀인이 차는 총형(蔥珩, 푸른 패옥)인데

어찌하여 은둔자처럼 동산을 그리워하는가?

나를 따르는 것은 나

나를 따르지 않는 것은 시절

흰 학 깃든 옛 산에, 납가새처럼 빽빽한 일만 그루 나무 있는 그곳에서

네 아비와 네 조부를 따름이 타당하고 또 그래야 편안하리라.

서기수의 본관은 달성, 자는 비연, 호는 소재다. 황주 목사 서명민의 아들, 서낙수(徐洛修)와 서로수(徐潞修)의 아우이다.

비연이라는 자는 『논어』 「공야장」에 나오는 말을 딴 것이다. 공자는 천하를 떠돌다가 진(陳)나라에서 고통받을 때 "우리 무리의 제자들은 뜻은 크지만 일에는 소략하여 찬란히 문장을 이루었을 뿐 그것들을 마름질할 줄은 모른다."라고 말했다. 여기에서 말한 비연성장(斐然成章)은 외양도 실질도 뛰어나 찬란하다는 뜻이다. 그 자를 어른들이 붙여 준 것은 그의 본명이 기수(淇修)이기 때문이다. 기수 가의 대나무가 자기 본성을 잘 닦아서 우람하게 자라나듯 성장하라는 뜻을 지닌 이름이므로, 앞으로 절차탁마해서 찬란하게 문장을 이루라고 축원한 것이었다.

하지만 그의 삶은 비연이라는 자를 주었던 어른들의 기대에 부합했다고는 할 수 없다. 그 자신은 저『논어』에서 말했듯이 '뜻은 크지만 일에는 소략하여' 문장 외적 형식을 '마름질할 줄 몰랐다'는 사실을 깊이 깨닫지 않았을까? 처음에는 벼슬길에 나가 찬란히 문장을 이룰 듯했다. 하지만 1792년의 사마시에 합격한 후 1801년(순조 원년) 증광 문과에 갑과로 급제했으나, 1806년 예문관 기거주로 있을 때 서유순(徐有恂)의 사주를 받아 경연의 설을 고치려 했다는 탄핵을 받고 함경도 갑산에 유배되었다.

서기수가 유배 간 것은 앞서 서유구에 관한 글에서 나온 김달순의 옥사와 관련이 있다. 노론 벽파였던 김달순은 박치원 등을 신원하라고 아뢰었다가 조득영(趙得永) 등 시파로부터 공격을 받고 유배되었다가 사사되었다. 김달순이 연석에서 아뢴 것은 서기수의 족형제 서형수의 사주를 받은 것이라는 설이 있다.

유배 이후 서기수는 세상에 발을 가까스로 붙이고 살아갈 것이 아니라, 세상에서 물러나 삼태기를 지고 농사일이나 하면서 지내야겠다고 생각했다. 그래서 거처를 소재라고 이름지었다. 소재의 '소'는『논어』에 나오는 하소장인(荷篠丈人)의 이야기에서 따왔다.

『논어』「미자」에 보면, 일행보다 뒤처진 자로가 스승 공자의 행방을 모르던 차에 삼태기를 메고 김매는 사람을 만나 일행을 못 보았느냐고 물었다. 이에 그 사람은, 자네가 스승으로 섬긴다는 중니(공자)란 곡식의 이름들도 분간하지 못하는 사람이 아니냐고 조롱했다. 그러고는 지팡이를 땅에 꽂고서는 계속 김을 맸다. 그는 세상을 변혁하려는 의지를 꺾고 밭에서 무지렁이처럼 살아가는 은둔자였다. 1806년의 유배 이후 서기수 역시 세간과 거리를 두려고 생각했던 것이다.

서기수는 5년의 유배 기간 동안 거처를 목석거라 부르고 독서에 전념했다. 유배에서 풀려났을 때 백두산을 유람하고 「유백두산기(遊白頭山記)」를 지었다.

서기수는 갑산에서 운총보, 오시천, 신동인보, 혜수령, 자포수, 허항령, 삼비, 연지봉(연지동), 백두산 정상(대택), 삼지, 강산의 노정을 따라 나갔다. 이때 그는 족조부 서명응의 「백두산 등반기」를 모범으로 삼아, 「유백두산기」에 행정을 표제어로 삼았다.

대택, 즉 천지를 보고 난 뒤의 감흥을 그는 이렇게 표현했다.

기굴하고 우뚝한 것이 두꺼운 대지로부터 뽑혀 나와 있는 것이 도대체 몇천 인(仞)이나 되는지 알 수 없다. 아스라한 산악의 꼭대기에 비록 소나 말의 발굽에 고일 정도의 물이 쪼르르 똑똑 떨어진다고 해도 어루만지며 기이함을 감탄하며 소리 지를 판이거늘, 하물며 거대하게 고여 있는 물이 넘실거리고 거대한 언덕이 가파르게 솟아 하늘에 닿아 있는 경우에야 어떠하겠는가! 흐르는 물과 우뚝 선 산에 대해 조물주가 정신을 쏟는 것이 역시 신비스럽고 교묘해서 백 가지로 변환한다는 사실을 깨닫게 되었다. 작은 우물 속에서 앙감질하는 개구리가 하늘을 보듯 하는 견식을 지닌 내가 망망하여 아득하게 망연자실하지 않을 수 있겠는가!

서기수는 드넓은 우주에 마음대로 노니는 듯한 느낌을 얻었다. 그러나 누구나 그러하듯, 그러한 정신세계를 오래 지속시키지는 못했다.

1811년(순조 원년) 10월 2일에 서기수는 매화서옥에서 자다가, 도인이 꿈에 나타나 평안할 영(寧) 자를 적어 보여 주는 꿈을 꾸었다. 깨어나 그는 「술몽(述夢)」을 지었다. 그는 억울하고 후회스러운 상념이 시시각각으로 일어나, 과거의 생각과 미래의 생각이 가지와 잎처럼 얽혀 있는 거대한 고뇌의 둑 속에 떨어져 있다고 느꼈다. 그럴 때 도인이 꿈에 나타나 영(寧) 한 글자를 적어 보여 준 것은, 진공사(眞空寺) 승려가 명나라 선비 광자원(鄺子元)의 병을 고쳐 준 것과 같다고 여겼다. 진공사 승려가 광자원의 병을 다스린 이야기는 명나라 때 하양준(何良俊)이 지은 『사우재총설(四友齋叢說)』에 나온다. 허균과 홍만종 또한 그 이야기에 관심을 가져 섭생의 문제를 논할 때 인용했다.

광자원은 하양준과 함께 한림 보외(翰林補外)가 되었으나 10여 년이 되도록 부름을 받지 못하여 실망했다. 그러다가 마음에 병을 얻어, 갑자기 혼몽해져서 헛소리를 하기도 했다. 어떤 이가 진공사의 노승이 마음의 병을 잘 치료한다고 알려 주어 그리로 찾아갔다. 노승은 광자원의 병이 번뇌에서 생겼고, 번뇌는 망상에서 생겨났다고 지적했다. 망상은 유래에 따라 과거 망상, 현재 망상, 미래 망상 셋이 있다. 과거 망상은 수십 년 전 겪은 영광과 오욕, 은혜와 원수, 슬픔과 기쁨, 헤어짐과 만남 등에 대해 부질없는 정념을 지니는 것을 말한다. 현재 망상은 일이 눈앞에 닥쳤거늘 그 머리와 꼬리를 두려워하여 주저주저하고 망설이는 것을 말한다. 미래 망상은 부귀영화가 이루어지기를 기대하거나 이름을 빛내고 치사하고 전원으로 돌아가기를 기대하거나 자손이 집안의 서향(書香)을 이어 가기를 기대하는 등 꼭 이루거나 꼭 얻지 못할 일들을 기대하는 것을 말한다. 선불교에서는 이 세 망상이 갑자기 생겼다가 갑자기 없어지는 것을 두고 환심(幻心)이라 하고, 그 헛됨을 환하게 비추어 보아서 마음에서 잘라 버리는 것을 각심(覺心)이라 한다. 노승은 마음을 태허(太虛)와 같이 만든다면 번뇌가 발붙일 곳이 없다고 일러 주었다.

또 노승은 외부 대상에 감응하여 갖게 되는 욕망이나 자기 내면에서 생겨나는 욕구를 떼어 버리고, 문자를 사색하다가 먹고 자는 것도 잊는 이장(理障), 전공에 몰두해서 피로한 줄도 모르게 되는 사장(事障), 이 둘을 없애라고 타일렀다. 덧붙여 "고해는 끝이 없지만, 깨달으면 바로 피안이다."라 했다.

광자원은 그 말을 듣고, 혼자 독방에 거처하며 일만 인연을 쓸어 버리고 한 달 남짓 정좌했다. 그러자 마음의 병이 씻은 듯 없어졌다고 한다.

이것은 선불교에서 마음 다스리는 법을 말한 것이지만, 서기수는 공감하는 바가 있었다. 서기수는 '편안할 영'의 의의가 매우 크다고 여겨 거처하는 방의 이름으로 삼았다.

서기수는 유배에서 풀려난 뒤 1825년(순조 25년)에 이르러 세자시강원이 되고, 1827년 의주 부윤에 제수되었다. 1830년 성균관 대사성을 거쳐 이조 참의, 예조 참판, 좌승지 등을 역임했다. 만년 운이 피었다. 그러나 백두산을 올라 보고 느꼈던 저 '우주에 마음대로 노닐려는 의지'는 두 번 다시 경험하지 못했다. 그렇기에 백두산 등람 후 「자표」를 스스로의 책상자 속에 간직해 두고 때때로 펼쳐 보았다. 어떤 때는 그 끝의 명을 고쳐 쓰기도 했다. 하지만 지나가 버린 시간, 생명의 약동 순간은 고쳐 쓸 수 없었다.

전형이 여기서 인물될까 두렵다

유정주(俞正柱, 1796~1869년), 「자지(自誌)」

　나의 성명은 유정주이고, 자는 대여(大汝)로, 기계(杞溪) 사람이다. 고는 생원 휘 한객(漢客)이시고, 비는 한산 이씨 부사 휘 희문(羲文)의 따님이시다. 아아! 선군자는 몸을 가다듬고 행실을 닦아 60년을 조심하셨는데, 운수를 만난 것이 불행하여 좌절을 면치 못하고 뜻을 품은 채 돌아가셨다. 나 소자는 서글프고 두려워하며 실추하지 않고 발휘하고자 했으나, 스스로 돌아보면 어리석은 불초는 평소 과정(過庭, 부친)의 가르침에 대해 백에 하나나 둘도 제대로 응명하지 못했다.

　오로지 근졸(謹拙)하라고 하신 가르침만을 수용하여 자

신의 선행이 남에게 미치도록 하고 남을 허심으로 대했지 남과 다투는 일이 없었다. 세간의 득실과 희비, 사생과 궁달에 대해서는 따로 하늘이 정한 바가 있다고 스스로 여겨 터럭만치의 사사로운 생각도 들이지 않고서, 마땅히 행해야 할 직분에 대해서는 고생스럽고 곤궁하다는 이유로 혹 법도를 벗어나지는 않았다. 그러므로 평소 거처하는 방은 비바람도 가리지 못하고 여덟 식구가 쭉정이를 싫어하지 않았으며, 오로지 문을 닫아걸고 외부인을 끊고서 문밖의 행사에는 관여하지 않았다. 날마다 옛사람의 책을 취하여 상우(尙友, 위로 벗함)를 하고, 아동의 공부를 일과에 맞춰 독려하여 곁에서 옹알옹알 책을 읽으니, 주림을 잊을 만하다. 밭에 물 주고 장포를 가꾸면서 때때로 혹은 취해 보기도 하고 혹은 고단하게도 한다. 경지가 뜻에 맞거나 답답하여 평온치 못하면 문득 속마음에 있는 것을 읊어 내니, 비록 흐물흐물하기는 해도 기롱하는 이가 없으므로, 깊은 속내를 시원하게 드러낼 수가 있다.

아아! 선비가 한세상에 태어나 일이 어찌 이것으로 그치겠는가? 입신양명하고 넘어지는 세태를 부지하고 쇠미한 사태를 일으키는 것은 정말로 명운의 우불우(遇不遇)와 인간의 재부재(才不才)에 달려 있다. 오로지 평소대로 실천하여 그 지키는 바를 잃지 않으면, 앞 세대를 잇고 뒷 세대에 끼쳐 주는 한 가지 방도일 것이다. 나는 나이가 아직 쉰이 넘지 않았거늘 침상에서 숨을 깔딱거리고 있으므로, 하루 아침에 돌연히 숨을 그쳐 아무 소리도 듣지 못하는 귀신이 될 것 같으면, 훗날 사람이 나를 기억해 줄 것인가, 그렇지 않을 것인가 하는 것은 당장에는 아무 위안이 되지 못할 것이다.

그러나 아들 상환(尙煥)이 어린 데다가 어리석어 무지하므로, 집안에 전하는 전형이 여기서 인멸될까 두렵다. 그래서 힘써 대략 글을 읽어, 아직 숨이 끊어지기 전에 이제(耳提)하고, 후일의 저장으로 삼게 남겨 두고자 한다. 힘쓰도록 하라, 힘쓰도록 하라. 아이의 엄마는 일사(逸士)로 징소되어 집의에 오른 안동 김 공 직순(直淳)의 딸로, 유순한 행실이 있었다. 나를 따라 30년간 지내면서 한 번도 어긴 적이 없다. 또 딸 하나가 있다.

유정주는 본관이 기계로, 호는 가사옹(稼社翁)이다. 1796년(정조 20년)에 태어나 1869년 정월 19일에 졸했다. 경기도 용인군 안성시 고삼면에 거처하여, 죽은 후 삼은리 왼쪽 산기슭 독송정(獨松亭)의 곤향(坤向)에 묻혔다. 배위의 묘는 현재 안성시 보개면(寶盖面) 동안리(同安里)에 자리한 기계 유씨의 묘역에 있다. 유정주의 누이는 이서구(李書九)의 아들 이회영(李晦永)에게 시집갔다. 서모에게서 난 이복형제로 아우 둘과 누이 하나가 더 있다. 아들 유상환은 진사시에 합격했다. 『송양유고(松陽遺稿)』 4책을 남겼으나, 간행되지 않고 집에 보관되어 있었다고 한다. 유정주가 작성한 아버지의 유사(遺事)와 집안 어른들의 묘도문자가 그가 기계 유씨 집안의 행적을 알리는 글들을 모은 『기계문헌』에 전한다.

유정주의 아버지 유한객은 1804년 사마시를 보아 생원이 된 이후에 대과는 혹 보러 가기도 하고 가지 않기도 했다. 전조(이조)의 의망이 여섯 차례 있었으나 미관말직도 얻지 못했다. 유정주 자신은 사마시에도 합격하지 못하고 시골에 머물렀다. 1815년에 유한객의 백부 유언집(劉言鏶)이 도리를 강론할 땅을 구하여, 선영이 있는 용인에 머물면서 형제들이 조만간 퇴장(退藏)하고자 약속하고 그곳을 삼은(三隱)이라 했다. 이목구(耳目口)의 삼관(三官)을 취하여 도회(韜晦)하는 도에 뜻을 부치고, 백중계(伯仲季)의 순서대로 농(聾), 수(睡), 묵(嘿)이라 하고, 그것들을 아울러 정자에 이름을 붙였다. 유한객은 정자를 중수하고 선지(先志)라는 편액을 걸었다. "세상의 시비(是非)와 자황(雌黃)에 대해 화복의 갈림이 있으므로 조심하라고 경계하는 것은 귀로 듣고 눈으로 보고 입으로 말하는 것에서 말미암지 않는 것이 없으니, 살펴서 신중히 하지 않는다면 이것은 선지(先志)를 잃는 일이 될 것이다!"라고 다짐한 것이다. 집이 이루어진 후 거처하는 방의 편액을 사암(士庵)이라 했다.

과거에 합격하지 못하고 향촌에 머물러 있던 양반들은 혼사를 통해 가격을 유지하려고 했다. 유정주가 1837년에 작성한 아버지의 유사에 이런 말이 있다.

불초가 실암(實庵) 김 공(김직순)의 가문에서 택대(擇對, 배필을 택함)하고 누이는 척재(惕齋) 이상(李相, 이서구)의 집안으로 시집가게 되자, 부군이 기뻐하며 말씀하셨다. "세상일이 뜻대로 되지 않는 것이 항상 열에 여덟아홉이거늘, 자녀의 혼사 한 가지는 뜻대로 되었다고 이를 만하다. 한 분은 초선(抄選)의 중망(重望)이므로 실로 말할 것도 없고, 한 분은 당세의 완인(完人)으로 역시 임하(林下)의 독서하는 선비이므로, 유학을 소양으로 하는 집안의 결친(結親)에 해될 것이 없다."

또한 향촌의 양반들은 가난을 견뎌 구차하지 않게 살면서 선비의 풍격을 유지하려고 애썼다. 유정주가 작성한 아버지의 유사 가운데 가난한 유학자의 검소한 생활을 여실하게 묘사한 대목이 아래와 같다.

목사 공(유정주의 큰아버지 유한식(劉漢寔))이 일찍이 함흥에 통판으로 있을 때 초피와 휘항(머리에 쓰는 방한구)과 모선(毛扇) 1건을 북관의 산물이라면서 보내 주었는데, 부군은 그것이 사치스럽다고 싫어하여 그대로 팔아서 족형 숙첨씨(叔瞻氏)의 혼사에 보내 쓰게 했다. 그 후 울산의 황저(黃苧)와 용강(龍岡)의 세포(細布)도 곱고 윤택이 난다고 하여 재단하지 않고 곧바로 시전의 베 중에 등급이 낮은 것으로 바꾸어 옷을 재단했는데, 환매하는 가격이 이쪽이 적고 저쪽이 많음을 면하지 못했으나 또한 개의치 않았다. 출입할 때 타는 말도 반드시 둔한 말을 취하며 『주역』(곤괘(坤卦) 괘사)의 '암말의 정함'에 부합한다고 했다. 사용하는 물건도 부서졌다고 해서 버리지 않고 '옛 물건'이라고 했다.

유정주의 아버지는 종이 한 조각이라도 아꼈다.

또 유정주의 아버지는 사수(辭受), 곧 사양하거나 받는 의리를 지켰다. 그리고 소유의 토지에 어떤 사람이 묘소로 쓸 땅을 사서 표시를 해 두었다가 쓰지 않아 버려진 땅이 있었는데, 다른 사람이 청하자 값을 받지 않고 그대로 양보하기도 했다.

누군가 묘소로 쓰려고 표지를 해 두었다가 뒤에 보니 쓰기에 합당하지 않아서 그대로 굴표(掘標)를 하여 버려진 곳처럼 된 곳이 있었다. 고을의 어느 사람이 장사를 치르려고 와서 간곡히 부탁을 하자, 부군께서는 "버려진 바의 땅이거늘 어찌 허락이고 말고가 있겠느냐. 마음대로 하여도 좋다."라고 하셨다. 그 후에 그 사람이 관문(貫文, 돈)과 필면(疋綿, 면포)을 가져와서 어버이를 장사 지내게 해 준 것에 감사하는 뜻을 아뢰었는데, 부군은 웃으면서 물리치고는 "내가 어찌 굴표하고 산을 파는 자이겠느냐?"라고 하셨다.

유정주의 아버지가 향촌에 머무르면서 가격을 유지하려고 애쓰고 선비로서의 염치를 지켰듯이, 유정주 또한 그 뜻을 이어 가풍을 지키기 위해 노력했다. 유정주 아버지의 지향은 유정주 자신의 지향과 겹쳐진다.

유정주는 15세 되던 1810년에 결혼했는데, 부인 안동 김씨는 가난한 집에 시집와서 많은 고생을 하다가 58세에 이질을 앓아 죽었다. 유정주는 부인을 위해 「묘지명」을 손수 지었다.

유정주의 아버지 유한객은 며느리를 맞을 때 안동 김씨를 숙인군자(淑人君子)라 여겼는데, 유정주도 부인을 여중군자(女中君子)로 칭송했다. 숙인군자란 『시경』 「조풍(曹風) 시구(鳲鳩)」에 나오는 말이다. 뻐꾸기는 새끼를 먹일 때 아침에는 위에서 아래로 내려오고 저녁에는 아래에서 위로 올라가면서

굶는 새끼가 없도록 공평하게 먹이를 나누어 주기 때문에, 공평하고 균등하게 남을 대한다는 비유로 흔히 쓰인다. 또한 같은 시편에 "우리 훌륭한 군자님이여, 그 위의가 어그러지지 않도다. 그 위의가 어그러지지 않으니 사방 나라를 바로잡으리로다.(淑人君子, 其儀不忒. 其儀不忒, 正是四國)"라고 했다. 유한객은 며느리를 위의가 있는 여성이라고 판단했던 것인데, 유정주는 부인의 일생을 보면 그 말씀이 틀림없다고 한 것이다. 유정주가 부인 안동 김씨를 위해 작성한 묘지명은 이러하다.

생각하면 지난 경오년(1810년) 우리 선군자께서 불초를 위하여, 일사로 징소되어 집의에 오른 안동 김 공 직순의 딸을 배우자로 택해 주셨는데, 일찍이 기뻐하시면서 불초에게 이르셨다. "너의 부인은 연원(淵源)이 아주 좋고 성품과 행실이 극도로 순실하여 옛날의 이른바 숙인군자(淑人君子)이니, 이는 네가 집안을 바로잡는 시초가 될 것이다. 나머지 일은 설령 지려가 주도하지 못한 면이 있고 정신이 미치지 못하는 것이 있더라도 마땅히 흘려보내고 돌아보지 말아라." 나 불초는 이미 가정(부친)의 훈계를 받들고 물러나서 부인의 평소 하는 일을 살펴보니, 악언을 결코 입 밖으로 내지 않았고 어긋난 행동을 일에 시설하지를 않아서, 죽죽(粥粥)하게 마치 무능한 듯했다. 용모와 언사의 사이에 일단의 화순의 빛이 안에 쌓여서 바깥으로 발현되는 것이 있었다. 이것은 대개 유인(孺人)의 천성이 그런 것이었다. 아니면 위의 대에서 받은 것이 있어서 그런 것이 아니겠는가?

신해년(1851년) 9월에 이질을 앓아 위독해졌는데, 이승룡의 처인 딸이 허둥지둥 와서 문안했으나 병이 이미 어찌할 수 없게 되었다. 그래도 여자를 멀리 보내 놓고 능히 이 시기에 맞출 수 있었던 것은 역시 좀처럼 하기 어려운 일이다. 이어서 눈을 감고는 아무 말이 없었다. 아들과 딸이 둘러서서 울자, 다시 눈을 뜨고 쳐다보며 "그럴 필요 없다. 너의 누이와 아우는 각각 아들과 딸이 있으니 서로 잘 살아라." 하고는 자리를 바르게 하고 홀연히 서거했다. 세간 남자 가운데 학력이 있고 강장이 있는 사람 가운데 사생과 영결의 때에 능히 이처럼 태연할 수 있는 사람이 몇이나 된단 말인가! 역시 여중군자의 임종이라고 할 만하다. 안성 북쪽 좌신곡(佐薪谷) 선영 아래 계좌(癸坐) 언덕에 장사 지냈다.

남편은 즉 기계 유정주로, 성균생원 휘 한객의 아들이다. 눈물을 훔치면서 그 묘에 명을 쓴다.

그대와 결발하고	與子結髮
오십 풍상.	五十風霜
원망도 없고 악도 없이	無怨無惡

오로지 끊임없이 순종했네.	惟順無彊
부모는 선하다 했으니	父母曰善
죽어도 잊지 못했네.	沒身可忘
받은 바가 있다 했으니	曰有所受
대대로 독실하고 어질었다네.	世篤賢良
덕을 먹음이 오래되었으니	食德惟舊
복록을 받음이 마땅하건만,	宜祿無喪
나 때문에	惟我之故
쭉정이밭도 싫어하지 않았도다.	不厭糟糠
죽어서 이별하는 한이 있어도	死喪契濶
의리상 당 아래로 쫓지 못하리니,	義不下堂
어이 차마 버리겠는가	胡忍如遺
북산의 곁이로다.	北山之旁
어느 겨를에 남을 슬퍼하랴	奚暇人悲
몸소 스스로 슬퍼하노라.	躬自悼傷
무엇으로 위로하랴	何以慰之
일백 세 영구토록 함께 묻히리라.	百世同藏

유정주는 40대 후반에 쉰 살을 바라보게 되었을 때 죽음을 생각하고 묘지를 자찬했다. 왜일까? 춘추 시대 위(衛)나라 대부 거백옥이 그러했듯이 나이 50은 인생의 대전환기로, 삶

의 새로운 기획이 필요한 시기이기 때문이다.

사실 삶의 새로운 기획은 반드시 50세에 해야 하는 것은 아니다. 매순간이 기투(企投)여야 한다. 『논어』 「헌문」에 공자가 노나라로 돌아온 후 거백옥이 사자(使者)를 보낸 일을 기록하고 있다. 공자가 거백옥의 안부를 묻자 사자는 거백옥이 허물을 적게 하려고 노력하고 있지만 아직 잘하지는 못한다고 답변했으며, 또 『장자』 「칙양(則陽)」에는 "거백옥이 나이 60세에 60번 잘못을 고쳐 나이에 맞게 변화했다."라고 하였다.

누구나 성공하여 명예를 누리는 것은 아니다. 비난을 받고 급격한 좌절을 겪으며 깊은 상념에 젖는 것은 성공을 맛본 사람의 특권일지 모른다. 대부분의 사람들은 평범하게 살아가고, 부족함을 겪는다. 그러면서 남에게서 손가락질을 받지 않는다면 그것으로 그만이다. 하지만 슬그머니 자책의 생각이 싹튼다. 선대의 전형을 실추하는 것은 아닐까? 유정주의 자찬묘지는 그러한 불안을 담아내었다. 그리고 그 불안은 삶의 새로운 기투를 요구했다.

남들은 나를 늙은 농사꾼으로
대해 주지 않는다

이유원(李裕元, 1814~1888년), 「자갈명(自碣銘)」

이것은 해동의 귤산(橘山) 옹 이유원, 자는 경춘(景春, 京春)의 수장(壽藏)이다. 신라 때 중신 휘 알평(謁平)이 비조이다. 본조(조선)의 백사 선생 휘 항복(恒福)과 구천(龜川) 선생 휘 세필(世弼)이 각각 9대조와 6대조이다. 대부(조부)의 휘는 석규(錫奎), 부친의 휘는 계조(啓朝)로, 서로 이어서 대총재(大冢宰, 이조 판서)를 지냈다. 외조부는 반남 박씨로 승선 벼슬을 지낸 휘 종신(宗臣)이다.

귤산 옹은 어려서 외숙인 봉조하 벼슬의 이탄재(履坦齋) 휘 기수(綺壽)에게서 수업을 했다. 하지만 자라서는 이리저리 떠도느라 성취한 바가 없었다. 글씨에 외곬의 취미를 두어 진한 글씨의 연원을 논할 수 있었다. 귤산의 도장은 우리나라뿐만 아니라 중국에까지 내달렸다.(봉사로서 도장을 지니고 국내 곳곳을 다닌 것은 물론, 사신 임무를 띠고 중국에까지 분주하게 다닌 것을 말한다.) 일찌감치 우리 헌묘(헌종)의 대우를 입어 마치 한집안의 아버지와 아들 같았으나, 옹이 융통성이 없고 쓸모없음을 아서서 늘 책 마구리에 제목을 적고 족자 마구리를 검사하는 일을 맡기셨다.

늘그막에는 양주 가오곡(嘉梧谷)에 집터를 가렸는데, 고을 사람들이 골짜기를 '실'이라 불렀으므로, 당호를 가오실(可吾室)이라 했다. 서쪽 언덕이 구불구불 이어져 밭두둑을 만들 만했으므로 그 땅을 개간하다가 옛 그릇의 관지(款識)를 얻었다. 그래서 거기에 상설(象設, 묘소의 석물)을 두어 훗날 사용하기로 했다. 날마다 남들과 그 위에서 술을 마시면서 농사일에 대해 즐겨 이야기했다. 다만 남들은 나를 늙은 농사꾼으로 대해 주지 않았으므로 한스럽다!

귤산 옹은 순조 갑술년(1814년, 순조 14년) 8월 12일에 태어났다. 동래 정씨로 참판을 지낸 헌용(憲容)의 따님을 배필로 삼았는데, 문익공(文翼公) 휘 광필(光弼)의 먼 후손이다. 옹보다 한 해 더 살았다. 아들 하나를 두었는데 어리다. 맏사위는 한림 벼슬의 조연빈(趙然斌)인데 일찍 죽었고, 그 양아들 숙(璹)은 성균관에 들어갔다. 둘째 사위는 조정섭(趙定燮)이다.

굴산 옹이 죽은 뒤의 일을 너무 일찍 꾀하는 것을 두고 조롱하는 사람이 있기에, 웃으며 말했다. "나는 연수가 아직 일백 세의 반도 차지 않았거늘, 경력이 이미 3분의 2가 넘었으니, 연수가 남아 있고 경력이 남아 있는 것이 과거에 비교한다면 어떠하겠소?"

명은 다음과 같다.

태어나 성인을 만나고,

돌아가 성인을 따르리라.

성인이라는 사람은

이른바 그 사람을 가리킨다.

명에서 "성인이라는 사람은 이른바 그 사람을 가리킨다."라고 했다. 그 사람이란 한자로 이인(伊人)인데, 돌아가신 성군 즉 헌종을 가리킨다. 또 만나고 싶은 사람을 만나지 못함을 아쉬워하는 말이기도 하다. 『시경』「진풍(秦風) 겸가(蒹葭)」편에 "저기 저 사람이 물가에 분명 있도다. 물길 따라 좇아가려하나 모래톱에 완연히 보이네(所謂伊人, 在水之湄. 遡游從之, 宛在水中坻)"라고 한 데서 나온 말이다.

이 글을 지은 이유원은 1882년(고종 19년)에 전권대신으로서 일본 판리공사 하나부사 요시모토(花房義質)와 제물포 조약에 조인한 장본인이다.

본관은 경주, 자는 경춘이며 호는 귤산, 묵농(黙農), 임하노인(林下老人)이다. 이항복이 9대조이다. 조부 이석규는 형조 판서, 한성부 판윤, 판의금부사 등을 역임했고, 아버지 이계조는 이조 판서를 역임했다.

이유원은 귤산이라는 호를 애용했다. 그 이유에 대해 이렇게 적었다.

역사책에 보면 "종남산(終南山)은 일명 귤산이라고도 한다. 달이 을방(乙方, 정동에서 남쪽으로 15도)에 있으면 귤월(橘月)이 되는데, 종남산이 을방에 가깝기 때문에 그 산을 태을산(太乙山)이라고도 한다." 했다. 이는 『오경요의(五經要義)』에 상세히 나온다. 내가 그것을 자호를 삼았다.

이유원은 1882년 이후 경기도 양주의 천마산 아래 가오곡에 있는 임하려(林下廬, 수풀 아래 초가)에 거처하면서 「자갈명」을 지었다.

당시 이유원은 가오곡에 집을 짓고 살다가 어느 날 우연히 동네의 서쪽 산기슭에서 옛사람이 그릇을 묻어 둔 곳을 발견하고서 이곳에다가 수장을 만들었다. 이유원은 친구 김기찬(金基纘)을 위해 「생갈명(生碣銘)」을 지어 준 일이 있다. 그 글에서 그는 "일찌감치 견실을 점치되 지리설에 구애받지 않았으나 아직 크게 완공하지는 못했네.(蚤占繭室, 不拘地理, 而堯竣則未.)"라고 했다. 견실은 송나라 왕초(王樵)가 은둔한 집을 스스로 명명한 데서 따온 말이다. 왕초는 자기 호를 췌세옹(贅世翁, 세상의 혹 같은 늙은이)이라 했다. 이유원은 가오곡의 임하려를 견실이라 여겼고, 수장을 둘 곳이라 생각했다.

생전에 자신이 훗날 들어갈 무덤을 만드는 풍습은 후한 때 시작되었다. 수장의 수(壽)는 아득히 오래간다는 의미로, 수장을 만들면 오히려 장수한다는 속설도 있었다. 그래서 여러 사람이 글을 지어 기념했다. 윤정현(尹定鉉)은 기문을 짓고 김흥근(金興根), 조두순, 김병학(金炳學), 김좌근(金左根), 남병철(南秉哲)은 발문을 지었으며, 정원용(鄭元容)은 명을 지어 붙였다. 어떤 사람이 "흉사를 미리 준비하는 것은 예법이 아니오."라고 하자, 이유원은 이렇게 말했다. "그것은 속된 선비의 집요한 견해이지, 사리에 달관한 자의 말이 아니오. 옛날에 주자는 수장을 두었고, 사공표성(司空表聖, 사공도)은 왕관곡(王官谷)에 살 때 그곳에 유택(幽宅, 음택)을 만들고는 여러 벗들과 그 속에서 함께 술을 마셨소. 이는 과연 어떠하오? 나도 그렇게 하고 싶지만 아쉽게도 광중(壙中)에서 함께 놀 만한 사람이 없구려." 그러고서 돌에 이렇게 새겼다.

이 귤산 늙은이가 새로 표지를 두었으니
내게 맞는(可吾) 복지(福地)가 참얼굴을 드러내네.
옹은 가타부타 하는 말을 듣기 싫어하나니
타인이 어찌 반드시 나의 산을 지나가랴.

李橘山翁新置標　　可吾福地現眞顔
翁不欲聞言可否　　他人何必過吾山

이유원은 수장을 만들었을 뿐 아니라 자갈명을 지었다. 그리고 절친한 문인들에게 수장비 후기를 부탁했다. 현재 이유원의 무덤은 경기도 남양주시 화도읍 수동면 송천리에 있다. 수장을 만들 당시 이유원은 「수장」이라는 시도 지었다.

견실과 영당(초상을 봉안한 사당)은 예측치 못한 일을 염려하
여 마련하니
옛사람도 미리 수장을 계획한 분 있었다네.
나도 여기에 묻히고자 먼저 개오동나무 심었으니
천마산 서쪽 묘택에서 근심 잊을 수 있으리라.

繭室眞堂虞不備　　古人亦有豫營丘

我欲藏焉先種檟　　天摩西宅可忘憂

　젊어서 이유원은 외숙인 박기수(朴綺壽)에게 수학했다. 그 뒤 신위(申緯), 정원용, 서유구에게서도 많은 영향을 받았다. 『임하필기』 외에 『가오고략(嘉梧藁略)』, 『귤산문고(橘山文藁)』를 남겼다.

　박기수는 1834년 헌종이 즉위한 후 순조의 비로서 대왕대비가 된 순원 왕후가 수렴청정하게 되자 예문관 제학으로서 교문을 지어 올렸다. 도승지를 겸대하던 권돈인(權敦仁)이 교문 가운데 '양성조(兩聖朝)' 세 글자는 근거가 없으므로 다른 말로 바꾸라고 했다. 박기수는 "글로 꾸짖는다면 편안한 마음으로 받아들이겠지만, 이렇게 분부하는 것은 조정의 체모에 관련된다."라며 불쾌해했다. 그리고 곧바로 사직하여 체직하고는 경기도 양주 돈암(敦巖)으로 내려갔다. 그 후로는 경저리(京邸吏, 지방 관청에서 서울에 파견되는 아전)가 조정의 시책을 적어 각 고을에 보내는 저보 따위는 아예 보려 하지 않았다. 박기수는 "남들은 다반사로 말하는 것들이 나는 모두가 처음 듣는 것들이어서 마치 딴 세상에 살다가 온 자와 같다."라고 소외의 심정을 말했다.

　이유원은 만년에 가오실에 있으면서 "나는 박 공의 말이 매우 핍절하다는 것을 느끼게 되었다."라고 술회했다. 그는 『임하필기』에서 박기수의 고지식할 정도로 개결한 성품에 대해 회고하면서 그 자신이 박기수의 전형을 따르고자 했다. 하지만 저보를 아예 보지 않았던 박기수에게 비교한다면 이유원은 대단히 정치적이었다.

이유원은 1841년(헌종 7년) 정시 문과에 급제한 뒤 예문관 검열, 규장각 대교를 거쳤으며, 1845년 동지사 서장관으로 청나라에 다녀와 의주 부윤, 함경도 관찰사를 지냈다. 46세가 되던 1859년에 양주의 가오곡으로 이사했다.

1861년(철종 12년) 해주 감영에 있을 때는 청나라 문종(함풍제)의 부음을 반포하러 오는 칙사를 접대했다. 1863년(철종 14년) 겨울에 철종이 승하한 뒤 이듬해 고종 원년에는 별위사의 임무를 맡아 조문 사신을 영접했다. 상칙(上勅, 상사)인 화색본(和色本)은 귀국 후에도 안부를 묻는 서신을 보내왔고, 이유원에게 '귤산의원(橘山意園)'이라 액자를 써서 선물했다.

뒤이어 좌의정에 올랐으나 대원군과 반목하여 1865년에 수원 유수로 좌천되었다. 그해 말 영중추부사로 전임되어 『대전회통』 편찬의 총재관이 되었다. 1873년(고종 10년) 대원군이 실각한 뒤 영의정이 되고, 영중추부사로 서임되었다. 이때 세자 책봉 문제로 일본과 결탁했다. 1875년에는 주청사로 청나라에 가서 이홍장(李鴻章)을 회견하고 세자 책봉을 추진했다. 1879년 영의정으로 있을 때 이홍장으로부터 서구 열강과 통상 수호 하여 일본과 러시아를 견제하라는 내용의 서한을 받았다. 다음 해 치사하여 봉조하가 되었으나 1881년에 개화를 반대하는 유생 신섭(申㰍)의 상소로 거제도에 유배되었다. 1882년에는 전권대신으로서 제물포 조약에 조인했다. 이때 이후 가오곡의 임하려에 있으면서 『임하필기』를 엮었다. 1882년 가을부터 1884년 봄까지는 심하게 앓았으며 그 와중에 부인을 잃는 슬픔까지 더해져서 오랫동안 시름에 잠겨 있었다. 그가 이 무렵에 「자갈명」을 지은 것은 죽음에 대해 깊이 사색한 결과이다.

생전에 이유원은 자신의 도상(圖像)을 만들었는데, 사람들은 다들 본모습과 똑같다고 했으나 그 자신은 미덥지 않았다. 이에 스스로 부지옹(不知翁)이라 하고서, 이어 찬을 지었다.

남들은 알겠다고 하지만	人曰知之
나는 누구인지 모르겠소.	吾不知之
아는 자가 알아야	知者知之
이야말로 아는 것이로세.	是謂知之

또 전어(轉語) 하나를 다음과 같이 지었다. 전어는 앞서의 뜻을 바꾸어 일전해서 다시 말하는 것을 말한다.

나는 스스로 알지라도	吾雖自知
남들은 아직 알지 못하네.	人則未知
정말 아는지 알지 못하는지	知與未知
그 누가 알랴.	云誰知之

이유원은 조선이 개항할 때는 지대한 역할을 했다. 다만 황현(黃玹)은 『매천야록』에서 그를 파렴치한 소인배로 묘사해 놓았다. 개화기의 정치가로 그를 어떻게 평가해야 할 것인가? 간단치가 않다. 그 자신도 "남들은 알겠다고 하지만, 나는 누구인지 모르겠소."라 했고, 또 "나는 스스로 알지라도, 남들은 알지 못하네."라고도 하지 않았는가?

백 세대 뒤에라도
옹의 실질을 알리라

54

김평묵(金平默, 1819~1891년),
「중암노옹자지명병서(重庵老翁自誌銘幷序)」

　신사년(1881년, 고종 18년), 영남 유생 이만손(李晩孫) 등
만여 인이 궐하에 나아가 상소하여 죽기로 다투자, 경기 유
생 신변(申櫋) 등이 이를 이었다. 당시 사악한 이단의 설이
돌출하여 향인들이 붙좇지 않는 이가 없었다. 이호(李浩)
와 유인석(柳麟錫) 공이 옹에게 권하여, 서찰을 영남 유생
에게 보내어 그 의리를 포창하고 그 바람에 휩쓸리는 무리
를 질책하고 격동하게 했다. 옹이 탄식하며 말하길 "이것만
이라 해도 그만두는 것보다는 낫단 말인가!"라 하고는 마
침내 그 권유를 따랐다. 서찰이 나오자 유림이 기세를 더
했으며, 개화를 주장하는 무리의 분노와 매도가 세상에 넘

쳐 났다. 그러다가 홍재학(洪在鶴)이 관동의 선비들을 창도
하여 상소문을 받들어 대궐에 호소하자, 시류배가 옹이 그
뿌리라고 간주하여 씹고 물고 하기를 더욱 심하게 했다. 그
러다가 여러 사람들이 죄를 얻어 홍재학 군은 서대문에 시
신이 널부러지고 집안의 재산이 적몰되고, 또 대사간 이원
일(李源逸)을 사주하여 봉장을 올려 옹의 주살을 청하게
하니, 합계하여 시끌시끌했다. 옹은 마침내 지도(智島)에 위
리안치되었다. 그 후 임오년(1882년)에 이르러 군사의 변란
이 일어나서 사면을 받고 돌아왔다. 앉은자리가 채 뜨뜻해
지기도 전에 군주의 사친(대원군)이 천진(天津)에 구금되자,
대간들이 사주를 받아 여러 사람들을 다시 귀양지로 되돌
려 유배할 것을 청했다. 옹은 마침내 다시 지도로 들어갔
다. 옹이 바다 섬에서 사는 4년 동안에 「육책사(六責詞)」,
「칠조사(七吊詞)」와 「향중실신구적사기(向中室新構謫舍記)」
를 짓자, 호남 학자들이 상당히 많이 따랐다. 갑신년(1884
년)에 복색을 신식으로 바꾸라는 영이 내려왔으나, 죽음을
각오하고 복종하지 않았다. 얼마 있다가 적신 김옥균 등이
난을 일으키자, 상께서 그들을 적소에 내쫓으라 명하고 새
복색의 영을 폐지했다. 12월에 북쪽으로 돌아가 연천(漣川)
에 이르렀다. 병술년(1886년) 영평(永平) 무이담(武夷潭)으
로 이사해서 편한 대로 거주했다. 그리고 무이담의 수석을

사랑해서, 거연대(居然臺)를 쌓고 강사(講社)를 설치하고는 향음례와 사상견례 등을 익혔다.

기축년(1889년, 고종 26년), 나이 71세에 오래 살지 못하리라 헤아리고 손자 김춘선(金春善)에게 말했다. "너의 할아버지는 일찍이 김인산(金仁山, 김이상(金履祥))과 허백운(許白雲, 허겸(許謙)) 사제를 논단하여 '온 천하가 이민족이 되었다고 해도 두 분은 중국의 문화를 지켰으며 온 천하가 짐승이 되었다고 해도 두 분은 인간의 부류였다.'라고 하셨다. 백 세대 이후의 군자들이 또 나를 두고 어떻다고 논평할지 모르겠다. 그렇지만 나는 이 일 때문에 죄를 얻어 금고를 받아 죽으니, 죽으면 소복으로 염습을 하고, 상여에는 서양의 장식을 쓰지 말며, 신주에는 '중암선생부군(重庵先生府君)'이라 쓰면 족하다." 유언을 마친 이후에 대략 이와 같이 적은 뒤에 광중의 남쪽에 묻으라고 했다.

옹에게는 아들이 하나 있으니, 기붕(基朋)이다. 딸은 둘이다. 장녀는 신창수(申昌秀)에게 시집갔으나(신창수는 뒤에 이름을 달수라고 고쳤다.) 일찍 죽었고 자식은 기르지 못했다. 차녀는 홍재구(洪在龜)에게 시집갔다. 춘선(春善)이 기붕의 후사가 되었다. 아들 종형(鍾亨)을 두었고, 안행원(安行遠)의 부인이 된 딸과 아직 비녀를 꽂지 않은 여자아이 하나는 홍재구의 소생이다. 증손으로 사내는 익증(益曾)과

익창(益昌)이 있고 딸이 하나 있는데 모두 어리다. 이들은 춘선에게서 났다.

옹은 아무 해 아무 달 아무 날에 속광(屬纊, 솜을 코 밑에 대어 숨이 멎은 것을 확인하는 일)을 했다. 묘는 아무 땅 아무 좌이다.

명은 이러하다.

진(晉)나라 정절선생(靖節先生, 도연명)은
영구차의 자만(自輓)을 지었고,
송나라 태중대부(太中大夫, 정향)는
현실(무덤)에 자지(自誌)를 남겼다.
옹이 쓴 묘지를 읽고
옹의 세대를 논한다면,
백 세대 뒤에라도
옹의 실질을 알리라.

고종 때 의병을 일으킨 김평묵이 작성한 자찬묘지명이다.

김평묵의 자는 아장(雅章), 호는 중암(重庵), 본관은 청풍이다. 어려서 이항로(李恒老)의 문하에 들어갔다. 재질과 덕망이 뛰어나 조정으로부터 감역(監役)에 제수되었으나 취임하지 않고 성리학에 몰두했다.

1867년 3월, 나이 48세 때 가평군 설악면 신천리 속청 큰 골(대곡(大谷))으로 이주하여 양구, 홍천 등지에서 찾아오는 학동들을 가르치며 노모 장수 황씨를 봉양했다. 50세가 되던 5월 한포서사(漢浦書社)를 짓고 두개의 대를 세웠는데 하나는 관물대(觀物臺), 또 하나는 겸산대(兼山臺)이다. 지금도 관물대와 겸산이라는 암각 글씨가 남아 있다. 53세 되던 1871년(고종 8년) 10월 가평 조종암에 이르러 대통묘에 참배하고, 57세 되던 해에는 「구의사전(九義士傳)」을 지었다. 1876년 봄에는 가평읍 승안리 속청 자리터에 이르러 유중교(柳重教)와 더불어 자양서사(紫陽書舍)를 지어 두고 학동을 가르쳤으며 아예 가솔을 데리고 이주해 왔다. 승안리 용추계곡을 옥계구곡(玉溪九曲)이라 이름한 것도 김평묵과 유중교라고 한다.

1881년(고종 11년) 62세의 나이로 영남에 내려가 이만손을 비롯한 유생 1만여 명과 함께 척양척왜(斥洋斥倭) 운동을 벌였다. 그해 7월 다시 척양척왜 상소문을 초안했다는 이유로 섬으로 유배되었다가 대원군 이하응이 집권하자 풀려났다. 1888년 70세로 영면하고 가평의 미원 서원(설악면 소재)에 배향되었다.

김평묵의 스승 이항로는 병인양요를 계기로 위정척사의 사상을 고취했다. 1866년에는 "서양 물건을 교역하지 않으면 기괴하고 교묘한 기예가 통하지 않게 될 것이다."라고 하는 양물배척론을 주장했다. 그의 사상은 김평묵과 유중교, 최익현(崔益鉉)에게로 이어졌다. 김평묵은 "한번 물자를 교역하기 시작하면 우리의 먹고살 길이 끊기고 천리에 핏물이 흐르고 말 것이다."라고 우려하여 「어양론(禦洋論)」을 주장했다. 이항로는 민족적 모순을 단합되고 통일된 민중의 의지로 해결하기 위해서 '뭇사람의 마음으로 성을 만들자(衆心成城)'고 주장했는데, 김평묵은 '선비들을 길러서 결성해야 한다(養士結成)'라 주장했다. 그 뒤 최익현도 "임금이 없는데 신하가 어찌 홀로 존재할 수 있으며 나라가 없는데 백성이 어찌 홀로 보존할 수 있겠는가?"라고 하여, 대중의 자발적인 운동을 촉구했다.

1880년 수신사 김홍집(金弘集)이 일본에서 청나라 황준헌의 『조선책략(朝鮮策略)』을 가지고 오면서 신사척사론(辛巳斥邪論)이 일어났다. 이 책자에서 황준헌은 러시아의 남하에 대비해서 조선국은 친청(親淸), 결일(結日), 연미(聯美)의 외교 정책을 수립하고 서양의 제도와 기술을 배워야 한다고 주장했다. 영남 유생 이만손을 소두(疏頭)로 유생들은 만인소를 올려, 이 책자를 국내에 반입한 김홍집을 처형하라고 주장했다. 유중교는 춘추대의를 내걸고 척양척왜 할 것을 역설했다.

1881년 2월, 김평묵은 이만손의 상소가 만고에 없는 내용이라고 격려하는 서찰을 보냈다. 또 경기 유생을 위해 상소문을 짓고, 강원도 유생 홍재학 등이 올리는 척왜소의 말미에 자신의 견해를 덧붙였다. 개화론에 미온적인 태도를 취한 국왕을 비난하는 내용이었다. 8월에 홍재학은 능지처참 형을 당하고 김평묵은 전라도 지도로 유배되었다.

1882년(고종 19년) 재집권한 대원군이 사면령을 내렸으므로 유배에서 풀려났다. 하지만 9월 대원군이 청나라에 잡혀가자 다시 지도로 유배되었다. 1884년 10월 위안스카이(袁世凱)가 국내에 들어와 갑신정변을 수습하자, 조정에서 사면령을 내려 유배에서 풀려났다. 1886년 3월 문인 심능순(沈能舜)의 도움으로 영평 운담(雲潭)으로 이사했다. 하지만 72세 되던 1890년 정월 풍병이 들었다. 윤2월 개성과 해주를 거쳐 선현 및 사우들을 방문하고 돌아왔다. 5월에 영정을 그렸고, 문인 유기일(柳基一)이 화상찬(畫像贊)을 지었다. 이때 김평묵은 지명(誌銘)을 스스로 지었다. 1891년 12월 20일, 운담 정사에서 눈을 감았다. 1910년(순종 4년) 문의(文懿)의 시호가 내렸다.

김평묵의 위정척사 사상은 호국 애국의 사상으로 발전했다. 그의 「여양론」은 한말 위정척사 운동의 실천 이념이 되었다.

문을 닫아걸고
의리를 지켰다

55

전우(田愚, 1841~1922년), 「자지(自誌)」

전우의 자는 자명(子明)으로, 약관의 나이에 몸을 멈추어 스승을 따랐다. 스승 희양(希陽) 옹(임헌회(任憲晦))께서 『주역』간괘(艮卦)의 단사를 쓰며 「간재잠(艮齋箴)」을 지어 주셨다. 이윽고 돈간(敦艮) 두 글자를 다시 내려 주셨다. 사람됨이 졸렬하고 솔직하여 다른 사람과 잘 부합하지 않았으며 원수와 적이 세상에 넘쳐 났으므로, 장려하고 추어주는 일을 만나면 곧바로 세속의 관습을 따르지 말라고 경계했다. 폐에 질환이 있어서 경전과 역사서를 많이 읽을 수가 없었다. 다만 사우들을 따라서 조금 견문과 지식이 있게 되었다. 『논어』·『역전(易傳)』·『주자대전』·『주자어류』

보기를 좋아했으나, 그 깊은 취지는 구명하지 않았다.

부친 청천(聽天) 옹은 성근(誠勤)을 위주로 하라고 가르쳤다. 비 양씨(梁氏)는 "사람들 마음이 기쁘지 않은 것은 욕망이 있기 때문이니, 만일 욕망을 이기면 절로 즐겁다."라고 했다. 종형 경력(經歷) 공은 번번이 청심(淸心)으로 일을 살피라고 경계했다. 모두 지극한 말씀이되, 지킬 수가 없었던 것을 부끄럽게 여긴다.

어버이를 섬기되 효를 다하지 못했기에 신령의 미움을 받았다. 외간상과 내간상을 연달아 겪어 상례와 장례를 다하지 못한 것을 종신의 한으로 여기고 있다. 성격이 소활(疏闊)하여 생계를 돌보지 않았으므로 마침내 곤궁한 상태에 이르러, 호서와 영남을 전전하여 이사 다니며 아내와 자식은 얼고 굶주렸다. 매번 절간에 가서 강학을 하여 왕왕 한 해를 넘겨서 돌아오고는 했다. 학문의 친구 가운데 보태 주는 자가 있어서 고사하지 않았으나 다만 남에게 가난한 사정을 말하고 물자를 꾸어 오지는 않았다.

마음으로 덕행을 사모했지만 의지가 약하여 이루지는 못했다. 병으로 단결(丹訣)을 연구했으나, 틈새가 적어서 시도하지 못했다. 사류(士流)가 쪼개져 나뉘는 것을 답답하게 여겨서 진실한 마음으로 보합을 바랐으나, 끝내 뜻처럼 되는 일이 없었다. 학술이 여러 길로 갈라지는 것을 걱정하여, 언론에 고생하며 본원을 가리켰지만 도리어 비방을 받았다.

임오년(1882년) 조정에서 사류를 다독이려고 하여 나를 선공감 감역에 차정했다. 얼마 있다가 영의정 홍순목(洪淳穆)이 주청하여 전설사 별제로 승진하게 했고, 곧이어 강원도 도사(都事)에 제수되었다. 갑오년(1894년)에는 사헌부 장령에 제수되고, 을미년(1895년)에는 순흥 부사에 제수되었다. 하지만 역신이 주청하고 천거한 것이었으므로 죽기로 각오하고 벼슬에 나아가지 않았다. 갑진년(1904년)에 특별히 정3품에 올랐는데, 신문사의 여러 사람들이 사류를 특히 심하게 미워했다. 심지어 「산림은일을 조문하는 글(弔山林隱逸文)」까지 지어서는, 내가 높이 베개 베고 누워서 벼슬길에 나오지 않는 것을 훌륭한 방책으로 삼아 비서승의 깨끗한 선발을 몰래 훔쳤다고 비난했다. 병오년(1906년), 중추원을 쇄신하려 부찬의(副贊議)에 임명한다는 명이 있었다. 나는 시국이 너무 어렵고 재주도 못나며 계책도 성글다고 스스로 여겨 결코 취직하지 않았고, 또 사직소를 올려 사직하지도 않았다. 이는 정암(貞菴) 민우수가 관직에 제수되었으되 징소가 없었으므로 먼저 상소를 올리지 않았던 의리를 따른 것이다.

나는 시사에 대해서는 결코 상소를 하여 가부를 따지지

않았다. 오로지 문생을 신칙하여, 오랑캐의 제도를 따라서는 안 된다고 하였다. 역신 가운데는 개화(開化)에 경화(梗化)되어, 심지어 위에 나를 살해해야 한다고 청하는 자까지 있었다. 그러다가 을사년 10월의 변고가 있게 되자, 마침내 스스로 이렇게 여겼다. '몸이 비록 벼슬길에 나오지는 않았으나 이름이 유선(儒選, 유학에 뛰어나서 유현으로 선발된 사람)에 들어 있으므로, 그 의리는 대부로 있다가 관례에 따라 벼슬을 그만둔 것과 견줄 수가 있는데, 역적이 나라를 통째로 남에게 준다면 그 변고는 인근 동맹의 나라에서 군주를 시해한 것보다 심하다.' 그래서 간괘에서 말하는 "그 몸을 얻지 못하며 그 사람을 보지 못한다."라는 가르침을 정말로 금일에 사용해야 할 것이지만, 상소문을 지어 을사오적을 참수하라고 청했다. 상감의 비답에는 '가상하게 여긴다'는 말이 있었으나, 끝내 시행하지는 않으셨다.

군부가 위태롭고 욕을 당하고 있으므로 감히 자기 집에서 편히 쉬며 지낼 수는 없었다. 무신년(1908년) 이후에 마침내 절해고도에 들어가 왕등(旺嶝), 군산(羣山), 계화(界火) 등 여러 섬들을 왕래하며, 때때로 한두 벗들과 의리를 강론하고 천명하여 사람들로 하여금 암흑세계라도 한 줄기 양(陽)의 맥이 있음을 알게 했다.

지인 가운데는 나로 하여금 문인들을 열국에 유학 보

내 적인걸(狄仁傑)이 당나라 황실을 회복시킨 것과 같은 일
을 하라고 권하는 이도 있었고, 또 민회를 열라는 이도 있
었으며, 도성에 들어가 서양 우두머리와 담판을 지으라고
시키는 이도 있었다. 의병을 일으켜 적을 토벌하지 않는다
고 책망하는 자도 있었고, 열 번이라도 상소를 올리고 사
절(死節)하지 않는다고 비난하는 자도 있었다. 모두 자신
의 본분이 아니라고 여겨서 문을 닫아걸고 의리를 지킨 것
이니, 이는 바로 간괘 대상전의 뜻을 준수한 것이다. "그대
에게는 죽음에 잘 대처하는 일 한 가지가 있다."라고 말하
는 자가 있으면, 곧 받아들여 듣고 기뻐하되 잠잠히 이 점
에 대해 생각했다. 대개 의리를 분명히 하지 못하고 심기가
지나치게 추솔하여, 늘 중용을 선택하여 잘 지키지 못할까
두려워했다. 고명하고 식견이 있는 선비를 만날 때마다 문
득 묻고 자기 자신을 돌이켜 보아 체험해 살피고는 했다.

그 선조는 담양(潭陽) 사람이다. 16세조 무은(樊隱) 휘
녹생(祿生)은 포은, 반남(潘南, 박상충)과 함께 명나라를 존
대하고 원나라를 배척하는 의리를 세워, 스스로의 몸을
죽여도 후회가 없는 지경에 이르렀다. 9세조 휘 윤량(允良)
은 왜란 때 순천 산성을 지키며 적과 전투하다가 순절하여
공신의 녹권을 받았다. 조부 휘 영(瓔)은 재물을 가볍게 여
기고 의리를 좋아했다. 청천 옹 휘 재성(在聖)은 온화하고

도 청렴결백하며『주자서절요(朱子書節要)』와 방정학(方正學) 글 읽기를 좋아했으므로, 희양 옹이 그 현명함을 자주 칭송했다. 비 남원 양씨(南原梁氏)는 성하(星河)의 딸로, 품성이 돈후하면서 방정했다. 두 아들을 두어 장남은 경준(慶俊)으로, 도총을 거쳐 경력으로 있었는데 다른 사람의 후사로 나갔다. 차남은 곧 나다. 나는 밀양 박씨 동돈령부사 효근(孝根)의 딸을 아내로 맞았는데 행실이 현숙했다. 4남 1녀를 낳았다. 다시 결성 주씨(綾城朱氏) 성동(聖東)의 딸을 아내로 맞았는데, 자식을 낳지 못했다. 아들 회구(晦九)는 일찍 죽었다. 다음은 화구(華九)와 경구(敬九)이다. 그 아래는 요절했다. 측실에게서 딸을 낳았는데, 사위는 전주 이승의(李昇儀)이다. 일효(鎰孝), 일제(鎰悌), 고성 이인구(李仁矩)의 처, 진주 정헌태(鄭憲泰)의 처는 장방(장남)에게서 태어났다. 일건(鎰健)과 일중(鎰中)은 차방(차남)에게서 태어났다. 일정(鎰精)과 일둔(鎰純)은 계방(막내)에게서 태어났다. 나는 신축년(1841년, 헌종 7년) 8월 13일 묘시에 태어났다. 아무 해 아무 달 아무 날에 죽어, 아무 군 아무 산 아무 좌에 묻혔다.

나는 평소 훌륭한 형상이라고는 아무 기록할 만한 것이 없고, 또 말세의 풍속이 꾸미는 것을 숭상하는 것을 싫어하므로, 지(誌)나 갈(碣)을 남에게서 구하지 말라. 왕복 서

간과 잡저 시문 약간 권이 있는데, 도 있는 이의 정정을 거쳐야 남에게 보여 줄 수 있을 것이다.

명은 이러하다.

상제가 내려 준 선한 덕을 받고
성인의 중용에 관한 가르침을 들었거늘
어찌 그 공효를 실시하지 않을 수 있겠는가?
마음에는 온화함이 있어야 하고
도는 무위이어야 한다 했으니
다만 예전부터의 말을 외노라.
양추(춘추)를 종주로 하고
창주(주희)를 준거로 삼으려 하지만
뜻은 있어도 수응하지 못하다니.
덕이 아직 이루어지지 않아
이름이 칭송되지 않으니
아아, 일생 초지를 저버리고 말았도다.

이 글의 저자 전우는 스승 임헌회로부터 간괘(艮卦)의 의리를 배우고 호를 간재(艮齋)라고 했을 뿐 아니라 일생의 행동 양식을 간괘 괘사의 뜻에 부합하게 하려고 했다.

간괘 괘사에 "그 등에 그치면 몸을 보지 못하며 뜰에 가면서도 사람을 보지 못하여 허물이 없으리라.(艮其背, 不獲其身, 行其庭, 不見其人, 无咎.)"라는 말이 있다. 주희의 『주역본의(周易本義)』에 따르면, 몸 가운데 등은 그침의 형상이다. 등에 그치는 것이란 그쳐야 할 곳에 그치는 것이고, 그렇게 되면 몸도 움직이지 않게 되므로, 몸을 두지 않는 것이 된다. 그럴 경우 뜰에 그 사람이 가더라도 사람을 보지 않게 된다. 이렇게 해서 움직이든 정지하든 허물이 없다는 것이다.

전우가 간재라는 호를 사용한 것은 벼슬살이에 나아가지 않겠다는 겸퇴의 뜻을 드러낸 것에 그치지 않는다. '군자는 생각이 그 지위를 벗어나서는 안 된다'는 관점에서 문을 닫아걸고 의리를 지키겠다는 태도를 표방한 것이다.

스스로 작성한 묘지에서 밝혔듯이, 전우의 주변에는 문인들을 열국에 유학 보내 국권을 회복할 인재를 비축하라고 권하는 이도 있었고, 민회를 조직하여 민중 운동을 전개하라는 이도 있었으며, 도성에 들어가 외적의 우두머리와 담판을 하라고 시키는 이도 있었다. 반대로 그에게 의병을 일으켜 적을 토벌하지 않는다고 책망하는 자도 있었고, 열 번이라도 상소를 올리고 목숨을 버리지 않는다고 비난하는 자도 있었다. 하지만 전우는 그 방책들이 모두 자신의 본분이 아니라고 여겨 문을 닫아걸고 의리를 지켰는데, 이는 간괘 대상전의 뜻을 준수한 것이라고 밝혔다. 바로 '군자는 생각이 그 지위를 벗어나지 않는다'는 관념이다.

국가와 민족의 위기 때에 전우는 문을 닫아걸고 자기 몸만 지킨 것이 아니다. 그는 많은 인재를 양성했다. 마치 당나라 적인걸의 경우와 같았다.

당나라 고종의 후비 무후가 중종을 폐위시키고 왕위에 올랐는데, 적인걸은 무후의 조정에서 벼슬하면서 장간지(張柬之)·환언범(桓彦範)·경휘(敬暉)·최현위(崔玄暐)·원서기(袁恕己) 등을 추천하여 요직에 두고서 무후를 폐하고 중종을 반정시킬 모사를 지휘했다. 그가 죽은 뒤 무후는 장간지 등에 의해 쫓겨나고 중종이 복위되었다. 적인걸이 세운 공에 대하여 여온(呂溫)은 "은밀히 다섯 용에게 방략을 주어서 태양을 끼고 날았네.(潛授五龍, 夾日以飛)"라는 찬을 남겼다. 적인걸의 일은 『신당서』에 입전되어 있다. 또 적인걸이 인재를 비축한 것과 관련하여, 원행충(元行沖) 즉 원담(元澹)은 적인걸에게 말했다. "아랫사람이 윗사람을 섬기는 일은 비유하자면 부유한 집에서 온갖 것을 비축했다가 그것을 의뢰하는 것과 같습니다. 포와 고기 따위를 비축하여 맛난 음식을 공급하고 온갖 약초를 마련하여 질병에 대비합니다. 문하에게는 맛있는 음식은 가득하니, 소인을 하나의 약석(藥石)으로 비축하기를 바랍니다. 괜찮겠습니까?" 이때 적인걸은 "자네는 바로 나의 약롱 안의 약물이니, 하루도 없어서는 안 된다."라 했다고 한다. 『신당서』「유학열전」의 원담 전기에 나오는 일화로, 적인걸이 인재를 비축한 사실을 잘 말해 준다.

전우의 셋째 아들 전경구는 1917년 정월에 죽었다. 그런데 자찬묘지명에는 그의 죽음이 기록되어 있지 않다. 이 글은 전우가 73세 되던 해인 1913년 계화도 양리(陽里)에 집을 정한 이후 1916년 사이에 작성한 것으로 추측된다. 1913년 송병화(宋炳華)에게 서찰을 보내, 자손과 문인더러 자신이 죽은 뒤에 지장(誌狀)을 짓지 말라고 일렀으므로 훗날 지장을 부탁받더라도 거절하라고 했다. 또 1915년에 정승현(鄭承鉉)에게 답한 서찰에서는 자신이 서해의 섬에 들어온 이후 10년 동안 묘문을 써 달라는 부탁이 있어도 모두 거절했다고 하면서 정승현이 부탁한 묘문을 거절했다. 그해 아들 전화구에게 부친 서찰에서는 남겨 줄 재산은 없으며 모아 둔 장서를 열심히 읽고 실천하여 집안을 일으키라고 권면했다.

구한말의 거유(鉅儒)라고 하면 면우(俛宇) 곽종석(郭鍾錫)과 간재 전우를 손꼽는다.

전우의 소자는 천추(千秋), 초명은 경륜(慶倫), 자는 자명(子明), 호는 간재, 외암(畏菴), 구산(臼山), 추담(秋潭), 수현(守玄), 고옹(蠱翁), 양하왕인(陽下尫人) 등이다. 본관은 담양이다. 전우는 기호 학파의 정통을 이었다. 30세 때는 스승 임헌회의 명에 따라 조광조, 이황, 이이, 김장생, 송시열 등 동방 오현의 글을 발췌하여 『오현수언(五賢粹言)』을 엮었다. 68세 되던 1908년부터 서해의 섬을 전전하면서 제자들을 길러 도통의 계승을 중시했다. 현상윤은 『한국 유학사』에서 전우가 의병 활동을 하지 않은 것을 두고 비난했다.

전우가 살던 시기의 조선은 이른바 개화기를 거쳐 열강의 침략을 받고 있었다. 병인양요(1866), 신미양요(1871), 개항 및 강화도 조약(1876), 갑신정변(1884), 갑오경장(1894), 을미사변과 단발령(1895), 을사조약(1905), 국권 피탈(1910), 3·1 만세 운동(1919), 유림단 파리장서사건(1919) 등등의 사건들은 도학을 공부한 지식인들에게 현실 참여를 요구했다.

1873년(고종 10년) 11월에 전우는 스승 임헌회의 상을 당했다. 임헌회는 이이와 송시열의 학통을 계승하여 주기론을 주장하여, 주리론을 주장하는 이항로 문하의 김평묵 등 화서 학파와 대립했다. 더군다나 의병 운동에 적극 개입했던 이항로의 화서 학파와도 달리 처신했다. 그런데 1877년 11월 김평묵이 임헌회에게 올린 제문에 사용한 '송백하혜(松栢荷蕙)'에 기롱의 뜻이 있다고 하여, 전우는 그 제문을 돌려보내고 임헌회의 영전에 그 사실을 알리는 「고선사묘문(告先師墓文)」을 작성했다. 1881년(고종 18년) 6월에 조정에서 신식 의복 제도를 정하고 넓은 소매 옷을 입지 못하게 하자, 자제와 문생들에게 옛 규범을 고수하라 명했다. 옷소매를 넓게 하고 상투를 보존하는 것이 절개를 온전히 하여 성스러운 도에 뜻을 두는 것과 같은 일이라고 본 것이다.

1895년(고종 32년) 3월 박영효(朴泳孝)가 그를 수구당의 괴수로 지목하며 개화를 위해서라면 죽여야 한다고 고종에게 청했다. 6월에 순흥 부사에 제수되었으나, 나아가지 않았다. 12월 단발령이 내렸다. 전우는 자손과 문인에게 심의와 복건 착용을 고수하라고 명했다.

1899년 2월 천안의 금곡(金谷, 천안시 광덕면 매당리 금곡)으로 이사했다. 1900년 3월 전의(全義) 천서(川西)의 김준영(金駿榮) 집에서 강회를 열고, 1901년 4월 청주의 덕절(德節), 공주의 독락정(獨樂亭), 9월 전주의 만화루(萬化樓)에서 강회를 열었다. 1902년 8월 공주의 신전(薪田)으로 이사하고, 서실을 석하(析荷)라고 했다.

1904년 별단으로 비서원 승에 제수되었다가 곧 체직되었다. 이 무렵 전주 향교의 명륜당, 태인의 남고 서원(南皐書院), 순창의 훈몽재(訓蒙齋), 백양산 운문암(雲門菴)에서 강회를 열었다.

전우는 기호 학파의 학통을 계승하는 과정에서 동문들 중 이탈자가 생겨나는 위기를 맞아, 임헌회 문집의 편찬을 주도하여 동문의 결속을 다지고 강학 활동을 통해 문인 집단을 확장했다. 이로써 충청도에서 화서 학파에 대항할 수 있는 학문 집단을 형성했을 뿐 아니라 그것을 발판으로 문인들이 전국으로 확대해 나갈 수 있게 되었다.

1905년(고종 42년) 11월 을사늑약의 소식을 듣고 오적을 벨 것을 청하는 상소인 「인변난소(因變亂疏)」를 올리고, 상소가 시행되지 않자 재소를 올렸다. 이때 상소를 올리고 가묘에 그 사실을 고하기 위해 「국변진소고가묘문(國變進疏告家廟文)」을 작성했다.

1906년(고종 43년, 광무 10년) 윤4월 최익현이 홍주에서 거의했다는 사실을 알고 문인 김택술(金澤述)과 손자 전일건(田鎰健)을 시켜 위로의 서찰을 내장사로 보냈으나, 최익현은 이미 떠난 뒤였다고 한다. 다만 이 일에 대해서 최익현의 문집 부록에 실린 연보는 다르게 기록하고 있다. 당시 최익현은 74세였는데, 2월 21일에 가묘를 하직하고 가솔들과 작별한 후 창의할 계획을 실행하려고 호남을 향해 출발했다. 작년 겨울 국변 이후로 최익현은 왜적에게 저지되어 상경하지 못했는데, 얼마 후 송병선이 순국했다는 소식을 듣고 분연히 일어난 것이다. 그리하여 "판서 이용원(李容元), 판서 김학진(金鶴鎭), 관찰 이도재(李道宰), 참판 이성렬(李聖烈), 참판 이남규(李南珪), 면우 곽종석, 간재 전우에게 편지를 보내 함께 나아가 국난 구할 것을 권했으나 모두 호응하지 않았다."라고 최익현 연보는 기록해 두었다. 최익현은 고석진(高石鎭)의 주선 대로 태인 사람 임병찬(林炳瓚)에게 문인 최제학(崔濟學)을 보내어 서찰로 뜻을 알리자, 임병찬은 그 뜻을 따르겠다고 회답을 보내왔다고 한다.

1908년 9월 부안의 위도(蝟島) 서쪽 북왕등도(北旺登島)로 들어갔다. 전우는 「시의(時義)」라는 글에서 자신이 이적을 피해 섬으로 들어가 사는 것이 상황에 따른 적절한 대처라고 주장했다. 같은 해 오진영(吳震泳)과 자손 및 제생에게 서찰을 보내, 중국 양계초의 신학문 사상을 비판하면서 자신은 개명의 노예가 되지 않겠다고 밝혔다. 1909년 2월 목중(穆中)으로 돌아와 4월에 군산도(群山島) 구미촌(龜尾村)에 들어갔으며, 7월에는 신치동(臣癡洞)에 들어가 안양 서실(安陽書室)을 지었고, 9월에는 완고당(頑蠱堂)을 짓고 고옹(蠱翁)이라고 자호했다.

1910년 4월 안중근의 의거 사실을 듣고 그의 의열을 칭송하는 시를 지었다. 6월 경학원(經學院)에서 공교회(孔敎會) 도교장(都敎長)의 직첩을 보내왔으나 이를 거부했다. 8월에는 일제의 강제 합병 소식을 듣고, 군산도에서 왕등도로 다시 들어갔다. 이때 문인들이 구인암(求仁菴)을 지어 주었다. 전우는 거실 벽에 "만겁이 흘러도 끝까지 한국의 선비로 돌아갈 것이요, 일생을 기울여 공자의 학도가 될 것이다(萬劫終歸韓

國士, 平生竊附孔門人'라는 말을 써 붙여 두고 민족의식과 유교 신념을 다잡았다.

1911년 송병화(宋炳華)에게 보낸 서찰에서는 강제 합병 때 순국한 열사들을 찬양하고 자신의 처신에 대해 언급하며, 양하왕인이라는 자호를 사용하는 사연을 말했다. 이 서찰의 다음 부분은 『양명집(陽明集)』의 「종오도인기(從吾道人記)」을 흉내 내어 「양하왕인기(陽下尪人記)」로 입제(立題)하여 말한 것이다.

　양하왕인이란 것은 내가 스스로 이름한 것이다. 무엇 때문에 양하라고 말하는가? 성현의 경우에는 추양(秋陽), 자양(紫陽), 화양(華陽), 희양(希陽)이라 한다. 군주로 말하면 한양이다. 선계로 말하면 담양이다. 이 여섯 가지 양은 내가 마땅히 종신토록 추대하여야 할 바이다. 왕인이라 하는 것은 무엇인가? 왕이란 병으로 불구가 된 사람이다. 덕업이 이루어지지 않았다면 유가의 문에서 병자이다. 충효에서 칭송되지 않는다면 집안과 국가에서 병자이다. 또 지금 도망해 숨은 곳은 왕도(旺嶹)인데, 그 음과 가까운 말을 취한 것이다. 또 한 가지 있다. 왕이란 것은 얼굴이 하늘을 향하는 모습이라 하늘이 슬퍼하는 바이다. 하지만 지금 시대의 사람을 보면 스스로를 내몰아 몸뚱이를 들이미는 것은 왕왕 흑칠처럼 어두운 지뢰(地牢, 지하 감옥)가 대부분으로, 하늘이 간여하지 않는 곳이다. 내가 만약 하늘을 향한다면 하늘은 선뜻 슬퍼해 줄 터이니, 바라는 바가 아니겠는가? 이것이 양하왕인의 뜻이다.

1912년 3월 군산도의 안양 서실로 옮겼다가, 9월 계화도(繼華島) 장자동(壯子洞)으로 옮겼다. 최병심(崔秉心)에게 답한 서찰에서는 왜의 은사금과 작위를 염치없이 받는 사람들을 비판했다. 1913년 2월 장손 전일효(田鎰孝)가 공주에서 가묘의 신주를 모시고 계화도로 들어왔다. 이후 계화도 양리(陽里)에 집을 정하고, 강학처를 계화재(繼華齋)라 했다.

1918년 12월 순종이 붕어했다는 소식을 듣고 상복을 입었다. 1919년 파리장서에 서명하라는 요청이 있었으나, 서명을 거절했다. 1920년 4월에는 「시제생(示諸生)」에서 박영효가 선성(先聖)을 모욕했다며 성토했다. 1922년에 전상무(田相武)에게 보낸 서한에서는 자신이 파보를 엮게 된다면 단발과 변복을 받아들인 종인들을 보첩에 수록하지 않겠다고 하였다. 1922년 7월 4일 졸하여, 9월 13일 익산 현동(玄洞)의 선영에 묻혔다. 1945년 3월 익산 장항리(獐項里)로 이장되었다.

전우는 자신의 정신세계를 드러낼 저술을 편찬하는 일에 큰 관심을 두었다. 고부 백천재(百千齋)에 머무르던 1906년 3월에 문고(文稿) 36책, 1912년 11월에는 전고(前稿) 25책,

1921년에는 후고(後稿) 25책을 이루었다. 그렇지만 일제의 검열하에서는 간행하지 말라고 자제들과 문인들에게 유언했다. 1922년 9월에 전우의 장례가 끝난 후 그의 문인들은 재후고(再後稿) 10책을 이루었다. 1922년 10월에는 청도에 위치한 성기운(成璣運)의 덕천재(悳泉齋)에서 간행 작업을 시작했으나, 문도들 사이에 이견이 있어서 여러 차례 다른 방식으로 문집이 간행되었다.

1916년에는 인조반정 직후 유몽인(柳夢寅)이 지은 시 「상부(孀婦)」에 차운한 「궁아사(宮娥詞)」를 지었다. 몰락한 왕조의 늙은 궁녀가 절개를 지키는 것을 찬양하면서 자신의 지조를 밝혔다.

여든 살 늙은 궁녀가	八十老宮娥
버려진 규방을 아침마다 쓸면서,	朝朝掃廢壺
옛 주군을 하늘로 떠받들어	故主奉爲天
한 사람만 따르라는 가르침을 묵묵히 외우네.	默誦從一訓
마음은 서리가 잣나무에 엉긴 듯하고	心似霜凝柏
얼굴은 떨어진 무궁화 꽃과 같다.	顔如花落槿
곁엣 사람이여 시집가라 말을 마오	傍人休言嫁
꿈에서도 붉은 분은 잊어버렸으니.	夢亦忘朱粉

77세 되던 1917년에는 「구산일송(臼山日誦)」을 저술했다. 날마다 외우며 스스로 다잡기 위해 지은 일종의 우언이다.

나는 심을 말하고 성을 배우길 좋아한다. 하루는 심이 머리를 숙이고 성 선생의 가르침을 들었다.

"우야, 너는 제(帝)에게서 천명을 받았다.(주자는 '천명을 성이라고 한다. 천은 심이니, 심에는 주재의 뜻이 있다.'라고 했다. 또 '천은 심에게 명을 하고서 비로소 성이다.'라고 했다. 둘을 뒤섞어 보면 천과 제와 심은 역시 이(理)라고 말할 수 있다.— 이하 원주)

지금 일흔 하고 또 일곱 살이거늘, 어찌 삼가 그 명을 쓰지 않는 것이냐?(심은 비록 천에서 명을 받지만 사려와 동작의 경우에는 심이 도리어 그 명을 운용한다. 비유하자면 신하가 군주에게서 아들이 아비에게서 명을 받지만, 일에 임해서는 도리어 그 명을 스스로 사용하는 것과 같다. 『서경』「감서(甘誓)」에 '명을 잘 사용하는(받드는) 사람은 조상들 앞에서 상을 받는다(用命賞于祖)'라고 한 것이 이것이다. 명을 잘 사용하면 경(敬)이라고 하니, 그 지위와 분수의 존비가 저절로 있기 마련이다.)

흔히 전우는 성을 이로 파악하고 심을 기로 파악하는 전통적인 기호 학파의 입장을 고수하면서, 심을 이로 파악하는 학설에 맞서기 위해 성사심설(性師心弟)의 설과 성존심비(性

尊心卑)의 설을 제기했다고 알려져 있다. 혹은 주리(主理)와 주기(主氣) 두 설을 모두 배척하고 나름대로 성리학적 경지를 창안하여 심본성설(心本性說)을 주제로 성존심비 또는 성사심제의 설을 주장했다고도 평가된다. 조긍섭(曺兢燮)은 전우의 성존심비설과 성사심재설의 문제를 조목조목 비판하여, 문집 『암서집(巖棲集)』에 「성은 높고 심은 낮다는 설'에 대한 변론(性尊心卑辨)」과 「'성은 높고 심은 낮은 것의 분명한 근거'라는 글에 대한 변론(性尊心卑的據辨)」을 남겨 두었다. 하지만 성과 심의 존비과 달리 그 둘의 운용에 관한 문제는 전혀 다른 설명도 가능하다. 전우는 천(天), 제(帝), 심(心)을 모두 이(理)로 보았으며, 정언 명령이 마음에 내재화해 있어 일상에서 운용되는 상태를 중시한 듯하다.

79세 되던 1919년에는 자신의 초상에 자경문을 썼다. 스스로의 호를 구산병부(臼山病夫)라고 적은 「화상자경(畵象自警)」이다.

좌우 손바닥에 공 문양을 쥐고 있으니	左右握公
방촌은 정직을 온축하고 있다.	方寸蘊直
정직하고 또 공변되므로	旣直且公
의당 큰 덕을 완성하리라만,	宜成大德
어이하여 발로하는 것은	柰何所發

열에 아홉이 삿되고 굽어 있나.	十九私曲
옳은 것을 구하고 그릇된 것 멀리하라는 것이	求是去非
회부(주희)가 끼친 부탁이었나니,	晦父遺囑
마음은 요컨대 붙잡고 보존해야 하며	心要操存
기는 반드시 다잡고 묶어서,	氣必撿束
속광(죽음)의 때에	期以屬纊
부디 성이 회복되길 바라노라.	冀幸性復

　전우는 기호 학파의 학통을 계승했으며, 전국에 걸쳐 수많은 제자를 배출했다. 그의 학맥은 오늘날의 고전 인문학에서 중요한 계보를 이루고 있다. 죽음을 예견하고 작성한 자찬묘지에서 전우는 스스로의 학문적 소명을 분명하게 밝히고, 흔들림 없는 태도를 드러냈다. 강매한 인격의 소유자였기에 세상의 비난과 몰이해를 극복할 수 있었으리라.

나라가 망하자 사흘 동안
흰옷을 입고 슬픔을 표했다

56

김택영(金澤榮, 1850~1927년), 「자지(自誌)」

임오년에 서울에서 군란이 일어나자 청나라가 군대를 보냈는데, 그때 중국 남통(南通)에 사는 장계직(張季直, 장건(張謇))이 그의 형 숙엄(叔嚴, 장찰(張詧))과 함께 왔다. 다음 해 참판 김윤식(金允植)으로부터 내 시를 얻어 보고, 이 땅에 들어와 처음 보는 시라고 하며 나를 방문했기 때문에 내 이름이 더욱 세상에 알려지게 되었다.

정해년(1887년, 고종 24년)에 어머니가 세상을 떠나셨다. 신묘년(1891년)에 성균진사 회시(5월의 증광 성균 회시)에 응시했다. 대개 17세부터 서울과 시골에서 초시에 합격한 것만 다섯 번이었다. 시험관인 판서 조강하(趙康夏)가 그 사실을 듣고 애석하게 여겨 물색해서 거두어 주었다.

갑오년(1894년)에 국가에서 관제를 개혁할 때 사직(史職)을 의정부로 이관했다. 그때 영의정 김홍집(金弘集)이 내가 쓴 『숭양기구전(崧陽耆舊傳)』을 보고 사관이 될 재능이 있다 하며 편사국 주사(編史局主事)로 임명했다. 그다음 해 중추원 참서관 겸 내각 참서관으로 승진되었다가, 이어서 내각 기록국 사적과장(史籍課長)을 겸하게 되었다. 내각은 의정부를 개칭한 이름이다.

병신년(1896년)에 학부대신 신기선(申箕善)이 저작한 책에 서문을 써 주었다. 그 책이 간행되자 서양 사람들이 보고는 기독교를 배척한 것이라 하여 화를 내며 시끄럽게 하므로, 고종께서 신기선을 사직시켜 서양 사람들에게 통고하고, 또 그 책의 서문을 쓴 사람도 그대로 둘 수 없다 하여 나를 사직하게 하셨다. 그러고는 웃으시고 주위를 돌아보시며 "식자우환(識字憂患)이라더니 김택영을 두고 하는 말이로다!" 하셨다.

몇 달 후 아버지 상을 당하고, 기해년(1899년, 고종 36년, 광무 3년)에 탈상을 했다. 평소 알고 지내던 왕실 외척의 고관이 나를 위해 버슬을 시켜 주고자 했다. 우리나라 풍속에 권귀(權貴)에게 붙는 사람을 '아무개 식구'라고 불렀다. 나는 웃으며 "그 달관이 나를 식구로 삼으려는가?" 하고,

얼른 서찰을 보내어 중지하게 했다. 마침 그때 신기선이 다시 학부대신이 되었으므로, 그에게 말해 편집하는 책임을 맡아 생활했다. 계묘년(1903년)에 홍문관 찬집소에서 『문헌비고(文獻備考)』를 속찬하는 위원으로서 정3품 통정대부로 임명되었고, 을사년(1905년) 여름에 학부 편집위원이 되었다.

그해 봄에 국가의 일이 어려워지리라 생각하고 그 상황을 피해 중국에 가서 살고 싶어서 장계직에게 서신으로 사정을 말했다. 그리고 그 가을에 가족을 데리고 인천에 이르러 사직서를 내고, 배를 타고 상해에 도착해서 장계직을 만나 이렇게 말했다. "내가 구구한 학식 때문에 중국 성인의 초청을 받게 되었습니다. 공부자(공자)와 통해서 망극의 은혜를 받게 된 셈입니다. 아, 내가 중국에서 태어나지 않았다고 해서 중국에 묻힐 수 없겠습니까?"

장계직이 그 말을 듣고 감탄하면서, 그의 형 숙엄과 의논해서 자신들이 경영하고 있는 서국(書局)에서 교정 보는 일로 먹고살게 했다.

장계직은 과거 시험에서 장원 급제 한 지 여러 해가 되었으나, 나라에 외국 침략의 우환이 있자 벼슬길로 나가려는 뜻을 끊어 버리고 신학문을 장려하여 자강(自强)의 방도로 삼으려고 했다. 그러자 형 숙엄도 강서성(江西省)의 관직을 버리고 그 일을 도왔다. 그래서 이 서국이 있게 되었다.

융희 무신년(1908년)에 『문헌비고』가 완성되어, 작은 말 한 필을 하사받았다. 경술년(1910년)에 나라가 망하자, 사흘 동안 흰옷을 입고 슬픔을 표했다.

신해년(1911년)부터 10년 사이에 저작한 시문은 무진(武進) 도경산(屠敬山), 개성(開城) 김윤행(金允行), 달성(達城) 문장지(文章之), 남통(南通) 비범구(費範九), 전호재(全浩哉) 등이 간행해 주었다. 남통에 온 이후 『한사긍(韓史綮)』, 『한국역대소사(韓國歷代小史)』, 『교정삼국사기(校正三國史記)』, 『중편한대숭양기구전(重編韓代崧陽耆舊傳)』 등을 편찬했는데, 이 책들은 본국의 인사들에 의해 간행되었다.

근세의 개성 출신 지식인으로 중국에 망명한 김택영이 스스로 지은 묘지의 일부다.

19세기 후반 조선 지식인들은 외세 침략에 저항하면서 근대 국가를 출발시키는 일을 역사적 과제로 의식했다. 여항 문인 강위(姜瑋), 조선 양명학의 가학을 이은 정치가 이건창(李建昌), 재야의 지식인 황현, 척사위정을 주장한 최익현, 개화를 주장한 박규수(朴珪壽), 기호 낙론을 이은 개화파 김윤식 등이 이 시기에 활동했다. 김택영은 조선과 중국에서 우리나라 문화유산을 정리해서 간행하는 일에 앞장섰다.

김택영은 본관이 화개로, 호는 창강(滄江) 또는 소호당주인(韶濩堂主人)이라 했다. 화개 김씨는 시조 김인황(金仁璜)이 고려 때 병부 상서를 지냈기에 대대로 개성에 살았다. 김택영의 아버지는 인삼 재배업을 하다가 63세에 개성부 분감역(分監役)이 되었다. 아버지의 권고로 김택영은 과거 공부에 전념하여 17세에 성균 진사시의 초시에 합격했으나, 벼슬길에 나아가기보다는 문장가로 성공하겠다고 결심했다. 이후 이건창과 사귀면서 이름을 날리기 시작했다. 그리고 다른 사람의 시문집을 편집하고 간행하는 일에 주력했다.

이 무렵 청나라 이홍장이 조선 조정에 대해 서양과 통상하여 일본 세력을 견제하라고 요구했다. 1882년 임오군란이 일어나자, 청에서는 오장경(吳長慶)을 파견했다. 김택영이 서른셋일 때다. 이때 청나라 군사의 참모로 남통 사람으로서 한림학사였던 장건이 따라왔다. 김윤식은 김택영의 시집 두 권을 장건에게 증정하고 또 김택영을 청나라 막사로 데리고 가서 장건에게 소개했다.

그런데 일본이 1882년 제물포 조약을 강제로 체결하게 하고, 1883년에는 조계 설정을 요구했다는 소식을 듣고, 김택영은 하루에 술 300잔을 마시면서 울분을 달랬다고 한다. 1884년에는 개성부 고덕리로 이사하고, 5월부터 고려 인물의 전기집인『숭양기구집』을 엮기 시작해서 1년 만에 마쳤다. 1887년에는 청나라로 가는 사행의 서장관으로 차출되었으나 어머니가 위독하다는 소식을 듣고 중도에 돌아왔다. 임종에 대지는 못했다. 1888년에는 고려 말 충신의 일사를 기록한 『여계충신일사전(麗季忠臣逸事傳)』을 엮었다.

김택영은 42세 되던 1891년 봄에야 사마시에 합격해서 성균 진사가 되었다. 1894년에 의정부에 속한 편사국 주사로 임명되었다가, 1895년 여름 정부 체제가 바뀔 때 내각 주사가 되었다. 그 가을에 중추원 참사관 겸 내각 기록국 사적과장으로 승진했다. 7월에는 영국 사람 헐버트(H. B. Hulbert)가 세계 각국의 지리, 풍토, 학술 등에 관해 해설한『사민필지(士民必知)』를 한문으로 번역했다. 1896년에 학부대신 신기선이 저술한『유학경위(儒學經緯)』에 서문을 썼는데, 책 속에 기독교를 배척한 문구가 있다는 이유로 서양인들이 항의하자 서문을 썼던 김택영도 사임하고 낙향했다. 이 무렵 부친상을 당했다. 이해부터『박연암문집(朴燕巖文集)』을 편찬하기 시작해서 1900년에 간행하게 된다.

1898년 정월에는 사례소 위원이며 내부대신이었던 남정철(南廷哲)의 초빙으로 사례소 보좌원이 되어 장지연과 함께 『예전(禮典)』10편을 편찬했다. 1901년에는 승훈랑(承訓郎)에 오르고, 1902년에는 혜민원 주사가 되었으며, 1903년에는 홍문관 찬집소 문헌비고 속찬위원으로 통정대부의 품계에 올랐다. 당시 『동사집략(東史輯略)』을 펴냈다. 같은 해 학부 편집위원을 겸했으나 겨울에 사직했다.

1905년 일제가 통감부를 설치하고 우리의 외교권을 빼앗자 김택영은 중국 망명을 결심했다. 황현도 같이 떠나겠다고 했으나, 부모 잃은 조카들이 있어서 함께 떠나지 못했다. 김택영은 장건에게 편지하여 결심을 알리고 9월 6일 세 번째 부인 임씨와 아이들을 데리고 인천으로 향했다. 9월 9일 인천항을 출발하며 쓴 시 「구일에 배가 출발할 때 짓다(九日發船作)」에서 "동쪽에서 살기 이르러 와 음흉하고 간악한데, 국가의 이 어려움을 누가 구제하려 꾀하랴.(東來殺氣肆陰妖, 謀國何人濟此艱.)"라고 암울해했다. 11월 17일, 을사조약이 강제로 맺어지고 이토 히로부미가 일본 공사로 부임했다.

이 무렵 상해의 장건은 신학문으로 중국 자강의 길을 모색하려고 했다. 장건은 김택영에게 호보사(扈報社)의 주필이 되어 달라고 했지만, 김택영은 망명객이 천하의 일을 논할 수는 없다고 사양했다. 그러자 그는 통주 한묵림서국(翰墨林書局)의 편집 일을 주선했다.

김택영은 1906년 한묵림서국에서 자신이 엮은 『여한구가문초(麗韓九家文抄)』와 자신의 문장을 합한 『여한십가문초(麗韓十家文抄)』를 간행했다. 신위의 한시를 선별한 『신자하시집

(申紫霞詩集)』도 출판했다. 1908년 3월에는 조선에서 그가 편집에 간여했던『증보문헌비고』가 출판되었다. 김택영의 나이 58세였다.

1909년 2월에는 사료를 수집하려고 귀국하여『국조인물지(國朝人物志)』와 고구려 광개토왕비문 등을 구한 후 통주로 돌아갔다. 이해 안중근의 거사가 일어나자 「안중근전」을 지었다. 1910년, 환갑의 해에 김택영은 문장으로 나라의 은혜를 갚겠다는 뜻을 시로 적어 황현에게 보냈다. 이 「기황매천(寄黃梅泉)」의 제3수에서 그는 다음과 같이 말했다.

손과 몸이 시운을 어찌 못 해 부끄럽지만,　愧無身手關時運
문장으로 나라 은혜를 갚고자 하노라.　　只有文章報國恩

7월 25일(양력 8월 29일)에 일제가 조선을 병탄했다. 그 소식이 전해지자 김택영은 사흘간 흰옷을 입었다. 그리고 「오호부(嗚呼賦)」를 지었다.

아아!
오늘 만국의 관계는 그전과 달라
공법을 지키자고 헤이그에서 회합했으니
만일 각 나라가 자치할 수 있으면

610

아무리 약하다 해도 국권은 상실하지 않을 터.

어찌하여 우리 어진 임금님은

그 회의에 빠지셨던가.

천명이 이러해서 그런 것인가

아니면 귀신의 장난이었던가.

동풍이 세차서

바닷물이 거세게 일어나

대륙을 넓게 잠그고

인왕산을 뽑을 기세.

광화문의 종은

누가 저녁에 치고

기자(箕子)의 혼령은

어느 민족에게서 혈식(제사받음)하랴.

아아! 이제는 끝이다

귀신을 어찌하며 하늘을 어찌하랴.

역대 임금들이 유학을 숭상해서

마지막에 의사 안중근을 얻었나니

저 생기의 늠름함이여

나라가 완전히 망했다고 누가 말하나?

부디 영령은 나를 돌아보소서

추란을 들고 강가에서 기다립니다.

김택영

1910년 7월에 황현은 자결하면서, 시고를 김택영에게 맡기라는 유언을 남겼다.

김택영은 1914년에 『한국역대소사』를 편찬하고 『동사집략』을 개편해서 출판했다. 1916년에는 『교정삼국사기』를 간행했다.

남통에서 김택영은 정인보, 안창호, 윤현태, 이종호, 이시영, 박은식, 박찬익, 조완구, 신익희 등과 교류하고, 중국의 엄복(嚴復), 양계초(梁啓超), 유월(兪樾), 도기(屠寄) 등과 친분을 쌓았다. 도기는 1911년 5월에 『창강고(滄江稿)』 14권 6책을 간행해 준 바 있다.

김택영은 1927년 3월 20일, 78세의 삶을 마감했다. 서너 달 전에 머리카락과 수염을 잘라 주머니에 간직해 두고, 고향 부모 곁에 묻어 달라고 했다. 시신은 자랑산(紫狼山) 자락의 낙빈왕(駱賓王) 묘 곁에 묻혔다. 묘비 앞면에 '한국시인김창강지묘(韓國詩人金滄江之墓)'라고 쓰여 있다. 고려 유민의 후손이 대한제국 유민으로서 중국 땅에 묻힌 것이다.

김택영은 자찬묘지 끝에 다음 명을 붙였다.

행실은 맑지도 않고 탁하지도 않았고	其行也不淸不濁
문장은 높지도 않고 낮지도 않았다.	其文也不高不卑
일생의 힘을 다해 문장을 했다만	竭一生之力以爲文
그 종말은 여기에서 그쳤도다.	而其終也止於斯

아아, 슬프다.   噫其悲

　문장을 통해 조국의 은혜에 보답하고 민족의 혼을 일깨우려고 했던 사업도 이 죽음으로 끝이 나고 말 것인가. 김택영은 탄식했다. 중국 땅에 묻히게 되었기에, 자찬묘지에서 말했듯이 자부심을 느꼈을까? 그렇지 않다. 그가 장건에게 "내가 중국에서 태어나지 않았다고 해서 중국에 묻힐 수 없겠습니까?"라고 말한 데는 품은 뜻이 있었다. 빼앗긴 들을 차마 바라볼 수 없어 멀리서 흘깃흘깃 눈길을 주어야만 하는 유민의 자기 연민이 그 말에 담겨 있다.

행적의 글을 스스로 지어
후손에게 밝힌다

유원성(柳遠聲, 1851~1945년), 「모옹자명(帽翁自銘)」

모옹(帽翁)의 성은 유, 본관은 청천(菁川, 晉州)

이름은 원성, 자는 주명(周鳴).

선고의 휘는 방(霧), 학행으로 천거되어

사후 장례(掌禮)에 추증되었으니 한미한 가문의 영광이

었고,

조부이신 학사 휘 중서(重序)는

묘역을 보호하여 송추(松楸)가 울창하게 하셨으며,

증조 휘 진(賮)은 때를 만나지 못하여

성호 선생의 문제자로 주자·정자를 배우시고,

고조 경용(慶用)은 통덕랑(通德郞)으로

일찍 과거 공부를 접고 은둔하시어 그 이름이 높으셨다.

5세조 매(楳)는 상사생에 그쳤으나

가업을 계승하여 우리 유씨 대종을 이루서서,

퇴당 할아버지는 휘가 명천으로

보국대부·판서로 문형에 천거되었고,

6대조 휘 명현(命賢)을 낳으시니

총재 자리를 아우와 형이 번갈아 도맡았다.

개산(皆山)의 휘는 석(碩)으로 관동백(강원도 감찰사)이었으니

풍운이 한집에 모여 문명의 때를 만났는데,

7세조 휘 영(穎)이 태어나서

응교에 그쳤으되 고관댁 전통을 이었고,

내게 8대조는 휘 시회로

그분의 삼대가 추증될 만큼 훈업이 굉장하셨으며,

집안의 8세조 휘 시행이 태어나

맏아들(유적)이 정정 옹주의 남편이었네.

앞서 비조 휘 정(挺)은 고려에서 명망을 크게 떨치셨으니

상장군으로서 좌우위(左右衛)를 겸하셨다.

외조부 신 공 휘 혜구(惠求)는

보한재(신숙주)의 후예로 세덕(世德)이 두터우며,

계외조부는 김익모(金益謨)로

개국 공신 김소(金素)의 후손.

나는 14세에 요행히 동몽과에 참예했는데

상께서 금영(禁營)에 친림하시어 인재를 뽑으셨다.

세자께서 탄강하시어 증광시가 설치되자

24세에 소년 진사가 되어,

반궁(성균관)에 입학하여 작헌례를 행하고

남재(南齋)의 색장(色掌)이 되고 또 집사(執事)가 되었고,

연한이 이미 서른 나이에 차서

온릉(溫陵) 참봉에 의망되어 기록되었다.

일차 전강(日次殿講)에서 친시에 응강하여

상격(賞格)에 누차 선발되고 초시에 합격했다.

성균관 사학 제생이 복합 상소로 대원위 대감 맞을 적에

외생(外甥)은 상소문을 읽고 구(舅)는 그 글을 지었거늘,

임오년 군란에 시사가 변하여

늘그막에 호산(湖山)의 어부, 목동이 되어

세상 피하여 밭이랑 사이에서 자취 숨기고

밭갈이로 봉급을 대신하니 크게 풍년이 들었네.

마침 갑오경장을 만나 비로소 벼슬에 나아가

육등 낭관으로 법부의 일을 맡았고,

각 부에서 주사를 나눠 파견할 적에

아관에 출근하여 오랜 기간 부지런히 일했다.

고종께서 원구단에 고유하시고 황제의 자리에 나아가
실 때

　재랑으로서 예식을 거행하여 육품에 올랐고,

　홍릉(洪陵)의 인산(因山) 때 옥보(玉寶)를 모시어

　특별히 일급 올라 정말 두렵고 두려웠다.

　교정소(校正所)에서 법규(法規)를 겸임할 적에

　상께서 서하(書下)하셨으니 무얼 감히 여쭈었겠으며,

　평리원(平理院)에서 검사 맡으라고 계하(啓下)하시니

　밤새워 옥사를 안찰하느라 편히 잠도 못 잤도다.

　결의형제인 성건재(成健齋)와 함께

　입시하여 천안(天顔)을 받들었고

　특별히 산릉도감의 한 낭청에 제수되어

　일만 길 영광의 빛이 조정 반열을 비추었으며,

　법규·법률 두 위원으로서

　기초하고 교정하니 이 관직은 한가로웠다.

　폐하의 보령이 쉰이셔서 경연(慶宴)에 걸맞으니

　반포하신 궁화(宮花)를 삼가 수령하여 기념으로 삼았다.

　서안을 들고 황비 책봉의 글을 읽으매

　겉감 안찝을 하사하셔서 향기가 하늘 가득했고

　기로소에 들어가자 황제께서 베푼 연회에 참가하여

　작위가 높아지고 기념 훈장 받았으며,

종묘사직과 별전 재궁의 제관으로 뽑는다는 절첩 문서와

예식에 차비한다는 별단이 책상에 가득 찼다.

일본 군대가 길을 빌려 아라사(러시아)와 전투하자

우리 조선 백성이 창망하였기에,

상소로 여덟 조목을 진술하여 정부에 올렸으나

겨를이 없으셔서 궁중에 둔 채 회부하지 않으셨다.

여러 해 벼슬 살아 이천 부사 구멍 자리에 의망되었다가

주본(奏本)을 개정하여 정당(政堂)에 임하게 되었다.

부랑(部郎)으로서 정청(廷請)의 상소에 참예하여

을사오적을 성토하여 기강을 바로잡으려 했다만,

압송되어 간 민(閔) 재상이 왕명에 따라 외직으로 나가

요행히 벌을 면하고 감생청(減省廳) 관리가 되었다.

그 을사년에 외직을 청해 조양(朝陽, 개천(价川)) 수령에 임명되니

청천강과 대동강에 끼어 있는 곳.

덕천(德川)과 맹산(孟山)의 사관(査官)을 겸하자

소요하던 백성이 풍모를 보고 쏠리듯 귀순했고,

정미년(1907년) 사직하자 백성은 머물러 주길 바랐으나

텅 빈 행탁만으로 천 리 먼 길을 떠나와서,

온갖 풍상 겪은 지 열여섯 해에

귀거래 시 읊고는 연동(蓮東)에 누워,

한평생 느긋하게 은둔하려고 집을 이루매

고향 산은 아무 탈 없어 맑은 기운이 자욱했다.

고종 황제께서 종묘에 드실 적에 신련(神輦)을 배종하여

특별히 장례(掌禮)에 제수되니 성덕이 크시었다.

용주(龍洲) 조경(趙絅)의 7세손을 아내로 맞으매

감역 벼슬의 제면(濟勉)이 빙옹(장인)이었다.

장남 갑수(甲秀)가 요절하고 자식이 없었기에

조카를 양자로 기르니 손에 이끌리는 아이였고

맏며느리는 오필상(吳泌相)의 여식

시부모를 효성으로 봉양하고 규합 법도를 지켰다.

차남 한수(漢秀)는 나주 정씨에게 장가들었으니

승지의 영애요 다산의 후예.

장녀는 목원형(睦源馨)에게 출가했으니

동부승지의 아드님이자 참판의 손자.

차녀는 이종렬(李鍾烈)에게 시집갔으니

지봉의 후손으로, 후취로 간 것이다.

장손 해엽(海曄)은 백부(유갑수(柳甲秀))의 후사를 이었고

승선 권 공의 집에 장가들었다.

손자사위는 청주 한씨 중현(中鉉)으로

서평부원군(한준겸)을 섭사(攝祀)하고 가정을 보호한다.

정규봉(丁奎鳳)과 이규백(李圭白)은

그다음 손자사위들, 모두 기특하여라.

신해년(1911년) 10월 26일 이후

어느덧 칠순까지 몇 해 더 남았을 뿐이기에

행적의 글을 스스로 지어 후손에게 밝히니

선조이신 퇴당의 자명을 본뜨노라.

구한 말 고종 때 관리를 지낸 안산 출신의 문인 유원성이 회갑인 1911년에 지은 자찬묘지명이다. 선조인 퇴당 유명천이 스스로 묘지명을 지었던 것을 본받은 것이다. 칠언고시로 여러 차례 운목을 바꾸었다. 이 형식도 유명천의 예를 따른 것이다.

유원성의 자는 주명(周鳴), 호는 모산(帽山) 혹은 백산(白山)이다. 모산은 안산 부곡동 집 앞의 안산의 별칭인 화모산(華帽山)에서 땄다. 관인들이 쓰는 오사모(烏紗帽)처럼 생겼다 해서 붙여진 이름이라고 전한다. 본관은 진주로, 유명천의 6세손이며 아버지는 처사 유방(柳霶)이다.

1874년(고종 11년) 증광시의 생원시에 3등 61위로 합격했다. 1897년 법부 주사로서 고종이 원구단에서 고유제를 지낼 때 재랑으로 참여했다. 1899년 평리원 주사를 거쳐 같은 해 겸임법규교정소 주사를 지냈다. 1901년 산릉도감 낭청과 평리원 검사를 지냈고, 법부 법률기초 위원과 법부교정소 위원으로 참여했다. 평리원 검사 시절 이준(李儁) 열사, 함태영(咸台永) 전 부통령과 함께 활동했으며, 김가진(金嘉鎭)·박기양(朴箕陽)·조종필(趙鍾弼)·민영선(閔泳璇) 등과 교분이 두터웠다. 을사조약 당시 상소했으나 받아들여지지 않았다. 「상정부서(上政府書)」라는 제목으로 그 글이 그의 문집 『모산집』에 실려 전한다.

1906년 개천 군수를 지냈고, 1907년 통정대부에 이르렀다. 하지만 일제의 침략이 본격화하자 관직을 버리고 부곡동 매미골에 있는 경성당(竟成堂)에 거주하며 독서에 전념했다. 경성당은 아버지 유방이 1850년경 살림을 날 때 유방의 아버지 유중서(柳重序)가 지은 것이다. 본래 경성당은 정재골에 있는 18세손 유명천·유명현 형제가 공부하던 서실의 이름인데 차명한 것이라고 한다.

유원성의 가계는 진주 유씨 16세손인 성산(星山) 유시회(柳時會)가 괴산을 떠나 안산 부곡동 새터에 묘터를 정하고 청문당을 세운 이후로 남인, 북인의 문인 학자들과 긴밀한 관계를 맺었다. 특히 20세손 유경종은 매부가 강세황이며, 성촌의 성호장(星湖庄)에 출입했다. 말년에는 오천시사(午川詩社)의 일원으로 활동했다. 1908년 관직에서 떠나 유원성은 가문의 전통을 지키기 위해 부심했다. 그는 『부계전도(釜溪全圖)』와 『부계팔경도(釜溪八景圖)』를 제작하게 했다.『부계전도』는 76.2×133센티미터의 크기(족자 크기 120×180센티미터)에 선조 묘소의 위치를 표시하면서 부곡의 지형, 산세, 지명 등을 상세하게 기록했다.『부계팔경도』는 모두 8폭으로, 각 그림의 크기는 31.2×24.8센티미터, 병풍의 크기는 150×560센티미터이다. 팔경은 부곡 시냇가 달빛 속의 낚시(釜溪釣月), 우산의 석양(牛山落照), 만수동의 꽃비(萬樹花雨), 망해암에서 보는 돌아오는 돛단배(望海歸帆), 진벽루의 흰 구름(鎭碧白雲), 지평 뜰에 들려오는 농사 노래(芝坪農歌), 화모산 나무꾼의 피리소리(帽山草笛), 판천의 게잡이 불빛(板川蟹火)으로, 각 경관마다 서은(西隱) 장홍식(張鴻植)이 쓴 화제(畵題)가 있다. 두 그림은 진주 유씨 백참판공파 문중에서 보관해 오다가 2008년 안산시에 기탁해 성호기념관에서 관리하고 있다.

1925년에는 8대조 유시회의 손부 한산 이씨가 나이 60세가 되던 1717~1718년경 한글로 적은『고행록(苦行錄)』을 손부 한산 이씨(유해엽의 부인)에게 전사하게 했다. 또 1926년에는『염승전(廉丞傳)』의 한 이본인 한문본『염시탁전(廉時度傳)』을 저본으로 8회의 장회체 한글본을 개작했다.『염승전』은 현종, 숙종 연간 남인 영수 허적(許積)의 겸인(廉人, 청지기)이었던 염시탁의 일대기이다. 경상도 의성의 향리 출신 김경천이 1716년 지은 소설로『청구야담』등 여러 야담집에도 실려 있다.

유원성은 1926년 시흥 지방 인사들과 연성음사(蓮城吟社)을 결성하여 활동하기도 했다. 저서로『모산집(帽山集)』이 있고, 선조의 행적을 정리한 한문 저술을 많이 남겼다. 유원성이 생전에 쓴 작품들은 1993년 진주유씨모선록편찬위원회가『진주유씨문헌총집(晋州柳氏文獻總輯)』총 5권 중 제5권으로 영인, 간행했다.

유원성은 자찬묘지명에서 임오군란의 일은 회고했으나 명성황후 시해사건, 을사조약, 고종의 강제 퇴위, 일제 강제 합병 등은 언급하지 않았다. 하지만 고종이 원구단에서 고유제를 올리고 황제에 즉위한 일, 홍릉 즉 명성황후의 능에서 인산을 지낸 사실을 적고 자신이 의식에 참여한 사실을 밝혔다. 조선이 자주국임을 천명하고자 한 것으로 보인다. 또한 가계와 자손의 사항을 상세히 적어, 가문의 영광을 드러내고 후예들에게 미래를 가탁했다.

아들은 유갑수와 유한수인데, 차남의 아들 유해엽이 장남의 후사가 되었다. 유해엽의 자는 화일(華日), 호는 창농(倡農)·화은(華隱)이고, 초명은 해창(海昶)이다. 휘문고등보통학교를 졸업하고 향리에서 후학들을 지도했다. 1966년 성호 이익의 묘를 발견하여 학계에 보고했고, 성호이익선생 기념사업회 회장을 지냈다. 1984년 안산 지역에 문화원을 세우고 초대 안산문화원장을 지냈다.

유원성의 손자사위 한중현은 인조비 인열 왕후의 아버지인 서평부원군 한준겸의 13세손이다. 할아버지는 통정대부 돈령부 도정 한긍우(韓兢愚)로, 학부교관 한기응(韓基應)의 둘째 아들이다. 중동고보를 졸업한 후 면서기를 지내다가 일제 말기에 숨어 살았다. 8·15 광복을 맞아 김구와 더불어 건국 준비에 헌신했다고 하며, 1947년 군자면 초대 면장에 취임했다. 한국 전쟁 때 죽었다. 묘는 경기도 시흥시 거모동 선영에 있다.

『모산집』 4책에는 안산과 관련된 시가 60여 제 남아 있다. 그 가운데 1908년 전후 유원성이 부곡동 매미골로 낙향해 지은 한시로 「폐사의 최고봉에 올라 서해를 바라본다(登廢寺最高峰望西海)」라는 제목의 칠언율시가 있다. 폐사는 원당사로 추정된다. 다섯째 구절의 까마귀섬은 안산 서해 바다 끝에 있는 오기도(烏磯島), 여섯째 구절의 우산은 부곡동 앞산을 가리킨다고 부기되어 있다.

암벽 사이에 무너진 절 빈터만 남은 곳
홀로 와서 지팡이 놓고 누워 솔바람 소리 듣는다.
높은 봉우리에 앉으니 천상에 앉은 듯하고
대륙이 푸른 바다에 둘리어 있도다.
멀리 시선 주면 까마귀섬은 하얀 물안개 속에 가물가물

눈물을 훔치노라, 우산(牛山)에 석양이 붉을 때

사람들 돌아가면 새소리만 즐겁게 지저귀고

목동은 송아지 몰아 제 갈 길 가리라.

廢寺巖間遺址空	獨來放杖臥松風
高峰如坐靑天上	大陸環居碧海中
眼窮鳥島烟波白	涙洒牛山夕照紅
人影散歸禽鳥樂	牧童驅犢各西東

　퇴락한 절의 빈터에서 우산의 석양을 바라보면서 눈물을 훔치는 것은 왕조의 쇠망을 서글퍼하는 심리를 담고 있는 듯하다. 자찬묘지명에서 가문의 내력을 노래한 것도 그런 심리와 무관하지 않다. 미래를 자손들에게 기탁하지만 과도한 기대는 없다. 시대의 아픔을 내면에 감추고 묵묵히 역사를 되돌아보는 일, 자손들에게 짐을 지우지 않는 일. 이것은 어느 시대에 속해 있든 일흔을 바라보는 사람들이 해야 할 일이 아니겠는가.

유원성

일본의 신민이 될 수는 없소 ⑤⑧

이건승(李建昇, 1858~1924년), 「경재거사자지(耕齋居士自誌)」

거사의 성은 이, 이름은 건승, 자는 보경(保卿)이다. 본디 한국 강화 사람인데, 조상이 전주에서 나왔으므로 그것을 본관으로 삼았다.

우리 정종의 별자이신 덕천군 휘 후생(厚生)이 시조다. 7대 뒤에 휘 경직(景稷)은 호조 판서를 지내시고 시호는 효민(孝敏)인데, 이분이 휘는 정영(正英)으로 보국대부 판돈령부사를 지내고 시호가 효간(孝簡)인 분을 낳았으니, 명성과 덕망이 드러났다. 증조의 휘는 면백(勉伯)으로 성균 진사였는데 이조 판서에 추증되었다. 조부의 휘는 시원(是遠)으로, 이조 판서를 지내고 영의정에 추증되었으며 시호는 충정(忠貞)이다. 태상황(순종에게 선위한 고종) 병인년(1866년)에 양구(洋寇, 프랑스 도적)가 강화를 함락하자 독약을 먹고 고향에서 순절해서 사적이 국사에 실려 있다.

작고하신 부친의 휘는 상학(象學)이니, 군수를 지냈고 이조 참판에 증직되었는데, 법을 지키며 백성을 잘 다스렸다고 일컬어졌다. 돌아가신 어머니는 파평 윤씨 자구(滋九)의 따님으로, 지극히 효성스럽고 마음이 단단하고 깨끗했다. 아들 셋(이건창(李建昌), 이건승, 이건면(李建冕))을 두었는데, 거사는 그 둘째이다. 철종 무오년(1858년) 동짓달 스무여드레에 강화 사기리(沙器里)에서 태어났다. 동래 정씨로 도정(都政)을 지낸 기만(基晩)의 따님에게 장가들었는데, 아들이 없어 집안 형 건회(建繪)의 막내아들인 석하(錫夏)를 양자로 삼았으나, 자라지 못하고 일찍 죽었다. 다시 형의 아들 범하(範夏)를 아들로 삼았으며 우상(愚商)이 그 뒤를 이었다.

거사는 태상황 신묘년(1891년, 고종 28년)에 진사가 되었다. 갑오년(1894년)에 재상이 정부의 주사(主事)로 불렀으나, 그때 나랏일이 날로 그릇되어 가고 역적이 권세를 휘둘렀으므로 취직하지 않았다. 이때부터 세상에 뜻이 없어 형님인 영재 공(寧齋公, 이건창)과 함께 숨어 살면서 글 읽으며 농사에 힘썼으므로 스스로 경재(耕齋)라 호를 했다.

을사년(1905년)에 일본이 우리 국권을 빼앗자, 거사는 참판 정원하(鄭元夏)와 함께 죽기로 약속했으나, 죽지를 못하자 문을 잠그고 사람을 만나지 않았다. 얼마 안 있어 한숨 지으면서 "내 아무리 방 안에서 말라 죽은들 무슨 도움이 되랴?"라 하고는, 재산을 모두 기울여 학교를 세워 가르치는 일을 자기 책임으로 삼았다. "내 어찌 정위(精衛) 새가 자갈을 물어다 바다를 메우려 하는 일이 헛수고라서 성공하지 못하리라는 것을 모르겠는가마는, 그런대로 내 마음을 다하려 하는 것뿐이다."라고 했다.

경술년(1910년) 나라가 망하자 집을 버리고 중국 만주로 향했다. 떠나려 할 때 참판 홍승헌(洪承憲)에게 서찰을 부쳐 "내 이미 을사년(1905년)에 죽지 않고 이제 또 구차하게 살아 차마 일본 신민이 될 수는 없소. 난 지금 떠날 뿐이오."라고 했다. 개성군에 이르자, 홍승헌도 역시 이르러 왔으므로 함께 차를 타고 곧바로 만주의 회인현(懷仁縣) 항도촌(恒道村)으로 갔다.

이에 앞서 홍승헌와 정원하 두 사람은 모두 강화에 임시로 부쳐 살고 있었으므로 거사와 함께 난리에 맞닥뜨리고 변고에 대처할 도리를 강구했다. 이에 정원하가 먼저 항도촌으로 향했고 두 사람은 나중에 가서 정원하에게 의지해 살았다.

한 해 남짓 지나서 이범하(李範夏)가 식구를 거느리고 뒤쫓아 와서는 "어떻게 작은 아버지를 길에서 돌아가시게 하겠습니까?"라고 했다. 항도촌에서 두어 해 살았는데, 우리 교민이 대부분 수토병을 앓다가 죽었으므로, 우리 집과 홍승헌, 정원하의 세 집이 안동현(安東縣)으로 옮겨 갔다. 홍승헌은 얼마 지나지 않아 세상을 떴다.

거사가 접리촌(接梨村) 집에 임시로 살 때 벼 심고 약을 팔아 살아갔는데, 일본 순사가 와서 거사에게 민단에 들라고 권했다. 민단이란 일본인이 우리 교민을 부서로 나누어 인원수를 갖춰 호적을 일본에 예속시킨 것이었다. 거사는 거절하고 따르지 않았다. 두 번, 세 번 더욱 심하게 강권하자, 거사는 이렇게 말했다.

"내가 나라를 떠나 이리 온 것은 일본놈이 되지 않기 위해서였다. 민단이란 게 무엇 하는 것이냐?"

그러자 순사는 땅을 그어 좌우를 나누더니 말했다.

"왼쪽은 민단에 들지 않아 죽고, 바른쪽은 민단에 들어 사는 것이다. 장차 어떤 쪽이 되겠는가?"

거사가 몸을 일으켜 왼쪽으로 옮겨 가면서 "여기가 내 땅이다." 하자, 순사는 눈을 부릅떴다. "당신, 빈말이라고 우습게 여기는가? 내일 총부리가 당신을 향해도 다시 그럴 텐가?" 거사는 가슴을 헤치며 말했다.

"무엇 하러 내일을 기다리나? 당장이라도 좋다. 하필 총살이랴? 자네가 차고 있는 칼로 해도 좋으니 해 보아라."

이에 순사는 한숨을 쉬더니 "교화하기 어렵구먼." 하고 떠나 다시는 민적의 일을 따지지 않았다. 그래서 이웃 마을의 중국인은 거사를 '호적 없는 이씨 늙은이'라 부른다고 한다.

거사는 늘 시름겨워하고 답답해하여 멀리 떠날 생각을 했는데, 늙고 병들어 집에서 죽었다. 시문 몇 권이 있다.

아무 해 아무 달 아무 날에 죽어 아무 달 아무 날에 아무 벌에 묻었다.

명은 다음과 같다.

나는 죽을 책임은 없으니
죽지 않은들 누가 비난하리오만
죽는다 해 놓고 죽지 않는다면
이는 누구를 속이는 건가.
마침내 늙어 바라지 밑에서 죽으니
아! 슬퍼라!

1918년(무오년) 이건승이 만주에서 스스로 지은 묘지다. 강화도 사기리에서 태어난 그는 양산 군수를 지낸 이상학의 세 아들 가운데 둘째로, 형은 서슬 퍼런 암행어사로 유명한 이건 창, 아우는 학자 이건면이다. 할아버지는 1866년 병인양요 때 여귀가 되어 적을 무찌르겠다고 자결한 전 이조 판서 이시원 이다.

이건승의 집안은 소론의 명문가이지만, 1755년 을해옥사 때 식은 재처럼 되었다. 하지만 정제두 이래의 조선 양명학을 이어서 문학과 학문에서 높은 업적을 이루었다. 이건승은 동 래 정씨 정기만의 따님에게 장가들었으나 아들이 없자 집안 형 이건회의 아들 이석하를 양자로 삼았다. 이석하가 스무 살에 죽자, 형 이건창의 아들 이범하를 아들로 삼았다.

이건승은 1891년에 진사가 되었는데, 1894년 갑오개혁 때 정부에서 주사로 불렀으나 가지 않았다. 1905년 을사늑약이 있자, 정제두의 6세손 정원하와 함께 죽으려다가 뜻을 이루 지 못했다. 이듬해 재산을 기울여 강화도에 계명의숙(啓明義 塾)을 열었다. 설립 취지서에서 이건승은 국민개학(國民皆學), 무실(務實), 심즉사(心卽事), 실심실사(實心實事), 개광지식(開 廣知識) 다섯 가지 강령을 내세웠다. 나라가 치욕을 당한 것 은 강토가 작거나 백성의 지혜가 낮아서가 아니라, 백성을 교 육하지 않은 결과라고 보았다. "아아, 나라에 독립권이 없으 면 인민에 어찌 자유(自由) 하는 힘이 있겠소?"라고 묻고, 미리견(美利堅, 미국)과 보로사(普魯士, 프로이센)가 학교 교육으로 독립권을 찾은 예를 모범으로 삼을 수 있다고 했다. 이건승은 외쳤다. "우리 동지는 실심으로 실사를 구하여, 각기 일심으로 만물의 리를 궁구하려 하고 각기 한쪽 어깨로 한 나라의 중책을 담당하려 하라." 그러면서 개인의 마음은 미미하므로 뭇사람의 심지(心智)를 합할 필요가 있다고 역설했다. "지식을 개광(開廣)하면 의무가 자생하게 된다. 의무가 생기면 단체가 스스로 이루어지게 된다. 그것은 흰 칼날이 몸에 다다르면 좌우 양손이 함께 방어하여 오직 몸을 위할 생각만 하고 손을 스스로 구하지 않는 것과 같다."

학교를 세워 후진을 양성하는 것만으로는 대세를 되돌릴 수는 없음을 그는 잘 알았다. 그것은 염제의 딸이 동해에 빠져 죽어 정위라는 작은 새가 되어 작은 돌을 물어다가 동해 바다를 메우려 했던 것과 같아, 도무지 이룰 수 없는 일이었는지 모른다. 이건승은 말래야 말 수 없는 자기의 마음을 다하고자 했다.

1910년 8월 29일 일제가 강제 합병을 하자, 9월 24일에 이건승은 사당에 하직하고 개성으로 향했다. 10월 1일 홍승원이 개성으로 왔고, 사촌 아우 이건방과 양자 이범하도 와서 모였다. 그곳에서 이건방과 이범하의 전송을 받으며 10월 2일 기차로 길을 떠났다.

이건승은 개성에서 이건방과 함께 각각 한 장씩 사진을 찍었다. 그리고 자신의 사진에 「사진자찬(寫眞自贊)」을 남겼다.

저 헌칠하고 여윈 게   彼頎而癯

나와 다르지 않다만   與吾不殊

이 우둘투둘하고 구불구불함을   此磈磈而輪囷

어디에서 보랴   於何見乎

우둘투둘하다는 뜻의 '외뢰(磈磊)'는 준마의 말갈기를 형용하는 말로, 우람한 기상을 뜻한다. 구불구불하다는 뜻의 '윤균(輪囷)'은 천자를 보필할 기량을 펼치지 못해 마음속에 응어리가 진 것을 뜻한다. 이건승은 자신의 내면에 담긴 충정을 그 두 말로 표현하고, 초상화는 아무리 자신을 닮아도 그 내면을 고스란히 드러내지는 못한다고 했다.

이건승과 홍승원은 그해 12월 7일 만주 회인현 서쪽 40리 흥도촌(興道村)에 도착했다. 정원하가 먼저 와서 한 달 남짓 흥도촌 북산에 붙여 살고 있었다. 이건승은 정원하의 집에 얹혀살다가, 1911년 3월 22일 강구촌(康溝村)에 전방 하나를 샀다. 그리고 약을 팔고 농사를 지으며 연명했다. 1914년에는 접리촌으로 이사했다. 일본 순사가 민단에 가입하라고 종용했지만 거부했다.

교리 벼슬을 했던 안효제(安孝濟)도 1914년 여름부터 3년 간 접리촌에서 이건승의 이웃에 살았다. 안효제는 경술국변에 대한 제국의 원로와 고관들에게 일본이 생색내어 주는 은사금이란 것을 물리친 바람에 창녕의 감옥에 갇혔다. 이후 풀려나서는, "내 어찌 이 땅에 살면서 일본민이 되랴?" 싶어 압록강을 건넌 것이다.

이건승은 박은식의 『동명왕실기사론』과 『통사』, 양기하의 『고구려고적기』 등을 읽고 독후기를 남겼다. 또 황종희(黃宗羲)의 『명이대방록』에 공감했다. 그리고 애국심을 고취하려고 안중근, 이재명(李在明), 김정익(金貞益)의 전(傳)을 지었으며, 여성들의 삶을 제문과 묘지명 등을 통해서 후대에 전해 주었다.

하지만 이건승의 만주 망명과 독립운동은 결실을 맺었다고 할 수 있을까? 이건승은 환갑의 날을 기념하여 계명의숙 시절 열두 명의 제자가 보내온 은잔과 수저를 앞에 두고 눈물을 흘렸다. 그리고 세 수의 시를 지어 제자들에게 보냈다. 제복은 「내가 일찍이 병오년(1906년)에 사립 계명의숙을 세웠다. 졸업한 열두 명이 은잔과 수저로 멀리 환갑을 축수하니 그 뜻이 느꺼워 시로써 고마워한다(余嘗於丙午歲 建私立啓明義塾 卒業十二人 以銀盃及匙箸 爲弧辰之壽 其意可感 以詩謝之)」이다. 첫 수만 정양완의 번역으로 소개한다.

가엾어라, 정위 새여 작디작은 몸

바다를 메우려는 뜻 이루지 못한 채 원통하게 괴로움만.

어찌 뜻했으리, 그 당시 처음 발원이

이제 와서 겨우 열 사람의 은잔 은수저를 받게 될 줄이야!

可憐精衛眇然身　　塡海無成枉苦辛

豈意當年初發願　　如今只得十家銀

이건승은 독립 유공자 서훈을 받아야 할 인물이다.

그런데 1922년 1월 13일 자 안동 영사 풍전의전(富田義詮)이 작성한 「불령단관계잡건(不逞團關係雜件) '배일선인(排日鮮人)의 정황에 관한 건'」이 문제가 된 모양이다.

이 문건에 의하면 이건승은 1910년 강제 합병에 불평을 주장하고, 총독부의 이른바 위자금(慰藉金) 60원을 거절하고 중국 땅으로 이주해서 일본 관헌을 대할 때마다 항상 태도가 불량했다. 그런데 어느 날 그가 조선 예복을 입고 주재소로 찾아와 "그동안 일본 경찰에 폭언 등을 퍼부은 것을 회오하고 일본의 보호를 원한다."라고 진술했다는 것이다. 이는 안동 영사가 실적을 올리려고 허위 보고한 것일 가능성이 높다.

이건승이 주재소를 찾아간 것이 혹 사실이라 해도, 그가 조선 예복을 입고 왔다고 표현한 사실에 주목해야 한다. 가족과 동족들에 대한 일제의 지독한 탄압을 항의하려고 조선의 흰옷을 입고 그는 찾아가지 않았겠는가. 이건승은 「안중근전」에서 안중근이 양장을 벗고 한복으로 갈아입고서 형장에 나아갔다고 적었다.

만주로 망명을 했던 홍승헌은 1914년에, 이건승은 1924년에, 정원하는 1925년에 이승을 떴다. 《동아일보》 1924년 3월 29일 자에 이건승의 부음이 실려 있다. 그의 시신은 국내로 운구되어 와 우리 땅에 묻혔으나 지금 그 묘역은 알 수가 없다. 왠지 '호적 없는 이씨 늙은이'의 혼이 여전히 만주 정리촌에 떠돌고 있는 것만 같다. 정인보가 해방 이후 정국을 우려하며 노래했듯이, 분단의 이 땅에서 우리는 지금도 떠돌고 있는 것이나 마찬가지이기 때문에 더욱 그렇다.

자찬묘비·묘지와 자찬만시

1.

자찬의 묘비와 묘지를 작성하는 관습은 직접적으로는 후한 때의 수장(壽藏)에서 유래한다. 수장이란 생전에 미리 만들어 놓은 자기의 무덤이나 남의 무덤을 이르는 말로 수총(壽塚) 또는 수릉(壽陵)이라고도 한다. 수(壽)는 영원의 뜻을 지닌다.

후한 때는 자신이 훗날 들어갈 무덤을 만드는 풍습이 있었다. 생전에 만든 무덤인 생광(生壙)을 수장 혹은 춘추장(春秋藏)이라 했다. 『후한서』「조기전(趙岐傳)」에 보면 "조기가 56세 때 손수 춘추장을 만든 다음 계찰(季札), 자산(子産), 안영(晏嬰), 숙향(叔向) 등 네 사람의 초상을 그려서 빈위(賓位)에 두고 자신의 초상을 그려서 주위(主位)에 두니, 모두 찬송의 글을 주었다. 이것이 생광의 시초이다."라고 했다. 진(晉)나라 두예도 자신의 무덤을 만들고 또 스스로 돌에 묘표를 새겼다는 기록이 『진서(晉書)』「두예전(杜預傳)」에 나온다. 수장을 만들고 묘표나 묘지의 글을 스스로 작성하는 풍습은 두예 때부터 있었던 셈이다.

수장을 세우거나 묘지를 짓는 이 풍습은 당나라 이후로도 계속되었다. 『당서(唐書)』에 의하면 요욱(姚勖)은 손수 수장을 만안산(萬安山)에 만들어 놓고 광중을 적거혈(寂居穴)이라 하고 봉분을 복진당(復眞堂)이라 했으며, 흙을 깎아 상(牀)을 만들고 화대(化臺)라 일컫는가 하면 돌에 글을 새겨서 후세에 알렸다. 노조린(盧照隣)은 구자산(具茨山) 아래에 숨어 살면서 미리 무덤을 만들어 그 속에서 편안히 누워 지냈다. 이적(李適)은 무덤을 만들고 소나무 열 그루를 심은 다음, 무덤으로 가서 석탑(石榻) 위에서 잠을 자고 자기가 지은 『구경요구(九經要句)』와 소금(素琴)을 앞에 늘어놓았다.

『구당서(舊唐書)』「사공도전(司空圖傳)」에 따르면 사공도는 중조산(中條山)의 왕관곡(王官谷)에 생광을 만들어 놓고 매년 봄과 가을의 가일(佳日)에 빈우(賓友)를 맞아 그 옆에서 놀았다. 사공도는 함통 연간의 말기에 난리를 피하여 왕관곡에 은거하면서 내욕거사(耐辱居士)라고 자호했다. 주전충(朱全忠)이 군주의 지위를 찬탈한 뒤 그를 예부 상서에 제수했으나 나아가지 않았다. 뒤에 애제(哀帝)가 시해당했다는 소식을 듣고서 단식하다가 죽었다.

북송의 문인 구양수(歐陽脩)는「자표(自表)」를 지었다. 북송 때 진요좌(陳堯佐)는 82세에 자명(自銘)을 지었다. 정향(程珦)은 스스로의 묘지를 적었다. 정향은 관직이나 품계와 경력, 졸년과 장사 일자는 글자를 비워 두어, 그가 죽은 뒤 자제들이나 문도들이 그러한 사항을 추가로 적도록 유언했다.

남송의 학자 주희(朱熹)는 수장의 암자를 만들고, 그 이름을 순녕(順寧)이라 했다. 그 명칭은 횡거 선생 장재(張載)가「서명(西銘)」에서 "살고 있을 때는 천리(天理)에 순응하여 일을 행하고 죽을 때는 마음이 편안하여 부끄러움이 없다.(存吾順事, 沒吾寧也.)"라고 했던 뜻을 취한 것이다. 장재와 주희는 군자가 천리의 올바름을 극도로 다함으로써 마음에 부끄러움이 없고 죽어서도 역시 편안하리라는 것을 말한 것이니, 대개 『논어』에서 말한 "아침에 도를 들으면 저녁에 죽어도 좋다.(朝聞道夕死可.)"라는 뜻을 부연한 것이다.

원나라 왕운(王惲)의「혼원유씨세덕비명병서(渾源劉氏世德碑銘幷序)」를 보면 유급(劉汲)이라는 사람에 대해 서술한 내용 중에 유급이 수장기를 작성한 사실을 밝혀 두었다. 또 원나라 진려(陳旅)가 스스로 지은 「진고사수장기(陳高士壽藏記)」가 문집 『안아당집(安雅堂集)』에 전한다. 명나라의 유대하(劉大夏)도 스스로 수장기를 지어서 돌에 새겼다는 기록이 있다. 소보(邵寶)는 「동산공전전(東山公前傳)」(『용춘당집(容春堂集)』 전집(前集) 권15)에서 그 사실을 언급했다.

수장을 마련하든 안 하든, 아직 살아 있는 사람을 위해 작성하는 묘지를 생지(生誌)라 하고 묘비를 생갈(生碣)이라고 한다. 수장을 마련하면 그 기념으로 수장기(壽藏記)를 남에게 부탁하거나 손수 지었다. 스스로 자신의 생지를 작성한 것이 자지(自誌)다. 운문으로 지은 것은 자명(自銘)이라고 한다.

원·명·청의 지식인들도 수장을 만들었다. 우리나라에서도 고려 때 이미 김훤(金晅)이 스스로 묘지를 적었다. 조선 시대 지식인들은 특히 주희의 사례를 모방해서 수장을 만들었다. 남유용은 정형복(鄭亨復)을 위한 묘표를 지어 주었으니, 「묘표자제(墓表自題)」가 그것이다. 이용휴(李用休)도 살아 있는 친구의 묘지를 써 주었고, 윤정현(尹定鉉)은 이유원(李裕元)을 위해 수장기를 지어 주었다. 혹은 묘지의 서문인 산문은 스스로 짓고 뒤의 명은 다른 사람에게 부탁하기도 했다. 율촌(栗村) 한명욱(韓明勖)이 묘지를 스스로 짓고 이경석에게 명을 부탁한 예가 그것이다. 이경석은 묘지나 만사를 지은 사례가 있지만 객습(客習)의 열에 있는 사람이 미리 명을 지어 주는 것은 예법에 맞지 않을 뿐 아니라 의리로 보아도 불가하다고 하면서 그 대신 「율헌사(栗軒詞)」를 지어 주었다.

진요좌는 82세에 자명을 지었는데, 상진(尙震)은 그를 본받되 운문으로 된 「자명」을 지었다. 또한 이재(李栽)는 56세 때 조기의 예를 따라 그해에 「자명」을 지었다. 자명 가운데는 현전하지 않는 것들도 많다. 『퇴우당집(退憂堂集)』 권10 「좌참찬 김공묘지명(左參贊金公墓誌銘)」에 보면, 묘주 김광욱(金光煜)이 일찍이 묘명(墓銘)을 스스로 서술했다고 되어 있다. 그러나 김광욱이 자술한 묘명은 현전하지 않는다.

오원(吳瑗)은 「본생고자술묘지후기(本生考自述墓誌後記)」를 남겼으나, 생부 오진주(吳晉周)가 자술한 묘지에 대해 언급했을 뿐 오진주의 그 글은 함께 실어 두지 않았다. 이만수(李晩秀)의 친구 성정주(成鼎柱)도 533자의 「자지」를 지었다. 이만수는 추가로 명을 지어 주었다. 단 『극원유고(屐園遺稿)』 권11 옥국집(玉局集)에는 「성백상정주자지추명(成伯象鼎柱自誌追銘)」만을 실었고, 성정주의 글은 싣지 않았다.

한편 동진 때 도잠(陶潛)과 송나라 진관(秦觀)은 자기의 죽음을 사색하면서 스스로 만장(輓章)을 지었다. 송나라 임포(林逋) 또한 만시(輓詩)를 남겼다. 그들을 본떠서 스스로의 죽음을 애도하여 미리 적은 자만(自挽, 自輓)과 자작뇌문(自作誄

文) 가운데에도 자신의 일생을 개괄하는 자전적 글쓰기가 들어 있는 경우가 있다. 본래 뇌(誄)는 병이 위중한 사람을 위해 천지신명에게 기도하거나 삶을 마친 사람을 애도하는 글이다. 윤기(尹愭, 1741~1826년)의 「자작뇌문」은 자서전적 요소가 강하다. 한편 임상원(任相元)의 친우 이필진(李必進)은 장가(長歌)를 지어 유장(遺狀)으로 삼았다고 한다. 그 사실은 임상원이 작성한 묘지명을 통해서 추측할 수가 있다.

2.

윤기는 수필집 「협리한화(峽裏閒話)」에 '자찬묘지'라는 항목을 두고, 자찬묘지의 기원을 도연명의 자만(自挽)과 「오류선생전」에서 찾았다. 그리고 당나라에 들어와 배도(裴度)가 화상찬(畫像贊)을 스스로 짓고, 백거이가 「취음선생전」과 묘지명을 지은 일이 모두 그로부터 파생되었다고 보았다. 또 송나라 때 소옹이 「무명공전(無名公傳)」을 짓고 장영(張詠)이 화상찬을 자작한 것, 진요좌가 묘지를 자작한 것도 중요한 사례로 들었다. 한편 우리나라에서는 노수신(盧守愼)이 지문(誌文)을 자작한 일이 있다고 언급했다. 윤기는 자신도 그것을 흠모해서 「무명자전(無名子傳)」을 짓고 나서 또 묘지를 지으려 했으나, 늙고 곤궁하여 떠돌며 정처를 두지 못하기에 어디서 죽을지 알지 못하는 데다가 죽어도 장례 지내질 땅이 없으리라 우려하여 그만두었다고 했다. 그러면서도 장차 글을 지으려 한다고 밝혔다. 윤기는 자찬묘지를 자전(自傳)의 양식으로 보았다. 매우 탁월한 식견이다.

서구에서 자서전은 18세기 후반에서 19세기 전반에 널리 나타났지만, 중국에서는 자서전이라는 말의 근원에 해당하는 용어인 자전이 이미 중당(中唐) 시기인 9세기에 널리 사용되었다. 바로 그 시기에 인간에 대한 새로운 인식이 발생했던 것이다. 서구 근대의 자서전은 삶을 고백하면서 천재성을 드러내는 내용이 많으나, 한자 문화권의 자서전에서는 자신의 삶을 되돌아보고 회한을 드러내는 일이 많았다. 우리나라에서도 자서전적인 시와 산문은 고백과 성찰의 주요한 계보를 이루어 왔다.

중국에서는 길이가 긴 전기 서사의 역사가 오래되었다. 사전(史傳), 제조문(祭弔文), 묘지명 등이 모두 역사적, 사회적 기능을 지닌다. 그런데 자신의 대한(大限)이 이르러 오는 때에 문인들은 자기 자신을 애도하는 임종 문학을 남기기도 했다. 동진의 도연명(365~427년)의 「자제문(自祭文)」, 당나라 왕적(王績, 585~644년)의 「자작묘지문(自作墓誌文)」, 백거이(白居易, 772~846년)의 「취음선생묘지명(醉吟先生墓誌銘)」, 두목(杜

牧, 803~853년)의 「자찬광명(自撰墓銘)」 등등 중당 이후 수가 차츰 많아졌다. 애사, 뇌사, 제문, 조문 등은 영전에 봉헌되고, 묘지명은 묘비에 새겨져 묘에 종속되는데 앞의 지(誌, 산문)와 뒤의 명(銘, 운문)은 일반적으로 사망 후 타인이 지은 것이다. 단 스스로 묘지명을 지을 때에는 작자가 여전히 생존하면서 자기의 일생을 회고하는 데 취지가 있으므로 자전과 방불하되, 자기가 이미 죽은 후를 상상하게 된다.

중국 학자 두연철(杜聯喆)은 『명인자전문초(明人自傳文鈔)』(藝文印書館, 1977)에서 자전문의 유형으로 다음과 같은 것들을 들었다.

(1) 자전(自傳), 자서(自序/敍), 자술(自述), 자장(自狀), 자기(自記, 자지(自誌)) 등: 자기 인생의 경력을 서술하는 것을 주요 목표로 한다.

(2) 자계(自戒), 자송(自訟), 자잠(自箴), 기출(紀黜), 자서(自誓), 자저(自詆), 자조(自嘲) 등: 도덕적 관점에서 엄격하게 자기를 해부하고 자아를 권면하는 것이 많다.

(3) 자서(自壽, 고존(告存)과 비슷함), 자제(自祭), 자조(自弔), 자뢰(自誄), 자비갈(自碑碣), 자위묘지명(自爲墓志銘), 광지(壙誌) 등: 삶이 임종에 이른 사실과 관련이 있다.

일본의 가와이 고조(川合康三)는 『중국의 자전 문학(中国の自伝文学)』(創文社, 1996; 한국어 역 심경호, 중국어 역 채의(蔡毅))에서 중국 자찬묘지명의 계보를 논했다. 미국의 한학가 스티븐 오언(Stephen Owen)은 중국의 자전시를 연구한 「자아의 완전한 영상(自我的完整映像: 自傳詩)」(樂黛雲·陳珏編, 『北美中國古典文學研究名家十年文選』(江蘇人民出版社, 1996))에서 역시 자전은 여전히 한 몸으로 가정되는 자아를 불가피하게 분할하고 재분할하지 않을 수 없으며, 자기의 실제를 타자의 각도에서 이해한다는 점을 확인하고, 자전 작가와 그 대상 사이에 친밀한 관계가 있는 동시에 둘 사이의 분리는 불가피하다는 문제를 제기했다. 스티븐 오언은 '이중 자아', '감춤의 동기', '각색과 지자(智者)', '변형' 등 여러 방면에서 중국의 자전시를 고찰했다.

일본과 중국 혹은 서구 중국문학계에서 전기(傳記)에 관한 본격적인 연구는 현대의 초입에 독일에서 시작된 전기 연구로부터 일정한 영향을 받았다. 「생평 서술의 전통과 현대 평전 작성의 방법」(《한국한문학연구》 제67집(2017년 9월))과 「일본의 자술 문학 전통에 대하여」(《민족문화연구》 제76호(2017년 8월))에서 내가 밝혔듯이, 자전 연구는 독일의 철학자 게오르크 미슈(Georg Misch, 1878~1965년)의 『자전의 역사(Geschichte der Autobiographie)』라는 대저에서 시작되었다. 이 책은 1907년

간행되기 시작해서 마지막 권이 1969년에 나왔으며 한국어 번역본은 물론 일본어 번역본도 없다. 게오르크 미슈는 빌헬름 딜타이의 수제자이자 사위이다.

이렇게 자전에 관한 연구가 이미 20세기 초에 시작되었고 세계 지적 조류에 일정한 영향을 끼쳤지만, 서양의 문학 연구는 작가의 의도를 괄호에 넣고 텍스트 자체에 주목하는 방식이 특히 미국에서 주류를 이루었다. 1950년대까지 신비평을 이끈 미국의 비평가 윌리엄 윔샛(William Wimsatt, 1941년~)과 먼로 비어즐리(Monroe Beardsley, 1915~1985년)는 문학 작품을 공공 영역에서의 대상물로 간주하고, 자전·전기·일기·창작노트 등에 표명된 작자의 경험이나 의도를 작품의 의미·효과·완성도를 판단하는 기준으로 삼는 것은 '의도를 읽는 오류(the intentional fallacy)'라고 비판했다. 그러다가 1960년대에 들어와 마이너리티의 전기 문학이 발달하고 신비평이 쇠퇴하면서 자전에 대한 관심이 높아졌다.

한편 1970년대 프랑스에서 롤랑 바르트(Roland Barthes)는 '텍스트의 자기 언급성(autoréférentialité textuelle)'을 확인함으로써 독자의 주체성을 강조하고, 독서의 장에서 권위를 갖는 교과서·교사·문학사를 비판하며 '작가의 죽음'을 선언했다. 이로써 프랑스 현대 문학에서는 전기와 자전의 존립 기반이 흔들리게 되었다. 그러나 1970년대 중반 필리프 르죈(Philippe

Lejeune)은 『자서전의 규약(*Le pacte autobiographique*)』(1975)을 간행하여 문학적 자전의 연구를 쇄신했다. 또한 1980년 대 《르 데바(*Le Débat*)》의 특집 「문학에의 물음(Question à la littérature)」(1989), 《르뷔 데 시앙스 쥐멘느(*Revue des Sciences Humaines, RSH*)》의 특집 「전기적인 것(Le Biographique)」(1991~1994)은 텍스트 바깥의 사실을 언급하는 작품들에 주목했다. 1980년대 중반 프랑스에서는 나탈리 사로트(Nathalie Sarraute)의 『유년 시대(*Enfance*)』(1983), 뒤라스(Marguerite Duras)의 『애인(*L'amant*)』(1984), 알랭 로브그리예(Alain Robbe-Grillet)의 『돌아오는 거울(*Le Miroir qui revient*)』(1985) 등 주요한 전기 문학이 나왔다. 갈리마르 출판사에서는 1989년부터 2013년까지 정신분석의 퐁탈리스(Jean-Bertrand Pontalis)가 「혼자/서로(L'un et l'autre)」 총서를 간행해서 전기와 픽션이 공존하는 생의 서술 양식을 존중했다. 비평가 세르주 두브로브스키(Serge Doubrovsky)는 1977년 자신의 소설 『아들(*Fils*)』에 대해 자전-픽션(autofiction)이라고 명명했다. 알랭 뷔진(Alain Buisine)은 1990년 8월 전기를 주제로 스리지라살(Cerisy-la-Salle)에서 개최된 국제심포지엄에서 바이오픽션(biofiction)이라는 용어를 제기했다.

그런데 서양의 자전과 비교할 때 한자 문화권의 사람들은 자기의 과거를 되도록 간단하게 개괄했으며, 삶의 세부를 서술하면서 자의식을 강하게 드러내는 방식은 꺼렸다. 게다가 어두운 자아와 밝은 자아의 대립을 직접적으로 반추하지는 않았으며, 마음 깊은 곳에서 우러나는 웃음, 허무에 대한 인식, 비애의 감정을 분석해서 드러내려 하지도 않았다. 오히려 삶의 궤적을 스케치하거나 연표 형식으로 제시하면서 인생을 응시하는 관점을 가탁해 두고, 자기 삶을 몇 마디 말이나 문장으로 개괄하고는 했다. 따라서 문체가 대단히 정제되어 있다. 또한 한자 문화권의 사람들은 자기 자신을 과거의 인물 전형과 비교하면서 서술하거나, 자신이 바람직하다고 상정한 삶을 서술하고는 했다. 특히 선인들은 타자가 바라보는 '나'의 모습과 내가 바라보는 '나'의 모습이 일치하지는 않는다는 점을 일찌감치 간파하고, 내 모습을 이상적인 인물에 맞추어 보며 꾸짖거나 조롱했다. 전형을 통해 보편적 윤곽을 그려 내는 문화적 관습에 이끌리면서도 자기 삶을 고백하고 인성을 성찰하는 개별화의 지향을 충족하려고 했으므로, 선인들의 자서전에는 어떤 긴장이 담겨 있다.

근대 이전 한국의 자서전은 대개 다음 양식들로 이루어졌다.

(1) 자찬묘도문자(自撰墓道文字)
(2) 자서(自敍), 자전(自傳), 자보(自譜), 자술(自述), 자술연기(自述年紀)

(3) 자만(自挽)

(4) 화상 자찬(畵像自贊)

이 책에서는 자찬묘도문자 가운데 묘비(묘표)와 묘지를 통해, 한국 전근대의 지식인들이 죽음을 인간의 필연적 조건으로 인식하면서 스스로의 삶을 되돌아보는 과정을 탐구했다. 이하 몇몇 예들을 소개하면 다음과 같다.

고려 시대의 김훤(金晅, 1258~1305년)은 자신의 일생을 개괄하여 스스로 묘지명을 짓고 무덤 속에 시신과 함께 묻어 달라고 했다. 일흔의 나이가 되면 벼슬에서 물러나는 관례에 따른 뒤 자신의 일생을 되돌아보면서 자족의 감정을 느꼈다.

조운흘(趙云仡, 1332~1404년)은 고려 말과 조선 초를 살면서 정변과 역성혁명을 경험했다. 그는 스스로 묘비를 지어 본관이 무엇이고 누구의 후손이며 언제 과거에 급제하고 어떤 벼슬을 거쳤으며 어느 때에 삶을 마쳤는지 간단하게 기록하고, 그 끝에 어디에 장사 지냈다고 적었다. 관직 생활에 대해서는 "비록 큰 치적은 없었으나 시속의 비루함도 없었다."라고 자평했으며, 죽음에 대해서도 "73세에 병 때문에" 삶을 마쳤다고 적었을 따름이다. 그는 자신이 큰 도를 이상으로 삼아 특립독행(特立獨行)한 것이라 말할 수 있는지에 대해서는 의문을 품었다. 시사에 대해 전혀 언급하지 않은 묘지명을 보면, 그 사실을 거꾸로 짐작할 수 있다. 불만의 감정을 삭이면서 일흔셋의 나이를 살아간다는 것은 무척이나 고통스러웠을 것이다. 하지만 그는 큰 명예도 없고 큰 잘못 없이 한세상을 보냈다고 안도하고, 묘비에 "해와 달을 옥구슬로 삼고 청풍명월을 술잔으로 삼아 옛 양주 고을의 아차산 남쪽 마하야에 장사 지냈다."라고 적었다. 개결한 정신이 잘 드러난다.

조선 초 수양 대군의 왕위 찬탈에 울분을 느낀 조상치(曹尙治, ?~?)는 경상도 영천의 마단(麻丹)에 숨어 살며 큰 돌 하나를 구해, 쪼지도 않고 꾸미지도 않고서 그 표면에 '노산조부제학포인조상치지묘(魯山朝副提學逋人曺尙治之墓)'라고 새겼다. 그리고 짧은 글을 적어 벼슬 품계를 쓰지 않은 까닭, 부제학이라 쓴 이유, 포인이라 쓴 이유를 밝혔다. 포인은 죄짓고 도망간 사람이라는 뜻인데, 송나라가 원나라에 의해 멸망될 때 학자 사방득(謝枋得)이 포신을 자처한 일을 본뜬 것이다. 조상치는 아들에게 "내가 죽거든 이 돌을 무덤 앞에 세워라."라고 일렀다. 임종 때는 평소의 시문을 모두 태웠다.

상진(尙震, 1493~1564년)은 16년간 대신으로서 여러 왕들을 보좌하면서 조야의 신망이 두터웠는데, 「자명」을 쓰면서 부족할 것 없던 삶을 되돌아보았다. 그는 집안에 미관말직을 지낸 어른도 없었는데 문과에 급제하고 청요직을 고루 지냈으며 마침내 영의정에 이르렀다. 북송의 진요좌가 82세 때 자명을 지은 것과 유사하다. 진요좌는 여든이 넘어 같은 연령대의 여러 사람과 함께 어울리면서, 스스로 묘지를 지어 "나이가 여든둘이니 요절이 아니고, 경대부와 정승으로 봉록을 받았으니 욕되지 않다."라고 했다. 상진의 묘표도 그와 같은 의식을 담아 「「감군은」 곡을 늘 타다가 천수를 누렸다."라고 만족했다.

이황(李滉, 1501~1570년)은 임종 때 제자들에게 염습 준비를 하도록 명하고, 분매에 물을 주게 하고는 한서암에서 고요히 세상을 떠났다. 죽기 전에 자명을 지어 묘표에 사용하도록 하고, 오늘날의 국장에 해당하는 예장을 치르지 않도록 유언을 남겼다. 그 묘표에서 이황은 "시름 가운데 즐거움 있고, 즐거움 속에 시름 있도다."라고 간략히 삶을 개괄하고, "승화하여 돌아가리니, 다시 무엇을 구하랴."라고 하여 죽음에의 두려움을 결코 내비치지 않았다.

성혼(成渾, 1535~1598년)은 53세 되던 1587년 사위와 아들에게 묘 앞에 작은 돌을 세워 '창녕 성 모 묘' 다섯 글자를 새기고, 뒷면에는 본관과 가계, 죽어 장례한 날짜와 자손의 이름만 간략히 써서 새기라고 당부했다. 그리고 스스로 지은 묘지를 내보였다. 두 해 전인 1585년 그는 세 번이나 동지중추부사에 제수되었으나 모두 사양한 바 있다. 지식인들이 서로 반목하던 터라 위기감을 느끼고 있었던 성혼은 "시신에 삼베옷을 입히고 종이 이불로 염습하여 소달구지에 신고 고향에 돌아가 묻어서 나의 뜻을 어기지 마라."라고 유언했다.

금각(琴恪, 1569~1586년)은 폐결핵으로 죽어 가면서 불과 25자의 묘지를 적었다. "봉성(鳳城) 사람 금각은 자가 언공(彦恭)이다. 일곱 살에 공부를 하기 시작해서 열여덟에 죽었다. 뜻은 원대하지만 명이 짧으니 운명이로다."라고 하여, 뜻은 컸지만 불운한 자신의 삶을 애도했다.

이식(李植, 1584~1647년)은 묘지를 정편과 속편 둘 남겨, 벼슬길에서 가까스로 몸을 추슬러 왔던 자신을 되돌아보았다. 벼슬길의 험난함이란 바다의 풍파와 같다고 해서 환해(宦海)라는 말이 있다. 당나라 안진경(顔眞卿)이 18~19세쯤에 북산군이라는 도사가 집에 들러, "자네의 청간(淸簡)하다는 이름이 이미 금대(金臺)에 기록되어 있으므로 앞으로 속세를 벗어나 선관(仙官)이 되어 올라가게 될 것이니, 명환(名宦)의 바다에 빠져서는 안 된다."라 했다고 한다. 그러나 글 읽어 이념을 실천해야 한다는 책무 의식을 통감하고 있는 사람으로서 어느 누구인들 명환의 바다에 빠지지 않을 수 있겠는가? 이식은 고관의 직을 거쳤지만 책무를 다하지 못했다고 자책하며 "대부가 직분을 유기했다면 장사 지낼 때 사(士)의 예로 해야 한다."라고 유언을 남겼다.

박미(朴瀰, 1592~1645년)는 선조 대왕의 부마였다. 부마로서 귀한 신분에 올랐지만 시문을 짓는 일로 죽고 살겠노라고 맹세하여 스스로 「묘지」를 적었다. 박미가 죽은 지 29년이 지나, 박세채(朴世采)가 그의 자찬묘지를 보완했다. 박세채는 박미가 당대의 문형(文衡)을 잡을 만한 능력이 있었으나 부마라는 이유로 시의에 막혀서 대제학이 될 수 없었음을 한스러워했다. 박미는 직접 지은 묘표에서 그러한 말을 하지 않았으나, 박세채의 후기와 대조해 볼 때 전혀 언급하지 않은 사실 자체에서 그 울적한 심사를 엿볼 수 있다. 박미는 재주가 많았으나 부마였기 때문에 뜻을 펼 수가 없어, 스스로 지은 묘지에서 한유의 말을 인용해 자신은 글이나 지으며 한평생 살겠다고 말했다. 박미는 한유가 「잡시(雜詩)」에서 "훨훨 드넓은 대지를 아래로 깔아 보면서, 머리를 풀어 헤치고 기린마를 타고 날아가련다"라고 말했던 기상을 닮고자 했다.

허목(許穆, 1595~1682년)은 산림으로서 정계에 진출한 인물이다. 86세 때 130글자의 「자명비」에 "혼자 지내며 내키는 대로 즐기되 옛사람들이 남긴 교훈을 좋아해서 마음으로 따랐다. 하지만 평소 자기 자신을 다잡아 일신의 허물을 줄이려 했지만 잘 되지 않았다."라고 적고, 명에서도 "말은 행동을 덮지 못하고, 행동은 말을 실천하지 못했다."라고 일생을 자책했다. 또한 별도로 음기(陰記)를 남겨, 스스로 출처(出處)와 사수(辭受)에서 옛 성현을 닮으려 했다고 했다. 정치적 행보와 관련해서는 일생 후회가 없었음을 자부한 것이다.

박세당(朴世堂, 1629~1703년)은 수락산에 은둔할 때 「서계초수묘표(西溪樵叟墓表)」를 지었다. 그는 서울 동북쪽 수락산 골짝에 작은 집을 두고 울타리는 만들지 않았다. 삶이 자연과 연속되어 있는 열린 공간을 설정한 것이다. 또한 오이를 심고 논을 갈았으며 땔나무를 팔아 생계를 꾸림으로써 근로하는 삶을 살았다. 이것은 김시습이 수락산에 살 때 밭을 빌려 콩과 조를 수확하고 후원에서 토란을 거두는 등 직접 노동한 삶과 매우 흡사하다. 박세당은 '이 세상에 태어났으므로 이 세상 사람답게 살면서 남들로부터 좋은 사람이라고 여겨지면 그걸로 옳다'는 향원(鄕愿)에게는 머리를 숙이지 않으며 마음으로 항복하지 않겠다고 했다. 또한 깊은 조예와 독창적인 견해를 지니고, 경전 해석과 노자와 장자의 재해석을 시도하여 진정한 학문을 수립하고자 했다. 그 고투의 외관과 내면 풍경이 스스로 남긴 묘표에 고스란히 녹아 있다.

이재(李栽, 1657~1730년)는 조선 후기 영남 유학을 대표하는 인물이다. 56세 되는 1712년에 옛날 조기가 자명을 지은 나이와 같아 느끼는 바가 있어 「자명」을 썼다. 1723년에는 자서전적인 글인 「자서」도 지었다. 그는 「자명」에서 "뜻은 있었으되 재주도 없고 시운도 없으니, 감암(嵌巖)에서 말라 야위어 감이 참으로 마땅하다. 빛나도다 내 마음가짐이여, 전철을 뒤따르고, 나의 즐거움을 즐기도다, 다시 무엇을 구하리오."
라고 말해 천명에 순응하는 뜻을 드러냈다.

　이의현(李宜顯, 1669~1745년)은 영조 때 명신이자 문장가였
는데, 1735년에 영의정이 되었으나 탄핵을 입어 관작을 삭탈
당했을 때 묘지를 스스로 작성했다. 그 글에 숙종 말부터 경
종·영조 연간을 거치면서 당쟁의 한가운데서 노론의 당론을
이끌기도 하고 남인과 소론의 당화를 입기도 했던 평생 사적
을 매우 상세하게 기록했다. 수많은 관직의 제수와 체직, 전
직 사실과 파직, 삭직의 이력이 매우 자세해서, 마치 승경도
놀이를 하면서 판을 짜는 것과 같다. 이의현은 스스로 묘비
명을 쓴 뒤 얼마 안 있어 판중추부사가 되고, 1742년에야 벼
슬에서 완전히 물러났다. 그래서 자찬묘지의 뒤에 행적을 다
시 첨가했다. 이의현은 학문과 문장을 자부했기에, 유언으로
문집을 정리하여 보관할 것을 당부했다. 그에게 글이란 정신
이 가탁되어 있는 활물이었다.

　김광수(金光遂, 1696년~?)는 조선 후기 골동 서화의 소장가
로 유명한 인물이다. 스스로 쓴 묘지에서 "뼈야 썩어도 좋다
만 마음은 궁극에 이르기 어렵다."라고 자신이 추구하는 최
고의 정신경계에 도달하지 못하는 안타까움을 토로했다. 골
동 서화에 미친 사람의 말로로 당연하다고 생각할 일이 아니
다. 김광수가 순수한 취미의 세계에 탐닉한 것은 세간 명리를

잊는 한 방법이었기 때문이며, 그의 몰락은 순수 세계의 몰락을 상징하는 것이기 때문이다.

오재순(吳載純, 1727~1792년)은 임종하기 한 해 전인 1791년 40년간 사용해 왔던 석우(石友), 곧 벼루에 명을 새겼다. 정조는 그에게 우불급(愚不及)이라는 호를 내려 주었다. 「석우명」은 본래 묘지명으로 쓴 것은 아니었다. 그렇지만 한문 원문 60자 속에 벼루 주인의 성, 휘, 작호, 생년은 물론 학문을 연찬해 온 사실을 거의 모두 개괄해 두었다. 오재순이 타계하자, 아들 오희상(吳熙常)은 이 글을 벼루에 새긴 뒤 관곽의 오른편에 함께 매장했다. 지석이 별도로 있었지만 이 글을 아버지의 자찬묘지로 보았던 것이다. 오재순은 벼루의 "갈아도 닳지 않는" 미덕을 사랑했다. 벼루의 미덕을 찬양하면서 견정(堅貞)을 고수하는 자신의 정신경계를 표명한 것이다.

신작(申綽, 1760~1828년)은 문과에 합격했으나 아버지의 임종을 지키지 못한 것을 일생의 한으로 여겨, 벼슬을 살지 않고 학문을 연마한 인물이다. 정약용이 유배지에 돌아와 처음으로 교유한 사람이 이 신작이다. 60세 되는 1819년에 「자서전」을 지었는데, 그것이 경기도 광주 무갑산의 무덤 앞 묘비에 「자표(自表)」로 새겨져 있다. 신작은 「자서전」에서 "사물은 만 품이나 되지만 몸보다 중한 것이 없고, 몸은 온갖 몸체로 이루어졌으되 마음보다 귀한 것이 없다."라 하여, 마음이 외물에 부림을 당하지 않게 하고자 다짐했다. 자신의 삶은 정녕 벼슬과 봉록을 마음에 걸어 두지 않았기에 고인에게 부끄러울 게 없다고 했다.

정약용(丁若鏞, 1762~1836년)은 1822년에 스스로 묘지를 지어, 부단히 자신의 본래성을 추구하는 정신 태도를 드러냈다. 그는 무덤에 묻을 묘지와 문집에 실을 묘지를 따로 작성했는데 두 글의 끝에 각각 명을 붙였다. 무덤에 묻을 묘지명에서는 하늘이 자신에게 시련을 내린 것은 자신을 연마하게 만든 것이라고 술회했고, 문집에 둔 묘지명에서는 남은 생애 동안 분명하게 하늘을 섬기겠다고 했다. 조물주를 믿는다는 뜻이 아니라 천명의 존재를 믿고 천명에 순응한다는 말이다.

서유구(徐有榘, 1764~1845년)는 농법서와 백과사전을 아우른 『임원경제지』의 편찬자로 널리 알려져 있다. 서유구는 자찬의 묘지에서 자신은 인생에서 아무것도 이룬 것이 없고, 다섯 가지 방면에서 모두 낭비만 했다고 했다. 특히 『중용』에서 말하는 넓을 비(費)와 달리, 자신의 삶은 낭비였다는 뜻에서 비(費)라는 글자를 핵심어로 사용했다.

이유원(李裕元, 1814~1888년)은 조선 말기의 문신으로, 전권대신으로서 일본 판리공사 하나부사 요시모토와 제물포 조약에 조인한 장본인이다. 그는 제물포 조약 이후 경기도 양주의 천마산 아래 가오곡에 은둔하면서 『임하필기』를 집필했다. 그런데 1882년 가을부터 1884년 봄까지 병을 심하게 앓고 부인을 잃는 슬픔까지 더해져서 죽음에 대해 사색하게 되어 「자갈명」을 지었다. 이유원은 고종 초엽에 흥선 대원군과 대립하여 정치적으로 위기를 맞았으나, 조선이 개항할 때는 지대한 역할을 했다. 개화기의 정치가로서 그를 어떻게 평가해야 할 것인지는 간단치 않다. 그 자신도 생전에 스스로의 도상을 만들고 부지옹이라 적고는 "남들은 알겠다고 하지만, 나는 누구인지 모르겠소."라 했고, 또 "나는 스스로 알지라도, 남들은 아직 알지 못하네."라고도 했다.

이건승(李建昇, 1858~1924년)은 강화도에서 교육 구국 운동을 벌이다가 경술국치를 당하자 만주로 망명하여, 1918년에 스스로 묘지를 지었다. 이건승은 우리나라에 독립권이 없어서 자유의 힘을 지니지 못하여 만주로 떠났다. 그곳에서 일제가 우리나라 사람들을 호적에 등록시킬 때 이를 거부하여 '호적 없는 이씨 늙은이'로서 떠돌게 된 삶을 스스로 애도했다.

선인들은 묘비명을 지으면서 자신의 과거를 깊이 '고백'하지는 않았다. 하지만 지난날을 뉘우치고 삶의 혁신을 다짐했다. 유학에서는 스스로에게서 모든 원인을 찾는(反求諸己) 반구저기의 반성을 대단히 중시하는데, 선인들은 스스로 묘비명을 쓰면서 깊이 스스로를 반성했다.

1. 金㫶,「自撰墓誌」

大德九年乙巳二月三十日, 都簽議贊成事金㫶自撰墓誌(題額)

匡靖大夫政堂文學寶文閣大學士同修國史致仕金㫶自撰

金㫶, 字用晦, 義城縣人也. 父, 諱閟, 秘書郎. 母兔山郡夫人蒙氏, 檢校大將軍養正之女也. 㫶生於甲午六月三十日, 二十登士板. 戊午, 娵禮部員外郎李公方均之女. 是年, 赴務安監務. 庚申六月, 以初任政課, 得中部錄事. 八月, 屬院. 九月登乙科第三人及第. 丙寅, 以舘翰所薦, 除直史館. 戊辰, 加七品, 兼直翰林院. 己巳, 以賀節書狀官, 上朝. 庚午, 還國. 九月, 拜參赴金州副使. 辛未五月, 在任加禮部郎中. 癸酉春, 以閤門使復命, 尋遷侍御史. 是年冬, 爲全羅州道按察使. 乙亥, 拜四品. 是年秋, 以全羅州道部夫使, 路遇其道按廉, 私膳沒之, 被權勢讒搆, 丙子, 貶襄州副使. 居一年, 以國子司業上京. 其年秋, 爲東界安集使, 轉朝散大夫典法摠郞. 戊寅, 復以全羅州道察訪使, 忤旨, 己卯, 落職. 又墮馬得病, 置散八年, 終不求復出. 至丙戌六月, 執事哀之, 奏爲寧越監務, 而意不欲行. 爲晅計者責而督遣, 故不得已, 唯率一奴子然赴官. 朝家議以其邑安集別監結銜○, 憚其久留, 丁亥冬, 詐訪隣官員, 單騎發縣, 直抵京師, 辭之不去. 戊子正月, 降差長史. 其年復舊秩. 厥後歷揚淸要, 不離臺閣, 恒典演誥. 癸巳, 以朝議大夫左諫議大夫翰林侍講學士知制誥, 爲賀正使, 上朝. 時前王殿下, 以世子入侍天庭, 値上陪仁明大后. 上朝勑晅爲世子隨從. 乙未, 典成均試, 二月, 還國. 九月, 門試○○, 得李瑄等七十四人. 是月, 超拜爲奉翊大夫密直學士國子監大司成文翰學士. 其年十二月, 又扈世子, 强策老病, 上朝. 丙申, 在燕京, 拜匡靖大夫政堂文學寶文閣大學士同修國史. 丁酉二月, 還國, 稱病不出. 戊戌, 以本官致仕. 此晅之官路始末也. 晅爲人駑劣, 無補國家, 而爵壽至此, 終無災禍者, 未必無陰護也. 嘗以所居爲鈍村, 又號足軒居士. 庚子四月, 細君李氏先逝. 有一女二男, 隨分孝養. 其平生行迹, 不可不記. 自書始終大略, 留示二子. 畢竟行李之月日, 歸葬之處, 所宜當繼書, 留誌于墳耳. 銘曰:

　一. 顧此孱軀, 下土之疣. 質微而弱, 性直且愚. 學無所就, 强名曰儒. 吹竽朝列, 濫得紆朱.

　二. 久叨演誥, 至登樞要. 僅免斷窓, 染指廊朝. 超拜政堂, 因擠退老. 不爲不達, 亦云壽考.

三. 妻緣所資, 做一塊癡. 是什麼物, 畢竟何之. 徵來推去, 不可突斯. 自書始末, 屬子而遺.

四. 乾坤之化, 草木何謝. 養拙育頑, 造物私我. 一女二男, 不少不夥. 桃李在門, 此亦可訝.(김용선, 『고려묘지명집성』, 2001; 국립문화재연구소 한국금석문종합영상정보시스템 제공 판독문(일부 수정))

2. 趙云仡, 「自銘」

辛昌元年, 召拜簽書密直司事, 俄陞同知. 恭讓二年, 出爲雞林府尹. 入本朝, 授江陵大都護府使, 尋以病辭, 歸于廣州別墅. 又拜檢校政堂文學, 檢校例受祿, 云仡辭不受. 爲人立志奇古, 跌宕瑰偉. 徑情直行, 不肯隨時俯仰. 將終, 自述墓誌曰: "趙云仡, 本豊壤人, 高麗太祖臣平章事趙孟三十代孫. 恭愍代, 興安君李仁復門下登科. 歷仕中外, 佩印五州, 觀風四道. 雖大無聲績, 亦無塵陋. 年七十三, 病終廣州古垣城. 無後. 以日月爲珠璣, 以淸風明月爲奠, 而葬于古楊州峩嵯山. 南摩訶耶. 孔子杏壇上, 釋迦雙樹下, 古今聖賢, 豈有獨存者? 咄咄, 人生事畢."(『高麗史』卷112 列傳25)

3. 曹尙治, 「自表」

魯山朝副提學遁人曹尙治之墓. 書魯山朝者, 明其非今日臣也. 不書階資者, 著其無濟君之罪也. 書副提學者, 爲其不沒實也. 書遁人者, 言其亡命逃遁之人也.(『西州集』卷11 遺事「十代祖副提學丹皇先生遺事」)

4. 朴英, 「墓表」

公, 密陽人也. 名英, 字子實, 姓朴氏, 號松齋. 成化辛卯, 生于京師. 曾祖諱好問, 崇政大夫, 議政府左贊成. 妣貞敬夫人, 廣陵李氏. 妣貞敬夫人, 一直孫氏. 祖諱哲孫, 通政大夫, 安東大都護府使. 妣淑夫人, 鷄林李氏. 父諱壽宗, 嘉善大夫, 吏曹參判. 妣貞夫人李氏, 外祖讓寧大君諱褆, 妣金氏. 乙未, 父歿, 丁酉, 母歿, 庚子, 祖母歿. 壬寅, 又遭祖父喪, 始居廬側. 丁未冬, 以上尊諡使禮曹判書李世弼之幕下, 赴帝都, 戊申春, 還本國. 辛亥七月, 以都元帥李克均之幕下, 赴西征. 壬子春, 還京師. 七月, 除假兼司僕. 九月, 中武科, 除資正八品, 除司僕. 甲寅, 成廟上昇, 自此不欲留京師. 丙辰春, 以病辭職, 來寓善山府, 卜洛之陽. 庚申, 鄭雲程氏·朴伯牛氏, 數月留松齋, 對床論古, 別一乾坤在胸中也. 己巳夏, 除宣傳官. 八月, 榮墳受由來家, 以病過限罷. 庚午四月, 倭賊作亂, 除昌原府助防將. 十一月, 罷防還家. 辛未, 除宣傳官, 以病不赴. 甲戌夏, 除黃澗縣監. 丙子夏, 賞加一資, 縣治簡故也. 遂除江界府使, 超六資朝散. 戊寅九月, 除義州牧使, 超六資通政. 未至義州, 除承政院同副承旨. 十一月, 除右副承旨, 十二月, 除左副承旨. 己卯, 除嘉善大夫, 兵曹參判. 五月, 除聖節使. 七月初三日, 啓請兵曹務煩, 臨行辭免, 依允, 除同知中樞府事, 上親傳拜表, 發程于王都. 九月, 入帝都. 十一月, 發自帝都. 十二月十七日, 還本國, 入闕復命. 時司憲府駁降一資, 除通政, 僉知中樞府事. 庚辰二月, 除金海府使. 辛巳八月, 職盡收牒, 還于家. 十一月初一日, 拿之于京. 初五日, 質放. 壬午正月, 發京以肩輿, 乃到家山. 自詠曰: "紛紜

都不緊, 蝴蝶與南柯."[先生自敍平生履歷昇沈之狀. 遺命以此爲墓表. 此下後續之]

丁酉, 收職牒復敍. 戊戌, 除慶尙左道兵馬節度使. 庚子三月二十一日, 卒于內廐. 享年七十. 是年月日, 葬于府北面官洞坤坐艮向之原. 先生娶都承旨李世匡之女, 生一子居易, 中司馬. 居易娶新堂鄭先生之女, 生二子二女. 長敦復, 庚子, 生員, 參奉. 次敦仁, 典牲署參奉. 女長適士人金昌鳳, 次適進士南守正.(『松堂集』卷1 墓誌「墓表(先生自撰)」)

---

5. 尙震, 「自銘」

起自草萊, 三入相府. 晩而學琴, 常彈感君恩一曲, 以終天年.(『泛虛亭集』卷5 銘)

---

6. 李弘莘, 「自銘」

旣無才, 又無德, 人而已. 生無爵, 死無名, 魂而已. 憂樂空, 毀譽息, 土而已.(李裕元,『林下筆記』卷28 春明逸史「訥齋自鳴」)

---

7. 李涀, 「自銘」

生而大癡, 壯而多疾. 中何嗜學, 晩何叨爵.◀

學求猶邈, 爵辭愈嬰. 進行之跲, 退藏之貞.◀

深懰國恩, 亶畏聖言. 有山嶷嶷, 有水源源.◀

婆娑初服, 脫略衆訕. 我懷伊阻, 我佩誰玩.◀

我思古人, 實獲我心, 寧知來世, 不獲今兮.

憂中有樂, 樂中有憂. 乘化歸盡, 復何求兮. (『退溪集』退溪先生年譜
卷3 附錄「墓碣銘」)

---

8. 盧守愼,「暗室先生自銘」

先生海陽之盧氏, 守愼其名寡悔字.

有號桑村乃其宗, 奎衡台座生五龍.

曾諱敬長參奉卿, 王考諱瑊守贊成.

而禰諱鴻別提相, 外祖自華李憲長.

正德乙亥後孟夏, 旣望未時髮膚下.

靑馬日中兩舍升, 黑兔月陽巍科登.

卽冬修撰春司書, 秋入騎省更直廬.

仁后在位半載强, 久忝正言天曹郎.

因山未就商山投, 赤羔昇平沃州囚.

握節回且羈始安, 當宁立召侍讀官.

特進直學及參贊, 暫主薇垣復主館.

次年祈養得西原, 改命方伯仍哭奔.

白羊建寅禫餘痰, 數旬迭冒院府首.

再盛玉堂再副銓, 尋承降旨掌銓權.

衆推韓陳遠接使, 慈癠猶將館伴備.

流火方愓秉文柄, 水鷄翻慚議國政.

少樞還右黃虎遷, 金蛇暮商禍重延. ◀

謬庀殊甡偐踰多, 知止致仕懊悶加. ◀

病乞骸骨非一二, 宣至喉舌摠三四. ◀

憂虞惶慟辭七世, 忍爲生行死返計. ◀

扶曳徒違麋鹿性, 作壨陟窮焉用領. ◀

小事糊塗或終累, 大意分明信無愧. ◀

某年某月某日逝, 某年某月某日瘞. ◀

斂手足形是歸全, 樂哉先丘西麓偏. ◀

題四尺石曰暗室, 尙從與歆殘芬芯. ◀

　廣陵老師女爲婦, 陽城寡弟子爲後. ◀

有孫醇恪克保持, 爰擧詩禮以付之. ◀

百代祠堂不絶盧, 而今而後吾免夫. ◀ (『穌齋集』卷10 碑碣「暗室先生自銘(丙戌十一月十五日作)」)

---

9. 成渾,「墓誌」

成其姓, 渾其名, 浩原其字, 昌寧其本貫也. 其父曰聽松先生, 諱守琛. 其母曰坡平尹氏. 其祖曰思肅公諱世純. 其曾祖曰贈判書諱忠達也. 其外祖曰判官諱士元也. 渾年弱冠得羸疾, 漸毁昏弱, 以終其身. 少受學于家庭, 每聞古人修身爲學, 慨然有歆慕之意, 欲讀書窮理, 玩索微旨, 而竟不能得. 欲操持涵養, 以免過惡, 而終無所執守, 以疾自廢, 志不少就. 悲夫! 資性輕淺, 不能着實. 每以沈毅篤行爲美德, 而亦不能自近. 至於氣質之滓, 外物之溷, 則有不可勝言者. 又頗指摘人過失, 以此人多忌憚之. 三十餘, 薦拜參奉. 明年, 又薦陞六品. 又數載, 薦入臺官, 皆以疾不仕. 萬曆庚辰冬, 特下召命, 辭旨隆重, 惶恐辭避, 不能得, 自載至京. 辛巳二月, 登對思政殿, 上問大道之要, 退而上封事萬言. 命出入經筵. 于時朝廷待遇甚隆, 喜事者多建請優賢之禮, 禮貌殊異, 某益驚懼, 人亦竊笑之. 未幾, 辭免而歸. 癸未夏, 以兵曹參知召, 五上章辭, 不許, 乃復至京. 移軍職, 又移吏曹參議, 送西, 凡五辭, 不得請. 拜命數日, 三司論劾兵曹判書李珥專擅國柄, 驕蹇慢上, 乃上章言珥盡忠, 二司朋讒. 三司劾某網打士林, 走歸家. 其秋, 復以吏曹參議召, 固辭不獲, 赴闕四辭, 又不許, 不得已供職半月. 陞拜吏曹參判, 又五辭, 不允, 力疾拜命, 遂贈其父母如已職. 在職踰月呈辭, 移同知中樞府事. 甲申七月, 還其家. 其後朝廷論劾某外戚奸黨, 濁亂誤國, 朝野目爲小人, 或有謂非小人者. 此得官進退之大畧也, 某自少病不赴擧, 則曰不事科擧, 羸瘵不仕, 則曰不慕榮宦, 守先廬於坡山, 則曰隱居求志, 在廷交薦, 轉展儌冒, 以至高官. 其實一無所有, 一不能任職, 皆他人所強名者, 而卒以此取世患. 嘗語其子曰: "吾平生盜名, 以負國恩. 自古人臣負恩, 孰有如我者哉? 吾罪大矣. 吾死目不瞑矣. 汝當以我遺意, 辭賻祭恩數. 墓前書昌寧成某墓五字, 使子孫知其處足矣. 古人亦有命勿書官於墓者, 其意有在. 若我則有罪自貶而書姓名, 事同而情異, 不可比而同之也. 衣以布衣, 斂以紙衾, 載牛車歸葬. 毋違我志可也." 某生嘉靖乙未, 死〇〇〇〇〇, 得年若干, 葬于聽松先生墓下. 某自書此, 俾納于壙中以爲誌云. 〇墓前立小石刻五字, 石後略

666

書鄉里世系死葬之日及子孫名而刻之.(『牛溪集』牛溪年譜附錄「墓誌(先生自製)」)

---

10. 宋枏壽,「自誌文」

宋其姓, 枏壽其名, 靈老其字, 恩津其本貫. 其父曰安岳郡守·贈戶曹參議諱世勛, 其母曰迎日鄭氏, 其祖曰楊根郡守諱汝霖, 其曾祖曰軍資監正兼校書館判校諱遙年, 其高祖曰司憲府持平諱繼祀. 其五代祖諱愉, 少謝簪笏, 膏肓泉石, 號雙淸堂. 七代祖諱明誼, 司憲執端, 與鄭圃隱夢周齊名. 其外祖諱鷥年, 進士, 政堂文學·文貞公思道之後. 萬曆戊寅, 蔭補司圃署別提, 進義盈庫直長·尙衣院主簿·司憲府監察, 丙戌. 拜定山縣監, 壬辰, 復拜監察, 癸巳, 授宗簿寺主簿, 陞尙衣院判官·平市署令·戶曹正郞, 拜通川郡守, 丁酉, 授林川郡守. 未幾, 遞還懷德田廬, 絶意仕宦, 甘心耕鑿. 重修雙淸舊業, 以圖書自娛, 日與鄉老, 窮山水之樂, 幾三十餘年. 丙辰, 以耆老, 授嘉善. 丙寅, 陞嘉義. 此履歷行事之大略也. 嘗聞古人脩身爲學, 慨然有歆慕之志, 而性不持重, 踈懶無立. 少失庭訓, 長無師友, 日就昬冥, 竟不自振, 悲夫! 初娶李氏, 縣監翰之女, 無子. 再娵柳氏, 亨弼之女, 高麗大丞車達之後. 同住瑟堂五十年, 庚戌, 先逝. 俺平生, 不欲人溢美稱述, 自書此而誌之. 生嘉靖, 丁酉歿, 得年九十. 某年某月某日, 葬于公州沙寒山乾坐巽向之原, 與柳氏同壙. 有三男二女. 男長希遠, 癸亥登文科, 成均館學諭, 娶牧使金繢先女. 次希建, 庚戌中生進兩試, 娶主簿李天裕女. 次希進, 癸卯進士, 娶參奉鄭彬女, 女長適參判李溟, 正言廷賓之子. 次適進士金光裕, 參議偉之子. 曰國銓·國焞[後改以重]·李蓁·朴構, 希遠子壻. 曰國蓍·國輔·國龜·國蕢·李栚·生員蘒東道·生員金巽賢, 希建子壻. 曰國士·國憲·李陽煥, 希進子壻. 曰主簿敏開·文科庶尹敏樹·監役沈厖·士人金震柱, 李之子壻. 曰慶餘, 金之子. 內外諸孫, 捴五十餘人.(『松潭集』卷2 雜著「自誌文」)

---

11. 洪可臣,「自銘」

清時可笑晚全翁, 官至尙書爵列勳封.◂

翁名可臣字興道, 生失恃兮鞠于乳母.◂

年十三四始過庭, 語音琅然能誦二經.◂

長而幸不墜庭訓, 五入臺省六試州郡.◂

壬辰兵火癸甲饑, 就食洪陽印何纍纍.◂

逆孼豕突州城右, 宗社默祐渠魁授首.◂

天書下褒恩非常, 策功麒麟揆分敢當.◂

衰病還將報主心, 休榮辭祿倦鳥歸林.◂

草屋二間先壠下, 梅竹當窓澗水遶舍.◂

不營不求只燕居, 鑪中香篆案上詩書.◂

欲寡其過未得寡, 一脚却恐蹉入汚下.◂

窮居自守畎畝中, 憂國忘家白首丹衷.◂

七十告老在禮法, 影纓結綬尙堪事業.◂

平易胸襟坦坦懷, 平生憤疾只在奸回.◂

有子五人女二人, 男婚女嫁子孫振振. ◀

百年唐突不厭從, 梧桐明月楊柳淸風. ◀

優遊安靜以壽終, 淸時何幸晚全翁. ◀(『晚全集』卷1 七言古風「自銘」(戊申))

---

12. 權紀,「自誌」

公姓權, 諱紀, 字士立, 號龍巒. 松巖先生權好文之門人. 高麗太師諱幸之二十三代孫. 考諱夢斗, 孝友純至, 寬厚謹嚴, 有長者風, 鄉累聞于朝. 妣, 英陽南氏英陽君敏忠後, 忠順衛漢粒女. 閨行卓異. 生二男. 長紐, 次公. 公生七歲, 失母. 十三, 奉嚴訓, 始讀小學, 師稱能誦. 至成人, 與友論辨之間, 常剛方不屈, 心自病焉. 卽著力和柔, 不爲圭角, 得熟皮俗之號. 於是, 乃返袂歸來, 兼制和直人, 又以能變化氣質稱之. 十擧不中, 三薦不揚, 命也. 晚年, 修權氏譜十六帙, 錄永嘉志八卷, 非欲留名, 老境寄懷者也. 室, 晉山河氏觀察使澹六代孫, 通政漣之女. 生二男一女. 男曰思迫, 儒士. 女適眞城李智遵. 河氏, 先公卒, 墓在大瓢山西麓. 萬曆丁末, 移葬于幕谷充山乙向之原, 爲同塋計耳. 銘曰: 人不謂我儒, 而自處則儒. 人不謂我愚, 而自爲則愚. 人莫知我, 我獨知吾. 龍山秀聳, 千仞玉立. 洛江縈廻, 一帶藍碧. 中有孤阡, 萬古安宅. 萬曆戊申六月龍巒自誌.(『龍巒集』卷2 附錄)

13. 李坡,「自銘」

其一

惟侍讀君, 名某李姓. 向上無功, 狹中有性.◂

未學而仕, 不利攸往. 因毀而來, 于西之上.◂

坐石觀書, 挹泉灌塵. 難語乎道, 粗適於身.◂

臨鏡悵然, 履氷無幾. 豈敢自懈, 死而後已.◂ (『蒼石集』卷15 銘)

其二

興李之先出上庠[本興陽, 上庠諱彦林, 貢生生員], 厥初顯晦邈難評.

追封別將始微耀[諱惟孝], 大節尉丞乃蜚英[諱陽升, 衛尉寺丞, 渭州之役, 力戰死之].

同正二公恢祖烈[諱元邦, 尙瑞寺直長同正. 諱英粲, 尙衣寺直長同正], 儀郞一代影儒縷[諱厚, 奉善大夫民部儀郞].

奉常揭德傳門下[諱吉, 奉常大夫通禮院副使封興陽君, 諱舒麗, 門下贊成事], 大憲掇魁官亞卿[諱垠, 司憲府大司憲].

府尹風標氷玉潔[諱堰, 嘉善大夫全州府尹, 御札褒淸白], 端公詞賦琳琅鳴[諱壽川, 司憲府執義, 故曰端公. 習詞賦, 居進士魁].

恭惟王父判官胤[諱兆年, 儀仗庫判官, 是生王父諱琢], 偉我先君申氏甥[諱守仁, 贈通政大夫承政院左承旨. 贈淑夫人, 高靈申氏, 府使松村之孫].

先世悠哉流厚澤. 藐余何以繼芳聲.

670

歲臨某里降微質[庚申三月六日辰時], 皇揆于初錫美名[名埈, 字叔平].

孺敎兼勤天只善, 癡頑未效月斯征.

賓興早歲和鳴鹿[壬午中司馬, 辛卯登第], 謬計當時欲掣鯨.

外補四蒙銅印畀, 淸班七忝玉堂盛.

鬪邪獨奮螳螂臂, 戀主空懷犬馬情.

謹厚自將元不忮, 規模雖試本非宏.

窮途寢薄功名念, 故社今尋水石盟.

至痛在心襟血濕, 殘年多病鬢絲生.

怡神以理貧何戚, 與世相忘累漸輕.

到蓋棺時何用愴, 收終局處足云贏.

附身行效硯埋塚, 損志不遺金滿籯.

音澁鳳琴塵裏擲, 氣騰龍劍斗間橫.

三緘勿語人長短, 一訣玆貽汝弟兄.

門戶已衰思奮發, 路岐多曲恐冥行.

經書臠髓探須味, 義利錙銖辨得精.

毋汝自盈常貶損, 莫余云覯有神明.

丁寧謹受家氈託, 祗栗勿忘槃水擎.

一片西顔占小麓, 千秋馬鬣近先塋.

略書其槩揭阡表, 百世儻無田父耕.(『蒼石集』續集 卷6 銘)

14. 金尙容, 「自述墓銘」

公姓金氏, 其名尙容. 字曰景擇, 號曰溪翁.

系出安東, 始祖宣平. 自麗迄鮮, 奕世簪纓.

曾祖諱璠, 平壤少尹. 大父生海, 知信川郡.

皇考克孝, 敦寧都正. 視公追秩, 贈領議政.

妣東萊鄭, 父相惟吉. 生于辛酉, 聘權作匹.

壬午進士, 庚寅文科. 歷敭翰銓, 玉署鑾坡.

再佐帥府, 一賀帝庭. 祭酒國學, 侍郎兵刑.

逮長諫省, 妄論宮禁. 一言嬰鱗, 三州製錦.

知申·都憲, 京尹·司寇. 括囊苟保, 履貞無咎.

時丁否運, 世入長夜. 志不詭隨, 遯于荒野.

周邦命新, 起廢伸枉. 宗伯·參贊, 兩銓之長.

復兼金吾, 經筵賓客. 叨陞三事, 愧乏一德.

性拙寡言, 恬靜自守. 官居鼎鼐, 産業如舊.

晚卜楓溪, 水石淸絶. 倘徉丘壑, 樂忘飢渴.

壽若干終, 男四女七. 光炯·煥·炫, 爄則庶出.

諸孫及壻, 多不記名. 某年窆玆, 公自作銘. (『仙源遺稿』下 雜著 「有明朝鮮國大匡輔國崇祿大夫 議政府右議政兼領經筵事監春秋館事仙源居士自述墓銘」)

672

15. 尹民獻,「苫屛自誌」

余素性簡傲, 與世抹摋. 晚得釋褐, 然一不踵權貴門. 且擧世貪墨, 羞與同列. 是時, 大北黨尤張, 爲銓曹者三, 除假郞, 俛首奉職, 鬱鬱不樂, 求補外, 得槐山. 其治張弛, 爲土豪所惡. 適有言官是同黨, 借助聲勢, 予見誣也. 其後爲司成. 奸魁之子, 是諫長, 方軋異己見斥也. 已而出爲大同駉. 官則屢經汚吏, 極凋弊, 欲條陳上聞, 除瘼蘇殘. 適元帥率大軍, 向奴穴, 遽加詰責. 予見辱也. 卽棄官歸來. 竊自惟念, 才雖不逮古人, 志慕古賢, 常憒士大間, 天理幾息, 鄙夷若浼焉. 益堅此操不變, 則必隨處見敗. 永絶仕宦之心, 沈冥田野間終焉. 蓋出身僅十餘歲, 食祿日無幾. 戊午春, 亦在廢散中, 幸免禍厄. 其出處大略如斯. 此豈於自己分上有得力處而然哉? 嘗遊牛溪門下, 每戒勿爲名利子, 故平生佩服不失也. 其門闌族世, 悉著祖先碑誌矣. 嗚呼! 德行才藝, 莫先君伍, 而年位俱不贏. 至如不肖, 無寸長, 位至三品, 年至若干, 是何天道報施乖戾若是耶? 今自爲銘者, 欲使子若孫, 勿復綴虛辭, 以夸謾後世也.(『芝湖集』卷7 墓誌)

16. 韓明勗,「墓碣」

資憲大夫知敦寧府事韓公明勗之墓, 貞夫人高靈朴氏之墓, 貞夫人東萊鄭氏之墓.

淸州韓氏之裔, 有曰明勗, 字勗哉, 就廣陵先墓下栗里鄕, 仍自號栗軒. 年至耄, 乃叙爲墓道之文曰: 考叅判贈左贊成諱述, 西平君諡文靖公諱繼禧五代孫也. 妣貞敬夫人李氏, 太宗大王八代孫也. 明勗素乏才識,粗習箕裘之業, 晚占大小科. 初筮蔭仕, 中歷臺省, 典州郡, 陞宰秩, 皆涯分所極, 顧無可稱之蹟. 屢抗憂國之章, 朝無所採人, 或見詆. 此其始末梗槩也. 平生好音律, 閱卜書, 皆未能究妙. 祇依古法, 抄著數篇, 嘗射而不倦. 必有酒, 飲不過一二杯, 取適而止. 醉則命篋奴琴兒日與迭奏, 時自歌詠以和之. 齡, 垂九裘壽也. 位, 躋知樞崇也. 休官, 退處松楸, 邀少長, 或棊或博, 或賦詩, 倘佯於梅庭竹塢之間, 以終吾生. 前後娶, 高靈朴氏, 東萊鄭氏, 俱名閥也. 後有女, 適士人李雲培, 子亢, 娶佐郎李䄵女. 庶有男三女一, 皆婚嫁, 有子有女, 至十餘. 昔唐之杜牧, 宋之堯夫, 自誌其墓文. 愚亦略叙以示後昆, 而請銘于壯元李㟁判觀海公. 銘曰: 五福之首, 莫先曰壽. 位聯八座, 居朝之右. 達尊三備, 子女咸有. 體康心逸, 永終无咎. 大耋維歌, 樂以需期. 揭揭卓識, 不戚不咨. 疇自誌其丘, 西原韓大夫也. 疇刻銘以諏, 東州李敏求也.

歲丙戌, 公始入耆老所, 自叙碑文, 越七年, 壬辰十月初四日, 易簀于廣陵栗里精舍. 是年十一月二十四日, 永定于靈長山西麓子坐午向之原. 公生於丁卯, 卒於壬辰, 壽八十六. 前後配同一原, 而後配祔于原之上邊. 前配朴氏, 享年五十二, 判書諱蔓之後, 贈判書諱樑之女. 後配鄭氏, 享年八十一, 佐理功臣諱蘭宗之後, 贈判書諱象義之女. 俱有婦德, 而封貞夫人. 後配有一女一男. 女曰李雲培, 男曰亢. 側室有三男一女. 男曰商, 武科. 曰旁, 曰章, 女曰鄭晚. 雲培生二男, 曰羽瑞, 曰鳳瑞. 亢生三男二女, 男曰善慶, 曰善鳴, 曰善行, 女曰李德英, 曰閔思曾. 又有庶子女, 俱幼. 商生三男, 曰善得, 曰善復, 曰善德, 旁生三女. 章生三男二女, 男曰

674

善澂, 曰善餘, 曰善最, 曰女皆幼. 晚生一男五女, 男曰後僑, 主簿. 噫! 公之先系, 詳於叅判公墓碣, 而公之平日行藏, 載於自叙碑文, 可以想公之平生矣. 至於事君之義, 齊家之道, 亦多耳目之所覩記. 不敢請狀於當世立言君子者, 遵先志也. 崇禎後初甲癸亥八月 日立. 連楣生, 嘉義大夫刑曹叅判兼五衛都摠府副摠管李秞謹書.(『京畿金石大觀』5, 경기도, 1992;「韓明勖墓碣」, 경기도; 국립문화재연구소 한국금석문종합영상정보시스템 제공 판독문)

栗軒韓令丈自爲之誌, 屬余銘之. 蓋古之人, 往往有自誌者, 亦有自爲輓者, 而其在客習之列, 預爲之銘者, 非惟非禮, 於義亦不可也. 是以古無有焉. 豈可以無於古者, 爲吾慕古之人之長者爲之乎? 玆不敢惟命, 爲賦栗軒詞以呈之. 如使琴者琴之, 歌者歌之, 則其長短之律, 高下之韻, 或有以叶焉, 而庶供閑中之一樂云爾.

生長兮文翰之庭, 薰炙兮先輩之門. 登宰路兮歷內外, 屢抗疏兮多讜論. 踰大耋兮神精旺, 爵隨以尊兮德亦尊. 廣之鄕兮山之村, 辭祿位兮返丘園. 依松楸兮開小堂, 慕栗里兮號栗軒. 庭梅竹兮室圖書, 左琴歌兮右酒樽. 無少長兮與同歡, 談疊疊兮色溫溫. 或漁於水兮或山之採, 春復秋兮朝又昏. 興至賦詩兮時自唱, 性有適兮胸無煩. 飽閑趣兮任天命, 惟此樂兮永弗諼.(李景奭,『白軒先生集』卷14 詩稿 詞附「栗軒詞」(栗村一號))

17. 琴愭,「自誌」

鳳城人琴愭字彥恭, 七歲而學, 十八而沒. ◄ 志遠年夭, 命矣也夫! ◄

(『悗所覆瓿藁』卷17 文部14 墓誌)

18. 李植,「澤癯居士自敍」

居士李氏名植, 字汝固. 其先出今京畿豐德郡德水縣. 高麗高宗朝,
同知樞密院事陽俊始顯. 傳二代, 皆達官. 至樂安伯千善最貴. 又傳三
代, 皆顯爵. 至司諫院司諫宜茂最盛. 五子俱文武科第, 三子容齋先生
諱荇, 官至左議政兼大提學. 容齋次子元祥, 官中樞府都事, 贈吏曹判
書. 長子諱涉, 以成均生員早歿, 贈承政院左承旨. 生諱安性, 官安奇道
察訪, 居士之先考也. 贈議政府左贊成, 配茂松尹氏, 工曹參判贈左議
政諱玉之女. 以萬曆甲申十月癸丑, 生居士于漢京. 居士少弱疾. 九歲,
遭倭亂, 遷播南北. 十二, 始從村學, 學句語, 未成. 遘瘰癧之疾, 危死者
五六年. 十八, 始就監試, 不利. 又患瘰羸蹠戾之疾, 卽棄擧業, 投鄕僻
者又五六年. 己酉冬, 復求擧陞上舍. 庚戌冬, 別試中第, 權知成均館學
諭, 不就. 越三年癸丑, 以侍講院說書被召. 會逆獄大起, 不敢辭免. 因
不赴都堂考, 被貶得遞. 秋先大夫卒于驪江寓居, 卜葬砥平東谷, 因廬居
終制. 明年丙辰夏, 除北道評事, 冬末罷歸. 丁巳, 以兼宣傳官, 再受西班
祿. 秋有點馬海西之行, 會廢妃大論起, 卽納祿, 歸東谷. 己未夏, 除兵曹
佐郎, 方引疾未及遞. 選爲寧邊府判官, 司諫林健等, 論以逆黨, 初不肯
署, 旣署出, 仍辭不赴. 選別知製敎, 承文院製述官, 不就. 劉·楊兩詔使

676

之來, 遠接使李爾瞻, 辟爲從事官. 光海命改擇時望, 仍以製述官帶去,
辭以病不赴. 光海再下旨峻責促送, 中路乃就命, 抵京而返. 接伴副使朴
鼎吉, 體察副使南以恭, 繼辟從事, 不就. 癸亥春, 從父東岳先生, 以田監
軍接伴使西下, 辟爲從事, 被召促赴. 甫至定州參幕, 卽乞暇而歸. 時已
聞聖上反正, 幕府亦以監軍不至罷還. 初除吏曹佐郎, 知製敎兼春秋館
記事官, 以連姻戚里, 引嫌上疏辭免. 且乞守畿內一縣, 自效兼養老母,
批旨不許. 旋以不赴堂考, 貶爲成均典籍. 逾月, 除弘文館副修撰, 蓋以
前例銓郎考中, 猶得從左品爲是職云. 又上疏力辭, 屢呈病皆不許. 選賜
暇湖堂, 歲抄陞校理. 上疏論西路危急, 乞自守一壘, 以聳勸將士, 批下
廟堂, 寢不報. 尋陞吏曹正郎, 以鞫廳郎官, 因晩仕, 被劾罷. 李适叛, 敍
復修撰, 御營使李貴, 辟從事, 從往臨津, 師潰, 還. 趨京城, 扈駕南下, 拜
司憲府持平, 以佐幕無狀, 不合爲法官, 自劾得遞, 爲修撰從. 還都復爲
吏曹正郎. 以東岳被罪, 不安於淸班, 每移病不仕. 銓曹知不可强, 越次
敍右, 陞應敎, 遷司諫院司諫. 數日, 復移應敎, 復爲親上疏乞郡, 不許.
陞典翰, 遷議政府舍人, 在鄕未赴, 以執義被召, 旋遞復拜. 逾月, 遞移
西班, 參修光海朝日記, 陞尙衣院正. 將封世子, 先行冠禮, 選拜侍講院
輔德. 乙丑春, 冠策兩禮成, 賞階通政. 夏拜禮曹參議, 遷承政院同副承
旨, 陞至左副. 因求言上疏幾萬言, 力陳時弊, 批旨令廟堂採用, 竟寢不
報. 是冬, 遞移吏曹參議, 兼承文院提調, 又上疏力辭, 請以知製敎三字,
受軍職祿, 制撰小小詞命, 以效微勞, 兼陳朝著不靖之弊. 批旨優答不
許. 尋以選注失當, 與同僚被責俱遞. 丙寅春, 除刑曹參議, 特兼春秋館

修撰官, 同修日記. 移拜禮曹, 姜·王兩詔使之來, 爲都司延慰使兼製述官, 偕遠接使往來. 秋拜大司諫, 因論殿試失法, 竟罷其榜. 自是益不安於朝, 除兵曹參知, 成均館大司成, 皆辭. 久之除右承旨. 遭丁卯之變, 體察使李元翼, 請以贊畫使帶行, 遞付西班, 陪分朝南下, 分朝罷, 道拜大司諫. 自此朝中誣謗不測, 然未有首發彈論者. 乃上疏自劾, 仍陳國朝以文華用人之失, 卽解職東歸, 拜禮曹參議, 左承旨不赴. 上疏極論兵後施措之失, 仍辭以母病乞遞, 得請而本疏留中不下. 冬初, 除忠州牧使, 銓意欲避煩就外, 而謗議益峻. 到官未百日, 以逆黨多自部下捕誅, 旣例降號罷職, 而體府從事金堉, 追論在官不治之罪, 再罷職. 旣敍復, 仍停淸望. 蓋謗議始中矣. 戊辰秋, 拜兵曹參議. 會上受鍼, 卽就謝起居, 尋解歸. 明年春, 復以左承旨赴召, 久之, 辭遞. 時朝議稍變, 復拜大司諫, 因論朋黨, 被責辭遞. 庚午夏, 復除大司諫·兵曹參議, 竝卽辭遞. 辛未夏, 復拜大司諫, 因論追崇非古禮, 被責遞. 冬左降杆城縣監. 癸酉春, 以副提學召, 上疏論封內弊事, 再辭得遞. 拜大司諫, 上疏陳災咎, 辭不赴, 史局復設, 以修撰官召, 復爲副提學. 與同僚上箚論時政之失, 留中不下, 又有謗言. 諫院連劾史局會客之失, 遞爲工曹參議, 遷吏曹, 屢力辭, 不允. 逾年, 日記成, 復拜副提學. 會元宗祔廟, 三司爭論, 卽引年前妄論忤旨事乞遞, 卽允之, 仍降旨責以愚妄. 冬復拜大司諫, 辭遞. 乙亥, 復拜副提學, 俄因處置臺諫, 言陵上災異, 被責遞職, 推勘其罪. 冬拜大司成, 辭, 不允. 備局又請依李好閔·李廷龜前例, 以承文院堂上, 例兼備局, 使預知機密, 以備撰述文書. 屢上疏力辭, 不允. 會奉仁烈王后諱, 百僚停,辭免, 仍充有司堂上, 竝管一司文書. 大司諫尹煌等, 論劾榻前論議之失, 又劾不力主戰議. 以此屢疏乞遞, 不許. 山陵畢, 遷大司諫. 俄以事遞, 乞暇東歸, 始遞備局. 再以大司諫·大司成召, 皆不赴. 上疏論時政之失及兵財備禦便宜, 重忤大臣意, 不報. 時和議已絶, 慮氷合兵至, 不及赴難, 遂單騎入京, 拜吏曹參議. 未幾, 被文衡首薦, 特陞嘉善, 以龍驤衛副護軍, 兼守弘文館大提學·藝文館大提學·知成均館事, 連疏懇辭, 請竝加階改正, 不許. 命招殿試對讀, 乃拜命拆號. 未幾, 虜騎猝入, 從駕南漢, 數與大臣爭論不合. 凡所撰書檄, 皆以不中不用. 上之出城也, 在留後百官中, 聞關東大被屠掠, 恐大夫人不保, 卽申狀方伯, 徑歸省問. 尋至永春山中, 老幼幸全. 大臣以逃去上奏, 兩司將論以竄黜. 遂還京待罪, 會有救解者, 彈論竟寢. 久之受同知春秋經筵之命, 又以扈從賞例, 加資嘉義. 連上疏自劾請改正, 不許. 又請更用一番人, 以新政刑, 不允. 尋拜大司憲, 避嫌得遞. 六月, 聞大夫人疾作, 馳歸堤川寓次. 七月, 大夫人竟不起, 返葬先塋, 因廬居墓下. 自在圍城, 憂懣成疾, 至是益甚, 自知大限不久, 乃卜葬穴於先塋左麓二十步之近. 遺戒子弟, 喪制一從儉約, 勿築灰樹石, 非直欲稱貧力. 禮謂: '大夫廢其事, 死葬以士禮', 斯亦自貶之意也. 居士氣質昏懦. 旣長大, 猶不省人事. 中因廢疾無聊, 省閱書史, 頗識理趣, 而輒妄談是非得失, 益駭于俗. 光海朝, 幾陷刑窙, 惟用深藏獲全. 遭値新政, 見謂當時保節可賞, 驟躋淸班, 居士大懼不稱. 又見隣寇方張, 國政不修, 欲有所更變, 凡有論議, 輒乖忤上下, 每辭尊居卑, 數求外補, 絶交遊避黨目, 孤立自信. 由是大爲士論所疑外, 目以迂愚浮誕.

甚者斥以詖險返側, 以至分朝之際而極矣. 賴聖度含容, 朝議或有不欲
全棄者. 凡有彈劾, 必先揚文藝之美, 而繼以貶抑. 故雖過日益有聞, 而
文日益有名, 以至承乏文柄, 叨列卿秩. 皆推移之勢使然. 其實文亦非其
所長, 又非其所自喜. 嗟乎, 豈非命哉! 宗社覆矣, 君父辱矣, 旣不能先事
極言, 又不能決幾早退. 規規於語默取舍之間, 卒無以自表見於亂世. 此
居士之所自以爲罪者也. 居士京外無莊宅, 嘗筮居, 得澤風之象, 作書閣
于先壟之旁, 扁以澤風, 自是人稱爲澤堂. 初非自稱, 晚更自號澤癯居士,
詳在所著澤風志. (『澤堂集』別集 卷16 雜著)

居士於丁丑冬, 在疢嬰療, 自分必死, 手草行迹大略, 擬以誌諸墓矣.
明年夏, 疾少瘳. 至己卯秋服闋, 猶未平復. 維時世子拘瀋, 國難未已.
士大夫不肯仕于京, 居士自以舊宰臣, 義不容退避, 卽挈家入都, 惟閑秩
治病計也. 除同知經筵, 除大司諫, 辭遞, 拜兵曹參判, 兼備局堂上, 上
疏辭, 不許. 庚辰春, 移吏曹參判, 乞暇下鄕. 復除大提學, 再上疏辭, 不
許. 還朝拜命, 密疏論事, 報罷留中, 又兼春秋同知. 夏因天早求言, 上疏
論朝家崇用貪酷之失. 疏留中而有譴旨, 朝論亦紛然, 卽辭免本職及備
局, 乞暇下鄕. 秋末, 以大憲召還, 卽以前事引嫌, 批旨又峻, 卽辭遞. 久
之拜禮曹參判, 復兼備局. 蓋以文衡未釋故也. 屢疏辭不許. 辛巳春, 復
拜都憲. 會僚議欲劾吏判南以雄而不從, 又不護南之短, 以此兩黨交責
之, 卽辭免. 夏復除吏參, 再辭, 不允. 乃上疏請依癸亥受敎旨修補先朝
實錄, 以正姦臣誣筆, 下大臣議, 令臣與同僚稟于大臣修正議啓, 乃允.

方設書局, 聞瀋中以植符合淸陰規敗和事, 將拘致處置. 蓋被彈家子弟中之也. 卽密箚辭職, 只遞文衡. 仍乞暇下鄕, 連狀辭疾, 盡釋職名. 明年壬午, 又有瀋中言, 朝廷使來京以俟. 除同知成均·大司諫, 辭遞. 宿疾轉劇, 床褥經夏. 十月, 竟未免遼柵之行, 還拘灣上, 臘末脫歸. 癸未, 又有文衡之命, 辭, 不免. 夏承命考史赤裳山, 李景曾上箚, 令仍前旨修史, 冬始開局, 拜大司憲. 歲交, 陞刑曹判書, 上疏陳情言不堪劇曹長官. 未幾, 遷大憲, 辭遞, 秋除禮曹判書. 是時, 六卿送質, 久任不遷, 士大夫以榮爲禍, 強免者罪至配流, 故不敢瀆辭. 冬進拜吏判, 則會質行亦罷歸, 卽連章力辭. 或呈病或引咎, 前後九疏, 得遞乃已. 夏復拜禮判. 會有故世子墓園事, 策封新世子, 行入學禮, 禮畢病免. 冬復拜吏判, 月餘辭遞. 諫院劾吏參韓興一用宮家請除守令, 上以其事初自臣始, 下旨峻責. 院論扞發, 連月推勘, 實無情犯, 只奪告身. 夏因赦令, 蒙敍復同知春秋. 秋又有禮判文衡之命, 在鄕連疏辭病, 只遞禮判. 復入史局, 數日, 因試院出題, 特旨定罪, 論以護逆, 末減削黜, 還鄕待命. 冬末, 宿疾大劇. 平生行迹止是矣. 蓋自癸亥至丁卯, 則聖眷偏注, 而下積疑謗. 丁卯以後, 則聖明果知臣不可用, 故數被譴旨, 常在閑秩, 而親年已八十, 難於遷徙, 或爲養受祿, 數年因循. 或雖退來, 而國多事變, 不敢長往, 識者疑之固也. 丙丁經亂, 朝署乏人, 注擬頻仍, 至於文衡之代, 尤難其人. 以此上下無朋, 而名位不替. 中心憂愧, 求退非時, 惟欲免非據之仕, 自托於汗靑之役. 亦欲刊一代誣史, 成不朽大業, 而不幸公議已暌, 蠆尾復逞, 沮撓者太半. 親戚皆諫止, 而吾不恤者, 意蓋如右. 而每春秋, 自上違豫, 宰臣恒起居閣門. 植冬夏則寒熱症輒劇, 以其間獨自編摩, 同僚寡助, 幾成而遭此禍. 平生愚妄之行, 亦極於此矣. 前志遺戒, 自貶儉葬, 今反初服, 恰遂本分, 我心寧也. 宜仍前戒, 葬用士庶之禮, 以副我履素之志, 勿謂死者全無知也. 丁亥暮春, 澤癯居士病中自草.(『澤堂集』別集 卷16 雜著「自誌續」)

19. 金應祖,「鶴沙耄翁自銘幷序」

耄翁姓金, 豐山人, 萬曆丁亥生. 以高祖工曹參判諱楊震虛白堂府君, 生于成化丁亥, 命名應祖, 字孝徵. 曾祖諱義貞, 弘文館修撰·贈直提學. 祖諱農, 掌隷院司議·贈承政院左承旨. 考諱大賢, 山陰縣監·贈吏曹參判, 號悠然堂. 妣贈貞夫人全州李氏, 孝寧大君七代孫. 考諱纘金, 妣令人海州鄭氏. 耄翁早業文, 晚決科, 累官至工曹參議. 甲辰, 坐事削奪, 自以竊祿不及親養, 尸位未報國恩, 遺命薄葬焉. 嘗自歎曰: "我性喜看書, 有無限意味, 而目盲不能極意尋行, 得以窺古人之緖餘, 一恨也. 平生癖於山水, 晚卜鶴沙仙庄, 每至其中, 輒囂然樂而忘飢, 殆難與俗人言, 而不能恒處其中送老, 二恨也. 愛賓客不啻飢渴, 而家貧無以具鷄黍縶白駒, 三恨也." 聞者爲之憫然. 娶聞韶金氏, 鶴峯先生諱誠一, 祖也, 從仕郎諱浤, 考也. 二子, 時行·時止. 四女, 金鑽·權軾·金益重·權壽夏. 各有子女. 惟第二女早寡, 無後而死, 第二子早夭, 可哀也. 耄翁[以丁未十二月一日]卒, [明年二月[三]日, 葬[鶴駕]山[北麓巖廊洞亥]向原. 銘曰: "業文而未識天機, 居官而不達時政. 孺慕固根於民彝, 葵藿傾陽者物性. 一

夢罷於南柯, 萬計同於捉影. 瞻彼鶴沙兮水綠山靑, 千秋萬歲兮魂魄耿耿."(『鶴沙集』卷7 墓碣銘)

20. 朴瀰, 「自誌」

汾西翁者謂誰? 朴瀰其姓名, 而仲淵其字也. 年十二, 選爲儀賓. 其配曰貞安翁主, 長翁二歲. 始翁之從祖, 爲宣祖大王元妃懿仁王后, 懿仁不宜子, 宣祖嘗從容謂懿仁, 願結婚姻, 以續舊歡. 懿仁對以有從弟某, 兵亂中執鞚最著, 勤苦老身, 唯寄此弟. 今其女已長可嫁也. 宣祖頷之, 已成言矣. 旣而懿仁賓天, 余姊亦不幸. 宣祖常言, 不欲失諾於逝者. 翁之選配, 寔緣睿定. 翁少而不甚頑鈍, 七歲輒自爲書, 上白沙先生, 先生爲翁外王母之弟也. 十一歲, 亦略讀經傳子集. 入京口, 卽受業於白沙曁申玄軒兩先生之門. 翁性素坦易率直, 無威儀, 主又狷介不苟合. 以是頗嗃嗃而亦怡怡也. 翁雅自負有鉛刀之用, 而今過半百, 筋力垂盡, 回想昔日, 有似夢境. 翁讀書粗知義理, 臨事必視當否. 自計無補於世, 世亦棄我, 唯以文墨自娛. 嘗取韓昌黎語, 以生死文字自命, 實際語也. 翁少時聞爲占命家言者, 謂翁不能二十; 二十之後, 謂不能三十; 三十之後, 不復問命. 今過五十矣, 顧視儕友, 半作鬼錄. 翁之所得, 不已泰乎! 翁不喜交遊造請, 而亦只以任情素履而行, 不能作貴人態. 此稍見賞於儕友者, 而今皆非故我矣. 翁初授順義大夫, 以功臣冢子, 陞資義. 以宣祖大王四十年卽位推恩, 陞通憲. 以不參廢大妃廷請, 陞奉憲. 以功臣會盟祭, 陞崇德, 再兼五衛都摠管. 晚帶惠署, 一使瀋中. 此其大略也. 翁生壬辰, 主生庚

寅. 勑兒子爲合窆, 而預爲此文, 以勒墓門之石. 主擧二男一女, 男女俱
夭. 其長者爲世橋, 其子女不必錄.(『汾西集』附錄「有明朝鮮崇德大夫錦
陽君五衛都摠府都摠管朴公自誌(幷後敍)」

---

21. 許穆,「自銘碑」

叟, 許穆, 文父者也. 本孔巖人, 居漢陽之東郭下. 叟眉長過眼, 自號
曰眉叟. 生而有文, 在手○文, 亦自字曰文父. 叟平生篤好古文, 常入紫峯
山中, 讀古文孔氏傳, 晚而成文章. 其文大肆而不淫, 好稀濶自娛, 心追
古人餘敎, 常自守欲寡過於其身而不能也. 其自銘曰: "言不掩其行, 行不
踐其言. 徒嘐嘐然說讀聖賢, 無一補其譽. 書諸石, 而戒後之人."(『記言』
卷67 自序續編)

---

22. 李紳夏,「自誌文」

公名紳夏, 字仲周. 姓李氏, 本德水, 右議政容齋先生諱荇之五代孫,
吏曹判書兼兩館大提學贈領議政澤堂先生諱植之次子也. 妣青松沈氏,
贈領議政靑川府院君行玉果縣監諱忄奄之女也. 以天啓癸亥九月一日生
公. 公生纔數月, 重得舌病, 多受針刺, 及長讀書, 不能分平仄. 氣質昏庸
孱弱. 公之兄弟, 皆聰睿夙成, 早揚科名, 公獨文藝短拙. 自知未可與世
人爭, 且懼家世過盛, 嘗卜家基永春山中, 島潭上流, 爲長往之計. 不幸荐
罹家禍, 及伯氏見背, 母氏無托, 因循棲屑, 往來京鄉, 大違公心, 然終不
赴擧焉. 年三十, 拜英陵參奉, 轉敦寧府奉事, 丁內艱, 去官. 年四十, 復

拜西氷庫別檢, 陞長興庫主簿, 出補堤川縣監, 遷龍仁縣令. 五年, 以病罷歸. 明年, 敍復恩津縣監. 三年, 又以病棄歸, 拜世子翊衛司翊衛, 陞漢城府庶尹. 出拜白川郡守, 以酒失, 被御史啓罷. 乃今上卽位之明年乙卯也. 于時時議大變, 尤齋相公, 亦被圍棘. 公卽挈家下鄉, 賣京宅, 卜居于驪州治之江岸, 耕田自給, 爲終老計. 以四足六好之意扁堂名, 賦十絶以寓懷焉. 俄除軍資監判官·韓山郡守, 皆拜命卽還. 逮至庚申更化之後, 復拜掌樂院僉正. 公自以年迫六十, 雖祿仕亦苟, 欲謝恩卽歸. 適値仁敬王后之喪, 不敢呈病, 仍換漢城庶尹, 經卒哭乃還. 後拜靑松府使, 不赴. 公嘗以質子赴燕, 由遼瀋至山海關, 聞淸人罷質, 登覽長城古址·望海樓等處而返, 以某年月日卒, 壽若干. 某月日, 葬于某地某坐之原. 公娶寧越辛氏, 敎官諱後元之女, 生三男二女. 長蕃, 某官, 娶工曹正郎朴元開女, 無子. 次畬, 某官, 娶尙衣院正任座女, 生幾男幾女. 女長適士人朴弼文. 次簹, 娶水原府使元萬春女, 生幾男幾女. 女長適士人金昌肅, 早寡. 次適士人尹夏敎, 生幾男幾女. 公性不喜交遊, 不求名譽. 大閑雖極嚴, 小德或多放過. 居官處事, 專以不欺心爲主. 甚惡世俗名士貌樣, 恥作外面收斂, 言或不擇鄙雜, 一家之人或有止之者, 非惟不聽, 亦故爲之云. 酷好酒, 家貧不能繼. 時作韻語, 以敍幽鬱之懷, 亦不置草. 嘗有詩曰: "境靜心仍靜, 身閑事亦閑." 此可以見公之心也耶!(『睡谷集』卷11 墓誌)

---

23. 朴世堂, 「西溪樵叟墓表」

樵叟姓朴, 世堂其名也. 其先兩世貞憲·忠肅, 並顯於仁祖之世. 叟生四歲而忠肅公棄背, 八歲而遭寇難, 孤貧失學. 及十餘歲, 始受業於其仲兄, 亦不自力. 年三十二, 當顯宗初元, 用科第登仕, 列侍從八九年矣. 自見才力短弱, 不足有爲於世, 世又日頹, 不可以救正也. 乃解官去, 退居東門之外, 去都郭三十里水落山西谷中, 名其谷石泉洞, 因自稱西溪樵叟. 臨水爲屋, 不治籬樊. 植以桃杏梨栗繞其居, 種瓜開稻畦, 賣樵爲生. 當農月, 身未嘗不在田間, 與荷鋤負耒者相隨行, 初亦間赴朝命, 後屢召不起. 居三十餘年而終, 壽踰七十, 葬於其所居宅後百數十步. 嘗著通說, 明詩·書·四子之指, 及註老·莊二書以見意. 盖深悅孟子之言, 以爲寧踽踽凉凉無所合以人, 終不肯低首下心於生斯世, 爲斯世善, 斯可矣者, 此其志然也. (『西溪集』卷14)

---

24. 李選,「芝湖居士自誌」

芝湖居士, 姓李, 名選, 字擇之, 又自號小白山人. 系出璿源, 英廟別子廣平大君章懿公諱璵, 生永順君恭昭公諱溥, 於居士, 爲七代祖也. 高祖諱漢, 郡守·贈吏曹判書, 曾祖諱仁健, 縣監·贈左贊成, 祖諱郁, 郡守·贈領議政·完山府院君. 考諱厚源, 右議政·完南府院君, 諡忠貞公. 姒貞敬夫人光州金氏, 吏曹參判諱槃之女, 文元公沙溪先生諱長生之孫也. 居士之降, 在崇禎辛未季冬, 推以節氣, 乃壬申也. 生而體甚少, 過於凡兒. 十歲始受書, 十四而冠, 仍有室. 後五年而遭內憂, 又後十年而丁外艱. 前後喪, 嬰瘵幾死, 幸而得甦, 遂爲病人. 歲丁酉, 升上庠, 甲辰釋褐. 初隷槐院爲權知副正字, 移入史局, 自檢閱陞待敎. 乙巳夏, 陞奉敎.

冬, 以史薦事, 同僚起鬧, 闕直被逮, 旋帶職釋出. 丙午夏, 復以闕直下

吏奪告身. 秋, 收敍除奉教. 冬, 陞典籍, 遷禮曹佐郎, 以事辭遞. 其在史

局, 連往江都·太白, 窺觀石室祕藏. 丁未五月, 往湖西, 遍拜外氏先塋.

六月, 始拜司諫院正言, 論事忤旨, 累下嚴批, 再避一疏遞. 冬, 爲訓局郎,

旋除兵曹佐郎. 戊申春, 入玉堂, 爲修撰. 自論事忤旨, 連擬三司·春坊·

銓郎三十五次, 皆不點, 至是乃除. 四月, 以戰場癘祭祭官, 往返金化, 仍

辭遞修撰, 拜兵郎文學兼西學教授. 久之, 又辭遞文學. 七月, 拜校理. 八

月, 授吏曹佐郎. 九月, 復兼文學. 十二月, 以中考左遷, 爲修撰. 己酉正

月, 復兼西學教授, 卽遞. 六月, 復拜修撰. 秋, 出爲北道兵馬評事. 鏡城

舊有尹文肅瓘廟, 而歲久傾圮, 遂重建, 而以其副帥吳延寵配之. 又以皇

甫相公仁, 追享於金節齋祠宇, 建鄭一蠹書院於鍾城, 以柳眉巖·趙樂靜

諸公配焉. 庚戌十二月, 以副修撰被召. 辛亥正月, 兼文學. 五月, 陞校理,

遷吏曹正郎. 七月, 兼中學教授. 十一月, 又兼校書館校理, 以受由過限,

遞吏曹, 除副校理, 還拜吏曹正郎, 又辟爲守禦從事. 壬子六月, 陞拜弘

文應教·兼備局郎. 七月, 拜司憲府執義. 閏七月, 三告, 並文學見遞, 卽

除兼輔德. 以湖西水災巡審御史, 往左道. 十月, 復命, 復拜應教. 癸丑二

月, 請立魯山祠宇, 修祀典, 置守塚及祭田, 皆蒙兪允. 夏, 差遷陵都監郎

廳, 大臣啓遞玉堂, 除直講, 俾專陵事. 前此, 宗室楨等使虜還白上, 虜主

有爾國君弱臣强之說, 又言中原野錄, 有誤記仁祖反正事, 宜送使以辨.

上入其說, 大會公卿三司, 以詢其辨誣便否. 居士進言此事於仁祖朝已

辨, 其奏本在張文忠遺集, 今不必復爲疊床之說. 其旨蓋同於兵判金萬

基所陳. 上不悅. 至是, 上又入宗室翼秀言有寧陵遷移之舉, 而張應一在嶺南投疏, 陷廷臣罔有紀極. 居士又陳章, 痛陳其情狀, 臺諫仍論其罪, 上亦嗛之, 疏久不下. 乃引疾辭, 遞郎廳. 八月, 除副應敎. 九月, 特命削奪官爵, 兩司爭不得. 時大諫李翻論劾閔熙·吳始壽等肥己撓法之罪, 重觸天怒, 翻與居士, 皆被嚴譴, 而應一亦命中道付處. 蓋上率以黨論兩罪之也. 甲寅七月, 乃敍差濟州巡撫御史. 未發, 顯考上昇, 又差殯殿都監郎廳. 十二月, 克完山陵. 乙卯正月, 用其勞, 未準一資, 而特命陞資, 付副護軍. 時奸壬得志, 朝廷大亂, 尤菴已流竄北關. 居士露章力辭新資, 仍陳嘗師事宋某, 宜同被罪罰, 上不准. 二月, 改御史, 稱巡撫使, 促赴濟州, 仍除刑曹參議. 陞辭日, 始出肅. 在途乞解職, 上命仍帶. 三月, 入島. 始以備局啓, 見遞刑議. 七月, 準事復命, 卽出爲永興府使. 時尹鑴秉銓, 欲補鍾城, 又欲補濟州, 而爲同僚所止, 已而竟有此除. 顯考國祥已迫, 而廟堂又督送, 不許暫留. 旣辭朝行, 哭國祥於路中, 奉母以赴. 冬, 時相啓言永有水土疾, 而某親在堂, 宜稍遷淸涼地, 移除三陟府使. 丙辰二月, 自北關, 奉板輿赴任. 明年秋, 伯氏以前任江西時事, 見陷機穽, 遂上京, 引病見罷. 戊午春, 敍付西班. 秋, 見擬价川郡守, 未拜. 冬, 又除沃川郡守, 引疾累辭, 該曹啓罷之. 承旨閔就道以爲擇燥濕, 請還給草記, 仍考察該曹, 乃黽勉之官. 己未二月, 往尙州, 謁黃翼成遺像. 三月, 尤菴門徒進士宋尙敏, 上大疏訟尤菴之冤, 仍悉暴時流奸狀. 上大怒, 卽下獄栲殺, 治以亂逆. 同門諸人之辭連誅竄者甚多. 會有李賊有滇投凶書於江都, 有宗統失守, 推戴王孫之語. 守將李上其書, 有滇旣正法, 宗室焜煌,謂其推戴, 流于濟州. 李謂: "其同黨, 杖而殺之." 時輩又以尤菴, 謂其巨魁, 移竄絶島, 又力請按律. 又有武人李煥者, 乃尹鑴之切族也, 掛匿名榜書, 謂大賊尙在都下, 歷擧文武八九人, 而居士之名, 亦與焉. 鑴乃潛通廟堂, 發其事, 入白於上, 將鞫治榜書中一人, 及知其出於煥, 然後始不敢竟其獄, 而煥則號言流配, 而實置其所居傍邑. 六月, 憲長元楨, 諫長大載等, 與相臣大運·熙·積議, 以閔公鼎重·維重·李公翻·翊暨居士目爲五臣, 以爲巨魁腹心, 其罪與巨魁不能一間. 兩司俱發請加遠竄, 蓋其意不止於此也. 凡六啓, 不從. 相積又入對力請, 上勉許. 居士得西關之龜城, 自沃郡押行, 七月初, 始抵配所. 此卽居士半世榮辱流坎之大略也. 未知此後在謫籍, 凡幾許歲月, 閱歷世變, 又凡幾許歲月, 而得終其餘年耶? 居士資性輕淺而疏懶, 素無沈厚之質, 且乏堅固之操. 非不夙好忠烈之躅, 而終不能企及焉. 非不深慕聖賢之道, 而終不能踐履焉. 所尊師者, 皆世之賢人君子, 而未有一事之學得. 所從遊者皆世之名流吉士, 而未有一人之知己. 幸竊科第, 而猥踐非分之職, 久在從班, 而空招素餐之譏. 愛人容物, 而益見其忌惡, 自守孤立, 而竟陷於朋黨. 每欲屛處江湖, 溫理經籍, 以少見一斑道理, 保有晩暮光景, 而顧四方, 無數間屋數頃田, 無所庇其身, 以時世鯱踠之後, 而猶未免濡滯京師, 耗費國廩. 其於行己處事, 率多放倒廢弛. 自顧乃身, 有負初心. 莫能幹父之蠱, 蔑以藉手他日. 此居士所以愧恨積中, 感慨形外者也. 嗟呼! 年已衰矣, 病已痼矣, 而兀作老陳之人矣. 其將如斯而已乎? 乃記其迹, 述其懷, 以當古人自誌之義. 居士嘗卜地於安山之草芝湖上, 擬爲生居死葬之所, 而力綿迄未能營. 小白山在湖西之丹陽郡, 而居士實生於先人守郡時, 故蓋不忘其本, 並取而爲號焉. 又係之以銘. 銘曰: "受於天者, 不至於劣劣. 存諸中者, 不至於碌碌. 惟其志奪於病而廢於學, 終爲小人之歸, 而君子之棄. 吁嗟乎居士!"[己未十月, 書于龜州之醒窩](『芝湖集』卷7)

……居士平生不事交遊, 全無黨友. 持論雖嚴於邪正之辨, 然亦嘗務存平恕, 不爲已甚. 若其嫌怨之地, 則一皆報之以德, 絶不修郄. 惟其自守己見, 恥與時輩俯仰. 如遇匪人, 則略不降辭色, 卒以此見陷, 而至於今日, 其禍尤滔天矣. 噫! 正論是從前所扶植者, 而今反謂之媚嫉. 士類是從前所賢重者, 而今反謂之仇視. 豈居士神識, 到老昏昧, 不能辨其正論與士類耶? 抑或今之所自謂正論士類, 非吾所謂正論士類耶? 士類正論與否, 今姑捨置. 其以爲媚嫉仇視云者, 豈非誣乎? 清白一節, 乃居士傳家舊物, 而今反得貪黷之誚. 果若人言, 則其忝辱庭訓大矣, 將何以見先人於地下乎? 古人有言曰: "處身若伯夷, 則人莫敢加之以貪名." 以此而言, 則居士之得此名固宜. 此居士所以不覺惕然增愧, 未暇尤人而自責也. 況今得罪君父, 禦魅蠻鄉, 深冤莫白, 死在朝夕, 尙何總小功之察乎? 要之, 死後是非乃定爾. 仍念居士歷事兩朝, 幾至三十餘年, 與聞廟議, 亦非不久, 而惟其才識短淺, 終蔑絲毫裨補. 此其罪也夫! 此其罪也夫! 蓋嘗累疏請築江都內城, 以固行宮而不見施. 又嘗進言請褒高麗金震陽·李種學, 我朝沈誽·李時稷等殉國之節, 而得採施焉. 又請褒李重老·李聖符等討賊效命, 李廓·羅德憲等奉使不屈之節, 或旌閭, 或贈爵

690

焉. 又請以僧徒看護國朝宗臣黃喜·許稠等墓. 又請贈故太學士趙錫胤·大司憲尹文擧等職, 皆蒙允從. 其所論請, 不但魯山朝死事諸臣而已. 此雖不足以與論於建白, 然其志尙之所存, 則亦可見矣. 居士曾於己未西遷時, 粗述其歷官終始, 以爲自誌. 今又以其後十年事, 續之以貽諸子, 俾掩諸幽壚. 不知後之君子, 倘或見此, 知我而恕我者乎? 噫噫! 歲己巳閏月日, 芝湖居士書.(『芝湖集』卷7「自誌補」)

---

25. 柳命天, 「退堂翁自銘」

退堂翁系晉州柳, 名是命天字士元. 生考諱穎官應敎, 養府君碩關東藩. 祖父時會曾祖格, 司饔院正曁正言.◀ 高祖榮門止上舍, 鼻祖諱挺麗護軍. 外祖李公潤身蔭, 養李承旨廷馦文.◀ 十九小科四十魁, 直拜典籍聲名高. 俄歷殿中移禮兵, 兩年潛郞久未調. 沉痾終未萬頃赴, 例叙旋復直講叨.◀ 乙卯騎曹被弘錄, 驟以冗官登法筵. 侍讀侍講去來間, 正言獻納雨露邊. 選曹擬郞未踐眞, 丙辰特除超承宣. 同副陞右親瘵裩, 隷院移班控疏連.◀ 龍蛇歲間遍華塗, 參議吏戶禮兵刑. 槐院籌司任冣重, 副學大成官曾經.◀ 戊午在銓僚議峻, 補人外郡人反螫. 阿弟胡罪同縲綎, 橫逆言來終快雪. 銀臺薇省蹰影甚, 奉檄中原便養乞.◀ 視篆數月席未煖, 天曹右郞催徵還. 翌春春臺忝乙第, 勅賜眞龍出天閑,◀ 白猴亞銓猥承乏, 未幾禍浪翻滔天. 五日京兆圻伯榮, 蒼黃遠作嶠南遷. 辛酉大家亦逐子, 撼頓仍驚巨禍延.◀ 壬戌被逮寔无妄, 癸亥蒙恩返耕鑿. 己巳黃道日重明, 天書遠到輝蓬蓽.◀ 禮參承召工判擢, 都憲才辭東壁參. 儐使

龍灣不辱幸, 宗伯天官非分慚. 經筵兩舘賓客忝, 太僕平市醫監兼. ◀ 方
提藥院奉御灸, 指示輿圖仍授簡. 刻燭詩成媿不才, 宮貂擎出天香滿. ◀
擢判金吾儼崇政, 侍藥春宮增一級, 癸酉度支董將作, 舊宮重修陞輔
國. ◀ 判樞府兼上价行, 萬里燕山趁一陽. 甲春歸驂才稅駕, 行遣耽津又
催裝. ◀ 六月炎程忽移玦, 十步九顚到烏川. 六載蠻鄉飽險艱, 黃兔槐安
始歸田. ◀ 百年棲息退堂成, 三世舊業孤亭在. 辛巳烈焰起宿爐, 骨肉三
人並絶海. ◀ 智島遙遙接錦城, 三百年來開棘路. 甲申雷雨需解澤, 夢村
松楸尋舊寅. ◀ 初娶申公起漢女, 女龍洲孫趙九畹. 妙年擢第登臺省, 玉
樹四枝今方嫩. ◀ 繼室趙靜菴五代, 二婿姜欅睦天任. 俱業儒家蔚名譽,
各有兩兒超才品. ◀ 三李貞敬鵝溪孫, 膝下瓦璋皆不擧. 猶子名楳取爲
子, 業勤詩書足繼緖. ◀ 居家窮獨旣鮮歡, 在官事業嗟無聞. 詞華小技竟
未就, 儉約恬靜亦云. ◀ 癸酉三月卄四降, 屈然七十有餘齡, 自製數行
昭後昆, 法用暗室先生銘. ◀ (『退堂集』卷4 誌銘)

---

26. 南鶴鳴,「晦隱翁自序墓誌」

翁生以孝宗五年甲午二月七日. 始先考領議政府君, 妣貞敬夫人鄭氏,
多不育, 只翁一人. 翁亦有十子女, 失其六. 十五歲, 同春宋文正公冠之,
字以子聞. 蓋先祖考命乳名鶴鳴, 仍不改. 娶李文簡公敏叙女, 六年, 無
嗣而夭. 繼娶牧使李公時顯女, 男克寬先夭, 仲處寬, 季五寬. 二女, 歸李
昌元·李匡誼. 擬死便葬龍仁花谷先壠下亡室墓左, 繼有喪, 當並列三墳
焉. 翁早病不治擧子業, 仍念子姓之不蕃昌, 實緣福眇, 亦以被養於父母

者過侈, 欲撙節謙抑, 薦授主簿不就, 非敢自處以高也. 中年種花果千樹
於水落山西晦雲洞, 築數間屋, 有溪壑之美. 崔相國錫鼎强名以晦隱齋,
亦非敢自以爲號也. 耽蓄書史金石之文, 近萬軸. 凡世所謂聲色臭味泊
如也. 喜佳山水, 或騎驢攜壺, 出遊忘返. 於奉先敦宗, 不敢忽焉, 以此終
身. 今近七袠, 閉戶如蟄蟲. 遺命棺用連幅, 襲以深衣, 石灰卽槨, 勿用外
棺. 毋惑堪輿家遷動, 吉凶禮遵國典. 宜寧之南, 自勝國爲大姓. 學者稱
先府君爲藥泉先生云.(『晦隱集』卷4 墓文)

---

27. 李栽, 「自銘」

鮮有畸人生海隈, 姓李名栽字幼材.◂ 有志無才又無時, 枯瘇嵌巖固
其宜.◂ 光余佩兮趾前休, 樂吾樂兮又奚求.◂(『密菴集』卷14 箴銘)

---

28. 金柱臣, 「壽葬自誌」

傳曰: "卜其宅兆而安厝之." 苟或葬而使其魂不安乎其宅, 則是猶不葬
也. 今余不幸少孤, 攀號莫逮, 則唯有歸骨先壠, 永依松栢餘休, 實余朝
暮之禱也. 余死之後, 雖用錦衣石匣, 起塚牛眠之地, 山匪大慈, 則化者
之悲, 無異蠅蚋之姑嘬也. 布囊桐棺, 掩土螻蟻之穴原曰大慈, 則斯丘之
樂, 誠以父母之孔邇也. 矧乎此地, 背陰面陽, 高平堅貞, 非復坎陷仄陋
之比耶! 但念一紀落魄, 三十無子, 不塡溝壑, 無越厥命, 俱難望於他日,
寧不悲哉! 縱或死於牖下, 有人卜宅, 而反惑堪輿之術, 罔念將死之言, 不
葬余先兆, 而葬余他山, 則目將不瞑, 魂其自安耶! 揆以彼安此安之說,

長逝者魂, 旣不安於厥藏, 而若子若孫, 寧可獨安也耶! 遂倣化臺之銘, 埋標先墓之傍, 蘄後人必葬余玆土, 而題其首曰某人葬地, 因以是爲誌焉. 歲庚午八月仲旬, 書.(『壽谷集』卷5 墓誌銘)

嗚呼! 天下豈有無父母之人, 而人之愛父母之心, 又豈有古今之異哉! 萬代之後, 觀吾之誌者, 若果仁孝之君子也, 孰不哀憐惻愴, 推其愛親之心, 以及人之親! 而苟或不幸, 使農人牧豎獲斯甎, 而不知斯銘之義如何, 則幾何不棄銘而毁封, 不思所以掩盖也哉! 故余復以十行諺書, 添錄並埋, 蘄令愚夫愚婦, 莫不解看而垂矜而畏避, 盖亦靡不用極之道也. 噫! 余聞匹夫强死, 其魂猶能憑依於人以爲厲. 今余在世, 旣爲抱寃之罪人, 入地應作含恨之厲鬼, 他日憑依, 豈特强死者比哉! 臨化之日, 吾必遺敎後人, 葬吾於先墓之側, 庶幾吾之精魄, 發揚蹢躅於斯, 而將與犯先墓者, 交幽明之釁, 余未知人將勝鬼耶! 鬼將勝人耶! 後之人, 毋徒曰: "死者無知", 而慢侮乎斯丘也. 孤哀子柱臣, 再拜抆淚書.(『壽谷集』卷5 墓誌銘「先墓誌銘後添錄」)

29. 朴弼周, 「自誌」

我朴之籍于潘南者, 至弼周爲十七世. 其先故名德, 具有國史家乘在, 玆不著. 字尙甫, 始生之夕, 卽失慈夫人, 出育於乳媼, 十日九病, 僅保縷命. 稍長, 解作句語, 嘗彙之而題以竹軒先生集, 先人見之, 笑語斗峯祖氏. 大故以後尤零丁疾病, 人或以病菴稱之, 不敢以誠敬字目揭爲名稱.

694

自傷其身世險釁, 擬以蓼溪自號而亦不專主. 盖隨所居而異其稱, 或稱雨盫, 或稱晨門, 或稱黎湖焉. 性故拙劣, 無他嗜好. 獨其哀苦淡泊之中, 或能窺見古人糟粕. 半生蹤跡, 多在墳菴, 或山寺. 每於日暮人靜之時, 自力讀書, 其聲與暮鍾相上下. 自謂之天下至樂, 不與易焉. 而然亦不能體驗實有所得, 竟亦漂搖而失之. 今迫七十, 猶兀然爲一庸人耳. 回思平昔, 覥面俯仰, 所與交幾無敵己下交. 先輩長老, 皆折輩行, 與相侵灌, 多不敢當. 粵自二十後, 時多有延譽, 而其極力主張, 登諸薦剡, 由於宋尙書相琦云. 在肅廟朝, 爲永平守, 未滿十日, 拜臺憲, 逮當宁, 恩禮甚摯. 嘗以贊善, 數日造朝, 後因上章, 爭尊周周字之不可改. 其後則以吏判僅四五日在朝而止. 嘗因夜對, 上袖箚極論國諱之不可不明, 以之爲告君第一義. 言頗切直, 而不料其反有忤之者, 幾致大禍, 遂狼狽去國. 始知諸葛公所謂難平者事, 眞是泣鬼神語也. 平日讀書有箚疑, 中年以後, 嫌於多言皆止之. 至位高, 深懲前輩繁於辭札, 凡親舊報謝, 一切不爲. 人或非之, 而亦盖簡省. 嘗擬撰定數件冊子, 以待後世, 而疾病蹉跌, 今則已矣. 此當爲千古之憾, 亦復奈何? 自在少時, 往往有情外橫逆, 以至晚年, 亦不免於無故增謗, 而都置不較, 始雖悶人而終亦自定也. 其配李淑人, 不育先歿. 有繼後子師近, 見爲典牲奉事. 有孫二人. 賤出亦有子女, 今兹大病幾死. 自條遺誌, 戒勿干人文字. 葬亦從儉, 切勿入華侈之物, 以粗償宿痛. 嗟! 爾師近其尙識有乎哉! 銘曰: "險釁喪難, 疾病悲辛. 誰則知之, 惟有鬼神. 如此而生, 如此而死. 歸于太虛, 復何餘累."(『黎湖先生文集』卷28 墓誌)

30. 李宜顯,「自誌」

陶谷居士姓李, 名宜顯, 字德哉. 其先出今京畿之龍仁縣. 始祖諱吉卷, 高麗太師. 十三代奕世蟬嫣, 至開城留後諱士渭, 江原觀察使諱伯持. 仍父子爲國初名臣. 觀察八代孫諱士慶大司諫, 居士之高祖也. 曾祖諱後淵, 贈左贊成. 祖諱挺岳, 坡州牧使, 以刑曹參議諱後天之次子. 出後贊成公. 聘安東金氏, 左議政淸陰先生諱尙憲女孫. 寔生考左議政忠正公諱世白. 妣貞敬夫人迎日鄭氏, 高陽郡守諱昌徵之女, 右議政諱維城之孫, 花浦洪公諱翼漢外孫. 以顯宗己酉五月十八日寅時. 生居士于漢京. 性稍聰悟, 讀書未久, 頗曉大義. 尤長於記誦. 然多嬉遊自放, 業日退. 己巳以後, 隨先君鄕居四五年, 凡讀經典·莊·騷·韓文, 或多至累百遍. 旁閱史籍, 上自中原, 以及東土, 亦能略窮世道汚隆之辨, 人物出處之義. 間作古律詩累千首, 散文若干篇, 筆路不甚艱澁. 甲戌春, 負笈從農巖先生, 講質論語, 農巖問余所志, 對曰: "質濁資駑, 無所知識. 第見今人只爲一身富貴計. 頭出頭沒於名利場中以畢其生, 此則心亦恥之, 棄置科事, 從遊先生長者, 講究經訓, 博觀古人文章以自澆灌, 免作椎陋無聞之人, 庶爲不虛生者. 定計如此矣." 農翁喜曰: "子之言善矣. 今人大抵梏心科業, 不知其他. 子能知科擧外有許多用心處, 其進未可量. 須勉之." 亡何値大來運, 隨先君入京. 時有別擧謁聖科而皆不赴. 以有前言也. 是秋以中宮復位. 設慶科, 先君詔之曰: "汝志固可尙. 第今科非例擧, 不可不赴. 此後復廢擧, 從事實地. 不汝禁也." 遂不獲守初志. 入場製論策各一道, 拆號, 以策中二等第十名. 殿試, 中丙科第五名. 農翁書

賀. 擧余前言, 勉勵甚至. 旣應榜, 卽差假注書. 自此至明年, 前後六入分
隷承文院, 爲權知·副正字. 丙子, 選入藝文舘, 爲檢閱, 轉待敎. 丁丑, 移
侍講院說書. 已還史局, 陞奉敎. 戊寅, 先君入台, 例監春秋, 以嫌遞爲說
書. 冬免. 己卯復除, 仍陞禮曹佐郞, 轉司諫院正言. 辭遞, 復除, 又違召
罷. 是時先君方在三事, 臺閣例多與廟堂爭可否, 蹤迹甚不便, 屢除輒辭,
或暫出卽遞. 秋拜文學. 庚辰, 除正言, 遞拜兵曹佐郞. 又除正言者四, 又
拜兵曹正郞. 辛巳, 爲正言·司書俱再, 移正言·兵郞, 爲京畿都事, 復爲
持平·正言, 拜成均館直講. 癸未四月, 丁忠正公憂. 冬祭都堂弘文錄, 旣
外除, 連除持平·副修撰, 兼漢學敎授, 皆違召罷. 亡何, 以校理拜吏曹
佐郞, 兼漢學·西學敎授. 暫出叅大政, 又違召罷. 已三爲副校理, 兼司書
·漢學敎授, 再爲獻納. 上有傳位東宮之敎, 偕三司伏閤請對, 力爭得寢.
明年, 爲副校理·副修撰者, 俱再. 兼校書館校理·東學敎授, 而不拜. 乞
養拜金城縣令. 有林溥者疏構辛巳按獄大臣, 上章辨先君誣寃, 報聞, 而
終勘先君罪, 罷職, 益崩隕, 不赴官. 爲御營廳郞廳, 兼文學, 校理·獻納,
兼中學敎授, 吏曹正郞·修撰, 俱不就, 仍下鄕. 明年, 除吏郞·兼文學·
副校理, 俱不赴. 以獻納監試, 卽免. 除副校理·兼文學, 陞副應敎, 移執
義. 又除應敎·副校理, 皆辭以疾, 不拜. 冬末, 拜司僕寺正. 戊子春, 自副
應敎, 擢承政院同副承旨, 暫出卽免, 拜掌隷院判決事. 己丑除祭知, 病
辭, 出爲伊川府使. 旋移水原府使, 以赴任未久, 改命他人. 庚寅, 入爲吏
曹參議. 辛卯, 拜戶曹參議, 移右副承旨, 遞拜刑曹參議. 出爲慶尙道觀
察使. 明年, 遞拜大司諫, 疏論李墩掌科試不謹, 遂月拿覈之命, 事大露,

墩編配, 中第者四人並削, 皆時輩所愛惜者. 因此怨謗朋興, 賴上力持, 不敢加罪, 而搪塞仕塗, 至不擬散曹佐二. 久之, 再爲承旨·吏議, 一爲諫長. 明年, 朝廷請上尊號, 意不可, 終不參班. 夏以禮曹參議, 移副提學, 遞拜大司成, 冬復拜副學. 明年, 又歷禮議·大成, 出爲黃海道觀察使. 乙未, 遞爲戶議, 轉吏議. 丙申, 廟堂薦授開城府留守. 爲墩黨所扺, 不赴, 收其資. 復除吏議, 時背齗齘未已, 遞移禮議, 復授吏議. 皆不出. 亡何, 特陞禮曹參判, 深致收資慨惜之意, 是夜移除都承旨. 時上疾沉重, 藥院三提調並直宿, 以新遭妻喪未成服, 藥院啓遞, 知申例兼藥院故也. 復還禮參, 越一日, 又拜都承旨, 遞爲漢城府右尹, 移大司成, 又還禮參, 兼承文提調, 由大司憲, 轉副提學. 丁酉, 又移大憲. 上以眼患浴溫陽湯泉, 以禮參隨駕. 還爲大憲·副學, 兼同知成均·典牲備局提調, 遞爲工禮二曹參判, 兼同知義禁·司譯提調. 爲京畿觀察使. 未赴而遭先妣喪. 庚子春, 制畢, 拜大諫, 復兼備局. 景宗初卽位, 以禮參兼觀象提調, 差冬至正使, 超階資憲, 拜判尹, 兼承文提調, 轉刑曹判書, 兼同知成均. 時儒生尹志述以斥言張氏罪狀被竄, 同事泮儒因此不安出去, 以館官勸論, 啓言若不宥志述, 泮儒無還入理, 上乃命宥志述. 冬, 以議政府右參贊赴燕, 遞爲知中樞府事. 明年, 還拜禮曹判書, 兼實錄堂上, 移拜吏曹判書. 遞判刑禮二曹, 兼藝文提學·同知春秋·掌樂司僕內醫提調. 冬末, 兇徒盜秉, 一網彌天, 四大臣爲禍首, 以與大臣唯諾削黜. 壬寅春, 賊臣眞儒等, 以泮事搆罪請竄, 歷五朔而終不允, 乃停之. 賊臣師尙疏斥停論臺官, 施及先君, 誣捏極慘. 尋又與逆賊弼夢, 發極邊竄逐之啓, 斥擧先君名,

698

語意兇悖. 雖其黨亦疑其已甚, 刪其語, 降其律, 以遠竄連啓, 得允, 配雲山郡. 至四年乙巳, 爲聖上卽位之元年, 與罪譴諸臣, 同被疏放. 仍西敍, 兼知春秋同知經筵·繕工司譯提調, 拜刑判, 兼藝文提學, 移拜吏判. 差實錄堂上, 兼承文提調·備局有司堂上·南漢守禦使·知經筵. 製進春宮竹冊, 加正憲. 以史役辭遞經筵, 陞判義禁, 兼世子右賓客. 被文衡首薦, 拜弘文藝文兩館大提學, 兼知成均·校書提調, 又兼典牲提調. 辭遞金吾, 陞左賓客. 丙午, 復兼知經筵, 力辭解銓, 拜左參贊, 兼判義禁. 以定罪人配所事, 有未安敎, 屢違牌, 嚴旨譴罷. 亡何, 特敍, 仍授將任, 復兼史局·籌司, 再爲禮判·三宰, 兼司譯掌苑司僕觀象承文提調·知春秋. 再兼弘文提學. 復拜大提學, 以製進大妃玉冊, 進階崇祿. 丁未, 兼左副賓客, 世子行入學禮, 以博士進參. 五月, 拜右議政, 兼實錄摠裁官, 辭遞文衡. 七月朔, 上盡逐廷臣, 召入辛丑兇黨, 以討逆爲罪, 命罷職. 卽出城, 結茅楊州陶山先墓下居之. 明年春, 弼夢·眞儒等謀逆反, 書聞, 蒼黃赴難, 聞柄人至請去邠, 且令本兵長領輦下親兵以迎賊, 又將陸續出送, 危機迫急. 遂冒罪陳章, 破其計, 渠背情得, 乃止. 時收敍罪籍諸人, 拜判中樞, 入謝參鞫, 逆徒授首, 始歸. 是後三四年間, 國家連有變故, 輒奔問事定, 卽歸. 庚戌, 差燕价, 三疏得遞. 壬子, 將遣謝使, 時相不欲行, 上曲循其意, 命余往, 不得固辭, 畢使, 退歸. 前後勉留, 至握手引先故懇諭, 而終不敢奉承. 癸丑, 上以諸臣退在爲非, 尤嚴責賤臣, 不獲已暫入, 兼司饔都提調. 受暇將還山, 忽遘疾幾殊, 因沈淹床第. 己卯春, 元子誕生, 强起入賀, 仍登對, 請伸四相, 又申疏, 語益切, 上意落落. 拜領議政, 驚

懼, 舁疾還陶山. 上語及宮闈, 辭意非常, 臺閣縱臾之, 事機叵測. 身在
大臣之列, 義不容黙然, 乃於疏中, 縷縷陳戒, 天怒遽震, 特命削奪. 會元
子患疹旋愈, 上喜甚, 蕩宥諸罪人. 遂敍付判樞, 而聖意不屑, 不復召. 身
事本末, 止於是矣. 居士爲人下中, 自知不足爲需世之具, 惟擬斂迹閒居,
研索古今文字, 以通其茅塞. 少時講定於農翁者, 盖亦如此, 而誤出世
路, 屢閱滄桑. 見時勢漸至危陧, 益無進取之念. 有官則黽勉從事, 休則
偃仰一室. 自以受性樸率任眞無藩飾, 而一時趨向有異於是. 遂專意內
修, 絶不馳逐朋儕, 出入論議爲名高, 尤斥絶市井商譯雜術垂巧之輩. 至
於蔭武求售者, 亦不肯款接. 又不强循干請, 折簡中外, 由是世亦不甚親
重. 每公退在家, 庭宇?然, 雖承籍門第, 得列顯要, 數被枳遏, 時困訾議,
立朝三十年, 終無伙比左右之者, 形迹之孤畸, 卽此可見, 而晚値斬伐之
餘, 朝著苟簡, 節次推排, 敭歷非分, 以至承乏交柄, 備員台府, 則叨濫極
矣. 區區所自勉者, 精白一心, 庶不墜家世淸素之風, 而僕邀憒眊, 曾不
能發謀出慮, 禪補絲毫, 憂愧積中, 求退不得, 惟用自托於汗靑之役, 以
報寧考厚恩, 以定賢邪大卞, 三載矻矻, 費盡心力, 幾成而遭斥逐, 無可
言矣. 戊申以後, 時事益變, 朝揭蕩平, 士失操執. 顧此庸懦, 無足比數,
而猶於羞惡一端, 不至全喪, 只欲守分自靖, 保全晚節, 以歸見先人. 至
其末後妄言, 亶出苦心, 而淵衷莫諒, 譴何隨之, 待罪田廬, 亦云優幸, 唯
日夜感祝寬貸之盛渥而已. 初娶咸從魚氏, 觀察使震翼女, 生二男二女,
俱夭. 再娶恩津宋氏, 主簿夏錫女, 生一男三女. 男普文, 女適黃橏·金聖
柱, 一女夭. 兩配俱早卒, 葬楊州金村, 各有誌. 後從夫職, 贈貞敬夫人.

三娶全州柳氏, 通德郞寅女, 從封貞敬夫人. 生四女, 二夭, 餘幼. 普文,
娶判府事申思喆女. 黃楡, 生一男, 幼. 就金村塋, 虛其左與下右一邊, 以
爲四位同墳之計, 而旣無片善可紀, 借人虛贊, 魂亦負愧, 玆略述平生,
俾瘞塋側. 卒葬日月, 惟在後人之添補云爾.

　余爲此誌之三年丁巳春, 序陞領中樞. 秋, 上忽有非常命令, 擧朝驚
沸, 遂蒼黃入城, 上與東宮御殿, 召大小臣僚, 親執杯以勸, 托以東宮事,
同拘縶, 不敢退去, 俄兼軍資都提調. 明年, 以年至入耆老社. 又明年, 兼
奉常都提調. 庚申四月, 子普文夭而無嗣, 上箚請以族孫學祚爲亡子後,
特許之. 自入耆社, 連章乞致仕, 終不許. 至是尤無意於世, 杜門屛跡, 不
與朝廷事. 壬戌正月, 適因事端, 扶病入對. 上見衰憊已甚, 大愍之, 特副
前請, 以禮進退, 聖恩罔極, 而歷事三朝, 徒竊寵榮, 其爲罪負大矣. 上
所稱餘幼者, 長適申光復, 次適洪楷.(『陶谷集』卷26)

　余人品庸下, 無可傳示於後世, 文字短拙, 尤爲見嗤於時眼, 而兒子生
時, 猶謂出自其父, 妄加愛護, 勤勤收葺, 間多自寫成帙者. 今不忍遺墨
之抨就泯滅, 仍爲藏留. 且念吾死之後, 爲吾子孫者, 尤宜譜悉其五十年
出處言論之大致, 故一倂畀諸家人, 俾授爲亡子後者, 總目在下.

　漫誦六卷, 古律詩三千二百餘首. 章疏錄四卷, 疏箚四百餘首. 啓議狀
牒等錄二卷, 啓辭·收議·呈辭·供狀一百四十餘首. 應製錄一卷, 大小代
撰文字七十餘首. 金石錄八卷, 碑·碣·誌·表·狀一百八十餘首. 壹惠錄
一卷, 諡狀十四首. 述德錄一卷, 先考妣狀·表·年譜四首. 志過錄一卷,

自誌·自銘·紀年·附亡室狀誌七首. 雜述錄二卷, 散文七十餘首. 竿牘錄
一卷, 尺牘一百二十首. 餘贅錄一卷, 投荒時·歸田時雜識. 堂后日記二
卷, 甲戌·乙亥假注書時, 丙丁日錄三卷, 丙子·丁丑·翰林時史草. 簪筆錄
四卷, 丙子·丁丑·戊寅翰林時筵說. 燕行日錄三卷, 庚子·壬子再赴時,
西遷日錄二卷, 謫雲山時日錄. 私考二卷, 自生年至末. 終.

吾死後, 勿求挽勿立碑事, 旣已言及於亡子. 且草祭式, 使亡子書之,
今載雜述錄下卷矣. 吾所撰自誌自銘, 在志過錄中. 此兩文與亡子墓表,
宜先刻埋, 而亡子床石望柱, 尤不可遲緩也. 亡子墓表, 在金石錄續編第
四卷矣. 吾兩室誌文及亡子誌文, 吾生時旣已燔埋, 今無可論矣.(『陶谷
集』卷26 雜著「遺識」)

---

31. 權燮,「自述墓銘」

吾與載文約, 更相爲傳, 而後死者誌其墓. 我旣銘載文矣. 我死之後,
孰復有知我者? 以此二銘, 刻石而植其阡, 燔甆而埋之壙加也. 我輩知
之.

居士其人, 不定居止. 而不知姓, 而無名字. 白雪之歌, 靑雲之語. 風
塵水石, 無餕無飫. 度外悲歡, 泛泛虛舟. 居士性直, 氣淸心休. 志學攻
文, 古貌長裾. 晚修初服, 草草窮廬. 幾十無聞, 嗚呼其死. 居士有友, 知
我知子. 嗟其亡矣, 孰昭爾志. 爾墓爾書, 敢慢其辭. 刻石誌所, 以勿凌
夷. 居士之臥, 鬱鬱斯丘. 同心同穴, 禮卽賢述. 赫赫先靈, 髣髴臨之. 居
士之樂, 宛其平時. 千峰立立, 一水于于. 於焉萬古, 居士之訏.[可幽埋,

己身贊可幷埋.]

又作:

夢卜而發天地祕, 何其異也? 依我父而連祖松柏之影, 何其幸也? 與同

心賢媛而共千齡, 何其寧也? 山翠聳而水淸漪, 居士之宜也.[可顯刻.]

崇禎後某年某月某日, 玉所居士自述.(『玉所稿』墓山誌2「自述墓銘」)

---

32. 兪拓基,「渼陰老人自銘」

渼陰老夫, 杞溪兪氏. 名曰拓基, 展甫其字.◂

曾祖及祖, 觀察都憲. 禰位牧使, 俱有貤典.◂

外翁正言, 龍仁之李. 辛未以降, 甲午登第.◂

翰苑春坊, 薇垣玉堂. 銓郞中書, 殆遍歷敭. 憂吉祈養, 暫出淮陽.◂

贊价燕路, 竣還晉秩. 凶訃繼發, 萊山乃蔡.◂

乙巳恩召, 參修國史. 諫長銀臺, 吏兵禮議.◂

持節嶺南, 犇而病遞. 槐院籌司, 虛兼副提.◂

俄値大往, 屛跡江寅. 涒灘逆亂, 鎭禦東路.◂

再擢北臬, 辭輒被譙. 白燹憂危, 勉承沁鑰.◂

屢違除旨, 責補唐城. 粗訖荒政, 仍移海營.◂

猥叨輔養, 轉差宮賓. 廟薦京尹, 滋益逡巡.◂

申命按嶺, 譴與恩殊. 歸拜司徒, 遂長金吾.◂

明歲入台, 齒猶未艾. 負乘戒昧, 疾顚憂大.◂

退伏渼墅, 十閱冬夏. 間趂甞藥, 時赴慶賀.◂

奄丁大故, 屢蒙恩顧. 愚驕膠固, 朝竄夕宥. ◂

奉使于瀋, 義重往役. 忽叨元輔, 適際艱棘. 甫及半載, 終致覆餗. ◂

前後再黜, 亶由迷滯. 年至許休, 異恩下逮. ◂

歷事三朝, 涓埃莫酬. 重厚謹愼, 衮褒徒紆. ◂

撫念平昔, 尤悔山積. 老病日深, 墓門期迫.

自識短石, 俾表窀穸. 聘于申氏, 平山其籍. ◂

中丞長女, 忠景之孫. 長以二歲, 性則淑均. ◂

生與偕老, 逝將同穴, 男女孫曾, 留俟續綴. ◂（『知守齋集』卷9）

33. 金光遂,「尙古子金光遂生壙誌」

東海之東箕子國, 上洛逸士尙古客. 金始甫尹盛名碩, 三帥麗季垂偉跡.

降逮醒翁抗昏辟, 粹孝拓基忠惠築. 生兹華閥厭紛爀, 脫略繩檢趍迂僻.

詭怪嗜好膏肓癖, 古器書畫筆硯墨. 佛傳悟門能透得, 辨別眞僞無毫錯.

貧或絶煙空四壁, 金石緗素作昕昔. 奇物到手輒傾槖, 朋儕背指親婏謫.

三十登庠屈寸祿, 偶然爲吏東嶺側. 左挹金剛右雪嶽, 井觀偪仄碍匈臆.

岱宗絶頂昏夢陟, 彤雲舒彩晨光薄. 九煙泱渀聯靑碧, 甕蠛籠鳥思颷翮.

頹齡去死如紙隔, 骨猶可朽心難極. 碎瓊生卒幷兎角, 不道名字應吾

識.(金光遂,『有明朝鮮尙古子金光遂生壙』, 서울대학교도서관 소장)

---

34. 元景夏,「自表」

有明朝鮮蒼霞退隱元公諱景夏之墓. 集宋蘇軾書. 貞敬夫人申氏祔左.

居士, 原州人. 少而有盛名. 沈鬱困挫, 踰立九歲, 始魁科. 仕則驟驀, 甫一癸, 曳鄭崇履. 謠諑欲殺, 遂賦靑蠅, 耕桑近郊, 未忍遠遁. 君子悲其心也. 六十引歐陽例, 致仕. 得奇疾, 餙巾閉戶, 與世相絶. 性亢氣豪, 嗜文章, 喜談論. 歷險經危, 斂身靜拙, 力行忠恕. 臨事未嘗決曰: "不知吾之賢邪, 況人乎?" 手足啓而始爲了人也. 每讀孟子, 矢函人章, 擊節三復. 聞子弟說殺字, 終日皺眉, 不樂然. 而戆且隘, 世多忌媚者. 舞勺課小學, 長者問: "汝言志!" 誦范文天下憂樂, 暨爲宰相, 無可稱功業. 年未至而離讒乞骸, 惜也. 平生慕三四古人. 漢則丙丞相, 唐則李西平·范忠宣. 心事出處, 有執鞭之願焉. 歸田, 慨然曰: "寅協和衷, 皇陶告禹之謨. 和協爲世僇人, 皇陶欺我乎?" 獨立無朋, 是非毁譽, 未嘗動心, 曰: "不激不随, 心奚動焉?" 釋褐, 筮行藏, 遇中孚之遯, 作詩見志, 自號肥窩. 致仕, 稱蒼霞居士. 聖上謂臣, 我東葉向高, 更號蒼霞, 有以也. 嗚呼! 百世之後, 居士將謂何如人? 子雲·堯夫, 其不遇與! 可悲也已. 居士自表, 唐褚遂良書.(『蒼霞先生文集』; 성남문화원,『성남금석문대관』, 2003; 국립문화재연구소 한국금석문종합영상정보시스템 제공 판독문)

先大夫降于戊寅八月十七日, 終于辛巳五月二十七日, 葬于廣州松峴里亥坐原, 享年六十四. 辛丑, 司馬, 拜叅奉·都事·副率, 或就或不就. 丙辰, 魁庭試. 內而司書·文學·正言·大司諫·大司憲·校理·修撰·副提學·承旨·都承旨. 湖南·江都御史, 天官·冬官·春曹·秋曹, 叅判·判書. 騎省, 佐·正郎·叅知·判書. 京兆, 左·右尹政府, 左·右叅贊. 敦府, 判事. 樞府, 同知·知事. 兼銜金吾·經筵·春秋·成均, 賓客·世孫師, 兩館提學. 摠管·提擧, 太常·槐院·籌司·繕工·平市·司譯·內資·尙方·厨院·雲觀·經理·惠局·濟用·太僕·芸閣·典牲, 而藥院最久. 外而陽城縣·淸風府·湖南伯·江都相, 而關北伯未赴. 通政至資憲, 特擢正憲. 至輔國, 藥院勞也. 配平山申氏, 領中樞諱思喆之女. 三男二女. 男, 仁孫, 行副提學. 義孫, 修撰. 繼孫, 進士, 過房尸本生曾祖考贈判書公祀. 女, 適縣監李商舟·李埈. 不肖男仁孫泣血追識, 繼孫謹書.(성남문화원, 『성남금석문대관』, 2003; 국립문화재연구소 한국금석문종합영상정보시스템 제공 판독문)

---

35. 南有容, 「自誌」

君在家無異行, 立朝無奇節. 好讀書, 獨不喜功利機數之言. 故其學知經而不知變, 貴遠覽而薄近功. 世或笑其迂, 君方以迂自喜. 毁譽寵辱之至, 頹然而已矣. 心無妄用, 足無妄之. 人無妄交, 物無妄取. 能下而善止, 故行險而不自失, 亦不見傷焉. 年七十, 以尙書大學士致事去. 自題其寫眞曰: "道在味其無味處, 身遊才與不才間." 語人曰: "沒世如有求我者,

我在斯矣."(『雷淵集』卷22 墓誌)

居士氏南, 宜寧縣人. 名有容, 字德哉. 孔子謂南容曰: "尙德哉若人."
父所命也. 父諱漢紀, 同知敦寧府事贈議政府左贊成. 母靑松沈氏, 贈
貞敬夫人. 大學士文憲公諱龍翼, 嶺南觀察使贈吏曹判書諱正重, 曾祖
若祖也. 維肅宗二十四年戊寅降. 景宗辛丑進士. 今上初, 三受仕再去之.
尋復世子侍直, 三轉而監永春縣. 庚申秋, 上躬試士于文廟, 居士中丙科.
立朝二十八年, 所踐履皆選職, 地望淸貴, 同列莫或右焉. 然間被上旨,
錮削竄貶. 及阨于權貴, 不能安于朝者半之. 盖戊辰先王御眞成, 而用都
廳勞, 陞通政, 壬申寫進懿昭哀冊, 擢嘉善. 乙酉用文衡久次, 進資憲. 丙
戌以輔導世孫有功, 加正憲. 丁亥致仕, 又加崇政. 居士性迂而信古, 謂:
"聖人之言, 無古今, 皆可行. 外是而言治者僞也." 故事君, 自好惡是非, 用
舍詞命, 皆欲其一乎正而無私也. 與朝廷交, 上不詔, 下不矜, 在醜不忮,
皆欲一出乎公淸之塗也. 見於言語文字者, 頗以儒術自輔. 然上信其心
而疑於用, 下惡其異而從以謗. 居士卒不能改其規矩, 以趨時好. 由由以
居, 澹澹而止. 中歲宦跡, 多在儒學詞林, 往往求出爲州府, 亦未嘗久焉.
年六十九二之日, 上疏乞骸. 至明年春, 蒙恩許休. 遂扁其堂曰榮老, 杜
門不問世事, 以文章自娛.(『雷淵集』卷22 墓誌「自叙」)

---

36. 曺霖, 「自銘幷序」

有明朝鮮國昌寧曺霖者, 字商輔. 居陶西之新齋. 質本魯鈍淺陋, 又

無明師畏友. 年未弱冠, 乃發憤讀書. 仍讀書始知古人修齊之學, 慨然慕之. 窮玩經書及洛閩諸書. 欲寡尤悔而未能, 然而欲罷不能, 不敢自已. 雖不可謂有所得, 亦不可謂無所得. 休擧息交, 屏跡江湖. 人或疑其閒居求志, 其實無有也. 晚而學易, 味夫子樂行憂違之訓, 不知老之將至, 時之不利, 以自娛焉. 係之以銘. 銘曰:

幼而失學, 長益頹靡. 晚因讀書, 始知爲己.

日夜躋攀, 銖分積累. 質本凡庸, 工不踐履.

暮晚無成, 不安所止. 難克者私, 愈微者理.

每思古人, 所立卓爾. 願言從之, 末由也已.

節彼高山, 沔彼流水. 囂囂自樂, 悠悠我思.

我思悠悠, 伊誰之知. 欣慽之來, 隨分之宜.

老年叨爵, 實蹈分涯. 圖報無地, 感激鴻私.

原始反終, 樂天奚疑.

後世墓道文字, 多刻劃無鹽, 爲此之懼, 略書其槩如右. 宜書此, 一置壙南, 一表墓道. 先系子孫錄, 及生卒年月日, 職名履歷, 則當添書其下.(『新齋先生文集』卷4)

---

37. 任希聖, 「在澗老人自銘幷序」

翁姓任氏, 名希聖, 字子時, 系豊川. 八世祖文靖公說, 顯中明際. 大王父相元, 大父守幹, 父琓, 代颺淸貫, 知名當世. 翁生長詞翰之門, 從幼喜讀書, 汎濫經史百家, 略解其大義. 爲文辭, 極力矯時, 反醇雅實. 才短少可稱, 尤厭習擧子業, 屢就輒躓. 年旣老, 始試蔭途, 三轉調七品官. 親命彊仕, 意顧不自得. 有妻南氏, 謹順執婦道. 同居貧賤五十年, 事大夫人洪氏, 備極艱難. 大夫人爲翁昧資, 身策鞠育之甚勤. 大夫人喪, 南氏又隨殁. 翁前後生五子: 長子履常及三幼子俱先殀. 次子趾常出繼人後. 翁銜窶弗養, 莢子靡依, 含痛終天, 生世無趣. 今年○○符到, 當行, 絶不作係戀色. 獨自念白首無聞, 忝厥祖先則可愧爾. 翁居常制行, 不欲有一毫苟. 其處困戹, 用志特堅忍. 意所壹定, 百夫撓之, 執不變. 早嘗考究深衣幅巾制度, 終不得其詳, 歎曰: "世以是名禮服, 爲官者亦用斂. 裁製如不法, 晦父言近於服妖, 殆是歟!" 其師心不徇俗, 大率皆然. 翁少自號靜修居士, 晚改在澗翁, 或隨而呼, 反默不應. 蓋惡人陽浮道相假與故也. 將死, 遺戒家人, 取舊着朝衫薄殮. 往葬廣陵故山, 與南氏合封. 翁素無識心朋友, 自述其平生若此, 俾納諸壙. 遂爲之辭曰:

世或疑我以癡子, 亦多嘲我以打乖, 乖所不敢, 癡固然哉.

老氏云知我者希, 我斯貴矣, 斯其所以乃矣. 噫!

今上位宁之五十年甲午暮秋, 在澗六十三歲翁述.(『在澗集』卷3 墓誌銘)

---

38. 姜世晃, 「豹翁自誌」

翁自號豹翁, 自幼背有白瘢, 斑紋似豹, 仍以爲號, 盖自戲之也. 翁姓, 姜氏, 貫晉州, 名世晃, 字光之. 考, 大提學, 文安公, 諱[鋧]. 祖, 雪峯, 文貞公, 諱[栢年]. 曾祖, 竹窓, 僉知中樞, 諱[籀]. 麗朝殷烈公諱民瞻之後.

外祖, 廣州李公, 諱[翊晚]. 翁生于肅廟癸巳閏五月二十一日. 幼聰穎, 年十三四, 能作行書, 或有求而作屏障者. 十五, 娶晉州柳氏之女, 賢淑有婦德. 家伯氏府使公, 被誣竄謫, 翁始知世路險峨, 榮名爲不足慕, 無意赴科試, 惟專精於古文辭, 暗誦唐宋篇什甚富, 潛心數十年, 識解漸透, 有深造獨得之見. 或掩作者名氏, 亦能辨別時代高下. 不屑吟詠. 或有述作, 輒棄去不收, 以故篋衍無一編藁. 文安公六十四, 乃生不肖, 甚奇愛之, 不許暫離膝前, 敎誨備至. 癸丑, 仲嫂逝, 文安公時逾八耋, 將親視窆于鎭川, 不肖泣諫不宜行, 不從, 欲隨侍, 亦不許. 於是, 潛借僕馬, 不告而追於後. 至路中, 文安公始覺之, 憐其誠, 亦不責焉. 至鎭境, 罹終天之痛, 嗚呼! 痛哉. 庚申, 遭先妣喪. 服闋, 卜居安山郡, 治老屋八九楹, 蕭然也. 絶不問産業事, 唯以文史筆硏自娛. 又好繪事, 時或弄筆, 淋漓高雅, 脫去俗蹊. 山水, 大有王黃鶴·黃大癡法. 墨蘭竹, 尤淸勁絶塵世. 無有深識者, 亦不自以爲能事. 聊以述興適意而已. 或爲求者所嬲, 心甚厭苦, 亦未嘗峻却, 惟漫應之, 不欲拂人意. 書法二王, 雜以米趙, 頗造深妙. 旁及篆隷, 自得古意. 每興至, 臨古法書數行, 以寄其蕭散淸遠之趣. 性恬素澹泊, 超然物表, 麻衣糲飯, 亦安之不厭. 未嘗以貧窘嬰於懷. 中心仁恕, 粗有意於憂人憂樂人樂. 相知之深者, 亦或以是許之. 任參議琓, 翁之姊夫也, 嘗稱翁書獨臻二王妙處. 偶於宴席, 共和杜工部劒舞歌, 拍案朗誦曰: "我東百載, 無此詩." 崔承旨成大, 嘗於人家, 見翁題古書小楷, 驚曰: "華人之不可及如此." 乃知爲翁書, 又詫曰: "華人所不能及." 又見翁煙江疊嶂圖歌, 歎曰: "詩復大勝於書." 二公皆詞林宿匠, 而

710

濫推翁如此. 翁體短小, 貌不揚. 驟遇者不知其中, 亦自有卓識妙解. 有易而侮之者, 輒夷然一笑. 癸未, 仲子侃中第, 聖上念舊臣忠貞之篤, 追先王眷遇之隆, 恩數鄭重. 筵臣奏賤臣以能文章善書畫, 上特教曰: "末世多忮心, 想人或有以賤技小之者, 勿復言善畫事." 盖聖意愛惜賤臣, 曲加覆護, 乃出尋常至此. 臣承是教, 伏地驚號, 泣涕三日, 目爲之瞳, 唯此蟣蝨之賤, 顧何嘗一近耿光, 而只以先臣之故, 恩私曠絶, 千古罕有. 比諸鄭榮陽三絶自御題, 又萬萬遼絶者矣. 自是遂焚畫筆, 誓不復作. 人驛不能强索焉. 時議亦或欲官之, 自無汲汲進取意. 翁以奕世軒冕, 命與時乖, 落拓至老, 退處鄉村, 與野老爭席. 晚更掃迹京塵, 不接人面, 是以竹杖芒屨, 逍遙原野. 外似拙樸, 中頗靈慧, 有絶識巧思. 至於樂律之微奧, 器玩之技巧, 一接耳目, 無不瞭然解悟. 手不拈棋子黑白, 絶不喜方技雜術, 未嘗與術士論星命談相法, 尤不信堪輿家言. 丙子, 內子傷逝, 亦不邀術人相地, 自占果川沙洞之閒地, 以營窆焉. 有四子: 儭·侃·儹·儐, 皆略解文字. 無他敎誨, 唯勉以家傳孝友, 不辱先訓而已. 翁嘗自寫眞, 獨得其神情, 與俗工之徒, 傳狀貌者逈異. 仍自念身歿而求誌狀於人, 曷若自寫其平日之大略, 庶得髣髴之似耶? 遂信筆書此, 而遺兒輩. 後之覽此文者, 其必有論其世想其人, 悲其不遇, 爲翁而欷歔感慨者. 然是烏足以知翁哉? 翁已自能怡然而樂, 胸中浩浩焉坦坦焉, 無毫髮憾嗟不自得者矣. 上之四十二年丙戌秋, 豹翁自書. 時年五十有四.(『豹菴遺藁』)

39. 徐命膺,「自表」

宋程伯溫自撰墓誌, 明劉時雍自撰壽藏記, 皆以後人之溢美爲深恥. 然古者進受國寵, 退銘器物, 所以不忘君恩. 翁之自表, 亦此志也. 翁姓徐, 名命膺, 字君受, 初號恬溪, 達城人. 祖諱文裕, 禮曹判書貞簡公. 考諱宗玉, 吏曹判書文敏公. 妣, 貞夫人德水李氏, 左議政忠憲公諱○之女. 翁以肅宗丙申五月二日生, 英宗乙卯生員, 甲戌文科, 歷事兩朝二十有七年, 今上庚子致仕. 辛丑, 翁子浩修以直提學, 侍上于奎章閣. 上從容敎曰: "卿父立朝晚節之特著者三. 拒厚謙文苑之薦而威勢不能奪, 一也. 沮國榮復入之階而身自嬰其鋒, 二也. 家有賢弟, 一乃衛社之心而與國同休戚, 三也. 可更號保晚齋!" 翁聞命感涕曰: "古人於尋常爵命, 尙云生托榮名, 死題墓道. 況聖人一言, 炳如日星, 可以爲百世定論乎! 吾死之後, 勿樹豐碑, 只以短碣書曰保晚齋徐某之墓, 足矣." 翁娶完山李氏樗村先生廷燮之女, 偕老五十有七年, 從翁爵封貞敬夫人. 丙午十一月, 夫人歿, 浩修等卜宅兆於長湍金陵里貞簡公墓右麓坐壬原, 虛其右, 爲翁之壽藏. 翁曰: "可以記也." 乃援筆作此, 以與浩修等. 其卒葬年月, 不用程伯溫缺字之例者, 以浩修等當有追識也. 翁有二男. 浩修, 文科, 判書, 出爲伯兄後. 瀅修, 文科, 承旨, 出爲季弟後. 乃取從曾祖兄命長子澈修爲子, 生員, 直長. 四女, 參議鄭文啓·朴相漢·李宰鎭·宋偉載. 浩修, 四男, 有本·有榘, 幷生員, 餘幼. 瀅修, 三男, 有榘, 餘幼. 澈修無子: 取有榘爲子. 朴相漢, 一男, 著壽, 文科, 正字. 宋偉載, 二男, 幷幼. 銘曰: "鶴山之下, 爰有崇岡. 土潔泉甘, 我徐世藏. 生旣履露, 歿又侍傍. 迺順迺安, 終焉久

臧. 嘉號題墓, 豈伊夸張. 匪常之賜, 報以匪常.”(『保晚齋集』卷12)

---

40. 鄭一祥,「自表」

老夫, 姓鄭, 名一祥, 字汝○. ○○○○○○諱光弼, 林塘諱惟吉, 水竹諱昌衍, 三世爲國相. 水竹公次子諱廣敬, 吏曹參判, 寔五代祖也. 高祖諱至和, 察訪, 贈吏曹參判. ○○, ○載厚, 牧使, 贈吏曹判書. 祖諱濟先, 持平, 贈左贊成. 考諱亨復, 判敦寧. 妣貞敬夫人驪興閔氏, 學生諱恒之女. 以肅宗辛丑二月初三日, 生老夫于漢京. 三十以泮試, 中司馬. 翌年, 筮仕爲童蒙敎官, 內贍寺·繕工監奉事, 義禁府都事, 歷濟用·繕工·軍資監·司䆃寺·司饔院主簿, 通禮院引儀·司僕寺判官, 工曹正佐郞·戶曹正郞·掌樂院僉正. 出宰抱川縣監·咸興判官. 甲午冬赴增廣射策, 擢第一, 殿試中丙科第二名. 時年五十四. 應榜日, 特除弘文館校理, 仍命還銜陪來祠版, 異數也. 乙未八月, 特陞同副承旨. 十月, 擢戶曹參判, 兼備局堂上. 壬寅, 以北道道科試官, 陞資憲. 甲辰, 以都監勞, 晉正憲·崇政. 庚戌, 陞崇祿, 入耆社. 釋褐後, 所更淸顯, 玉署校理修撰, 銀臺循次至知申, 栢府持平大司憲. 間以副价使燕, 政府檢詳舍人·右參贊, 樞府知中樞, 敦府知敦寧, 京兆右尹, 吏兵曹參判, 工曹判書, 戶刑曹參判判書, 禮曹參議參判判書, 兼帶金吾·同義禁·知義禁·判義禁, 摠府副摠管·都摠管, 國子同成均, 同經筵·知經筵·同春秋·知春秋, 備局有司貢市堂上, 實錄堂上. 承文院內醫院·司僕寺·司譯院·典醫監·宗簿·禮賓寺·平市·典牲·活人署提調. 外庸, 則廣州府尹, 京畿·全羅·平安道觀察使.

此其始終踐履之槩也. 老夫爲人下中, 受性淡拙, 而五十年, 娛侍膝下, 服襲庭訓, 事君無隱, 當官秉公. 素不喜馳逐朋儕, 出入論議. 有官則黽勉從事, 休則閉戶靜居. 自蔭仕至崇秩, 而一未嘗求而得之. 晚第冥升, 敭歷踰分, 惟日夜感祝兩朝之眷渥而已. 初娶, 延安李氏, 縣監涓女. 再娶, 靑松沈氏, 縣監錫舟女. 別葬高陽先兆, 並贈貞敬. 三娶, 廣州李氏, 幼學東淵女, 從封貞敬. 生一男, 存大, 進士, 早歿. ○一女, 幼. 無嗣, 以再從孫觀綏爲後. 老夫在家, 無異行, 立朝無片善. 借人溢辭, 魂亦有愧. 玆述平生, 題以耆堂, 俾刻于墓石.

嗚呼! 右表, 公年七十一自述者也. 翌年壬子二月初八日, 公卒, 四月十七日, 葬于高陽正發山先兆卯坐之原. 元妣, 延安李氏, 遷奉合祔于左. 公慈良愷悌, 孝友出天. 判敦公, 恬靖簡嚴, 淸德服一世, 公五十年侍側, 無一違其志, 深愛愉婉, 人無間然. 平居絕交遊, 晚登第, 驟躋崇秩, 寔雅望自致, 尺寸不枉家庭規. 屢經腴藩, 氷蘗自持. 再判度支, 綜理詳密, 國用賴裕. 其在關西, 捐三萬金, 蠲役民, 到今受賜. 此皆實蹟, 而自表所不書也. 從侄, 奉朝賀存謙, 追記. 前面, 集蘇軾書, 後面, 再從孫司饔院僉正致綏謹書. 崇禎紀元後二壬子 月 日立.(『경기금석대관』 6, 경기도, 1992; 국립문화재연구소 한국금석문종합영상정보시스템 제공 판독문)

41. 趙曮,「自銘」
居士旣銘其婦碣, 又自爲銘銘于左曰:

"居士豐壤人, 始祖諱孟, 高麗侍中, 入本朝, 累世爲弘文館學士. 高祖諱瀹, 佐仁祖靖社, 官左尹, 諡曰景穆. 考諱尙紀, 官原州牧使, 贈吏曹判書. 妣貞夫人長興任氏, 高麗太師懿之後也. 居士生而靈慧, 見文字如有自知者, 先君憂其氣淸難於壽, 不欲早勸學. 然居士聞人讀書, 從旁誦不忘, 五歲能屬文. 旣齔詩益淸, 有曰: '扁舟繫廣津, 疎雨落秋江. 汀空不見人, 白鳥下雙雙.' 伯父尙書公撫其頂曰: '此吾家千里駒也.' 稍長略治功令能中彀, 意甚易之, 謂可以不勞而獲也. 遂有志窮格之學, 自夫性命精微, 以及仙釋醫卜陰陽術數奇奧之書, 悉欲硏究, 於詩尤癖焉. 卒澒落不得其要, 患疢疾幾死, 心靈由是頓減, 而志日益渝. 已而先君歿, 居士慟甚不欲生, 賴先妣庇之得不死, 越六年心稍定, 始專攻公車之文, 三年而擢乙科, 官於是顯矣. 居士雖仕於榮塗乎, 顧平生志業無一之有成, 而成者只科宦耳. 心戚戚不樂, 每除命至, 輒固辭不就, 就亦不久自免去. 然朝廷不知其不才, 猥爲之推遷以至于崇班, 凡所受告身以百數, 內而大司諫·大司成·副提學·兩館提學及大司憲·大司馬·大司冠, 外而留守·觀察使, 其踐歷之大者而古所稱行道之職是已. 然其進如退其達如窮, 其見於施措者, 皆强而爲之, 以應世緣, 實非其所欲也. 嘗嘅然歎曰: '世之人惟簿書期會之是事, 弊弊焉已矣, 道其自行乎哉? 吾亦不免於俗, 聊復爾爾.' 聞者憐之. 病旣甚, 告家人曰: '吾學未能聞道, 孝未能盡分, 其罪大矣, 而況能事君乎? 我死斂以士服, 旣月而窆, 勿贈玄纁, 勿設旋翣, 俟衾槨亦去之, 祭則飯羹餠麵魚肉蔬果各一楪, 足矣. 禮與其繁也, 寧簡, 況余以罪欲自貶而可繁耶?' 又口占四韻詩曰: '我生觀卽是, 舊事認依然.

白玉心持戒, 靑山夢作緣. 亭亭如有照, 漠漠漸歸玄. 誰謂雲無跡, 祇應在彼天.' 盖居士幼時, 夢執白玉圭, 入山參禪者屢矣. 及遊楓嶽, 始悟夢中所見, 恍然若前生事, 發於詩者有以也."

此居士自銘也. 銘成而病忽甦, 未幾蒙恩爲京兆尹大宗伯, 皆不仕. 以度支長被特旨, 擢授判金吾兼奎章閣提學, 出爲關西伯, 進拜右議政, 恩愈重而報益蔑, 此其罪視疇昔自銘之時, 又加倍焉. 嗚呼, 釋氏有三生之說, 果爾則余所以贖罪者, 庶於是在. 居士舊名琠, 改琠爲璈, 自回甲始.(『荷棲集』卷9 墓表)

---

42. 吳載純,「石友銘」

府君諱載純, 字文卿, 姓吳氏, 海州人. 號曰醇庵, 又曰愚不及齋, 皆賜號也. 考諱瑗太學士, 妣全州崔氏, 正郎寔女. 英宗丁未四月十一日生, 卒于今上壬子十二月三十日, 享年六十六. 府君以仁弘沉重爲質, 公恕廉簡爲用. 其自修也, 以存心愼言謹行爲要訣. 外雖無所矜飾, 內實刻苦積累. 融貫微顯, 由由自樂. 凡於富貴榮祿, 脫然無所累其中. 初以蔭調官, 多不就, 就或不久去. 晚而擢第, 受知聖主, 秉銓衡, 主詞盟. 常帶內閣啣, 處達若窮, 以著書明道爲己任. 公暇輒閉戶, 窮日夜專心潛思, 髭髮爲白. 所著有周易會旨六卷, 玩易隨言二卷, 讀書記疑一卷, 聖學圖一卷. 於易尤篤致工, 積數十年, 欲綜櫛諸家之說, 剔發聖人之旨. 嘗曰: "立卦爻之義, 聖人復作, 不廢吾言也." 然而深自韜晦, 雖密友亦不知也. 嗚呼! 千載之下, 庶幾有知之者也邪. 又有詩文二十卷. 配延安李氏, 領議政天輔女. 男, 長允常早歿, 次熙常·淵常俱出后. 女, 適韓景履. 立熙常子致奎, 爲允常后. 翌年二月甲申, 葬于稷山縣大井里乙坐原. 嗚呼! 不肖愚駿, 何敢猥有讚述? 深懼一朝滅死, 則世旣無知德者矣, 於何考徵? 謹書一二, 用納于壙, 尚後人知玆磚之非誣歟. 不肖從子熙常泣血謹誌.

附石友銘後識

我姓吳, 海州人, 名載純, 字文卿. 丁未降, 主詞盟, 號醇庵, 君賜榮.

有石友, 磨不磷. 四十年, 惟汝親. 呻鉤赜, 力毫畎. 注聖言, 奧而明.

替鍾鼎, 銘乃身. 歸九原, 携與行,

嗚呼, 此我本生先君所自述文, 凡六十字, 姓諱爵號生年曁硏經之工, 庶幾徵乎斯文. 文成明年壬子, 先君奄棄諸孤, 天乎天乎! 竊懼緖業日久寢湮, 旣納誌, 又刻斯文于硯面, 置諸槧右. 嗚呼! 情愈慽而慮愈深矣. 不肖從子熙常扱血謹識硯端.(『老洲集』卷16 墓誌「文靖公府君墓誌」)

---

43. 金鍾秀,「自表」

山人, 名鍾秀, 字定夫, 金氏, 淸風人, 忠憲公構之曾孫也. 祖希魯, 戶曹參判. 考致萬, 世子侍直. 妣, 貞敬夫人豊山洪氏, 吏曹參判錫輔女. 其日夢梧山人者, 夢與梧, 皆先山名也. 山人以英宗戊申生. 少甞學爲學問, 文章不成. 由進士, 補世子洗馬, 及爲文科及第, 則入春坊. 時今上在東宮, 侍講敷奏, 意在匡主德明義理, 上亦傾心焉. 然常在野, 仕於朝, 不滿數十日. 旋坐黨首, 流海上, 錮廢爲庶民者六年. 今上卽位, 首起之. 自承旨, 一歲中, 陞兵曹判書. 居數年, 以親老乞養歸田. 凡八年, 上以大將符,趣召之, 畀以銓柄文柄. 以閣臣, 時時出入前席, 遂擢爲相. 每於上前, 輒申春坊時舊說, 頗惓惓而無所建明. 往往隨衆浮沉, 士友多短之. 爲相數月而黜, 黜數月復相, 又數月以憂去, 某年某月某日卒. 山人無家於都, 於野. 生長老死, 皆於宗子家. 某月葬于廣州城西靜林坐午原先公墓右. 貞敬夫人海平尹氏, 弘文舘校理得敬女. 男, 若淵夭. 女, 適徐有守. 庶女, 幼. 若淵繼子, 東善. 山人爲人狷而迂, 言爲多率爾任情, 由是人多怨之. 立朝務欲屏陰邪礪廉恥, 以淸朝廷, 以尊王室, 故不悅者滋益多. 嘗流于機張, 囚棘于金甲島, 又嘗有竄富寧. 竄蔚珍之命而卒不行. 盖上亦察其無他, 且憐其無黨援也. 上嘗題山人像曰: "在朝獨任大義, 在野不染緇塵. 是所謂迹突兀心空蕩底人耶?" 嗚呼! 知臣莫如君, 豈不信哉? 山人嘗顧語東善曰: "吾事父母不能盡子道, 事君際遇恩造, 於古無比, 而卒無毫髮裨補, 負吾君多矣. 大臣云乎哉? 吾死勿請謚, 勿立碑. 立片石, 題曰夢梧山人之墓, 足矣." 仍令刻于石背如右云.(『夢梧集』卷6 墓表)

---

44. 兪彦鎬,「自誌」

則止軒, 姓兪, 名某, 字某. 嘗使人筮一生休咎, 得雷天大壯, 其彖曰利貞. 遂取大壯則止之義, 扁其軒, 仍以自號. 爲人無他長. 惟於得喪榮辱死生, 粗知有定分, 不欲枉用忻戚. 自幼不役於衣服玩好, 獨喜古人文章, 略窺閫奧. 顧善病不能自力, 亡所成. 僥倖竊科, 覬升斗之祿, 以養父母. 不謂謬登淸華, 驟躋卿列. 位尊而德薄, 恩重而效蔑, 有乖初心, 今老病且死矣. 其生也無善可錄, 沒而丏人華辭以損實, 尤非其志. 乃自述其平生, 以遺後人. 曰: 我兪得姓, 自新羅阿湌三宰, 籍于慶州杞溪縣. 歷勝國, 代有名位. 至國朝, 有景安公諱某, 肅敏公諱某, 仍父子判書, 顯于中明朝. 三傳爲江原道觀察使諱某, 司憲府大司憲諱某, 羅州牧使諱某, 三世俱贈議政府左贊成. 牧使公次子諱某, 漢城府左尹·贈吏曹判書, 配貞敬夫人慶州金氏, 議政府左參贊孝貞公諱某之女, 卽其考妣也. 以英宗庚戌上元後四日生. 甲子, 大司憲貞庵閔公遇洙以其女妻之. 曰漢宰, 曰宋啓樂, 爲子若婿. 此其系出與子姓也. 辛巳, 擢庭試丙科, 補承文院. 壬午, 今上定號東宮, 復置僚屬, 首除侍講院說書, 兼說書遞復除者四. 癸未, 由承政院注書, 陞成均館典籍, 遷司諫院正言, 凡四授, 皆不拜. 五爲司書, 一爲文學. 丙戌, 薦入弘文館, 歷修撰·副修撰·校理·副校理. 辛卯, 陞弼善, 移宗簿寺正, 轉應敎·副應敎. 於館職, 旣遍且多, 而皆力辭, 只三四膺命, 三兼司書, 一兼弼善·輔德. 又兼西學·南學·中學·漢學敎授. 癸巳, 命復湖堂, 被首選. 間以御史, 廉問畿縣. 出爲京畿都事, 鴻山·扶安縣監. 丙申, 今上卽位, 自扶安承召, 道拜吏曹佐郎·兼校書館校理. 盖郎薦新復, 通擬無人, 至命降品授之. 尋陞正郎, 過大政, 復還東璧. 七月, 擢承政院承旨, 凡七拜, 自同副, 序陞至左. 間移吏曹·禮曹參議·兵曹參知, 而爲吏議者五. 九月, 肇建奎章閣, 置學士官, 首拜直提學·兼實錄修撰官, 又差明義錄纂輯堂上. 丁酉, 擢開城府留守, 陞實錄都廳堂上, 選特進官. 戊戌, 以玉冊書寫勞, 進階嘉義. 六月, 移吏曹參判, 旋仍. 己亥, 復以吏參召還, 前後凡八拜. 間移都承旨, 禮曹·刑曹參判, 司憲府大司憲, 而都承旨者三, 禮參者二, 兼弘文館提學者四, 同知經筵成均館者或四或五, 又兼同知春秋館, 都摠府副摠管, 備邊司·宗廟署·司譯院·濟用監提調, 而於備局爲有司堂上. 庚子, 陞資憲. 自後四年之間, 爲吏曹·禮曹·刑曹判書, 議政府左·右參贊, 漢城府判尹, 而禮·刑·京兆, 或三或二, 藝文館提學·知經筵·都摠管者皆三, 知中樞府者二. 又兼知義禁府·春秋館·承文·內醫·尙衣院·觀象·典醫監·校書館·活人署·氷庫提調. 於實錄, 改爲校讐·校正堂上, 於內閣, 隨品常帶直提學·提學. 間爲江華府留守, 以母老辭. 癸卯, 寫進璿譜御序, 賞加正憲階. 此其官歷次第也. 其始第也, 承筵詢, 言黨有君子小人, 大忤上旨, 命削翰圈, 旋寢. 初見君父發言招侮, 自知迂愚不適於時用, 常有寸前尺却之意. 始入春坊, 竊覵睿質神聖, 遜志勤咨, 念報效涓埃, 惟此職爲然. 以故在春坊, 最多且久. 每晝漏宵燭, 討論從容. 東宮爲書孟子責難陳善語以賜之. 會上有疾少瘳, 引古事勸講東宮, 坐竄北塞, 未至而召. 自後益無進取意, 歸自湖縣, 仍居先壠下, 有除輒辭. 間或趨命而不得已也. 辛卯, 諸議權震應, 疏論裕昆錄, 以自引義, 嚴旨解職, 還下其章. 適以玉堂在直, 率諸僚上箚爭之. 上謂其黨護, 流于南海. 居數月, 乃釋. 時上倦勤, 貴戚權幸, 得志橫甚, 陟黜, 視其同異. 遂分爲南北黨, 而南亦戚畹也, 素不與還往, 特以攻北之論同也, 積被一邊人齮齕. 至壬辰, 乘時藉語, 指爲淸名黨, 以恐動天聽. 遂被逮, 幾陷不測, 賴上仁明, 得不死, 斥之黑島爲民. 朝士之稍持正論者, 相繼貶逐. 於是群小挾奧援恣兇臆, 靡所不有, 人莫不危懼, 亦莫敢測知睿意之所在. 乙未秋, 以宮官赴朝, 十年逖違, 始登冑筵, 親承心腹之諭, 且令亟還以遠害. 事在明義錄. 亡何, 离明繼照, 北黨皆以逆誅, 南黨亦屛黜. 方其處分也, 以承旨請急, 纔數日, 上命趣還, 且諭筵臣曰: "特召者, 以其無當於彼此." 自是任遇益隆. 不周歲, 推遷至亞卿, 筵對每稱士流, 其遭逢可謂盛矣. 顧揣分量才, 以榮爲懼, 意未嘗不思退, 而權奸又顓國柄, 外持忠逆大案, 中作威福, 以誘脅一世, 事有至難處者. 己亥, 自西都還, 始上章乞歸養老母. 適在權奸告退之餘, 時人頗疑其跡, 上始亦嚴批, 末乃察其情實, 慰諭鄭重. 其翌年, 權奸沮遏事覺, 三司交章聲罪, 止黜鄕里. 於是與其人同事而見嫉於人者, 以次中傷, 幾無完人. 然當其時, 凡賓客往來親疎同異之際, 衆所不知者, 惟上燭之盡矣. 一日, 以經筵侍講, 講已, 上進諸大臣, 洞諭其人功罪始末, 以廷臣之知其功而不知其罪, 誤陷於機穽, 反躬自咎. 且曰: "其人與彼經筵好, 亦予敎之也." 於是羣疑釋然. 是日, 擢長秋官, 夜承命入對, 頓首引罪. 上笑曰: "過矣. 予雖深居, 聞卿憂憤慷慨之言, 久矣." 然時人猶斷斷不捨. 越一年, 追論權奸之致仕也, 某八違政命, 不卽下批, 有關國綱, 請刊削. 上始難而終允之. 尋特叙, 還授前任. 上疏辭, 批曰: "予實誤卿, 人孰不知?" 盖優旨也. 於是欲因以中之者乃止, 卒幸得全. 此其立朝二十四年仕止屈伸之大畧也. 自念菲才畸跡, 過沐兩朝洪造, 窐石而援之, 蜮弩而防之, 拂拭呴濡, 天高地厚, 而所閱歷風波憂危, 亦已多矣. 隆恩莫酬, 畏途愈艱. 與其進而負其君, 不若退而合於道, 常思守分自靖, 全保晩節, 以圖不報之報. 炯炯此心, 天實鑑之. 倘賴始終生成之澤, 卒償夙願, 以畢餘生, 以無負名軒之意也否? 嘗在內閣, 畵者以命寫進賤臣像, 時適御帳告成也. 有題數語于草本者. 銘用其語曰: "觀其服,

烏紗鵰錦黄金寶釘, 儼然卿老之尊也. 觀其容, 大不及樑, 贏不勝衣, 蕭
然布韋之窮也. 物之儻來歟? 時之偶逢歟? 若其一段槁木之心, 惟知者
知之. 盍歸來兮一丘一壑之中?"(『燕石』册6 墓誌銘)

---

45. 兪漢雋,「著叟自銘」

余觀世之人, 其父母卒, 具所謂行狀者. 凡其日事時行飲食興居, 毫
毛塵芥, ○○○○, 靡不畢書. 持而出, 流目縉紳中, 揀官高有力勢者, 謁銘
焉. 銘之者, 又惡能通銘法? 懼失子弟意, 悉書所欲書, 無一觖落. 是以
其辭不可信. 余謂與其以靡不書之狀, 借不可信之辭, 以圖其無窮, 無寧
吾書吾事, 吾銘吾行, 眞而確, 簡而不溢, 爲猶可信. 乃作自銘. 銘之年,
年七十七歲之戊辰也. 其卒年葬地, 後當追附. 其銘曰:

叟名漢雋, 字曰曼倩. 杞溪之兪, 歷羅麗顯. 國朝兩世, 景安肅敏. ◀

至其曾玄, 虵皆貳公. 維慈教堂, 贊事尤翁. 王考其嗣, 耆秩班崇. ◀

累世以來, 系派字諱. 官歷行治, 其詳碑載. ◀

考諱彦鎰, 官卑標尊. 妣惟昌寧, 成氏之門. 其考必升, 壼懿咸敦. ◀

叟之降生, 在元陵時. 年符子美, 日先如來[叟以英宗壬子四月七日生.
杜甫壬子生, 釋迦浴佛在四月八日.] 幼踈而偐, 文竇略開. ◀

年十六七, 父亡兄卒. 童羈湖曲[姊夫金公礦行家在德山], 鬒禿勃窣. ◀

安公取範, 憐其竆微. 以女妻之, 賜食與衣. ◀

旣長旣大, 藝亦稍贍. 晚而小成, 仕於寧寢. ◀

始轉終落, 天厨金吾. 英考禮陟, 魂殿身紆. ◀

事竣而升, 乃主資簿. 從佐至正, 郞于秋部. 出監羅山, 三載棄綬. ◀

甄自秋兆, 視首陽篆. 南徙金馬, 歸未席煖. ◀

後僉槀寺, 復吏桂陽. 升而爲牧, 上黨之鄕. ◀

爲黨一朞, 在散四年. 金陵電迨, 罔寺泡緣. ◀

去長悉直, 海寰環奇. 七佩郡符, 年且迫稀. ◀

歸入廟剡, 講僚忘僭. 間於考工, 爲郎者暫. 慶値冊儲, 桂司仍忝. ◀

天崩以後, 病辭寢令. 自後周旋, 均郎繕正. ◀

正于資樂, 瞥爲沁貳. 斯其始終, 踐歷之槩. ◀

叟於爲人, 多缺少全. 汎而不豁, 踈而不堅. 喜居人下, 恥爲物先. ◀

寸長於慈, 寡則云爾. 人醴我糟, 世市吾水. ◀

性無所嗜, 嗜在文辭. 初下手時, 秦漢外馳.

莊諧屈怨, 馬肆韓奇. 嗋諂鐫剔, 垂五十朞. ◀

竟亦何得, 怊悵夕返. 狐死首邱, 人窮反本. ◀

道在六經, 四書之蘊. 始迷罔覺, 及覺死近. ◀

知莫透奧, 行莫循級. 悔何可追, 誠發耄及. ◀

夜靜無寐, 上下思之. 文道非髓, 著述徒皮. 抱此長終, 後誰叟知. ◀

叟無名位, 叟無子孫. 靑山異日, 孰藷其墦. ◀

銘辭自作, 待納幽堂. 或俾後人, 知爲叟藏. ◀(『自著』續集 冊3 雜錄)

---

46. 李晩秀,「自誌銘」

屐翁者, 延安李晩秀, 成仲也. 左議政文靖公諱福源第二子. 前妣贈貞敬夫人坡平尹氏, 進善諱東源女, 不育. 後妣贈貞敬夫人順興安氏, 參奉諱壽坤女. 翁嵌崎歷落可笑人, 讀書無所成, 好善不能充其志. 少無當世念, 晚以文字遇正廟, 官至崇顯. 正廟知其疎迁, 未嘗使治民任政. 及仙馭賓天, 入典樞要, 出按屏翰. 竟大債西事, 南竄而還, 遂屏居琴湖, 沒齒不復起. 正廟嘗聞其家居着屐, 特賜木屐一緉, 銘詩以寵之, 因以自號. 往往村童野叟, 亦呼屐翁, 如名字焉. 其爲詩文, 恥不及古人, 棄擲不存藁. 生以英宗壬申十二月二十八日, 歿以聖上某年某月某日, 葬于南陽東面白鶴洞文靖公墓前坐午之原. 配達城徐氏, 領議政忠文公諱命善女. 生甲戌歿乙亥, 葬祔右. 生六男三女. 其七髫而夭, 勝冠者二. 男, 長光愚, 爲伯氏及健公嗣. 次元愚. 俱有文行, 亦早殤. 光愚嗣公翼, 元愚嗣世翼. 翁生無可稱, 死無可傳. 與腐土同盡, 夫何憾焉? 猶恐犂牧之夷. 爲文而誌其藏, 得不見笑於大方否? 銘曰: "有生則必有死, 夷跖彭殤兮一蟻垤. 吾今而後返吾眞, 千齡萬祀兮鞏且謐."(『屐園遺稿』卷11 玉局集 墓誌銘)

---

47. 申綽, 「自敍傳」

申綽字在中, 海西平山府人. 父大羽, 以儒林宿望, 文識儀檢重於世, 選元子宮僚屬, 官戶曹參判. 綽幼抱貞介之操, 長有蕭邈之志. 尙異好古, 愛樂書林, 涉獵經典, 多所觀覽. 嘗治毛詩學, 兼綜諸家, 著詩次故廿二卷外雜一卷異文一卷, 傳于家. 初綽與兄綰弟絢, 承歡闈庭, 兄綱紀家範, 弟身致祿養, 而綽才旣不長於榮利, 性又淡, 只以文墨杖几, 周旋膝下, 執隸子弟之事, 運履奉帶, 斂枕衾泛掃室堂, 兼以筆札稱旨, 鑑賞契襟. 齠歲以至白鬚, 如不可須臾離. 今上九年, 隨父往成川都護府, 府是絇乞養外補之所, 距京師七百里. 其十一月設增廣慶科, 父勸遣綽曰: "意今往汝必捷. 然汝不閑人間事, 竟當從汝所好也." 綽入京月餘, 就有司試, 對策第一, 而聞父病猝重, 兼程疾馳, 未達而承訃. 此生民之絶悲, 荼毒之極哀. 綽自念爲子無狀, 病未克甞藥, 斂不見陳衣, 遺令未承, 梗棺已合, 追惟厥咎, 實緣於科. 三年制畢, 衘恤榮告於父墓, 以復存時之言, 仍又陳疏告哀, 祈伸匹夫之志. 遂絶意榮途, 居止墓下. 當是時兄繇翊衛司副率宰新寧縣, 弟爵居宰列, 仕則進, 散則退, 年且皆六十外內, 相與同堂卧起. 篋無私藏, 事無常主, 一體均愛, 如身手之自相爲也. 家藏墳籍屢千卷, 多秘典逸牒, 閒居繙閱, 參差經謨, 跌宕史蒭, 綜詠名理, 談討先往異蹟, 不知世間有枯菀榮辱者. 銓曹隨牒推遷, 至弘文館應敎, 前後召今凡十餘降而皆不行. 或曰: "子通籍之人, 豈可長往?" 綽曰: "古之仕焉而已者, 何甞以通籍爲拘邪? 且先人已悉其不適於世用, 敎之以棄而從好, 固以逆睹而遺之以安也. 保此歸見, 不亦可乎?" 綽旣委懷林丘, 或終年不入城闉, 竹杖糾笠, 弄水挑菜, 淸川茂林, 釣磯漁艇, 時以衍漾, 風塵所不到也. 曰: "目我以爵祿不入於心, 斯無愧於古人矣." 綽素不能言而能不言, 客至溫涼而已. 家居或終日嘿嘿, 淸夷簡泰, 不妄交游, 時以道書自娛. 雖無神明之契, 幽貞之伴, 而融然獨暢矣. 夫物有萬品, 莫重於身. 身有百體, 莫貴於心, 勞心以役物, 賢者之所不爲也. 是以無求與忮, 澹然自佚. 要使毁譽不及, 名迹雙泯. 綽之素懷如斯而已. 上之十九年臘月甲子序.(『石泉遺集』前集 卷2)

48. 南公轍, 「思穎居士自誌」

居士自號金陵, 晚而號思穎居士. 居士平生慕歐陽子之爲人, 慕其文章名節, 而於慕思穎也尤甚故云. 居士性簡靜少慾, 人不妄交, 物欲寡取, 嘗自誦曰: "士欲報國, 必也先持其身, 其身不正, 而徒規規於機數功利者皆僞也." 凡仕宦四十年, 一此說不變. 其讀經頗有法. 讀四子, 專主程朱訓詁, 經則以程朱義理, 參以漢儒註疏, 持循而通變, 於其駁者, 黜去不疑, 而其醇者則多從之. 嘗著詩書春秋易繫辭論, 以自見其意爲文章, 酷嗜太史公·韓愈·歐陽脩之書, 力斥稗官小說爲己任. 其作文, 輒焚香拭硯, 冥思遐搜, 屢易藁迺出. 見者非笑之, 或指爲迂濶則益喜自負. 至館閣應製及章箚, 人有稱好而非其長也. 居士讀書不富, 才又下, 所著述終未及古人, 而能自倡起於擧世不爲之時, 後之人必有取而與之. 居士遭遇正宗大王聲明之際, 釋褐之初, 卽入內閣, 蒙不世之知, 歷敭淸顯. 歷事當宁, 恩益隆而官益盛. 自大學士, 叨塵相府, 不喜更張, 謹守規度. 自事君從政, 皆欲出於公正之塗, 而本無經濟材. 故績能無一表見于世. 每自悲無補於國, 而徒取高位厚祿, 往往於江湖山林之間, 有望遠而思深者. 客有問於居士曰: "子欲於六十, 上乞骸之章. 今年爲六十, 何不求去也?" 居士曰: "聞子之言, 媿甚媿甚. 昔歐陽子値嘉祐治平之間, 國家多事, 不能歸穎上, 吾之志亦如此." 客曰: "然則終未可去耶?" 居士曰: "幸遇朝廷無事, 身又不當責任. 臣子可以言私而無嫌, 則吾當致仕而歸. 子不譏其踐言之晚也." 客唯唯而退.(『穎翁續藁』卷5 誌碣)

是唯洌水丁鏞之墓也. 本名曰若鏞, 字曰美庸, 號曰俟菴. 父諱載遠, 蔭仕至晉州牧使. 母淑人海南尹氏. 以英宗壬午六月十六日, 生鏞于洌水之上馬峴之里. 幼而穎悟, 長而好學. 二十二以經義爲進士, 專治儷文, 二十八中甲科第二人. 大臣選啓, 隷奎章閣月課文臣, 旋入翰林, 爲藝文館檢閱, 升爲司憲府持平·司諫院正言·弘文館修撰·校理·成均館直講·備邊司郎官, 出而爲京畿暗行御史. 乙卯春, 以景慕宮上號都監郎官, 由司諫擢拜通政大夫承政院同副承旨, 由右副至左副承旨, 爲兵曹參議. 嘉慶丁巳, 出爲谷山都護使, 多惠政. 己未復入爲承旨, 刑曹參議, 理冤獄. 庚申六月, 蒙賜漢書選. 是月正宗大王薨, 於是乎禍作矣. 十五娶豐山洪氏, 左承旨和輔女也, 旣娶游京師, 則聞星湖李先生瀷學行醇篤, 從李家煥·李承薰等得見其遺書, 自此留心經籍. 旣上庠, 從李檗游, 聞西敎見西書. 丁未以後四五年, 頗傾心焉, 辛亥以來, 邦禁嚴遂絶意. 乙卯夏蘇州人周文謨來, 邦內洶洶. 出補金井察訪, 受旨誘戢. 辛酉春, 臺臣閔命赫等, 以西敎事發啓, 與李家煥·李承薰等下獄. 旣而二兄若銓·若鍾皆被逮, 一死二生. 諸大臣議白放, 唯徐龍輔執不可, 鏞配長鬐縣, 銓配薪智島. 秋逆賊黃嗣永就捕, 惡人洪羲運·李基慶等謀殺鏞, 百計得朝旨, 鏞與銓又被. 逮按事, 無與知狀, 獄又不成. 蒙太妃酌處, 鏞配康津縣, 銓配黑山島. 癸亥冬, 太妃命放鏞, 相臣徐龍輔止之. 庚午秋, 男學淵鳴冤, 命放逐鄉里, 因有當時臺啓, 禁府格之. 後九年戊寅秋, 始還鄉里. 己卯冬, 朝議欲復用鏞以安民, 徐龍輔又沮之. 鏞在謫十有八年, 專心經

典, 所著詩·書·禮·樂·易·春秋及四書諸說共二百三十卷, 精研妙悟, 多得古聖人本旨, 詩文所編共七十卷, 多在朝時作. 雜纂國家典章及牧民·按獄·武備·疆域之事, 醫藥文字之辨, 殆二百卷, 皆本諸聖經而務適時宜. 不泯則或有取之者矣. 鏞以布衣, 結人主之知, 正宗大王寵愛嘉獎, 踔於同列. 前後受賞賜書籍廏馬文皮及珍異諸物, 不可勝記. 與聞機密, 許有懷以筆札條陳, 皆立賜允從. 常在奎瀛府校書, 不以職事督過. 每夜賜珍饌以飫之, 凡內府祕籍, 許因閣監請見, 皆異數也 其爲人也, 樂善好古而果於行爲, 卒以此取禍命也. 夫平生罪孽極多, 尤悔積於中. 至於今年, 日重逢壬午, 世之所謂回甲, 如再生然. 遂滌除閑務, 蚤夜省察, 以復乎天命之性, 自今至死, 庶弗畔矣. 夫丁氏本貫押海. 高麗之末, 居白川, 我朝定鼎, 遂居漢陽. 始仕之祖, 校理子伋. 自玆繩承, 副提學壽崗·兵曹判書玉亨·左贊成應斗·大司憲胤福·觀察使好善·校理彦璧·兵曹參議時潤, 皆入玉堂. 自玆時否, 徙居馬峴, 三世皆以布衣終. 高祖諱道泰, 曾祖諱恒愼, 祖父諱志諧, 唯曾祖爲進士也. 洪氏産六男三女, 夭者三之二, 唯二男一女成立. 男曰學淵·學游, 女適尹昌謨. 卜兆于家園之北子坐之原, 尙能如願. 銘曰: "荷主之寵, 入居宥密. 爲之腹心, 朝夕以昵. 荷天之寵, 牖其愚衷. 精研六經, 妙解微通. 憸人旣張, 天用玉汝. 斂而藏之, 將用矯矯然遐擧."(『여유당전서』제1집 제16권)

---

50. 徐有榘, 「五費居士生壙自表」

楓石子旣遷夫人宋氏之堋于湍州白鶴山西先壟之下, 虛其右爲壽藏.

或甚之曰: "昔之人有行之者, 子盍自爲之志?" 楓石子曰: "噫! 吾何志哉?
昔吾答叔弟朋來書有三費之說焉. 始吾從仲父明臯公受檀弓·考工記·
唐宋八家文, 嘐然有志於柳子厚·歐陽永叔之文章. 旣而讀詩·書·四子
書, 則又說鄭司農之名物, 朱紫陽之性理, 方其溺苦而未有得也. 不勝其
斧之握而推之投也. 亡幾何, 而幹蠱以沮撓之, 遊宦以誘奪之, 昔之所
學, 今皆忘之, 則一費也. 策名之初, 荷正廟渙拂之恩, 使得備數於通英
西淸之列, 則復妄自期子桓氏之稽古, 劉中壘之校書. 方其策動而陳力
也, 不勝其手之胝, 而目之蒿也. 亡幾何, 而羊腸在前, 瞿塘在後, 轊折柁
失, 迍如而不前, 則二費也. 夫然後廢然俛就于東陵之瓜, 雲卿之蔬, 氾
勝之賈, 恩勰之樹蓺, 經營籌度, 積有日月, 不謂無競之地, 亦且有物靳
之, 齟齬絆攣, 願莫之遂, 而卒之生棟覆屋, 萬緣瓦裂, 則三費也. 此其
說在丙寅秋冬之際, 而自茲以還, 又有二費焉. 歲癸未, 明臯公自海而陸,
甲申謫籍永滌. 而余復廁于朝, 春陽照焮, 枯荄再榮, 歷跋華膴, 致位崇
顯, 而才短性踈慵, 入朝無吁咈之謨, 居官無補報之績. 及其季至慮耗,
丐休迺休. 追惟迳跡, 幻若浮漚, 此一費也. 屛避之初, 爲在憂忘憂也.
薈萃博采, 纂林園經濟志, 部分十六. 局分百十; 弊弊乎丹鉛甲乙之勞者,
首尾三十餘年. 及其書潰于成, 以之壽梓則無力, 以之覆瓿則有餘, 此又
一費也. 蓋費之至五, 而存者無幾矣. 生無益於人, 死無聞於後. 其生也,
禽視鳥息已矣. 其死也, 艸亡木卒已矣. 若是而可謂之成耶, 人盡成也.
若是而不可謂之成耶, 無成者又何語? 志之, 勿忘也." 嗟夫! 人之生也,
固若是費乎? 抑亦有費則暫, 而收則久者耶? 彼立言立功, 卓然樹足于不

朽之地者, 其精神氣魄, 必有以擁護身名於千百世之後, 此不可一朝襲而取之也. 吾少而恂恂, 壯而慇慇, 老而惛惛, 原始反終, 求其不與身俱化者, 終末得影響近之者, 猶且以八十年費盡之餘景, 靦然操筆, 假片石而文飾之, 不自知其枵然無有也. 不亦愼乎? 顧謂孫太淳曰: "吾死之後, 勿樹豐碑. 但以短碣書之曰五費居士遠城徐某之墓. 可矣."

元會運世十二萬九千六百歲, 藐吾有生.

董得一千六百二十分之一, 芒乎笏哉!

已費七十有九季, 又無異過空之鴥隼, 則末盡餘日, 其與下殤有辯乎無辯乎?

瓦棺堲周, 焉用銘爲?

嗟! 幽室之渠渠, 從我先王父先君子于斯邱.(『楓石全集』金華知非集卷6)

---

51. 徐淇修,「自表」

古人有自誌其墓者, 盖以後人之溢美爲恥. 翁之自識, 亦此志也. 翁姓徐名淇修, 字斐然號篠齋, 達成人. 曾祖諱文裕, 文科禮曹判書, 諡貞簡公, 祖諱宗璧, 考諱命敏, 兩世以陰途進, 幷官黃州牧使, 以不肖爵依國典, 貤贈吏曹參判參議. 妣贈貞夫人溫陽鄭氏, 郡守贈吏曹判書諱昌兪之女. 翁以英宗辛卯五月二十日生, 正宗壬子中進士試. 今上御極初元辛酉, 擢增廣甲科第三人, 選入翰苑兼縮起居注. 未幾中蜚語, 竄甲山府, 地距京師千有餘里. 春不毛, 秋無稻, 寒無綿, 病無藥, 翁處之如家. 題其所居室曰木石居, 讀書以自娛. 後五年, 上燭其枉, 以特旨宥還. 臨歸上白頭山, 瞰大澤, 有揮斥八荒之意. 翁賦性率直, 平生不隨人, 俯仰踽踽然, 與世寡諧, 然亦不求苟合也. 中歲以後, 浮沈仕宦, 而常有邱壑間想, 雖踐歷淸顯, 非翁之志也. 於物無所嗜好, 獨好著詩, 古詩好謝康樂, 近體詩好孟襄陽杜少陵, 又好古文辭, 上摹秦漢博士家言. 晩年喟然曰: "陶淵明作自輓, 恨其在世飮酒不得足, 吾以未透破古文精奧爲恨也." 妻海平尹氏, 贈吏曹參判晳東之女. 生己丑, 歿壬申, 從翁爵追封貞夫人, 葬于長湍府松南面金陵里辛坐之原, 從先兆也. 虛其左, 爲翁之壽藏. 翁有四男云云. 嗚呼! 今年運而往矣, 不幾何而埋於斯, 不有以自表, 後人曷由知翁之爲翁也? 遂書此授有喬等曰: "吾死後以此刻揭于隧道, 足矣. 愼勿請世所稱太史氏之文也, 誅墓之辭, 古人恥之, 吾亦恥之. 其官職資歷卒葬年月, 不用宋儒程伯溫缺字之例者, 以有喬等當有追識也."
銘曰: "爾性旣陃, 何爲見黜於淸朝? 爾身旣達, 何爲紆想乎林邱? 直道不容, 在古猶然, 身達而詘於用, 將誰尤矣? 嗚呼! 迹與心違, 命與時仇, 此志士之所同悲, 庶幾後之人, 知爾之心, 論爾之時."[一作云, 爾車旣牽, 胡出門而遭屯? 爾佩維珩, 胡紆想乎邱園? 由我者吾, 不我者時. 白鶴故山, 萬木如茨, 從爾父祖, 其妥其綏.](『篠齋遺稿』卷4, 한국학중앙연구원소장)

---

52. 兪正柱, 「自誌」

吾之姓名, 兪正柱, 字大汝, 杞溪人. 考曰生員諱漢客, 妣曰韓山李氏府使諱義文之女也. 嗚呼! 昔先君子, 修身勵行, 喫緊六十年, 値運不幸, 未免坎軻, 齎志而沒. 余小子, 肅然惕然, 思所以發揮而不墜焉, 自顧愚不肖, 其於平日過庭之訓, 百不能一二承膺焉. 惟受謹拙一規, 行己及物, 虛心無競. 凡於世間之得喪欣慽, 死生窮達, 自謂有所天定, 不容毫髮之私, 惟日俛焉於職分之所當行, 固不敢以困頓厄窮, 或有濫焉. 故平生所居之室, 不蔽風雨, 入口糟糠不厭. 惟杜門却掃, 不關戶外事, 日取古人書, 以爲尙友. 課兒咿唔在傍, 可以忘飢. 灌畦營圃, 時或謀, 醉或困. 境到意會, 及揖鬱不平, 輒發之吟詠, 雖委靡無譏, 亦足以暢敘幽情焉. 嗚呼! 士生一世, 事豈止此而已也哉? 立身揚名, 扶顚興衰, 固在於命之遇不遇, 人之才不才, 而惟其素履而行, 不失其守, 未必非承先遺後之一道也. 吾年未五十, 床第淹淹, 若一朝溘然, 終作無聞之鬼, 則後之人, 記我有無, 於今日有不足恤, 而一兒尙煥, 稚駿無知, 家傳典刑, 恐於斯泯焉. 故力疾略構, 耳提於未絶之前, 且留作後日之藏. 勉之勉之! 兒之母, 逸執義安東金公直淳之女, 有柔順之行, 從我三十餘年無違. 又有女. [公生於正祖丙辰, 卒于己巳正月十九日. 墓在龍仁郡古三面三隱里左麓獨松亭坤向. ○配墓, 在安城郡寶盖面同安里左尹公墓白虎麓壬向原. ○有松陽遺稿四冊, 藏于家.](『杞溪文獻』卷14)

---

53. 李裕元,「自碣銘」

此海東橘山翁李裕元景春之壽藏也. 新羅元臣諱謁平爲鼻祖, 本朝白沙先生諱恒福, 龜川先生諱世弼, 爲九世六世祖. 大父諱錫奎, 禰諱啓朝, 相繼爲大冢宰. 外祖曰潘南朴承宣諱宗臣. 翁幼受業於舅氏奉朝賀履坦齋諱綺壽, 長放浪無所成, 癖於書, 能談秦漢淵源. 橘山圖章, 馳於兩國. 早遇我憲廟, 如家人父子, 知其膠固無用, 常任題賾檢蹛. 晚卜楊州嘉梧谷, 鄉人呼谷曰室, 遂題其堂曰可吾室. 西岡蜿蜒, 可作一阡, 治之得古器欵識, 仍置象設, 爲後日用. 日與人飮酒其上, 喜說稼穡, 人不我以老農, 恨哉! 翁生以純祖甲戌八月十二日, 配東萊鄭氏參判憲容女, 文翼公諱光弼之裔. 生後翁一朞. 有一男, 幼. 長婿, 翰林趙然斌, 早殞, 系子壖登庠. 次婿, 趙定燮. 有譏翁太早計, 笑曰: "翁行年未及百之半, 閱歷已過三之二, 年餘歷餘, 何似於過去也歟?" 銘曰: "生逢聖人, 歸從聖人. 聖人之人, 所謂伊人."(『嘉梧藁略』冊16 墓碣銘)

---

54. 金平默, 「重庵老翁自誌銘幷序」

翁名平默, 字穉章, 新羅金姓王之苗裔也. 至高麗時, 諱大猷, 受封淸城府, 始籍淸風. 國朝東泉先生諱湜, 與靜庵趙文正先生, 倡明道學, 事恭僖王, 爲成均舘大司成, 以堯舜君民爲己任, 尋被北門之禍. 英宗朝, 贈議政府左贊成, 諡文毅. 是生諱德懋, 號可軒, 與兄頤眞子德秀·海隱公德器, 似續儒行, 授寢郞·贈領議政. 是生處士諱穩, 贈承旨. 是生諱興祉, 蔭補, 至縣令·贈參判. 嘗從愼獨金文敬先生游學, 顯·肅消長之際, 隱於白雲山中以終. 其後微不振, 於翁爲六世. 曾祖錫裕, 祖時谷府君道泓. 考聖養, 妣長水縣黃氏瑾女. 翁生於抱川之時雨洞上里, 時純祖之己卯九月六日也. 五歲上學, 七歲, 出就周衣李先生敬皐之塾. 十一歲, 時谷府君疾革, 託李先生卒敎. 因以內纘文毅之緒, 外紹華陽之學, 勉不肖. 十八, 遭外艱. 時連歲饑饉, 喪威洊疊, 家計蕩覆. 免喪, 以屮角求婚. 二十, 娶水原崔氏景喆之女. 授徒于楊州積城間, 救活先妣命. 二十四, 聞梅山洪先生·華西李先生講道, 卽從之學. 二十七, 奉母徙居楊根, 依柳參判榮五. 柳公於華翁爲道義交, 而其子孫方與同麗澤故也. 翁幼治程文, 頗有聲譽. 旣長, 見國典科場, 代述諸禁, 餘草不以予人, 以此多被訾謗. 旣而見科弊日甚, 且依柳氏, 不無瓜田李下之嫌, 斷置不赴擧, 專心於求仁爲己. 三年, 反于抱川, 與弟章黙, 分掌耕讀以養親. 章黙早死, 孤形隻影, 莫有仳伕, 又挈家東入春川, 依同姓鄕井三年. 迷於見幾, 經焚巢之厄. 同郡洪昌燮, 推宅延接, 令其子在龜·在鶴, 就學. 昌燮又無年以歿. 旣葬, 又徙居加平葛懷山中. 自葛懷又徙栗里, 依韓宋之塾, 又自栗里徙華嶽之南, 依柳參判榮河·朴士人燮祐. 獨子基朋, 旣娶而妖. 葬畢, 又徙楊根之北山, 與柳公重敎, 收拾後進. 時當宁之三年丙寅也. 秋, 洋賊陷江華府, 華翁被召至京, 遂與柳公從之. 周旋月餘, 賊去, 奉先生東還. 先生尋棄後學, 心喪三年. 旣畢, 丁內艱. 制除, 又同柳公徙加平. 蓋翁少受華翁之敎, 以爲: "北虜陸沉二百餘年, 天不悔禍, 西洋得志於今日. 北虜, 夷狄也, 猶可言也. 西洋, 禽獸也, 不可言也. 今也, 天理民彝, 一切掃地, 無復影響, 而靡然日趍於西洋, 則是人類而禽獸也. 人類而化爲禽獸, 則所謂流血千里, 伏尸百萬, 是當頭之禍, 必無幸矣." 翁聞之, 耳熟心喩, 遂竊自附於孟子所謂聖人之徒, 朱子所謂主人邊人, 雖以此滅死萬萬而不悔也. 丙子, 國家將與諸歐通商, 前參判崔益鉉, 持斧

伏闕, 抗疏以諫, 安置黑山島. 洪在龜等五十人, 以布衣, 效陳東故事, 疏
格不入, 痛哭而歸. 遂與柳公, 密邇皇壇, 講朱宋春秋之義. 嚴戒家人, 身
不服洋織, 家不用洋物, 牓示客位云. 學徒破戒而至者, 必割席分坐, 以
故流俗多側目焉. 戊寅, 被繡衣薦. 己卯, 授繕工監假監役, 呈狀辭遞.
庚辰, 又入薦牘, 而各國合從, 國是已大定矣.(『重菴先生文集』卷47)

---

55. 田愚, 「自誌」

田愚字子明, 弱冠停身從師, 師希陽翁, 寫艮彖辭, 爲艮齋箴. 旣而再
賜敦艮二字. 爲人拙直, 與物寡合, 仇敵溢世. 其遇獎詡者, 輒戒毋循俗
習. 有肺疾, 不能多讀經史. 但從師友, 略有聞識. 喜看論語·易傳·朱子
大全·語類, 然其奧旨未究也. 考聽天翁, 敎以誠勤爲主. 妣梁氏, 告以
人心不樂以有欲耳, 苟能勝欲自樂. 從兄經歷公, 每戒以淸心省事, 皆
至言而愧莫守也. 事親不克孝, 爲神所惡, 而荐遭二艱, 喪葬未盡, 爲終
身恨. 性疏闊, 不省生事, 遂致窘匱, 轉徙湖嶺, 妻子凍餒. 每就僧寺講
學, 往往經年而歸. 學侶有贐者, 不固辭, 特未嘗對人談貧假貸. 心慕德
行, 而志弱未成. 病究丹訣, 而嫌少莫試. 憫士流之分裂, 實心願其保合,
而竟莫如意. 憂學術之歧貳, 苦口指其本源, 而反以取謗. 壬午, 朝廷爲
收拾士流, 差繕工監監役. 旣而領相洪淳穆, 奏陞典設別提, 旋除江原
道都事. 甲午, 又除司憲府掌令. 乙未, 除順興府使. 以逆臣奏薦, 誓死不
出. 甲辰, 特陞正三品, 新聞社諸人, 惡士流特甚, 至有弔山林隱逸文, 謂
愚以高臥不起爲長策, 而盜竊祕丞淸選. 丙午, 因刷新中樞院有副贊議

之命. 自以時局蹇難, 而才猷疏拙, 併不就, 亦不疏辭. 寔遵閔貞菴除官無召, 不先進疏之義也. 愚於時事, 未曾上疏論可否. 惟飭門生, 無得從夷制. 逆臣以梗於開化, 至有請殺於上者. 及至乙巳十月之變, 乃謂身雖不出, 名在儒選, 其義猶得與致仕大夫比, 逆賊舉國以與人. 其變更甚於友邦之弑君, 則不獲身不見人之敎, 正要今日用, 卽治疏請斬五賊. 批云: 嘉乃之言, 而竟不施行. 以君父危辱, 不敢偃息私第, 戊申以後, 遂入絶海, 往來眣嶝, 羣山界火諸島之間. 時與一二友生, 講明義理, 使人知黑暗世界亦有一線陽脈也. 知舊欲愚遺門人, 遊學列國, 以爲狄公復唐之計者, 又有勸爲民會者. 有敎以入城與伊酋談判者. 有責其不稱兵討賊者, 有訴其不十疏死節者. 皆自以非分而杜門守義, 寔遵艮卦大象也. 其有言吾子有善處死一事者, 卽喜聞而潛思焉. 蓋義理未明, 心氣過麤, 常懼無以擇中而能守也. 每遇高識之士, 輒以咨問, 而反己體察焉. 其先潭陽人. 十六世祖樫隱諱祿生, 與圃隱·潘南, 同立尊明斥元之義, 至於殺身而無悔. 九世祖諱允良, 倭亂守順天山城, 與賊戰殉節, 有錄券. 祖諱瓘, 輕財好義. 聽天翁諱在聖, 愷悌廉潔, 喜讀朱書節要·方正學文, 希陽翁亟稱其賢. 妣南原梁氏, 星河女, 性厚而正. 有二子: 長, 慶俊, 都總經歷, 出後. 次卽愚. 娶密陽朴同敦孝根之女, 有賢行. 牛四男一女. 再娶綾城朱聖東之女, 無育. 男, 晦九·蚤死. 華九·敬九, 餘夭. 側出女壻, 全州李昇儀. 鎰孝·鎰悌·固城李仁矩·晉州鄭憲泰妻, 長房出. 鎰健·鎰中, 次房出. 鎰精·鎰純, 季房出. 愚以辛丑八月十三日卯時生. 某年月日死, 葬在某郡某山某坐. 自以平生無善狀可紀, 又惡末俗尙文, 勿求誌碣. 有往復雜著若干卷, 須經有道者訂正, 乃可示人. 銘曰: "受帝衷, 聞聖中, 盍施厥功? 心有和, 道無爲, 但誦前辭. 宗陽秋, 準滄洲, 有志莫酬. 德未成, 名不稱, 嗚呼! 媿負一生."(『艮齋集』前編 卷17 墓誌銘)

---

56. 金澤榮, 「自誌」

金澤榮, 字于霖, 自號曰滄江, 又或曰雲山韶濩堂主人. 其先, 盖少昊金天氏. 高麗時兵部尙書諱仁璜, 以花開縣人, 宦于開京, 故子孫遂世居開城, 而以花開爲籍. 韓之代高麗也, 尙書公之後不附韓, 有以處士見稱者二世, 故家遂不振. 七世祖副護軍喞諱暹, 肅宗時人也. 有烈士風, 年十八, 爲姊殺夫讎于安東. 其玄孫諱象觀, 正祖時武及第, 亦有至孝之行, 侍偏父疾者十五年, 使父不知疾苦鰥窮, 列于褒典. 是生諱錫權, 攻四書時義, 以其第二子與從弟諱正權爲嗣. 是爲開城府分監役喞諱益福, 忠厚長者, 善事所後. 娶坡平尹氏僉知中樞府事諱禧樂女, 生澤榮, 卽哲宗庚戌也. 成童時習科業, 十九始慨然慕古人之文章, 然久未有得. 二十三, 出遊箕子古都及楓岳. 其冬讀歸有光文, 忽大感悟, 胸臆間如有開解聲. 明年李校理鳳朝, 過訪談故舊, 見詩而賞之. 自是澤榮遂與源源過從於京師甚驩, 而鳳朝素以文章名冠搢紳, 故澤榮之名, 因以大起. 光武帝十九年, 京師有軍亂, 淸遣將來援, 南通張季直與其兄叔儼從之. 明年因參判金公允植, 得澤榮詩, 以爲是過海以來所初見者, 因以先訪. 由是澤榮名益起焉. 丁亥, 喪母. 辛卯, 赴成均進士會試. 盖自十七歲以來, 拔京鄕初試[韓制謂發解曰初試]者五矣. 試官判書趙公康夏聞而惜之, 物色以取之. 甲午, 國家改革官制, 史職移屬議政府. 領議政金公弘集以澤榮嘗撰崧陽耆舊傳, 謂有史才, 辟爲編史局主事. 明年夏, 因議政府變爲內閣, 改內閣主事. 其秋陞爲中樞院參書官, 仍兼內閣記錄局史籍課長. 丙申, 爲學部大臣申公箕善, 序其所作書. 書旣刊行, 西洋人見書有譏斥西敎之語, 大怒以嘵, 上令申辭職以謝. 洋人旣又謂作序者, 亦不可置之, 命澤榮辭官, 因笑謂左右曰: "識字憂患, 金澤榮之謂乎!" 居數月, 遭父喪. 己亥, 旣免喪, 有所嘗識外戚達官, 欲爲澤榮謀一官. 韓之俗親附權貴者, 名之曰某家食口. 澤榮笑曰: "彼達官欲食口我耶?" 馳書止之. 會申公復爲學部大臣, 乃請得一編輯之任以食廩. 癸卯, 差弘文舘纂輯所文獻備考續撰委員, 授正三品通政大夫. 乙巳夏, 兼學部編輯委員. 是春澤榮以國事不振, 欲避居中國, 寄書季直而道其情. 至秋携家屬出仁川, 投劾辭二官, 浮海至上海. 遇季直言曰: "此身區區學殖, 資於中國之聖人. 所謂通於夫子, 受罔極之恩者也. 嗟乎! 吾縱不能生於中國, 獨不可葬於中國乎?" 季直爲之感歎, 與叔儼謀, 令就所自設書局校書以糊口. 時季直擢上第, 已有年, 而以國有外憂, 斷進取規, 興新學, 思以爲自强者. 故叔儼棄江西官歸, 以助其事, 此書局所以有也. 隆熙戊申, 以文獻書成, 賜兒馬一匹. 庚戌國亡, 服縞素三日. 辛亥以來十年之間詩文, 爲武進屠敬山·開城金允行·達城文章之·南通費範九·錢浩哉所刊, 而南來後所纂修韓史綮·韓國歷代小史·校正三國史記·重編韓代崧陽耆舊傳之屬, 亦頗見刊于本邦人士. 此其七十一年之本末梗槩也. 澤榮爲人, 性慈而氣銳. 其才也遲, 深思屢繹, 則往往有所自得. 嘗自言曰: "吾無能過人者. 但其識解, 能愈入愈明. 假使百年生, 當百年進. 於文, 好太史公·韓昌黎·蘇東坡, 下至歸震川. 於詩, 好李白·杜甫·昌黎·東坡, 下至王士正[王士禎], 以自沾沾爲喜. 然竊更自考其平生, 在家不能孝於親, 在朝不能忠於君, 而末又爲失土流離之人, 以遺二張大夫無窮之憂. 余有罪, 余有罪, 尙何言哉? 夫旣有罪如彼, 而又使天下之人爲過情之忖度, 則罪將尤大矣." 是以自誌以列, 而所未列者, 獨其死之年耳. 然古史書人日以壽終者非一二, 何必詳其死年然後始可哉? 初娶開城王氏, 生一男日光濂, 奉爲伯兄後. 一女, 嫁主事喞臨江李熙初. 再娶羅州全氏, 生一女, 嫁南昌岳逢春. 三室扶安林氏, 生一男日光續, 早殤. 取三從弟成均生員大榮子光高爲嗣. 生壙在南通高橋北, 錢浩哉所割予其祭田者也. 銘曰: "其行也不淸不濁, 其文也不高不卑. 竭一生之力以爲文, 而其終也止於斯. 噫! 其悲."(『韶濩堂文集定本』卷15 誌碣 自誌(庚申))

---

57. 柳遠聲, 「帽翁自銘」

帽翁氏柳貫菁川, 名是遠聲字周鳴. 先考諱霶學行薦, 特贈掌禮寒門榮. 祖考學士諱重序, 護養松楸鬱先塋. 曾祖諱賮, 不遇時, 星湖門弟學朱程. 高祖慶容通德郞, 早廢科業隱高名. 五世祖模止上舍, 繼承吾柳大宗成. 退堂先祖諱命天, 輔國判書薦文衡. 生六代祖諱命賢, 冢宰迭代弟與兄. 皆山諱碩關東伯, 風雲一堂際文明. 生七世祖考諱穎, 官止應敎繼簪纓. 八代祖考諱時會, 追贈三世勳業宏. 生八世祖諱時行, 張子都尉翁主貞. ◀ 鼻祖諱挺大鳴麗, 上將軍兼衛左右. 外祖申公諱惠求, 保閑齋裔

世德厚. 繼外祖考金益謨, 開國勳臣素之後. 十四幸參童蒙科, 親臨禁營
人才取. ◂ 世子誕降增廣設, 少年進士二十四. 入學泮宮酌獻禮, 南齋色
掌又執事. 年限已滿三十齒, 溫陵參奉擬望記. 親受殿講應日次, 屢選賞
格與初試. ◂ 館學伏閤迎院位, 讀疏外甥製疏舅. 壬午軍擾時事變, 晚作
湖山漁樵叟. 遯世隱跡畎畝間, 代祿以耕年大有. 時值更張始出仕, 六等
郎官任法部. 各部派送分主事, 仕進俄館勤勞久. ◂ 告由圓丘卽帝位, 齋
郎行禮陞六品. 洪陵因山陪玉寶, 特陞一級誠惶懍. 兼任法規校正所, 自
上書下孰敢棄. 啓下檢事平理院, 達夜按獄不穩寢. ◂ 結義兄弟成健齋,
同爲入侍承天顏. 特除山陵一郎廳, 萬丈榮耀映朝班. 法規法律兩委員,
起草校正是官閒. 聖壽五十稱慶宴, 祇受紀念宮花頒. ◂ 擧案讀冊封皇
妃, 內賜表裏滿天香. 吾皇進宴入耆社, 爵卓官受紀念章. 廟社殿宮祭名
帖, 差備別單滿篋箱. 日兵借途戰爭俄, 我東民情正蒼黃. 疏陳八條上政
府, 留中不奏事未遑. 積仕擬望伊川窠, 改正奏本臨政堂. 部郎進參廷請
疏, 聲討五賊正紀綱. ◂ 押去閔宰奉命外, 幸免部僚減省中. 乙巳奏仕朝
陽守, 介於淸川江大同. 德川查官兼孟山, 擾民歸順如望風. 丁未奏免民
願留, 千里長程行橐空. 閱盡風霜十六載, 賦歸田園臥蓮東. 百年栖息竟
成堂, 故山無恙淑氣籠. 高皇入廟陪神輦, 特除掌禮聖德洪. 要趙龍洲
七世孫, 監役濟勉是聘翁. 長子甲秀久無子, 收養舍姪孩提童. ◂ 嫡婦吳
令泌相女, 孝養舅姑閨範存. 次子漢秀娶羅丁, 承旨令愛茶山昆. 長女出
嫁睦源馨, 同副令子參判孫. 次女于歸李鍾烈, 芝峰後仍再連婚. 長孫
海曄繼伯父, 娶室承宣權公門. ◂ 孫婿淸州韓中鉉, 攝祀西平保家庭. 丁

奎鳳與李圭白, 次第孫婿盡寧馨. 辛亥十月卄六降, 居然七旬有餘齡. 自製行蹟昭後裔, 法用先祖退堂銘. ◀ (『帽翁集』卷3)

---

58. 李建昇,「耕齋居士自誌」

居士姓李, 名建昇, 字保卿, 故韓國江華人. 其先出於全州, 因以爲貫. 以我定宗別子德泉君諱厚生, 爲始祖. 七傳而有諱景稷, 戶曹判書, 謚孝敏公. 是生諱正英, 輔國判敦寧, 謚孝簡公, 以名德顯. 曾祖諱勉伯, 成均進士, 贈吏曹判書. 祖諱是遠, 吏曹判書, 贈領議政, 謚忠貞. 太上皇丙寅, 洋寇江華, 仰藥殉于鄕, 事載國史. 考諱象學, 郡守, 贈吏曹參判, 以循良稱. 妣, 坡平尹氏滋九女, 性至孝介潔. 生三男. 居, 士其仲也. 以哲宗戊午十一月二十八日, 生于江華沙器里. 娶東萊鄭氏都政基晩女, 無子. 取族兄建繪季子錫夏爲嗣, 不育而夭. 以兄子範夏子愚商爲後. 居士中太上皇辛卯進士. 甲午, 宰相辟政府主事. 時國事日非, 亂逆用事, 居士不就. 自是無意於世, 與伯氏寧齋公, 隱居讀書務農, 自號耕齋居士. 乙巳, 日本奪我國權, 居士與參判鄭元夏約死而不能死, 閉門不見人. 旣而歎曰: "我雖瘦死室中, 何益?" 乃傾貲建學校, 以敎育爲己任. 曰: "吾豈不知精衛塡海, 徒勞無成? 姑以盡吾心而已." 庚戌, 國亡, 棄家, 向中國滿洲. 將行, 寄洪參判承憲書曰: "吾旣不死於乙巳, 今又苟活爲日本臣民, 不忍爲也. 我今去耳." 至開城郡, 承憲亦至, 同車, 直入滿洲之懷仁縣恒道村. 先是洪鄭二人, 皆寓江華, 與居士講臨亂處變之道. 至是, 元夏先入恒道, 後至二人, 依元夏住. 歲餘, 範夏挈家隨之, 曰: "豈可使吾叔父歿於道路耶?" 住恒道數年, 我僑民多患水土死, 三家徙安東縣, 承憲尋卒. 居士寓接梨村舍, 種稻賣藥以爲生. 日本巡查來勸居士入民團. 民團者, 日本人部勒我僑民, 隸籍日本者也. 居士拒不從. 再三强之愈甚, 居士曰: "吾所以去國來此, 正不欲爲日本民, 所謂民團何爲者?" 巡查因畫地爲左右, 曰: "左者不入團而死, 右者入團而生. 將何居?" 余起身移左, 曰: "是吾地也." 巡查瞋目, 曰: "子以空言易之耶? 明日銃口向子, 亦復爾耶?" 余披襟曰: "何待明日, 今亦可矣. 何必銃殺, 君所佩劍, 亦可以試." 巡士噫而去, 曰: "難化矣." 遂不復以民籍問. 隣里中華人, 因稱爲不籍李老云. 然居士常悒悒有遠去意, 而卒老病, 終于家. 有著詩文若干卷. 以某年月日沒, 某月日葬于某原. 銘曰: "我無死責, 不死誰其非之? 曰死而不死, 是誰欺? 卒以老斃牖下, 吁! 其悲."(『蘭谷存稿』)

참고 문헌

---

1. 김훤(金晅), 「자찬묘지(自撰墓誌)」

김훤, 「도첨의찬성사 김훤 자찬묘지(都僉議成事金晅自撰墓誌)」, 이우태 교수 소장, 국립문화재연구소, 한국금석문종합영상정보시스템(http://gsm.nricp.go.kr)에서 인용.

허흥식, 『한국 금석 전문 중세·하』(아세아문화사, 1984).

김용선, 『고려 묘지명 집성』(한림대학교 아시아문화연구소, 2001(제3판)).

———, 『역주 고려 묘지명 집성 하』(한림대학교 아시아문화연구소, 2001).

---

2. 조운흘(趙云仡), 「자명(自銘)」

동아대학교 석당학술원 옮김, 「조운흘」, 『국역 고려사』 권112 열전 25(경

743

인문화사, 2008).

「고려 조운흘」, 『국역 해동역사』 제68권 인물고 2(민족문화추진회, 1996~
2004).

『태종실록』 제8권, 태종 4년 갑신(1404년, 영락 2년) 12월 5일 임신 '검교정
당 조운흘 졸(檢校政堂趙云仡卒)'.

3. 조상치(曹尙治), 「자표(自表)」

김시습, 「병조 판서 박 공 행장(兵曹判書朴公行狀)」, 『매월당집』 속집 권1
(성균관대학교 대동문화연구원 영인, 1973).

이긍익, 민족문화추진회 국역, '정난(靖難)에 죽은 여러 신하', 「단종조 고
사본말(端宗朝故事本末)」, 『연려실기술』 제4권(1966~1997).

성해응, 「장릉병의제신전(莊陵秉義諸臣傳)」, 『연경재전집(研經齋全集)』
권59 난실사과(蘭室史科) 2, 한국문집총간 273~279(한국고전번역원,
2001).

김효종, 「자제갈문(自製碣文)」, 『우옹실기(迂翁實紀)』, 한국학중앙연구원
소장.

심경호, 『김시습 평전』(돌베개, 2003).

4. 박영(朴英), 「묘표(墓表)」

박영, 「묘표」, 『송당집(松堂集)』 권1 묘지, 한국문집총간 18(한국고전번역
원, 1988).

이익, 「문무무구(文武無拘)」, 『국역 성호사설』 제8권 인사문(민족문화추
진회, 1977~1978).

박동량, 『기재잡기(寄齋雜記)』 1, 역조구문(歷朝舊聞) 1, 『국역 대동야승』
(민족문화추진회, 1971~1982).

임보신, 『병진정사록(丙辰丁巳錄)』, 『국역 대동야승』(민족문화추진회,
1971~1982).

김정국, 「박영전(朴英傳)」, 『기묘록보유』 상권, 『국역 대동야승』(민족문화
추진회, 1971~1982).

권별, 「박영」, 『해동잡록(海東雜錄)』 권1 본조, 『국역 대동야승』(민족문화
추진회, 1971~1982).

5. 상진(尙震), 「자명(自銘)」

상진, 「자명」, 『범허정집(泛虛亭集)』 권5 명, 한국문집총간 26(한국고전번
역원, 1988).

────, 「감군은곡(感君恩曲) 4장」, 『범허정집』 권5 금조(琴操), 한국문집총
간 26(한국고전번역원, 1988).

이긍익, 「상진」, 『국역 연려실기술』 제11권 명종조 고사본말, 명종조의 상
신(민족문화추진회, 1967).

기대승, 「영부사 상 공 만장」, 『고봉집(高峯集)』 제1권 시, 한국문집총간
40(한국고전번역원, 1988); 민족문화추진회 국역(1988~1989).

이식, 「상성안금명 병 소인(尙成安琴銘幷小引)」, 『택당집(澤堂集)』 별집 권

12 명, 한국문집총간 88(한국고전번역원, 1988); 민족문화추진회 국역 (1996~2002).

이익, 「상진」, 『성호사설』 제10권 인사문, 민족문화추진회 국역(1977~1999); 「상상(尙相)」, 『성호사설』 제15권 인사문; 「대생사식(對生思食)」, 『성호 사설』 제7권 인사문; 「살구포승(殺彀捕蠅)」, 『성호사설』 제9권 인사문.

---

6. 이홍준(李弘準), 「자명(自銘)」

이유원, 「눌재(訥齋)가 스스로 쓴 묘갈명」, 『임하필기(林下筆記)』 권28 춘 명일사(春明逸史)(성균관대학교 대동문화연구원 영인, 1961).

──────, 『국역 임하필기』(민족문화추진회, 1999~2000).

권별, 「이종준」, 『해동잡록』 권5 본조 5, 『국역 대동야승』(민족문화추진회, 1971~1982).

조기영, 「용재 이종준의 문학 사상: 15세기 사림파 문학 연구의 일환으 로」, 《동양고전연구》 제2집(동양고전학회, 1994), 1~34쪽.

---

7. 이황(李滉), 「자명(自銘)」

이황, 「묘갈명(墓碣銘)」, 『퇴계선생연보(退溪先生年譜)』 권3 부록, 한국문 집총간 29~31(한국고전번역원, 1988).

권별, 「이황」, 『해동잡록』 권5 본조 '이황', 『국역 대동야승』(민족문화추진회, 1971~1982).

이익, 「낙중우(樂中憂)」, 『성호집(星湖集)』 권8 해동악부(海東樂府), 한국문집총간 198~199(한국고전번역원, 1997).

---

8. 노수신(盧守愼), 「암실선생자명(暗室先生自銘)」

노수신, 「암실선생자명 병술 십일월 십오일 작(暗室先生自銘丙戌十一月
　　十五日作)」, 『소재집(穌齋集)』 권10 비갈(碑碣), 한국문집총간 35(한국
　　고전번역원, 1988); 「자만(自挽)」, 『소재집』 권3; 「자만」, 『소재집』 권4.

유성룡, 「노소재자명발(盧蘇齋自銘跋)」, 『서애집(西厓集)』 별집 권4 발, 한
　　국문집총간 52(한국고전번역원, 1988).

신향림, 『노수신 시에 나타난 사상 연구: 주자학에서 양명학으로의 전변』
　　(고려대학교 박사학위논문, 2005).

---

9. 성혼(成渾), 「묘지(墓誌)」

성혼, 「묘지」, 『우계집(牛溪集)』, 한국문집총간 43(한국고전번역원, 1988);
　　「다시 올리려 한 스스로 탄핵한 소」, 『우계집』 제3권 장소(章疏) 2, 한
　　국문집총간 43(한국고전번역원, 1988).

──, 『국역 우계집』(민족문화추진회, 2000~2004).

성문준, 「선고자지문후서(先考自誌文後敍)」, 『창랑선생문집(滄浪先生文
　　集)』 권4 잡저, 한국문집총간 64(한국고전번역원, 1988).

황의동, 「우계학의 전승과 그 학풍」, 《범한철학》 제28권(범한철학회, 2003).

10. 송남수(宋枏壽), 「자지문(自誌文)」

송남수, 「자지문」, 『송담집(松潭集)』, 한국문집총간 속4(한국고전번역원, 2005).

은진 송씨 송담 공 종중, 『국역 송담집』 권2(1997).

신흠, 「송통천묘갈명(宋通川墓碣銘)」, 『상촌선생집』 제26권 묘갈명 8수, 한국역대문집총서 126~130.

11. 홍가신(洪可臣), 「자명(自銘)」

홍가신, 「자명」, 『만전집(晩全集)』 권1 칠언고풍, 한국문집총간 51(한국고전번역원, 1988).

윤국형, 『갑진만록(甲辰漫錄)』, 『세이가도본 대동패림(靜嘉堂本大東稗林)』(국학자료원 영인, 1991).

박을수, 『만전당 홍가신 연구 3』(글익는들, 2006).

12. 권기(權紀), 「자지(自誌)」

권기, 「자지(自誌)」, 『용만집(龍巒集)』.

──, 「영가지서(永嘉志序)」, 『용만집』; 안동군, 『국역 영가지』(영남사, 1991).

유규, 「용만권공유집발(龍巒權公遺集跋)」, 『임여재선생문집(臨汝齋先生文集)』 권4 지발(識跋).

권오기, 「『영가지』를 저술한 용만 권기 선생의 사적」, 《안동문화연구》 제

2집(안동문화연구회, 1988), 53~58쪽.

김윤제, 『안동의 선비 문화: 16~17세기 처사형 선비를 중심으로』(아세아문
화사, 1997).

---

13. 이준(李埈), 「자명(自銘)」

이준, 「자명」, 『창석집(蒼石集)』 권15 명, 한국문집총간 64~65(한국고전번
역원, 1988); 「자명」, 『창석집』 권16 명.

장유, 『계곡만필(谿谷漫筆)』 제2권, 『계곡집(谿谷集)』, 한국문집총간
92(한국고전번역원, 1988); 『국역 계곡집』(민족문화추진회, 1995~2002).

이식, 「이창석 준에 대한 만사 3수」, 『택당집』 제6권 시, 한국문집총간
88(한국고전번역원, 1988); 『국역 택당집』(민족문화추진회, 1996~2002).

임노직, 「창석 이준 연구」(안동대학교 석사학위논문, 1996).

이신성, 「창석 이준과 '형제급난도'」, 《한국인물사연구》 제3호(한국인물사
연구소, 2005). 271~301쪽.

이승수 편역, 『옥 같은 너를 어이 묻으랴』(태학사, 2001).

이종호, 「17~18세기 갈암 학파 제현들의 산문 창작」, 《퇴계학》 제9권(안동
대학교 퇴계학연구소, 1991), 207~233쪽.

──────, 「안동의 선비 문화 연구: 16~17세기 순수 처사를 중심으로」, 《한
국사상사학》 제7권(한국사상학회, 1995), 9~68쪽.

14. 김상용(金尙容), 「자술묘명(自述墓銘)」

김상용, 「유명 조선국 대광보국숭록대부 의정부 우의정 겸 영경연사 감춘
추관사 선원거사 자술묘명(有明朝鮮國大匡輔國崇祿大夫議政府右議
政兼領經筵事監春秋館事仙源居士自述墓銘)」, 『선원유고(仙源遺稿)』
하 잡저, 한국문집총간 65(한국고전번역원, 1986).

신익성, 「선원거사유고서(仙源先生遺稿序)」, 『낙전당집(樂全堂集)』 권6,
한국문집총간 93(한국고전번역원, 1988).

장유, 「고 우의정 풍계 김 공이 직접 지은 묘지명 뒤에 씀(故右議政楓溪
金公自撰墓銘後敍)」, 『계곡집』 제7권 서, 한국문집총간 93(한국고전번
역원, 1988); 『국역 계곡집』(민족문화추진회, 1995~2002).

15. 윤민헌(尹民獻), 「태비자지(苔扉自誌)」

윤민헌, 「태비자지」 부(附), 이선(李選), 『지호집(芝湖集)』 권7 묘지, 한국
문집총간 143(한국고전번역원, 1995); 「태비 윤 공 자지보(苔扉尹公自誌
補)」, 『지호집』 권7 묘지.

채유후, 「증이조 판서 행공 조참의 윤 공 묘지명(贈吏曹判書行工曹參議
尹公墓誌銘)」, 『호주집(湖洲集)』 권6 비명, 한국문집총간 101(한국고전
번역원, 1988).

허적, 「첨지중추부사 정흠재(정흠(鄭欽)), 통례원 통례 정양일(鄭養一), 내
섬시 정 윤익세(尹翼世, 윤민헌(尹民獻)), 동래 부사 윤현세(尹顯世) 등
과 축일 담화를 했는데 모두 술은 마시지 않고 떡을 차려 놓고 모였으

므로 그 모임을 병회(餠會)라고 했다. 윤현세가 먼저 근체시 한 수를 짓자, 여러 벗이 화답했다. 나도 역시 그 운자를 그대로 밟아서 응수했다(與鄭僉知欽哉 鄭通禮養一 尹正翼世 尹東萊顯世 逐日會話 皆不喜飮 爲設餠餌 遂名之曰餠會 顯世先賦近體一首 諸友和之 余亦步韻以酬)」, 『수색집(水色集)』권4, 한국문집총간 69(한국고전번역원, 1988).

시흥군지편찬위원회, 『시흥 금석 총람』(1988).

경기문화재단 기전문화재연구원, 『시흥시의 역사와 문화 유적』(2000).

---

16. 한명욱(韓明勖), 「묘갈(墓碣)」

이경석, 「율헌사(栗軒詞)」 율촌 일호(栗村一號), 『백헌집(白軒集)』권14 시고 사부, 한국문집총간 95~96(한국고전번역원, 1988).

「한명욱 묘갈」, 『경기금석대관(京畿金石大觀)』5(경기도, 1992).

성남시사편찬위원회, 『성남시사』(1993).

성남문화원, 『성남 금석문 대관』(2003).

---

17. 금각(琴恪), 「자지(自誌)」

허균, 「금 군 언공 묘지명(琴君彦恭墓誌銘)」, 『국역 성소부부고』권17 문부14 묘지(민족문화추진회, 1981).

――, 「학산초담(鶴山樵談)」, 『성소부부고』권26 부록 1, 한국문집총간 74(한국고전번역원, 1988).

허경진, 『허균 평전』(돌베개, 2002).

정학성, 「우언·패러디·여행기 형식에 의한 고소설」, 《인하어문연구》 제1
호(1994); 「주유천하기론」, 『택민 김광순 선생 정년기념논총』(새문사,
2004).

18. 이식(李植), 「택구거사자서(澤癯居士自敍)」

이식, 「택구거사자서」, 『택당집』 별집 제16권 잡저, 한국문집총간 88(한국
고전번역원, 1988); 「자지(自誌) 속편(續篇)」, 『택당집』 별집 제16권 잡저;
「시아대필(示兒代筆)」, 『택당집』 권15 잡저.

――, 『국역 택당집』(민족문화추진회, 1996~2002).

송시열, 「택당 이 공 시장」, 『송자대전(宋子大全)』 권203 시장, 한국문집
총간 108~116(한국고전번역원, 1988); 『국역 송자대전』(민족문화추진회,
1980~1988).

19. 김응조(金應祖), 「학사모옹자명병서(鶴沙耄翁自銘幷序)」

김응조, 「학사모옹자명병서」, 『학사집(鶴沙集)』 권7 묘갈명, 한국문집총간
91(한국고전번역원, 1988).

20. 박미(朴瀰), 「자지(自誌)」

박미, 「유명조선 숭덕대부 금양군 오위도총부 도총관 박 공 자지 병후서
(有明朝鮮崇德大夫錦陽君五衛都摠府都摠管朴公自誌幷後敍)」, 『분서
집(汾西集)』 부록, 한국문집총간 속25(한국고전번역원, 2006); 「계곡선

생집서」, 『계곡집』, 한국문집총간 92(한국고전번역원, 1988).

장유, 「인빈 김씨 신도비명병서」, 『계곡집』 제13권 비명, 한국문집총간 92(한국고전번역원, 1988); 민족문화추진회 국역(1995~2002).

박세채, 「발분서집(跋汾西集)」, 『남계선생 박문순 공 문정집(南溪先生朴文純公文正集) 2』 권69 제발, 한국문집총간 139(한국고전번역원, 1994).

정조, 「금양위 박미와 정안 옹주의 묘소에 치제한 글」, 『홍재전서(弘齋全書)』 제24권 제문 6, 한국문집총간 262(한국고전번역원, 2001); 민족문화추진회 국역(1998).

---

21. 허목(許穆), 「자명비(自銘碑)」

허목, 「자서」, 『국역 기언』 제65~66권(민족문화추진회, 1978~1982); 「이로걸퇴 자술 백칠십오언(以老乞退自述百七十五言)」, 『기언』 권55 속집 수고, 한국문집총간 99(한국고전번역원, 1988); 「자명비」, 『기언 연보』 권2 부록, 한국문집총간 99(한국고전번역원, 1988); 「자명비 음기」, 『기언 연보』 권2 부록, 한국문집총간 99(한국고전번역원, 1988).

이익, 「신도비명병서」, 『기언 연보』 권2 부록, 한국문집총간 99(한국고전번역원, 1988).

이서우, 「허문정공 미수 선생 자명 서기비 후지(許文正公眉叟先生自銘序記碑後識)」, 『송파집(松坡集)』 권11, 한국문집총간 속41(한국고전번역원, 2007).

신유한, 「관허 상국 은거당 원기(觀許相國恩居堂園記)」, 『청천집(青泉集)』

권4 기, 한국문집총간 200(한국고전번역원, 1997).

심경호, 『산문기행』(이가서, 2007).

---

22. 이신하(李紳夏), 「자지문(自誌文)」

이여, 「선부군 자지 문속록(先府君自誌文續錄)」, 『수곡선생집(睡谷先生集)』 권11 묘지, 한국문집총간 153(민족문화추진회, 1995).

---

23. 박세당(朴世堂), 「서계초수묘표(西溪樵叟墓表)」

박세당, 「서계초수묘표」, 『서계집(西溪集)』 권14, 한국문집총간 속59(한국고전번역원, 2008).

최윤정, 『서계 박세당 문학의 연구』(이화여자대학교 박사학위논문, 2007).

———, 「서계 박세당 문학의 연구」, 《어문연구》 제35권 제2호(한국어문교육연구회, 2007), 351~376쪽.

심경호, 「서계 박세당의 수락산 은거와 학문 기획」, 《어문연구》 제37권 제2호(한국어문교육연구회, 2009).

---

24. 이선(李選), 「지호거사자지(芝湖居士自誌)」

이선, 「지호거사자지」, 『지호집(芝湖集)』 권7 묘지, 한국문집총간 143(한국고전번역원, 1995); 「자지보(自誌補)」, 『지호집』 권7 묘지; 「임장군전(林將軍傳)」, 『지호집』 권13 전; 「와걸전(臥傑傳)」, 『지호집』 권13 전.

김성애, 「지호집 해제」, 한국고전번역원(http://www.itkc.or.kr).

25. 유명천(柳命天), 「퇴당옹자명(退堂翁自銘)」

유명천, 「퇴당옹자명(退堂翁自銘)」, 『퇴당선생집(退堂先生集)』권4, 1756
　　년 필사본, 한국문집총간 속40.

──────, 「지도둔촌기(智島屯村記)」, 『퇴당선생집』권5.

진주유씨모선록편찬위원회, 『진주유씨문헌총집(晉州柳氏文獻總輯) 2』
　　(법동, 1993).

강경훈, 「연행록 해제」, 『국학 고전 연행록 해제 1』

이익, 「승문원 부정자 유 공 묘갈명병서(承文院副正字柳公墓碣銘幷序)」,
　　『성호선생전집(星湖先生全集)』권60 묘갈명.

정만조, 「조선 중기 유학의 계보와 붕당 정치의 전개 1」, 《조선시대사학
　　보》 제17권, 2001.

권오영 외, 『조선 후기 당쟁과 광주 이씨』(지식산업사, 2011).

26. 남학명(南鶴鳴), 「회은옹자서묘지(晦隱翁自序墓誌)」

남학명, 「회은옹자서묘지」, 『회은집(晦隱集)』, 한국역대문집총서 2389(경
　　인문화사, 1997); 한국문집총간 속51(한국고전번역원, 2008).

27. 이재(李栽), 「자명(自銘)」

이재, 「자명」, 『밀암집(密菴集)』권14 잠명, 한국문집총간 173(한국고전번
　　역원, 1996); 「밀암자서(密菴自序)」, 『밀암집』권23 행장, 한국문집총간
　　173(한국고전번역원, 1996).

민족문화연구소 편,『밀암 이재 연구』(영남대학교출판부, 2001).

28. 김주신(金柱臣), 「수장자지(壽葬自誌)」

김주신, 「수장자지」,『수곡집(壽谷集)』권5 묘지명, 한국문집총간 176(한국
고전번역원, 1996); 「선묘지명후첨록(先墓誌銘後添錄)」 동매우영남(同
埋于塋南),『수곡집』권5; 「삼악(三惡)」,『수곡집』권12 별고 잡저.

조태억, 「영돈령부사 경은부원군 김 공 시장(領敦寧府事慶恩府院君金公
諡狀)」,『겸재집(謙齋集)』권37 시장, 한국문집총간 189~190(한국고전
번역원, 1997).

29. 박필주(朴弼周), 「자지(自誌)」

박필주, 「자지」,『여호집(黎湖集)』권28 묘지, 한국문집총간 196~197(한국
고전번역원, 1997).

―――, 「일간 자술」,『여호집』권18 잡저.

30. 이의현(李宜顯), 「자지(自誌)」

이의현, 「자지」,『도곡집(陶谷集)』권18, 한국문집총간 221~222(한국고전
번역원, 1999); 「자표(自表)」,『도곡집』권20; 「유지(遺識)」,『도곡집』권26
잡저.

31. 권섭(權燮), 「자술묘명(自述墓銘)」

권섭, 「자술묘명」, 『옥소고(玉所稿)』, 석인본(石印本) 13권 7책(연세대학교
중앙도서관 소장).

──, 문경새재박물관 옮김, 『유행록』(민속원, 2008).

이창희 역주, 『내 사는 곳이 마치 그림 같은데』(문경새재박물관, 2003).

박이정, 「18세기 예술사 및 사상사의 흐름과 권섭의 황강구곡가」, 《관악
어문연구》 제27집(2002), 283~304쪽.

조성산, 「옥소 권섭의 학풍과 현실관」, 《동양학》 제41권(단국대학교 동양
학연구소, 2007). 125~147쪽.

신경숙 외, 『18세기 예술·사회사와 옥소 권섭』(다운샘, 2007).

────, 『옥소 권섭과 18세기 조선 문화』(다운샘, 2009).

32. 유척기(兪拓基), 「미음노인자명(渼陰老人自銘)」

유척기, 「미음노인자명」, 『지수재집(知守齋集)』 권9 묘갈, 한국문집총간
213(한국고전번역원, 1998).

철원문화원, 『철원 금석문 대관』(2004).

정조, 「문익공 유척기 치제문(文翼公兪拓基致祭文)」, 『홍재전서』 제24권
제문 6, 한국문집총간 262~267(한국고전번역원, 2001).

33. 김광수(金光遂), 「상고자김광수생광지(尙古子金光遂生壙誌)」

김광수, 「유명 조선 상고자 김광수 생광(有明朝鮮尙古子金光遂生壙)」(서

울대학교도서관 소장).

신유한, 「상고당 자서 후제(尙古堂自叙後題)」, 『청천집(靑泉集)』 권6 잡저, 한국문집총간 200(한국고전번역원, 1997).

심경호 외 공편, 『정본 원교 이광사 문집』(시간의물레, 2005).

정민, 「18세기 우정론의 맥락에서 본 이용휴의 생지명고」, 《한국학논집》 제34집(한양대학교 한국학연구소, 2000), 301~325쪽.

---

34. 원경하(元景夏), 「자표(自表)」

원경하, 「자표」, 『창하선생문집(蒼霞先生文集)』, 영인 한국역대문집총서 2435~2436(경인문화사, 1997).

성대중, 「탐욕스럽던 김상로 집안의 말로」, 『국역 청성잡기』 제3권 성언 (醒言)(민족문화추진회, 2006).

---

35. 남유용(南有容), 「자지(自誌)」

남유용, 「자지(自誌)」, 『뇌연집(雷淵集)』 권22 묘지; 「자서(自敍)」, 『뇌연집』 권22 묘지, 한국문집총간 218(한국고전번역원, 1998).

───, 「오백옥에게 주는 서신(與吳伯玉)」, 『뇌연집』 권15 서.

---

36. 조림(曺霖), 「자명병서(自銘幷序)」

조림, 「자명병서」, 『신재선생문집(新齋先生文集)』 권4, 한국역대문집총서 2860(경인문화사, 1999); 「비설(悲說)」, 『신재선생문집』 권3.

서상훈, 「신재선생 묘갈명」, 『신재선생문집』 권5 부록, 한국역대문집총서

  2860(경인문화사, 1999).

---

37. 임희성(任希聖), 「재간노인자명병서(在澗老人自銘 幷序)」

임희성, 「재간노인자명병서」, 『재간집(在澗集)』 권3 묘지명, 한국문집총간

  230(한국고전번역원, 1999).

남윤수, 『한국의 화도사 연구』(역락, 2004); 『한국의 화도사 연구 속』(수서

  원, 2006).

---

38. 강세황(姜世晃), 「표옹자지(豹翁自誌)」

강세황, 「표옹자지」, 『표암유고(豹菴遺稿)』(한국정신문화연구원 영인, 1979).

박동욱 외, 『표암 강세황 산문 전집』(소명출판, 2008).

최완수 외, 『진경 시대 예술과 예술가들』(돌베개, 1998).

정은진, 『표암 강세황의 미의식과 시문 창작』(성균관대학교 박사학위논문,

  2005).

---

39. 서명응(徐命膺), 「자표(自表)」

서명응, 「자표」, 『보만재집(保晚齋集)』 권12, 한국문집총간 233(한국고전번

  역원, 1999); 「여측편(蠡測篇)」, 『보만재집』 권16.

서형수, 「기하실기(幾何室記)」, 『명고전집(明皐全集)』 권8, 한국문집총간

  261(한국고전번역원, 2001).

서호수, 『사고(私稿)』(이화여자대학교도서관 소장).

서유구, 『풍석전집(楓石全集)』(보경문화사 영인, 1983).

40. 정일상(鄭一祥), 「자표(自表)」

경기도, 『경기 금석 대관 6』(1992).

41. 조경(趙儆), 「자명(自銘)」

조경, 「자명」, 『하서집(荷棲集)』 권9 묘표, 한국문집총간 245(한국고전번역
　　원, 2000).

『하서 조충정공 연보』(서울대학교규장각 소장 임진자본).

42. 오재순(吳載純), 「석우명(石友銘)」

오재순, 「사호기(賜號記)」, 『순암집(醇庵集)』 권5, 한국문집총간 242(한국
　　고전번역원, 2000).

오희상, 「문정공 부군 묘지(文靖公府君墓誌)」, 『노주집(老洲集)』 권16 묘
　　지, 한국문집총간 280(한국고전번역원, 2001).

정조, 「제학 오재순 치제문」, 『홍재전서』 제23권 제문 5, 한국문집총간
　　262~267(한국고전번역원, 2001).

43. 김종수(金鍾秀), 「자표(自表)」

김종수, 「자표」, 『몽오집(夢梧集)』 권6 묘표, 한국문집총간 245(한국고전번

역원, 2000); 「솔옹문답(率翁問答)」, 『몽오집』 권4.

─────, 「규장각고사(奎章閣故事)」, 『몽오집』 전3 고사.

하남문화원, 『하남 금석문 대관』(2004).

정조, 「봉조하 김종수에게 주다, 소서를 아울러 쓰다(賜奉朝賀金鍾秀幷
序)」, 『홍재전서』 제7권 시3; 「고상(故相) 김종수의 가묘에 써서 걸다」(기
미년), 『홍재전서』 제7권 시3, 한국문집총간 262~267(한국고전번역원,
2001)

44. 유언호(兪彦鎬), 「자지(自誌)」

유언호, 「자지」 갑진, 『연석(燕石)』 책6 묘지명, 한국문집총간 247(한국고
전번역원, 2000); 「여아서(與兒書)」, 『연석(燕石)』 책5 서.

정조, 「영돈령부사 유언호의 죽음을 애도하는 하교」, 『홍재전서』 권35 교
6, 한국문집총간 262~267(한국고전번역원, 2001).

심경호 역주, 『기계문헌 』 권8(선비, 2014).

45. 유한준(兪漢雋), 「저수자명(著叟自銘)」

유한준, 「자전」, 『자저(自著)』 권14 전 가전 병오, 한국문집총간 249(한국
고전번역원, 2000); 「별호설(別號說)」 신축, 『자저』 권27 잡저; 「저수자
명」, 『자저』 속집 책3 잡록; 「자아(自我)」 을유, 『자저』 고시.

남공철, 「제저암유공문(祭著庵兪公文)」, 『금릉집(金陵集)』 권14, 한국문집
총간 272(한국고전번역원, 2001).

46. 이만수(李晩秀), 「자지명(自誌銘)」

이만수, 「자지명」, 『극원유고(屐園遺稿)』 권11 옥국집(玉局集) 묘지명, 한
　　국문집총간 268(한국고전번역원, 2001); 「자지추기(自誌追記)」, 『극원유
　　고』 권15 부록.

47. 신작(申綽), 「자서전(自敍傳)」

신작, 「자서전」, 『석천유집(石泉遺集)』 전집(前集) 권2, 《조선학보(朝鮮學
　　報)》 제29호(일본조선학회, 1963); 「영성부원군박공사장(靈城府院君朴
　　公事狀)」, 『석천유집』 전집 권3.

심경호, 「석천 신작의 학문」, 정양완·심경호, 『강화 학파의 문학과 사상
　　4』(한국학중앙연구원, 1999).

48. 남공철(南公轍), 「사영거사자지(思穎居士自誌)」

남공철, 「사영거사자지」, 『금릉집』 속고 권5, 한국문집총간 272(한국고전
　　번역원, 200); 「자갈명(自碣銘)」, 『금릉집』 속고 권5.

김남일 옮김, 「남공철 묘갈」(국립문화재연구소, 한국금석문종합영상정보시
　　스템).

성남문화원, 『성남 금석문 대관』(2003).

49. 정약용(丁若鏞), 「자찬묘지명(自撰墓誌銘)」 광중본(壙中本)

정약용, 「자찬묘지명」 광중본; 「자찬묘지명」 집중본, 『여유당전서(與猶堂

全書)』제1집 제16권, 한국문집총간 281(한국고전번역원, 2002).

심경호, 『다산과 춘천』(강원대학교출판부, 1995).

———, 「석천과 다산」, 정양완·심경호, 『강화 학파의 문학과 사상 4』(한
국학중앙연구원, 1999).

---

50. 서유구(徐有榘), 「오비거사생광자표(五費居士生壙自表)」

서유구, 「오비거사생광자표」, 『풍석전집(楓石全集)』권6, 한국문학총간
288(한국고전번역원, 2002).

———, 「의상경계책(擬上經界策) 상」, 『풍석전집』지비집(知非集)(보경문
화사 영인, 1983).

———, 「논동국경위도(論東國經緯度)」, 『임원경제지(林園經濟志)』행포
지(杏蒲志), 『풍석전집』(보경문화사 영인, 1983).

조창록, 『풍석 서유구에 대한 한 연구』(성균관대학교 박사학위논문, 2003).

심경호, 「임원경제지의 문명사적 가치」, 《쌀삶문명연구》제2권(전북대학
교, 2009).

---

51. 서기수(徐淇修), 「자표(自表)」

서기수, 「자표」, 『소재유고(篠齋遺稿)』권4(한국학중앙연구원 소장); 「술몽
(述夢)」, 『소재유고』권4.

서명응, 「유백두산기(遊白頭山記)」, 『보만재집(保晚齋集)』권8 기, 한국문
집총간 233(한국고전번역원, 1999).

심경호, 『산문기행』(이가서, 2007).

52. 유정주(兪正柱), 「자지(自誌)」

유정주, 「자지」; 「(안동 김씨) 묘지명」, 심경호 역주, 『기계문헌』(선비, 2014).

53. 이유원(李裕元), 「자갈명(自碣銘)」

이유원, 「자갈명」, 『가오고략(嘉梧藁略)』, 한국문집총간 315~316(한국고전
번역원, 2003).

―――, 「탄재(坦齋)의 경어(警語)」, 『임하필기』 제25권 춘명일사(성균관대
학교 대동문화연구원 영인, 1961); 「가오곡(嘉梧谷)의 수장(壽藏)」, 『임하
필기』 제25권 춘명일사.

―――, 『국역 임하필기』(성균관대학교 대동문화연구원 영인, 1999~2000).

54. 김평묵(金平默), 「중암노옹자지명병서(重庵老翁自誌銘幷序)」

김평묵, 「중암노옹자지명병서」, 『중암선생문집(重菴先生文集)』 권47, 한국
문집총간 320(한국고전번역원, 2003)

홍재구, 「행장」, 『중암선생별집(重菴先生別集)』 권10 부록, 한국문집총간
320(한국고전번역원, 2003).

최익현, 「묘표」, 『중암선생별집(重菴先生別集)』 권11 부록.

764

55. 전우(田愚), 「자지(自誌)」

전우, 「자지(自誌)」, 『간재집(艮齋集)』 전편 권17 묘지명.

금장태·고광식, 『유학근오백년』(박영사, 1984).

곽진, 「간재 시학의 특징」, 《간재사상연구논총》 제2집(간재사상연구회, 1998).

심경호, 「19세기 한문학의 평가와 향후의 연구 방향」, 인권환 외, 『고전문학연구의 쟁점적 과제와 전망 하』(월인, 2003), 493~513쪽.

양기정, 「간재집 해제」, 『한국문집총간해제』(민족문화추진회, 2005).

서종태·변주승, 「간재 전우의 충청도 중심 강학 활동에 대한 연구」, 《지방사와 지방문화》 제20권 제1호(역사문화학회, 2017), 133~159쪽.

56. 김택영(金澤榮), 「자지(自誌)」

김택영, 「자지(自誌)」, 『소호당문집 정본』 권15 지갈, 『김택영전집』(아세아문화사 영인, 1978); 「오호부(嗚呼賦)」, 『소호당문집 정본』 권6 시집.

57. 유원성(柳遠聲), 「모옹자명(帽翁自銘)」

진주유씨모선록편찬위원회, 『진주유씨문헌총집(晋州柳氏文獻總輯) 1~5』(1993).

한국학중앙연구원, 『디지털안산문화대전』(2008).

이현우, 「우리고장 문화유산 이야기 33」, 《반월신문》(2017년 2월 8일).

58. 이건승(李建昇), 「경재거사자지(耕齋居士自誌)」

이건승, 「경재거사자지」, 『해경당수초(海耕堂收草)』(한국학중앙연구원, 1992).

이건방, 「경재 종상일 차영재곡수경종상운(耕齋終祥日次寧齋哭垂卿終祥韻)」, 『난곡존고(蘭谷存稿)』(청구문화사 영인, 1971).

이건승, 「계명의숙 취지서 및 신용하 해제」, 《한국학보》 제6호(일지사, 1977).

정양완, 「난곡 이건방」, 『한문학산고』(2009); 「경재 이건승 선생의 '해경당 수초'에 대하여」, 정양완·정인재 외, 『한국양명학회 학술대회 논문집』 (한국양명학회, 2008).

민영규, 『강화학 최후의 광경』(우반, 1994).

·

내면기행

1판 1쇄 펴냄 2018년 3월 16일
1판 2쇄 펴냄 2022년 8월 26일

지은이   심경호
발행인   박근섭, 박상준
펴낸곳   (주)민음사

출판등록 1966. 5. 19. (제16 - 490호)
주소   서울시 강남구 도산대로1길 62
          강남출판문화센터 5층 (06027)
대표전화 02-515-2000   팩시밀리 02-515-2007
홈페이지 www.minumsa.com

ISBN 978-89-374-3669-7 (03810)

* 잘못 만들어진 책은 구입처에서 교환해 드립니다.